LE PAIN ROUGE

DU MÊME AUTEUR
CHEZ LE MÊME ÉDITEUR

La Poussière des corons
Le Vent de la haine (épuisé)
La Courée
— La Courée, tome 1
— Louise, tome 2
— Benoît, tome 3
La Maîtresse d'école
La Cense aux alouettes
Nouvelles du Nord
L'Enfance perdue
Un bouquet de dentelle
Au bonheur du matin
Le Cri du héron

DANS LA COLLECTION OMNIBUS

La Poussière des corons
La Poussière des corons ♦ Le Vent de la haine ♦ Le Pain rouge

La Courée
La Courée ♦ Louise ♦ Benoît

Marie-Paul Armand

LE PAIN ROUGE

Roman

Production Jeannine Balland
Romans Terres de France

PRESSES DE LA CITÉ

ISBN10 : 2-258-07255-7
ISBN13 : 978-2-258-07255-8

A Jeannine BALLAND,
grâce à qui un rêve est devenu réalité.
Avec ma gratitude et mon amitié.

REMERCIEMENTS

Je tiens à remercier ici ceux qui m'ont aidée dans mes recherches de documentation, et notamment : MM. les historiens Jean-Paul Bertaud, André Castelot, Bernard Coussée, Pierre Pierrard, qui ont accepté, avec une grande gentillesse, de me renseigner sur des détails précis ; le personnel des archives de Lille et de Cambrai, ainsi que Mlle Monique Mestayer, archiviste municipale de la ville de Douai ; Me Reisenthel, pour son explication concernant les défenseurs officieux et les procès pendant la Terreur ; M. Augustin Dutilleul, qui a bien voulu me confier son travail sur l'histoire de son village pendant la Révolution ; et enfin – et surtout – M. Alexandre Libert, qui a participé à mes recherches, m'a fourni de nombreux renseignements, et a répondu avec une patience inlassable à toutes mes questions.

Je voudrais également exprimer ma reconnaissance à M. Michel Hubert, pour l'appui qu'il apporte à chacun de mes livres avec une efficacité et une gentillesse remarquables.

M.-P. A.

PROLOGUE

Maintenant, l'ordre est revenu. Nous pouvons respirer sans crainte, agir et circuler librement, vivre enfin. Notre petit village s'épanouit de nouveau. Mais il aura fallu de longues années de souffrance, de peur, de détresse. Etait-il vraiment nécessaire de verser tant de larmes et de sang?

Maintenant, mon père est propriétaire de la ferme qu'il habite, des champs qu'il cultive. Avant, rien ne lui appartenait. Il a la sécurité, davantage de liberté et de richesse. On ne lui enlève plus, au moment de la moisson, la part du seigneur et de l'Eglise. Il n'est plus là, le décimateur qui prélevait une gerbe sur dix dans tous les champs. Ils ne sont plus là non plus, les officiers du seigneur, bailli ou lieutenant, qui obligeaient tout le monde à se servir du moulin banal[1] en échange d'une taxe, prélevaient des redevances sur les céréales destinées au marché, défendaient les biens du seigneur et punissaient la moindre incartade.

Est-ce la naissance d'un nouveau monde, plus libre, plus juste, plus riche? Pour le moment, ce que nous éprouvons surtout est un immense soulagement. Elles sont enfin terminées, les années noires qui, lorsque je regarde en arrière, me font l'effet d'un interminable

---

1 Banalité: droit qu'avait le seigneur de posséder un moulin, en vertu duquel le vassal devait payer une taxe pour moudre son grain. Il était obligatoire de se servir de ce moulin (moulin banal).

cauchemar. Aucun d'entre nous, je crois, n'aurait pu imaginer un bouleversement pareil, fait de violence, de haine, de terreur, où des hommes se sont comportés comme des bêtes sauvages, et où de nombreux innocents ont laissé leur vie...

Je ne saurais dire avec exactitude à quel moment cela a commencé. Je pense que tout est venu insidieusement, avant d'exploser brutalement, comme un long travail souterrain précède l'éruption d'un volcan. Cette accumulation a atteint son paroxysme en 1788, lorsque le mauvais temps a détruit les récoltes et augmenté le mécontentement qui couvait.

Cette année-là, je venais d'avoir dix-huit ans. Je vivais depuis toujours dans la ferme où j'étais née et que mon père louait au seigneur du village. On appelait notre maison « la cense du château ». Comme les autres habitations, elle avait des murs de torchis, un toit de chaume, un sol de terre battue. Mais c'était notre foyer, et nous l'aimions bien. Tous les neuf ans, le seigneur renouvelait le bail de la location pour neuf autres années. Je n'en prenais pas pleinement conscience à l'époque, mais je me rends compte aujourd'hui que notre vie était précaire. Si le seigneur avait changé d'avis, il aurait très bien pu, à la fin d'un bail, renvoyer mon père, et nous nous serions tous retrouvés dehors, mes parents, mes deux frères et moi.

Nous étions pauvres, c'est vrai. Mais nous ne manquions pas du nécessaire. Je ne me trouvais pas malheureuse, mes parents non plus. Nous étions habitués à vivre dans un régime fondé sur des lois bien plus anciennes que nous, qui établissaient un ordre social immuable et auxquelles nous nous pliions sans penser un seul instant qu'elles pourraient changer.

Notre village, que l'on nommait alors paroisse, comptait environ neuf cents habitants. Le centre en était l'église. Là avaient lieu tous les événements importants, là se réunissait l'assemblée paroissiale, composée du mayeur et des échevins, dont mon père faisait partie. Autour de l'église se trouvaient le cimetière et la place plantée d'arbres. Tout près, le presbytère où vivait notre curé, l'abbé Souliez, avec sa servante Adèle. Agés l'un et l'autre, ils étaient depuis si longtemps dans le village qu'ils semblaient en avoir toujours fait partie.

Mais la construction principale était le château. Dominant notre modeste ferme, il était situé un peu à l'écart et entouré d'un large fossé. On y accédait par un pont très long. Depuis ma plus tendre enfance, il me fascinait. Les murs de grès et de brique, les hautes fenêtres encadrées de pierres blanches et garnies de meneaux, la tour carrée placée à gauche de la façade, la terrasse et les jardins bien entretenus, tout m'enchantait. J'enviais le seigneur et sa famille, qui vivaient dans une aussi belle demeure.

Le seigneur... tout-puissant, hautain, mais juste. J'avais l'honneur d'être sa filleule, car j'étais née le même jour que sa fille Amélie. Il avait offert, lors de mon baptême, une croix en or que je gardais précieusement. Tous les habitants du village le respectaient. Pour tous, il était « Monsieur le comte ».

Sa femme, la comtesse Adélaïde, était exquise et frivole. Aimable avec tout le monde, de caractère léger et insouciant, elle ne pensait qu'aux bijoux, aux parfums, aux toilettes. Elle me faisait souvent appeler lorsqu'elle voulait faire rectifier une robe, car j'étais habile à coudre et à broder. Elle me recevait dans sa chambre ou dans son boudoir. Les premières fois, j'avais été très intimidée, impressionnée par la richesse et la beauté du château. Les boiseries, les tableaux, les hauts miroirs encadrés de dorures, les bergères, le lit à baldaquin m'avaient surprise et ravie. Peu à peu, je m'y étais habituée. L'amabilité de la comtesse et la nature primesautière d'Amélie m'avaient aidée à me sentir plus à l'aise.

Il y avait aussi Adrien, le fils du comte. Agé de vingt-quatre ans, il était beau comme un jeune dieu. Je crois bien que les filles du village étaient plus ou moins amoureuses de lui. Il faisait l'admiration de toutes lorsqu'il chevauchait son grand hongre noir, mince et élégant, ses cheveux bruns et poudrés noués sur la nuque par un ruban de soie. Il avait hérité du caractère rieur et insouciant de sa mère, séduisait et brisait les cœurs sans remords. Dès qu'un joli minois lui plaisait, il poursuivait la pauvre fille de ses assiduités, jusqu'à ce qu'elle lui eût cédé. Ensuite il l'abandonnait sans s'occuper de ce qu'elle pouvait devenir. Pour cette attitude, je le méprisais un peu, et je me méfiais de lui. Je lui montrais toujours beaucoup de froideur quand je le rencontrais lors de mes visites au château.

Le comte et sa famille étaient aimés de la plupart des gens du village. Seul Sylvain Busquet les haïssait. Sylvain était un peu plus âgé que mon frère aîné Nicolas. Sa haine datait d'un événement dramatique de son enfance qui l'avait profondément marqué. A l'époque, le seigneur était le père du comte actuel et se comportait, m'avaient raconté mes parents, avec arrogance et dureté. Il possédait de nombreux pigeons, et tout le monde savait qu'il était expressément défendu de toucher aux pigeons du seigneur. Le père de Sylvain, fermier, se plaignait que ces volatiles venaient dans ses champs picorer et détruire les semences. Il avait dû recommencer plusieurs fois les semailles, et pour finir n'avait presque rien récolté. A la fin, excédé, il avait tiré sur les pigeons. C'était une faute très grave, que le seigneur n'avait pas pardonnée, d'autant plus qu'il s'agissait d'une récidive. En effet, l'année précédente, ce paysan au caractère emporté avait chassé les lapins qui rongeaient son blé ; il ne fallait pas, non plus, attaquer le gibier, qui était la seule propriété du seigneur. Le braconnier avait été condamné à la punition prévue dans ce cas, et fut envoyé aux galères. Sylvain avait alors huit ans. Il avait vu partir son père entre deux gardes de la maréchaussée de Douai et n'avait jamais oublié. Sa rancune envers le comte s'était transformée en haine, dans laquelle il englobait tous les nobles.

Mes deux frères et mon père s'occupaient des travaux des champs, avec Louis, le valet de charrue, qui était depuis toujours chez nous et que je considérais un peu comme un grand-père. De mon côté, j'aidais ma mère, je trayais les vaches, barattais le lait, faisais le beurre que je mettais dans de longs pots de grès cylindriques, pétrissais le pain, donnais à manger aux lapins, aux poules, aux cochons. Le soir, lorsque mon travail était terminé, je prenais mon rouet et filais le lin, que mon père cultivait et faisait rouir dans le marais. Ou bien je brodais des nappes d'autel et des ornements d'église pour notre curé, qui les accueillait toujours avec joie et reconnaissance.

Pendant ces soirées, surtout l'hiver, nous nous groupions tous, à la lueur du *crasset,* la lampe à huile, autour de la cheminée où brûlait la tourbe extraite du marais. Bien souvent, nos voisins les plus proches venaient nous tenir compagnie. C'étaient Justin le charron, avec ses deux fils Blaise et Germain ; et aussi Gaston le savetier, avec Mélanie, sa femme, et Jean-Marie, leur petit garçon. Tandis que les femmes filaient, cousaient ou bavardaient, les hommes fumaient, jouaient aux cartes, au trictrac ou aux dés. Dans la douce chaleur de la pièce, nous nous reposions des fatigues de la journée ; le brouhaha des conversations finissait par endormir Jean-Marie, pelotonné sur les genoux de sa mère. Et c'était bon d'être là, tous ensemble, unis par une chaude intimité.

Notre paroisse dépendait de la châtellenie de Lille et du bailliage de Douai. Elle était située entre Cambrai et Douai, qui était la ville la plus proche. Les jours de marché, j'accompagnais ma mère ou un de mes frères pour aller y vendre les produits de notre ferme. Ma sœur aînée y habitait avec son mari, clerc de notaire, et ses enfants. Nous allions souvent leur rendre visite. J'aimais la ville de Douai, ceinte de ses remparts, et dont l'agitation les jours de marché me changeait du calme de notre village. Elle possédait une université, un parlement, des abbayes et des couvents, de très jolies églises et un beffroi dont le carillon au son cristallin me ravissait.

Nous allions aussi, de temps à autre, à Cambrai, où résidait ma tante Séraphine. C'était la sœur cadette de ma mère, à qui elle était restée très attachée. Mariée à oncle Aimé, coiffeur-perruquier de son état, toujours jovial et aimable comme l'indiquait son nom, elle habitait non loin de la grand-place et nous accueillait toujours avec plaisir. Des cinq enfants qu'elle avait eus, il ne lui restait que la dernière, Gabrielle, une fillette douce et timide. C'étaient des gens simples et bons ; j'appréciais leur compagnie, et l'atmosphère chaleureuse qui régnait chez eux. Cambrai était aussi une ville agréable, et rien, à l'époque, ne laissait prévoir les destructions qui allaient s'y produire dans un tourbillon d'horreur et de sang.

PREMIÈRE PARTIE

L'ESPOIR

1

C'était en juillet 1788, le 13 exactement. La journée avait commencé normalement. Dans la matinée, j'étais allée donner du grain aux poules. Habituellement, cela me plaisait beaucoup. J'aimais les voir se précipiter vers moi, gloussant et caquetant, et m'entourer d'un cercle impatient pendant que le coq, plus loin, observait la scène d'un œil distant. Mais ce jour-là, je les avais trouvées fort agitées. Elles se serrèrent autour de moi avec tant de précipitation qu'elles grimpèrent les unes sur les autres, et quelques-unes me griffèrent de leur bec. Je dus faire de grands gestes pour les chasser.

— Elles sont énervées, constata ma mère. Les vaches, ce matin, m'ont paru bizarres aussi. Elles n'ont cessé de meugler et de battre l'air avec leur queue. Elles doivent sentir quelque chose.

Nous fûmes bientôt fixées. En fin de matinée, le temps jusque-là calme changea subitement. Le ciel se couvrit, devint si sombre que dans la maison nous ne voyions plus rien. Le vent se mit à souffler, en rafales de plus en plus fortes. Un seau d'eau que nous avions placé devant la porte se renversa et roula à travers toute la cour. De grosses gouttes de pluie commencèrent à tomber. Dans la semi-obscurité qui régnait, ma mère et moi nous efforcions de préparer le repas, attentives au bruit du vent et de la pluie. Soudain, il y eut un éclair, puis un coup de tonnerre assourdissant.

— Ah ! dit ma mère en se signant, c'est un orage. Viens près de la cheminée, Mathilde.

J'obéis machinalement. Ma mère avait peur de l'orage. Elle disait qu'au cas où la foudre tomberait sur la maison, seule la cheminée serait épargnée, et elle nous invitait à nous tenir à cet endroit tant que le tonnerre grondait.

Nous étions là, sans bouger, lorsque la porte s'ouvrit. Mon père, mes frères et Louis, le valet de charrue, entrèrent, chassés des champs par la pluie. Ils secouèrent leurs sabots, enlevèrent leur sarrau de toile grise complètement trempé.

— C'est qu'il pleut ! s'écria mon père en ôtant son bonnet de coton bleu.

Un autre coup de tonnerre fit trembler la maison. Ma mère frissonna, se serra contre mon père.

— Jean-Baptiste, j'ai peur !

— Allons, dit mon père de sa grosse voix placide, ce n'est rien. Ça va passer.

Mais le vent soufflait avec une violence accrue. Un crépitement soudain se fit entendre, avec tant de force qu'il couvrait le bruit du vent. Mon frère François alla à la fenêtre.

— Mais ce sont des grêles ! s'écria-t-il.

Je le suivis. Une couche d'énormes grêlons, plus gros que des pois, recouvrait le sol tandis que d'autres continuaient à tomber, denses et serrés. Un coup de vent en projeta une partie vers la maison. Ils cinglèrent la vitre. Je reculai.

— Ne restez pas près de la fenêtre, dit ma mère. Heureusement, nous avons un buis des Rameaux pour nous protéger de la foudre.

Impressionnée, je rejoignis les autres. Ma mère tenait dans sa main sa croix d'argent et priait. Mon père s'agitait et se grattait la tête, signe qu'il était inquiet. Nous attendions tous, l'oreille tendue, satisfaits malgré tout d'être à l'abri. Maintenant, les coups de tonnerre se succédaient, la grêle tombait toujours, le vent hurlait d'une manière sinistre, emportait les grêlons en de véritables tourbillons blancs, faisait vibrer la porte, s'engouffrait par-dessous. L'obscurité était presque complète. Tout le monde se taisait.

Soudain, on entendit un craquement épouvantable dehors, suivi de beuglements affolés.

— C'est à l'étable! s'exclama mon père. Il faut que j'aille voir.

— Jean-Baptiste, non! cria ma mère. Tu ne peux pas sortir dans cette tempête!

Sans l'écouter, il ouvrit la porte. Un vent furieux la rabattit contre le mur, entra dans la maison en même temps qu'une bourrasque de pluie et de grêle mêlées. Mon père fit un pas en arrière, repoussa la porte qu'il referma avec difficulté.

— Eh bien! bougonna-t-il entre ses dents, jamais vu ça!

Nous n'eûmes d'autre ressource qu'attendre. Cela dura encore de longues minutes. Puis, peu à peu, les rafales de vent se firent moins brutales, les coups de tonnerre s'espacèrent, le ciel devint moins sombre. Mais la pluie continua de tomber, uniforme et lancinante.

— Ça s'éclaircit un peu, dit mon père. Je vais aller voir.

Il sortit, suivi de mes frères et de Louis. Sur le seuil, avec ma mère, je regardai. Un spectacle désolant s'offrait à nous. La terre détrempée de la cour n'était qu'un cloaque de boue; les fossés, devant la maison, débordaient. Des branches d'arbre étaient tombées sur la route. Et, surtout, notre étable n'avait plus de toit, le vent l'avait emporté.

— C'est le craquement que nous avons entendu, s'écria ma mère.

— Il va falloir réparer le plus vite possible, dit mon père en secouant la tête avec désolation, les vaches ne sont plus à l'abri.

Dans le courant de la journée, nous pûmes nous rendre compte de l'étendue des dégâts. Parmi les maisons du village, beaucoup étaient endommagées. Le moulin, situé à l'écart, sur une butte, avait deux ailes brisées, et Léonard, le meunier, se plaignait bruyamment. Le long des routes, des branches d'arbres avaient été cassées ; certains même, à moitié déracinés, étaient tombés en travers du chemin. Et partout, dans les champs, c'était une véritable dévastation : les blés presque mûrs avaient été écrasés, les colzas, déjà amoncelés en meules, avaient été éparpillés et jetés au loin, les précieuses tiges de lin avaient été arrachées ou brisées.

— Toute ma récolte est perdue, se lamenta mon père.

— Tout, peut-être pas, rectifia mon frère Nicolas, mais une grande partie, c'est sûr.

C'était une catastrophe, car il faudrait donner, comme chaque année, un huitième de la récolte pour la dîme – ceci pour les champs qui appartenaient à l'abbaye d'Anchin –, un autre huitième pour le champart – ceci pour les champs appartenant au seigneur. Cela faisait un quart de la récolte qui était enlevé à mon père. Lorsqu'elle avait été bonne, c'était supportable, mais dans le cas où presque tout avait été détruit...

— Nous n'aurons presque rien, répéta mon père avec inquiétude.

— Le plus urgent, pour le moment, est de réparer le toit de l'étable, déclara Nicolas. Et d'essayer de récupérer, si on le peut, nos meules de colza.

Sous la pluie qui ne cessait pas, ils s'activèrent avec courage. Pendant que mes frères allaient aux champs, mon père et Louis s'occupèrent de l'étable. Dans le village, tout le monde avait quelque chose à réparer. Cette tempête avait été un véritable ouragan.

La réfection n'était pas terminée lorsque, le lendemain, le lieutenant passa pour requérir, sur ordre du seigneur, tous les hommes disponibles afin de remettre en état les routes endommagées et encombrées par les arbres abattus.

— Mais, objecta mon père, il pleut toujours dans mon étable !

Malgré tout, il fallut obéir. C'était le système de la corvée : dans le cas où la brigade de paroissiens habituellement désignés pour la réfection des chemins ne suffisait pas, les hommes du village devaient fournir gratuitement leurs bras, leurs outils, voire parfois leurs chevaux et leurs voitures. Bien souvent, ils obéissaient en grommelant ; car pendant ce temps ils ne travaillaient pas pour eux.

Mon père et mes frères durent s'acquitter de cette corvée avant de reprendre leur besogne interrompue. Malgré leurs efforts, la pluie qui tomba sans discontinuer pendant des jours et des jours abîma le peu de blé qui restait et gâta complètement les fourrages. Mon père affirma avec accablement :

— Je crois que nous allons avoir des jours difficiles.

La vie continua cependant, le beau temps revint, l'automne fut doux et ensoleillé. Les tâches habituelles nous occupaient pendant la semaine ; le dimanche, c'était le repos hebdomadaire. Ce jour-là, nous allions à la messe. Je m'habillais avec soin. Je mettais mes chaussures de cuir à boucles, que m'avait fabriquées Gaston le savetier et que je graissais avec du suif. Je revêtais mon juste de serge bleu, ma jupe de même couleur, mon tablier rouge, je me coiffais de mon bonnet de mousseline orné de bavolets. J'écoutais la messe avec recueillement, observant l'abbé Souliez qui officiait, le clerc Alexandre qui l'aidait et chantait les cantiques. C'était Alexandre qui sonnait les angélus, les messes et les offices, lui qui assistait notre curé dans l'administration des sacrements, lui aussi qui apprenait à lire et à écrire aux enfants du village. Je me souvenais de ces années d'école de mon enfance, dans la pièce humide et mal éclairée réservée à cet effet, meublée de quelques tables formées de planches et de tréteaux. C'était pourtant là que mes frères et moi avions reçu notre instruction en même temps que notre enseignement religieux. Notre alphabet s'appelait *Croix de Jésus*, et Alexandre nous enseignait le catéchisme, nous faisait réciter les prières, nous recommandait d'être soumis et déférents envers nos parents : il fallait les aimer, les respecter, toujours leur obéir, et ne pas les abandonner, plus tard, dans leur vieillesse. Il nous apprenait aussi les bonnes manières et la civilité, nous obligeait à venir en classe avec des mains et des ongles propres. Je l'aimais autant que notre vieux curé, et je crois que lui aussi m'aimait bien.

Chaque dimanche après-midi, sur la place du village, les hommes disputaient de nombreuses parties, de paume, de billon, de crosse, de javelot. D'autres se réunissaient chez Ignace le cabaretier pour jouer aux dés ou aux cartes en buvant des pots de bière que Joséphine, sa femme, notait à la craie sur une planche.

J'assistais aux jeux de plein air, ou bien je me promenais avec Pauline, la fille aînée de Florent le journalier. Agée de vingt ans, elle avait de nombreux frères et sœurs, dont le plus jeune n'était encore qu'un bébé. Ils étaient très pauvres, parmi les plus pauvres du village. Un journalier, à l'époque, se louait à la journée, et était payé de la même façon. Mon père embauchait souvent, pour les travaux des champs, Florent, sa femme Suzanne et même leurs grands enfants. Mais l'hiver, pour eux, était très dur ; il y avait alors beaucoup moins de travail. Depuis longtemps, je soupçonnais Pauline d'être amoureuse de mon frère aîné Nicolas. Elle n'en disait rien, mais je la surprenais souvent qui l'observait d'un regard qui ne me trompait pas.

Un matin de septembre, la comtesse Adélaïde me fit appeler. Je me lavai le visage et les mains, me recoiffai, mis mon bonnet des dimanches et mes chaussures de cuir. Dans le boudoir, en compagnie d'Amélie qui ne cessait de bavarder, je fis le travail que l'on attendait de moi : rétrécir une robe trop large, coudre des rubans sur une autre, raccourcir une jupe... Pendant ce temps, Amélie me montrait ses nouvelles toilettes, m'expliquait que la saison de la chasse allait bientôt commencer, virevoltait dans la pièce, m'étourdissait. L'insouciance lui allait bien.

Comme sa vie me paraissait facile et agréable, à moi qui ne faisais que travailler du matin au soir!

Après l'avoir quittée, alors que je traversais la cour du château, je rencontrai Adrien qui sortait des écuries. Il m'aperçut, vint vers moi:

— Mais c'est Mathilde, la petite Mathilde de Jean-Baptiste! Il y a bien longtemps que je ne t'ai vue. Bonjour, Mathilde.

Il se plaça devant moi, me barrant le passage. Beau, sûr de lui, superbe dans sa tenue d'équitation, il me dédiait un sourire éclatant. Mais son regard me jaugeait d'une façon qui me déplut. Je reculai, prenant conscience de ma gaucherie face à son aisance.

— Je vais bien, merci, monsieur Adrien. Mais je dois partir, l'ouvrage m'attend.

— Allons, dit-il en avançant d'un pas, nous pouvons bien bavarder un peu. Sais-tu que je te trouve jolie?

Je reculai de nouveau, embarrassée:

— Laissez-moi, monsieur Adrien. Je n'ai pas le temps. Il faut que je rentre.

Son sourire s'agrandit, se fit ironique:

— Aurais-tu peur de moi, petite Mathilde? Attends, ne pars pas. Ecoute-moi, plutôt.

Il m'attrapa par les poignets, voulut m'attirer vers lui. De toutes mes forces je résistai, lui arrachai mes mains que je cachai dans mon tablier. D'abord pour lui montrer que je ne voulais pas céder, mais aussi parce que j'avais honte de mes mains calleuses de paysanne, rougies par les travaux de la ferme et des champs. Je fis un écart, le contournai, me mis à courir. Son rire me poursuivit:

— Ha, ha, ha! tu as beau me fuir, je saurai bien te retrouver, va!

Je continuai à courir sans répondre, à la fois troublée et furieuse. En moi, des sentiments contradictoires s'agitaient tumultueusement. Au fond, c'était flatteur de recevoir des compliments d'un aussi grand seigneur; mais je savais qu'il passait son temps à séduire de pauvres filles, et je me jurai de ne jamais être une de ses victimes.

Au loin, dans les champs, Pauline glanait avec sa mère et ses sœurs. Quand la moisson était terminée, dès que le messier en avait donné l'autorisation, elles ramassaient les grains pour se nourrir, ainsi que le chaume qui leur servirait à se chauffer. Seuls les pauvres étaient autorisés à glaner. La liste, dressée par le mayeur et les échevins en accord avec le curé, était publiée chaque année le dernier dimanche de juillet, à l'issue de la messe et des vêpres.

Pauline et sa mère me saluèrent de loin. Je les regardai, m'interrogeant sur ce douloureux contraste : d'un côté, Amélie, que je venais de quitter, dont le sujet d'inquiétude était ses robes à retoucher ; de l'autre, une famille qui ne possédait rien, et dont le souci majeur était d'avoir suffisamment à manger pour pouvoir survivre. Etait-ce donc cela que dénonçait Sylvain Busquet quand il disait que ça ne pouvait plus durer ? Mais, selon mes parents et les plus anciens du village, c'était ainsi depuis toujours. Comment cet ordre établi depuis si longtemps pourrait-il subitement changer ? Cela me paraissait bien improbable.

En octobre, un accident arriva à mon père. C'était à la fin de la journée. Ma mère était à l'étable, et je lavais la salade qui, avec une épaisse soupe aux herbes, du pain et du fromage, formerait notre repas du soir. J'entendis, dans la cour, le pas du cheval et des voix d'hommes ; mon père et mes frères revenaient des champs. Je remplissais d'eau la cuvette qui leur servirait à se débarbouiller, lorsque mon frère François entra brutalement :

— Vite, Mathilde ! cria-t-il. Prépare le lit. Notre père est blessé.

Avec affolement, je vis mon père, le visage livide, soutenu par Nicolas et Louis. Rapidement, j'ouvris la porte de la chambre, courus au lit, repoussai la couverture et la courtepointe. Péniblement, mon frère et Louis y conduisirent mon père et l'aidèrent à se coucher. Les traits crispés, il respirait bruyamment. Ma mère arriva, ne perdit pas de temps :

— François, va chercher Pierre-Antoine, ordonna-t-elle. Dis-lui de venir tout de suite.

Chirurgien-accoucheur, Pierre-Antoine était le médecin de notre village. Son naturel doux et pondéré, ses mains fines et habiles qui savaient calmer la douleur le faisaient aimer de tout le monde.

François sortit précipitamment. Dans la grande pièce, tout en se lavant le visage et les bras, Louis m'expliqua ce qui s'était passé. Sur le chemin du retour, une roue du chariot s'était enfoncée dans une ornière profonde et remplie de boue. En la poussant pour l'extraire, mon père avait glissé et était tombé. La roue lui avait écrasé la hanche.

Quelques instants plus tard, Pierre-Antoine entra, précédé de François, et disparut aussitôt dans la chambre. Lorsqu'il revint, il nous rassura :

— Il n'a rien de cassé. Sa hanche a reçu un choc violent, et de plus il s'est fait une vilaine entorse. Il faut qu'il reste immobile. Avec du repos ça devrait se rétablir assez vite.

Mais, le lendemain, mon père décida qu'il se lèverait. Luttant contre la douleur, il essaya de se mettre debout. Il ne put faire un pas et dut s'avouer vaincu. Alors il resta près du feu, assis sur le banc, pestant contre son inactivité forcée. Les gens du village, ayant appris son accident, vinrent le voir : Justin le charron et Gaston le savetier, nos plus proches voisins, l'abbé Souliez également, ainsi qu'Alexandre le clerc, et Sylvain Busquet, toujours prêt à la révolte.

— Ce n'est pas la peine de chercher trop loin, déclara celui-ci avec assurance. Je sais à quoi est dû votre accident. C'est encore une conséquence de ces privilèges féodaux qu'il faudrait supprimer une fois pour toutes !

— Comment ça ? interrogea mon père.

— Réfléchissez un peu. Vous avez glissé en essayant de dégager votre charrette embourbée. La cause en est donc la boue. Et pourquoi y avait-il tant de boue ?

— Parce qu'il a plu, pardi ! répondit mon père sans comprendre.

Assise dans un coin de la pièce, occupée à éplucher les légumes, je ne disais rien, me doutant de ce qui allait suivre.

— Bien sûr, il a plu. Pourtant, la boue a séché, sauf dans les chemins. Et pourquoi ? Parce que monsieur le comte – il appuya hargneusement sur « monsieur » – a planté des arbres partout, pour son profit, et si serrés que leurs branches ne laissent plus passer le soleil. Ça lui rapporte, et nous, tant pis si ça nous gêne. Il y en a le long de tous les chemins, et lorsqu'ils bordent nos champs, ils font tellement d'ombre que c'est toute une bande de terre où l'on ne récolte rien. C'est vrai, n'est-ce pas ? Et bien entendu, nous n'avons pas le droit d'y toucher. Si nous prenions la liberté de scier une seule branche, nous serions immédiatement punis. Avouez que je dis la vérité... Nous n'avons que le droit de nous taire ! Tout supporter, et nous taire !

Le naturel placide de mon père s'effrayait d'une semblable violence. Il secouait la tête en signe de désapprobation.

— Enfin ! termina Sylvain furieux, en se tournant vers moi. Dis-le-lui, toi, Mathilde, que j'ai raison !

Je posai la pomme de terre que je venais de peler.

— Et même si tu as raison, Sylvain, à quoi cela servira-t-il de t'énerver ainsi ? Il est vrai que, s'il y avait moins d'arbres le long des chemins, ils ne seraient pas si boueux. Mais le seigneur, en plantant ses arbres, use du droit qui lui est accordé, c'est normal. Que pouvons-nous y faire ?

Il se leva en grommelant d'un air mécontent.

— Il faudra bien faire quelque chose, pourtant. Vous verrez ce que je vous dis !

Il sortit en bougonnant toujours.

— Il m'inquiète, avoua mon père. Je sais bien que Jacques-Léonard a été condamné aux galères et que ça l'a marqué. Qu'il fasse attention, lui aussi. Ses propos risquent d'arriver aux oreilles du bailli !

Là-dessus, il se leva et fit le tour de la table en clopinant.

— Il faut que je m'entraîne à marcher. Demain, je retourne au travail. Je ne peux pas rester ici à ne rien faire.

Dès le lendemain, il repartit aux champs, malgré la désapprobation de ma mère. Je le vis s'en aller en boitant, serrant les dents contre la douleur. Je le regardai avec un mélange d'admiration et de pitié, pendant que tout au fond de moi l'écho de la voix de Sylvain répétait : « Tout supporter et nous taire... Il faut que ça change. » Et je commençai à me demander s'il n'avait pas raison.

Tout au long de l'automne, le seigneur et ses invités s'adonnèrent au plaisir de la chasse. Je les voyais parfois, galopant au loin dans les champs, précédés de la meute des chiens. Il m'arrivait de les envier. Le travail de la ferme ne me laissait pas de répit, je ne pouvais m'empêcher de penser qu'il devait être agréable de mener une vie insouciante et gaie.

Puis l'hiver arriva et fut très rigoureux. Trois fois par semaine, j'allais avec ma mère ou l'un de mes frères vendre nos produits laitiers et nos légumes au marché de Douai. Je me couvrais chaudement, et pourtant, malgré mes vêtements de laine, mon grand mantelet à capuche et mes galoches à semelles de bois, il m'arrivait bien souvent d'être complètement gelée. Avant de reprendre la route du retour, j'allais me réchauffer quelques instants chez ma sœur Marie-Henriette, qui habitait rue de Bellain. J'en profitais pour embrasser et câliner ses trois enfants : Philippe, l'aîné, âgé de six ans, Angélique, plus jeune d'une année, et surtout la petite Marie-Josèphe, un adorable bébé plein de fossettes.

La récolte de l'été avait été très mauvaise, à cause de l'ouragan de grêle. Nous vivions dans l'incertitude. Quand Louis, notre valet de charrue, et Florent, le journalier que mon père embauchait parfois, venaient battre le blé au fléau dans la grange, ils déclaraient que beaucoup de grains étaient pourris ou à moitié germés, et qu'ils ne se conserveraient pas. Mon père faisait la grimace et se grattait la tête sans répondre. Je voyais bien qu'il était inquiet.

Un dimanche de février 1789, à l'issue de la messe, monsieur le curé remonta en chaire, un papier à la main. Cela signifiait qu'il avait un avis à nous lire. Nous nous fîmes tous attentifs.

— Mes bien chers frères, un édit royal du 24 janvier fixe l'ouverture des états généraux au 27 avril prochain. Selon cet édit, chaque paroisse doit fournir ses cahiers contenant doléances et plaintes. Il faudra donc que vous vous réunissiez et que vous choisissiez des délégués; ceux-ci se rendront ensuite à Douai pour procéder à l'élection des députés qui nous représenteront aux états généraux. Je souhaite, mes chers enfants, que ce soit l'aube d'une vie meilleure, et je vais prier le Seigneur en ce sens. Je vous invite tous à en faire autant. Amen.

Alors que nous sortions de l'église, nous nous regardions avec une surprise qui n'osait pas encore être joyeuse, et des questions fusaient de toutes parts:

— Des doléances?

— Des délégués?

— Qu'est-ce que ça signifie?

Sur la place, tout le monde se rassembla autour du mayeur:

— Augustin, explique-nous.

Augustin leva la main pour demander le silence.

— Ça veut dire que notre bon roi Louis, soucieux d'améliorer la vie de ses sujets, veut connaître leurs désirs. Il faudra donc noter sur un cahier ce que nous aimerions voir disparaître, dans une mesure raisonnable bien entendu. Ce doit être des vœux communs, non des souhaits isolés. Nous devrons nous réunir afin d'en discuter, et ensuite rédiger le cahier qui représentera notre paroisse.

Tout le monde se mit à parler en même temps avec animation. Sylvain Busquet frappa sur l'épaule de mon père. Il jubilait.

— Enfin on nous demande notre avis ! Eh bien nous allons le donner, n'est-ce pas ? Vous, Jean-Baptiste, vous devriez dénoncer le droit de plantis. Rappelez-vous votre accident, à l'automne. C'était ça, la cause. Ah, nous allons lui raconter, à notre roi ! Il ne se doute pas de tout ce qui nous empoisonne la vie. C'est le moment ou jamais d'en parler et de lui demander que ça change. Depuis le temps que je le dis !

— Hum, hum... dit mon père avec scepticisme. Aurons-nous vraiment le droit d'écrire nos réclamations ?

— Mais oui, intervint mon frère François avec enthousiasme. Augustin l'a dit. Père, vous qui êtes échevin et qui faites partie de l'assemblée paroissiale, vous serez présent aux réunions. Nous comptons sur vous pour nous défendre.

Une effervescence heureuse, mêlée d'un reste d'incrédulité, régna toute la journée. Les hommes se retrouvèrent au cabaret d'Ignace, et nous entendîmes longtemps le brouhaha de leurs discussions. Le sujet alimenta toutes les conversations. Le soir à la veillée, nous en parlions sans cesse.

— Moi, disait Justin le charron qui avait deux fils, je voudrais l'abolition du droit d'aînesse. Mes deux fils sont égaux dans mon affection, pourquoi l'un devrait-il hériter de tout alors que l'autre n'aurait rien ?

Très vite, les principaux sujets de plaintes apparurent. Mon père nous rapportait le résultat des débats.

— Il faut penser à tout, mais ne mettre que les demandes d'ordre général. Nous demandons de continuer à être exemptés de la taille et de la gabelle, mais il faut aussi supprimer la dîme, ou au moins la diminuer. Nous voudrions moins d'impôts sur les produits comme la bière, l'huile à brûler, les chandelles, la cire, et également ne plus payer tant de droits pour circuler. Ou alors que tout le monde paie, les nobles et les ecclésiastiques comme les autres !

Il était vrai qu'il y avait de nombreux droits de péage, pour traverser un pont par exemple, qu'il fallait acquitter sous peine de rebrousser chemin.

— Sylvain insiste pour demander qu'il n'y ait plus de punitions si sévères – les galères – pour un simple délit de chasse. Beaucoup se plaignent de la banalité du moulin, et offrent de racheter ce droit au seigneur.

— Et le droit de plantis? interrogeaient mes frères. Il faut en parler aussi.

— Nous le faisons, acquiesçait mon père. Nous demandons sa suppression; de même pour la corvée. Nous protestons contre le gibier et les pigeons du seigneur qui dévastent tout. Certains souhaiteraient encore que chaque paroisse ait le droit d'élire le mayeur et les échevins. Bref, nous essayons de faire pour le mieux. C'est Pierre-Antoine, notre médecin, qui va rédiger tout ça. C'est lui aussi, avec Augustin, qui nous représentera à Douai pour élire nos députés aux états généraux.

— Et tu crois, Jean-Baptiste, que ces demandes vont être écoutées? demanda ma mère qui était d'un naturel méfiant. Ce serait trop beau!

Mon père eut un geste d'ignorance.

— Je n'en sais rien, mais je suppose que oui. Notre roi ne demanderait pas une telle chose s'il n'avait pas l'intention d'y donner suite. Je pense qu'il désire réellement rendre notre vie meilleure. Et j'espère qu'il en sera ainsi.

Pourtant, malgré la rédaction du cahier de doléances, malgré l'élection des députés aux états généraux, les difficultés se précisèrent. En mars, une gelée longue et sévère retarda l'arrivée du printemps. La terre, qui habituellement à cette époque se parait de verdure, ne montrait qu'un sol triste et nu, propre à décourager tous les cultivateurs. De plus, à cause de la mauvaise récolte de l'année précédente, le grain commençait à manquer. Mon père et tous ceux qui faisaient les marchés furent invités à les approvisionner sous peine de réquisition. Les gens murmuraient. A Douai, nous racontait ma sœur, beaucoup menaçaient de piller les marchands et tournaient leur colère contre les négociants en blé, qu'ils accusaient d'accaparement. On entendait parler de bandes qui envahissaient les fermes et se faisaient remettre du grain, de gré ou de force.

En dépit de ces événements peu rassurants, le printemps finit par arriver, les pousses vertes percèrent la terre. Nous savions qu'au mois de mai aurait lieu, avec un peu de retard, l'ouverture des états généraux. Répondraient-ils à notre attente ?

Un matin d'avril, je sortis très tôt pour mener les vaches en pâture sur les terrains que nous laissions en jachère une année sur trois. Alors que j'étais sur le chemin du retour, j'entendis le galop d'un cheval derrière moi. Je me retournai et je vis Adrien sur son grand hongre noir. Il s'arrêta près de moi, se pencha :

— Bonjour, Mathilde. Quel plaisir de te rencontrer !

Séduisant, charmeur, sûr de lui, il ne changeait pas. Je me sentis rougir.

— Bien le bonjour, monsieur Adrien.

Ne voulant pas rester plus longtemps seule avec lui, je me remis à avancer.

— Hé là, attends un peu, ne pars pas ! J'ai beaucoup de choses à te dire.

Sans répondre, je doublai le pas.

— Mathilde ! Ah mais, ça alors !

Il lança son cheval, arriva à ma hauteur ; avant que j'aie eu le temps de comprendre, il se pencha, m'attrapa par la taille et me hissa jusqu'à lui. Je me retrouvai assise, appuyée contre sa poitrine, prisonnière entre ses bras. Ma colère m'aida à lutter contre le trouble qui m'envahissait. Je me tordis pour lui échapper.

— Laissez-moi, monsieur Adrien, je ne veux pas. Laissez-moi !

Il se contenta de rire, fit prendre de la vitesse à son cheval. Je m'affolai. Je voyais les arbres défiler de chaque côté du chemin. Le vent sifflait à mes oreilles. Mon bonnet s'envola. Les cheveux dans les yeux, je me cramponnais pour ne pas tomber. J'avais peur. Peur de cette folle chevauchée, et peur de lui. Où m'emmenait-il ?

Soudain, notre monture se cabra. Je faillis tomber. Adrien me retint contre lui, me troublant davantage. Nous étions arrêtés. Devant nous, barrant le chemin de sa large silhouette, l'air menaçant, une fourche entre les mains, se tenait Sylvain Busquet. Il gronda :

— Laissez-la. Pourquoi l'emmenez-vous ? Je vous ai vu, et je ne vous laisserai pas faire.

J'essayais de calmer les battements désordonnés de mon cœur. Je vis Adrien froncer les sourcils.

— Mets-toi sur le côté, ordonna-t-il durement. Veux-tu donc te faire renverser par mon cheval ?

— Je ne bougerai pas. Passez-moi sur le corps, vous avez tous les droits. A vous, on ne dira rien. Mais attention, ça va se terminer, tout ça. Vous rirez beaucoup moins, vous verrez ! Pour l'instant, je vous prie de libérer Mathilde.

Adrien haussa les épaules et répliqua ironiquement :

— Eh bien, demandons-lui son avis. Mathilde, désires-tu partir ou rester avec moi ?

D'une voix étranglée, je dis :

— Je veux partir, monsieur Adrien.

Sans insister davantage, il écarta les bras qui me retenaient. Je me laissai glisser sur le sol, essayant de rassembler mes cheveux pour me donner une contenance. Sylvain recula le long de la haie.

— Allez-y, maintenant. Et à l'avenir, laissez-la tranquille.

En prenant le galop, Adrien lança, sur un ton à la fois moqueur et méprisant :

— Je n'ai pas d'ordre à recevoir de toi, manant !

Les poings crispés de fureur, Sylvain s'approcha de moi.

— Tu n'as rien, Mathilde ? Ça va ?

— Oui, ça va, dis-je encore bouleversée. Je te remercie pour ton intervention. Je ne sais pas ce qu'il avait l'intention de faire.

Un éclair de colère brilla dans ses yeux :

— Oh, mais je le devine, moi ! Méfie-toi de lui.

Il cracha par terre avec hargne.

— Tous pareils, occupés de leur propre plaisir, bougonna-t-il entre ses dents.

— Merci, Sylvain, répétai-je. Ça va aller, maintenant. Je suis presque arrivée.

Le visage sombre, il me regarda partir. Je me sentais encore perturbée et faisais des efforts pour me calmer. Je n'avais pas aimé la façon dont Adrien m'avait enlevée, et j'étais reconnaissante à Sylvain de m'avoir libérée. Mais le trouble que j'éprouvais mit longtemps à se dissiper.

La situation générale se dégrada. Le blé vint à manquer, provoquant un peu partout des soulèvements populaires, et même des émeutes. Dès la fin du mois d'avril elles commencèrent, puis se propagèrent. A Lille, à Douai, à Cambrai, des boulangeries furent pillées par les gens affamés. Les feuilles publiques venant de Paris relataient les troubles agraires se produisant un peu partout, causés par la disette et le manque de pain; des châteaux étaient incendiés, des abbayes saccagées.

Chaque semaine, en allant vendre le grain à Douai, mon père et mes frères n'étaient pas rassurés. Quelquefois, des femmes s'attroupaient sur les marchés et s'emparaient du blé au prix qu'elles avaient elles-mêmes fixé. Une insécurité de plus en plus grande se faisait jour. Une révolte sourde couvait.

Dans le village, Florent le journalier et sa famille étaient ceux qui souffraient le plus. Très pauvres, ne possédant rien, ils n'avaient aucune provision de grain et se nourrissaient essentiellement des pommes de terre de leur jardin. Leur dernier enfant, Philibert, âgé de deux ans, venait de tomber malade. Ma mère m'envoya leur porter des œufs et un pot de lait. Leur masure était située à l'autre bout du village, près du marais, non loin des piliers de haute justice, gibet où l'on pendait les assassins. Mon père racontait qu'avant ma naissance on y avait pendu un homme qui, ayant appris que sa femme le trompait, l'avait tuée dans une crise de folie. On avait laissé le corps se balancer sur la potence plusieurs jours, à la merci des corbeaux qui venaient le dépecer. Puis on l'avait enterré au pied du gibet. Je n'aimais pas ces piliers sinistres dont la vue me glaçait; quand je passais près d'eux, je m'appliquais à ne pas les regarder.

Pauline et sa mère accueillirent mes présents avec gratitude. Elles firent chauffer un peu de lait, que l'enfant but avidement. Je notai avec compassion ses joues pâles, ses mains maigres, son air abattu. Suzanne observait son fils avec une expression soucieuse.

— J'espère qu'il va aller mieux. Merci pour le lait, Mathilde. Pierre-Antoine dit qu'il n'en boit pas assez, mais...

Elle s'arrêta. Je compris qu'ils étaient trop pauvres pour acheter du lait tous les jours, et me promis d'en parler à ma mère. Peut-être pourrions-nous les aider? Je prononçai quelques paroles d'encouragement et les quittai.

Sur la route du retour, alors que je passais en face du cabaret d'Ignace, je vis Sylvain Busquet qui, au milieu d'un groupe d'hommes, gesticulait et parlait fort.

— Eux, ils se pavanent dans leurs richesses, disait-il, et nous, nous n'avons qu'à mourir de faim. Mais nous ne devons plus nous laisser faire. Puisqu'ils ont tout, et nous rien, il faut les obliger à partager!

Les autres approuvèrent, dans un brouhaha d'exclamations. Je passai rapidement. La virulence de Sylvain me déplaisait. Pourtant, après ce que je venais de voir chez Florent, je devais avouer qu'il n'avait pas tout à fait tort. Mais j'étais loin de m'attendre à ce qui arriva quelques jours plus tard.

Cet après-midi-là, la comtesse Adélaïde m'avait fait appeler, comme elle le faisait parfois. Elle me reçut dans son salon; devant la grande glace posée sur la cheminée de marbre, elle essayait une robe.

— Mathilde, je voudrais que tu raccourcisses cette robe d'une dizaine de lignes[1]. Elle est trop longue. Fais ça tout de suite, j'aimerais la porter demain.

---

1. La ligne était une mesure de longueur et valait 2,3 mm.

Je m'agenouillai, commençai à replier le bas de la robe et à mettre des épingles. Amélie arriva.

— Mathilde, pendant que tu es là, reprise-moi ce fichu. Regarde, il est déchiré, là.

— Bien, mademoiselle Amélie.

Elle prit place dans une bergère et se mit à parler des futilités qui occupaient sa vie.

— Mère, me prêterez-vous votre broche en argent? Je la porterais sur ce fichu.

Elle s'interrompit. Un brouhaha, dehors, s'élevait, bientôt suivi d'un bruit de vitre brisée.

— Que se passe-t-il?

Elle se leva, alla à la fenêtre, se pencha:

— Mon Dieu! Mère, venez!

La comtesse la rejoignit. Des vociférations se faisaient entendre, des cris, des appels.

— Je ne comprends pas, dit la comtesse. Que font-ils là? Que veulent-ils?

Elle se tourna vers moi.

— Mathilde, es-tu au courant? Viens voir!

Intriguée, j'obéis. Sur la terrasse, devant la façade du château, se tenait un groupe d'une dizaine d'hommes, immobiles, menaçants. A leur tête, Sylvain Busquet; près de lui, Florent, Guislain le maréchal-ferrant, Mathurin le tisserand, d'autres encore. Le visage mécontent, ils criaient:

— Montrez-vous, là-dedans, ou nous enfonçons tout!

— Nos enfants ont faim!

— Du grain, donnez-nous du grain!

— Vos réserves sont pleines, et nous, nous n'avons rien!

Ils semblaient furieux, à bout de patience, prêts à toutes les violences. Près de moi, Amélie, la main sur la bouche, observait la scène avec une expression horrifiée. La comtesse, les sourcils froncés, semblait hésiter entre la colère et la peur.

Dehors, il y eut un remous, et ils reculèrent. Je vis le comte s'avancer vers eux. Il leur fit face, sans arrogance, avec un calme imposant. Adrien vint le rejoindre et se tint à ses côtés, les bras croisés, la tête levée, son air d'éternelle moquerie sur le visage. Les hommes s'agitèrent avec impatience, murmurèrent. Le comte leva la main.

— Que représente ceci ? Que désirez-vous ?

— Nous voulons du blé, lança Sylvain Busquet d'un ton comminatoire. La plupart des habitants du village n'ont plus de pain. Vous, vous en avez trop. Si vous ne nous donnez pas satisfaction, nous nous servirons par la force.

Le bailli arriva en courant, armé d'un fusil.

— Monsieur le comte ! dit-il avec affolement. Que signifie cet attroupement ? Voulez-vous que je les disperse ?

Un mouvement se fit de nouveau parmi les hommes ; un sourd grondement s'éleva. Le comte étendit une main apaisante.

— Non, Mathieu, laissez. Vous auriez dû me prévenir que certains de mes villageois n'avaient plus de pain. Demain vous ferez distribuer à chaque foyer nécessiteux une rasière de blé.

Le bailli ouvrit la bouche pour protester. D'un geste, le comte lui imposa silence :

— Que cela soit fait. Je n'y reviendrai pas.

Il se tourna vers le groupe d'hommes.

— Dorénavant, si vous avez un problème que je puisse résoudre, venez me trouver. Je vous promets de vous aider. Mais plus de menaces, c'est inutile.

Certains baissèrent la tête et piétinèrent le sol avec embarras. D'autres commencèrent à se détourner et à partir. Finalement, ils se dispersèrent et s'en allèrent, paraissant à la fois honteux et satisfaits. J'entendis la voix de Sylvain Busquet qui leur disait, en les suivant, avec un accent de triomphe :

— Hein, vous avez vu, comme nous avons bien fait de venir ? Il a eu peur, il nous a donné ce que nous demandions. Ah, je vous l'avais dit, mes amis...

Avec un sentiment d'effroi et de surprise mêlés, je les regardai s'éloigner. Je connaissais la violence de Sylvain, mais je n'aurais jamais pensé qu'il pût ainsi s'attaquer ouvertement à notre seigneur. Des émeutes se produisaient ailleurs, je le savais, mais je croyais naïvement notre village à l'abri. Et là, derrière Sylvain, cette révolte de gens paisibles que je connaissais depuis toujours, contre le comte qui représentait, pour la majorité d'entre nous, l'intouchable... Ce fut à ce moment-là que je compris que quelque chose était en train de changer.

— Mon Dieu, gémit la comtesse, je me sens mal... Amélie, aide-moi à m'asseoir.

Elle s'appuya sur sa fille, puis s'affala dans une bergère, les yeux clos. Amélie lui fit respirer un flacon qui ramena des couleurs à ses joues pâles.

— Mère, ne vous mettez pas dans un état pareil !

— Ces hommes... je n'aurais jamais cru... Tu le savais, Mathilde ?

Je secouai la tête avec force.

— Non, madame la comtesse, je ne savais rien. J'ai été très surprise. Je n'aurais jamais cru, moi non plus, qu'ils oseraient...

Je me tus. J'avais déjà entendu Sylvain, pourtant, et j'avais vu la pauvreté de Florent. Je pouvais comprendre plus facilement que la comtesse qui, dans son cocon d'insouciance et de facilité, ne se doutait pas un instant des problèmes de certains d'entre nous.

— Laisse-nous, Mathilde. Tu reviendras demain.

— Bien, madame la comtesse.

Lorsque je racontai la scène à mes parents, ils furent horrifiés. Pour eux, le comte était tout-puissant, il représentait le roi dans notre village. Comment pouvait-on se permettre d'aller le braver ? Un seigneur si bon, dirent-ils, qu'il ne punissait même pas ceux qui le menaçaient ! Bien au contraire, avec une mansuétude admirable, il leur donnait du grain, pris dans ses propres réserves. On ne pouvait que s'extasier devant tant de bienveillance.

Sylvain Busquet, lui, se vanta partout d'avoir fait peur au comte, répétant à qui voulait l'entendre que ce n'était qu'un début et que, dorénavant, nous n'aurions qu'à oser réclamer pour obtenir satisfaction. De grands changements se préparaient, assurait-il, et ils seraient à notre avantage.

2

L'ouverture des états généraux, en mai, permettait tous les espoirs. Nos députés, élus à Douai – le marquis d'Aoust pour la noblesse, le chanoine Breuwart pour le clergé, et l'avocat Merlin pour le tiers état –, parleraient de nos cahiers de doléances, de nos plaintes et de nos souhaits, nous n'en doutions pas.

Un jour du mois de mai, je partis avec ma mère pour Cambrai rendre visite à ma tante Séraphine dont c'était l'anniversaire. Ma mère mit dans un panier quelques petits gâteaux qu'elle avait faits la veille et qu'elle enveloppa soigneusement.

— Je suis sûre que ça lui fera plaisir, me dit-elle. La dernière fois, Séraphine se plaignait que le prix du pain avait doublé, sans compter qu'elle avait dû passer plusieurs heures à la porte du boulanger avant de pouvoir en obtenir deux livres pour six sols.

Nous fîmes la route à pied, prenant les raccourcis à travers champs. Il faisait beau, les alouettes chantaient, les oiseaux gazouillaient dans les arbres. La campagne s'étirait languissamment sous le soleil et, parfois, les paysans qui travaillaient sur leurs terres nous saluaient de loin. A côté de ma mère, je marchais d'un pas vif, heureuse de sentir la brise caresser mon visage, appréciant cette promenade qui était une halte agréable dans mon travail de tous les jours.

A Cambrai, le beau temps avait attiré du monde dans les rues; beaucoup de gens flânaient. Des enfants, qui étaient allés chasser des hannetons sur les arbres des remparts, passaient en criant: « *Bruants, bruants! A Bruant pour un épingue!* » Un vendeur de moulins de papier, dont les ailes colorées tournoyaient joyeusement dans le vent, nous croisa, accompagné de son habituelle litanie: « Pleurez, pleurez, petits enfants, vous aurez des moulins à vent! » Sur la place Saint-Martin, un marchand de sable s'arrêtait devant les cabarets, répétant la même question qu'il criait lui aussi d'une voix forte: « *Faut-y du sab! Faut-y du sab!* » Je regardai avec amusement sa charrette que tirait un chien guilleret à la queue en panache; se tenant sagement entre les brancards, il obéissait au moindre geste de son maître. Je ne pus m'empêcher de le caresser lorsque je passai près de lui.

Plus loin, des badauds observaient un homme qui, devant sa porte, chargeait des sacs sur une carriole attelée d'un cheval. Ma mère et moi, nous nous apprêtions à les contourner pour passer, lorsque quelqu'un lança:

— Qui nous dit que ces sacs contiennent bien du seigle, Boutry?

— Oui, dit un autre, et si c'était du blé?

En un instant, le marchand fut entouré. D'autres passants s'arrêtèrent. D'un seul coup, ma mère et moi fûmes cernées de toutes parts; nous essayions en vain de nous dégager. Le mot magique avait été prononcé: du blé! Il volait de bouche en bouche, amenant toujours davantage de monde. Les commentaires se faisaient plus bruyants, les suppositions se croisaient:

— C'est du blé qu'on envoie ailleurs!

— Pendant ce temps-là, nous, nous mourons de faim!

Une petite foule maintenant s'agglutinait autour du marchand. Impossible de reculer, on nous poussait de partout. Je jetai un coup d'œil à ma mère; le visage crispé et mécontent, elle donnait des coups de coude à droite, à gauche, dans l'espoir de se frayer un passage vers l'extérieur. Mais elle n'y parvenait pas, trop de personnes se pressaient autour de nous, et le nombre grandissait de minute en minute.

— Allons, reculez, dit le nommé Boutry d'une voix apaisante. Ce n'est que du seigle, je vous assure. Libérez ma charrette, je dois aller livrer.

Après un court instant d'hésitation, les remarques reprirent de plus belle :

— Qui nous prouve que tu dis la vérité ?

— C'est vrai, montre-nous que c'est vraiment du seigle !

— Allez, ouvre ces sacs, que nous voyions ce qu'ils contiennent !

La foule se faisait houleuse. Plusieurs femmes, parmi celles qui m'entouraient, se portèrent en avant, prononçant des menaces qu'elles hurlaient d'une voix aiguë et vulgaire. Le marchand les regarda, puis, avec un geste d'impuissance, céda. Il dénoua l'un des sacs, prit une poignée de grain qu'il montra à tout le monde.

— Regardez, vous voyez bien que je ne mens pas.

Un silence désappointé se fit, mais il ne dura pas longtemps. Derrière moi, une mégère cria dans mon oreille :

— Et les autres sacs ? Il faut les ouvrir tous !

— Et pas seulement les ouvrir, renchérit une autre, il faut aussi les vider. Qui nous dit qu'il n'y a pas de blé en dessous ?

— Mais oui ! Ce seigle cache peut-être du blé.

— Ça ne serait pas surprenant ! On sait bien que les marchands de grain sont tous des accapareurs, n'est-ce pas, Boutry ?

— Mais on ne te laissera pas faire !

D'un seul élan elles se jetèrent sur la charrette, prirent les sacs, les culbutèrent sur le sol, les éventrèrent. Le seigle brun coula dans la poussière ; elles le foulèrent aux pieds pour ouvrir d'autres sacs, qu'elles vidèrent à leur tour.

Le pauvre marchand allait de l'une à l'autre, essayant de les empêcher. Mais seul contre toutes, il ne pouvait rien faire. Il essayait de refermer ses sacs, pataugeant lui aussi dans les grains qui s'amoncelaient sur le sol.

Pendant ce temps, le bruit s'était répandu en ville, et le nombre de manifestants grossissait, augmenté sans cesse par de nouveaux curieux. Je commençai à avoir peur.

Un homme – j'appris plus tard que c'était le prévôt – arriva avec plusieurs échevins. Ils essayèrent de calmer la foule, voulurent parler. Leurs propos furent aussitôt couverts par d'innombrables protestations de colère. A ce moment, des tambours et des trompettes retentirent ; l'infanterie et la cavalerie approchaient, envoyées afin de rétablir l'ordre.

Un mouvement de crainte parcourut les rangs. Le prévôt en profita pour passer aux menaces, ordonnant aux manifestants de se disperser. Certains commencèrent à obéir mais d'autres, furieux, ramassèrent des pierres qu'ils lancèrent dans les fenêtres du pauvre Boutry, brisant les vitres.

Malgré tout, la force armée avait dû impressionner les émeutiers, qui s'éloignèrent peu à peu. Je respirai de soulagement et je pus enfin, avec ma mère, rejoindre le logement de ma tante, après un dernier regard apitoyé au marchand qui, devant sa façade mutilée, s'efforçait de ramasser son grain éparpillé.

Ma tante fut effarée par notre récit. Pourtant, tout n'était pas terminé. Les troupes avaient regagné leurs quartiers, mais les émeutiers s'étaient regroupés. Des cris nous parvinrent :

— Chez Delimal, l'accapareur !

Ma tante se pencha à la fenêtre. Je la rejoignis et les vis passer, houleux, violents, menaçants. Un homme semblait les mener, suivi de nombreuses femmes qui vociféraient. Je ne pus retenir un profond soupir :

— Pourquoi font-ils ça ?

— Sans doute ont-ils faim, dit ma tante, et ils protestent de cette façon. Ils essaient aussi de se procurer du blé.

Et ils sont trop aveuglés par la fureur pour comprendre que la violence ne résoudra rien, pensai-je. Nous entendîmes, venant d'une rue voisine, des cris de colère, des coups sourds, des bruits de vitres brisées.

— Mais quand vont-ils s'arrêter? demanda ma mère avec terreur.

Nous l'apprîmes par la suite. Ils passèrent l'après-midi à attaquer les marchands de grain de la ville, puis le couvent de Saint-Lazare et l'abbaye de Prémy, dans laquelle ils pénétrèrent de force. Ils s'emparèrent de sacs de blé qu'ils emmenèrent à l'hôtel de ville, exigeant une distribution immédiate.

Nous les vîmes de loin, sur la grand-place, alors que nous repartions. Surveillés par la troupe et les échevins, ils se partageaient le blé, qu'ils achetaient à un prix fixé par eux.

— Vite, dit ma mère, allons-nous-en.

Nous n'étions pas rassurées, et nous marchions rapidement. L'aspect de la ville était bien différent maintenant; plus de promeneurs qui flânaient, mais quelques rares passants qui s'empressaient de rejoindre leur domicile, et des patrouilles qui parcouraient les rues.

— Et si nous sommes arrêtées? m'inquiétai-je. Ou bien, si on ne nous laisse pas sortir de la ville?

A la porte de Selles, parmi les hommes de garde, l'un d'eux nous reconnut; il nous avait vues à l'aller. Nous pûmes lui expliquer que nous voulions rentrer chez nous, après une visite à une parente. On nous obligea à donner le nom et l'adresse de cette parente mais on nous laissa passer.

Sur le chemin du retour, j'eus tout le loisir d'apprécier le calme de la campagne. Dans l'après-midi finissant, après leur journée de travail, les paysans rentraient chez eux. Il régnait partout une bonne odeur d'herbe, de grand vent, de verdure. Je respirais à pleins poumons, chassant de mes souvenirs la scène désagréable à laquelle, bien malgré nous, nous avions été mêlées. Je regardais le soleil se coucher sur les champs, je laissais la nature exercer sur moi son effet lénifiant. Lorsque j'arrivai chez nous, j'avais retrouvé mon calme.

En entendant notre récit, mon père fronça les sourcils.

— Tout cela n'amènera rien de bon, assura-t-il en se grattant la tête. Il faudra faire attention; s'ils se décident à aller piller dans les campagnes, qu'allons-nous devenir?

Ma tante nous expliqua, lors d'une de ses visites, ce qui s'était passé après notre départ. Dès le lendemain matin, alors que l'angélus venait à peine de sonner, les émeutiers s'étaient de nouveau rassemblés. Ils s'étaient emparés, chez un maréchal-ferrant, d'outils qu'ils utilisèrent comme des armes. Ils se rendirent chez Delimal, enfoncèrent la porte, brisèrent tout dans la maison, lancèrent la vaisselle par les fenêtres, et emmenèrent les réserves de grain. Ensuite, ils pillèrent de nouveau le couvent de Saint-Lazare et l'abbaye de Prémy. Comme la veille, ils amenèrent le blé sur la grand-place et le vendirent au plus bas prix, sous l'œil imperturbable des fantassins et des dragons à cheval envoyés pour surveiller.

— Mais, objecta mon père, ces soldats – l'infanterie et la cavalerie – ne pouvaient-ils pas empêcher les manifestants d'agir ainsi ?

Ma tante fit un signe d'approbation.

— Cette remarque, Jean-Baptiste, beaucoup l'ont faite aussi. Mais il paraît que le lieutenant Desgaudières avait reçu l'ordre de ne pas tirer ; il ne fallait pas d'effusion de sang. C'est pourquoi la troupe n'a pas bougé, ni chez Boutry, ni chez Delimal. Des témoins ont même vu, au couvent de Saint-Lazare, des soldats aider de leur baïonnette les pillards à desceller les pierres du mur de clôture. Et cela sous les yeux de leur chef qui n'intervenait pas. Comment voulez-vous que l'ordre soit respecté dans ces conditions ?

— A la moindre occasion, dit ma mère, ils recommenceront.

— Non, des mesures ont été prises. Tardivement, peut-être, mais elles sont sévères. Le marché au grain va être protégé et, pour éviter les pillages, les réserves des négociants seront déposées dans les magasins des subsistances militaires. Et puis, surtout, les meneurs ont été retrouvés et arrêtés. Il y avait ce vaurien que nous connaissons tous sous le nom de Milord, et personne n'en a été étonné. Il y avait aussi une certaine Caroline Beaumé, qui s'était emparée d'un marteau à bras chez le maréchal-ferrant pour aller enfoncer la porte de Delimal, disant qu'elle l'aurait mort ou vif. Et d'autres femmes encore. Tous ont été jugés.

Et leurs punitions étaient loin d'être légères : Caroline Beaumé fut condamnée à être pendue sur la grand-place. Prétextant son état de grossesse, elle réussit à faire reporter l'exécution. Milord – Amand-Fidèle Lefebvre – fut condamné à être fouetté nu et flétri sur l'épaule avec un fer chaud, à baiser les clous de la potence, et à être conduit aux galères comme forçat à perpétuité. Les autres femmes furent exposées au carcan sur un échafaud dressé sur la grand-place, avec un écriteau portant les mots « Perturbatrice du repos public », avant d'être enfermées dans une maison de force.

— Cela, quand même, conclut ma tante, fera réfléchir les autres.

Pourtant, les soulèvements continuaient. Peu de temps après, des paysans pillaient l'abbaye de Vaucelles, d'autres dévastaient le château d'Esnes, d'autres encore attaquaient le château de Walincourt. La peur gagnait les campagnes.

Le souci majeur était la moisson prochaine. On commençait à craindre que les grains fussent pillés avant d'être parvenus à maturité, ou encore enlevés au lendemain de la moisson par des groupes d'affamés. En juin, le bailliage de Douai ordonna à chaque paroisse d'organiser sa propre protection ; des gardes villageoises devaient être créées en enrôlant les habitants de dix-huit à soixante ans capables de porter les armes.

Peu à peu, sans que l'on pût deviner d'où ils venaient, des propos alarmants se mirent à circuler dans la région. Pendant le mois de juillet, ils répandirent partout la conviction que des bandes de brigands s'attaquaient aux villes et aux villages, incendiant et détruisant tout sur leur passage.

L'avant-dernière semaine de juillet, j'allai comme d'habitude le vendredi à Douai, avec ma mère, vendre nos légumes et nos produits laitiers au marché de la rue des Foulons. Une grande effervescence régnait dans la ville. De nombreux habitants se pressaient sur les remparts et scrutaient la campagne environnante, visiblement inquiets.

— On dit que les Bretons arrivent pour piller, nous annonça ma sœur, affolée, en serrant contre elle ses enfants. Il paraît qu'ils sont armés de faux et sont redoutables.

Sur le chemin du retour, ma mère et moi pressions le pas pour rentrer plus vite, regardant autour de nous avec angoisse. Il n'y avait rien pourtant; la campagne verte et ensoleillée semblait paisible. Malgré tout, nous ne fûmes rassurées qu'en arrivant au village. Mis au courant, mon père distribua des armes à mes frères et à Louis notre valet: faux, fourches, râteaux, louchets. Le soir, il barricada la porte et les fenêtres, vérifiant avec soin leur fermeture. Louis, qui habituellement dormait dans la grange, vint dormir dans la chambre de mes frères, sur une paillasse que ma mère installa par terre.

Le lendemain et les jours suivants, le bruit de l'approche de ces bandits ne fit que croître. Dans le village, c'était l'unique sujet de conversation. Thomas, le colporteur, qui arriva dans la matinée avec sa charrette tirée par un âne, confirma nos craintes. Ces derniers jours il avait entendu dire, partout où il était passé, qu'une armée de trente mille Bretons se dirigeait vers notre région. Ils ravageaient les campagnes et les villages, mettant tout à feu et à sang. Nous étions tous autour de lui, posant des questions, demandant des détails. Pour une fois, personne ne pensait à s'intéresser au contenu de la charrette qui, habituellement, nous ravissait: du taffetas, des bas de soie, des mouchoirs des Indes, des boucles d'argent, des bourses, des tabatières, des almanachs, ainsi que toutes sortes de remèdes contre de nombreux maux. Nous étions bien trop inquiets.

— Trente mille! s'exclama mon père. Fichtre, ils sont nombreux!

— Mon Dieu! dit ma mère en se signant.

Mélanie, la femme de Gaston le savetier, qui était enceinte de sept mois, prit son petit garçon contre elle.

— Jean-Marie, ne t'éloigne pas de la maison. Reste toujours près de ton père ou près de moi.

C'était elle qui, de nous tous, semblait la plus anxieuse. Sa grossesse lui donnait un teint blafard. Les larmes aux yeux, elle se mordait les lèvres avec nervosité.

— Que ferons-nous s'ils arrivent? interrogea-t-elle d'un ton désespéré.

— Ils ne viendront peut-être pas, dit son mari, d'une voix qui se voulait rassurante. Et si cela se produit, eh bien, nous nous défendrons.

Tout le monde prépara ses armes. Les hommes aiguisèrent leur faux, leur couteau. Et nous, les femmes, nous sentions lentement la panique monter.

Le lendemain dimanche, à la messe, nous fîmes brûler des cierges. L'abbé Souliez, du haut de sa chaire, nous exhorta au calme, nous demandant de ne pas céder à l'affolement. Mais ses paroles ne furent pas écoutées : la peur était la plus forte.

Nous vivions tellement dans l'attente d'une catastrophe que nous fumes à peine surpris lorsque, le mardi soir, le tocsin se mit à sonner. Nous venions de nous attabler pour le souper [1] et mon père, après avoir prononcé le bénédicité, coupait le pain. En entendant la cloche, il s'arrêta net. Je sentis un grand froid envahir tout mon corps.

— Il se passe quelque chose de grave, dit mon père en posant le couteau. Allons voir.

Tout le monde s'était rassemblé sur la place. Nous nous questionnions mutuellement, sans obtenir de réponse précise.

— Que se passe-t-il?

— Ce tocsin... si c'était les Bretons?

Augustin, le mayeur, nous attendait.

1. Le souper est, dans le Nord, le repas du soir. Le matin, c'est le déjeuner ; à midi, le dîner.

— Vite ! disait-il. Que tout le monde prenne les armes ! Un homme est passé voici quelques instants ; il parcourt tous les villages pour prévenir que ces fameux brigands arrivent. Vous, les femmes, enfermez-vous. Nous allons faire une haie de défense autour du village.

Ce fut une cohue indescriptible. Tout le monde repartit en courant en tous sens. Ma mère, en suivant mon père et mes frères, leur répétait :

— N'y allez pas ! Ils vont vous tuer !

— Allons, Rose, laisse-nous, ordonna mon père. Nous devons nous défendre. Si nous ne le faisons pas, qui le fera ?

A la maison, ils prirent les armes préparées depuis plusieurs jours. Avant de sortir, mon père nous regarda, me serra l'épaule dans un geste de réconfort.

— Soyez courageuses, dit-il tout bas.

Puis il se détourna et partit rejoindre mes frères et Louis qui, avec d'autres, s'en allaient déjà sur la route. Tous étaient armés avec ce qu'ils avaient pu trouver : fusils, fourches, haches, fléaux, bâtons.

Mélanie arriva, suivie de son fils.

— Puis-je rester avec vous ? J'ai trop peur toute seule... Jean-Marie, tais-toi !

Le petit garçon pleurait. Je crus que ses larmes étaient dues à la peur et je voulus le rassurer. Mais il secoua la tête en reniflant.

— Je n'ai pas peur, assura-t-il.

— Bien au contraire ! s'exclama sa mère d'un ton mécontent. Il pleure parce qu'il n'a pas pu accompagner son père ; il avait pris un marteau et voulait affronter les bandits avec les hommes ! A huit ans !

Je souris au petit garçon. Mélanie haussa les épaules.

— Peut-être considère-t-il ça comme un jeu... et Gaston qui était fier de lui ! « Dommage que tu ne sois pas plus vieux de quelques années », lui a-t-il dit. Mais moi, que je puisse trembler pour leur vie, il ne le comprend pas !

Pendant ce temps, ma mère s'affairait. Elle avait fait chauffer de l'huile, rempli plusieurs seaux de cendres brûlantes.

— Monsieur le curé a proposé aux femmes de se réfugier à l'église. Nous allons y aller, décida-t-elle. Nous pourrons nous y enfermer ; et monter dans le clocher. Si par malheur, malgré nos hommes, ces brigands parviennent dans le village, nous nous défendrons nous aussi : nous leur jetterons de l'huile chaude et des cendres. Mathilde, prends ces deux seaux et fais attention à ne pas te brûler.

En marchant le plus vite possible, suivies de Mélanie essoufflée, nous sommes arrivées à l'église. A l'intérieur, beaucoup de femmes étaient déjà là. Elles parlaient haut et fort. Leurs voix, que la peur rendait stridentes, résonnaient sous les voûtes. Notre curé, près du chœur, essayait de les calmer et leur conseillait de prier.

— Allons dans le clocher, dit ma mère.

Derrière elle, je montai l'escalier en colimaçon, gênée par le poids et la chaleur des seaux de cendres. Tout en haut, d'autres femmes nous avaient précédées. Pauline, sa mère et ses sœurs avaient apporté dans leurs tabliers de grosses pierres.

— C'est pour les assommer s'ils viennent jusqu'ici ! expliquèrent-elles.

Nous avons posé nos cendres et notre huile bouillante dans son chaudron.

— C'est une bonne idée d'avoir amené tout ça, dit une des femmes. J'ai eu tellement peur que je n'ai pensé à rien.

— Mais de toute façon, cela servira-t-il à quelque chose ? déclara une autre. S'ils sont aussi nombreux qu'on le dit, ce ne sont pas quelques cendres et un peu d'huile qui les arrêteront.

— Mon Dieu ! s'affola Mélanie, les mains serrées sur son ventre. Que vont-ils nous faire ? Il paraît qu'ils tuent sans pitié.

Elle pâlit, chancela, dut s'appuyer contre le mur. Ma mère la soutint, lui tapota les joues.

— Ils ne viendront peut-être pas jusqu'ici, hasarda-t-elle. Mais, s'ils viennent, nous nous défendrons avant de mourir.

— Moi, dit Jean-Marie en se campant devant sa mère, je défendrai maman contre les bandits!

Son air crâne nous fit sourire. Mélanie elle-même se détendit un peu.

— Vois-tu quelque chose, Joséphine? demanda quelqu'un.

Devant l'une des ouvertures, Joséphine, la femme d'Ignace le cabaretier, observait les environs.

— Non, ils ne sont pas encore là.

Avec Pauline, je contournai la grosse cloche. J'allai près de Joséphine, et je regardai. Je vis la campagne, sous le soleil couchant: les champs verdoyants, les arbres, les bois, les routes et les chemins. De nombreuses silhouettes avançaient vers l'horizon, en groupes disséminés, parcourant les champs, fouillant les bosquets. C'étaient les hommes de notre village, mais nulle part il n'y avait trace de cette armée de trente mille Bretons qui nous avait été signalée.

Nous attendîmes longtemps. La peur nous crispait, nous surveillions sans cesse l'horizon. A force de le fixer, les yeux me piquaient et ma vue se brouillait. Peu à peu, les cendres refroidissaient, l'obscurité envahissait notre refuge. Lorsqu'il fit trop noir pour distinguer quelque chose dehors et continuer de faire le guet, nous descendîmes dans l'église. A la lueur des bougies, l'abbé Souliez et les femmes présentes priaient. Notre curé se tourna vers nous.

— Nos prières ont peut-être été entendues. Je ne pense pas qu'ils viendront maintenant. Attendons encore quelques instants, puis vous pourrez rentrer chez vous. Nos hommes vont revenir.

Ils revinrent, en effet, les uns après les autres, chassés par l'obscurité. Ils étaient unanimes: de quelque côté qu'ils fussent allés, pas l'ombre d'un bandit.

— Malgré tout, dit Augustin, restons prudents. Ils sont peut-être passés par un autre endroit, mais ils peuvent aussi arriver maintenant. Je demande des volontaires pour monter la garde autour du village, cette nuit et les nuits prochaines.

De nombreux hommes se proposèrent spontanément. Parmi eux, mon père et mes frères. Ma mère fit un geste suppliant.

— Jean-Baptiste...

Mais devant le regard de mon père, elle laissa retomber son bras. Elle ne pouvait pas toujours le supplier de ne rien faire. Il fallait bien assurer la défense du village, et mon père, qui était échevin, avait plus de responsabilité que les autres habitants.

Laissant les hommes organiser les tours de garde, nous sommes allées nous coucher, ma mère et moi, ramenant nos seaux de cendres maintenant froides et notre huile. Les sentiments que nous éprouvions étaient mitigés : soulagement de nous retrouver sains et saufs, tempéré par l'inquiétude d'un éventuel retour des brigands. Mais la nuit fut calme.

Le lendemain matin très tôt, on tambourina à la porte. Il ne faisait pas encore jour. Ma mère et moi, d'un seul élan, fûmes debout, tout de suite inquiètes. La voix affolée du petit Jean-Marie nous parvint :

— Venez vite ! Maman m'a envoyé vous chercher

Ma mère ouvrit la porte, il entra, en chemise de nuit.

— Maman n'est pas bien. Elle vous demande de venir, elle est toute seule.

— Ton père n'est pas là ?

— Non, il est parti à minuit. C'était son tour de monter la garde, il devait remplacer Ignace.

— J'arrive, dit ma mère. Va la rassurer.

Le petit garçon partit en courant. Ma mère se tourna vers moi :

— Habille-toi aussi, Mathilde. Va chercher Pierre-Antoine et amène-le chez Mélanie. Il nous dira si c'est le bébé. Il ne devait naître qu'en septembre, mais peut-être que la peur d'hier a précipité l'accouchement.

J'obéis. Dans la pâle lueur de l'aube naissante, je courus chez Pierre-Antoine. Je frappai à la porte. Une fenêtre s'ouvrit, une voix ensommeillée me parvint. C'était Marguerite, la vieille servante.

— Eh bien, qu'y a-t-il donc?

— C'est moi, Mathilde. Je viens demander si Pierre-Antoine peut aller voir Mélanie. Elle n'est pas bien, elle croit que le bébé est en route.

— Allons bon! ronchonna-t-elle avec humeur. Je vais devoir le réveiller. Il n'aura pas dormi beaucoup. Il a monté la garde jusqu'à minuit, et s'est couché bien après. Il va venir, Mathilde, donne-lui quelques minutes.

Elle ferma la fenêtre. Je connaissais ses manières brusques, mais je savais qu'elle avait une excellente nature. Je retournai chez Mélanie. Dans la grande salle, assis sur un banc, Jean-Marie paraissait prêt à pleurer. Je pris place près de lui.

— Allons, ne crains rien. Ta maman va aller mieux. Pierre-Antoine arrive, il va la soigner.

Ma mère sortit de la chambre, une expression inquiète sur le visage.

— Il me semble bien que c'est le bébé.

Jean-Marie ouvrit de grands yeux apeurés.

— Qu'est-ce qu'elle a, ma maman? Tout à l'heure, quand je me suis réveillé, elle criait qu'elle avait mal...

— Va chercher ton père, et dis-lui de venir tout de suite.

Le petit garçon obéit. Presque aussitôt, Pierre-Antoine arriva, sa trousse de chirurgien à la main. Il écouta attentivement les explications de ma mère, puis entra dans la chambre.

— Nous prendrons Jean-Marie avec nous, me dit ma mère. Il nous aidera à la ferme, ça le distraira un peu. Pour le moment, allumons le feu.

Je m'activai, balayai les cendres, fis flamber un nouveau feu, mis de l'eau dans la marmite d'airain suspendue dans la cheminée. Pierre-Antoine revint, le visage grave.

— L'accouchement est en route. Mais le bébé ne se présente pas normalement. Il est placé complètement en travers. Pour Jean-Marie, c'était la même chose; ça a été très dur.

La porte s'ouvrit. Jean-Marie et Gaston entrèrent. Les yeux pleins d'angoisse du savetier interrogèrent Pierre-Antoine. Le médecin lui répéta ce qu'il venait de nous dire. Gaston le regarda avec une expression suppliante.

— Mais vous la sauverez, n'est-ce pas?

Nous savions tous qu'il aimait profondément sa jeune femme. A plus de quarante ans, il l'avait épousée alors qu'elle n'en avait que vingt-quatre. Trois ans plus tard, Jean-Marie était né.

— Je ferai ce que je pourrai, Gaston. Mais je ne vous cache pas que ce ne sera pas facile. Nous aurons les mêmes difficultés que pour l'accouchement précédent, sans compter qu'elle a maintenant huit ans de plus.

Gaston baissa la tête. Pierre-Antoine lui tapota l'épaule.

— Allons, pas de découragement! Ne la laissez pas seule. Je passerai régulièrement. Si vous remarquez quoi que ce soit d'anormal, n'hésitez pas à m'appeler immédiatement.

— Nous viendrons aussi, dit ma mère. Pour le moment, nous emmenons Jean-Marie à la ferme.

Chez nous, les hommes étaient rentrés de leur garde de nuit et prenaient leur déjeuner: de larges tartines beurrées qu'ils trempaient dans des bols de lait chaud. Ils écoutèrent nos explications et hochèrent la tête sans répondre. Mon père regarda le petit visage crispé de Jean-Marie avec sympathie.

— Tu vas manger, et ensuite tu conduiras les vaches au marais.

— Et ces Bretons? demandai-je. Doit-on encore les craindre?

Mon frère Nicolas haussa les épaules:

— Je viens de voir Sylvain et Augustin. Il paraît que certains auraient fait courir exprès cette fausse rumeur, on ne sait dans quel but. Est-ce pour affoler les gens, pour semer le désordre? Comme s'il n'y en avait pas déjà assez ! Nous allons rester vigilants, mais le danger semble écarté.

Ils partirent, emmenant Jean-Marie. Plusieurs fois dans la journée, à tour de rôle avec ma mère, je me rendis chez Mélanie. Elle souffrait beaucoup. De nombreuses femmes du village venaient la voir, chacune donnant des conseils différents. Nous étions toutes inquiètes.

La journée du lendemain passa, et le bébé n'arrivait toujours pas. Mélanie s'épuisait, son visage se creusait. Dans la soirée, alors que je venais de lui faire boire un peu d'eau, elle se laissa retomber en murmurant :

— S'il faut encore passer toute une nuit dans ces conditions, je crois bien que je n'y survivrai pas.

Le lendemain à l'aube, lorsque j'arrivai, Pierre-Antoine était près du lit et tenait le poignet de Mélanie entre ses doigts :

— Son cœur est très faible, disait-il. Le travail n'avance plus, l'enfant reste bloqué. Si je la laisse ainsi, ils vont mourir tous les deux. Je vais tenter une césarienne.

Gaston acquiesça, trop effondré pour réagir.

— Mathilde, va chercher ta mère, reprit Pierre-Antoine, dis-lui de venir. Elle m'aidera.

Lorsque je la prévins, ma mère s'en alla sans perdre un instant. Tandis que les hommes étaient aux champs, je m'acquittai de mes tâches habituelles. La matinée s'avança, et ma mère ne revint pas. A la fin, j'étais si inquiète que je décidai d'aller la rejoindre.

Devant l'atelier de Gaston, j'hésitai un instant. Puis j'entrai. J'entendis un murmure de voix, le bruit d'un sanglot. La porte de la chambre s'ouvrit. Pierre-Antoine en sortit, les manches retroussées jusqu'aux coudes, les mains et les avant-bras tachés de sang.

— Ah, tu es là, Mathilde. Donne-moi une cuvette d'eau et du savon.

J'obéis, n'osant rien demander. Tout en se lavant, Pierre-Antoine expliqua, le visage sombre :

— Il était trop tard, le bébé était mort. C'était une petite fille.

Il secoua la tête avec tristesse.

— Quant à Mélanie, elle dort, mais elle est dans un tel état d'épuisement que je crains beaucoup pour elle aussi.

Il s'essuya, baissa ses manches, se dirigea vers la porte d'entrée.

— Je vais aller prévenir monsieur le curé, pour l'enfant. On l'enterrera demain.

J'avançai jusqu'au seuil de la chambre. Ma mère avait refait le lit, mis des draps propres. Le visage exsangue, le nez pincé, les paupières bleuies, Mélanie reposait sans un mouvement. Près d'elle, posé sur une chaise et emmailloté, un minuscule bébé gisait, les yeux clos. A genoux près du lit, Gaston, l'air hébété, pleurait doucement.

— Une petite fille... Elle savait que j'en désirais une, elle espérait me la donner...

Avec une immense pitié, je regardai cet homme de cinquante ans qui pleurait, aussi désemparé qu'un petit enfant.

Bientôt, Mélanie s'agita dans son sommeil. Deux taches rouges marquèrent son visage jusque-là livide. En proie à une fièvre qui semblait augmenter d'instant en instant, elle faisait rouler sa tête de côté et d'autre sur l'oreiller, sourde à nos appels. Au fur et à mesure que les heures passèrent, son état empira. Malgré les supplications affolées de Gaston, Pierre-Antoine fut impuissant.

Elle mourut au crépuscule, sans avoir repris connaissance. Le lendemain, on les enterra ensemble dans le même cercueil, la toute petite fille dans les bras de sa mère. A l'église, lorsque l'abbé Souliez rappela la bonté de Mélanie, parla de cet homme malheureux et de ce petit garçon qui restaient seuls, beaucoup laissèrent couler leurs larmes.

A partir de ce jour, Gaston montra toujours un visage triste. Ses cheveux blanchirent, son dos se voûta. Il passait toutes ses journées dans son atelier, penché sur les sabots et les galoches qu'il fabriquait. Jean-Marie, malgré son jeune âge, oubliait sa propre peine pour essayer de réconforter son père. Gaston nous confiait :

— Pour lui, j'essaie de résister. C'est lui qui me retient, car il me prend souvent l'envie d'en finir avec une existence qui me pèse.

Nous protestions, nous essayions de le raisonner. Mais je voyais bien que nos exhortations ne l'atteignaient pas.

3

Les troubles, cependant, continuaient. On entendait toujours parler de groupes d'agités qui parcouraient les campagnes, attaquaient les châteaux et les abbayes. La nouvelle de la prise de la Bastille avait donné lieu, à Douai, à des réjouissances. Lorsque nous y allions, les jours de marché, nous rencontrions de nombreux habitants qui arboraient fièrement la cocarde tricolore. Mais, comme le grain manquait toujours, la peur des pillages restait présente. Afin de lutter contre ces brigandages, une garde nationale fut créée à Douai le 28 juillet. Elle comprenait huit compagnies de cent hommes, chargés de réprimer les troubles et de surveiller les marchés. Nous prîmes l'habitude de les voir, avec leur habit bleu orné de parements écarlates et de pattes blanches, et leur culotte jaune. Leur présence nous rassurait lorsque nous allions vendre nos produits et notre grain à Douai.

Ma sœur nous raconta qu'une émeute avait eu lieu, quelques jours avant la mort de Mélanie. Toute une foule s'était rendue au domicile de Vanlerberghe, un négociant en grains, en l'accusant d'accaparement. Il avait été traîné de son domicile à l'hôtel de ville, et de là à la prison. Des détachements de la garde nationale et une compagnie de chasseurs à cheval, accourus pour rétablir l'ordre, n'avaient pas pu arrêter cette foule furieuse. Après quelques jours, Vanlerberghe avait été libéré, un arrêt du Parlement attestant son innocence. Mais afin de prévenir le retour de semblables violences, un autre arrêt fut publié contenant des mesures sévères. Pour plus d'intimidation, une potence fut dressée sur le grand marché. Chaque fois que nous allions de la rue des Foulons, où nous vendions nos produits laitiers, à la rue de Bellain où habitait ma sœur, nous passions à proximité de la place. Et nous détournions la tête pour ne pas voir la sinistre silhouette, qui nous dominait d'un air menaçant.

Le dimanche 9 août, à la fin de la messe, une nouvelle fois l'abbé Soûliez remonta en chaire :

— Mes bien chers frères, je crois que voici la réponse à vos cahiers de doléances. Remerciez le Seigneur notre Dieu ; vos souhaits ont été écoutés. L'Assemblée nationale a décidé, depuis le 4 août, la suppression des droits féodaux.

Pendant quelques secondes, un silence plein de stupeur régna. Nous ne comprenions pas bien ce que cela signifiait – ou plutôt nous n'osions pas comprendre. Puis, dans un brouhaha plein d'excitation, tout le monde se dirigea vers la sortie. La voix forte de Sylvain Busquet dominait les autres :

— Pour une bonne nouvelle, c'est une bonne nouvelle !

Dehors, sous les grands arbres, de petits groupes se formèrent. On s'interrogeait. Certains demandaient :

— Abolition des droits féodaux, ça veut dire quoi ?

— Le seigneur n'a plus de privilèges, s'écria Sylvain Busquet d'un ton triomphant. Il n'a plus le droit d'envoyer aux galères un paysan qui tire sur ses pigeons, il n'a plus le droit de planter des arbres partout s'ils nous gênent, et il cessera bientôt de se prélasser dans sa richesse pendant que d'autres se crèvent au travail pour lui.

Il lança un regard haineux au comte qui, devant l'église, montait dans sa calèche avec sa femme, son fils et sa fille.

— Il est moins fier maintenant, regardez-le !

— Tais-toi, Sylvain, dit sa mère, une petite femme vieillie avant l'âge, usée par la vie dure qu'elle avait menée pour s'occuper seule de sa ferme et élever son enfant. Je n'aime pas t'entendre parler ainsi.

— Vous, mère, vous êtes trop bonne, répliqua-t-il violemment. Le père du comte a brisé votre vie et vous voudriez que je le plaigne! Il est enfin terminé, le temps de l'injustice!

— Alors, on ne va plus payer la dîme? demanda quelqu'un.

— Ni la taxe pour faire moudre notre grain au moulin? dit un autre.

— On pourra chasser les pigeons s'ils mangent nos récoltes?

Le mayeur, Augustin, leva la main:

— Mes amis, attendez! Des directives vont nous parvenir. Une nouvelle législation va être votée, et ce sera elle qui nous régira. Il est bien évident que nous ne pouvons pas agir à tort et à travers, même si ce n'est plus le comte qui décide.

Ils se mirent à discuter tous en même temps. Sylvain était celui qui criait le plus fort, avec des grands gestes. Je m'éloignai un peu, fis quelques pas le long du cimetière. J'essayais de comprendre. Cette abolition des droits féodaux faciliterait certainement notre vie à tous: plus de corvées, plus de taxes, plus de terrages. Mais comment des privilèges solidement établis depuis plusieurs siècles pouvaient-ils du jour au lendemain être supprimés? Et puis, pour le comte et sa famille, qu'est-ce que cela signifierait? Je les aimais bien, malgré tout, et je devinais que leur existence serait beaucoup plus difficile maintenant. A chacun son tour, dirait Sylvain, ce n'était qu'un juste retour des choses. Je soupirai.

Blaise, le fils aîné de Justin le charron, était là, assis sur le mur qui bordait le cimetière. Avec une expression indéfinissable, il regardait les autres discuter et s'énerver. Je m'assis près de lui.

— Pourquoi n'es-tu pas avec eux?

Il haussa les épaules.

— Je préfère être à l'écart.

Je ne répliquai rien. Je comprenais ce qu'il voulait dire. Je le connaissais depuis toujours; il avait l'âge de mon frère aîné Nicolas. Dans notre enfance, un dimanche de carême, alors que nous parcourions le village et les champs armés de *bouhours*[1] selon la coutume, nous nous étions arrêtés à un carrefour pour allumer un feu de paille et d'herbes sèches. Le feu avait flambé si vite que Blaise, penché sur les fagots, s'était relevé trop tard. Les flammes lui avaient brûlé tout le côté gauche du visage, de la tempe jusqu'au bas du cou. Il s'était roulé sur le sol en se tordant de douleur, et ses hurlements avaient résonné dans mes oreilles pendant des années. Les brûlures avaient été si profondes qu'il fut très malade et faillit mourir. Mais il guérit, et son visage garda un côté ravagé, où la peau rosâtre semblait se froisser et se crevasser. A la longue, je n'y faisais plus attention. Dans le village, nous avions pris l'habitude de le voir ainsi, et nous oubliions qu'il pouvait en souffrir. Cet accident l'avait rendu taciturne, méfiant. Souvent, il se tenait à l'écart des autres, comme un paria, se condamnant lui-même à un isolement que personne n'eût songé à lui imposer.

Je levai les yeux vers lui. Il regardait dans le vide avec un air triste et pensif. Je voyais son profil intact, et je le trouvai beau. En même temps, je le sentais malheureux et, je ne sais pourquoi, j'avais envie de le consoler. J'hésitai, ne sachant comment faire. Puis, timidement, je posai une main sur son bras. Il tressaillit.

— Tu sais, dis-je doucement, tu as tort de réagir ainsi. Est-ce toujours à cause de ce vieil accident? Nous t'aimons bien, et il y a longtemps que nous ne remarquons plus la trace de tes brûlures.

Mes mots étaient maladroits. Il se leva brutalement, gronda d'une voix sourde:

— Je hais la pitié. Je n'en veux pas, encore moins de toi!

Et il s'éloigna à grands pas. Interdite, je le regardai partir sans comprendre. Pauline vint s'asseoir à côté de moi:

— Qu'as-tu donc dit à Blaise? On aurait cru qu'il s'enfuyait.

---

1. Les *bouhours* étaient des brandons; le premier dimanche de carême était le *béhourdis,* jour des brandons.

— Je voulais lui faire comprendre qu'il a tort de toujours se mettre à l'écart de nous tous. Je lui ai affirmé que nous ne faisions plus attention à son visage brûlé. Je crois que je n'aurais pas dû lui parler ainsi. Il a cru que j'agissais par pitié, et il m'a crié qu'il ne la supportait pas.

Pauline secoua la tête avec tristesse :

— Il a toujours été bizarre depuis cet accident. Mais ça ne doit pas être facile de vivre avec un visage à moitié démoli, ajouta-t-elle d'un ton songeur.

Elle se tut, observa un instant les groupes sur la place qui, peu à peu, se disséminaient. Au milieu d'eux, Sylvain parlait toujours haut et fort, promettant à tout le monde des lendemains meilleurs.

— Des lendemains meilleurs... répéta-t-elle avec amertume. Je n'y crois pas, moi. Comment mes parents pourraient-ils arriver à posséder quelque chose, eux qui n'ont jamais rien eu ?

— Le fait de ne plus payer de taxes, ne serait-ce qu'au moulin, va quand même vous faciliter la vie, comme à nous tous.

Elle fit une moue qui exprimait le doute.

— Oui, peut-être. Mais il y aura autre chose. Une vie meilleure, ça n'est pas possible.

— Et pourquoi pas ?

Elle se tourna vers moi, et je fus frappée par la résignation et la gravité de son regard.

— Je n'ai que vingt ans, dit-elle d'une voix basse, et j'ai l'impression d'en avoir le double. Depuis ma naissance, je n'ai connu que la pauvreté, la hantise de la faim, la peur du lendemain. Avec ma mère, je me suis souvent demandé comment nous allions pouvoir nourrir mes frères et mes sœurs. Mon père est journalier, il n'a que ses bras pour vivre. C'est un métier très dur, et ingrat. Et ce sera toujours ainsi. Comment veux-tu que ça puisse changer ? C'est impossible, je te le dis.

Comme pour contredire son affirmation, l'écho de la voix de Sylvain nous parvint :

— ... une ère nouvelle, monsieur le curé l'a bien dit. Ceci n'est qu'un début. Il n'y aura plus de riches ni de pauvres, nous serons plus libres, plus heureux...

Le 26 août 1789, l'Assemblée nationale vota la Déclaration des droits de l'homme et du citoyen. Le dimanche qui suivit, à la sortie de la messe, Augustin, le mayeur, nous en lut les nombreux articles. La Déclaration commençait ainsi : *« Les hommes naissent et demeurent libres et égaux en droits... »* Le texte fut affiché au portail de l'église, et tous ceux qui savaient lire se groupèrent pour en répéter inlassablement les termes aux autres. Sylvain de nouveau jubilait :

— Nous sommes tous égaux. Et nous n'avons plus à nous soumettre aux ordres de monsieur le comte ou de son bailli. Voilà une déclaration qui ne va pas lui plaire !

— Sylvain, supplia sa mère comme elle le faisait chaque fois, tais-toi !

— Mais maintenant, je peux dire ce que je veux. C'est écrit là.

Il tapa du plat de la main sur le portail de l'église.

— « Article XI : *Tout citoyen peut parler librement.* » Ecoutez donc, mère : *« La libre communication des pensées et des opinions est un des droits les plus précieux de l'homme. »* Et si je pense que je suis l'égal du comte, j'ai le droit de le dire.

La pauvre femme secoua la tête d'un air désorienté.

— Nous, nous sommes des paysans, et lui, c'est le seigneur. Comment se pourrait-il... ?

— Mais ça, coupa Sylvain, c'était avant. Maintenant, ce ne sera plus ainsi. Maintenant, nous serons tous égaux.

Je vis le doute dans les yeux de ceux qui écoutaient. Les inégalités sociales auxquelles nous étions habitués avaient fini par nous paraître normales. Il fallait nous laisser le temps de nous accoutumer à un changement qui bouleversait des règles établies depuis toujours.

Pourtant, en apparence, rien n'était changé. Il fallait, comme auparavant, assurer notre travail et aller vendre nos produits au marché de Douai trois fois par semaine.

En même temps, nous vivions dans l'expectative, attendant le nouveau régime qui remplacerait l'« ancien », le régime féodal aboli.

La moisson avait été assez bonne, et nous espérions que les émeutes ne seraient plus à craindre. Néanmoins, la méfiance régnait toujours. Une lettre du roi, lue en chaire par notre curé, nous avait appris que des gens mal intentionnés avaient « semé des faux bruits dans les campagnes, afin d'y répandre l'alarme et d'engager les habitants à prendre les armes ». C'était ce qui s'était produit dans notre village, la veille de la mort de Mélanie. Celui qui avait fait courir ce bruit avait été arrêté et mis en prison.

A Douai, par mesure de sûreté, la foire de Saint-Rémy, à laquelle nous nous rendions chaque année en octobre, fut supprimée. Le conseil général de la commune avait pris cette décision car, disait l'avis placardé sur les murs, « dans les étrangers peuvent se glisser des personnes suspectes qui troubleraient la tranquillité publique ».

Pourtant, malgré ces précautions, il fut question d'une conspiration contre l'Etat, et toute la ville de Douai en fut secouée. Très excitée, ma sœur nous raconta cette affaire lorsque, avec ma mère, j'allai la voir après notre marché, le premier mardi de novembre.

— Connaissez-vous monsieur Mellez, qui est professeur de médecine à l'université? Une aventure extraordinaire est arrivée à sa fille Rosalie. Et le pire, c'est que je me suis trouvée près d'elle peu de temps auparavant. Quand je pense que ça aurait pu m'arriver aussi!

— Que s'est-il passé? s'inquiéta ma mère. Il me semblait bien que tout le monde discutait beaucoup, ce matin, au marché.

— On ne parle que de ça depuis deux jours. Samedi soir, j'étais allée à confesse à l'église Saint-Pierre, entre six heures et demie et sept heures. Alors que je terminais mes prières, je me souviens d'avoir aperçu deux hommes vêtus de longs manteaux, mais dans l'obscurité qui régnait je ne les ai pas bien vus. Je suis sortie peu de temps après eux, et je me suis trouvée, au portail, près de mademoiselle Mellez. Elle s'est dirigée vers le cimetière et moi, j'ai pris la rue Saint-Christophe pour revenir ici. Je n'y pensais plus lorsque, à partir de minuit et demi, des patrouilles ont sillonné la ville, et le lendemain nous avons appris que ces deux hommes étaient des conspirateurs.

— Des conspirateurs ? s'affola ma mère.

— Mademoiselle Mellez les avait entendus chuchoter des phrases du genre : « Il y aurait du danger d'être surpris... Si nous pouvions rejoindre Cambrai... les portes sont fermées... Il y aurait du péril... » et finalement ils ont dit : « Tâchons de gagner les remparts. » C'est alors qu'ils sont sortis, et elle les a suivis dans le but de les dénoncer à la garde des remparts et de les faire arrêter.

— Elle ne manque pas de courage, dis-je avec admiration.

— C'est vrai, approuva ma sœur, surtout quand on sait ce qui s'est passé après. Elle est arrivée, derrière eux, jusqu'à la rue des Carmes. Devant l'église, l'un des hommes l'a aperçue et est venu vers elle, l'épée à la main. Il a voulu la frapper, mais elle a saisi la lame de l'épée en appelant au secours. L'homme, qui a sans doute eu peur d'être surpris, a pris la fuite avec son compagnon. Il avait laissé tomber des papiers qu'elle a ramassés et ramenés chez elle. Il paraît qu'il s'agit d'un complot contre le duc d'Orléans. Le capitaine Hubert, qui commande la garde nationale, est parti immédiatement à Paris afin de prévenir l'Assemblée nationale et le roi. Jusqu'ici, il ne semble pas qu'on ait retrouvé les mystérieux individus. Je tremble encore quand je pense qu'ils sont passés si près de moi !

— Dans l'église, dit ma mère, tu ne risquais rien. Y avait-il d'autres personnes ?

— Oui, mais après, dans les rues noires... ils auraient pu être là. Maintenant tout le monde a peur. On ne sait même pas s'ils sont encore dans la ville ou s'ils ont réussi à sortir.

D'autres nouvelles nous parvenaient, que nous accueillions avec un espoir mitigé d'une sorte de méfiance instinctive. Mon père résumait l'opinion générale en disant :

— Si tout se met à changer, il faut que ce soit en mieux ; sinon, c'est inutile.

Un décret fut voté par l'Assemblée nationale, mettant les biens du clergé à la disposition de la nation. Ils devaient servir de garantie à un papier-monnaie, l'assignat, nouvellement créé. Certains approuvèrent, beaucoup réservèrent leur jugement, attendant de voir ce que cela allait nous apporter.

Quelques jours avant Noël, j'allai au presbytère rendre une nappe d'autel que j'avais reprisée. Je pris en même temps de la paille que je mis dans un sac, afin de garnir le sol de la crèche que j'avais installée comme chaque année dans l'église avec Adèle. La vieille femme m'accueillit avec reconnaissance, déplia la nappe soigneusement repassée, la regarda.

— Tu travailles comme une fée, Mathilde. Je te remercie, pour moi et pour monsieur le curé. Si tu n'étais pas là, il ferait la messe avec des ornements troués ! Je n'ai plus d'assez bons yeux pour coudre et raccommoder.

Je souris.

— Si ce n'était pas moi, quelqu'un d'autre le ferait. Vous savez bien qu'on ne laisserait pas les nappes d'autel déchirées. Monsieur le curé n'est pas là ?

Elle leva les yeux au ciel.

— Il est toujours à courir les rues, à son âge, pour aller voir l'un et l'autre ! Il rentre bien souvent trempé, ou gelé, et il écoute mes remontrances en grelottant, mais avec cette lumière dans les yeux qu'il a parfois, tu sais, Mathilde. Et il me dit doucement : « Je fais mon travail, ma bonne Adèle. Je vais voir les malades, je m'efforce de réconforter ceux qui souffrent. » Je sais qu'il va souvent chez Gaston, depuis la mort de Mélanie, il essaie de le consoler. Le pauvre homme a du mal à s'en remettre.

J'acquiesçai d'un signe de tête. Après avoir bavardé quelques instants avec Adèle, je repris mon sac de paille et me rendis à l'église. Là, je m'agenouillai devant la crèche, commençai à y disposer la paille. Un pâle soleil hivernal jouait dans les vitraux, faisant danser des reflets colorés sur les murs. Il faisait froid. Je m'absorbai dans ma tâche, appréciant le calme du lieu. Lorsque j'entendis la porte s'ouvrir, je me retournai, surprise. C'était Sylvain Busquet. Il s'avança vers moi.

— Il me semblait bien t'avoir vue entrer. J'étais chez Ignace, en face.

Il s'arrêta près de moi.

— Que fais-tu donc?

— Tu le vois bien, j'arrange la crèche.

Il ne répondit pas et me regarda d'un air pensif. Un long moment s'écoula ainsi. Puis, presque pour lui-même, d'une voix sourde, il murmura:

— Je ne crois plus à ces choses. Je n'y crois plus depuis le jour où les gardes ont emmené mon père. J'avais huit ans alors. Jamais plus ma mère n'a installé la crèche chez nous, et pour moi, depuis, c'est comme si Noël n'existait plus.

Je levai les yeux vers lui. Son regard triste semblait fixer dans le vide, très loin, des souvenirs douloureux et toujours présents. Je ne dis rien, consciente de découvrir un Sylvain que personne ne connaissait, qui mettait à nu, pour un instant, la blessure de son enfance. Pour la première fois, je compris sa haine, sa révolte, et sa violence due à une indignation trop longtemps réprimée. Je fis un geste vers lui. Il sursauta, me regarda. Instantanément, il redevint le Sylvain habituel, vindicatif, rageur, insolent.

— Et toi, tu y crois, à tout ça? demanda-t-il avec un geste méprisant.

— Pourquoi n'y croirais-je pas? dis-je doucement. C'est ce qu'on m'a toujours appris. Et puis, j'aime Noël, c'est une jolie fête.

— Pas moi, gronda-t-il, le visage assombri.

— Alors, pourquoi viens-tu à la messe de minuit chaque année, si tu n'aimes pas?

Il haussa les épaules avec colère:

— Je le fais pour ma mère. Elle ne comprendrait pas que je ne l'accompagne pas. Mais s'il ne tenait qu'à moi...

– Il regarda autour de lui. – Ah non, je n'y viendrais pas, c'est sûr!

Il se tourna vers le chœur, eut un ricanement qui ressemblait à un sanglot:

— Dieu! s'exclama-t-il avec rancune. Crois-tu donc que Dieu existe? C'est une bonne blague, pour les pauvres gens crédules. Quand je pense qu'Alexandre continue de seriner ça aux enfants, comme il l'a fait pour nous!

Je me redressai, offusquée.

— Sylvain, arrête de blasphémer!

Il me fit face, le visage furieux.

— Pourquoi? Parce que je dis que Dieu n'existe pas? Mais s'il existait, crois-tu donc qu'il permettrait qu'on enlève un père à son enfant, simplement parce qu'il a voulu chasser les pigeons qui mangeaient ses semences?

Sa violence me fit peur. Je reculai.

— Je ne peux pas répondre à ça, Sylvain, dis-je tristement. Laisse-moi terminer la crèche, je dois rentrer à la ferme, ma mère m'attend.

Il fit un effort pour se calmer, se détourna en grommelant. J'entendis quelques bribes de paroles:

— ... stupidités... Ça aussi, il faut que ça change...

Il s'en alla d'un pas rapide. J'entendis le vantail claquer brutalement. Je soupirai et terminai mon travail. Mais je n'y prenais plus aucun plaisir. A cause des propos de Sylvain, les personnages de la crèche avaient perdu leur magie et n'étaient plus que des accessoires sans vie.

La messe de minuit se passa normalement, dans les prières et les chants. Le comte était là, dans son bel habit blanc brodé d'argent, avec sa femme et sa fille, vêtues de ravissantes toilettes. Et Adrien, aussi, avec son air moqueur. Il me vit, me fit un clin d'œil. Je baissai la tête en rougissant. Je l'évitais autant que je pouvais. Lorsqu'il m'arrivait de le rencontrer, je m'esquivais le plus vite possible. Lui me regardait avec une expression malicieuse dans les yeux. Son expression disait clairement: « Tu as beau me fuir, tu ne m'échapperas pas toujours. » Mais j'étais bien déterminée à ne pas lui donner satisfaction.

Quelques jours après, l'Assemblée nationale supprima les circonscriptions de l'Ancien Régime et en créa d'autres. Nous apprîmes ainsi qu'il n'y aurait plus ni provinces ni bailliages, mais des départements, qui seraient eux-mêmes divisés en districts, cantons et communes. C'était ainsi qu'il faudrait appeler notre village dorénavant : commune, et non plus paroisse. Le mayeur, les échevins, le lieutenant n'existeraient plus. Ils seraient remplacés par un maire, assisté de cinq officiers municipaux et de douze notables, non plus nommés par le seigneur, mais élus pour deux ans par les citoyens actifs du village.

Les citoyens actifs étaient les seuls à pouvoir voter. C'étaient les hommes qui payaient un impôt direct égal à la valeur de trois journées de travail ; les citoyens passifs étant, par opposition, ceux qui étaient trop pauvres pour s'acquitter de cet impôt, comme Florent le journalier, ou encore ceux qui étaient continuellement en service, comme Louis notre valet de charrue.

Quant à ceux qui se présentaient pour être élus maire, officier municipal ou notable, ils devaient verser un impôt équivalent à dix journées de travail.

Le jour des élections, fixé au 9 février, fut annoncé en chaire par l'abbé Souliez le dimanche précédent ; des affiches furent posées sur le portail de l'église. Toute la journée, le village fut en ébullition. C'était la première fois que les habitants pouvaient choisir ceux qu'ils désiraient comme représentants.

Les élections eurent lieu dans l'église, sous la présidence de monsieur le curé. Le matin, Pierre-Antoine, notre médecin, fut élu maire. Ce choix ne me surprit pas. Je connaissais Pierre-Antoine, je savais que sa modération, son dévouement, son sens de la justice le faisaient apprécier de tout le monde. L'après-midi, Ambroise, le tailleur, fut élu procureur ; il serait chargé de veiller à l'application des lois.

Le lendemain, ce fut le tour des officiers municipaux, et enfin des notables. Parmi eux, furent choisis mon père, Augustin l'ancien mayeur, et Sylvain Busquet. Ce dernier, nous rapporta mon père, s'était présenté d'abord comme maire, ensuite comme officier municipal, mais n'avait pas obtenu suffisamment de voix. Là aussi, je compris. La violence de Sylvain effrayait, et beaucoup se méfiaient de lui. Pour terminer, Ignace fut chargé des fonctions de secrétaire-greffier ; il noterait les comptes rendus des séances.

Cette nouvelle municipalité, qui portait le nom de conseil général, était tout à fait indépendante, affranchie de toute tutelle seigneuriale. Le dimanche suivant, à l'issue de la messe, tous les élus prêtèrent le serment qui leur était demandé : ils jurèrent d'être fidèles à la nation, à la loi et au roi, et de maintenir, de tous leurs pouvoirs, la Constitution du royaume. Ce moment fut important pour tous. Nous étions conscients qu'une ère nouvelle se préparait, où nous aurions davantage de responsabilités. Il semblait bien terminé, le temps où nous étions condamnés à tout subir sans pouvoir réagir. Tout doucement, l'optimisme l'emportait sur la crainte.

Petit à petit, les changements apparurent. Le premier souci de notre maire fut de faire abattre, au marais, les piliers de haute justice, cette potence lugubre que je n'aimais pas voir lorsque j'allais chez Pauline. Elle-même, ainsi que ses parents, furent soulagés et heureux de cette décision.

— Je respire mieux depuis qu'elle n'est plus là, me dit-elle. Elle semblait toujours nous menacer, et il y avait des moments où sa vue me donnait des frissons. Elle était sinistre, particulièrement au crépuscule. Je ne pouvais pas m'empêcher, en la regardant, d'imaginer un corps s'y balancer.

Elle fit une grimace, reprit plus gaiement :

— Je crois que les seuls déçus, ce sont mes petits frères. Ils s'amusaient à y grimper, malgré notre défense.

Il y en eut certains pour s'inquiéter, comme ma mère qui demanda, le soir même :

— Mais Jean-Baptiste, si on enlève ce gibet, que fera-t-on s'il y a un assassin condamné à mort ?

— Il ne sera plus jugé par le seigneur, dit mon père. Tout ce qui, avant, constituait les privilèges féodaux n'existe plus ; la justice du seigneur non plus. S'il y a un assassin, il sera transféré à Douai, et jugé là-bas, par un tribunal.

Ma mère soupira, rassurée.

— Ah bon, il sera quand même condamné. C'est tout juste si je ne voyais pas les criminels courir librement.

— Non, c'est un autre régime que l'on met en place, voilà tout, et il faut espérer qu'il sera meilleur pour nous.

Un autre changement concerna le lieu des assemblées municipales. Avant, tout se passait dans l'église. Dorénavant, il faudrait une salle spéciale, uniquement réservée à cet effet. Une pièce fut louée à Ignace, derrière son cabaret. Lorsque mon père nous l'annonça, ma mère laissa éclater son humeur :

— Près du cabaret, c'est ce qui s'appelle un bon choix ! Ça va inciter les hommes à boire à chaque réunion. Ça fait peut-être les affaires d'Ignace, mais pas les miennes ! Tu entends, Jean-Baptiste ? Ne te laisse pas entraîner à boire !

— Mais non, dit mon père en haussant les épaules. C'est provisoire, de toute façon. Nous essaierons de trouver une salle plus indépendante par la suite.

Le garde du seigneur fut remplacé par un garde champêtre. A partir de la somme offerte pour les gages d'une année, les candidats proposèrent, chacun à leur tour, une somme inférieure. Fut nommé celui qui, le dernier, donna le prix le plus bas. Ce fut Guislain, le maréchal-ferrant. Dorénavant, il annoncerait les nouvelles dans le village, ainsi que les dates des réunions municipales.

D'autres changements, plus généraux, intervinrent encore. Douai fut désignée comme chef-lieu du département du Nord par l'Assemblée nationale. La même

Assemblée confisqua les biens de l'Eglise au profit de la nation. Un autre décret suivit, en avril, selon lequel la dîme serait perçue comme par le passé, mais cette fois au bénéfice de l'Etat. Lorsque Pierre-Antoine nous lut cet avis, la réaction fut violente. Tout le monde se récria : il n'en était pas question !

— A qui veux-tu faire admettre ça, Pierre-Antoine ? cria quelqu'un. Pas à nous, en tout cas ! Moi, je refuse.

— Moi aussi, dit un autre.

Pierre-Antoine leva les mains pour obtenir un silence relatif, sur lequel un bourdonnement de mécontentement continua de régner.

— Mes amis, les impôts vont changer, et la dîme va être supprimée, c'est certain. Pour cette année, elle est maintenue, mais elle n'ira plus enrichir des abbayes, elle sera versée à la nation.

Les remarques reprirent de plus belle :

— Que ce soit pour l'Eglise ou pour l'Etat, pour moi ça ne change rien, puisque je devrai toujours payer !

— Et puis, il ne faut pas nous prendre pour des imbéciles ! Je refuse de payer ! Ce n'est pas la peine de tout changer, si c'est pour nous laisser les principaux inconvénients.

Ils étaient tous furieux. Même mon père, si placide, fronçait les sourcils et secouait la tête en répétant :

— Ah, mais non ! Ah, mais non !

Pierre-Antoine ne réussissait plus à se faire entendre. Certains s'en prenaient à lui et l'invectivaient :

— Si c'est tout ce que tu sais faire, depuis que tu es maire, on regrette d'avoir voté pour toi !

Vainement, il essayait de leur expliquer qu'il n'y pouvait rien, qu'il ne faisait que porter à leur connaissance un avis qu'il avait reçu. Je ne sais pas s'ils comprirent. Les discussions houleuses durèrent longtemps, et lorsque tout le monde se sépara, ce fut sur cette décision unanime :

— On ne paiera pas !

4

A mesure que le printemps avançait, nos préoccupations concernaient surtout la moisson. Nous nous souvenions de la peur qui avait parcouru la campagne l'année précédente, au sujet des brigands qui pillaient et détruisaient tout. Nous craignions aussi les émeutes qui éclataient, parfois pour un rien. Au moment de la précédente récolte, de nombreux mendiants avaient envahi les villages, afin de glaner dans les champs au détriment des pauvres; ils en avaient profité pour voler parmi les gerbes et les javelles. Il fallait éviter que cela se reproduisît.

Les blés mûrissaient, les avoines et les orges balançaient leurs épis duveteux sous le soleil, le bleu des fleurs de lin ravissait les regards. La moisson promettait d'être belle, à condition que le temps restât clément. Le gibier faisait moins de dégâts; depuis l'abolition des privilèges féodaux, le paysan avait le droit de tuer les lièvres ou autres animaux qu'il surprenait sur ses terres. Personne ne s'en privait. Cela fournissait de plus matière à un bon repas, et ce n'était pas négligeable.

Notre village avait retrouvé un calme relatif. En comparaison, Douai nous paraissait agitée. Ma sœur nous racontait les nombreux défilés de la garde nationale et de la garnison au son des tambours. Des fêtes étaient organisées, les places publiques, l'hôtel de ville et les casernes ornés de feuillages; on demandait aux habitants de participer à l'illumination de la ville en plaçant des lampes aux fenêtres.

Beaucoup appréciaient ces nouvelles réjouissances et se déclaraient patriotes, applaudissant aux défilés, criant « Vive la nation! » ou « Vive le roi! ». Ils regardaient avec suspicion ceux dont l'ardeur paraissait trop tiède.

Un mardi, à la fin du mois de mai, nous avions fini notre marché, ma mère et moi, et nous nous rendions chez ma sœur. Alors que nous remontions la rue de la Mairie, à la hauteur de l'hôtel de ville un groupe de femmes nous barra le passage.

— N'avez-vous donc point de cocarde? nous dit l'une d'elles, une imposante matrone aux allures de mégère. Ne savez-vous pas qu'elle est obligatoire?

Elles arboraient toutes, fièrement, d'énormes nœuds tricolores sur leur bonnet ou sur le côté gauche de leur poitrine. Elles avaient un air décidé et belliqueux qui m'inquiéta. Ma mère voulut faire preuve de fermeté.

— Nous revenons de notre marché et nous rentrons chez nous. Laissez-nous passer, s'il vous plaît.

— Pas avant de vous avoir fourni une cocarde! Chaque passant doit en porter une.

— Ecoutez... commença ma mère, qui ne voulait pas céder.

La femme rapprocha son visage des nôtres, fronça les sourcils, demanda d'un air à la fois doucereux et menaçant:

— Seriez-vous mauvaises patriotes?

J'eus peur. Je tirai ma mère par le bras. Mais elles nous entouraient et nous ne pouvions pas bouger.

— Répondez! insista une autre.

— Pas du tout, dit ma mère avec hauteur, je suis aussi bonne patriote que vous.

— Eh bien, dans ce cas, vous ne refuserez pas de porter la cocarde. Seuls les mauvais patriotes refusent, et ceux-là, on sait comment les traiter! ricana-t-elle avec un clin d'œil appuyé à ses compagnes, qui approuvèrent en s'esclaffant.

Nous n'osions plus rien dire. Elles nous entraînèrent dans une boutique, à quelques pas de là, nous poussèrent à l'intérieur, entrèrent avec nous.

— Catherine, annonça celle qui semblait être la meneuse, on t'amène des clientes. Elles désirent acheter une cocarde.

La marchande prit un air entendu, nous regarda ironiquement.

— Grâce à toi, Marie-Madeleine, je vais faire fortune !

Elle posa sur le comptoir deux énormes nœuds d'un ruban bleu-blanc-rouge aux couleurs vives.

— Ce sera dix sous.

Ma mère avait horreur qu'on l'obligeât à agir contre sa volonté, mais elle n'osait pas se révolter ouvertement, comprenant bien que nous étions inférieures en nombre et en force.

— N'y a-t-il pas un modèle plus petit ? demanda-t-elle.

— Comment ? dit celle qui s'appelait Marie-Madeleine. On est patriote ou on ne l'est pas ! Si on l'est, on est fier de le montrer et on met la plus grosse cocarde qu'on puisse trouver. N'est-ce pas, vous autres ?

— Ça, c'est bien vrai !

— Tu as raison, Marie-Madeleine !

— Allez, venez ici !

Cette dernière injonction s'adressait à nous. Une des femmes fixa une cocarde à mon bonnet, une autre fit de même pour ma mère. Il fallut payer. Ma mère, les lèvres pincées, tendit l'argent. En nous tapant sur l'épaule avec une jovialité voulue, elles nous poussèrent dehors.

— Voilà de bonnes patriotes, et qu'on vous voie toujours ainsi, dorénavant !

Elles nous laissèrent partir, se groupant pour barrer le passage à de nouvelles victimes. Ma mère marchait d'un pas rapide, muette, blanche de colère. Je ne disais rien non plus, ne pouvant m'empêcher de trouver ridicule cette énorme cocarde sur notre bonnet.

Chez ma sœur, ma mère éclata enfin :

— Regarde, Marie-Henriette, ce qu'on m'a forcée à faire ; est-ce ça, la nouvelle liberté ?

— Je sais, dit ma sœur sans surprise. C'est un nouveau décret selon lequel tout le monde doit porter la cocarde.

Moi-même, j'ai dû en acheter une. Hier, Casimir s'est fait arrêter lui aussi en allant à son travail. On lui en a vendu une de force. Ces femmes passent leur temps à ça. Il y a quelques jours, elles ont abordé le prévôt de Saint-Amé. Elles lui ont fait ôter son bonnet, y ont attaché une cocarde, puis le lui ont remis en criant : « Vive la nation ! » Et ceux qui assistaient à cette scène riaient !

J'ôtai mon bonnet.

— Je vais la mettre sur mon corsage ; ce sera moins voyant.

— C'est une bonne idée, approuva ma mère.

Nous fîmes le trajet du retour ainsi affublées. A la maison, après notre récit, mon père se gratta la tête d'un air dubitatif.

— Il vaut peut-être mieux obéir à ce décret, conclut-il. Ici, dans le village, ce n'est pas nécessaire, mais lorsque nous irons à Douai, nous porterons la cocarde.

Le mois de juin avançait, et bientôt ce fut la Saint-Jean. Malgré les changements qui se produisaient, nous restions fidèles aux traditions. Le jour du 24 juin, je me levai avant l'aurore dans l'intention d'aller cueillir les herbes magiques. Lorsque je sortis de la maison, il faisait encore sombre, mais une légère lueur, au loin, annonçait l'arrivée du jour.

Je partis vers les champs, respirant à fond l'odeur profonde de la terre et des herbes emperlées de rosée. Après l'agitation des mois précédents, j'appréciai le calme de la campagne encore endormie. Quelque part, un merle se mit à chanter. Je m'arrêtai et, dans la clarté naissante de l'aube, je cherchai à le localiser. Je finis par l'apercevoir, tout en haut d'un grand arbre. Je demeurai immobile un long moment, l'écoutant avec ravissement. Puis j'avançai le long des haies, essayant de repérer dans les herbes les touffes de mélilot. Je parvins à en trouver suffisamment pour remplir le petit sac de toile que j'avais emmené. J'étais contente de ma récolte. Ces herbes étaient pour nous très précieuses : jusqu'à l'année suivante, nous les porterions à la ceinture afin de nous protéger des maléfices. De plus, mon père en plaçait toujours quelques-unes dans la grange; elles étaient censées éloigner les risques d'incendie, les rats et les souris.

Ma provision terminée, je revins lentement vers le village. A l'horizon, au-delà des champs, le ciel se striait de rose et d'or, annonçant l'arrivée du soleil. Se détachant sur cette féerie, Adrien galopait, ne faisant qu'un avec son cheval. Je le contemplai, cherchant à analyser les sentiments qu'il m'inspirait. Admiration, méfiance, et quelque chose d'autre que je me refusais à approfondir. Je ne sais comment il m'aperçut, mais dès qu'il me vit il fit bifurquer son cheval et se dirigea vers moi. Je jetai un coup d'œil alentour, espérant lui échapper, mais je n'avais aucune chance. En quelques secondes il fut là. D'un bond souple, il sauta sur le sol, s'approcha.

— Que fais-tu là, si tôt?

Furieuse de me sentir rougir, je lui montrai mon sac.

— Je cueillais le mélilot...

— Les herbes de la Saint-Jean! On dit qu'elles sont magiques.

— Oui, en effet.

Seule avec lui, je me sentais mal à l'aise. Je voulus faire un pas en avant, mais il se tenait devant moi et, de plus, son cheval barrait le chemin. Adrien devina mon mouvement de fuite, m'arrêta d'un geste.

— Attends, ne pars pas. Pour une fois que je te vois seule... Dis-moi, au sujet des herbes, n'en connais-tu pas qui rendraient les filles moins cruelles?

Je ne pus m'empêcher de sourire:

— Pourtant, il me semble qu'elles ne doivent pas se montrer souvent cruelles avec vous!

Son regard pétilla, se fit ensorceleur.

— En général, non. Mais il y en a une qui semble me fuir, et qui pourtant me plaît beaucoup.

Il se rapprocha de moi.

— Pourquoi fais-tu cela, Mathilde?

Je reculai, essayant d'ignorer les battements accélérés de mon cœur.

— Je ne comprends pas, monsieur Adrien. Je ne fais rien. Laissez-moi partir.

Il m'observa avec un sourire ironique, sûr de lui.

— As-tu donc si peur de moi? Je vais te montrer que tu as tort.

Il était tout contre moi. Je sentais la chaleur de son corps, je respirais son odeur virile, mon trouble grandissait. Il se pencha, d'une main me releva le menton, plongea ses yeux dans les miens.

— Aussi fière que belle... Ça ne me déplaît pas, au contraire. Je n'aime pas les conquêtes faciles.

Son regard me tenait prisonnière. Paralysée, incapable de réagir, j'étais dans un état second. Il se pencha davantage, et je compris qu'il allait m'embrasser. Mon cœur s'arrêta de battre.

Je fus sauvée par le cheval. Las d'attendre, il avança la tête et poussa, de son museau, l'épaule d'Adrien. Le charme fut rompu. Adrien se redressa, se retourna.

— Allons, Sultan, sois sage. Va plus loin.

Il revint de nouveau vers moi, mais je m'étais reprise. J'avais reculé de quelques pas, et une colère salutaire chassait maintenant mon trouble; comment avais-je pu agir ainsi?

— Viens, Mathilde. Ne t'éloigne pas.

Juste à ce moment, j'aperçus, à l'autre bout du chemin, Noémie, la fille d'Ignace le cabaretier. C'était une grande fille rousse et sans grâce, qui avait à peu près mon âge. Je ne l'aimais pas beaucoup, et je crois que c'était réciproque. Lors de nos années d'école, Alexandre, le clerc, s'était toujours plaint de sa mauvaise volonté et de sa paresse. Elle n'avait pas changé en grandissant. Pourtant, cette fois, je fus heureuse de la voir. Je l'appelai:

— Hou, hou! Noémie!

Elle tourna la tête vers nous, eut un sourire, s'avança aussitôt avec un empressement qui était dû à Adrien, qu'elle admirait beaucoup. Ce dernier, mécontent, prit son cheval par la bride, sauta en selle.

— Tu essaies de te débarrasser de moi, mais tu n'y parviendras pas toujours. Comme je te l'ai dit, j'aime les conquêtes difficiles. La tienne n'en aura que plus de prix.

Avec désapprobation, je secouai la tête.

— Je ne veux pas, monsieur Adrien. Je vous demande de me laisser tranquille. Si vous cherchez à conquérir quelqu'un, occupez-vous plutôt de Noémie, je sais qu'elle en sera flattée et ravie.

Il reprit son expression ironique, se tourna vers Noémie, la regarda venir vers nous.

— Cette grande haquenée rousse ? Merci bien, elle ne me plaît pas. C'est toi que je veux, Mathilde, pas une autre. Je mettrai le temps qu'il faudra, mais j'y arriverai !

Son cheval s'élança dans un tourbillon de poussière. Noémie s'arrêta près de moi, essoufflée.

— Pourquoi s'en va-t-il ? Que faisiez-vous donc, tous les deux ?

— Oh, rien, dis-je d'un air dégagé. Nous discutions des herbes de la Saint-Jean.

Elle me toisa d'un œil soupçonneux.

— Etant donné la réputation d'Adrien de Bryars, cela m'étonnerait. Ne cherchait-il pas plutôt à te séduire ?

Son expression sournoise et jalouse m'agaça. Je répliquai avec humeur :

— Et quand cela serait ? J'ai bien l'intention de ne pas me laisser faire. Je ne tiens pas à augmenter le nombre de ses conquêtes. Je ne suis pas un simple jouet qu'on prend et qu'on laisse dès qu'il a cessé de plaire.

Elle me gratifia d'un regard méprisant.

— Tu es bien bête. Moi, j'agirais autrement. Et j'en profiterais pour me faire offrir des bijoux et des tas d'autres choses.

Je haussai les épaules.

— Libre à toi !

Je vis, à la manière dont elle m'observait, qu'elle se demandait si j'étais sincère. Je la laissai en disant que je devais rentrer. Le jour, maintenant, était complètement levé. Une brume légère, annonciatrice de beau temps, tamisait le soleil et noyait la masse des arbres dans un halo nacré. Alors que j'approchais de notre ferme, je vis mon frère François venir au-devant de moi.

— Que faisais-tu donc, Mathilde? As-tu les herbes?

Je lui montrai mon sac. Je ressentais une impression désagréable, à cause de mon attitude envers Adrien – j'avais failli succomber à son charme – et, ensuite, à cause de la jalousie que j'avais devinée chez Noémie. Alors, à mon frère François, je racontai tout. Je savais qu'il me comprendrait; il n'avait que deux ans de plus que moi, et nous avions toujours été très proches. Il me regarda avec tendresse et sollicitude.

— Fais attention à toi, petite sœur. Ne tombe pas dans ses filets.

— Je n'en ai pas l'intention. Mais il faudra que je me méfie, dorénavant. Je ne veux plus le rencontrer.

Il posa une main amicale sur mon épaule.

— Tu as bien fait de me parler. A partir de maintenant, je serai ton défenseur, ton chevalier, comme dans nos jeux, tu te souviens?

Il me regarda, me sourit. La chaude complicité de notre enfance fut là, de nouveau, entre nous. Son affection chassa mon malaise. Avec reconnaissance, je me serrai contre lui; il m'entoura de son bras. Ainsi enlacés, nous revînmes chez nous.

La journée se déroula selon le rite habituel. Les enfants du village commencèrent, dès le matin, leur quête de porte en porte, réclamant à chaque habitant un peu de bois. Ils vinrent chez nous, précédés de leur chant qu'ils braillaient à tue-tête:

Saint Jean est quéu dins l'iau
Saint Pierre l'a rassaqué
Un tiot morciau d'bos pou'l'récauffer
I trenne[1].

---

1. Saint Jean est tombé dans l'eau
Saint Pierre l'a retiré
Un petit morceau de bois pour le réchauffer
Il tremble.

Je vis parmi eux Jean-Marie. Les joues rouges, les yeux brillants, l'air excité, il ressemblait aux autres enfants, heureux de recueillir la plus grande quantité de combustible pour le bûcher nécessaire à la fête. Mon père leur donna des tiges de colza et des plantes d'œillette séchées, qui avaient la propriété de s'enflammer facilement. Je leur fis cadeau également d'un vieux balai hors d'usage. Ils accueillirent joyeusement nos dons, et m'expliquèrent avec fierté qu'ils avaient déjà beaucoup de bois ; Justin le charron leur avait donné les nombreux déchets de son atelier.

Toute la journée, l'image d'Adrien et de ses yeux charmeurs fut devant moi. Elle ne se dissipa que le soir quand, avec les autres, j'allai empiler les fagots et les combustibles ramassés par les enfants, en une haute pyramide qui constituait le bûcher traditionnel. Lorsqu'il fut terminé, monsieur le curé vint solennellement le bénir avant d'y mettre le feu. Une pluie d'étincelles jaillit, des flammes hautes et claires firent crépiter le bois. Mon père y plongea une branche de noyer qu'il retira aussitôt : ce serait le talisman qui protégerait notre bétail des maladies. Les autres fermiers l'imitèrent. Ils se pliaient à cette tradition chaque année, depuis que, l'année de ma naissance, une épizootie avait provoqué la mort de toutes les bêtes à cornes de la région.

Mon frère François me tira par la main.

— Viens, Mathilde, les danses vont commencer.

Avec François d'un côté et Pauline de l'autre, j'entrai dans la ronde. Nous nous mîmes à tourner autour du brasier, au son de la pochette et du tambourin dont jouaient quelques habitants du village un peu musiciens. C'étaient des airs connus, que nous reprenions en chœur : *Dodinette, dodinon, Sur le pont d'Avignon, Savez-vous planter des choux.* J'apercevais, à la lueur des flammes, les visages de ceux que je connaissais depuis toujours ; je vis Sylvain qui, pour une fois, semblait heureux et chantait aussi fort que les autres.

Soudain, Pauline poussa un cri. Un pétard lancé avec adresse venait d'éclater près de nous. D'autres explosèrent un peu plus loin. J'entendis un rire et me retournai. Jean-Marie, hilare, nous regardait. Il s'enfuit. Par jeu, je le poursuivis. Il se réfugia près de son père. Celui-ci, le visage grave, regardait les danseurs avec nostalgie.

— Les autres années, me dit-il, j'étais dans la ronde avec Mélanie.

Il s'arrêta, eut un sourire malheureux. Jean-Marie, qui se cachait derrière son père, me lança un coup d'œil malicieux.

— Tu as eu peur de mes pétards, hein, Mathilde ?

— Oui, j'ai eu peur, et Pauline aussi.

Avec un rire satisfait, il courut de nouveau vers les danseurs. Gaston soupira :

— Je suis heureux que lui, au moins, retrouve le goût de vivre.

Des cris me parvinrent :

— Mathilde, viens danser.

Gaston releva la tête.

— Oui, vas-y. Va t'amuser, c'est de ton âge.

J'obéis, heureuse de retrouver les chants et la lueur des flammes. Je rentrai dans la ronde. Une « course » commençait, une farandole échevelée, pendant laquelle nous tournions à toute vitesse autour du feu. Je m'accrochais solidement à la main de mes voisins afin de ne pas tomber, et les images défilaient à une allure qui me donnait le vertige. Lorsque la course s'acheva, nous étions tous essoufflés et ravis. Nous fîmes une pause. J'étais avec Pauline et mes frères lorsque Sylvain et Noémie vinrent nous rejoindre.

— Je vais sauter au-dessus des flammes, dit Sylvain. Qui vient avec moi ? Toi, Mathilde ?

— Pourquoi moi ? Prends quelqu'un d'autre.

— Mais si c'est pour me marier, je préfère que ce soit avec toi.

Je le regardai avec attention, surprise par ses yeux brillants et son expression allègre.

— Qu'as-tu, Sylvain ? Tu as bu ?

— Mais non, je n'ai pas bu. Réponds à ma question.

Je haussai les épaules.

— Je ne sais pas ce qui te prend. Bien sûr que non, je ne veux pas me marier. Et pas avec toi.

— Alors, je vais me contenter de sauter pour obtenir du bonheur toute l'année.

Il s'élança, passa à travers les flammes, salué par les applaudissements et les vivats. Mon frère Nicolas l'imita, puis François. Germain, le second fils de Justin le charron, vint vers nous.

— Vous ne savez pas où est Blaise? Je le cherche.

— Je ne l'ai pas vu de la soirée, dis-je. Il s'obstine encore à se tenir à l'écart. Pourtant, nous l'accueillerions avec plaisir.

— Parle pour toi, lança Noémie d'une voix dure. Moi, je préfère qu'il ne soit pas là. A la lueur des flammes, son visage brûlé me ferait penser à un démon. Ça gâcherait toute notre fête!

— Noémie! m'écriai-je avec reproche. Comment peux-tu parler ainsi?

— Tu as tort, Noémie, dit Pauline de sa voix douce. Blaise est gentil, moi je l'aime bien.

Germain regarda Noémie d'un air désapprobateur.

— Je comprends pourquoi mon frère ne veut pas se joindre à nous. C'est pour ne pas entendre de réflexions de ce genre, ça lui ferait trop mal.

La musique reprenait. Sylvain nous prit par la main, nous entraîna tous.

— Venez dans la ronde.

La danse et les chants me firent oublier que, pendant un instant, j'avais eu l'intention de me mettre à la recherche de Blaise. De nouveau, je tournai avec les autres autour du bûcher qui, peu à peu, se faisait moins ardent. Parfois, l'un de nous quittait la ronde, sautait au-dessus des flammes, et reprenait sa place parmi les cris et les félicitations. J'aperçus mes parents qui, avec Justin, Louis, Gaston et d'autres, nous regardaient. Ils me sourirent. Sans raison précise, je me sentis heureuse; j'aurais voulu que ce moment durât toujours.

Alors que nous chantions *Giroflée, Girofla* en balançant nos bras et en scandant la mesure avec nos pieds, une main tira Pauline en arrière, une petite voix affolée appela :

— Pauline, viens !

Je me retournai. Berthe, une des sœurs de Pauline, âgée d'environ dix ans, était là, avec Jean-Marie. Tous deux semblaient effrayés.

— Eh bien, qu'y a-t-il ? demanda Pauline.

Berthe bégaya, prête à pleurer :

— Philibert est tombé dans le fossé, là-bas.

Elle montra du doigt un endroit vague, plongé dans l'obscurité.

— Quoi ? s'affola Pauline. Vite, conduisez-moi.

Elle quitta la ronde, courut derrière les enfants. Effarée, je la suivis. Haletante, Berthe expliquait :

— On jouait à courir... Et Philibert voulait jouer avec nous... Il faisait sombre, et il n'a pas vu le fossé... Il est tombé dedans... Oh, Pauline, il ne va pas se noyer, dis ?

Elle sanglotait nerveusement, levait vers sa sœur des yeux suppliants. Celle-ci ordonna :

— Montrez-moi où il est tombé.

Je vis qu'elle tremblait. Moi-même, je me sentais frissonner. Je savais qu'on pouvait aisément se noyer dans les fossés, qui étaient larges et profonds. En approchant, nous n'avons d'abord rien vu. Puis nous avons entendu des pleurs d'enfant mêlés de hoquets. En courant, nous sommes arrivés devant le fossé.

— C'est là, dit Berthe.

Dans l'eau, près du bord, une haute et large silhouette pataugeait, tenant un enfant qui geignait.

— Ah, voilà quelqu'un ! Prenez-le. Avec lui je n'arrive pas à remonter.

A la voix, je reconnus Blaise. Il s'approcha du bord et tendit l'enfant. Pauline le prit, le serra contre elle sans souci de l'eau qui dégoulinait, l'embrassa avec emportement.

— Philibert ! Tu vas bien ?

Le petit pleurait et grelottait. En s'accrochant aux herbes du talus, Blaise sortit du fossé.

— Il n'a rien, je suis arrivé juste à temps. Je me promenais, par là, lorsque je l'ai entendu tomber.

Pauline se tourna vers lui, souriant à travers ses larmes :

— Oh, Blaise, merci ! Sans toi, il se serait noyé.

Il prit un air gêné :

— Je... je me suis trouvé là, c'est tout.

Elle fit un pas en avant, se haussa sur la pointe des pieds, posa un baiser sur la joue brûlée de Blaise. Je le vis rougir violemment. Il me lança un regard torturé.

— Je vais aller me changer... Je ruisselle !

Il partit comme s'il fuyait. Pauline considéra l'enfant qui tremblait dans ses bras.

— Lui aussi, il faut le changer. Je cours jusqu'à la maison. Berthe, va prévenir maman.

Là-bas, le bûcher avait fini de brûler ; il ne restait plus que des cendres rougeoyantes. Mais une grande animation régnait, car Berthe et Jean-Marie avaient tout raconté. J'aperçus Blaise, très entouré et félicité, et je compris, à son expression, qu'il aurait préféré être ailleurs. Sauvage et fier... Je le considérai d'un œil nouveau. Il croisa mon regard, détourna la tête, comme pour me dissimuler son visage brûlé. Quand donc comprendrait-il que cela, pour moi et pour beaucoup d'autres, ne changeait rien ? Bien plus importants étaient sa nature droite et courageuse, ses yeux clairs, limpides comme une source vive. L'événement de ce soir prouvait sa bravoure ; pour tout le village, il était un héros. Quant à moi, à partir de ce jour de la Saint-Jean, à mon affection pour lui se mêla une profonde admiration.

5

Le dimanche suivant, à l'issue de la messe, Pierre-Antoine, notre nouveau maire, nous réunit sur la place pour nous apprendre le dernier décret de l'Assemblée nationale : dorénavant, les titres de noblesse étaient abolis ; les armoiries et les livrées devraient disparaître.

Il y eut un flottement, pendant lequel on se demanda ce que cela signifiait. Florent le journalier, qui était de compréhension plutôt lente, posa la question que beaucoup taisaient :

— Ça veut dire quoi ?

Comme d'habitude, Sylvain Busquet fut le premier à réagir :

— C'est encore une bonne nouvelle ! Maintenant, monsieur Clément de Bryars n'est pas plus comte que moi. Regardez-le s'en aller, il n'est pas fier. A chacun son tour de rire !

D'un geste ironique il montra la calèche du comte qui s'éloignait.

— Et les armoiries sur les portières de sa voiture, il faudra qu'il les enlève.

Avec sa modération habituelle, Pierre-Antoine intervint :

— N'exagérons pas, Sylvain. Laissons le comte se débrouiller avec ce décret, ça le concerne.

Instantanément, Sylvain réagit :

— Commencez déjà par ne plus l'appeler comte,

comme vous venez de le faire, Pierre-Antoine. Il n'a plus droit à ce titre.

— Il ne faut plus l'appeler comte? demanda quelqu'un.

— Non, dit Sylvain en jubilant, puisqu'il ne l'est plus.

— Mais alors, objecta quelqu'un d'autre, s'il n'est plus comte, qu'est-il donc?

— Il n'est plus qu'un citoyen, comme vous et moi.

Pierre-Antoine regarda la feuille qu'il tenait entre les mains.

— Oui, c'est ça, admit-il.

Des murmures s'élevèrent un peu partout.

— Comment peut-il ne plus être comte? Il l'a toujours été.

— C'est comme si notre curé n'était plus curé!

— Alors, comment faut-il l'appeler?

— Il faudra l'appeler tout simplement monsieur, ou monsieur de Bryars, déclara Pierre-Antoine.

— Allons, remarqua mon père, je n'y arriverai pas. Je lui ai toujours dit monsieur le comte et je continuerai. J'en ai bien trop l'habitude.

La discussion s'envenima. Certains étaient de l'avis de Sylvain. Beaucoup d'autres, plus conservateurs, exprimaient leur désaccord. Près de mon frère François, j'écoutais et ne disais rien.

— Pourquoi ce décret? lui demandai-je. Pour nous, ça ne change rien.

— Pour nous, non, dit pensivement François. Mais pour le comte...

Il s'interrompit avec un sourire.

— Tu vois, j'ai dit le comte, c'est l'habitude... Eh bien, pour lui, je suppose que c'est grave. Je ne comprends pas; pourquoi le dépouiller ainsi? Il y a eu l'abolition des droits féodaux, et ça, pour nous, c'était utile. Et c'était amplement suffisant.

Je pensai à Adrien. Cela signifiait-il qu'il ne serait jamais comte comme il était en droit de l'espérer? Malgré sa nature insouciante, cela le toucherait-il? Les discussions continuaient, toujours aussi vives.

— Alors, il n'y a plus de noblesse? criait quelqu'un.

— Comment le roi peut-il permettre une chose pareille? demandait un autre.

Je regardai mon frère François.

— D'où vient cette décision de l'Assemblée? Nous n'avons pas demandé ça, dans nos cahiers de doléances.

Sourcils froncés, François secoua la tête.

— Non, nous n'avons pas demandé ça. Nous n'y aurions même pas pensé. Je ne sais pas pourquoi ils ont voté ce décret, ni ce qu'ils cherchent. J'espère simplement qu'ils n'exagéreront pas. S'ils éliminent tout ce à quoi nous sommes habitués, nous n'allons plus nous y retrouver.

C'était bien ce que je pensais, moi aussi. Et pourtant, ce n'était qu'un commencement.

Pierre-Antoine avait reçu des ordres pour recruter des volontaires, afin de former une garde nationale dans le village. Un registre fut ouvert pour relever les noms des citoyens actifs qui se présenteraient. A la fin du mois de juin, il n'y avait que deux gardes nationaux: Sylvain Busquet et Eloi, l'un des fermiers. Leur rôle était de faire régner l'ordre et de faire respecter la Constitution. Beaucoup refusèrent de s'inscrire, malgré le décret qui menaça d'ôter aux notables et aux électeurs l'exercice de leurs droits. Cette garde leur paraissait inutile.

— Dans notre village, pas besoin de surveillants! Nous sommes assez grands pour faire régner l'ordre nous-mêmes.

Une autre raison était qu'il fallait payer l'équipement imposé aux gardes nationaux: habit bleu roi à doublure blanche et revers écarlates, épaulettes jaunes, culotte blanche; chaque bouton portait l'inscription « District de Douai »; sur l'un des revers était inscrit, en lettres jaunes, « Constitution », sur l'autre, « Liberté ». Je dus admettre que Sylvain avait fière allure dans cet uniforme flambant neuf qu'il mit pour le 14 juillet. Ce jour-là, une fête eut lieu pour commémorer la prise de la Bastille. Cela commença par une messe solennelle et chantée, à laquelle nous assistâmes tous. Après la messe, nous nous réunîmes sur la place, où Ambroise, notre procureur, prononça un discours. Puis Pierre-Antoine nous fit la lecture du serment civique, dans lequel il était demandé d'« être fidèle à la nation, à la loi et au roi, de maintenir la Constitution du royaume, de prêter main-forte à l'exécution des ordonnances de justice et à celles des décrets de l'Assemblée nationale acceptés et sanctionnés par le roi ». Les deux gardes nationaux, avec gravité, répondirent :

— Nous le jurons.

Puis tout le monde, en chœur, répéta :

— Nous le jurons.

Ensuite nous fîmes une procession, que fermait Sylvain avec le drapeau tricolore. Enfin, nous retournâmes dans l'église où, après avoir chanté le *Te Deum*, notre curé nous bénit tous. Un peu déroutés par cette fête à laquelle nous n'étions pas habitués, nous rentrâmes chez nous, contents malgré tout.

Le lundi suivant, comme chaque semaine, je fis le beurre. J'en remplis plusieurs pots de grès et les portai au château. Rosalie, la cuisinière, m'accueillit, toujours alerte malgré son embonpoint.

— Comment vas-tu, Mathilde ? Et comment ça va, au village ?

— Bien, merci.

— Ici, on ne peut pas dire que ce soit la joie ! Monsieur le comte – n'en déplaise à ceux de l'Assemblée, pour moi c'est toujours monsieur le comte – s'enferme des journées entières dans son bureau, fait ses comptes, compulse ses papiers. Il se fait du souci, je le vois bien. Aux repas, il ne mange presque plus rien, que c'en est presque vexant pour moi, avec la bonne cuisine que je leur fais ! Madame la comtesse ne cesse de lui répéter que ça finira par s'arranger, mais je crois qu'elle ne se rend pas compte ; sa nature insouciante la rend trop optimiste. Moi, je trouve aussi que c'est inquiétant. J'en parlais l'autre jour avec Polycarpe, le jardinier. Si ça tourne mal pour eux, qu'allons-nous devenir, lui et moi? Nous sommes à leur service depuis si longtemps. Et puis, nous les aimons bien, ce sont de bons maîtres.

Un soupir souleva son énorme poitrine. Je ne trouvai pas de mots pour la rassurer. Il était vrai que l'incertitude de l'avenir pouvait paraître inquiétante. Brutalement, tout changeait, et nous ne savions plus vers quoi nous allions.

En quittant Rosalie, alors que je traversais la cour du château, je vis le comte – moi aussi je l'appelais toujours ainsi – sortir des écuries. Il semblait d'humeur sombre. Les sourcils froncés, il marchait vite. Pourtant, lorsqu'il m'aperçut, son visage s'éclaira d'un sourire. Il vint vers moi.

— Mais c'est ma charmante petite filleule! Comment vas-tu, Mathilde?

J'esquissai une révérence.

— Bien, monsieur mon parrain, je vous remercie.

— Dis-moi, c'est ton anniversaire aujourd'hui! Je le sais, parce que c'est aussi celui de ma fille. Vous êtes nées le même jour, toutes les deux.

— Oui, j'ai vingt ans depuis ce matin.

Il eut un sourire empreint de nostalgie.

— Vingt ans... Où sont donc les miens?

Un court instant, son regard se perdit au loin, se fit pensif. Comme pour lui-même, il dit, plus bas:

— J'en ai cinquante-cinq maintenant, et les soucis me font vieillir doublement.

Il soupira, revint à moi, me sourit avec gentillesse. Il sortit de son gousset une pièce d'or, me la tendit.

— Tiens, Mathilde, voilà pour toi. Joyeux anniversaire, ma petite filleule.

En rougissant de confusion, je pris la pièce.

— Merci, monsieur mon parrain. Merci beaucoup.

Il me frappa amicalement l'épaule.

— Tu t'achèteras un joli cadeau. Ou bien, tu la mettras avec tes économies. Au revoir, mon enfant.

En le regardant s'éloigner vers son château, je remarquai que sa haute silhouette élégante commençait à se voûter. Je repris le chemin de la ferme, serrant dans ma main le louis d'or. Avec un sourire heureux, je réfléchis que j'en possédais vingt maintenant; depuis ma naissance, chaque année le comte m'en avait offert un. Je mettrais celui-ci avec les autres, dans le mouchoir que je gardais précieusement tout au fond de l'armoire de ma chambre. C'était pour moi une véritable fortune, que mes parents, si pauvres qu'ils fussent, avaient toujours respectée. « Cela t'appartient, me disaient-ils. Ça te sera utile plus tard. »

Quelquefois, le soir avant de m'endormir, je dénouais le mouchoir et, à la lueur d'une bougie, je regardais les pièces luire doucement. Je les caressais, heureuse de les posséder, rêvant à ce qu'elles pourraient me procurer. Je pensais alors combien il devait être agréable d'être riche, et il m'arrivait d'envier le comte et sa famille. Mais ce soir-là, lorsque je rangeai le louis, pour la première fois je ne les enviai plus.

Un nouveau décret fut voté par l'Assemblée nationale, déclarant qu'il y aurait dorénavant un évêché par département, une paroisse par commune, et que les évêques et les curés seraient nommés par le peuple. C'était la Constitution civile du clergé.

— C'est une hérésie, déclara l'abbé Souliez. Je ne me soumettrai qu'à Dieu, et aux décisions de mes supérieurs ecclésiastiques.

Un autre décret, en août, décida que les citoyens actifs et leurs fils âgés d'au moins dix-huit ans devaient faire partie de la garde nationale. Il se heurta à l'inertie et à la mauvaise volonté des habitants du village.

— Nous sommes concernés tous les trois, dit mon père à mes deux frères. Mais cela ne me tente pas du tout. D'abord, pourquoi faire les frais de trois uniformes? Et puis, à quoi nous serviront-ils? Ils nous ennuient, à la fin, avec leur garde nationale! Elle est peut-être nécessaire dans les villes, à cause des émeutes, mais ici, dans le village, c'est inutile.

Comme beaucoup partageaient cet avis, Pierre-Antoine attendit en vain d'autres inscriptions dans son registre.

Le dimanche 15 août eut lieu, comme chaque année à cette date, la procession habituelle. Tôt le matin, j'allai avec ma mère et Adèle garnir la chapelle Notre-Dame ; la veille, nous avions tout nettoyé, lavé la statue, mis sous le socle un napperon brodé. Quelques heures avant la procession, nous y étions retournées pour orner la façade et les côtés avec des branchages et des fleurs que Polycarpe, le jardinier du château, nous fournissait à cet effet, de la part du comte et de sa femme.

La messe nous réunit tous dans l'église, joyeux et endimanchés. Alors que nous priions et chantions en chœur, je pensai que, pour un instant, nous pouvions nous croire revenus à l'époque où aucun trouble ne perturbait notre vie, où notre existence s'écoulait, immuable et sereine. Car sereins, nous ne l'étions plus. Les changements nous dépassaient. Après l'enthousiasme provoqué par l'abolition des droits féodaux, l'année précédente, nous ne comprenions plus, maintenant, l'acharnement mis à dépouiller l'Eglise et la noblesse. On entendait dire, sans savoir si c'était exact, qu'à Paris le roi n'avait plus aucune autorité et qu'il était pratiquement prisonnier. Cela ne nous rassurait pas ; si l'on ne respectait plus la royauté, bientôt on ne respecterait plus rien. Les valeurs sur lesquelles nous nous appuyions depuis si longtemps se lézardaient, et la crainte de l'avenir reprenait insidieusement possession de nos esprits.

A la sortie de la messe, il y eut un remous ; Sylvain Busquet s'interposa brutalement lorsque le comte et sa famille voulurent prendre la tête de la procession, comme ils le faisaient depuis toujours.

— Maintenant, c'est un droit que vous n'avez plus, monsieur de Bryars, articula-t-il avec une jubilation qu'il ne cachait pas. C'est au maire et au conseil général de la commune d'ouvrir la marche.

Pendant une fraction de seconde, Clément de Bryars hésita. Je le vis serrer les mâchoires, et je compris qu'il devait regretter le temps où il aurait répondu vertement à une telle réflexion. Ce genre d'affront eût même été, à une époque pas très lointaine, impensable. Pierre-Antoine se fit apaisant :

— Laisse donc, Sylvain, nous ferons comme d'habitude.

Sylvain se rebiffa, comme s'il avait été frappé.

— Mais non ! Les temps ont changé. Si nous savions nous soumettre aux anciennes traditions, il faut aussi savoir accepter les changements. N'est-ce pas, monsieur de Bryars ?

Avec une expression belliqueuse et insolente, il attendit la réaction du comte. Tout le monde restait figé, et cette scène était si aberrante qu'elle en paraissait irréelle. Derrière nous, bloqué dans l'église, le reste de l'assistance se pressait, ne comprenant pas pourquoi on n'avançait plus. Parmi eux, le curé attendait, avec le saint sacrement. Et sur tout cela, les cloches carillonnaient joyeusement, le soleil inondait de lumière la place et nos habits de fête. Pâle de colère et d'humiliation, le comte recula.

— Il faut savoir accepter, c'est vrai. Allez-y, nous suivrons.

Le visage crispé par une violente indignation, la comtesse s'écria :

— Clément, vous n'allez quand même pas obéir à ce paysan !

Le comte se tourna vers elle ; je vis son sourire triste, empli d'amertume et de résignation. D'une voix sourde, il dit :

— Ce n'est pas à lui que j'obéis, Adélaïde. C'est à ceux qui, maintenant, hélas, gouvernent la France au nom de notre roi.

Il entraîna sa famille en arrière, laissant la place à Sylvain. Celui-ci s'avança d'une allure victorieuse, imité par le maire et les notables qui, pour la plupart, semblaient gênés. Et, pour la première fois depuis des temps immémoriaux, des personnes autres que le seigneur et sa famille ouvrirent la procession. On se mit lentement en route, chantant les cantiques. J'avançais comme dans un rêve, près de Pauline, de Noémie et d'autres jeunes filles. Nous étions toutes vêtues de blanc et nous portions un grand cierge. Là-bas, devant moi, je voyais le comte marcher le dos courbé. A ses côtés, Adrien gardait la tête haute. Tout à l'heure, après l'altercation avec Sylvain, il avait suivi son père en haussant les épaules et en souriant. Je me demandai s'il était aussi insouciant qu'il le paraissait, ou si, au contraire, il cachait sous une apparence désinvolte des sentiments plus profonds. J'avais vu des larmes dans les yeux de la comtesse, que je savais pourtant futile. Une scène comme celle qui venait de se produire ne pouvait laisser indifférent. Je restai distraite pendant toute la procession.

Comme les autres fois, l'attitude de Sylvain eut ses partisans et ses détracteurs. Dès que la procession fut terminée, des groupes se formèrent, les hommes se retrouvèrent au cabaret d'Ignace. Les discussions se firent vives. Beaucoup n'approuvaient pas Sylvain.

— Il n'avait pas besoin d'humilier publiquement le comte. Ce n'est pas bien de sa part.

— Il pouvait le laisser à la tête de la procession. Ça ne gênait personne.

Je ne disais rien, mais je comprenais que la façon d'agir de Sylvain répondait à un profond sentiment de revanche. D'autres, par contre, lui donnaient raison :

— Après tout, il n'a fait que remettre le comte à sa place. Pourquoi ce dernier occuperait-il un rang auquel il n'a plus droit ?

— C'est vrai, il en a profité assez longtemps.

— Il était furieux, mais il a été obligé de s'incliner.

— S'il veut continuer comme par le passé, avec Sylvain il n'a pas fini de se faire rabrouer !

Mais le comte ne donna plus à personne l'occasion de l'humilier. A partir de ce jour, jamais plus il ne vint se joindre à nous.

Un mardi après-midi, je fis avec ma sœur et ses enfants une promenade dans les rues de Douai. La journée était ensoleillée, beaucoup de gens flânaient. Nos pas nous conduisirent jusqu'à la porte Saint-Eloi, puis le long des remparts. Mon neveu Philippe, qui avait huit ans, admira longuement les soldats de la garnison et leur uniforme. Alors que nous revenions, un attroupement sur la grand-place attira notre attention. Ma sœur fronça les sourcils.

— Ah ! je n'y pensais plus. Nous aurions dû revenir par un autre chemin.

— Qu'y a-t-il ? demandai-je, inquiète.

— C'est une exposition au carcan. Je l'avais oublié. Pourtant, la petite cloche a sonné ce matin pour l'annoncer.

Je regardai. Sur un échafaud, une jeune fille était attachée à un poteau, les mains nouées derrière le dos. Un collier de fer lui encerclait le cou et la liait étroitement au poteau. Au-dessus de sa tête, un écriteau portait, en grosses lettres, son nom, son adresse, sa profession, ainsi que la condamnation : deux ans de détention pour vol.

— Sa patronne l'a surprise alors qu'elle dissimulait sous sa jupe un mouchoir brodé, m'expliqua ma sœur. Vois où ça l'a menée maintenant. Elle doit bien regretter son acte. Pauvre enfant, je la plains.

Je compris ce qu'elle voulait dire. Tout autour de l'échafaud, la foule se pressait. Des femmes insultaient la jeune fille, des hommes lui criaient des réflexions obscènes. Des garnements lui jetaient des cailloux, des pierres, des ordures. Quelques-uns, avec une fronde, lui envoyaient des projectiles divers. Lorsqu'ils faisaient mouche, des cris et des applaudissements éclataient. Les gardes, de chaque côté de l'échafaud, ne faisaient rien pour les en empêcher. Au contraire, je vis même l'un d'eux rire lorsqu'une tomate pourrie, envoyée avec force, s'écrasa contre le poteau, aspergeant la condamnée.

Elle était couverte de détritus, de boue. D'une entaille qu'elle avait au front, faite sans doute par une pierre qu'on lui avait lancée, le sang coulait le long de sa joue et se perdait dans son cou. Les yeux levés vers le ciel, une expression désespérée sur le visage, elle pleurait.

— Pourquoi tout le monde crie après elle ? demanda Angélique. Qu'est-ce qu'elle a fait ?

Ma sœur serra ses enfants contre elle.

— Que cela ne vous arrive jamais ! Voyez-vous, elle a pris quelque chose qui ne lui appartenait pas, et elle est punie de cette façon. C'est pour ça qu'il ne faut jamais voler, comprenez-vous ?

Ils acquiescèrent gravement. Alors que nous nous éloignions de la place, une dernière fois je me retournai. Autour de l'échafaud, la foule semblait encore plus compacte. Des huées, des sifflements retentissaient. Le supplice de la pauvre fille continuait.

— Deux heures dans des conditions pareilles, murmura ma sœur, ça doit être infernal.

J'approuvai. Je m'imaginai à la place de la condamnée. Je chassai vite cette pensée. Pour me rassurer, je me dis que, puisque je ne faisais rien de mal, je ne connaîtrais jamais ce genre de situation.

Au mois de novembre, selon la décision de l'Assemblée nationale sur la constitution des municipalités, il fallut renouveler la moitié des officiers municipaux et des notables. Ils furent tous convoqués dans l'arrière-salle du cabaret d'Ignace, lieu de réunion de l'assemblée municipale. Mon père nous expliqua qu'ils avaient, chacun à leur tour, tiré au sort un billet ; il était blanc pour les restants, noir pour les sortants. Sylvain, par exemple, avait tiré un billet blanc, il était donc maintenu dans ses fonctions. En revanche, le sort avait voulu que le billet de mon père fût noir.

— Alors, tu ne fais plus partie des notables ? s'inquiéta ma mère.

— Non, à moins que je ne sois réélu dimanche prochain. Tu as entendu Pierre-Antoine : tous les citoyens actifs doivent se réunir à l'église et procéder à l'élection de deux officiers municipaux et de six notables.

Le ton léger de mon père ne me trompait pas. Il attachait une grande importance au rôle qu'il jouait dans le conseil général de la commune, et je savais que si les autres ne votaient plus pour lui, il serait à la fois déçu et contrarié. Mais heureusement, à sa grande satisfaction, il fut réélu.

L'hiver passa lentement. Le temps, bien souvent, resta très humide. Un brouillard glacial et pénétrant régnait chaque matin et ne se dissipait que tard dans la journée, sauf du côté du marais où il stagnait en permanence. Pierre-Antoine y voyait la cause de nombreuses maladies.

Les veillées nous réunirent de nouveau au coin du feu. Justin le charron, Blaise et Germain tenaient compagnie à mon père et à mes frères, discutaient, jouaient aux cartes. Ma mère et moi, nous préparions la filasse – la fibre textile du lin destinée à être filée. J'aimais ce travail lent qui occupait mes mains pendant que, l'esprit libre, j'écoutais les hommes parler. Je disposais une poignée de fibres sur mes genoux, liant l'une des extrémités à ma ceinture. Puis je triais les longues mèches, pincée par pincée, les déployant en éventail. Lorsque j'avais terminé, je prenais une quenouille et je les enroulais autour de ce bâton court et noueux. Je les liais d'un ruban que j'entrecroisais du sommet jusqu'à la base. Enfin, je plantais la quenouille sur le rouet, dans le trou prévu à cet effet, pour le filage qui aurait lieu par la suite.

Souvent, Jean-Marie m'aidait à disposer les fibres en éventail. Ou bien, lorsque ma mère filait, il restait près d'elle avec un bol d'eau, dans lequel il plongeait ses doigts pour mouiller le lin et le rendre plus souple. Il n'avait que neuf ans, et il souffrait toujours de l'absence de sa mère. Gaston seul s'occupait de lui, et on devinait chez l'enfant, habillé et nourri n'importe comment, le déchirant besoin d'une tendresse maternelle. Ma mère et moi, dans la mesure du possible, nous lui apportions la chaleur et les attentions qui lui manquaient. Il accueillait nos interventions avec une gratitude touchante. Malgré son jeune âge, il s'inquiétait de toujours voir son père abattu et triste. Il essayait de le distraire, et se désolait de n'y point parvenir. De plus, depuis le début de l'hiver, Gaston s'était mis à tousser. Il refusait de se soigner, accusant l'humidité et le mauvais temps. Ma mère lui donnait du sirop contre la toux qu'elle fabriquait elle-même, avec des *rémolas,* sortes de gros radis noirs, et du sucre candi. Mais je le soupçonnais de ne pas le boire. L'état de sa santé ne le préoccupait guère. A vrai dire, plus rien ne parvenait à l'intéresser.

DEUXIÈME PARTIE

LA DÉSILLUSION

1

Alors que nous ne désirions que la paix, l'année 1791 nous apporta de nombreux changements, dont certains furent mal accueillis, car ils bouleversaient notre vie, nos habitudes, allant même à l'encontre de nos désirs.

D'abord, Pierre-Antoine nous apprit que l'Assemblée constituante avait supprimé définitivement les anciens impôts. Dans le village, comme presque partout, les paysans avaient refusé de payer la dîme. L'Etat manquait d'argent et avait décidé de créer une contribution foncière, qui tiendrait compte du revenu net. Après réflexion, cela nous parut plus juste, d'autant que personne n'en serait exempté. Bien au contraire, les riches paieraient davantage que les pauvres. C'était si surprenant que nous avions peine à y croire.

La seconde nouvelle nous prit au dépourvu, nous stupéfia et nous désola. Cela commença à la fin du mois de janvier. Un dimanche, après la messe, Pierre-Antoine, entouré du conseil général de la commune, nous rassembla tous sur la place. Il tenait un papier à la main, et, en voyant son air sombre, nous commencions à avoir peur : était-ce une mauvaise nouvelle ?

— Mes amis ! s'écria-t-il. Ecoutez bien tous !

Le silence se fit.

— Monsieur le curé, c'est à vous que ceci s'adresse. Venez près de moi, s'il vous plaît.

L'abbé Souliez s'avança, de la démarche claudicante à laquelle nous étions habitués. « Mes rhumatismes », disait-il souvent, comme pour s'excuser. Je regardai ses cheveux blancs, son visage ridé empreint de douceur et de bonté. Comme tout le monde dans le village, je l'aimais beaucoup.

— Monsieur le curé, reprit Pierre-Antoine, je dois lire le serment que l'Assemblée impose à tous les prêtres, sous peine d'être démis de leurs fonctions. Le voici : « Je jure de veiller avec soin sur les fidèles de la paroisse qui m'est confiée, d'être fidèle à la nation, à la loi, au roi, et de maintenir de tout mon pouvoir la Constitution civile du clergé décrétée par l'Assemblée nationale et acceptée par le roi. » Que décidez-vous, monsieur le curé ? Désirez-vous un délai de réflexion ?

Il y eut plusieurs secondes d'un silence intense, lourd, poignant. Dans le matin humide, nous attendions, ignorant le froid qui peu à peu pénétrait nos vêtements. Le temps sembla suspendu, nous laissant tous figés, immobiles. L'abbé Souliez leva vers Pierre-Antoine ses yeux clairs d'enfant, sourit avec une infinie tristesse.

— Je n'ai pas besoin de réfléchir. Ma décision est prise et restera la même. Je l'ai déjà dit, je ne suis pas d'accord avec leur Constitution. Pourquoi devrais-je lui prêter serment ? Dans le texte que vous venez de me lire, je n'approuve que la première partie. Je pense que cela ne suffit pas. En l'occurrence, ma réponse est non.

Pierre-Antoine hocha la tête :

— Je m'y attendais. Mais il faut que je vous prévienne : je dois transmettre votre décision au directoire du district. Attendez-vous à des représailles. On risque de ne plus vous permettre d'exercer le culte.

Le curé fit un geste d'impuissance, regarda le ciel avec candeur.

— Nous verrons bien, mon enfant. Je suis dans la main de Dieu, comme nous tous. Je me soumettrai à Sa volonté.

— Nous sommes avec vous, monsieur le curé, cria Justin le charron.

Les autres l'approuvèrent. Avec un sourire très doux, le vieil homme leva la main, comme pour une bénédiction.

— Merci, mes enfants, merci à tous. Je n'ai jamais douté de vous. Je vous connais – et je vous aime.

Alors, tout le monde parla en même temps. On entoura le curé et Adèle, sa servante, en leur prodiguant des paroles d'encouragement. On discuta avec inquiétude et indignation ; ainsi, on nous prendrait notre curé ? Mais nous ne nous laisserions pas faire, nous l'aimions bien, il était depuis si longtemps parmi nous ! Il y en eut bien quelques-uns pour sous-entendre que le problème serait résolu si l'abbé Souliez acceptait de prêter le serment qu'on lui demandait. Mais ils furent hués par les autres : si monsieur le curé jugeait qu'il devait refuser, il était libre. C'était une affaire entre sa conscience et lui, ça ne regardait personne d'autre.

Et finalement, ce fut un prêtre ému qui regagna son presbytère, souriant avec gratitude à ceux qui le réconfortaient.

— Mes chers enfants, même s'il doit être cause de problèmes, ce serment m'aura au moins montré que vous tenez à moi.

— Ils ont fait la même chose à Douai, avec les curés de chaque paroisse, nous apprit ma sœur. Certains ont accepté. Le nôtre, à Saint-Pierre, a refusé. C'est-à-dire que, comme il est député du clergé, il a d'abord prêté serment à l'Assemblée nationale, à Paris, en ajoutant une clause selon laquelle les décrets ne concernaient que les objets temporels ou civils. L'Assemblée n'a pas accepté cette restriction. Alors il a déclaré qu'il ne prêterait pas le serment imposé. Sans doute va-t-il être obligé de cesser ses fonctions et de quitter son presbytère. Et par qui sera-t-il remplacé ? Ça ne nous plaît pas beaucoup, mais que pouvons-nous y faire ?

Que pouvions-nous faire, en effet ? Tout se désorganisait, et nous n'y comprenions rien. Comme l'avait dit mon frère François, l'abolition des droits féodaux suffisait amplement. Ce qui avait suivi, la nouvelle municipalité, les nouveaux impôts, c'étaient des mesures nécessaires et nous les acceptions. Mais, en revanche, d'autres décisions ne laissaient pas de nous inquiéter : ainsi, le comte n'était plus comte, et on voulait maintenant nous enlever notre curé ! Nous commencions à nous sentir désorientés, et la méfiance s'infiltrait dans nos esprits.

Un après-midi de début mars, j'allai avec ma mère rendre visite à sa sœur à Cambrai. Nous nous voyions toujours avec plaisir ; j'aimais bien ma jeune cousine Gabrielle, qui allait faire sa première communion le mois suivant. On se demandait néanmoins si, à ce sujet, tout se passerait normalement ; à Cambrai comme ailleurs, le serment imposé aux prêtres avait été parfois accepté, souvent refusé.

Ma tante n'était pas seule. Thérèse, sa filleule, que nous connaissions pour l'avoir déjà rencontrée chez elle, était là, avec son petit garçon. La jeune femme paraissait accablée ; un pli inquiet marquait sa bouche, ses yeux gonflés gardaient la trace des larmes. En nous voyant arriver, elle se leva avec un sourire confus.

— Au revoir, marraine.

Ma tante enveloppa quelques pâtisseries dans une serviette de toile, qu'elle donna au petit garçon. Celui-ci eut un mouvement pour s'en saisir, s'arrêta, leva un visage interrogateur vers sa mère.

— Prends-donc, lui dit-elle avec un soupir. Et dis merci.

Le petit remercia d'une voix fluette, serrant le paquet contre son cœur. Je les regardai sortir, notant avec pitié la mine défaite de la mère, la pâleur et la maigreur de son fils. Ma tante nous embrassa, heureuse de nous voir.

— Pauvre Thérèse ! Je la plains de tout mon cœur. Elle est plus malheureuse chaque jour.

— Toujours son mari ? interrogea ma mère.

Ma tante hocha la tête avec un air entendu.

— Eh oui, son mari. Elle s'est laissé prendre à ses belles paroles. Je me souviens de son désespoir lorsque son père s'était opposé à son mariage. Lui, il avait vu ce qu'il valait, son beau Noël ! Il avait deviné qu'avec lui sa fille serait malheureuse. Et il ne s'est pas trompé. Mais elle ne voulait rien entendre. C'est vrai qu'il est joli garçon, vous l'avez déjà vu ?

J'acquiesçai sans chaleur. En effet, je l'avais aperçu une fois ou deux avec sa femme, et sans aucun doute il était séduisant. Grand, une figure agréable, d'abondants cheveux bruns retenus sur la nuque par un ruban, des yeux de velours. Il était conscient de son charme et en usait. Pourtant, quelque chose en lui m'avait rebutée ; une certaine veulerie dans le regard, dans les traits du visage, et aussi les coups d'œil appuyés qu'il m'avait lancés derrière le dos de sa femme, en homme sûr de plaire. Je comprenais les réticences du père de Thérèse ; moi non plus, je n'aurais jamais fait confiance à un tel homme.

— Il était ouvrier tapissier chez maître Dangremont, expliquait ma tante, mais il s'est fait renvoyer, à cause de sa paresse et des propos qu'il tenait. Lorsqu'il exerçait son travail chez des nobles ou des gens riches, il ne cachait pas son envie, clamait bien haut que c'était injuste et que tous les hommes devraient être égaux. A force de recevoir des plaintes de la part de ses clients, maître Dangremont n'a pas hésité : il a préféré se séparer d'un ouvrier qui devenait gênant. La pauvre Thérèse s'est retrouvée avec un mari qui ne travaillait plus, et un enfant qui pleurait de faim. Heureusement que son père est encore là pour leur fournir un repas de temps en temps ! Moi aussi, je l'aide comme je peux. L'enfant, surtout, me fait pitié.

— Ce Noël... il n'a pas retrouvé de travail ? demanda ma mère.

Ma tante fit une moue.

— Il n'a pas cherché avec beaucoup d'ardeur. Et sa réputation l'avait précédé. Non, il n'a pas réussi à se faire embaucher. Finalement, à force de supplications, Thérèse l'a décidé à faire comme ceux qui sont sans ressources : s'inscrire à l'atelier de charité. Mais là aussi, maintenant, il y a un problème. C'est pour ça qu'elle pleurait, tout à l'heure.

Je savais que les ateliers de charité avaient été créés, au mois d'octobre dernier, pour donner du travail à ceux qui n'en avaient pas.

— En ce moment, continuait ma tante, on envoie les ouvriers de l'atelier remblayer et paver la rue Cantimpré, qui est boueuse et trop en pente. Ils touchent dix patars par jour. Noël a trouvé que ce n'était pas suffisant. Mardi dernier, il a entraîné ses camarades à l'hôtel de ville, exigeant du conseil général de la commune douze patars au lieu de dix. Le procureur de la commune a refusé, disant que ceux qui n'étaient pas satisfaits pouvaient quitter l'atelier. Cela a failli tourner à l'émeute, mais le maire a appelé la troupe qui a dispersé les mécontents. Depuis, Noël n'attend que le moment de recommencer; il se vante auprès de ses camarades qu'il parviendra à faire augmenter leur salaire tout en diminuant leurs heures de travail. Et la pauvre Thérèse est de plus en plus inquiète. Je la comprends, et je la plains. Avec un mari pareil, que peut-elle faire?

Ma tante me regarda, me sourit.

— Fais attention, Mathilde; lorsque le moment sera venu de prendre un mari, choisis bien. C'est très important, tu sais.

J'approuvai, cherchant mentalement, parmi les jeunes gens que je connaissais, celui que j'aimerais avoir comme mari. Quels étaient ceux qui comptaient pour moi? Adrien de Bryars?... Non, même si la barrière sociale qui nous séparait n'existait pas, je n'aurais pas voulu l'épouser: trop insouciant, trop volage. Je désirais un mari sur lequel je pourrais m'appuyer. Sylvain Busquet?... Non plus. Sa violence, son penchant à la révolte me déplaisaient et me faisaient peur. Alors, qui?... Et puis, soudain, je trouvai. Blaise! Avec étonnement, je découvris que c'était lui que je choisirais.

Je ne confiai cette découverte à personne. Je ne pensais pas être amoureuse de Blaise; et pourtant, quand j'imaginais un mari à mes côtés, la présence de Blaise semblait la seule possible. Mais lui, voudrait-il de moi?

A dater de ce jour, je me mis à l'observer. Je remarquai, petit à petit, des détails auxquels je n'avais pas prêté attention. Ainsi, il semblait toujours gêné en ma présence, et la plupart du temps s'en allait lorsque j'arrivais. Je me dis que cette attitude était peut-être due à son visage brûlé. S'il avait su combien cela était sans importance ! Je le lui avais déjà dit, mais il n'avait pas semblé me croire. Je me rendis compte aussi que bien souvent, pendant les veillées par exemple, je sentais son regard posé sur moi ; lorsque je relevais la tête et croisais ses yeux, il se détournait aussitôt. Qu'est-ce que cela signifiait ? Je ne pouvais en parler et je m'interrogeais. Mais je possédais une patience solide, héritée d'ancêtres qui, toujours, avaient vécu au rythme lent de la terre et des saisons. Alors j'attendais.

L'horreur, brutalement, intervint dans notre vie, reléguant mes états d'âme au second plan. Ce fut inattendu, et d'autant plus affreux que jamais nous n'avions été confrontés à une telle atrocité.

C'était un mardi. Comme je le faisais parfois après le marché de la matinée, j'étais restée chez ma sœur dans l'intention de passer l'après-midi avec elle.

— Nous en profiterons pour aller acheter du tissu, me dit-elle. J'ai décidé de me faire une jupe pour assister à la communion de Gabrielle, le mois prochain.

Lors du repas de midi, Casimir, mon beau-frère, me parut soucieux.

— N'as-tu rien remarqué dans les rues, Mathilde, ce matin ? me demanda-t-il. Pas d'attroupements ?

— Non, tout m'a paru normal. Y a-t-il quelque chose à craindre ?

Mon beau-frère fit un geste d'ignorance.

— J'espère que non. Simplement, hier, des manifestants sont allés trouver le maire et les officiers municipaux. C'était encore, d'après ce que j'ai entendu dire, pour une histoire de grain. Ils ont obtenu que le blé ne soit pas chargé sur les bateaux, mais vendu sur le marché ce matin. Et puis, ils ont soulevé la question des goulottes.

— Qu'est-ce que c'est? demanda ma sœur.

— Les goulottes sont des conduits de bois qu'utilisent les négociants en grain. Elles permettent de verser le blé, ou toute autre céréale, directement du grenier au bateau amarré sur la rivière. Tous les manifestants – des citoyens, des soldats, des gardes nationaux – en ont exigé la suppression, pour éviter la vente du blé hors de Douai. Certains ont même assuré que ce mode de chargement permettait aux marchands de remplir leur bateau en fraude, la nuit, sans aucun témoin. Tout le monde était d'accord: « Le blé ne doit pas sortir, nous ne voulons pas en manquer. » Il paraît que le conseil municipal a décidé de donner l'ordre à tous les propriétaires d'ôter leurs goulottes.

— C'est terrible, constata ma sœur. Depuis l'année dernière, cette crainte de manquer de pain est toujours là.

— Mais maintenant, objectai-je timidement, si ces goulottes sont supprimées, tout devrait rentrer dans l'ordre?

— En principe oui, approuva mon beau-frère. Mais sait-on jamais? Quand les esprits sont excités, il est parfois bien difficile de les calmer. – Il nous regarda avec tendresse. – Si vous sortez cet après-midi, soyez prudentes.

Lorsqu'il fut parti à son travail, et les deux plus grands enfants à l'école, ma sœur confia la petite Marie-Josèphe à une voisine, puis elle me prit le bras avec enthousiasme.

— Viens, allons faire nos achats. Si j'ai suffisamment d'argent, peut-être m'achèterai-je aussi un nouveau bonnet? Qu'en penses-tu?

Dans les rues, tout semblait calme. Pourtant, je regardais autour de moi avec un peu d'appréhension; je me souvenais de cette journée où, avec ma mère, je m'étais trouvée au centre d'une émeute, à Cambrai. Ma nature calme répugnait à ce genre de violences. Mais je savais que ma sœur, au contraire, volontiers téméraire et de caractère belliqueux, n'hésiterait pas à prendre part à une manifestation si elle l'estimait justifiée.

Elle m'entraîna rue Saint-Jacques, dans une boutique à la vitrine surmontée d'un cintre de pierre en anse de panier. Elle entra, se fit présenter plusieurs sortes de tissus, hésita longuement entre du basin orange et de la serge bleue.

— Qu'en penses-tu, Mathilde?

— Prends la serge. Le basin est plus léger, c'est bon pour l'été.

— Oui, tu as raison. Nous ne serons qu'en avril.

La marchande mesura le tissu, le plia soigneusement. En sortant de la boutique, son paquet sous le bras, ma sœur me dit:

— Je crois qu'il me reste assez d'argent pour un bonnet. Allons voir rue de la Mairie. Je connais un endroit où ils sont beaux et pas trop chers.

Bras dessus bras dessous, nous avancions d'un pas rapide. Ma sœur babillait avec excitation:

— Avec cette jupe bleue, je mettrai mon juste rouge des dimanches, il est encore tout neuf. Mon mantelet ira encore, lui aussi. Et toi, Mathilde, que mettras-tu?

Je ne répondis pas, soudain tendue. A mesure que nous approchions de la rue de Bellain, un bruit sourd, comme un grondement, nous parvenait. Je serrai le bras de ma sœur. Elle aussi avait entendu. Le visage inquiet, elle écoutait. Plus nous avancions, plus la rumeur nous arrivait distinctement. Des cris dominaient, et je pus comprendre certains d'entre eux:

— A mort!

— A la lanterne!

Je frissonnai, m'arrêtai. Sans doute y avait-il, quelque part devant nous, une manifestation, et je ne voulais pas m'y trouver mêlée.

— Il faut aller voir ce qui se passe, dit ma sœur.

— Non, Marie-Henriette, je t'en prie!

Elle me lança un regard de mépris qui me vexa.

— Ne me dis pas que tu as peur? Allons, viens!

Je ne pus que la suivre, serrant les lèvres avec appréhension. Elle avait toujours été ainsi, hardie, intrépide, et je me souvenais que, dans notre enfance, elle entraînait mes frères derrière elle à travers bois et fourrés, pendant que moi, sur mes petites jambes, je m'efforçais de les suivre en me griffant aux ronces et en pleurant. Comme autrefois, son air décidé me fit comprendre que toute objection serait inutile. Autour de nous, les autres promeneurs faisaient de même ; ils se dirigeaient vers l'endroit d'où provenaient les cris.

D'une rue transversale, soudain, les manifestants débouchèrent. Toute une foule qui criait, vociférait, se bousculait. Je vis, pêle-mêle, des soldats, des gardes nationaux, des hommes, des femmes, des visages furieux et excités. Les premiers tenaient fermement un homme en costume de garde national qu'ils poussaient, frappaient, tiraient par les cheveux, par la veste en maints endroits déchirée, le houspillant, le huant :

— A mort ! A mort !

— Pendons-le !

— A la lanterne !

Hagard, à moitié assommé, le pauvre homme ne se défendait plus. Son visage portait la trace de nombreux coups, et je compris qu'il avait été battu. Ma sœur poussa une exclamation affolée :

— Mais c'est Jean-Pierre Derbaix ! Que veulent-ils lui faire ?

— Qui est-ce ?

— C'est un ami de Casimir, ils sont du même âge. Il tient une imprimerie, *Au missel d'or,* rue des Ecoles. Jean-Pierre... si gentil, si serviable ! Il doit s'agir d'une erreur.

Ils passaient devant nous, se poussant les uns les autres, grondant comme des fauves en colère. J'eus peur. Je tirai ma sœur par le bras.

— Viens, Marie-Henriette.

Elle se tourna vers moi avec indignation.

— Ah, non ! Il faut que je sache. Ils ne vont quand même pas le pendre !

Sans écouter mes protestations, elle m'entraîna dans la mêlée, jouant des coudes pour avancer plus vite.

— Je voudrais bien savoir ce qu'il a fait, répéta-t-elle.

Devant nous, un homme se retourna.

— Vous n'êtes pas au courant? C'est à cause de Nicolon.

— Le marchand de grain qui habite rue du Vieux-Gouvernement?

— Celui-là même! Il a protesté contre les ouvriers municipaux qui abattaient les goulottes. Il paraît qu'avec ses fils il a aussi insulté les gardes nationaux. Il y a eu un attroupement, la situation s'est envenimée. Finalement, les gens qui étaient là se sont mis en colère, se sont emparés de Nicolon et après l'avoir battu l'ont traîné jusqu'à la maison commune.

— Je ne vois pas, dit ma sœur, pourquoi c'est Derbaix que l'on emmène.

— Monsieur Bonnaire, le maire, a ordonné d'enfermer Nicolon dans la prison. Et c'est Derbaix, capitaine de la garde nationale, qui était chargé d'en surveiller l'entrée avec plusieurs de ses compagnons. Des soldats ont voulu forcer la porte. Ils se sont battus, et Derbaix a réussi à s'enfuir jusque chez Damse, qui est perruquier, rue des Blancs-Mouchons.

Ma sœur approuva de la tête.

— Oui, je le connais. Et alors?

— Eh bien, après avoir fouillé la maison, on a retrouvé Derbaix dans le grenier. Et maintenant, on le conduit à la lanterne du Dauphin.

Le Dauphin était un édifice communal, sur la grand-place; il devait son nom à une hôtellerie qui, autrefois, en occupait l'emplacement.

— Mais, répéta ma sœur, ils sont fous! Il n'est pas coupable.

L'homme haussa les épaules de mauvaise grâce.

— C'est sa faute, après tout. Il a défendu Nicolon, et la fureur de la foule s'est retournée contre lui.

Excédée, ma sœur protesta:

— Il ne faisait que son devoir, puisqu'il est capitaine de la garde nationale.

L'homme lui lança un regard soupçonneux.

— Que voulez-vous que j'y fasse, moi? Et puis, pourquoi le défendez-vous ainsi? Allez donc leur dire ça, à eux!

D'un geste du menton, il montra la foule qui, devant nous, entraînait toujours le malheureux. Ils venaient d'arriver sur la grand-place, entouraient le réverbère situé devant le Dauphin. Les mêmes cris retentirent à nouveau, plus nombreux:

— A mort!

— A la lanterne!

Ma sœur s'affola.

— Ce n'est pas possible! Ils ne peuvent pas le pendre, c'est un crime! Et sa femme qui attend un enfant!

Elle fonça vers l'avant, bousculant les personnes qui barraient le passage. Je la suivis, peu rassurée, n'essayant plus de la retenir. Pourtant, je savais bien que son indignation était inutile.

Derrière elle, j'arrivai dans les premiers rangs. Les yeux écarquillés, je regardai. Des émeutiers, parmi les plus acharnés, aidés de quelques soldats, arrachaient l'habit de Derbaix. Une manche de sa veste résista. Ils tirèrent avec tant de violence, lui retournant complètement le bras, que celui-ci cassa. On entendit un craquement sourd. Le pauvre capitaine ne put retenir un cri.

Son visage était tuméfié, ses cheveux en désordre; du sang maculait son front. Il avait un air hagard, perdu. Les gens autour de moi me heurtaient, m'écrasaient, criaient avec une haine qui me faisait peur.

Deux hommes descendirent la lanterne; un autre s'approcha de Derbaix et lui mit une corde autour du cou. Le malheureux, de son bras valide, fit un geste pour la retirer. Il reçut plusieurs coups en échange. Cette scène était si odieuse qu'oubliant ma peur, à mon tour je m'insurgeai. Près de moi, un garde national observait et ne bougeait pas. Plusieurs de ses camarades, plus loin, restaient eux aussi impassibles. Je ne pus m'empêcher de lui dire:

— C'est votre capitaine. Pourquoi ne le défendez-vous pas?

Sous le regard torve et menaçant dont il me toisa, je regrettai ma question. Mais ma sœur, à son tour, s'avança.

— Laissez-le! hurla-t-elle plus fort que les autres qui, excités par la vue de la corde, scandaient de plus belle: « A mort! A mort! » Libérez-le, il est innocent. Je le connais, c'est un brave homme!

Quelques protestations identiques, çà et là, lui firent écho:

— Relâchez-le!

— C'est vrai, il n'a rien fait.

— C'est un bon citoyen, ce n'est pas lui le coupable.

Elles furent aussitôt couvertes par des huées et des sifflements. Devant nous, un soldat se retourna, se pencha vers nous avec une expression féroce, nous envoyant dans la figure une haleine chargée d'alcool:

— Vous le défendez? Vous voulez donc connaître le même sort?

De ses mains tendues, il fit mine d'entourer le cou de ma sœur. Celle-ci recula, effrayée. Le soldat ricana méchamment.

— On est moins fière, hein? On a peur d'avoir la corde autour de son joli cou?

L'impuissance mit des larmes dans les yeux de ma sœur. Je vis plusieurs manifestants tirer Derbaix vers la lanterne. Des femmes crièrent:

— Non! Non!

Un officier d'artillerie s'élança, seul. De son sabre, il essaya de couper la corde. Mais il fut repoussé, roué de coups, accablé d'injures. Plusieurs soldats remontèrent la lanterne, et le corps du malheureux Derbaix se balança dans le vide, agité de soubresauts. Sa bouche s'ouvrit, son visage devint violacé. Une nausée me tordit l'estomac. Je fermai les yeux pour ne plus le voir. Sur mes jambes soudain devenues faibles, je chancelai.

Une vocifération unanime parcourut la foule, saluant la mort de Derbaix. Je regardai de nouveau, et je vis qu'on le descendait. Je sentis des larmes couler sur mes joues. Ma sœur s'accrocha à moi en sanglotant.

— Mathilde, c'est horrible, ce sont des monstres. Vois donc ce qu'ils lui font maintenant !

Sur le cadavre, plusieurs soldats s'acharnaient. L'un d'eux lui planta son épée dans la poitrine, d'autres lui donnèrent des coups de pied, d'autres encore le percèrent de leur baïonnette. Celui qui nous avait menacées s'avança, avec son sabre lui ouvrit le ventre, y plongea la lame avec laquelle il retira des entrailles, qu'il montra d'un geste circulaire. Je poussai un cri d'horreur. Ma sœur cacha son visage dans ses mains.

— Viens, Marie-Henriette, dis-je d'une voix tremblante. Je t'en supplie, partons d'ici.

Je la pris par le bras et, avec difficulté, je réussis à nous frayer un chemin vers l'extérieur. Quelques femmes, le visage livide, nous imitaient. Mais la plupart des manifestants rejoignaient les soldats autour du cadavre. Dans un dernier regard, je vis qu'ils arrachaient ses vêtements, s'en allaient en le traînant, entièrement nu, et en criant à tue-tête : « Vive la nation ! » Les soldats, hilares, brandissaient leur chapeau au bout de leur baïonnette. Une nausée de nouveau me secoua, mon estomac se révulsa ; je crus que j'allais vomir là, sur la place. En respirant à fond plusieurs fois, je parvins à chasser le malaise qui m'inondait d'une sueur froide.

— Vite, dit ma sœur d'une voix faible. Rentrons, je ne me sens pas bien.

Il nous fallut un bon moment pour nous remettre. Ma sœur, en état de choc, secouait la tête et répétait sans cesse :

— Pauvre Jean-Pierre ! Pendre ainsi un innocent et s'acharner sur lui de cette façon... Nous sommes entourés de fous dangereux. Mathilde, qu'allons-nous devenir ?

Moi non plus, je ne parvenais pas à ôter de mon esprit la scène horrible. Des images revenaient, s'imposaient avec force : le visage du malheureux, son expression égarée quand on lui avait passé la corde autour du cou, les rictus de haine de ses bourreaux, et l'espèce de plaisir morbide qu'ils avaient pris, ensuite, à le percer de coups et à le traîner dans les rues comme s'il s'agissait d'une victoire, alors qu'ils avaient été pires que des bêtes sauvages. Ma sœur avait raison : voir des gens agir de cette façon n'était guère rassurant pour l'avenir.

— Quand je vais raconter ça à Casimir, se lamentait-elle. Jean-Pierre était son ami, il l'aimait bien...

Elle jeta un regard au paquet de serge bleue qui gisait dans un coin.

— Je ne pourrai jamais me faire cette jupe. Chaque fois que je verrai ce tissu, je repenserai à ce qui s'est passé.

Les enfants, qui rentraient de l'école, nous changèrent heureusement les idées. Je regardai leurs joues roses, leurs yeux candides, et leur innocence me fit du bien.

Lorsque je repartis, je fis le trajet du retour avec Edmond. Il avait le même âge que ma sœur, habitait notre village et travaillait à Douai. Je le connaissais depuis toujours. Il s'était marié l'année précédente et sa femme, tout récemment, avait mis au monde une petite fille. Il était garçon coiffeur chez le perruquier où, justement, Derbaix avait voulu se réfugier dans l'après-midi. Je ne pus m'empêcher de l'interroger.

— C'est arrivé d'un seul coup, raconta-t-il. Nous travaillions tranquillement lorsque Derbaix est entré, complètement affolé. « Ils sont tous après moi, a-t-il dit. Vite, il faut me cacher. » Mon patron est resté calme et n'a pas hésité : « Va dans le grenier. Je dirai que je ne t'ai pas vu. » A peine était-il monté qu'ils sont entrés, furieux. « Il est ici, nous savons qu'il est ici ! Où se cache-t-il ? » Nous avons essayé de protester, mais ils nous ont bousculés, sont allés partout, ont tout fouillé. Ils l'ont retrouvé dans le grenier. Ils l'ont battu, et les cris du malheureux nous ont fait frémir. Quelques-uns l'avaient saisi et s'apprêtaient à le lancer par la fenêtre, mais les autres ont protesté : « Non ! Il faut le pendre ! A la lanterne ! » Alors ils l'ont emmené, sans que maître Damse et moi n'ayons rien pu faire. Et tout ça devant une bonne cinquantaine de gardes nationaux! C'est encore une belle invention! Ils sont là pour maintenir l'ordre, et pas un n'a levé le petit doigt pour porter secours à leur compagnon. C'est révoltant, des choses pareilles!

A mon tour, je racontai ce que j'avais vu, butant sur les mots:

— Comment des hommes peuvent-ils agir ainsi envers l'un de leurs semblables, innocent en plus?

— Je suppose qu'ils étaient fous furieux. Ils ont peur de manquer de grain, ils en perdent la raison. Ils se sont excités progressivement, et leur colère s'est fixée sur Nicolon. Comme il a été mis en prison, ils se sont sentis frustrés dans leur désir de vengeance. C'est ainsi qu'ils ont tourné leur rage contre Derbaix. Il leur fallait une victime, et ce fut lui.

— Mais c'est injuste, il n'avait rien fait!

— Ils étaient bien trop aveuglés pour s'en rendre compte. Ils se sont emparés de lui parce qu'il leur défendait l'accès de la prison. C'eût été un autre, il aurait également fait l'affaire.

Lorsque je fis le même récit chez moi, je vis sur les visages de mes parents et de mes frères la stupéfaction, l'incrédulité, l'horreur. Leur nature calme et posée ne parvenait pas à imaginer une telle violence, une telle cruauté. L'agitation de Sylvain Busquet paraissait, en comparaison, bien innocente.

— C'est effrayant, déclara ma mère. Rappelle-toi, Mathilde, ce qui s'est passé il y a deux ans à Cambrai. Nous avions déjà eu peur. Mais ils n'avaient fait que piller et lancer des pierres dans les vitres. Maintenant, ils ont tué un homme! Ils sont de plus en plus dangereux. Et cette folie meurtrière, quand s'arrêtera-t-elle?

Je la regardai sans répondre, tandis qu'une désagréable impression faisait courir un frisson le long de mon dos, le sentiment que ma mère ne se trompait pas et que des scènes comme celle-là n'étaient que les prémices d'un bouleversement encore plus grand.

Ils recommencèrent le surlendemain. Malgré les patrouilles qui sillonnaient les rues, les émeutiers se regroupèrent. Avec des gardes nationaux, ils se rendirent à la prison et réclamèrent Nicolon. « Nicolon est coupable, il doit périr. » « Allons le pendre ! » Malgré la troupe qui en défendait l'entrée, ils réussirent à enfoncer la porte, entraînèrent le pauvre négociant déjà presque agonisant à la suite des coups reçus l'avant-veille. Devant le Dauphin, ils lui passèrent la corde au cou, l'élevèrent et le firent danser comme un pantin au bout d'une ficelle, au milieu des acclamations de la foule, tandis que des gardes nationaux, sur leur tambour, jouaient le *Ah ça ira.* A la fin, la corde cassa. Les soldats, malgré tout, protégèrent le corps de la fureur des émeutiers et le firent transporter à l'Oratoire.

En apprenant ces deux meurtres, l'Assemblée nationale accusa la municipalité d'incapacité et lança un ordre d'arrestation. Le maire et ses collègues s'enfuirent à Tournai ; par ordre de l'Assemblée, huit commissaires furent nommés par le directoire du département du Nord afin de les remplacer. Quant aux soldats, les régiments compromis dans l'émeute furent eux aussi remplacés. La ville de Douai, épouvantée par l'horreur des scènes produites, sembla se replier sur elle-même. Et, pour un moment, le calme revint.

2

Indifférent à la sauvagerie des hommes, le printemps petit à petit mettait dans l'air une douceur nouvelle, poudrait de vert les arbres et les buissons, ramenait le chant agréable des merles. Le lilas qui se trouvait dans la cour de notre ferme offrait ses bourgeons tendres et vernissés. Chaque jour, je les observais, notant la façon dont ils s'ouvraient progressivement. Je les prenais entre mes doigts, séparais délicatement les feuilles fragiles, serrées les unes contre les autres. Je découvrais qu'elles cachaient soigneusement, comme une promesse, de minuscules grappes vert pâle qui deviendraient ces fleurs odorantes, d'un blanc neigeux, que j'aimais respirer.

Notre village, lui aussi, semblait calme. Même Sylvain Busquet se tenait tranquille. Mais c'était un calme qui ne me rassurait pas, comme si je sentais, tout au fond de moi, qu'il n'allait pas durer. Notre curé disait encore les messes, faisait les baptêmes et les enterrements ; mais nous savions qu'il ne pourrait continuer bien longtemps, puisqu'il avait refusé de prêter serment. Il faisait partie des prêtres réfractaires, contrairement aux constitutionnels, ceux qui s'étaient soumis. Ceux-là seuls avaient le droit d'exercer, et on nous avait annoncé que l'un d'eux viendrait s'installer dans notre paroisse ; mais nous n'en voulions pas. Cependant, nous étions conscients que chaque journée n'était qu'un nouveau sursis. Quant au comte, nous ne le voyions pratiquement plus. C'est à peine si j'apercevais Adrien de loin en loin, quelquefois. Cela me convenait tout à fait. Lorsque la comtesse Adélaïde me faisait appeler pour un travail de couture, elle me parlait très peu. Se méfiait-elle de moi ? Je n'interrogeais pas, bien entendu, me contentant de faire ce qu'elle m'ordonnait. Je constatais, pourtant, qu'elle n'avait plus cet air insouciant que je lui avais toujours vu.

Et moi, je m'intéressais à Blaise. J'aimais les rares fois où ses yeux croisaient les miens. J'avais l'impression alors de plonger dans une source rafraîchissante, et je me sentais bien, épanouie, heureuse sans raison. Lorsque je lui parlais, il semblait toujours se replier sur lui-même, et j'attendais l'occasion qui me permettrait de lui faire comprendre, une fois pour toutes, combien son visage brûlé m'importait peu.

Un jour du mois d'avril, j'allai avec ma mère et mon frère François à Cambrai, chez ma tante Séraphine. Nous lui apportions des provisions – lait, beurre, œufs, farine – pour le repas qui aurait lieu bientôt, à l'occasion de la communion de Gabrielle.

La ville paraissait calme, et cela nous tranquillisa un peu. C'était toujours avec un sentiment de crainte, maintenant, que nous allions à Douai ou à Cambrai. Alors que nous traversions la grand-place, une femme nous croisa. Pâle, habillée de noir, elle marchait la tête baissée et ne nous vit pas. Je la reconnus tout de suite.

— Avez-vous vu ? dis-je à ma mère. C'est Thérèse.

Ma mère se retourna, observa un instant la frêle silhouette qui s'éloignait. Son regard s'emplit de pitié.

— Thérèse, la filleule de Séraphine ? Elle est en deuil. Que s'est-il passé ?

Chez ma tante, ma mère lui posa la question. Mon frère François intervint :

— Je vais vous laisser discuter entre femmes, et rejoindre oncle Aimé dans sa boutique. Je dois lui demander de me couper les cheveux. Il faut que je sois beau pour la communion de ma cousine, n'est-ce pas ?

Il sortit. Ma tante rangea les provisions, nous inondant de remerciements affectueux.

— Je ferai de la tarte. Nous ne serons pas nombreux – juste la famille – mais le repas sera bon; c'est mon unique fille. Et puis, c'est une chance qu'elle puisse faire sa communion avec l'abbé Férez. Il a refusé de prêter serment, comme bien d'autres. Il va certainement être obligé de partir. Un homme si dévoué, que nous admirons tous! Il a prédit, dans un de ses sermons, que les autels seraient renversés et que les prêtres seraient mis à mort ou obligés de s'exiler. Il a assuré aussi que le sang coulerait jusque « sur le seuil de nos maisons ». Cela, bien entendu, nous a inquiétés. Les hommes du club des Jacobins s'acharnent contre lui. Un jour, en pleine messe, plusieurs d'entre eux ont envahi l'église et ont tiré en l'air, semant la panique. Heureusement, quelques officiers sont intervenus et ont réussi à ramener le calme. Mais que veulent donc ces Jacobins? Il paraît qu'ils ont protesté contre la sonnerie des cloches et l'usage de l'encens. Ne peut-on laisser les curés faire leur travail en paix? Je ne sais pas si l'abbé Férez a raison, mais je crois que l'avenir est bien sombre. Quoi qu'il en soit, j'espère que la communion de Gabrielle se passera bien. On va finir par avoir peur de tout, si ça continue!

— Qu'est-il arrivé à Thérèse? reprit ma mère. Nous l'avons croisée en venant ici.

Ma tante soupira.

— Thérèse a perdu son mari.

— Que s'est-il donc passé?

Ma tante secoua la tête avec désapprobation.

— Il a recommencé. Mardi dernier, il a entraîné tous ses camarades et les ouvriers de l'atelier de charité à l'hôtel commun [1], pour réclamer une augmentation de salaire et deux heures de travail en moins par jour. Ils étaient

1. Hôtel commun, maison commune: on appelait ainsi l'hôtel de ville.

environ deux cents, armés de pelles, de pioches, de boulons de fer qu'ils avaient arrachés aux roues de leurs brouettes. Ils ont envahi le vestibule, et Noël a réussi à se faire introduire devant le conseil général de la commune. Pendant qu'il parlementait, la troupe et la garde nationale, appelées à l'aide, sont arrivées. Des dragons, puis la milice, sont venus à la rescousse. Les émeutiers ont pris peur et se sont dispersés. Noël, lui, a été arrêté et conduit à la prison.

— Pauvre Thérèse ! intervint ma mère. J'imagine ce qu'elle a pu ressentir.

— Ce n'est pas fini ! Avec l'aide de quelques-uns de ses compagnons, il a réussi à s'évader. Il est allé, m'a dit Thérèse, se réfugier chez son beau-père ; son domicile était surveillé. Il a décidé de partir le soir même chez un oncle, dans un village à quelques lieues de Cambrai. Il a embrassé sa femme et son fils, et il est sorti. C'était la dernière fois que Thérèse le voyait.

— Des soldats ont tiré sur lui ?

— Non, pas du tout. Il avait prévu de sortir par la porte Notre-Dame, mais elle était déjà fermée. Alors il est revenu sur le rempart, a franchi le parapet, descendu le talus extérieur pour arriver au pont-levis. Il espérait sans doute l'atteindre à l'aide des chaînes, puis traverser les fortifications et gagner la campagne. Mais une pluie fine rendait le talus glissant. On suppose qu'il a perdu l'équilibre. Il est tombé dans le fossé profond et il s'est noyé. On l'a retrouvé le lendemain.

— Mon Dieu, pauvre Thérèse, répéta ma mère. Elle reste seule, avec son petit garçon. Que va-t-elle devenir ?

— Elle va quitter sa mansarde de la rue Cantimpré et retourner chez son père. Elle n'a plus que lui, sa mère est morte depuis longtemps. Que peut-elle faire d'autre ?

— Se retrouver veuve, à son âge... Elle est encore si jeune !

— Elle paie très cher l'erreur qu'elle a faite en épousant un homme qui ne valait rien. J'essaie de l'aider, du mieux que je peux. Mais les temps sont si durs. Son père est portefaix, il n'est pas riche non plus, sans compter qu'il ne rajeunit pas. Surtout, j'essaie de la réconforter, malgré tout elle l'aimait, son Noël.

Je pensais, moi, à Blaise. Avec lui, je savais que je choisissais bien : il était sûr, solide, loyal, courageux. Il l'avait prouvé lorsqu'il avait sauvé le petit Philibert de la noyade. Je me faisais de plus en plus à l'idée qu'il serait mon mari, et je commençais à avoir l'impression que je ne lui étais pas indifférente, bien qu'il n'en laissât rien voir. C'était une intuition et j'étais moi-même surprise du plaisir qu'elle me procurait.

Lorsque mon frère François revint, les cheveux lavés et coupés, nous prîmes congé, nous donnant rendez-vous pour le jour de la communion, heureux à la perspective de nous retrouver en famille tout un dimanche.

Tout avait bien commencé. Tôt le matin, mon père avait attelé la carriole, et nous étions arrivés joyeux, endimanchés, avec un cadeau pour Gabrielle – une croix en or qu'offrit le parrain, mon frère Nicolas. L'enfant fut ravie. Elle passa le bijou autour de son cou, s'admira longuement. Toute de blanc vêtue, elle était très jolie. Ma sœur portait une jupe que je lui avais déjà vue ; je savais qu'elle n'avait pas eu le courage de toucher au tissu bleu qui lui rappelait un souvenir atroce. Ses enfants regardaient avec des yeux brillants de convoitise la longue table où s'alignaient assiettes et couverts, pensant déjà au bon repas et aux desserts qui nous attendaient.

L'heure de la messe approchait et nous partîmes d'un pas allègre, bavardant gaiement. Beaucoup de gens, comme nous, se dirigeaient vers l'église de Sainte-Croix, accompagnant des enfants en habits de communiants. Dans l'air vif du matin, les cloches sonnaient, un soleil chaleureux brillait, participant à la fête, provoquant un enthousiasme contagieux. Nous nous sentions en harmonie avec cette belle journée, et des sourires heureux fleurissaient sur tous les visages.

Comme nous arrivions à l'église, ma tante fronça les sourcils.

— Que font-ils donc, ceux-là? Regarde, Aimé.

Dans le cimetière situé en face, un attroupement se formait. Je jetai un coup d'œil et je compris tout de suite. Des hommes, des femmes, bien différents de ceux qui se rendaient à la messe, arboraient une mine menaçante. En un éclair, je revis les émeutes précédentes. L'angoisse s'empara de moi. Instinctivement, je me rapprochai de mes frères.

— Ce sont encore ces Jacobins, dit mon oncle Aimé d'une voix brève. Ne peuvent-ils nous laisser en paix, au moins aujourd'hui?

— Au contraire, grommela ma tante, ils le font exprès. Et là, devant eux, n'est-ce pas Fénaux, le boucher?

Au premier rang de l'attroupement, en effet, un homme paradait. Les manches retroussées sur des avant-bras formidables, il brandissait un battoir de boucher. Je vis alors que les autres, eux aussi, s'étaient munis de projectiles divers. Ils criaient tous, insultaient les gens et les communiants qui passaient devant eux.

— A bas les fanatiques!

— A bas les calotins!

— Férez! Où est-il?

— Qu'il vienne! hurlait le gros homme, dominant la voix de ses compagnons. Qu'il vienne donc, s'il l'ose! Et vous verrez, mes amis, je vous donnerai de la chair de curé en pâté!

Je lui lançai un regard de dégoût. Mon oncle Aimé nous poussa vers l'église.

— Oui, c'est bien Fénaux. Parmi les révolutionnaires, il est l'un des pires. Ne restons pas là, entrons.

A l'intérieur, de chaque côté de la nef, les gens s'installaient. Gabrielle alla rejoindre les communiantes, à l'avant. Avec ma sœur, je suivis ma tante et ma mère, tandis que les hommes allaient se placer de l'autre côté. Les enfants de chœur allumaient les cierges, préparaient le nécessaire pour la messe. L'église peu à peu se remplissait. Parfois, se mêlant au son des cloches, des vociférations nous arrivaient par vagues furieuses :

— A bas Férez !

— Férez ! Férez ! Où est-il donc ?

Venant de la sacristie, un prêtre apparut dans le chœur. J'aimai tout de suite son visage doux, sa physionomie affable et souriante, son regard vif et décidé. Comme nous, il avait entendu les cris. Il s'avança vers l'allée centrale. Ma tante se pencha vers nous :

— C'est l'abbé Férez, souffla-t-elle.

— Mes chers amis, annonça-t-il d'une voix forte, je suis certain que vous souhaitez, comme moi, pouvoir prier dans le calme. Je crois bien que, là-dehors, certaines personnes voudraient qu'il en soit autrement. Je ne peux pas accepter que l'on manque ainsi de respect à la maison du Seigneur. Je vais aller leur parler.

D'un pas ferme, il se dirigea vers le portail. Des cris nous parvinrent à nouveau, plus violents. Un homme sortit des rangs, s'arrêta devant l'abbé.

— Monsieur le curé, n'y allez pas. Ils vont vous tuer.

L'abbé sourit :

— Mes amis, laissez-moi. Ne craignez rien.

Une femme intervint :

— Je vous en prie, monsieur le curé, écoutez-nous ; nous ne tenons pas à ce que vous soyez écharpé !

Les cris continuaient, plus proches maintenant :

— Férez ! Férez !

Le vieil homme lissa sa soutane, redressa sa haute taille.

— N'entendez-vous pas ? Ils m'appellent. Ils sont devant l'entrée, je dois y aller. N'ayez pas peur. Priez, pendant ce temps. Notre-Seigneur Jésus-Christ n'a-t-il pas, lui aussi, affronté ses bourreaux ?

Il se remit à marcher vers le portail grand ouvert, où se pressait une foule grondante. En le voyant arriver, ils redoublèrent de fureur et de rage, tandis que le dénommé Fénaux ricanait odieusement :

— De la chair à pâté!

Dans la nef, l'homme qui s'était interposé fit signe aux autres.

— Venez, suivons-le. Nous le protégerons.

Il fut aussitôt approuvé. Derrière l'abbé, dans un élan unanime, tous les occupants de l'église se groupèrent. Ma tante nous poussa.

— Allons-y aussi.

Prises dans le flot, nous suivîmes. Je n'étais pas rassurée. J'apercevais dehors, au-delà des hommes qui me précédaient, les faces grimaçantes des émeutiers, et parmi elles le visage rougeaud et haineux du boucher. L'abbé Férez alla jusqu'à eux, s'arrêta. Nous tous, derrière, nous nous taisions et attendions, l'oreille tendue. Peu à peu, le silence se fit. Puis la voix du curé nous parvint:

— Pourquoi cette colère? disait-il. Vous êtes tous des enfants de Dieu et, à ce titre, vous êtes mes enfants. Je vous suis entièrement dévoué. Je vous demande de ne pas vous laisser aller à une violence qui ne peut être que néfaste. Avez-vous oublié ce que l'on vous a appris? Vous devriez pourtant toujours y penser, et l'appliquer sans cesse, jour après jour: « Aimez-vous les uns les autres... »

Un flottement se faisait parmi les enragés. Je me haussai sur la pointe des pieds, j'essayai de voir. Quelques-uns paraissaient confus, d'autres abandonnaient leurs projectiles. Le boucher rugit:

— Vous n'allez quand même pas vous laisser prendre à ses paroles?

L'abbé Férez avança de quelques pas, lui fit face.

— Si vous êtes venu pour frapper, allez-y. Prenez-moi comme victime. Je donne volontiers ma vie pour le salut de mes paroissiens. Mais laissez-les en paix, eux et leurs enfants. C'est aujourd'hui le jour de leur première communion. Pourquoi leur gâcher ce moment? Avez-vous donc oublié la vôtre?

Plusieurs voix grommelèrent:

— Allons, viens, Fénaux. Laissons-les.

Et ils commencèrent à se disperser, n'écoutant plus les protestations furieuses du boucher, qui finit par lancer haineusement :

— Vous ne perdez rien pour attendre, espèce de calotin ! Ce n'est que partie remise ! On finira bien par vous avoir !

Un mouvement, dans les rangs qui nous précédaient, nous fit reculer. L'abbé Férez revenait. Il passa au milieu de nous, souriant aux félicitations, hochant doucement la tête :

— Merci, mes chers enfants. Veuillez regagner vos places, maintenant. Nous allons pouvoir commencer.

Je poussai un soupir de soulagement, regardant le vieux curé avec admiration. Grâce à lui, le danger semblait être écarté. Comment donc avait-il fait pour tenir tête à cette foule en colère, et réussir à la disperser ?

La messe se déroula normalement. A la sortie, nous eûmes un instant de crainte. Mais les émeutiers étaient partis, et nous pûmes rentrer tranquillement. Cela nous fit du bien de nous retrouver tous ensemble, dans une chaude atmosphère familiale, après la peur et la contrariété que nous avions éprouvées.

Nous fîmes honneur au repas, tout en écoutant les hommes discuter de la situation et des événements.

— Nous finissons par ne plus savoir où nous allons, disait mon oncle Aimé. Il n'y a plus aucun ordre, ce ne sont que troubles, attaques, émeutes. Cette révolution a assez duré, à mon avis. Il faudrait y mettre fin une fois pour toutes.

— Mais comment ? objecta mon père. Le roi ne gouverne plus, on dit qu'il n'a pas l'autorité nécessaire. Ces messieurs de l'Assemblée nationale veulent peut-être bien faire, mais moi je dis que leurs décisions sèment la pagaille.

Mon oncle approuva d'un hochement de tête.

— Tu n'as pas tort, Jean-Baptiste. Je leur reproche, moi, de ne pas penser aux conséquences de leurs actes. Ainsi, par exemple, ils confisquent les biens du clergé ;

à Cambrai, comme ailleurs, ils ont supprimé les chapitres de chanoines. Seulement, tous les ans, les chanoines de Notre-Dame accordaient aux sœurs de charité six à sept cents rasières de blé à distribuer aux pauvres. Cela n'a plus lieu, maintenant, ce qui augmente le nombre des affamés. C'est peut-être aussi la cause de ces émeutes qui n'en finissent pas.

— Je crois, dit mon beau-frère qui était royaliste, que la situation va s'aggraver. Mirabeau vient de mourir, et sa mort n'arrangera pas les choses. Lui, au moins, essayait de maintenir la royauté. Maintenant qu'il n'est plus là, je prévois des jours difficiles, et je plains notre bon Louis XVI.

— Des jours difficiles, me dit ma sœur, nous en avons eu assez. Je n'arrive pas à oublier cette émeute. Je revois toujours le visage de ce pauvre Jean-Pierre. Cela a horrifié une bonne partie des habitants de Douai. Dans les jours qui ont suivi, plus personne n'osait sortir, les rues étaient pratiquement vides. On ne s'aventurait hors de chez soi que lorsque c'était vraiment indispensable.

Ma tante apporta plusieurs tartes qu'elle posa sur la table, à la grande joie des enfants.

— Goûtez donc ceci, et oubliez tous ces problèmes pour quelques instants.

Ils obéirent, mais reprirent leur discussion dès la fin du repas. Après avoir desservi, nous les femmes avons fait la vaisselle, tandis que les enfants jouaient sagement dans la chambre de Gabrielle. Puis l'heure des vêpres nous ramena, de nouveau, à l'église. Nous ne vîmes plus aucun manifestant, et la cérémonie ne fut pas troublée. A la fin, alors que nous sortions, l'abbé Férez vint parmi ses paroissiens, serra la main des parents, caressa la joue des filles et des garçons qui se pressaient autour de lui. Je pus voir combien il était aimé. Il se pencha vers Gabrielle, lui sourit.

— C'était un beau jour, n'est-ce pas, mon enfant? Remercie Notre-Seigneur, et ne l'oublie jamais, quoi qu'il arrive.

Rose d'émoi, ma petite cousine acquiesça. Il se détourna pour parler à d'autres. Ma tante le regarda avec sympathie et regret.

— Comment accepter sans révolte qu'il nous soit enlevé? Ça fait trente ans qu'il est parmi nous.

Jamais, jusqu'ici, nous n'avions été confrontés à une telle épreuve. Nous en revenions toujours à la même question: pourquoi voulait-on nous enlever notre curé? Nous ne parvenions pas à trouver de réponse satisfaisante. Mais une chose était certaine, nous n'étions pas d'accord. Je pensai aux paroles de mon oncle Aimé: « Ils agissent sans réfléchir aux conséquences. » Je trouvais cela tout à fait vrai. Comment accepter de telles décisions sans protester? Malgré notre nature placide, je savais que, pour conserver le curé que nous aimions, nous serions bien capables, nous aussi, de nous révolter.

Le mois d'avril avait ramené des journées plus longues et plus chaudes. Jean-Marie, notre petit voisin, cueillait sur les talus des primevères qu'il m'apportait avec un sourire.

— C'est pour toi, Mathilde, des coucous. Je sais que tu les aimes.

Je l'embrassais pour le remercier. Je prenais le bouquet doré, que je plaçais tout de suite dans une cruche remplie d'eau. L'enfant retournait bien vite auprès de son père. Lorsque le temps était beau, Gaston s'installait à la porte de son atelier, une paire de sabots sur les genoux, qu'il creusait et finissait avec un ciseau spécial. Avec le printemps, il toussait moins, mais Pierre-Antoine, lorsqu'il venait le voir, prenait un air soucieux. Il lui conseillait de se mettre au soleil le plus souvent possible.

Un après-midi, vers la fin du mois, Blaise vint rapporter la brouette que mon père lui avait donnée à réparer. J'étais seule à la maison. Mon père et mes frères travaillaient aux champs, ma mère était allée acheter du sucre à l'épicerie qui jouxtait le cabaret d'Ignace. Je me trouvais dans la cour lorsqu'il arriva. Penchée sur le puits, je venais de retirer un seau d'eau. Je m'apprêtais à le soulever, mais, en voyant Blaise, je ne sais ce qui se passa. Troublée sans doute, je fis un faux mouvement, trébuchai, faillis tomber. En un éclair, il fut près de moi.

— Attends, c'est trop lourd pour toi. Je vais t'aider. Faut-il le porter dans la maison?

— Je... euh... oui.

Il prit le lourd récipient sans difficulté. J'admirai sa force, sa haute taille, ses larges épaules. Il surprit mon regard, détourna la tête avec gêne. Le sot! pensai-je avec tendresse, le grand sot! Je le suivis à l'intérieur. Il posa le seau près de l'âtre, s'essuya les mains à son pantalon.

— Je vais partir maintenant. Faut-il mettre la brouette dans la grange?

— Oui, c'est sa place habituelle. Attends, je vais avec toi.

Dans la grange obscure, une timidité inconnue me saisit. Blaise rangea la brouette, évitant de me regarder. Je m'éclaircis la gorge.

— Dis-moi, Blaise, n'est-ce pas ton anniversaire aujourd'hui?

Il me lança un coup d'œil circonspect.

— Oui, c'est vrai.

Une impulsion me poussa vers lui. Je me haussai sur la pointe des pieds, posai un baiser sur la joue tournée vers moi – la joue intacte. Il sursauta, rougit, recula.

— Bon anniversaire, Blaise.

— Euh... merci.

— Quel âge as-tu maintenant? Le même âge que Nicolas, je crois? Vingt-six ans?

— Oui, nous sommes nés la même année.

Il me faisait face, dans la semi-obscurité. La rougeur lentement s'effaçait de son visage. Une hardiesse subite me fit insister:

— Et tu ne penses pas à te marier, dis-moi?

Il se figea, comme si j'avais dit une incongruité. Je vis dans ses yeux que je l'avais blessé. Une expression amère tordit sa bouche.

— Ne te moque pas de moi, s'il te plaît. Tu sais très bien que je ne me marierai jamais.

Je m'efforçai de prendre un ton léger, bien que mon cœur battît sourdement.

— Ah non? Et pourquoi donc?

Il me fixa un instant sans répondre, puis tourna délibérément vers moi sa joue brûlée.

— Et ça? N'est-ce pas une raison suffisante?

Je ne pus m'empêcher de sourire.

— Blaise, tu es bête! On n'y fait même plus attention, je t'assure.

Avec une sorte de hargne, il riposta:

— C'est ton avis, mais ce n'est pas le mien. Tu ne sais pas, toi, combien j'en ai souffert. Dans mon enfance, déjà, lorsque les autres me rejetaient... Il y avait des moments où je ne pouvais plus supporter les regards apitoyés. Et après, ça a été encore pire, lorsque j'ai commencé à grandir et que j'ai vu les filles se détourner de moi avec dégoût.

— Tu te fais des idées.

— Mais non! reprit-il violemment. Je m'en aperçois bien moi-même, chaque matin quand je me rase. Comment pourrais-je imposer à une femme la vue d'un tel visage, jour après jour? Et n'essaie pas de me dire que j'ai tort. J'ai suffisamment entendu Noémie clamer partout que ma figure brûlée lui faisait peur.

Je protestai avec force:

— Noémie est une idiote. Et toi, tu es un sot de la croire. Elle est la seule à raisonner ainsi. Prends Pauline, par exemple. Elle t'aime bien et elle t'admire, surtout depuis que tu as repêché son petit frère dans le fossé.

Un léger sourire détendit ses traits, son regard se perdit dans le vague.

— Pauline... Oui, elle est mignonne et gentille...

Je fus surprise de ressentir la pointe aiguë d'une jalousie brûlante. Je dis, très vite:

— Moi aussi, tu sais, je pense comme elle.

Ses yeux revinrent à moi, s'emplirent de doute; son visage se ferma. Il se détourna.

— Laisse-moi, Mathilde. Je ne supporte pas la pitié, je te l'ai déjà dit.

— Mais, Blaise, ce n'est pas de la pitié!

La voix de ma mère, dehors, arriva jusqu'à nous:

— Mathilde, où es-tu?

Blaise se dirigea vers la porte.

— Viens, dit-il, ta mère te cherche.

Il partit comme on fuit, me laissant là. Je l'entendis parler à ma mère, pendant qu'au fond de moi une résolution grandissait: si je me mariais un jour, je voulais que ce fût avec lui. Je me promis d'y arriver, coûte que coûte.

3

La persécution religieuse continuait. Ma sœur nous apprit qu'à Douai, le nombre des paroisses avait été réduit de six à trois. Les églises Notre-Dame, Saint-Albin et Saint-Nicolas étaient supprimées; seules restaient Saint-Jacques, Saint-Pierre et Saint-Amé.

— Et, bien sûr, nous n'avons plus notre curé. C'était le chanoine Breuwart, mais il a refusé de prêter serment. Alors ils l'ont remplacé par l'abbé Plumecocq qui, lui, est assermenté. Il était curé de Saint-Albin, mais comme Saint-Albin a été supprimée... Depuis son arrivée, je ne vais plus à la messe de bon cœur, et de nombreuses personnes font comme moi. On n'aime pas beaucoup les prêtres constitutionnels, d'autant plus que le pape ne les approuve pas.

C'était vrai. Pie VI avait condamné, au mois de mars, la Constitution civile du clergé comme hérétique. Il venait de frapper de censure ses adhérents, tout en exhortant les fidèles à supporter courageusement les persécutions qu'ils ne manqueraient pas de subir. Notre curé l'avait annoncé du haut de sa chaire, lors d'un sermon, disant que c'était là une preuve qu'il avait bien agi. Mais, bien entendu, lui non plus ne fut pas épargné.

Un matin du mois de mai, la cloche de l'église nous appela tous sur la place. Pierre-Antoine nous y attendait, l'air grave et triste, un papier dans les mains. Lorsque nous fumes réunis autour de lui, il leva le bras pour nous faire taire.

— Mes amis, je dois vous lire un avis que je viens de recevoir.

Il se tourna vers l'abbé Souliez.

— Il vous concerne, monsieur le curé : vous devez libérer le presbytère pour lundi prochain, afin de permettre l'installation de l'abbé Daubère, prêtre assermenté, qui viendra vous remplacer.

C'est lui qui, à partir de cette date, assurera le service du culte dans notre village. Je suis désolé, monsieur le curé, mais ce sont les ordres.

Le silence devint pesant. Nous étions tous abasourdis. Nous savions qu'une telle chose allait arriver ; pourtant, elle nous surprenait et, surtout, nous révoltait par son injustice. Une fugitive expression de souffrance crispa le visage de l'abbé Souliez, mais il se reprit bien vite. Il eut un sourire résigné, leva vers Pierre-Antoine son regard limpide.

— Ne t'inquiète pas, mon enfant, j'obéirai. C'est dur d'être chassé ainsi de ce lieu où j'ai toujours vécu, mais nous devons accepter sans révolte les épreuves que Dieu nous envoie.

Joséphine, la femme d'Ignace le cabaretier, réagit la première :

— Mais nous n'allons pas laisser faire ça ! Qu'en pensez-vous, vous autres ?

Des répliques jaillirent, se groupèrent en un chœur de protestations :

— Nous ne voulons pas d'un autre curé !

— Ils pourraient nous demander notre avis, au moins !

— N'obéissez pas, monsieur le curé ! Nous vous soutiendrons.

L'abbé Souliez leva les deux bras, secouant doucement sa tête aux cheveux blancs.

— Allons, mes enfants, je vous en prie, écoutez-moi. Il ne sert à rien de se révolter, vous avez entendu Pierre-Antoine : il faut obéir. Je savais à quoi m'attendre, puisque j'ai refusé leur serment. Quant à vous, si vous voulez me faire plaisir, accueillez avec amabilité ce nouveau prêtre qui va arriver. Sans doute est-il plein de bonnes intentions. Et puis, dites-vous que vous y gagnerez peut-être au change : il doit être plus jeune que moi, et travaillera donc avec davantage d'énergie. Moi, je me fais vieux, je deviens lent, et mes rhumatismes...

Une nuée de nouvelles protestations couvrit sa voix :

— Nous n'avons pas besoin d'un curé plus jeune.

— On vous connaît depuis toujours. Que ferons-nous d'un nouveau venu, qui sera pour tout le monde un étranger ?

Alexandre le clerc s'interposa :

— Moi, monsieur le curé, je suis avec vous. Je refuse de me mettre au service de l'autre.

A ce moment, une question domina le tumulte :

— Et d'abord, monsieur le curé, si vous partez, avez-vous un endroit où aller ?

Un silence plein d'attente se fit. L'abbé Souliez parut, un instant, décontenancé. Il eut un geste d'ignorance, douloureux et pathétique, baissa la tête.

— Non, avoua-t-il tout bas.

Ignace se tourna vers Pierre-Antoine.

— Tu vois bien, on a raison. Il ne peut pas partir. On ne va quand même pas le mettre à la rue.

— Sans compter qu'il n'est pas seul, s'écria ma mère. Avez-vous pensé à Adèle ?

La pauvre femme, derrière le curé qu'elle avait servi toute sa vie, ne disait rien. Le regard traqué, le teint gris, elle semblait étrangère à la scène qui se déroulait.

— Pourtant, il faut qu'ils partent, intervint Sylvain Busquet, qui jusqu'ici n'avait rien dit. Il n'est pas question de désobéir aux ordres.

— Oh, toi... commença Ignace.

L'abbé Souliez de nouveau leva les bras.

— Ne vous disputez pas. Il n'a jamais été dans mes intentions de semer le désordre. Bien sûr, je partirai. Ne vous inquiétez pas pour moi. Je me débrouillerai.

Ambroise, le tailleur, qui était procureur de la commune, s'avança.

— Si vous voulez, monsieur le curé, vous pouvez loger chez moi. Adèle également. Je vis seul, depuis que ma femme est morte et que mes enfants sont mariés. Il y a de la place.

Le vieil homme en soutane le regarda, incertain. Il me parut frêle, vulnérable, et je ressentis envers lui un immense élan de tendresse et de pitié.

— Je ne sais si...

— Allons, n'hésitez pas, affirma Ambroise de sa voix bourrue. Ça me rendra service, au contraire. J'y gagne une servante, et je vous assure que ma maison en a bien besoin !

Son bon visage se plissa dans un rire silencieux, et cela détendit un peu l'atmosphère. L'abbé Souliez s'inclina.

— J'accepte. Merci, mon enfant. Venez donc, Adèle, nous allons commencer notre déménagement.

Mon père leva la main.

— Mes fils et moi, nous pouvons vous aider, monsieur le curé, s'il y a des meubles ou des choses lourdes à porter.

Justin le charron se proposa également :

— Moi aussi, je peux venir, avec Blaise et Germain.

Les yeux humides, notre vieux curé nous sourit.

— Merci, mes enfants. Je ne refuse pas. Votre affection me réchauffe le cœur. Soyez bénis, tous.

De sa démarche claudicante, il se dirigea vers le presbytère, suivi d'Adèle qui semblait avoir reçu un coup sur la tête et demeurait anormalement muette. Tout le monde parlait en même temps, et il ressortait des conversations que c'était une honte, mettre ainsi un vieil homme dehors, ces messieurs de l'Assemblée devenaient complètement fous, et tout ça finirait mal. Et ce nouveau curé qu'on allait nous imposer ? Qui était-il ? Nous ne voulions pas de lui ! Mon père se gratta la tête.

— Ça ne va pas aller tout seul, j'en ai peur. Aimé avait raison, l'autre jour : on dirait que là-bas, à Paris, ils font tout pour inciter les gens à la révolte.

Chacun retourna à son travail, commentant passionnément la nouvelle. J'entendis Sylvain Busquet dire d'une voix forte à un groupe d'hommes :

— Mais enfin, pourquoi le plaignez-vous ? Il est responsable de ce qui lui arrive, après tout. S'il tenait à rester dans son presbytère, il n'avait qu'à prêter serment.

Je le regardai avec désapprobation. Il était depuis le début un ardent révolutionnaire, ne sortait jamais sans sa cocarde tricolore, était toujours volontaire lorsqu'il s'agissait de porter à Douai le compte rendu des séances du conseil général. Il n'admettait aucune critique sur ces messieurs de l'Assemblée qui, disait-il, travaillaient à reconstruire un pays où les injustices seraient supprimées et où régneraient la liberté et l'égalité pour tous. Si nous l'avions cru à un certain moment, nous ne le croyions plus maintenant. Comment faire confiance à des dirigeants qui n'hésitaient pas à chasser de chez lui un vieux prêtre inoffensif ?

Dans le milieu de l'après-midi, ma mère me dit :

— Va donc jusqu'au presbytère, voir si Adèle a besoin d'aide. Elle voulait commencer à empaqueter le linge et les vêtements.

Les hommes avaient fixé le déménagement à dimanche après-midi, puisque le presbytère devait être libéré lundi. Nous étions jeudi. Il restait deux jours à Adèle et à notre curé pour placer dans des caisses tout ce qu'ils voulaient emporter.

Je me dirigeai vers la place. Assis sur le seuil de son atelier, Gaston clouait une paire de galoches. Près de lui, Jean-Marie lui passait les clous un à un et le regardait travailler avec attention. Il me sourit lorsque j'arrivai à sa hauteur.

— Tu vois, Mathilde, j'aide papa. Moi aussi, je serai sabotier, plus tard. Papa dit que je suis assez grand pour commencer à apprendre. J'aurai bientôt onze ans, tu sais !

Je souris à la naïve satisfaction qu'exprimait son visage enfantin. Plus loin, Justin le charron et ses deux fils faisaient chauffer le bandage d'une roue. Ils avaient installé un feu de copeaux au milieu de la rue, et avec de longues tenailles maintenaient le grand cercle métallique au-dessus des flammes. Peu à peu, il rougissait. Je savais qu'il fallait attendre qu'il fût rouge vif pour l'ajuster autour de la roue. Je passai avec précaution le plus loin possible. Les copeaux de bois répandaient une chaleur intense. Je jetai un coup d'œil à Blaise. Les traits crispés sous l'effort, le visage luisant de sueur, il ne fit pas attention à moi. Je pensai que l'apprentissage du métier de charron n'avait pas dû être facile pour lui : après l'accident qui lui avait brûlé la joue, il avait gardé pendant longtemps une terreur du feu. Je me dis que c'était une preuve supplémentaire de son courage.

J'arrivai près de l'église dont les vitraux brillaient au soleil. Pour moi, notre curé y était indissolublement lié. Depuis ma naissance, je l'y avais toujours vu. Il me paraissait anormal qu'un autre vînt prendre sa place. Devant le presbytère, un groupe de femmes jacassait autour de Joséphine. Lorsque j'approchai, celle-ci m'interpella :

— Tu viens voir Adèle ?

— Je viens lui proposer de l'aider.

— Ne t'attends pas à ce qu'elle accepte. Elle nous a toutes envoyées promener en disant qu'elle voulait rester seule.

J'hésitai. Je faillis repartir, puis je me dis qu'Adèle avait besoin de sympathie et que, peut-être, ma visite lui ferait plaisir.

— Je vais quand même entrer quelques instants.

— Comme tu veux, dit Joséphine en haussant les épaules avec indifférence.

Je la vis se pencher vers ses compagnes, avec une mine de conspiratrice :

— Alors, c'est bien compris ? demanda-t-elle sur un ton de confidence. Dimanche, à la sortie de la messe, nous en parlerons à toutes les autres. Celles qui seront d'accord nous suivront...

Je n'entendis pas la suite. Je traversai le petit jardin, frappai à la porte de la cuisine. Aucune réponse. Je frappai de nouveau, plus fort. Toujours rien. Inquiète, je tournai la poignée, entrai. Il n'y avait personne. J'appelai :

— Adèle !

Le silence me fit peur. J'entendis, dehors, un chien aboyer puis, plus loin, un coq chanter. Contre la fenêtre, une mouche se mit à bourdonner. La pièce était rangée, la table nettoyée. Je criai :

— Adèle ! Où êtes-vous ?

Comme rien ne bougeait, j'allais sortir, lorsque la porte qui donnait sur le couloir s'ouvrit. Adèle apparut, le visage morne.

— Ah, c'est toi, Mathilde ! J'étais dans ma chambre. Je vide les armoires, j'empaquette mes affaires...

Elle avala avec difficulté, se mordit les lèvres. Je la trouvai vieillie, ratatinée. Les traits tirés, le regard fixe, elle triturait sa vieille jupe de toile grise d'un geste machinal. Je vis que ses yeux étaient rougis et gonflés.

— Voulez-vous que je vous aide ?

Elle me regarda avec gratitude mais secoua la tête.

— Non, merci, Mathilde. Tu es gentille, mais je préfère travailler seule. Vois-tu, c'est un véritable crève-cœur, pour moi, de tout emballer en pensant qu'il faut partir. Alors, j'aime mieux le faire sans témoin.

— Mais... aurez-vous terminé pour dimanche ?

Elle eut une sorte de rire douloureux, qui se termina en sanglot :

— Oh oui, et même avant ! Nous ne possédons pas grand-chose, ce sera vite fait.

— Et monsieur le curé ?

Du bras, elle montra l'église, dans un geste empreint à la fois de tendresse et de ressentiment.

— Lui, il prépare l'église, il range, astique les calices et les ciboires, met de l'ordre dans la sacristie. Il veut que tout soit prêt pour l'arrivée de *l'autre,* lundi. Je te demande un peu ! Il est trop bon.

Ses petits yeux noirs habituellement vifs reflétèrent une immense détresse.

— Pour nous, c'est dur, Mathilde. Etre chassés de cette façon, comme des vauriens, après plus de quarante ans. Jamais je n'aurais pu imaginer une chose pareille, jamais.

Elle se mit à pleurer sans bruit, sans un mouvement, laissant les larmes couler sur son visage ridé. Avec tendresse, avec douceur, avec pitié, j'entourai les frêles épaules de mon bras, la serrai contre moi.

— Je sais, tout le village est révolté. Nous non plus, nous n'acceptons pas.

Je la laissai, le cœur lourd, consciente de mon impuissance. Dehors, la douce chaleur du soleil me surprit. Le désespoir d'Adèle m'avait glacée, et j'avais froid. Je soupirai tristement. Devant l'entrée, Joséphine et les autres n'étaient plus là. De l'autre côté de la place, venant du cabaret d'Ignace, les échos d'une discussion me parvinrent. Je contournai l'église, soudain accablée. Dimanche, pour la dernière fois, l'abbé Souliez y célébrerait la messe. Et ensuite? Une fidélité instinctive à notre vieux curé me faisait comprendre que, s'il fallait assister aux offices de l'autre, je ne le ferais qu'avec répugnance. Des souvenirs me revenaient, en foule: le jour de ma première communion, les processions, les prières, les messes de minuit avec leur magie particulière. Et, par-dessus tout, l'abbé Souliez, sa bonté, son dévouement, son amour pour nous tous, et ses yeux bleus au candide regard d'enfant. Je trébuchai sur un caillou, manquai de me tordre le pied. Je ne distinguais plus rien; les larmes brouillaient ma vue.

Le dimanche, lorsque les cloches de l'église nous appelèrent à la messe, nous eûmes le cœur serré. Il faisait un temps splendide. Le soleil éclaboussait d'or tout le village, les coqs chantaient, une brise légère apportait des odeurs grisantes de liberté. Une aussi belle journée aurait dû nous réjouir et ne faisait que rendre notre tristesse plus douloureuse.

Dans l'église, au lieu des conciliabules ordinaires, un silence grave et lourd régnait. On n'entendait que le son des cloches ou, parfois, le bruit des chaussures qui raclaient les dalles de pierre. Lorsque l'abbé Souliez arriva, revêtu de l'aube et de la chasuble habituelles, d'un seul mouvement tout le monde se leva. La messe commença, et nous la suivîmes avec recueillement. Au moment où notre curé monta en chaire, un frisson parcourut les rangs. Assis, silencieux, les yeux fixés sur lui, nous attendions, devinant que dans ce dernier sermon il allait nous faire ses adieux.

— Mes enfants, mes chers enfants, merci d'être tous là aujourd'hui. Votre présence me prouve votre affection. Cela ne m'étonne pas. Je vous connais, je sais combien vous êtes capables de fidélité. Ce que je dois vous dire maintenant, avant de partir, c'est que les quarante années que j'ai passées parmi vous ont été douces à mon cœur. J'ai partagé vos joies et vos peines ; il y en a beaucoup, parmi vous, que j'ai vus naître, que j'ai baptisés et mariés ; ensuite, ce sont leurs enfants que j'ai baptisés. J'avais la prétention de croire que, si Notre-Seigneur me laissait vivre assez longtemps, j'aurais peut-être aussi l'immense bonheur de les marier... Mais...

Sa voix s'enroua. On entendit des hommes remuer, des femmes renifler. Nous étions tous très émus.

— Mais il en a été décidé autrement. Bien que cela me brise le cœur, je ne peux rien faire d'autre qu'obéir. Je vous demande de le comprendre, de l'admettre, je vous demande aussi de chasser de votre esprit les sentiments de révolte qui pourraient s'y installer. Je voudrais encore que vous accueilliez avec gentillesse le nouveau prêtre qui arrive demain. Je sais que vous lui reprochez d'avoir prêté serment, mais, je vous en prie, ne le condamnez pas sur ce simple fait. N'oubliez pas que Notre-Seigneur Jésus-Christ a dit : « Ne jugez pas, si vous ne voulez pas être jugés. » Comportez-vous avec ce jeune curé comme vous l'avez toujours fait avec moi. N'éprouvez pas de rancune envers lui, comprenez que ce n'est pas lui qui me chasse. Il n'est responsable de rien. On l'envoie ici sans qu'il l'ait demandé ; lui aussi obéit aux ordres.

Un mouvement général parcourut les rangs, beaucoup de visages exprimèrent leur mécontentement, un léger murmure de désapprobation se fit entendre. L'abbé Souliez s'en aperçut, reprit ses exhortations, fit appel à notre bon cœur, assura qu'il serait déçu si nous ne lui obéissions pas. Puis il conclut :

— Je serai parmi vous, vous me trouverez chez Ambroise, que je remercie ici encore pour son hospitalité. Même si on ne me permet plus d'exercer mes fonctions de prêtre, je serai toujours à votre disposition quoi qu'il arrive. Ne l'oubliez pas. Et maintenant, mes enfants, prions ensemble pour la dernière fois.

Il descendit de la chaire, entonna le *credo* que nous reprîmes tous en chœur. La messe se termina dans une émotion grandissante, et lorsque, après l'*Ite missa est,* le vieux curé aux cheveux blancs nous bénit de ses mains tremblantes, je sentis des larmes picoter mes paupières.

A la sortie, sur la place, des groupes se formèrent. Joséphine et Marie-Catherine, la femme de Mathurin le tisserand, nous firent signe :

— Venez, nous avons quelque chose à vous dire.

Avec ma mère, je m'approchai. Pauline et Suzanne nous suivirent.

— C'est important, déclara Joséphine d'une voix basse et excitée. D'abord, une question : vous ne voulez pas d'un autre curé ?

— Bien sûr que non, assura ma mère. Mais que peut-on faire ? Il arrive demain.

Joséphine prit un air triomphant.

— Justement, nous autres, nous refusons d'écouter les conseils de sagesse de notre curé ; il est trop bon, il accepte tout, mais nous ne sommes pas obligées de faire comme lui. Alors, demain matin, lorsque l'autre arrivera, nous l'attendrons à l'entrée du village. Nous lui dirons que nous ne voulons pas de lui, qu'il doit repartir d'où il vient. Et s'il refuse, nous le chasserons. Qu'en pensez-vous ?

— Mais peut-on vraiment faire ça ?

— Bien sûr ! ? J'en ai parlé à Ignace, il m'a approuvée. Cet autre curé, personne n'en veut. On ne le laissera pas passer, c'est tout. Que pourra-t-il faire, seul contre nous toutes ? Il sera bien forcé de rebrousser chemin. Ce qu'il faut, c'est que nous soyons assez nombreuses. Etes-vous d'accord ?

J'hésitai, regardai ma mère. Suzanne, qui était de tempérament plus vindicatif, s'exclama tout de suite, avec enthousiasme :

— Bien sûr. N'est-ce pas, Pauline ?

— Oui, certainement. Et toi, Mathilde ?

Un souffle belliqueux me poussa à répondre :

— Je viendrai. Comptez sur moi.

— Vers quelle heure arrive-t-il ? interrogea ma mère.

— Pierre-Antoine l'attend pour dix heures à la maison commune, afin de lui donner les clefs du presbytère. Il faudra y aller un peu avant. Donnons-nous rendez-vous à dix heures moins le quart au plus tard.

— Avez-vous prévenu monsieur le curé ?

Joséphine leva une main.

— Surtout pas ! Il serait capable de nous en empêcher. Il ne faut rien lui dire. Laissons-le déménager comme prévu. Si l'autre se voit chassé, il comprendra qu'il est indésirable, et ne reviendra sans doute pas. Alors notre curé pourra reprendre sa place.

Ce plan me paraissait trop simple et trop beau pour réussir, mais je ne dis rien. Un besoin d'agir, subitement, me prenait. Joséphine avait au moins raison sur ce point : puisque nous n'étions pas d'accord, il fallait le montrer, au lieu de se résigner tristement en se lamentant.

— Je vais aller en recruter d'autres. A demain donc. Nous nous retrouverons à l'entrée du village.

Le soir, lorsque mon père et mes frères eurent terminé le déménagement, ils revinrent profondément attristés.

— Notre pauvre curé ! soupira mon père. Il fait pitié.

— Tout est en ordre maintenant pour accueillir l'autre, annonça mon frère Nicolas. Si seulement il pouvait ne pas venir, celui-là !

Mes yeux croisèrent ceux de ma mère ; nous ne pûmes réprimer un sourire complice. Mon père nous observa avec suspicion.

— Qu'y a-t-il donc? Vous avez l'air de mijoter quelque chose, toutes les deux.

Alors ma mère, en leur faisant promettre de ne rien dire, répéta l'offre de Joséphine. Ils se mirent à rire.

— Ah, s'exclama Nicolas, cette Joséphine! Elle n'en fait jamais d'autres!

— Je plains ce pauvre homme, dit François. Seul contre une armée de harpies, il ne fera pas le poids.

Mon père reprit son sérieux.

— Il n'empêche que je n'aime pas beaucoup vous voir mêlées à ce genre de manifestation.

— Mais nous ne ferons rien de mal, protesta ma mère. Nous lui dirons simplement que nous ne voulons pas de lui. N'est-ce pas la vérité?

A mon tour, j'intervins:

— Ne craignez rien, père. Nous en avons vu d'autres, comme cette émeute à Cambrai, il y a deux ans, et cette année, en mars dernier, à Douai. Ceci n'est rien, à côté. Et nous trouvons, comme Joséphine, qu'il faut agir.

Avec un sourire où je lus de la satisfaction et de la fierté, mon père nous regarda, l'une après l'autre.

— Oui, vous avez raison. C'est vrai qu'ils commencent à exagérer, à l'Assemblée nationale. Il est bon de leur montrer notre désaccord. Mais, quand même, ne soyez pas trop méchantes avec ce pauvre prêtre: comme l'a dit l'abbé Souliez, il ne fait qu'obéir aux ordres.

— Si je ne devais pas aller aux champs, dit mon frère Nicolas, je vous accompagnerais bien. J'aimerais voir ça.

Ma mère fit un geste de dénégation.

— C'est une affaire de femmes. Nous vous raconterons.

Le lendemain, nous étions une trentaine à attendre, non loin de l'endroit où, auparavant, se dressaient les piliers de haute justice que Pierre-Antoine avait fait abattre. Un soleil éclatant brillait, rendait la campagne alentour radieuse et épanouie. Nous bavardions, de plus en plus agitées à mesure que le temps passait. Il résultait des conversations que les pères ou les maris mis au courant la veille avaient déclaré qu'ils ne voulaient pas se mêler de cette affaire et qu'ils s'en lavaient les mains. Mais ils avaient eu l'air d'approuver, et cela nous renforça dans notre décision.

Au premier rang, Joséphine surveillait la route bordée d'arbres. Les autres discutaient. Je racontais à Pauline comment mon frère Nicolas avait, l'avant-veille, soigné Bijou, notre cheval, qui boitait : un caillou tranchant s'était enfoncé dans un de ses sabots.

— Il n'a pas son pareil pour s'occuper des animaux. Je ne sais pas comment il fait. La dernière fois que notre Noiraude a vêlé, elle se débattait, donnait des coups de patte, empêchait mon père et Louis de l'approcher. Nicolas est arrivé, s'est penché sur elle, l'a caressée, lui a parlé. Instantanément elle s'est calmée.

Pauline m'écoutait, les yeux brillants. Une pensée que j'avais déjà eue plusieurs fois me vint de nouveau : elle aimait mon frère en secret. Etait-ce réciproque ? Rien ne permettait de l'affirmer. Je me surpris à le souhaiter ; l'idée d'avoir Pauline comme belle-sœur me plaisait.

Un cri nous fit sursauter :

— Le voilà !

Les conversations s'arrêtèrent. On se groupa autour de Joséphine, on tendit le cou pour voir. Là-bas, sur la route poussiéreuse, amorçant le dernier virage, une silhouette noire avançait vers nous. Comme les autres, je l'observai. C'était un tout jeune curé, et, à mesure qu'il approchait, je détaillai sa figure douce et timide, sa petite taille, son apparence frêle, sa maigreur sous la soutane élimée. Il marchait la tête baissée, portant un gros sac qui paraissait trop lourd pour lui. A un moment, il s'arrêta, le posa sur le sol, s'épongea le front. Alors il nous vit. Il reprit son sac et se remit en marche d'un pas plus rapide. Il arrivait plein de bonne volonté, un sourire aux lèvres, croyant peut-être que nous étions là pour lui souhaiter la bienvenue. A notre expression, il ne tarda pas à se rendre compte qu'il se trompait. Son regard se fit hésitant, alla de l'une à l'autre, son sourire trembla, puis s'éteignit. Il ralentit, s'arrêta à une dizaine de pieds [1], nous regarda. Il ouvrit la bouche, voulut dire quelque chose. Joséphine ne lui en laissa pas le temps. Hardiment, elle s'avança.

— Nous ne voulons pas de vous ici. Nous avons déjà un curé, et nous désirons le garder. Quant à vous, retournez là où vous étiez.

Le petit prêtre rougit, pâlit, se troubla. Puis il se reprit, fit un pas en avant.

— Voyons, ce n'est pas possible. Je suis attendu par votre maire. Laissez-moi passer, je vous prie.

Joséphine croisa les bras sur sa robuste poitrine, redressa sa haute taille. Derrière elle, en un accord silencieux, les rangs se resserrèrent.

— On vous dit de partir, et vous partirez. Préférez-vous être chassé ?

Elle le toisa avec hostilité. Comme elle le dominait d'une bonne tête, il n'en parut que plus faible. Pourtant, il ne voulut pas céder. Avec obstination, il répéta :

— Votre maire m'attend. Je dois y aller.

Comme nous ne bougions pas, il grimpa sur le talus, voulut nous contourner. Joséphine s'élança.

— Vous ne passerez pas !

Elle le prit aux épaules, l'obligea à faire demi-tour, avec vigueur le poussa dans le dos. Rouge de colère et de honte, il protesta :

— Mais... mais... arrêtez, voyons !

Il voulut se retourner, mais Marie-Catherine, venant prêter main-forte à Joséphine, lui donna une violente bourrade qui le propulsa vers l'avant.

— Puisqu'on vous dit de vous en aller ! s'exclama-t-elle avec humeur.

Le pauvre prêtre trébucha, manqua de tomber. Je vis l'affolement se peindre sur son visage. D'une voix ridicule de fausset, il s'écria :

1. Le pied était à l'époque une mesure de longueur, de l'ordre de 0,32 mètre.

— Ça ne se passera pas ainsi ! J'écrirai à monsieur Primat, l'évêque du département, et je préviendrai le procureur syndic.

— Faites ce que vous voulez, mais partez d'ici, dit Joséphine en le talonnant. Allez, bon vent, apostat !

— Voleur ! Intrus !

Assistées de deux ou trois autres femmes, Joséphine et Marie-Catherine le poussèrent énergiquement. Houspillé, insulté, chassé, le petit prêtre ne put que s'enfuir. Je le vis partir, le dos rond, la tête basse, et, un court instant, je ressentis envers lui quelque chose qui ressemblait à de la pitié.

Joséphine se tourna vers nous, triomphante.

— Nous voilà débarrassées de lui ! Qu'espérait-il donc ? Ce n'est pas un petit merdeux comme lui qui va faire la loi ici, quand même !

Ma mère objecta :

— Mais... as-tu entendu ce qu'il a dit ? Il va aller se plaindre à l'évêque.

Joséphine eut un geste de mépris vers la silhouette qui, là-bas, s'éloignait.

— Pfft ! Il n'osera pas le faire. Et quand bien même... L'évêque est un apostat, lui aussi. Il n'y en a pas un qui arrive à la cheville de notre curé. Nous nous battrons pour lui, c'est moi qui vous le dis ! En tout cas, aujourd'hui, nous avons gagné.

Elle nous regarda avec un large sourire :

— Venez, allons prévenir Pierre-Antoine, ainsi que monsieur le curé.

Heureuses à l'idée d'annoncer à l'abbé Souliez que son remplaçant ne viendrait pas, nous partîmes avec enthousiasme vers la place du village, tout en commentant la scène qui venait de se produire. A la porte de la maison commune, Pierre-Antoine attendait, les bras croisés. En nous voyant, il s'inquiéta :

— Eh bien, que se passe-t-il ?

Joséphine, fièrement, le lui expliqua. Il fronça les sourcils, secoua la tête avec doute.

— Je sais bien que vous l'avez fait pour notre curé, mais vous avez agi sans réfléchir. Nous risquons d'avoir des réprimandes de la part du district. L'abbé Daubère va certainement les prévenir.

Joséphine haussa les épaules.

— Bah, vous êtes trop pessimiste. Pour le moment, nous gardons notre curé, c'est le plus important. Allons le lui dire.

Alors que nous nous dirigions vers le domicile d'Ambroise, l'abbé Souliez vint à notre rencontre, fort agité.

— Mes enfants, qu'avez-vous fait? On vient de me prévenir. Pourquoi avez-vous agi ainsi, après ce que je vous ai demandé hier?

Il nous regardait avec tant de reproche que Joséphine elle-même prit un air confus. Mais elle lui fit face, et déclara avec douceur:

— Nous l'avons fait parce que nous vous aimons. Parce que nous ne voulons que vous, et pas un autre. Et nous ne le regrettons pas, quoi que vous puissiez dire.

Le vieux curé nous adressa un sourire ému.

— Votre fidélité me touche profondément, mais, quand même, vous n'auriez pas dû. Avez-vous pensé aux conséquences, maintenant?

— Non. Nous avons chassé l'autre, c'est tout.

— Mais le procureur syndic n'acceptera pas que ses ordres soient bafoués de cette façon.

— C'est ce que Pierre-Antoine vient de nous dire. On verra bien.

— Il a raison, bien sûr. Ce nouveau prêtre reviendra. Et si ce n'est pas lui, ce sera un autre.

Joséphine balaya l'objection d'un mouvement insouciant.

— Ce n'est pas certain. En attendant, vous continuerez votre service, à la satisfaction de tous.

Seul Sylvain Busquet fut mécontent, nous traitant de folles et d'irresponsables. Ce qui le fâchait le plus, je crois, c'était de voir que nous faisions peu de cas des ordres du district, dont les administrateurs, pour lui, avaient toujours raison. Il nous arrêta le lendemain, ma mère et moi, alors que nous partions pour le marché.

— Ils essaient de vous bâtir un pays plus libre, nous dit-il. Et vous, vous détruisez tous leurs efforts.

— Ils ont une façon bizarre de s'y prendre, riposta ma mère. Et je regrette de te dire, Sylvain, que, pour beaucoup d'entre nous, nous ne sommes pas d'accord avec leurs méthodes.

— Mais ce n'est pas facile pour eux! Ils font de leur mieux. Il faut leur faire confiance, tout simplement.

— S'ils veulent qu'on leur fasse confiance, dit ma mère froidement, ils n'ont qu'à agir autrement, et ne pas nous enlever notre curé. Qu'a-t-il à voir avec la révolution? Ils ont déjà confisqué les biens des abbayes, ils ont supprimé les titres de noblesse. Ça suffit, non?

Elle refusa d'écouter les objurgations de Sylvain, et je l'imitai. Il resta seul à remâcher sa hargne et sa colère.

Le récit de ce que nous avions fait s'étendit aux villages voisins, et amusa tout le monde. Cet épisode fut considéré comme une bonne farce, et personne ne songea à plaindre le prêtre que nous avions chassé; les curés assermentés n'étaient pas appréciés. Nous apprîmes que, dans d'autres endroits, des scènes semblables s'étaient produites, pires encore; certains curés avaient été chassés à coups de pierre. L'un d'eux, assailli par plusieurs femmes, avait même eu sa soutane déchirée.

L'abbé Souliez reprit provisoirement ses fonctions. Il demeura néanmoins chez Ambroise, se refusant à regagner le presbytère car, disait-il, ce n'était que partie remise et un autre curé y viendrait de toute façon.

— Nous ferons comme avec l'autre, déclarait Joséphine. Nous le chasserons encore. Ils finiront bien par comprendre.

Pourtant, le dimanche suivant, dans l'église, en regardant une fois de plus officier notre vieux curé, nous ne pouvions nous empêcher d'éprouver un sentiment de victoire. La puérilité de cette réaction nous apparut lorsque, à la sortie de la messe, Pierre-Antoine nous réunit sur la place :

— Mes amis, j'ai reçu une lettre du directoire de Douai. Une plainte de l'abbé Daubère, appuyée par l'évêque, leur est parvenue. Ils désirent d'abord connaître les noms de celles qui l'ont chassé, afin de les convoquer au tribunal du district, les interroger et les juger. Je ne...

Des exclamations horrifiées couvrirent sa voix. Un remous se fit. Je surpris le regard de Blaise, posé sur moi avec inquiétude. Soudain affolée, je me serrai contre ma mère. Je vis, derrière Pierre-Antoine, Sylvain Busquet qui ricanait, et les visages des autres, contrariés, mécontents, désapprobateurs. Pierre-Antoine leva les bras, dans un geste d'apaisement :

— Ecoutez-moi. J'ai répondu qu'elles avaient agi à mon insu, et que j'ignorais totalement qui elles sont. Je pense que vous serez d'accord avec moi et que personne parmi vous n'ira les dénoncer.

Un murmure d'acquiescement s'éleva. Sylvain Busquet lui-même eut un signe d'assentiment. Pierre-Antoine sourit, satisfait :

— C'est bien, mes amis. Je n'en attendais pas moins de vous. Mais ce n'est pas tout. Dans la même lettre, ils m'annoncent que dimanche prochain 12 juin, l'abbé Daubère arrivera dans notre village comme curé constitutionnel, et ce, sous la protection de l'armée. Il sera donc accompagné de dix soldats de troupe de ligne, actuellement en garnison à Douai, et d'un sergent. Ils veilleront à ce que l'installation se passe sans problème. Ces soldats resteront le temps nécessaire pour assurer le calme et réprimer les troubles qui pourraient se produire. Il nous est demandé de leur procurer un logement.

Cette fois, ce fut une explosion de protestations violentes :

— Des soldats ? Ici, chez nous ? Nous ne voulons pas d'eux !

— Et en plus, il faudrait les loger !

Chacun prenait son voisin à témoin, afin de lui faire partager sa propre indignation. J'aperçus l'abbé Souliez qui secouait la tête avec un sourire résigné et une expression qui signifiait clairement : « Il fallait s'y attendre. » J'échangeai avec ma mère un regard de désolation et d'inquiétude.

— Alors, ce que nous avons fait lundi dernier n'a servi à rien, murmura-t-elle amèrement.

— C'est le moins qu'on puisse dire, constata mon père. Au moins, ils s'y entendent pour riposter, au directoire !

Pierre-Antoine leva de nouveau la main pour faire cesser les exclamations de mécontentement. Lorsqu'un silence relatif fut revenu, il reprit, d'une voix qui se voulait convaincante :

— Mes amis, comprenez-moi bien : il s'agit d'un ordre. Nous n'avons pas à dire si oui ou non nous sommes d'accord, on ne nous demande pas notre avis. Il faut obéir.

Des grommellements sourds répondirent. Nous venions de comprendre que Pierre-Antoine avait raison, et nous étions tous furieux.

— Une dernière chose : ceux qui ont de la place et qui peuvent loger chez eux un soldat, que ce soit dans une chambre ou dans une grange, viendront me le dire. Essayez de faire un effort ; si personne ne se propose, ils ne se gêneront pas pour réquisitionner eux-mêmes une pièce pour dormir. Cela m'étonnerait qu'ils acceptent de coucher à la belle étoile.

— Ça alors, c'est fort ! s'écria Ignace. Et après, on viendra nous dire qu'on nous prépare un monde plus libre !

Sylvain Busquet fit un pas en avant :

— J'ai une grange assez grande, dit-il. Je peux en loger plusieurs.

Ignace se tourna vers lui avec colère :

— Toi, Sylvain, tu deviens un peu trop lèche-cul. Permets-moi de te dire que ça ne nous plaît pas, à nous.

Pierre-Antoine s'interposa, avec son sens de la justice habituel :

— Ne vous disputez pas. Sylvain a raison. Comprenez qu'il est plus intelligent de se soumettre aux ordres. Nous n'avons pas le choix.

Eloi, qui avec Sylvain était garde national, proposa à son tour :

— Moi aussi, je peux en prendre quelques-uns dans ma grange.

— Bien, approuva Pierre-Antoine, cela suffira peut-être. Je suppose qu'un ou deux soldats, avec le sergent, dormiront au presbytère, pour assurer la garde. Et je compte sur vous pour bien vous comporter. De votre attitude dépendra la durée de leur séjour. Alors, soyez raisonnables.

Au lieu de nous séparer, nous nous mîmes à discuter entre nous, bouillant d'indignation. Joséphine vint nous rejoindre, le regard toujours aussi belliqueux :

— Ils croient gagner, mais ils se trompent.

— Que veux-tu dire ? demanda ma mère. Nous ne pouvons plus rien faire, maintenant.

Joséphine prit un air entendu :

— Pour le moment, peut-être. Mais attendez que ces soldats soient partis. Vous verrez, je sais ce que je dis ! Et d'abord, mettons-nous tous d'accord pour dimanche prochain ; si ce nouveau curé prétend dire la messe, nous n'irons pas. Ils ne peuvent pas nous forcer.

— Non, je ne crois pas, dit ma mère avec un sourire de connivence. Joséphine, tu es terrible !

— Je défends notre curé, tout simplement, et tout le monde m'approuve. C'est pour cela qu'il faut nous unir contre cet abbé Daubère. Un constitutionnel, ça ne peut pas être un bon curé. Déjà, il faudra commencer par ne jamais aller à ses messes. Et puis, après le départ des soldats, je propose qu'on lui rende la vie impossible, de telle sorte qu'il finira par s'en aller de lui-même.

— Que pourrions-nous donc faire ? s'étonna ma mère.

— Je ne sais pas encore, mais, ne vous inquiétez pas, je trouverai.

Noémie me poussa du coude :

— Ça va être amusant, ces soldats dans notre village, dix jeunes gens d'un seul coup ! Ils mettront de l'animation. Pierre-Antoine a demandé à mon père de leur payer une tournée, le jour de leur arrivée, sur le compte de la municipalité. J'espère qu'ils viendront souvent au cabaret. Je les servirai avec plaisir.

Son visage pointu, piqueté d'éphélides, exprimait une excitation qui me parut déplacée. Je la regardai avec réprobation :

— Noémie, comment peux-tu réagir ainsi ? Ils viennent parce qu'ils sont envoyés, eux aussi, ils ne viennent pas pour s'amuser.

Elle haussa une épaule, me toisa avec mépris :

— Oh, toi, si on t'écoutait ! Sainte-nitouche, va !

Pauline me tira par le bras, m'entraîna plus loin :

— Viens, laisse-la.

Lentement, nous fîmes quelques pas le long du cimetière.

— Elle ne me plaît pas, cette Noémie, affirma Pauline avec sérieux. J'ai déjà vu comment elle t'observe, et ça ne me dit rien qui vaille. Elle semble jalouse de toi, et je suis sûre que, si elle en avait l'occasion, elle serait ravie de te faire du tort. Ne lui fais pas confiance, Mathilde ; méfie-toi d'elle, crois-moi.

Je fis un geste d'insouciance. Pourtant, plus tard, je devais me souvenir de ces paroles.

Dans la semaine, en allant à Douai, je racontai à ma sœur les dernières nouvelles, essayant de lui faire comprendre à quel point nous étions outrés par des mesures que nous considérions comme des provocations. Ma sœur eut une moue d'incertitude :

— Vous serez certainement obligés d'accepter un autre curé, comme tout le monde. Ici, à Douai, c'est ce qui se passe. Si tu avais vu la fête qui a eu lieu, en avril, lors de la visite de l'évêque ! Il est arrivé un soir, il était peut-être huit heures. Les cloches sonnaient, toute la ville était illuminée, il y a eu un défilé avec les responsables du directoire, les commissaires municipaux, les notables, les gardes nationaux avec leur musique. Les acclamations n'arrêtaient pas : « Vive monsieur Primat ! Vive notre évêque ! » C'est bien dommage, mais tout le monde n'agit pas comme vous. Quand tu affirmes que les prêtres constitutionnels ne sont pas appréciés, j'ai presque envie de te répondre que tu te trompes.

— Oh non, je ne me trompe pas. Dimanche, à la messe de l'abbé Daubère, il n'y aura personne.

— Eh bien, ça n'a pas été le cas pour monsieur Primat. Le lendemain de son arrivée, il a fait la messe en grande pompe à Saint-Pierre. Moi, je n'y suis pas allée mais j'ai su que l'église était pleine. Et pourtant, lui aussi, il a prêté serment.

— Mais il est évêque, alors les gens sont sans doute allés voir par curiosité. Peut-être aussi y avait-il beaucoup de ses anciens paroissiens. N'était-il pas curé ici à Saint-Jacques ?

— Si, depuis cinq ans. Il était aimé de tout le monde, et lorsqu'il a accepté le serment ses paroissiens ont été très déçus.

— Alors, tu vois bien, eux non plus n'apprécient pas.

— Non. Et pourtant, ces acclamations, lors de sa venue...

— Ce ne sont pas forcément les mêmes, ce sont d'autres, qui approuvent la révolution et tout ce qui s'y rattache.

— Oui, peut-être. Je crois néanmoins que, dans les villages, les gens sont plus conservateurs. J'ai appris que l'évêque était allé dans les communes qui entourent les remparts de Douai, pour y administrer la confirmation. Il paraît qu'il n'y a pas rencontré le même enthousiasme, loin de là.

Son regard se fit grave et triste :

— Ceux que je plains le plus, ce sont les prêtres qui, pour rester fidèles à l'idéal de leur religion, ont refusé de prêter serment, comme ce pauvre abbé Souliez. Je l'ai toujours connu, moi aussi ; il m'a baptisée, m'a fait faire ma première communion, m'a mariée à Casimir. Ce n'est pas juste qu'il soit chassé de son presbytère. Vous avez bien raison de le défendre. Et si j'habitais encore chez nos parents, je me joindrais à vous sans hésiter.

Le dimanche 12 juin se leva, salué par une pluie maussade et persistante. Ma mère observa le ciel gris, les nuages plombés.

C'est aussi bien, commenta-t-elle avec satisfaction. Avec un temps pareil, nous aurons une excuse pour ne pas mettre le nez dehors.

Car nous nous étions tous donné le mot ; chacun devait se calfeutrer chez soi, afin que l'abbé Daubère trouve à son arrivée le village vide. Nous savions qu'il serait là à dix heures ; Pierre-Antoine l'attendrait et le conduirait, cette fois-ci sous bonne escorte, au presbytère. Notre vieux curé avait donné les clefs de l'église, et avait annoncé qu'il ne dirait pas la messe puisqu'il laissait la place au nouvel arrivant. Nous l'avions averti de notre refus d'y assister, et Alexandre le clerc avait déclaré une nouvelle fois qu'il n'accepterait pas de se mettre au service de l'autre. L'abbé Souliez avait essayé de nous faire changer d'avis, mais personne ne l'avait écouté. J'avais bien vu qu'il était ému et touché par notre fidélité.

De toute la matinée, personne ne sortit. Les maisons demeurèrent closes. Nous étions crispés, nous tendions l'oreille, avides de savoir ce qui allait se passer. Un peu après dix heures enfin, les cloches de l'église se mirent à sonner. Ma mère nous regarda :

— Ça y est. Le nouveau curé veut dire sa messe.

La sonnerie se poursuivit longtemps, insistante, ininterrompue. Nous l'ignorions obstinément. Quand enfin elle s'arrêta, mon père poussa un long soupir :

— Je serais curieux de voir comment se débrouille ce petit curé. Si tout le village nous a imités, il doit faire la messe dans une église vide.

— Il y aura au moins les soldats, remarqua mon frère Nicolas.

— Je me demande, dit pensivement mon père, si Sylvain ne va pas y aller.

Ma mère prit un air offusqué.

— Il ne ferait pas ça à l'abbé Souliez.

— Ce n'est pas ce qui le gênerait. Vois-tu, Rose, Sylvain a pris parti pour la révolution, dès le début. Pour lui, l'Ancien Régime était mauvais, puisqu'il a condamné – d'une façon disproportionnée, il faut bien l'admettre – son père aux galères. Le pauvre Jacques-Léonard est mort, quelque part sur un navire de la flotte royale, et Sylvain n'a jamais pardonné. Alors, il est prêt à accepter n'importe quel autre régime, surtout quand celui-ci s'attaque aux anciens dirigeants. Et c'est ce qu'il fait. Il le fait même à fond, allant jusqu'à approuver des décisions que nous autres jugeons insensées. Il souhaite se faire bien voir des responsables du directoire. A chaque réunion du conseil général, il est plein de zèle, toujours prêt à appliquer les décrets. Heureusement, Pierre-Antoine est plus modéré. Mais dans un cas comme celui-ci, Sylvain n'hésitera pas à se mettre avec les autres contre nous tous. Et je ne crois pas que des considérations sentimentales, comme celle de trahir notre bon vieux curé, l'arrêteront.

— Eh bien, nous ne nous cacherons pas pour lui dire notre façon de penser, affirma ma mère avec indignation.

— Sans compter que, s'il agit ainsi, dit mon frère François, il sera le seul.

Ce fut presque vrai. A la messe comme aux vêpres, outre les soldats, le petit prêtre eut à peine dix personnes : Sylvain Busquet, qui y avait entraîné ses deux domestiques et sa vieille mère ; et Eloi, sa femme et ses enfants. Les autres, tous les autres, étaient restés fidèles au curé qui, depuis toujours, avait partagé leur vie.

Le lendemain, nous reprîmes nos occupations comme si rien ne s'était passé. Dans l'après-midi, je croisai deux soldats alors que je me rendais à l'épicerie. Ils me dévisagèrent effrontément, avec un intérêt non dissimulé. Je baissai les yeux et passai rapidement. Leur présence me déplaisait. Nous n'avions pas besoin d'étrangers parmi nous.

A l'épicerie, Joséphine servait plusieurs clientes. J'attendis tout en observant, par la porte de communication entrouverte, d'autres soldats dans le cabaret. Assis à une table, ils jouaient aux dés, riaient et parlaient fort. Ignace, au comptoir, essuyait des verres. Je vis Noémie qui leur servait de la bière. Son visage habituellement maussade était rose et animé. Un des soldats lui lança une plaisanterie et elle rit, d'un rire aigu que je trouvai agaçant. Joséphine grommela :

— C'est comme ça depuis ce matin. Ils ne font que paresser, boire et jouer. De temps en temps, ils vont se promener, sous prétexte de vérifier que tout est calme. Je me demande combien de temps on va devoir les supporter !

Lorsque vint mon tour, elle me servit puis, avec un sourire entendu, m'annonça :

— Ce nouveau curé, sais-tu ce qu'il a fait ? Ce matin, il est venu nous voir. Pour faire la paix, disait-il, et apprendre à se connaître. Inutile de préciser que je l'ai proprement envoyé promener. Il insistait, disant qu'il avait été déçu de voir l'église pratiquement vide hier. Il a demandé à Ignace de fermer son cabaret pendant la messe. « Avec l'abbé Souliez, lui a répondu Ignace, c'était toujours fermé puisque ma famille et moi assistions à toutes les messes. Maintenant, c'est une autre affaire. Ça ne regarde que nous, vous n'avez rien à y voir. » Il est parti en disant qu'il reviendrait. Il prévoyait de rendre visite à tous les habitants, les uns après les autres. Il va aller chez toi aussi, ça ne tardera pas. Préviens ta mère, et surtout, ne vous laissez pas amadouer par ses belles paroles.

Son indignation me fit sourire :

— Non, ne craignez rien.

Elle hocha la tête d'un air furieux :

— Un traître, un apostat, un voleur, voilà ce qu'il est. Je le lui ai dit. Je lui ai dit aussi qu'on ne l'accepterait jamais, et qu'il ferait mieux de s'en aller tout de suite.

Marie Busquet, la mère de Sylvain, entra à ce moment. Joséphine serra les lèvres et se tut. En sortant, je saluai la vieille femme, regardant sa frêle silhouette avec pitié et sympathie. A cause de son fils, nous la laissions à l'écart de nos conversations. Sans doute en souffrait-elle, mais elle ne disait rien. Tout en m'éloignant, j'entendis la voix de Joséphine :

— Je n'aurais jamais cru ça de vous, Marie, aller à la messe de ce renégat. Et notre bon curé, qu'en faites-vous ?

La réponse me parvint sous la forme d'un bredouillis inintelligible où dominait le nom de Sylvain. Je savais qu'il se montrait envers elle si autoritaire qu'elle n'osait pas lui désobéir. Il l'obligeait même à porter continuellement une cocarde tricolore, qui tranchait de façon choquante sur ses vêtements noirs.

A la maison, je rapportai à ma mère les paroles de Joséphine. Son visage prit une expression résolue :

— Si ce prêtre vient ici, je saurai comment l'accueillir, moi aussi. Celui qui me fera oublier notre curé n'est pas encore né !

Quelques jours passèrent, dans un calme qui n'était qu'apparent. L'abbé Daubère continuait de se rendre dans chaque foyer, essayant de se faire accepter. Derrière son dos, chaque visite était abondamment commentée, et tout le monde était bien d'accord : on ne voudrait jamais d'un curé autre que le nôtre. Repoussé de partout, le petit prêtre insistait pourtant, et je commençai à trouver qu'il ne manquait pas de courage.

— Du courage ! rétorqua Joséphine avec humeur, lorsque je lui fis la remarque. Dis plutôt que c'est le désir de supplanter l'abbé Souliez.

La situation la rendait irritable. C'était à elle qu'incombait le soin de faire les repas pour les soldats et le nouveau curé. Elle n'osait s'insurger, mais obéissait à contrecœur. De plus, la présence des soldats dans le cabaret l'agaçait. Là non plus, elle ne pouvait rien dire. A mesure que les jours passaient, pour lutter contre l'ennui, ils se mirent à boire et à agir inconsidérément. En jouant aux fléchettes dans le cabaret, ils abîmèrent le mur blanchi à la chaux. Lors d'une promenade dans le village, ils tordirent le cou à une des poules de Barthélemy, le fermier qui habitait de l'autre côté de la place. Ils la ramenèrent à Joséphine en lui ordonnant de la préparer pour le repas du soir. Barthélemy, qui était d'un naturel coléreux, alla protester ; le sergent essaya d'arranger les choses, remboursa le prix de la poule. Une autre fois, Ignace chassa de son cabaret un soldat qui avait manqué de respect à Noémie. L'avis unanime fut que cela n'était guère surprenant ; elle se montrait si aguichante avec eux que ça devait finir par arriver.

Le vendredi, tôt le matin, j'allai conduire les vaches au marais. Puis je revins lentement, regardant le jour gris se lever. Depuis dimanche, il ne pleuvait plus, mais le ciel restait couvert et un vent chargé d'humidité soufflait en bourrasques. Un peu avant l'entrée du village, je me trouvai soudain nez à nez avec deux soldats. Je reconnus ceux qui m'avaient dévisagée plusieurs jours auparavant. Ils se tenaient devant moi et me barraient le passage, ricanant d'une manière déplaisante.

— Quelle charmante rencontre !

— Ainsi, c'est toi la sainte-nitouche dont Noémie nous a parlé ? Viens donc nous dire bonjour.

Leur expression m'inquiéta. Je voulus m'esquiver en passant sur le côté, mais l'un d'eux m'attrapa par le bras :

— Attends, donc, ne te sauve pas, tu dois d'abord t'acquitter du droit de péage : un baiser. N'est-ce pas, Victor ?

— Bonne idée, approuva l'autre avec un rire stupide. Un baiser, un pour chacun.

Je pris peur. Le premier me maintenait toujours, et je ne parvenais pas à me dégager. Je me mis à lui donner des coups de pied. Le second, alors, me saisit l'autre bras qu'il tordit dans mon dos. J'étais immobilisée, coincée entre les deux. Des larmes de rage me vinrent aux yeux :

— Lâchez-moi !

Celui qui se trouvait devant moi se pencha, la bouche hilare. Il arracha mon bonnet qu'il jeta au loin :

— Ouh, les beaux cheveux, blonds comme un champ de blé !

— Allez, belle enfant, rien qu'un petit baiser, et on te laisse passer. Promis.

Son haleine sentait la bière et le tabac. Je détournai la tête, écœurée. Il m'attrapa brutalement le menton, se pencha davantage, déjà victorieux. De toutes mes forces, je lui crachai en plein visage. Surpris, il eut un mouvement de recul, me lâcha pour porter la main à sa joue.

— Ah ben, ça alors ! dit-il en me regardant avec des yeux ronds.

Son camarade eut un instant de flottement. J'en profitai pour me libérer d'un coup sec. Je m'enfuis à toute vitesse, craignant qu'ils ne me poursuivent. Ce fut alors que je vis Blaise. Là-bas, sur le chemin qui conduisait au moulin, il marchait, un sac de blé sur l'épaule. Je l'appelai frénétiquement :

— Blaise ! Blaise !

Il se retourna, m'aperçut, s'arrêta, posa son sac de blé. Son regard se porta au-delà de moi. Il fronça les sourcils, puis, sans hésiter, d'une démarche rapide et décidée, il vint vers moi. Je jetai un coup d'œil par-dessus mon épaule. Les deux soldats, qui, comme je le redoutais, me poursuivaient, s'étaient arrêtés en voyant Blaise. Ils hésitèrent un instant, puis l'un d'eux haussa les épaules, et ils firent demi-tour. Je continuai à courir, le cœur battant, encore affolée. Arrivée devant Blaise, sans réfléchir je me jetai contre lui, enfouis ma tête contre sa poitrine. Instinctivement, il referma ses bras sur moi. Je haletais, je tremblais. Je me mis à pleurer nerveusement :

— Oh, Blaise... ces soldats... ils voulaient... Si tu n'avais pas été là...

Il ne disait rien, se contentant de me tenir contre lui. Je sentais son menton posé sur mes cheveux, et j'étais si bien que j'aurais voulu ne jamais bouger. Mes sanglots s'atténuèrent.

— Ça va mieux ? demanda Blaise doucement.

J'acquiesçai d'un signe de tête. Je le regardai. Ses yeux clairs croisèrent les miens avec une expression qui rendit mes jambes faibles. Pendant un instant, nous sommes restés ainsi, les yeux dans les yeux, et le monde extérieur n'existait plus. Le temps même était aboli. Puis, avec un effort visible, il se redressa, laissa retomber les bras qui m'entouraient. La sensation de chaleur et de réconfort disparut. Je frissonnai.

Là-bas, sur le chemin, les soldats s'éloignaient. Blaise les observa un instant:

— Que voulaient-ils, dis-moi?

Je me mordis les lèvres, refoulant les larmes qui revenaient:

— Ils... Ils m'avaient arrêtée... Ils exigeaient un baiser pour me laisser passer...

Le regard clair s'assombrit:

— Ils deviennent vraiment pénibles. Je vais aller parler à leur sergent.

— Ce n'est pas la peine. Mon père le fera sans doute, ou un de mes frères. Mais c'est gentil de le proposer. Et... merci, Blaise. Merci d'avoir été là.

— Pourquoi me remercier? Je n'ai rien fait.

— Tu es venu vers moi, ça a suffi à les faire fuir. Qui sait ce qui se serait passé s'ils m'avaient rattrapée? Ils devaient être furieux, surtout le plus grand des deux; je venais de lui cracher au visage.

— Eh bien, dit-il avec un sourire amusé, tu vois bien que tu sais te défendre.

Je souris faiblement:

— Oui, peut-être... Mais j'ai aussi eu besoin de toi, tu l'as bien vu.

Nos regards s'accrochèrent de nouveau. Quelque chose passa entre nous, si intense que je demeurai immobile, tendue vers lui. Mais, une fois de plus, il se détourna:

— Je m'en vais maintenant, il faut que j'aille porter ce blé au moulin. Au revoir, Mathilde.

— Au revoir, Blaise, et encore merci.

Je le regardai s'éloigner, alors que j'aurais tant voulu le retenir. Il ramassa le sac laissé sur le chemin, le chargea sur son épaule, se dirigea vers le moulin. Je le voyais de profil – son profil intact. Quel dommage, pensai-je tristement, cette joue brûlée! Pas pour moi, je n'y attachais pas d'importance, mais pour lui, s'il en souffrait comme je le soupçonnais. Je m'apercevais que, de plus en plus, j'étais attirée vers lui. Je finis par me dire que je devais certainement l'aimer depuis longtemps sans m'en rendre compte.

Je rentrai à la maison. A la porte, je croisai mon père et mes frères qui partaient aux champs avec Louis.

— Nous n'avons pas le temps de vous écouter, disait mon père à quelqu'un qui était à l'intérieur et que je ne voyais pas. Nous avons du travail, nous!

Mon frère François me souffla à l'oreille:

— Le nouveau curé... Il est là.

Ils s'en allèrent et j'entrai, remettant à plus tard le récit que je voulais leur faire. Sur le banc près de la cheminée, l'abbé Daubère était assis. Il parlait à ma mère, qui lavait bruyamment les bols du déjeuner. Il se tourna vers moi:

— Bonjour, mon enfant. Comment vous appelez-vous?

J'hésitai, le regardai. Il me parut encore plus frêle que dans mon souvenir. J'éprouvai envers lui des sentiments contradictoires: une sorte de sympathie apitoyée à laquelle se mêlait une sourde rancune parce qu'il voulait prendre la place de notre curé. Ma mère répondit pour moi, d'une voix brève:

— On la nomme Mathilde.

Et elle ajouta, en posant avec force un bol sur la table:

— Mais je ne vois pas en quoi cela vous concerne.

Le petit prêtre, patiemment, expliqua:

— Vous êtes mes paroissiens, et il faut que je vous connaisse tous. Je veux...

Ma mère le coupa sèchement:

— On a déjà l'abbé Souliez qui nous connaît très bien. On n'a pas besoin de quelqu'un d'autre.

— Mais j'ai été envoyé ici comme nouveau curé, et je m'acquitterai de ma tâche le mieux possible. Pourquoi me compliquer les choses ? Je n'ai rien contre l'abbé Souliez. Ce n'est pas moi qui ai décidé de l'expulser. Ne pouvez-vous le comprendre ?

Ma mère le toisa :

— Ce que je comprends, c'est que notre curé est resté fidèle à sa religion. Et ce n'est pas pour un renégat comme vous qu'on va l'abandonner.

— Je ne vous demande pas de l'abandonner. Je vous demande d'accepter mes nouvelles fonctions. Viendrez-vous à la messe, dimanche ?

— C'est vous qui la ferez ?

— Bien sûr, ce sera moi. Je suis là pour ça.

— Alors, certainement pas ! dit ma mère d'un ton catégorique.

Elle lui tourna le dos, se mit à essuyer les bols avec une ardeur qui prouvait son mécontentement. Le jeune prêtre soupira, se leva, m'observa un instant :

— Vous, mon enfant, vous paraissez gentille. Essayez donc de faire comprendre à votre mère...

Un ordre cinglant l'interrompit :

— Laissez ma fille tranquille. Je n'ai besoin de personne pour me dicter ce que j'ai à faire. Et j'ai du travail. Je ne peux pas passer ma journée à discuter.

Elle prit un seau vide, sortit pour aller le remplir au puits. L'abbé Daubère, le regard triste, alla jusqu'à la porte :

— Réfléchissez, lança-t-il à ma mère. Cette attitude ne vous mènera à rien. Il faudra bien que vous admettiez, tôt ou tard...

Penchée sur le puits, ma mère haussa les épaules sans se retourner. Il s'adressa à moi, qui n'avais encore rien dit :

— Et vous, mon enfant ? Que pensez-vous de tout cela ?

Malgré sa déception, ses yeux exprimaient une attente pleine d'espoir. Je secouai lentement la tête :

— Il vaudrait mieux que vous compreniez tout de suite la chose suivante : nous ne pourrons pas vous accepter. Ce n'est pas dirigé spécialement contre vous, ce serait pareil avec un autre. La raison est simple; cela fait quarante ans que nous avons notre curé, nous l'aimons bien, nous voulons le garder. C'est tout.

Il voulut me répondre. Ma mère, qui revenait avec le seau rempli d'eau, s'interposa :

— Mathilde, ne reste donc pas là à ne rien faire. Va ramasser les œufs.

Devant une mauvaise volonté aussi évidente, le petit prêtre comprit qu'il était inutile d'insister. Il se détourna, l'air accablé :

— Eh bien, au revoir, et bonne journée.

— C'est ça, bonne journée ! jeta ma mère en entrant dans la maison.

Je le regardai traverser la cour de la ferme, sans pouvoir m'empêcher de le plaindre. Il marchait la tête penchée, et il me parut à la fois vulnérable et démuni. J'allai rejoindre ma mère :

— Le pauvre, il me fait pitié. Pourquoi vous montrer si dure avec lui, mère ?

— Je n'ai pas été dure. J'ai dit ce que je pensais, tout simplement. Si ça ne lui a pas plu, tant pis. Voudrais-tu l'accueillir les bras grands ouverts, et accepter d'assister à sa messe ?

— Bien sûr que non. Mais quand même, il semblait si malheureux en s'en allant...

— Eh bien, il n'avait qu'à ne pas venir. On le lui avait pourtant fait comprendre, en le chassant lundi dernier. Il ne faut pas le plaindre. Toi, Mathilde, ton bon cœur te perdra. Pense plutôt aux inconvénients que nous supportons à cause de lui : notre vieux curé expulsé, et maintenant ces soldats dans le village.

— En parlant de soldats... commençai-je, et je racontai l'incident.

Le mécontentement de ma mère se transforma en colère :

— Ah, vraiment, c'est de mieux en mieux ! Et ils sont là pour maintenir la tranquillité ! Il faut absolument faire quelque chose. C'est plus qu'assez.

Lorsque l'angélus, à midi, ramena mon père des champs, il fut du même avis. Il s'en alla trouver Pierre-Antoine. Celui-ci, qui avait reçu d'autres plaintes, décida de se rendre à Douai avec Ambroise, le procureur de la commune, pour demander que les soldats soient rappelés.

— Il suffit de prendre patience encore quelques jours, conclut mon père. Si Pierre-Antoine obtient l'autorisation, ils partiront aussitôt.

A Douai, Ambroise et Pierre-Antoine surent se montrer persuasifs. Ils affirmèrent que notre village était redevenu très tranquille, que le nouveau curé était maintenant bien installé, et que la présence des soldats ne se justifiait plus. Ils revinrent avec un ordre à l'intention du sergent, lui intimant de rejoindre, avec ses hommes, pour le dimanche soir, leur régiment à Douai.

Au nom de la municipalité, Pierre-Antoine décida de leur offrir une tournée de bière et d'eau-de-vie au cabaret d'Ignace. Le dimanche dans l'après-midi, nous étions nombreux, sur la place, à assister à leur départ. A mesure qu'ils s'éloignaient, notre soulagement se faisait plus vif. Nous nous sentions libérés. A la porte du presbytère, le petit prêtre, lui aussi, les regardait partir. J'eus une pensée pour lui, qui restait sans protection, pratiquement seul contre tout le village. Le matin même, nous n'avions pas assisté à sa messe; seules s'y trouvaient les dix personnes de la semaine précédente. Pauline, près de moi, eut une réflexion identique:

— Ce pauvre abbé Daubère! Comment va-t-il se débrouiller, maintenant?

Adèle, qui parlait avec ma mère, l'entendit, se retourna:

— Ça alors, vous allez le plaindre, peut-être? Alors qu'à cause de lui nous avons dû partir? Savez-vous qu'il a eu le toupet de venir me proposer d'aller lui tenir son ménage? « Vous retrouverez ainsi votre ancien logement », a-t-il osé me dire. Je l'ai reçu à ma façon, je vous prie de le croire. Je sais qu'il est allé le demander à d'autres, lors de ses visites dans le village. Aucune n'a accepté, et c'est tant mieux. De plus, après sa tournée, qu'il a terminée hier, il est revenu voir monsieur le curé, pour se plaindre que personne ne voulait assister à ses messes. Il lui a dit : « Allez leur parler, vous, ils vous écouteront. — Oh non, ils ne m'écouteront pas, a répondu monsieur le curé. Je leur ai déjà parlé, avant votre arrivée, leur conseillant de bien vous accueillir. Cela me désole de voir qu'ils ne m'obéissent pas, mais, d'un autre côté, je dois vous avouer que leur fidélité réchauffe mon vieux cœur. » Il a vu qu'il n'était pas soutenu, alors il est parti. Eh bien, moi, j'affirme qu'il n'a que ce qu'il mérite, il a voulu venir, alors maintenant, qu'il se débrouille !

Après le départ des soldats, Joséphine s'empressa de déclarer que, puisqu'elle n'avait plus leurs repas à préparer, elle ne ferait plus ceux de l'abbé Daubère. Pierre-Antoine essaya de la raisonner, expliquant qu'il n'était pas charitable de laisser qui que ce soit mourir de faim. Elle ne voulut pas céder. Sylvain Busquet intervint :

— N'insistez pas, Pierre-Antoine. L'abbé Daubère viendra prendre ses repas chez moi. Je préviendrai ma mère.

— Sylvain, dit Joséphine avec mépris, tu me dégoûtes. Tu ferais n'importe quoi pour te faire bien voir par ceux du directoire.

Sylvain engloba ceux qui l'entouraient d'un regard circulaire :

— Et vous tous, que faites-vous donc ? Croyez-vous que ce soit mieux ? Vous créez des difficultés à ceux qui travaillent pour vous. Vous ne comprenez même pas que votre attitude n'est pas habile.

— Si être habile signifie piétiner notre bon curé pour le remplacer par le premier venu, renégat de surcroît, déclara Joséphine avec hauteur, alors je préfère ne pas l'être.

Une discussion s'ensuivit. Sylvain essaya de défendre son point de vue, parlant une fois de plus d'un monde nouveau d'égalité et de liberté, qui ne pourrait pas se faire sans sacrifices. Mais les autres protestèrent :

— Pourquoi sacrifier des innocents comme notre curé ? Tu ne nous feras pas admettre que c'est bien et juste.

Avec Pauline, je m'éloignai.

— Je me demande comment Sylvain peut encore croire à ce qu'il dit, avoua-t-elle pensivement. Si cela continue, je vais finir par regretter l'ancien temps, celui d'avant leur révolution. Nous nous trouvions malheureux, nous voulions que cela change. Mais maintenant, est-ce mieux ? Regarde-les se disputer ! Rappelle-toi, avant, comme les dimanches étaient calmes : on allait à la messe, aux vêpres, on se réunissait, on bavardait, on se promenait, on regardait les hommes faire des concours d'arbalète, jouer au javelot, à la crosse, au jeu de paume. Tout ça n'existe plus. Et puis, toutes leurs mesures... Ils ont commencé par s'attaquer au comte, maintenant c'est à notre curé. Et ensuite, ce sera le tour de qui ? Pourquoi pas le nôtre ?

Je hochai la tête avec doute, trouvant les paroles de Pauline exagérées.

4

La semaine qui suivit fut, elle aussi, fertile en événements. Le mercredi 22 juin 1791, Pierre-Antoine nous apprit que le roi s'était enfui. Sans comprendre, nous nous interrogions. Quelles conséquences ce départ aurait-il ? Le roi était-il donc si malheureux, si bafoué, qu'il avait préféré abandonner son peuple et son royaume, lui qu'on disait si bon et si soucieux du bien-être de ses sujets ? Ou bien son impuissance l'avait-elle découragé ? A moins qu'il n'ait été enlevé ? Ma sœur, à Douai, nous dit que les partisans de la révolution rendaient responsables les nobles, les prêtres, les ministres et La Fayette. Nous ne savions que croire.

Trois jours après, une seconde nouvelle nous parvint : « Le roi avait été arrêté à Varennes et ramené à Paris. » Il était enfermé aux Tuileries. Une inquiétude nous agita : en quoi cet événement changerait-il nos vies ?

— Pas en bien, certainement, me confia Rosalie lorsque j'allai porter le beurre au château, le lundi suivant. Monsieur le comte est très contrarié. Il passe ses journées dans son bureau, avec monsieur Adrien. Celui-là, il a complètement changé ! Lui qui aimait tant courir à droite et à gauche, il ne sort pratiquement plus. Une promenade à cheval le matin à l'aube, et puis c'est tout. La situation n'est pas gaie pour eux, ils s'en rendent compte. Il paraît que beaucoup de nobles sont déjà partis à l'étranger, comme a voulu le faire le roi. Madame la comtesse, l'autre jour, a posé la question. Sa sœur habite à Anvers. « Pourquoi n'irions-nous pas chez elle quelque temps ? a-t-elle dit. Nous y serions à l'abri, au cas où les événements s'aggraveraient. » Le comte l'a regardée sévèrement : « Apprenez, Adélaïde, que je ne quitterai pas mon château. Jamais un Bryars n'a été lâche, et ce n'est pas moi qui commencerai. Si certains agissent ainsi, cela les regarde. Moi, je resterai, et je serai digne de mes ancêtres. Et puis, ce n'est pas au moment où notre roi est en difficulté qu'il faut l'abandonner. » C'est bien triste, tout ça, Mathilde. Je suis de plus en plus inquiète.

Il était vrai que nous vivions dans une pénible incertitude. Nous ne pouvions pas ignorer les événements qui se produisaient et qui rejaillissaient sur notre petit village. Pour le moment, dans notre existence de tous les jours, le problème était la présence de ce curé assermenté dont nous ne voulions pas. Il perturbait nos habitudes, et cela finissait par nous agacer. Ainsi, nous n'allions plus à la messe, puisque nous refusions d'assister à la sienne. Depuis qu'il était là, chaque dimanche nous restions chez nous, sourds à l'appel des cloches. Et il nous venait un regret de ces dimanches où, le cœur joyeux, nous nous dirigions tous vers l'église, traversant le village ensoleillé, nous saluant et bavardant amicalement. A ce regret se mêlait une rancune tenace contre ce prêtre qui s'incrustait contre notre volonté. Un jour où il s'était plaint à Joséphine de l'absence des paroissiens à la messe, elle lui avait suggéré de laisser officier l'abbé Souliez, assurant que dans ce cas l'église serait pleine. Il avait rejeté la proposition : dire la messe faisait partie des devoirs de sa charge et il ne s'y déroberait pas.

L'abbé Souliez, de son côté, souffrait de l'inaction qui lui était imposée. Lui qui, toute sa vie, avait célébré l'office divin chaque dimanche se sentait frustré. Dans la chambre qu'il occupait chez Ambroise, il avait installé une sorte d'autel pour y dire la messe et y prier en solitaire. Ainsi, nous annonça Adèle, il pouvait rendre grâces au Seigneur, mais il lui manquait notre présence autour de lui.

Ce fut Joséphine qui eut l'idée. Elle regarda Adèle qui soupirait, puis eut un large sourire qui illumina son visage rond :

— Pourquoi ne pas assister à la messe que monsieur le curé célèbre tout seul chaque dimanche ? Il faudrait trouver une salle assez grande, qui ne servirait qu'à ça, et l'installer.

Félicité, la femme de Barthélemy, proposa sa grange :

— Elle est vaste et claire, bien sèche. Je la nettoierai, je balaierai le sol. Elle peut contenir beaucoup de monde.

L'offre fut acceptée. Il fallut ensuite la soumettre à notre curé. Adèle s'en chargea. L'ennui qu'il éprouvait depuis qu'il avait été expulsé du presbytère fit qu'il accueillit cette suggestion avec joie, heureux de retrouver tous ses fidèles dans la prière.

Barthélemy installa une table recouverte d'une nappe blanche. Adèle se rendit à l'église, prit un ciboire et des hosties. Et, le dimanche suivant, lorsque les cloches sonnèrent, comme avant les habitants du village sortirent de leur maison et se dirigèrent vers la place. Mais ce ne fut pas l'église qui nous accueillit. Si le petit prêtre nous vit, il dut déchanter bien vite. Tout le monde entra dans la cour de la ferme, chez Barthélemy, puis dans sa grange. Et là, avec émotion, dans un silence recueilli, chacun d'entre nous écouta notre curé. Sous les cheveux blancs, le vieux visage rayonnait de tendresse. Nous nous sentions profondément unis, en paix avec nous-mêmes.

A la sortie, Sylvain Busquet vint vers nous. Furieux, il apostropha Pierre-Antoine :

— Vous rendez-vous compte de la façon dont vous agissez ? Au lieu de faire respecter les ordres, vous permettez au contraire qu'ils soient ridiculisés ! L'abbé Souliez n'a pas à dire la messe, il y a un nouveau curé pour ça, maintenant.

— Ecoute, Sylvain, tu sais ce que je pense, moi comme les autres. Si l'abbé Souliez veut faire la messe, de quel droit l'empêcherais-je ?

— Mais il n'a pas prêté serment !

— Il est un bon curé, il l'a toujours été. Si tu veux le trahir et rejoindre l'autre, libre à toi. Mais ne t'attends pas à ce que l'on t'imite.

Ceux qui entouraient Pierre-Antoine l'approuvèrent. Seul contre tous, Sylvain n'insista pas. Je le vis s'éloigner d'un air mécontent.

Nous en étions là lorsque, au mois de juillet, le beau-père de Mathurin, déjà malade depuis longtemps, mourut. La nouvelle courut dans le village, et Guislain, le maréchal-ferrant, qui faisait office de garde champêtre, passa dans les rues pour l'annoncer au son du tambour.

Aussitôt, j'accompagnai ma mère chez Marie-Catherine, pour l'assurer de notre sympathie et rendre hommage à son vieux père que nous aimions bien. L'abbé Souliez, que Mathurin était allé chercher, priait au chevet du mort. Je regardai le vieil homme qui reposait, calme et majestueux, sur son lit. Des images de mon enfance me revenaient à l'esprit ; bien souvent, nous venions lui apporter des baguettes de sureau, qu'avec habileté il taillait pour nous faire une sorte de flûte. Je le revoyais, penché sur le mince morceau de bois, pendant que nous, garçons et filles, l'entourions en l'observant avec attention, silencieux et admiratifs. Avec lui, cette partie de mon enfance s'en allait.

Marie-Catherine nous reconduisit jusqu'à la porte. Alors que nous sortions, l'abbé Daubère arrivait. Il s'arrêta en nous voyant, bredouilla :

— J'ai appris... euh, je venais pour...

Marie-Catherine le fixa sans aménité :

— On n'a pas besoin de vous. Monsieur le curé est là.

Le petit prêtre rougit, s'agita :

— Mais... mes devoirs... c'est à moi qu'il incombe, maintenant, de... Et la messe d'enterrement, demain ?

Marie-Catherine croisa les bras, prit un ton catégorique :

— Comprenez-moi bien, c'est notre curé qui fera l'enterrement. Mon père me l'a fait promettre il y a quelques jours, et j'ai promis. Ils s'estimaient beaucoup, tous les deux, et ce n'est pas un petit prêtre de rien du tout qui empêchera ce qu'on a décidé.

L'abbé Daubère nous regarda, l'une après l'autre, comme pour nous appeler à l'aide :

— Mais... mais... bégaya-t-il de nouveau.

Mathurin vint à la rescousse :

— Laissez-nous tranquilles. Puisqu'on vous dit qu'on n'a pas besoin de vous !

Ils barraient l'entrée tous les deux, décidés, inébranlables. Le jeune abbé hésita encore un instant. Puis il écarta les bras dans un geste d'impuissance, eut un sourire navré, et s'en alla. Une nouvelle fois, je ne pus m'empêcher de le plaindre. Marie-Catherine dut éprouver un sentiment analogue. Elle le regarda partir, et dans ses yeux la pitié se mêlait au ressentiment.

Le lendemain, l'enterrement fut fait par l'abbé Souliez ; le petit prêtre ne se montra pas. Il avait dû comprendre que sa présence était indésirée.

A partir de ce jour, il commença à abandonner la lutte. Il continuait de sonner les cloches chaque dimanche, mais nous nous rendions fidèlement dans la grange de Barthélemy assister à la messe de l'abbé Souliez. Dès qu'il sortait dans le village, il était ignoré par les habitants, poursuivi par les garnements. Un jour, en passant devant le cabaret d'Ignace, il reçut le contenu d'un baquet d'eau sale remplie de détritus que Joséphine jetait dehors. Aux reproches du petit prêtre, elle répondit en grommelant qu'elle ne l'avait pas vu, et que s'il ne s'était pas trouvé là – et dans notre village où personne ne voulait de lui – cela ne serait pas arrivé. Il comprit définitivement le 15 août lorsque, à la procession, il se retrouva seul avec sa dizaine de personnes habituelles, dont Sylvain Busquet. Alors il renonça. Le lendemain, il alla trouver Pierre-Antoine et lui annonça qu'il donnait sa démission. Il envoya une lettre au procureur syndic, et s'en alla un matin, salué par les « Bon débarras ! » de ceux qui le regardaient partir. A nous tous, qui nous réjouissions, et à ceux qui le pressaient de regagner son presbytère, l'abbé Souliez déclara :

— Pour le moment, je reste où je suis. Ne craignez rien, je reprendrai avec joie mes fonctions, et nous referons la messe dans l'église. Mais ce ne sera peut-être que provisoire : qui sait si un autre prêtre, plus âgé et plus expérimenté, ne sera pas envoyé de nouveau ? Dans ce cas il faudrait que je déménage encore ! Je suis trop vieux pour ces va-et-vient continuels.

— En tout cas, dit Joséphine, résumant l'avis de tout le monde, pour le moment on a gagné. Et, s'ils en envoient un autre, on recommencera.

Le vieil homme au regard d'enfant nous sourit avec affection :

— Vous êtes terribles, mais je vous aime bien. Malgré tout, je veux entendre en confession ceux et celles d'entre vous qui ont agi de façon peu charitable envers ce pauvre abbé Daubère.

Joséphine répondit de nouveau pour nous toutes :

— C'est d'accord ! Nous, on veut bien tout ce que vous voudrez : on est si heureux que vous soyez de nouveau notre curé !

— Ne vous réjouissez pas trop vite, nous dit ma sœur lorsque nous lui apprîmes notre victoire. Ça m'étonnerait qu'ils vous laissent tranquilles. A Douai, tous les religieux viennent d'être expulsés, les moines ont été envoyés dans d'autres maisons de leur ordre. Quand on pense que certains étaient ici depuis plusieurs siècles, comme les Dominicains... Et les églises ! On vide celles qui sont fermées, on transporte leur mobilier dans les autres. J'ai appris que l'église Saint-Albin avait été louée à Pétronille, la fermière chez qui je vais chercher mon lait. C'est elle-même qui me l'a dit. Elle va s'en servir pour y enfermer ses récoltes.

— Quel sacrilège ! dit ma mère avec horreur. Une église transformée en réserve de foin !

— Et on ne peut rien dire ! Si on fait une réflexion, comme celle que vous venez de faire, tout de suite on passe pour être antipatriote et même aristocrate ! Ces Jacobins sont partout, surveillent tout, et voudraient forcer tout le monde à être révolutionnaire. Comme si on pouvait l'être lorsque des choses pareilles se produisent !

Ma tante Séraphine, à Cambrai, nous dit à peu près la même chose :

— Ici, il y a le club des *Amis de la Constitution.* Ils recherchent les gens qui, d'après eux, ne sont pas suffisamment révolutionnaires, et les accusent d'agir à l'encontre des lois. Bien souvent à tort, d'ailleurs, comme le prouve leur intervention, au mois de juin, lors de l'enterrement d'une des sœurs de Sainte-Agnès. Savez-vous ce qu'ils ont fait ? Ils ont obligé le fossoyeur du cimetière Notre-Dame à déterrer le cercueil et à l'ouvrir, parce qu'ils s'étaient persuadés que la sœur avait déjà été enterrée illégalement dans le caveau de la chapelle, à Sainte-Agnès, et que le cercueil mis dans le cimetière ne contenait que des pierres ou de la terre. Ils y sont allés alors qu'il était plus de dix heures du soir, avec le maire, les députés, des gardes nationaux, portant des torches et au son d'un tambour. Bien entendu, lorsque Nick, le fossoyeur, a ouvert le cercueil, tous ont pu voir que la sœur s'y trouvait bien. Juste à ce moment, un terrible orage a éclaté, et ils ont dû s'enfuir sous de véritables trombes d'eau. C'est un membre du club qui l'a raconté à Aimé, le lendemain, en venant se faire coiffer. Il en riait comme d'une bonne farce.

— Que dit Aimé, dans un cas comme celui-là ?

— Que peut-il dire ? S'il n'approuve pas suffisamment, ils le regardent d'un air soupçonneux et lui demandent si, des fois, il ne serait pas un aristocrate. Alors on ne peut que se taire, et faire semblant d'être d'accord avec eux. Ici aussi, les religieux ont été chassés de leurs couvents, leurs biens mis à la disposition de la nation. Ils sont traités de fanatiques et d'ennemis des lois. Tout comme les prêtres réfractaires, alors qu'ils veulent simplement rester fidèles à leur religion. Pour plaire à ces messieurs de la révolution, il faudrait tout bafouer ! C'est pourquoi je vous le dis : même si vous avez réussi à vous débarrasser de votre nouveau curé, on ne vous permettra pas de garder l'ancien.

— Que pourraient-ils donc faire ? demanda ma mère. Ils ne vont quand même pas venir l'enlever ?

— Pourquoi pas ? Ils ont bien expulsé les moines de leur monastère. Je les crois capables de n'importe quoi.

Pourtant, les jours s'écoulaient et rien ne se produisait. Au début, nous étions inquiets ; puis, peu à peu, nous avons commencé à nous rassurer. Nous avions repris l'habitude d'assister à la messe dans l'église, où notre curé officiait comme si rien ne s'était passé. Sylvain Busquet essayait bien parfois de protester, disant qu'un prêtre réfractaire n'avait plus le droit d'exercer, mais il se faisait régulièrement rabrouer. Pour nous tous, notre curé était redevenu notre curé, et cela nous suffisait. Seul le presbytère demeurait inoccupé, rappelant, si nous avions voulu l'oublier, que tout n'était plus tout à fait comme avant.

L'été finissait. La moisson terminée, ce fut le moment du glanage. Puis vint la fête du saint de notre paroisse, au mois de septembre. Il y eut la procession habituelle, faite par notre vieux curé, et tout le monde y assista. L'après-midi, après les vêpres on se retrouva sur la place, pour les bavardages entre femmes, les discussions au cabaret d'Ignace, et les jeux. Pauline me prit par le bras :

— Regarde, Mathilde, ça, c'est un dimanche comme ceux d'avant. Crois-tu que l'ordre soit, enfin, revenu ?

— Je le voudrais bien. Mais n'oublie pas que notre curé n'a pas prêté serment. Aux yeux de l'Assemblée, il est illégal. Mon père et mes frères disent que ça ne va pas durer.

— Crois-tu que, là-bas à Paris, ils s'occupent d'un petit village de rien du tout comme le nôtre ?

— Je ne sais pas. Pourtant, oui, certainement, puisqu'ils ont envoyé un autre prêtre, avec des soldats pour imposer sa présence.

— Mais maintenant, ils ont bien vu que nous n'en voulions pas. Alors peut-être vont-ils nous laisser tranquilles ?

Je souris à ce raisonnement naïf. Eulalie, la jeune sœur de Pauline, nous appela :

— Venez, nous allons jouer à colin-maillard !

Avec Pauline, je rejoignis les autres. Colin-maillard était un jeu qui plaisait à tous. On bandait les yeux de quelqu'un, qui devait alors, sans rien voir, attraper quelqu'un d'autre, et deviner de qui il s'agissait, simplement en palpant son visage, ses vêtements. Parmi les cris et les rires, les parties se succédèrent. Il y eut un moment où Pauline, le bandeau sur les yeux, attrapa Nicolas. Je la regardai passer les mains sur le visage de mon frère, silencieux et parfaitement immobile, et je devinai, à la douceur de ses gestes, qu'elle savait de qui il s'agissait. Mais elle faisait durer l'attente, prolongeant ses caresses le long des joues, du nez, des lèvres. Je ne pus m'empêcher de sourire. Et c'est alors que je pensai à Blaise.

Il n'était pas parmi nous. Je l'avais remarqué depuis le début, et cela ne m'avait pas étonnée. Je savais qu'il ne participait jamais à nos jeux. Mais là, subitement, j'eus envie de sa présence. Comme j'étais sûre qu'il ne viendrait pas, je me mis à sa recherche. Je m'éloignai subrepticement, je contournai l'église. Je n'eus pas à aller bien loin. Dans l'allée qui longeait le cimetière, il était là, le dos appuyé au mur de l'église. Il regardait dans le vide, droit devant lui, tellement abîmé dans ses réflexions qu'il ne m'entendit pas arriver. Il sursauta lorsque je m'arrêtai près de lui, me jeta un coup d'œil et, bien vite, regarda de nouveau ailleurs.

— Blaise, demandai-je doucement, pourquoi ne viens-tu pas avec nous ?

Il fit un pas qui l'éloigna de moi, haussa les épaules, dit amèrement :

— Pour jouer à colin-maillard? Rien qu'en tâtant ma joue brûlée, on devinerait tout de suite qui je suis.

Je compris que ma question était maladroite. Je repris, plus doucement encore:

— Tout simplement pour être avec nous. J'aimerais bien, moi, que tu sois là.

Il répliqua durement:

— Ce n'est pas l'avis de tout le monde. J'ai déjà entendu Noémie dire...

Je tapai du pied avec impatience:

— Ah, arrête de toujours citer Noémie! Il n'y a qu'elle à dire des stupidités de ce genre. Et personne ne l'approuve, tu le sais très bien. Ignore-la, tout simplement.

Il avoua sourdement:

— Je ne peux pas, Mathilde. L'idée de recevoir une de ses remarques désagréables me paralyse, d'autant plus que je me dis qu'elle n'a pas tort. Non, je préfère rester ici.

— Et que fais-tu donc, là, tout seul, à l'écart?

Il fit un geste vague:

— Je réfléchis.

— A voir ta mine, tes réflexions ne doivent pas être bien gaies!

Avec l'ombre d'un sourire, il me regarda:

— C'est vrai, mais la situation n'est pas gaie, elle non plus.

— Et c'est encore plus triste de s'isoler quand les autres s'amusent, n'est-ce pas?

Des cris d'enthousiasme, des acclamations arrivèrent jusqu'à nous. Il soupira:

— Oui, moi aussi, j'aimerais bien, parfois, rire et m'amuser. Mais c'est impossible.

Tendrement, avec une audace dont je ne me serais pas crue capable, je levai la main et caressai sa joue meurtrie. Il eut un violent recul, repoussa ma main, dit d'une voix rauque:

— Non, pas ça... Laisse-moi, Mathilde. Ne vois-tu pas que ce que tu fais est cruel?

D'un geste brusque il se détourna, s'en alla précipitamment. Surprise, peinée, je l'appelai :

— Blaise ! Voyons, Blaise, reviens !

Pour toute réponse, il doubla le pas. Tristement, je le regardai s'éloigner, cherchant ce qui avait bien pu provoquer une telle réaction. Découragée, je m'appuyai contre le mur. Comment lui faire comprendre que moi, je l'aimais malgré son visage brûlé ? Dès que j'essayais, il me fuyait, et je me rendais compte que plus il me fuyait, plus je le voulais. Je soupirai longuement. Ce ne serait pas facile. Et puis, peut-être ne m'aimait-il pas ?

— Ah, tu es là, Mathilde ! Je cherchais mon frère. Etait-il avec toi ?

Germain, arrivé sans que je l'aie entendu, m'observait avec sympathie. C'était le meilleur ami de mon frère François, et bien souvent nous avions joué ensemble, dans notre enfance. J'eus un sourire désolé :

— Oui, il était avec moi, mais je crois bien l'avoir fait fuir.

— Tu lui as demandé de venir se joindre à nous ?

— Oui. Il ne fallait pas ?

— Non. Il en meurt d'envie, mais il ne le fera pas.

— Mais pourquoi, à la fin ? A cause de sa brûlure ? Je lui ai dit que ça n'avait pas d'importance, pour nous.

Le visage grave, Germain dit, lentement :

— Mais ça en a beaucoup pour lui. Tu ne peux pas savoir, Mathilde, le nombre de fois où je l'ai trouvé, dans notre enfance et même encore après, en train de pleurer tout seul dans un coin, pendant que tous les autres s'amusaient. On le considère plus ou moins comme un original, alors qu'en réalité il souffre.

Le cœur serré, je murmurai :

— J'avais remarqué qu'il se tenait toujours à l'écart. Mais je ne me doutais pas que c'était si grave pour lui. Il m'a dit, récemment, qu'il ne se marierait jamais. Il prétend que pas une fille ne voudrait de lui. Mais c'est idiot. Moi, je...

Je me tus subitement. Germain m'observa avec intérêt :

— Veux-tu dire que tu l'accepterais, toi, pour mari ?

J'hésitai un instant. Mais je vis sur son visage une sollicitude sincère qui me décida :

— Eh bien oui. Même s'il considère cela comme impossible, j'ai découvert il y a peu de temps que je l'aimais. Que m'importe sa joue brûlée, ça n'enlève rien à ses qualités. J'ai essayé de le lui faire comprendre, mais il se referme et répète qu'il ne supporte pas la pitié. Comment puis-je faire, dis-moi ? A moins que lui ne m'aime pas...

Germain secoua la tête avec un sourire taquin :

— Alors là, je pense plutôt le contraire.

— Il te l'a dit ?

— Non, je crois qu'il ne l'avouerait jamais, même à moi. Mais la nuit – tu sais, nous dormons dans la même chambre – eh bien, il m'est arrivé de l'entendre murmurer ton prénom, dans son sommeil. Et j'ai déjà vu, aussi, la façon dont il te regarde quand tu ne le vois pas. L'expression de ses yeux ne me trompe pas.

— Es-tu sûr, Germain ?

— Oui. Je crois même qu'il t'aime depuis toujours, et je vais te dire pourquoi. Te souviens-tu de ce jour de notre enfance où, dans ta grange, nous avons joué au mariage ? Blaise et toi, vous étiez les mariés, et moi, je faisais le curé. J'avais mis, en guise de soutane, une vieille jupe noire de ma mère. Rappelle-toi...

Lentement, un souvenir remonta du fond de ma mémoire. Je nous revis, Blaise et moi, côte à côte, graves et silencieux, tandis que Germain, prenant son rôle au sérieux, nous déclarait mari et femme...

— Oui, je me souviens. Je devais avoir huit ans. Je l'avais oublié. Mais ce n'était qu'un jeu.

— Pour Blaise, c'était plus sérieux. Il avait douze ans, et sais-tu ce qu'il m'a dit, le soir même ? Il m'a dit : « N'en parle à personne, c'est un secret, mais plus tard, j'épouserai Mathilde. » Je me suis moqué de lui, répliquant que d'ici là on verrait bien. Il m'a regardé avec reproche et, gravement, il a montré le crucifix au mur. « Je jure devant Dieu que c'est elle qui sera ma femme, et si ce n'est pas elle, ce ne sera personne d'autre. » Il semblait si convaincu qu'il m'a impressionné, et je n'ai plus rien dit. Et puis, quelque temps après, est arrivé cet horrible accident. Alors, il n'en a plus jamais parlé.

Je me haussai sur la pointe des pieds, posai un baiser sur sa joue :

— Merci, Germain.

Il me sourit avec affection :

— Ne me remercie pas. Je dis ce que je pense, simplement. Si tu veux, je vais essayer de lui parler, lui demander s'il t'aime. Je te rapporterai sa réponse. Veux-tu ?

— Oh oui, je veux bien ! Ainsi, j'aurai au moins une certitude.

— Hé, vous deux, que faites-vous là ? Venez donc avec nous.

Mon frère François nous appelait.

— J'arrive ! cria Germain, et il le rejoignit en courant.

Je le suivis plus calmement. Je me mêlai de nouveau aux autres, et je me sentais pleine d'espoir et d'enthousiasme. Avec Germain, j'avais maintenant un allié. Et, si Blaise m'aimait, je saurais bien le convaincre. L'avenir me paraissait soudain plus clair, plus beau, plus lumineux.

A la fin du mois de septembre, l'Assemblée constituante ordonna la libération de tous ceux qui avaient été incarcérés, bannis ou condamnés aux galères pour faits d'émeute ou de révolte depuis le 1er mai 1788. Sylvain Busquet eut une approbation mêlée de regret :

— C'est bien, leur décision, mais elle arrive trop tard pour mon père. Si tout ça s'était produit vingt ans plus tôt, il aurait pu revenir. Tandis qu'il est mort comme un forçat, un criminel, alors qu'il était bon et brave...

Son regard reflétait une nostalgie poignante, le regret d'avoir été privé de ce père qu'il aimait et qu'un régime trop dur lui avait ravi. Dans les rares moments où il laissait voir sa tristesse et son amertume, je comprenais mieux sa révolte.

Le 1er octobre 1791, l'Assemblée législative succéda à la Constituante. L'un de ses premiers décrets concerna la liberté de la culture des terres : l'obligation des jachères était supprimée, les clôtures autorisées. Mon père exprima sa satisfaction, disant que les récoltes seraient plus abondantes puisqu'on ne laisserait plus les terres en friche une fois tous les trois ans. Mais d'autres décrets suivirent, s'attaquant aux émigrés, puis aux prêtres réfractaires, les obligeant à prêter serment. Notre curé refusa une nouvelle fois, et tout en lui donnant raison, nous craignions pour lui des représailles.

5

Bientôt, l'hiver fut là. Avec les mauvais jours, notre village sembla se replier sur lui-même, vivre dans une sorte d'attente inquiète. Nous ne voyions plus le comte ni sa famille, qui se confinaient dans leur château. Une satisfaction néanmoins nous restait, nous avions toujours notre curé, et ce serait lui qui ferait, cette année encore, la messe de minuit à Noël.

J'avais revu Germain. Il avait essayé d'interroger Blaise, mais celui-ci avait détourné la conversation sans avouer quoi que ce fût. Devant ma déception, il me promit d'essayer encore. Je me demandai que faire. Les veillées avaient repris et, lorsque Blaise venait chez nous avec son père et son frère, il s'installait à la table, jouait aux cartes ou discutait en évitant soigneusement de me regarder. Cela me décourageait et m'agaçait à la fois.

Gaston venait aussi, de temps en temps, avec son fils Jean-Marie. Depuis la mort de sa femme, le savetier avait tellement vieilli qu'on avait du mal à croire que deux années seulement s'étaient écoulées. Il avait aussi maigri, à tel point qu'il flottait dans ses vêtements. Et depuis plus d'un an, il toussait, d'une toux persistante qui ne le quittait pas. Nous avions fini par nous y habituer, comme si elle faisait partie de lui-même, sans en comprendre la gravité. Nous le comprîmes subitement un matin où Jean-Marie, affolé, vint nous chercher.

C'était dans les premiers jours de décembre. Nous venions de nous lever, et dehors il faisait encore obscur. Ma mère faisait chauffer le lait pour le déjeuner, et je disposais des bols sur la table, lorsqu'on frappa à la porte. En même temps, la voix de Jean-Marie nous parvint, mêlée de sanglots :

— Vite !... Venez... C'est papa !... Il est malade...

Rapidement, j'allai à la porte. Jean-Marie me tomba littéralement dans les bras. Il pleurait et, malgré ses onze ans, n'était plus qu'un tout petit garçon terrifié :

— Mathilde ! Viens vite. Papa crache du sang !

— Du sang ! répéta ma mère sur un ton à la fois incrédule et horrifié. Voyons, raconte clairement.

Jean-Marie leva vers elle un visage hagard. En essayant de maîtriser ses sanglots, il expliqua :

— Je l'ai entendu tousser. Ça lui arrive souvent, mais là, ça n'en finissait pas. Et puis, il toussait avec un bruit bizarre, comme s'il crachait en même temps. Alors, je suis allé dans sa chambre et je l'ai vu penché sur une cuvette, il y avait du sang – ses lèvres tremblèrent, il faillit se remettre à pleurer. J'ai eu peur, et je suis venu vous chercher.

— J'y vais, dit ma mère avec décision. Viens avec moi, Mathilde, et prends ce sirop que j'ai fait avant-hier. Toi, Jean-Marie, va chercher Pierre-Antoine ; je crois qu'on aura besoin de lui.

Je suivis ma mère jusqu'à la maison voisine. Dès l'entrée, nous entendîmes les quintes de toux. La porte de la chambre était ouverte. J'aperçus Gaston, le corps penché hors du lit, les mains crispées sur sa poitrine. Il toussait, et chaque quinte amenait un sang rouge vif qui emplissait la cuvette posée sur le sol. Affolée, je le regardai, remarquai sa maigreur, son visage blafard, parcheminé, où la peau se tendait sur les os. Du sang tachait son menton, sa chemise de nuit, avait éclaboussé le drap. Ma mère alla près de lui, le soutint. Les quintes commençaient à s'espacer, puis peu à peu elles se calmèrent. Gaston s'essuya les lèvres d'un revers de main, s'adossa à l'oreiller, encore tremblant. Les yeux fermés, il était si pâle, avec sa bouche sanglante, qu'il me fit peur.

— Apporte une cuillère, Mathilde, et vous, Gaston, essayez de vous asseoir.

Gaston ne réagit pas. Seule sa respiration, rauque et difficile, signalait qu'il était vivant. Les yeux enfoncés dans les orbites creusées étaient clos, le nez pincé, le visage livide, marqué de deux taches rouges aux pommettes. Il ne sembla pas entendre ma mère. Elle essaya de lui soulever la tête pour lui faire boire un peu de sirop, mais ne put y parvenir. Il retomba, inerte, et avec un geste d'impuissance elle abandonna.

Pierre-Antoine arriva, suivi par Jean-Marie dont les yeux agrandis trahissaient l'inquiétude. Le petit garçon vint se réfugier près de nous. Je l'entourai de mon bras, et il se serra contre moi. Je le sentis trembler. Je lui frictionnai le dos pour le réchauffer, mais je savais que ce n'était pas uniquement le froid qui le faisait frissonner.

Notre médecin prit la lampe à huile, l'approcha du lit. Il souleva les paupières de Gaston, fit une moue, se pencha, colla son oreille sur sa poitrine. Un long moment s'écoula ainsi, puis Pierre-Antoine se releva. L'air grave, il nous regarda :

— Je crois que le mieux est de le laisser reposer. Cette crise l'a complètement épuisé. Il est inutile que je fasse une saignée, il a déjà perdu assez de sang comme ça. Il faudra lui donner du sirop, du miel, lui faire manger des plats sains et nourrissants. Mais...

Il nous entraîna hors de la chambre, ferma soigneusement la porte. Dans la pièce voisine, il se tourna vers Jean-Marie :

— Dis-moi, cela s'est-il déjà produit avant aujourd'hui ?

Le petit garçon semblait proche des larmes.

— Je ne sais pas, dit-il en ravalant ses sanglots. Je ne crois pas, ou alors je ne m'en suis pas rendu compte. Papa ne me dit rien, il ne se plaint jamais. Dites, c'est grave ?

Pierre-Antoine hésita, observa l'enfant un instant, puis se décida :

— Il vaut mieux que je te dise la vérité. Oui, c'est grave. Tu es grand maintenant, tu devras veiller sur lui; il faut qu'il prenne les remèdes que je vais lui donner, et qu'il se nourrisse convenablement. Vous pourrez vous charger de ses repas, Rose?

— Oui, dit ma mère. Il a toujours refusé qu'on s'occupe de lui; maintenant, il faudra bien qu'il l'accepte. Depuis la mort de Mélanie, il s'est laissé aller, et on n'a jamais réussi à l'aider.

— Il a surtout laissé sa santé se détériorer. Je lui ai dit de se soigner, dès qu'il a commencé à tousser, mais moi non plus il ne m'a pas écouté. Ce qui n'était au début qu'un rhume s'est aggravé, à cause de l'humidité, des exhalaisons du marais, de son état de faiblesse aussi. Et maintenant... – il baissa la voix – maintenant je ne peux plus rien pour lui. Il souffre de phtisie, et il en est au stade final. On ne peut qu'essayer d'adoucir ses derniers instants. Surveille-le bien, Jean-Marie, et s'il se produit une autre crise, viens me chercher sans tarder. Compris?

Les yeux remplis de crainte, le petit garçon acquiesça. Pierre-Antoine retourna voir le malade, revint:

— Il dort. Je repasserai dans la matinée.

Il sortit. Ma mère regarda Jean-Marie:

— Mathilde va rester ici pour le moment, avec toi. Tu allumeras le feu, Mathilde. Je vais rapporter du lait et du miel. Quand Gaston se réveillera, on lui en donnera un bol. Et toi aussi, petit, tu vas en boire un. Tu en as besoin, ajouta-t-elle en regardant les membres frêles avec un air significatif.

Avec son énergie coutumière, ma mère prit la situation en main. Dans les jours qui suivirent, elle prépara, avec nos repas, ceux de Gaston et de Jean-Marie, que le petit garçon venait chercher régulièrement. Lorsqu'il put se lever, Gaston essaya bien de protester, mais ma mère le rabroua. Il voulut discuter, mais l'effort qu'il fit amena une quinte de toux qui le laissa essoufflé et sans voix. Alors il abandonna, avec dans les yeux une expression d'impuissance amère et douloureuse qui me fit mal.

Malgré la nourriture que nous lui préparions et les remèdes que Jean-Marie lui donnait fidèlement, il s'affaiblissait de jour en jour. Il passait ses journées frileusement recroquevillé près du feu, conscient de son état de faiblesse. C'était Jean-Marie qui, sous ses directives, terminait les galoches qu'il avait commencées. Lui n'en avait plus la force.

Un matin où j'étais venue apporter le lait, je le trouvai plus abattu que de coutume. Il envoya Jean-Marie chercher du sucre à l'épicerie, puis se tourna vers moi :

— C'est un bon petit, et je m'inquiète pour lui. Que va-t-il devenir quand je ne serai plus là ?

J'essayai de protester :

— Allons, taisez-vous. Pourquoi penser à ça ?

Il me regarda avec reproche :

— Cette pensée m'empêche de dormir, nuit après nuit : que va-t-il devenir ? Depuis la mort de sa mère, il n'a plus que moi. Et après ? Je ne me fais pas d'illusions, je sais que je n'en ai plus pour longtemps. Pour moi c'est aussi bien ; vivre sans Mélanie, c'est trop dur, je ne peux plus. Mais il y a mon petit. Je voulais lui apprendre le métier de savetier. Il est vif, intelligent, courageux, travailleur. Je suis inquiet, Mathilde.

— Nous nous occuperons de lui. J'en parlerai à mes parents.

— Tu me le promets, Mathilde ?

— Oui, ne craignez rien.

— Merci, mon enfant. Ta promesse me rassure. Ainsi, je pourrai partir tranquille.

Je n'eus pas le courage de protester de nouveau. Je regardai avec pitié son visage diaphane, ses mains calleuses d'ouvrier devenues d'une maigreur squelettique. J'eus l'intuition qu'il attendait la mort comme une amie qui le délivrerait d'une existence devenue pour lui un véritable fardeau.

A l'approche de Noël, le temps changea, devint froid et sec. Les nuits étaient glaciales, et chaque matin le soleil brillait sur une campagne étincelante de givre. Avec la disparition de l'humidité, la maladie de Gaston connut un léger répit. L'abbé Souliez venait souvent le voir, et à lui aussi il avait fait promettre de s'occuper de Jean-Marie.

La messe de Noël eut lieu, par une nuit froide et piquante. Emmitouflés dans nos vêtements d'hiver, nous regardions et écoutions notre vieux curé qui, aidé d'Alexandre le clerc, nous racontait, comme chaque année, la naissance de Jésus. Et nous essayions d'ignorer la crainte sournoise qui nous disait que c'était peut-être la dernière fois.

Après la messe, nous avions prévu de nous réunir chez Gaston, pour une veillée entre voisins. Gaston lui-même nous l'avait demandé, ainsi qu'à Justin et ses fils, et nous n'avions pas refusé. Il savait qu'il vivait son dernier Noël, et il voulait le passer entouré de ses amis.

Ma mère et moi, nous avions préparé des *quignoles*, sortes de brioches que l'on coupait en tranches et que l'on mangeait tartinées de beurre, de miel ou de confiture. En arrivant chez Gaston, qui nous attendait blotti près du feu, ma mère déballa toutes ses provisions.

Mon père remarqua :

— Et le vin ? Où est-il donc ?

— Il est resté à la maison, je l'ai oublié, avoua ma mère. François, va le chercher.

François se leva, entraîna avec lui Blaise et Germain qui venaient d'entrer :

— Venez avec moi. Nous irons voir le nouveau-né de notre Blandine. Vous ne le connaissez pas encore. Il a trois jours !

Blandine, une de nos vaches, avait mis au monde l'avant-veille un veau, aux grands yeux étonnés et au museau rose et duveteux. A la moindre occasion, j'allais le voir.

— Attendez-moi, dis-je, je vais avec vous.

Dans l'étable, Blandine dormait, son petit blotti contre elle.

Elle leva vers nous ses bons gros yeux, meugla doucement. Je m'approchai, me penchai, caressai la tête du veau endormi. Il ne se réveilla pas. François expliquait à Blaise et à Germain que la naissance avait été difficile. Blaise, à son tour, gratta amicalement le dos du veau. Derrière lui, Germain me fit un clin d'œil complice, donna un coup de coude à mon frère :

— Viens, François, allons chercher ce vin.

Il l'entraîna hors de l'étable, et je me retrouvai seule avec Blaise. A la lueur tremblante de la lampe, je l'observai, penché sur le veau qu'il caressait avec douceur. Il leva vers moi ses yeux limpides comme une source, et je souris :

— Sais-tu ce que je croyais, lorsque j'étais petite ? Mes parents m'avaient raconté une légende, selon laquelle les animaux pouvaient parler la nuit de Noël. J'y croyais si fort que je venais leur poser des questions, et j'attendais qu'ils me répondent. Mais, bien sûr, ils ne l'ont jamais fait.

Il se releva. Une étincelle malicieuse brilla dans son regard :

— Cette nuit, alors, ils pourraient parler. Pourquoi pas ?

— Je n'y crois plus, maintenant. C'est une légende bonne à faire rêver les enfants, c'est tout. Mais je me souviens que j'étais déçue, quand nos vaches et notre cheval restaient obstinément muets.

Les yeux dans les miens, il eut un sourire tendre. J'avais conscience que mon attitude tendue vers lui était un appel. Un court instant, pendant lequel mon cœur s'arrêta de battre, il pencha son visage vers le mien. Mais subitement il se détourna :

— Allons, viens, dit-il d'une voix sourde. Sortons.

Déçue, le cœur en tumulte, je le suivis. Dehors, le froid me surprit. Dans le ciel pur et glacé, les étoiles scintillaient. Je respirai profondément. Encore troublée, j'avançai sans regarder où je mettais les pieds, et je glissai sur le sol gelé. Je perdis l'équilibre, tendis le bras au hasard, m'accrochai instinctivement à Blaise, me retrouvai contre lui. Pour m'empêcher de tomber, il me retint d'une poigne solide. Le nez contre son épaule, je ne bougeai pas. Je sentis son cœur battre à coups désordonnés, et cela m'enhardit. Sans m'éloigner de lui, je relevai la tête, le regardai. L'expression de ses yeux chassa les doutes que j'aurais pu avoir. D'un seul élan, je dis :

— Te souviens-tu, Blaise, de cette fois où nous avons joué à nous marier ?

Il se raidit imperceptiblement, mais ne bougea pas.

— Oui. Et alors ? Ce n'était qu'un jeu.

Une fraction de seconde, j'hésitai. Puis je me lançai dans un flot de paroles ininterrompues :

— Mais ça pourrait devenir une réalité, si nous le voulons tous les deux. Moi, je le voudrais tant, Blaise ! Je sais bien que je ne devrais pas te le dire, mais tu es tellement buté que ça risque de durer éternellement. Ce serait dommage, avoue-le. A moins que tu ne veuilles pas de moi...

Il me repoussa, se détourna :

— Ne te moque pas de moi, Mathilde. Pas toi. Je ne pourrai pas le supporter.

— Mais je ne me moque pas de toi ! Je suis sincère. Ne comprends-tu donc pas ? Que puis-je faire pour que tu l'admettes ? Je t'aime, Blaise, je t'aime !

Mon cri était si spontané qu'il parvint à le convaincre. Je vis le doute quitter ses yeux. Une expression très douce envahit son visage. Très bas, comme s'il ne pouvait encore croire à ce qu'il avait entendu, il dit :

— C'est vrai ? C'est vrai, Mathilde ? Mais ce n'est pas possible...

Tendrement, je murmurai :

— Mais si, c'est possible. Et c'est vrai. Je ne mentirais pas alors que c'est la nuit de Noël. C'est toi que je voudrais épouser, Blaise, toi seul. Et si tu ne veux pas de moi, pour cette stupide raison que je ne veux plus entendre, eh bien... je ne me marierai pas.

Il me regarda, encore incrédule, et il y eut dans ses yeux un tel amour, que je demeurai immobile, le cœur tremblant. Puis, d'un seul coup, avec une exclamation qui ressemblait à un sanglot, il me saisit, me serra très fort contre lui, avec une sorte de frénésie couvrit mon visage de baisers. La tête renversée au creux de son épaule, je me laissai faire, éblouie et heureuse. Je voyais les étoiles tournoyer, et dans les bras de Blaise je me sentais bien, protégée, aimée. J'eus un soupir comblé. Une nouvelle fois, il demanda, la voix rauque :

— C'est vrai, Mathilde, c'est bien vrai ? Tu m'aimes, malgré ma joue brûlée ?

Je posai ma main sur ses lèvres :

— Chut ! Je ne veux plus t'entendre dire ça. Comprends une fois pour toutes que je n'y attache aucune importance. Et on n'en parlera plus jamais, d'accord ?

Il embrassa le bout de mes doigts, me regarda longuement. Une intense émotion passa dans ses yeux. Avec douceur, il dit :

— D'accord, on n'en parlera plus. Et merci, Mathilde. Pour moi, tu sais, c'est merveilleux. Je n'aurais jamais osé croire...

— Eh bien, tu avais tort. – Je lui pris la main. – Viens, allons rejoindre les autres, ils doivent se demander où nous sommes passés. Nous allons leur dire, n'est-ce pas ?

Il approuva, avec un sourire complice et un air heureux qui le rajeunissaient. J'ai senti à ce moment-là, entre nous, une entente profonde, qui ne nous a jamais fait défaut par la suite et qui dure encore maintenant. Il m'a entourée de son bras ; serrés l'un contre l'autre, nous nous sommes dirigés vers la maison de Gaston et vers l'avenir qui, dorénavant, nous appartenait.

Ce fut une nuit de Noël inoubliable. Blaise annonça tout de suite à mes parents qu'il m'aimait, leur demanda la permission de me courtiser et de m'épouser. Après un instant de surprise, ils donnèrent leur accord. Avec son solide bon sens de paysan, mon père avait compris que les qualités de Blaise feraient de lui un bon mari. Il le connaissait depuis toujours et l'appréciait. Ma mère, émue, eut une exclamation de regret :

— Ainsi, je vais perdre ma seconde fille.

— Oh, mère, je ne serai pas loin !

Elle secoua la tête avec un sourire un peu triste :

— Je sais bien, mais ce ne sera plus pareil.

Mes frères me félicitèrent. Germain m'embrassa fraternellement :

— Bravo, Mathilde ! J'avais raison, tu vois, quand je disais qu'il t'aimait !

La réaction de Justin me toucha beaucoup :

— Je suis bien content, Mathilde, bien content. Je craignais tant qu'il refuse de se marier. Je suis heureux qu'il le fasse, surtout avec toi. Je t'aime bien, tu es une brave fille. Et puis, je me fais vieux, et j'espère connaître mes petits-enfants avant de mourir.

Je rougis en pensant aux enfants de Blaise que je porterais, que je mettrais au monde. J'avais bien l'intention d'en avoir plusieurs.

— Attends encore un peu, Justin ! dit mon père. Le mariage ne se fera pas avant la moisson. Quand elle sera terminée, il faudra en fixer la date.

Je souhaitai que notre curé soit encore là, je tenais à ce qu'il me marie. Je l'imaginai, en chaire, lors des messes qui précéderaient le grand jour, dire de sa voix grave : « Il y a promesse de mariage entre Mathilde Bassart et Blaise Desbourg. » Une chaude émotion m'envahit, et je cherchai le regard de Blaise, qui me sourit.

— Je te félicite, mon enfant, me dit Gaston, et je suis heureux pour toi. Je te souhaite beaucoup de bonheur. Je le fais maintenant car, vois-tu, si tes épousailles ont lieu après la moisson, je ne serai plus là pour les voir...

Dans son visage décharné, ses yeux me fixaient avec une expression affectueuse. Je serrai sa main, ne trouvant pas de mots pour protester. Egoïstement, je ressentais un tel bonheur que même les paroles de Gaston ne parvenaient pas à m'attrister.

Les jours suivants, la nouvelle parcourut le village. Il y en eut certains pour s'étonner que j'aie choisi Blaise, avec son visage meurtri. Noémie fut la plus désagréable. Elle me toisa avec son mépris habituel, déclarant d'une voix dure :

— Toi, alors, tu fais vraiment tout en dépit du bon sens. Déjà, tu n'as pas voulu d'Adrien de Bryars quand il te tournait autour, et maintenant tu vas te marier avec le garçon le plus laid du village !

Depuis la nuit de Noël, je vivais dans une euphorie qui me rendait imperméable aux critiques. Aussi, la réflexion de Noémie ne me vexa pas. Je répondis doucement :

— Pour moi, il n'est pas laid. Et puis, je l'aime. Mais ça, je ne crois pas que tu puisses le comprendre.

Et je m'en allai, ignorant le regard mauvais qu'elle me lança. Quant à Sylvain Busquet, il me parut désorienté :

— Il paraît que tu vas épouser Blaise ? Je ne comprends pas... Rien ne le laissait prévoir... Je n'aurais jamais pensé... Pourquoi lui, Mathilde ?

Avec une joyeuse certitude, je dis ce que je disais à tous ceux qui me posaient cette question :

— Tout simplement parce que nous nous aimons. C'est une raison suffisante, non ?

Sylvain me regarda sans répondre, avec sur le visage une expression que je ne parvins pas à définir. Puis brutalement, il me tourna le dos et s'éloigna. Sur le moment, je ne m'attardai pas à analyser sa réaction. Je ne l'ai comprise que bien après, lors de circonstances dramatiques que j'aurais préféré ne jamais connaître.

Pauline me serra dans ses bras :

— Comme je suis heureuse pour toi, Mathilde ! J'aime bien Blaise, c'est un brave garçon.

Elle ajouta, avec une nostalgie teintée d'une pointe d'envie :

— Moi aussi, j'aimerais bien me marier...

Notre vieux curé me bénit avec tendresse :

— Si Dieu le permet, Mathilde, je te marierai, et je serai heureux de le faire. Permets-moi de te dire que tu as bien choisi, mon enfant. Blaise a des qualités réelles et solides, il sera un bon compagnon pour toi tout au long de ta vie. Et surtout, je crois qu'il t'aime profondément. C'est le plus important, Mathilde.

Je souris :

— Je sais, monsieur le curé. Je vous remercie.

Ma sœur, elle aussi, approuva :

— Tu seras heureuse avec lui, Mathilde. Ses yeux sont clairs et francs, et lorsqu'ils se posent sur toi, ils disent mieux que des mots combien il t'aime.

C'était le genre de paroles que je ne me lassais pas d'entendre.

Le bonheur que je ressentais m'éloignait des événements extérieurs. Je faisais mon travail en chantant, j'avais envie de rire et de danser : j'aimais et j'étais aimée, bientôt je me marierais avec Blaise. Que pouvais-je souhaiter de plus ?

Pourtant, dès le début de cette année 1792, le prix du pain et des denrées alimentaires, notamment le sucre, avait encore augmenté. On parlait de nouveau d'émeutes. Dans les villes, des attroupements empêchaient l'exportation du blé. La récolte avait été abondante dans notre région, mais insuffisante dans le Centre et le Midi. Des bateaux chargés de blé à destination de Sète, de Marseille, avaient été pillés en plusieurs endroits. Le bruit courait que ces transports vers d'autres régions étaient responsables du prix élevé du pain, et qu'il fallait donc les faire cesser.

Mon beau-frère Casimir, lui, affirmait que la crise du pain comme celle du sucre étaient dues à la baisse des assignats. Ces billets, créés par l'Assemblée constituante, étaient au départ des coupures de deux cents et cinquante livres. Depuis quelques mois avaient été mises en circulation les coupures de cinq livres. Au moment de la fuite du roi, les assignats avaient baissé jusqu'au quart de leur valeur. Pour leur paye, les ouvriers n'en voulaient plus, et exigeaient des écus comme avant. Bientôt, pour chaque objet ou pour chaque denrée, il y eut deux prix : l'un en espèces, l'autre en assignats. J'entendais souvent mon père grommeler contre « cette invention qui ne servait qu'à perturber le système financier, et dont on se serait bien passé ». Des banques avaient créé des « billets de confiance », que l'on pouvait échanger contre les assignats. De l'avis de mon père, cela ne faisait qu'augmenter la pagaille. Je l'écoutais d'une oreille distraite. Je n'étais occupée que de Blaise.

En février, un événement douloureux, dans notre village, vint nous attrister, bien que nous le sachions inéluctable. Gaston, dont la maladie s'aggravait, s'affaiblissait de jour en jour. Il ne quittait plus son lit, touchait à peine aux repas que nous lui apportions. Pierre-Antoine avouait son impuissance. Jean-Marie, conscient de la gravité du mal qui lentement minait son père, s'accrochait à lui et refusait de le quitter.

Un matin, alors que j'apportais le lait pour leur déjeuner, je vis le petit garçon sortir de l'atelier et venir vers moi en pleurant :

— Mathilde ! Viens vite, j'ai peur. Papa ne bouge plus.

Il me prit la main, m'entraîna, affolé et sanglotant :

— Il a toussé toute la nuit. Et puis, là, il venait de s'endormir. Mais je me suis penché sur lui, et j'ai vu qu'il ne respirait plus. – Il leva vers moi un regard où se mêlaient supplication et terreur. – Il n'est pas mort, dis, Mathilde ?

Je pris un ton rassurant :

— Mais non, peut-être dort-il tout simplement.

Pourtant, je franchis le seuil de la petite maison avec appréhension. Je posai la cruche de lait sur la table, j'écoutai. Le lourd silence m'impressionna. Jean-Marie me tira le bras :

— Viens dans la chambre.

Je le suivis. Dans le lit, Gaston reposait sur le dos, immobile. J'approchai lentement. Ses yeux grands ouverts fixaient l'éternité, et son visage exprimait une telle paix que je n'eus aucun doute. Il était parti rejoindre sa jeune femme.

Jean-Marie m'observait avec angoisse. Je le pris contre moi :

— Il faut prévenir ma mère, et aller chercher Pierre-Antoine.

Le petit garçon comprit. Peut-être, au fond de lui, savait-il déjà la vérité. Sa bouche se crispa. Tout bas, il dit :

— Alors, je n'ai plus de papa...

Cette réflexion et le ton douloureux avec lequel il la prononça amenèrent des larmes dans mes yeux. Je le regardai avec pitié et affection.

— Viens, Jean-Marie.

Il s'éloigna de moi, se planta près du lit, à la fois résolu et désespéré :

— Je veux rester près de mon papa, pendant qu'il est encore là. Demain il sera enterré, et je ne le verrai plus jamais. Laisse-moi, s'il te plaît.

Il se détourna et se mit à pleurer. J'hésitai, fis un geste vers lui, bouleversée par ce chagrin d'enfant que j'étais impuissante à apaiser. Puis je décidai de le laisser seul comme il me le demandait.

La mort de Gaston attrista tout le village. Il était l'un des nôtres et nous l'aimions bien. Notre curé dit la messe d'enterrement, déplorant ce décès qui rendait un enfant orphelin. Mes frères, avec Blaise et Germain, portèrent le cercueil dans le cimetière, et nous suivîmes pour nous recueillir autour de la tombe où se trouvaient, déjà, Mélanie et cette petite fille qui n'avait pas vécu.

Lorsque nous fûmes de retour chez nous, avec Jean-Marie que nous avions emmené, ma mère prit mon père à part :

— Que va devenir cet enfant, Jean-Baptiste ?

Mon père baissa la voix :

— J'ai promis à Gaston de m'en occuper et je tiendrai ma promesse. La Table des Pauvres va se réunir à son sujet. J'en demanderai la charge.

La Table des Pauvres était une organisation qui, comme son nom l'indiquait, secourait les pauvres et s'occupait également des orphelins. Dans ce dernier cas, elle confiait l'enfant, avec une certaine somme destinée à son entretien, à une famille qui s'engageait, en échange, à le loger, le nourrir, le blanchir et l'instruire. Si plusieurs personnes étaient intéressées, il se passait alors la criée au rabais. Chacun, à partir de la somme fixée, devait offrir un prix à chaque fois inférieur, et c'était à celui qui, le dernier, avait offert le prix le plus bas que l'on remettait l'enfant.

Lorsque la réunion eut lieu, mon père baissa systématiquement la somme jusqu'à ce que les autres abandonnent en disant que ce n'était plus assez payé. Et Jean-Marie lui fut confié pour un an, car dans un tel cas la Table des Pauvres se réunissait tous les ans. Il revint avec l'enfant, la main amicalement posée sur son épaule :

— L'année prochaine, on recommencera de la même façon. Maintenant, nous sommes ta nouvelle famille, mon garçon. J'espère que tu seras bien avec nous. Nous prendrons bien soin de toi, ne crains rien. Et tu nous seras utile à la ferme, d'autant plus que Mathilde va bientôt se marier et s'en aller.

Le petit garçon acquiesça, encore triste mais déjà plein de bonne volonté. A partir de ce jour, il vécut avec nous, partageant notre travail, nos difficultés et nos espoirs, et bientôt je le considérai comme un jeune frère.

Les biens du clergé, qui avaient été confisqués au profit de l'Etat, furent mis en vente. Mon père, qui cultivait les terres de l'abbaye d'Anchin, se porta acquéreur. Dans le village, les fermiers qui étaient dans le même cas l'imitèrent.

— Vous comprenez, disait Sylvain Busquet, il faut en profiter. C'est une occasion qui nous est donnée de posséder enfin les terres que nous cultivons. Ainsi, tout le produit en sera pour nous. Vous voyez bien que j'avais raison quand je vous disais que le nouveau régime serait à notre avantage.

Ils se mirent d'accord, et le jour de l'adjudication, chacun d'eux acheta uniquement les terres qu'il entretenait depuis toujours ; ce qui leur permit de les obtenir au plus bas prix, après une enchère très faible que personne ne s'occupa de relever. Ce fut là une des premières mesures qui permirent aux paysans de devenir propriétaires. Cela avait tellement d'importance pour eux qu'ils ne permettaient à personne d'augmenter les prix de vente. Ma tante, à Cambrai, nous raconta que plusieurs séances s'étaient mal terminées, parce qu'un ou deux bourgeois, venus avec l'intention d'acheter, s'étaient permis d'enchérir. Les fermiers intéressés les avaient injuriés, empoignés et expulsés de la salle. Il avait fallu reporter la séance et la fois suivante, les bourgeois n'étaient plus là ; les paysans, victorieux, avaient pu enfin obtenir les terres qu'ils convoitaient.

Les biens des émigrés, eux aussi, furent déclarés biens nationaux. Depuis l'arrestation du roi, au mois de juin précédent, l'émigration s'était intensifiée, surtout chez les nobles. Rosalie, la cuisinière du château, me confia que le comte s'était félicité de n'être pas parti, car alors tout ce qui, depuis plusieurs siècles, appartenait à sa famille, aurait été purement et simplement confisqué.

Et moi, je me laissais porter par un optimisme débordant. J'aimais Blaise, je le voyais tous les jours, et j'adorais l'expression de ses yeux lorsqu'il me regardait. J'étais heureuse. Je ne craignais plus rien, maintenant ; j'avais la certitude que notre amour me protégerait quoi qu'il puisse arriver.

6

Le 20 avril 1792, l'Assemblée législative déclara la guerre au roi de Bohême et de Hongrie. Lorsque, dans notre petit village, Pierre-Antoine nous apprit cette nouvelle décision, chacun exprima sa stupeur, son incompréhension, son désaccord.

— Une guerre, dans les conditions actuelles ?

— Dans quel but ?

— Ce n'est pas ça qui va ramener l'ordre.

Nous craignions surtout les changements qui ne manqueraient pas d'en découler, et qui sans aucun doute perturberaient notre existence. Mais les jours passèrent et, apparemment, rien ne changea. Alors, pour un instant, nous fûmes rassurés.

Vers la fin du mois, nous eûmes la surprise, un jour où nous allions faire notre marché à Douai, de voir sur la grand-place un arbre sans rameaux, peint en bleu, blanc et rouge. Ma sœur nous expliqua qu'il avait été planté la veille, en grande pompe, avec un cortège composé des responsables municipaux et de la garde nationale. Tous les citoyens qui étaient musiciens avaient été invités à se placer dans le Grand Balcon et à y jouer pour ceux qui désiraient danser autour de l'arbre. Le soir, l'hôtel commun et le Dauphin avaient été brillamment illuminés, et les habitants de Douai avaient été vivement engagés à faire de même. C'était l'« arbre de la liberté ».

Chaque village, bientôt, dut avoir son arbre. Chez nous, beaucoup sourirent avec ironie :

— Est-ce une nouvelle mode ?

— A quoi sert-elle ?

— Même si elle n'est pas utile, au moins elle ne fera de tort à personne !

Sylvain Busquet, indigné, expliqua qu'un tel arbre était le symbole de la liberté qui dorénavant allait régner partout, et qu'il fallait sans tarder en planter un sur la place de notre village. Il insista auprès de Pierre-Antoine, qui ne vit aucun inconvénient à accepter. Ils décidèrent de fixer la date au jour de la Saint-Jean, lors de la fête qui chaque année nous réunissait tous. Il fut prévu que notre curé, après avoir mis le feu au traditionnel bûcher, bénirait l'arbre pour qu'il devienne grand et fort. Mais un événement très triste vint anéantir nos prévisions.

C'était un matin, dans les premiers jours du mois de mai. Il faisait beau. Mon père et mes frères venaient de partir aux champs. Clignant des yeux dans le soleil, je donnais à manger aux poules, tandis que Jean-Marie nourrissait les cochons. A l'intérieur de la maison, ma mère faisait cuire le pain, et une alléchante odeur de pâte chaude venait jusqu'à nous. Je me sentais jeune, pleine d'énergie et d'enthousiasme ; dans quelques mois j'allais épouser Blaise ; la situation générale finirait bien par s'arranger ; l'ère de la liberté, dont parlait Sylvain Busquet, était proche.

Le tambour de Guislain, le garde champêtre, me fit interrompre ma tâche. Ma mère sortit de la maison. Nous avons couru jusqu'à la rue où, déjà, plusieurs personnes entouraient Guislain. Blaise était là, avec son père et son frère.

Guislain lisait. C'était un arrêté du directoire du département du Nord. Très long, il commençait par un véritable réquisitoire contre les prêtres insermentés, affirmant qu'ils compromettaient d'une manière inquiétante la tranquillité publique, qu'ils fomentaient des troubles, divisaient les familles et les amis. Ils étaient accusés de « fanatisme » et de « manœuvres coupables ». A la fois outrés et inquiets, nous nous taisions. Il y eut ensuite neuf interminables articles, selon lesquels les curés n'ayant pas prêté serment à la Constitution devaient se rendre à Cambrai dans les vingt-quatre heures, et déclarer auparavant à leur municipalité la route qu'ils emprunteraient ainsi que l'adresse où ils comptaient loger. S'ils n'obéissaient pas, ils y seraient transférés « sous bonne et sûre garde ». Lorsque Guislain arrêta de lire, nous nous sommes tous regardés, consternés ; ainsi, on nous enlevait notre bon vieux curé ! Cette fois-ci, on ne se contentait pas de l'expulser du presbytère, on lui ôtait le droit de résider dans notre village.

A la consternation succéda l'indignation. De l'avis de tout le monde, cet arrêté n'était qu'un ramassis de stupidités et de fausses affirmations. Notre curé, troubler l'ordre public, lui si bon, si doux, si aimable avec tous ! Il fallait vraiment ne pas le connaître pour soutenir de pareilles inepties.

— Viens, dit ma mère. Allons voir Pierre-Antoine. Peut-être peut-on faire quelque chose pour empêcher ça ?

Avec Blaise, je la suivis. Les autres nous accompagnèrent, commentant avec une juste colère cette nouvelle décision.

— Celle-ci est encore pire que les précédentes, disait Germain. Ne vont-ils jamais s'arrêter ?

— On pensait qu'ils étaient fous, déclara sombrement Justin, mais je dis, moi, qu'ils deviennent enragés. En quoi un vieux curé comme le nôtre peut-il les gêner ?

— C'est toujours à cause de cette histoire de serment, affirma ma mère. Ils veulent le punir.

Sur la place, un attroupement se formait devant la maison commune, autour de Pierre-Antoine. Près de lui, l'abbé Souliez, le visage pâle, essayait de calmer les nombreuses protestations de ses paroissiens :

— Mes enfants, mes chers enfants, répétait-il d'une voix brisée. Il est inutile de vous révolter. Nous ne pouvons rien y faire. C'est un ordre – un de plus – et il faut l'accepter.

— Est-ce vrai, Pierre-Antoine? demanda ma mère. N'y a-t-il rien à faire?

— On pourrait trouver une solution, suggéra Joséphine. Rappelez-vous, quand ce petit curé est venu et qu'on l'a chassé. Il doit bien exister un moyen. N'obéissez pas, monsieur le curé.

— Comment ça? intervint Sylvain Busquet. Cet arrêté ne souffre pas de refus. Il faut obéir.

— Toi, Sylvain, dit Ignace, quand on voudra ton avis, on te le demandera.

— Mais enfin, s'énerva Sylvain, quand comprendrez-vous que vous créez vous-mêmes le désordre, en agissant comme vous le faites? Le directoire entend être obéi, il...

Ignace gronda, menaçant:

— Tu sais ce que je lui dis, à ton directoire?

Le vieux prêtre étendit les bras:

— Mes enfants, s'il vous plaît, ne vous querellez pas. Pas à cause de moi. Sinon vous allez rendre vraies leurs affirmations, selon lesquelles les curés comme moi sont des sujets de discorde. Ne vous inquiétez pas. Je vais me soumettre à leurs ordres. Je partirai demain.

— Pourquoi n'essayez-vous pas de rester? insista Joséphine. Ils vous oublieraient peut-être.

Le vieil homme lui sourit:

— Non, Joséphine, ne crois pas cela. As-tu entendu l'article 3? Si je n'obéis pas, ils me feront conduire à Cambrai sous escorte. Je ne tiens pas à ce que l'on vienne m'arrêter comme un voleur ou un misérable. Je partirai de moi-même, je préfère cela.

La nature rebelle de Joséphine la poussa à s'obstiner:

— Et si on vous cachait? Ils ne vous trouveraient pas.

L'abbé Souliez secoua doucement la tête:

— Non, je ne veux compromettre personne, ni vous exposer à des perquisitions ou des représailles.

— Ou alors, proposa Marie-Catherine, vous déclarez à Pierre-Antoine que vous partez, vous faites semblant de vous éloigner un peu, et vous revenez. Eux, là-bas, ils recevront le procès-verbal leur annonçant que vous êtes parti, et ils penseront que vous êtes quelque part sur la route. Ils ne viendront pas ici.

— Non, mes enfants, n'insistez pas. Je ne veux pas me cacher comme un criminel. Je n'ai rien fait, j'ai la conscience pure envers Dieu et envers moi-même. Je ne crains rien.

Joséphine se tourna vers Pierre-Antoine :

— Dites quelque chose ! Allez-vous le laisser partir, à son âge ?

Pierre-Antoine ouvrit les bras dans un geste désolé :

— L'âge n'y fait rien, ma pauvre Joséphine. Et je suis bien triste car je ne vois pas le moyen de passer outre. Ils n'accepteront pas qu'on leur désobéisse. Rappelle-toi, quand ils ont envoyé des soldats, pour l'installation de l'autre curé. Ils feront la même chose, et cette fois-ci, ce sera pour emmener le nôtre.

L'abbé Souliez leva la main :

— Qu'on l'admette une fois pour toutes, je partirai demain matin. Maintenant, je vais tout mettre en ordre et préparer mes affaires. Et aussi essayer de consoler ma pauvre Adèle, qui s'est enfermée dans sa chambre et ne cesse de pleurer.

— Elle restera chez moi, dit Ambroise, et je m'occuperai d'elle.

D'une voix enrouée, Alexandre le clerc demanda :

— Mais... monsieur le curé, avez-vous un endroit où vous pourrez loger, à Cambrai ?

Le regard d'enfant vacilla un peu :

— Non, mais...

Ma mère proposa spontanément :

— Vous pouvez aller chez ma sœur Séraphine, monsieur le curé. Elle vous accueillera volontiers.

— Merci, mon enfant, dit doucement l'abbé Souliez. Ton offre me touche. J'espère que ma présence ne sera pas une gêne et, surtout, ne les compromettra pas.

Joséphine, qui grommelait tout bas, s'interposa de nouveau :

— C'est de la folie, monsieur le curé. Vous ne pouvez pas partir ainsi, tout quitter. Et, comment allez-vous vous rendre à Cambrai ? Vous n'allez quand même pas faire la route à pied !

— Pourquoi pas ? Je mettrai le temps qu'il faudra, mais j'y arriverai. Dieu me donnera la force nécessaire.

— Non, monsieur le curé, protesta ma mère, on ne vous laissera pas faire ça. Nous attellerons la carriole, et Jean-Baptiste ou l'un de mes fils vous conduira.

— Merci, j'accepte de grand cœur. Je vous dirai adieu demain matin, mais dès maintenant je veux que vous sachiez que je vous aime tous, et que je ne vous oublierai pas. Même si je ne suis plus parmi vous, continuez à prier. Quant à moi, où que je me trouve, je demanderai chaque jour à Notre-Seigneur de vous protéger et de guider vos actions.

Il se détourna, traversa la place, de la démarche claudicante à laquelle nous étions habitués. Ses épaules voûtées et ses cheveux blancs inspiraient respect et compassion. Un vieil homme inoffensif, qui ne savait qu'aimer et pardonner, comment ceux du directoire pouvaient-ils le persécuter ainsi ?

— Pourquoi l'envoyer à Cambrai ? murmura Blaise, près de moi.

— Ils veulent avoir tous les prêtres là-bas, dit Justin, et connaître leur domicile. C'est pour savoir où les trouver, si jamais ils décident de les arrêter.

— Les arrêter ? répéta ma mère, horrifiée. Mais où les conduiraient-ils ?

— En prison, j'en ai bien peur.

— Oh, Justin, quand même pas !

— Alors, cherchez une autre explication à ce décret. Pourquoi rassembler tous les prêtres réfractaires à Cambrai ?

Ma mère haussa les épaules avec impuissance :

— Je ne sais pas. On comprend de moins en moins leurs décisions.

Chacun retourna chez soi. Sylvain Busquet, devant nous, s'en allait avec sa mère. La vieille femme pleurait, et son fils l'apostrophait durement :

— Vous n'allez pas vous mettre dans des états pareils pour lui ! S'il avait accepté de prêter serment, on n'en serait pas là. Les autres m'énervent, quand ils disent que ceux du directoire sèment le désordre. C'est leur désobéissance, plutôt, qui amène les troubles. Si tout le monde acceptait les décisions sans protester, ça irait beaucoup mieux, je vous l'affirme !

— Mais, Sylvain, bredouillait la pauvre mère, notre curé, quand même !

— Mais c'est sa faute ! Quand comprendrez-vous ça ? Il refuse de se soumettre au nouveau régime, tant pis pour lui. Allez, venez, nous avons assez perdu de temps. Avec tout ça, l'ouvrage n'avance pas.

Ils s'éloignèrent vers leur ferme. Ma mère soupira :

— Ce Sylvain, comment peut-il être aussi dur ?

A midi, quand mon père et mes frères revinrent des champs avec Louis, ma mère leur raconta tout. Eux aussi furent indignés. Mon père se gratta la tête :

— Voilà qu'ils nous enlèvent notre curé, maintenant ! Mais pourquoi donc ? Il a toujours été là.

Nous nous regardions, incapables de répondre à cette question.

Le lendemain, mon père attela la carriole ; mon frère Nicolas allait conduire notre curé à Cambrai. Sur la place et le long des rues qui menaient à la sortie du village, il y avait beaucoup de monde. Tous ceux qui aimaient l'abbé Souliez étaient venus le voir pour la dernière fois. Nicolas arrêta la carriole devant la maison d'Ambroise. Là aussi, de nombreuses personnes attendaient en commentant tristement. La révolte de la veille avait fait place à une résignation à laquelle se mêlait une peine sincère et profonde.

Notre curé sortit, traînant deux grands sacs. Derrière lui venait Adèle, en larmes, hoquetant comme un enfant. De tout le village, elle était celle qui l'aimait le plus, qui pendant quarante ans l'avait soigné, soutenu, aidé ; elle connaissait, mieux que nous, son dévouement inlassable, sa bonté, son amour envers les autres. Elle ne parvenait pas à comprendre et ne pouvait que pleurer.

Nicolas mit les sacs dans la carriole. Notre curé, avant de monter, tint à dire un adieu particulier à chacun d'entre nous. Il avait le visage très pâle, mais en s'adressant à ceux qu'il aimait depuis toujours, ses yeux candides étaient emplis de tendresse. Il embrassait les enfants, faisait des recommandations à leur mère, exhortait tout le monde à se bien conduire et à ne pas oublier Dieu. De nombreuses femmes pleuraient. Près de Blaise, qui m'entourait de son bras, je me sentais la gorge serrée.

Devant Sylvain Busquet, il s'arrêta :

— Toi, Sylvain, que j'ai baptisé, ne laisse pas ton cœur devenir dur comme une pierre. Je sais qu'il y a, au fond de toi, beaucoup de bon. Ne l'étouffe pas. Je vais prier Notre-Seigneur pour que tu redeviennes pareil au gentil petit garçon que j'ai connu, toujours souriant et prêt à rendre service. Te souviens-tu de lui ?

— Ce petit garçon-là n'existe plus, monsieur le curé, dit Sylvain d'une voix sourde. Il est mort le jour où il a vu son père s'en aller entre deux gendarmes.

Le vieux prêtre posa une main sur la tête de Sylvain :

— Je maintiens, moi, qu'il est encore là. Ta rancune et ta haine, Sylvain, l'ont écrasé. Mais il peut revenir. Il suffit d'apprendre à pardonner. Je prierai pour que tu parviennes à le faire.

Sylvain ne répondit pas, mais secoua la tête avec obstination. L'abbé Souliez continua ses adieux, donnant de tendres conseils à tout le monde. Lorsqu'il fut face à Blaise et à moi, il nous regarda avec affection :

— Mes chers petits, je n'aurai pas la joie de vous marier, comme j'espérais le faire. Cela me fait beaucoup de peine. Mais si je suis toujours à Cambrai à cette date, venez me voir. Je vous bénirai. Et même si ce n'est pas moi qui vous marie, que votre union soit longue et heureuse. Aimez-vous bien, et élevez les enfants que vous aurez dans l'amour de Notre-Seigneur. Je prierai dans ce sens. Que Dieu vous protège !

Du doigt, il traça un signe de croix sur mon front, puis sur celui de Blaise qui inclina la tête. Profondément émue, je retenais mes larmes. Il embrassa ma mère, qui sanglotait. Il bénit mon père, mon frère François, Louis et Jean-Marie, à qui il caressa la joue avec douceur en lui recommandant de toujours bien aimer sa nouvelle famille. Il termina ses adieux avec les mêmes paroles pour tout le monde, des paroles d'amour, de pardon et de paix. Une nouvelle fois, je me demandai comment on pouvait accuser un homme si bon de semer la discorde et d'avoir des « desseins criminels », comme il était dit dans ce décret que Guislain nous avait lu la veille. C'était tout simplement aberrant.

Joséphine, en larmes, arriva et se jeta sans façons sur notre curé, le serra contre son ample poitrine, l'embrassant en lui assurant qu'elle ne l'oublierait pas. Avec un doux sourire, il lui conseilla de s'efforcer à la tolérance, qualité qui lui avait fait défaut lors de la venue de l'abbé Daubère. Elle pleurait trop pour pouvoir répondre.

Enfin, il monta dans la carriole ; Nicolas prit les rênes et fit avancer le cheval. Tout le monde suivit jusqu'à la sortie du village. Là, les enfants, pendant un moment encore, coururent derrière la charrette. Nous, immobiles, nous la regardions emmener le vieux curé que nous aimions, sans pouvoir réaliser que nous devrions, dorénavant, vivre sans sa présence qui jamais ne nous avait fait défaut. A mesure que la carriole s'éloignait, nous criions des messages, le cœur lourd de chagrin :

— Au revoir, monsieur le curé !

— On ne vous oubliera pas !

— Qui sait ? Peut-être reviendrez-vous ?

— On vous aime bien !

— Adieu !

Longtemps, j'ai gardé le souvenir de cette image : le vieux prêtre aux cheveux blancs, debout à l'arrière du chariot, tourné vers nous, le visage désespéré, la main levée en une ultime bénédiction, tandis que tous, nous lui faisions des gestes d'adieu en pleurant. Lorsque la carriole disparut à l'horizon, nous avons fait demi-tour et nous sommes rentrés chez nous, dans notre village qui, pour la première fois depuis qu'il existait, se trouvait sans curé.

— Et alors, qu'allons-nous faire, maintenant ?

Ce fut la question que tout le monde se posa lorsqu'on se retrouva sur la place.

— Que va-t-il se passer s'il y a un enterrement ? demanda Joséphine à Pierre-Antoine.

Notre maire fit un signe d'ignorance :

— Je suppose que le district va envoyer un autre prêtre.

— Mais ce sera un prêtre assermenté ?

— Sans aucun doute.

Elle secoua la tête d'un air farouche :

— Dans ce cas, ils peuvent le garder. Nous ne voulons pas d'un jureur.

— Et pourtant, ce sont les seuls qui restent, maintenant. Je suppose que, dans l'immédiat, le curé constitutionnel d'un des villages voisins viendra faire les enterrements, s'il y en a. Pour les mariages et les baptêmes...

— Je refuse de faire baptiser mon enfant par un apostat, déclara catégoriquement Marie-Catherine, qui devait accoucher sous peu.

Blaise serra ma main qu'il tenait dans la sienne.

— Et pour nous ? demanda-t-il. Nous devons nous marier à l'automne.

— Mes amis, dit Pierre-Antoine avec impuissance, je n'en sais pas plus que vous. Pour le moment, je ne peux vous répondre. Attendons, nous verrons bien.

Il y en eut beaucoup qui s'éloignèrent en maugréant. Ceux qui ne disaient rien n'étaient pas moins soucieux.

Nous nous sentions tous désorientés : notre village sans curé, jamais on n'avait vu ça. Je fis part de mon anxiété à Blaise :

— Peut-être ne pourrons-nous même pas nous marier...

Ses yeux clairs me regardèrent avec amour :

— Oh si, nous nous marierons ! Je trouverai bien un moyen. Puisque tu as accepté d'être ma femme, je ne te laisserai pas échapper, ne crains rien.

Il semblait si sûr de lui que je fus rassurée. Pourtant, cette situation, à laquelle nous n'avions jamais été confrontés, ne laissait pas de nous inquiéter. A notre chagrin d'avoir perdu notre vieux curé venait s'ajouter une rancune envers ce régime qui nous l'enlevait d'une façon que nous jugions tout à fait arbitraire et injuste.

Quelques jours plus tard, je dus aller au château pour des travaux de couture. Dans le boudoir, tandis que je reprisais, la comtesse Adélaïde se lamentait :

— Quelle époque, mon Dieu, quelle époque ! Maintenant, voilà ce pauvre curé expulsé du village. Et nous, qu'allons-nous devenir ? Je ne cesse de répéter à Clément qu'il serait plus sage de partir. Mais il ne veut rien entendre. Pourtant, ma sœur est prête à nous recevoir, elle nous l'a écrit. Elle dit que beaucoup des nôtres sont déjà arrivés aux Pays-Bas, et depuis pas mal de temps. Clément, lui, a des idées d'un autre âge : rester fidèle au roi. Mais le roi se soucie-t-il de nous ? Ce n'est pas lui qui nous sauvera. Il aura déjà bien de la chance s'il arrive à s'en sortir lui-même. Depuis qu'il a été ramené de Varennes, il est pratiquement prisonnier. Clément dit qu'il a fait une grosse erreur en voulant s'enfuir, et il en profite pour ajouter que nous n'en ferons pas autant. En plus, il tient à son château, il ne veut pas l'abandonner. Il est vrai que, avec ces nouvelles lois sur les émigrés, si nous partions il serait aussitôt confisqué. Mais après tout, ce n'est qu'un tas de pierres, et notre vie est quand même plus précieuse. Mon fils Adrien dit que cela ne durera pas, que l'ordre reviendra. Il affirme que la guerre avec l'Autriche pourra peut-être aider au rétablissement du roi; François II n'est-il pas le neveu de Marie-Antoinette? – De sa main baguée, elle fit un geste d'ignorance. – Je n'y comprends rien, mais la situation empire de jour en jour et je suis inquiète, Mathilde.

La tête penchée sur mon ouvrage, je cousais en silence. Assise dans une bergère, Amélie brodait avec une mélancolie qui n'était pas dans son caractère. Je me pressais pour terminer mon travail, afin d'échapper aux lamentations de la comtesse. Sans doute avait-elle des raisons de se plaindre, mais notre curé était dans une situation bien plus triste. Et pourtant, jamais il n'avait proféré un mot de protestation ni de reproche.

— Que dit-on dans le village?

Je répondis, sans me compromettre:

— Le départ de notre curé nous a désolés. Et moi, je m'inquiète; je dois me marier à l'automne. Comment vais-je pouvoir le faire si nous n'avons plus de curé?

Amélie retrouva un peu de sa vivacité:

— C'est vrai, Mathilde? Tu vas te marier? Avec qui?

Je me sentis devenir toute rose:

— Avec Blaise, le fils du charron. Nous nous connaissons depuis toujours, et nous nous aimons.

Amélie planta l'aiguille dans sa broderie, murmura, l'air rêveur:

— Comme tu as de la chance! J'ai le même âge que toi, et je me demande si je me marierai un jour. Presque tous nos amis sont partis à l'étranger, nous ne sortons plus, nous menons une vie retirée. Non, ce n'est vraiment pas gai. Et mon père qui s'obstine à ne pas quitter son château! Si seulement nous allions chez ma tante, nous serions libres, nous aurions des fêtes, des bals, tout ce que nous avions avant. Tandis qu'ici!

Les larmes aux yeux, elle se leva, sortit rapidement de la pièce. La comtesse Adélaïde soupira:

— Pauvre enfant... Ah, si Clément n'était pas aussi têtu!

Je fis un dernier point, posai mon ouvrage:

— Voilà, madame la comtesse, j'ai terminé. Si vous le permettez, je vais m'en aller.

Elle eut un sourire nostalgique :

— Madame la comtesse, répéta-t-elle douloureusement. Tu ne dois plus m'appeler ainsi, Mathilde, je te l'ai déjà dit. Puisque ces hommes stupides ont supprimé les titres de noblesse...

— Je le sais bien, madame la comt... euh... je ne le fais pas exprès, c'est l'habitude.

Elle prit les vêtements reprisés, les observa :

— C'est bien, mon enfant, je te remercie. Tu peux partir, je n'ai plus besoin de toi pour le moment.

Je fis une légère révérence, ouvris la porte :

— Au revoir, madame la...

Je me tus, serrai les lèvres. Emportée par mon élan, j'avais encore failli lui donner ce titre auquel elle n'avait plus droit. Je compris quelle humiliation cela devait être pour elle, et je la plaignis un peu. Il me revint en mémoire cet incident, le jour de la procession du 15 août, lorsque Sylvain Busquet s'était interposé et avait empêché le comte et sa famille de se mettre en tête. La comtesse Adélaïde en avait pleuré. Pour eux non plus ce ne devait pas être facile.

— Alors, Mathilde, tu rêves ?

Je sursautai. Dans le couloir, Adrien venait au-devant de moi. Il y avait bien longtemps que je ne l'avais vu. Il était toujours aussi beau et aussi élégant, mais il avait perdu cet air frondeur qui semblait faire partie de lui-même. Il me sembla vieilli. Des rides barraient son front, sa bouche avait un pli soucieux. S'il avait changé, moi aussi. Je me souvenais de l'époque où ses assiduités me troublaient malgré moi. Cela me fit sourire. Maintenant j'avais l'amour de Blaise, et j'étais sûre de moi.

— C'est ton prochain mariage qui te rend songeuse ? Amélie vient de me dire... Ah, Mathilde !

Il me regarda, un regret au fond des yeux :

— J'avais formé le projet de te conquérir, Mathilde... Mais les derniers événements ont tellement perturbé notre vie qu'ils ont réduit ce projet à néant. Après tout, peut-être est-ce aussi bien pour toi ! Je te souhaite d'être heureuse avec ton charron. T'aime-t-il, au moins ?

Je répondis fièrement, sans hésiter :

— Oui, monsieur Adrien.

— Eh bien, dis-lui qu'il aura bien de la chance de t'avoir pour femme. Ce serait stupide de l'envier, et pourtant...

Il laissa sa phrase en suspens, m'observant avec une expression que je ne parvins pas à définir. Tristesse ? Regret ? Jalousie ? Je préférai m'éloigner :

— Au revoir, monsieur Adrien. Ma mère m'attend à la ferme.

Il s'inclina légèrement :

— Au revoir, Mathilde. Sois heureuse.

Avec soulagement, je me retrouvai dehors. Cette courte conversation m'avait déconcertée et laissé un sentiment de malaise. Je m'empressai de le chasser en me disant qu'Adrien de Bryars était sorti définitivement de ma vie. J'allais bientôt me marier, et je n'aurais plus jamais affaire à lui. Mais en raisonnant ainsi je me trompais.

7

Le printemps finissait. Juin s'épanouissait sous un soleil radieux. Dans la cour de notre ferme, le lilas en fleur s'alourdissait de grappes blanches et parfumées. La moisson s'annonçait belle et mon père était satisfait. Quant à moi, la perspective d'être bientôt la femme de Blaise ne cessait de me ravir. Lorsque, parfois, nous nous trouvions seuls, il me serrait contre lui, et je me blottissais avec délices contre sa poitrine. Il m'enveloppait de ses bras, et c'était un refuge qui, je le savais, me protégerait de tout mal. J'étais si petite par rapport à lui que ma tête arrivait tout juste au niveau de son épaule. Il se penchait vers moi, et je plongeais mes yeux dans les siens. Leur expression faisait vibrer mon cœur. Quelquefois, il m'embrassait, avec un mélange de respect et de passion. Alors, je m'accrochais à lui, emportée par un tourbillon grisant et fou. A cause de sa joue brûlée, il avait cru que je ne pourrais jamais l'accepter. Maintenant qu'il avait la preuve du contraire, une gratitude émerveillée se mêlait à son amour pour moi. Le lien qui nous unissait devenait de plus en plus fort chaque jour. Nous attendions avec impatience le moment où enfin nous serions mariés.

Notre village était toujours sans curé. Sans lui, il ne vivait plus qu'à moitié; plus de messes, plus de vêpres, plus de processions... Les dimanches paraissaient vides et inoccupés. L'église et le presbytère étaient devenus inutiles et silencieux. Le directoire du district ne se pressait pas de nous envoyer un autre prêtre assermenté, après la façon dont nous avions traité le précédent, et cela nous arrangeait. Ma mère et moi étions allées deux ou trois fois à Cambrai rendre visite à ma tante Séraphine. Chaque fois, nous y avions retrouvé notre curé qui occupait une chambre sous les combles et passait son temps à prier ; ou bien, il racontait l'histoire sainte à ma cousine Gabrielle, qui l'écoutait avec ferveur. Une solide amitié était née entre le vieil homme et l'enfant. La tendresse qui les unissait aidait notre curé à supporter sa réclusion. Ces rencontres avaient été, pour lui comme pour nous, profondément émouvantes. Nous lui avions donné des nouvelles de tout le monde, et, lorsque nous l'avions quitté, son sourire était rayonnant et ses yeux pleins de larmes.

Un autre sujet d'inquiétude était la guerre. Dès le mois d'avril, plusieurs corps d'armée s'étaient dirigés vers les Pays-Bas, sous la direction de La Fayette et de Rochambeau. Le général Dillion, avec trois mille hommes, était allé jusqu'à Tournai. A Baisieux, face aux Autrichiens, ils furent pris de panique et abandonnèrent leur artillerie. Devant Mons, Biron, avec sept à huit mille hommes, avait dû se replier sur Valenciennes. Casimir, le mari de ma sœur, lisait de nombreux renseignements dans *Le Journal de la guerre*, et nous les transmettait. Notre inquiétude grandissait ; les ennemis approchaient, ils étaient à Anchin, à Flines, à Pont-à-Marcq. Il y avait des batailles à Tourcoing, à Maubeuge. Et si les Autrichiens venaient jusqu'à notre village ? On disait, aussi, que le général Dillion avait été tué par ses soldats parce qu'il envisageait de se replier. L'un d'eux lui avait tiré une balle dans la cuisse. Puis il avait été ramené à Lille, où d'autres soldats sillonnaient la ville. A la porte de Fives, plusieurs d'entre eux tuèrent le général blessé, tirèrent son cadavre de la voiture et le brûlèrent sur la grand-place. De telles nouvelles nous laissaient incrédules et horrifiés. Que se passait-il donc, pour qu'un tel événement pût se produire : un général français massacré par ses propres soldats ?

— Tiennent-ils donc à faciliter le travail de l'ennemi ? s'insurgea mon beau-frère, outré.

Mon père se gratta la tête avec désapprobation :

— On a déjà eu des moments difficiles, mais jamais on n'a vécu une période aussi troublée.

Il y avait eu les émeutes, les pillages, puis les mesures contre les nobles, contre les prêtres, et maintenant la guerre avec la menace d'une invasion. Comment croire encore Sylvain Busquet lorsqu'il parlait d'une ère nouvelle basée sur la liberté ? Plus personne ne voulait l'écouter.

L'existence continuait malgré tout, et le fait de vaquer chaque jour à nos tâches habituelles nous apportait une stabilité qui nous rassurait. Donner à manger aux bêtes, faire le pain, le beurre, travailler aux champs, là au moins rien n'était changé. Jean-Marie vivait toujours avec nous. Malgré ses onze ans, il travaillait comme un grand, infatigable et courageux. Il avait envers moi des attentions touchantes. Ainsi, lorsqu'il allait aux champs avec mon père et mes frères, il ne revenait jamais sans un bouquet de fleurs sauvages qu'il m'offrait avec un sourire heureux. Je l'embrassais pour le remercier, mettais les fleurs dans un pot de grès que je plaçais sur la potière. Je m'étais profondément attachée à cet enfant. J'avais l'impression qu'il avait toujours vécu parmi nous.

Un jour, ma mère l'envoya chercher de l'huile à brûler et du sel à l'épicerie.

— En même temps, lui dit-elle, tu peux prendre un de ces sucres d'orge que Joséphine fabrique et que tu aimes bien.

Le visage de Jean-Marie s'éclaira, et il partit en courant. Lorsqu'il revint, je mettais le couvert et ma mère, penchée au-dessus de la marmite, surveillait la soupe. Le petit garçon entra lentement, posa le sel et la bouteille d'huile sur la table, me regarda d'un air incertain. Je vis ses lèvres trembler, puis ses yeux se remplirent de larmes et, dans un élan soudain, il se jeta contre moi en sanglotant :

— Oh, Mathilde ! Dis-moi, est-ce vrai que je suis un mendiant, un pauvre, et que je n'ai plus le droit d'avoir des sucres d'orge ?

Interloquée, j'essayai de comprendre. Ma mère se retourna :

— Allons, qu'est-ce que c'est que cette histoire ?

Je m'assis sur le banc, attirai l'enfant près de moi :

— Raconte-moi. Que s'est-il passé ?

Il renifla, leva la tête. Ses yeux contenaient un tel désarroi que je me sentis remuée.

— C'est Noémie. A l'épicerie, c'est elle qui m'a servi. Quand j'ai demandé un sucre d'orge, elle s'est moquée de moi. Elle a ri, tu sais bien, Mathilde, comme elle rit toujours...

J'acquiesçai. Oui, je connaissais le rire perçant de Noémie, et savais qu'il pouvait être blessant comme une insulte. Souvent, elle s'en servait pour appuyer une réflexion ironique ou désagréable. Je demandai doucement :

— Pourquoi s'est-elle moquée de toi ? Qu'a-t-elle dit ?

Le petit garçon baissa les yeux, hésita. Puis, tout bas, il expliqua :

— Elle a dit que je n'aurais pas de sucre d'orge parce que je n'étais qu'un pauvre qui vivait de la charité des autres, et que l'argent qu'on avait donné pour moi à Jean-Baptiste n'était certainement pas pour acheter des bonbons.

Ma mère posa brutalement sa cuillère de bois sur la table :

— Cette Noémie ! s'écria-t-elle, furieuse. De quoi se mêle-t-elle ? Dire des stupidités pareilles à cet enfant ! Elle n'est bonne qu'à semer la zizanie. Je vais aller lui dire ma façon de penser, et tout de suite encore !

Emportée par son indignation, elle sortit de la pièce. Je l'entendis traverser la cour d'un pas pressé. Jean-Marie se tourna vers moi :

— Ce qu'a dit Noémie, est-ce vrai, Mathilde?

Je le serrai contre moi avec tendresse:

— Non, ce n'est pas vrai. Il est exact que la Table des Pauvres a donné une somme à mon père pour ta nourriture et tes vêtements, mais Noémie est tout à fait injuste de te traiter de mendiant. Tu travailles chez nous, au même titre que Louis, et ce travail te donne le droit d'être récompensé. Si ma mère décide de t'offrir un sucre d'orge, Noémie n'a rien à y voir.

L'enfant leva vers moi des yeux graves et encore inquiets. Je l'embrassai affectueusement:

— Tu veux que je te dise? Tu ne seras jamais un pauvre, ni un mendiant, puisque tu fais partie de notre famille. Pour moi, tu es mon petit frère.

Un lent sourire vint éclairer son visage. Spontanément, il posa un baiser sur ma joue:

— Merci, Mathilde, je te crois.

Ma mère rentra à cet instant, encore essoufflée. Elle tendit un sucre d'orge à Jean-Marie:

— Tiens, mon enfant. J'ai parlé à Noémie, elle ne te dira plus ce genre de sottise. Elle a cru que tu demandais ce bonbon de toi-même, sans autorisation, c'est pour ça qu'elle n'a pas voulu te le donner. – Elle me regarda d'un air entendu. – Je lui ai dit que ce n'était pas une raison pour faire des réflexions fausses et méchantes.

Consolé, le petit garçon se mit à sucer la friandise avec délectation. Il me tira le bras, me chuchota à l'oreille:

— Noémie, je ne l'aime pas. Mais toi, Mathilde, je t'aime bien.

Je lui souris, passai une main amicale dans ses cheveux. Les hommes, dans la cour, revenaient des champs. Jean-Marie sortit en courant, pour aller abreuver et nourrir le cheval, tâche qui lui revenait habituellement et dont il aimait s'acquitter.

Le jour de la Saint-Jean arriva et un arbre de la liberté fut planté sur la place de notre village par Pierre-Antoine entouré des officiers municipaux et des notables. On l'orna de rubans tricolores. L'absence de notre curé nous fut, ce jour-là, encore plus douloureuse. C'était toujours lui qui, en cette occasion, mettait le feu au bûcher préparé par les enfants. Cette tradition, brutalement, n'existait plus. Alexandre le clerc le remplaça et, malgré tout, chacun essaya de se divertir. Il y eut de la musique, des danses et des chants. Nous les jeunes, nous fîmes plusieurs rondes autour du bûcher. La main dans celle de Blaise, je me sentais heureuse. Il était terminé, le temps où il se tenait à l'écart, amer et désespéré, quand les autres s'amusaient. J'avais bien l'intention de le faire participer à toutes nos réjouissances. Et la façon dont ce grand garçon m'obéissait m'attendrissait secrètement. Avec lui, je sautai au-dessus des flammes, ce qui nous garantissait un mariage heureux. Je retombai de l'autre côté, essoufflée et rieuse, le cœur battant d'une peur rétrospective. Pour un instant, comme chaque fois que j'étais avec Blaise, je faisais abstraction de tout ce qui n'était pas nous. Et je voulais fermer les yeux aux difficultés qui, de plus en plus, s'immisçaient dans notre vie.

Pour notre mariage, j'étais inquiète. Nous ne voulions pas qu'il fût béni par un curé constitutionnel. Une idée nous était venue : puisque notre curé était à Cambrai, nous irions le voir, Blaise et moi, et lui demander de nous marier. Ce ne serait pas le mariage auquel j'avais rêvé, au son joyeux des cloches, dans notre église en fête, mais au moins il serait célébré par notre curé. Mais, cette fois encore, les événements allaient empêcher la réalisation de notre projet.

Les décrets se succédaient. Au début du mois de juillet, une loi rendit obligatoire le port de la cocarde tricolore. La persécution religieuse continuait et un arrêté expulsa les religieuses de leur couvent. Ma sœur protesta vigoureusement :

— Ici à Douai, nous dit-elle, nous n'avons plus d'enseignement primaire. Que va faire Angélique ? Elle allait à l'école des sœurs de Notre-Dame. Il paraît que des maîtresses vont être nommées, mais quand ? Ces déclarations de l'Assemblée ne font que détruire ce qui existe sans rien mettre en échange.

Dans notre village, l'enseignement était également menacé. L'année précédente, un décret avait obligé les maîtres d'école à prêter serment, eux aussi. Alexandre avait refusé. Il continuait malgré tout à remplir ses fonctions, mais Sylvain Busquet ne faisait que répéter qu'il agissait illégalement.

— Gayant vient d'être supprimé, poursuivait ma sœur. L'an dernier, un décret avait décidé la dissolution de toutes les corporations. Et maintenant, on fait disparaître notre bon géant, que nous aimons tant ! Depuis toujours il ornait le défilé annuel en juillet. La municipalité a donné comme prétexte que le mannequin d'osier est abîmé et ses vêtements délabrés. Il faudrait tout réparer et cela, paraît-il, revient trop cher. Mais Casimir affirme que ce n'est pas là la vraie raison. Deux ou trois Jacobins lui ont dit que sa haute taille représentait une insulte à l'égalité. Ça a toujours été ainsi et ça n'a jamais gêné qui que ce soit ! Il paraît que dans le défilé il va être remplacé par une déesse de la liberté en chair et en os, au sommet d'un char. Et elle, là-haut, ne va-t-elle pas dominer les autres ?

— Il est vrai que ça ne s'améliore pas, approuva ma mère. Des suppressions, des obligations de serment, et pour ceux qui n'obéissent pas, des expulsions ! Et on appelle ça la liberté !

C'était cela, surtout, que nous reprochions aux nouveaux responsables : des grands mots pleins d'idéal, et des actes qui les contredisaient totalement.

Le 11 juillet 1792, l'Assemblée législative émit le décret suivant : « Des troupes nombreuses s'avancent vers nos frontières. Tous les ennemis de la liberté s'arment contre notre Constitution. Citoyens, la patrie est en danger. » Lorsque nous l'apprîmes, plusieurs jours plus tard, nous fûmes affolés. Devant l'imminence du danger, Pierre-Antoine décida de réunir officiers municipaux et notables, en une séance de délibération exceptionnelle, afin d'étudier la loi du 8 juillet qui fixait les mesures à prendre. Une surveillance permanente du village fut organisée. Les habitants furent de nouveau sollicités pour s'inscrire sur la liste de la garde nationale. Eloi et Sylvain, qui en étaient les seuls membres, furent désignés pour monter la garde, veiller à ce que tout habitant porte sa cocarde tricolore et à ce que personne ne passe sur le territoire de la commune sans passeport. Et tous les hommes en état de prendre les armes étaient invités à se porter volontaires pour aller compléter l'armée de ligne.

— Défendre la patrie, c'est bien beau, grommela mon père. Mais si nous partons aux frontières, qui fera la moisson?

Même Sylvain Busquet déclara qu'il ne pouvait abandonner sa ferme. J'eus peur que Blaise, saisi d'un élan patriotique, ne répondît à cet appel. J'allai l'interroger avec angoisse. Son sourire me rassura:

— Je serais un bien mauvais soldat, Mathilde. Je ne sais même pas tirer! Et puis, crois-tu donc que j'irais me faire tuer maintenant que tu vas être ma femme? Ah non alors! Et tant pis si l'on me traite de mauvais patriote!

Il ne fut pas le seul à réagir ainsi. Personne, dans le village, n'alla s'inscrire comme volontaire. Si certains en émirent le désir, leur mère ou leur femme les arrêta bien vite. Dans leur majorité, les hommes du village étaient de paisibles habitants que le métier de soldat n'avait jamais tentés.

Chaque jour, avec inquiétude, nous nous mîmes à guetter les nouvelles. On apprenait que les ennemis occupaient Orchies, Bavai, attaquaient Longwy, menaçaient la ville de Lille. Des bruits couraient, selon lesquels ces Autrichiens étaient d'horribles barbares qui commettaient des atrocités sans nombre. Pour essayer de nous rassurer, mon père disait:

— Ils ne viendront peut-être pas jusque chez nous. Et puis, il ne faut pas toujours croire les bruits qui courent.

Rappelez-vous, il y a trois ans, cette histoire de Bretons qui allaient arriver et piller partout. Finalement, c'était faux.

— Mais cette fois-ci, ce n'est pas la même chose, soupirait ma mère. La guerre, elle, est bien réelle, et il est vrai que les ennemis se rapprochent de plus en plus.

— Mais nos soldats sauront les arrêter. Ils sont bien dirigés ; La Fayette, Rochambeau, Dumouriez sont de bons généraux.

Nous l'espérions, sans pour autant en être certains.

Et, comme toujours, nous cherchions dans la pérennité de nos travaux journaliers la sécurité qui nous manquait. Le mois d'août était arrivé, la moisson commencée. Il faisait une chaleur accablante. Dans les champs, sous un soleil brûlant, avec ma mère, Pauline et Suzanne, je liais, en gerbes, le blé que les hommes avaient fauché. Malgré mon chapeau de paille, j'avais la tête en feu, la sueur me coulait dans les yeux. Mais nous accueillions chaque jour cette occupation avec reconnaissance ; elle nous permettait de ne pas penser à la situation générale toujours aussi instable. Et puis, à la fin de la journée, je me lavais à l'eau fraîche et, après le repas du soir, j'allais retrouver Blaise. Ou bien, il venait chez nous. Sur le banc adossé au mur de notre ferme, nous restions assis, côte à côte, la main dans la main. Parfois, mes parents, mes frères, ou Jean-Marie nous tenaient compagnie. Nous laissions la douceur du soir descendre lentement sur nous, nous regardions l'obscurité remplacer peu à peu la glorieuse clarté du soleil couchant. Les bruits s'estompaient, la campagne s'assoupissait. Il nous venait, après la fatigue de la journée, une langueur qui nous apaisait et peu à peu nous engourdissait. Ma tête posée sur l'épaule de Blaise, je me sentais bien. Autour de nous, tout était calme et on pouvait imaginer, en ces instants privilégiés, que les événements douloureux comme la guerre ou la révolution n'existaient pas.

Mais ils ne se laissaient pas oublier bien longtemps. Et ils étaient à chaque fois plus inquiétants. Ce fut ainsi que

Pierre-Antoine nous apprit, vers le milieu du mois, qu'une émeute avait eu lieu à Paris. Le palais des Tuileries avait été envahi par la foule, le roi et sa famille avaient été emmenés au Temple où ils étaient désormais prisonniers. L'Assemblée avait décidé de le suspendre de ses fonctions et de le remplacer par un conseil exécutif provisoire. Lorsque Pierre-Antoine s'arrêta de lire, il y eut un instant de silence stupéfait. Nous cherchions ce que cela pouvait bien signifier. Que se passait-il donc, là-bas à Paris? Comment pouvait-on s'attaquer directement au roi, et surtout le mettre en prison? Qu'avait-il fait pour mériter un tel traitement? Déjà, en juin, la foule avait forcé les portes des Tuileries et l'avait injurié. Ignace, le premier, résuma l'avis général:

— Se conduire de cette façon avec notre bon roi! Il n'y a plus aucun respect.

Comme d'habitude, après un avis que nous avions du mal à comprendre, tout le monde questionna en même temps:

— Alors, si le roi est prisonnier, qui va gouverner?

— Un conseil exécutif provisoire?

— Qu'est-ce que ça veut dire?

— Et notre roi? Que vont-ils faire de lui?

Les commentaires furent nombreux. La réaction principale était l'indignation et, tout de suite après, l'inquiétude.

— Ça va aller de mal en pis, vous allez voir, soupira Ignace. Que peut-on attendre de ces scélérats qui mettent notre roi en prison?

Bien entendu, Sylvain Busquet fut d'un avis contraire. Le visage mécontent, il protesta:

— Attention, Ignace, ce ne sont pas des scélérats. S'ils jugent que le roi n'est pas capable de gouverner, moi je dis qu'ils ont raison.

Eloi approuva:

— Ça, c'est vrai. Tout le monde sait que le roi est faible. Et c'est sa faiblesse qui nous a amenés là où nous sommes maintenant.

Les autres ripostèrent, la discussion se fit plus vive. Serrée contre Blaise qui ne disait rien, je constatais que ce nouveau régime avait amené la dissension parmi nous, qui étions si unis auparavant.

De nombreux décrets suivirent. Les biens des émigrés furent mis en vente, et je pensai que le comte, malgré tout, devait se féliciter de n'être pas parti pour garder son château. Dans le but de permettre à tous de devenir propriétaires, même aux plus pauvres, l'Assemblée décida que ces biens seraient divisés en petites parcelles, qui pourraient être payées en rente annuelle. Une autre décision concerna les biens communaux qui devaient, après la récolte, être « partagés entre tous les citoyens par tête d'habitant de tout âge et de tout sexe ». Dans notre village, le marais, par exemple, était un bien communal. Chacun de nous, de manière équitable, en recevrait une part. Pauline me raconta que son père était satisfait :

— Pour la première fois de sa vie, il va posséder un terrain ! Il dit que la révolution a quand même du bon, et qu'il commence à comprendre ce que Sylvain veut dire quand il parle d'égalité.

Une loi décida que les avis, après avoir été lus et publiés au son de caisse dans tout le village, seraient affichés dans une grille apposée contre le mur de la maison commune, et non plus sur le portail de l'église.

— Elle va finir par servir à quoi, notre église ? grommela ma mère. Plus d'avis, plus de messes... Dans quel but veulent-ils la rendre inutile ?

Et puis, pour illustrer cette égalité qu'on nous promettait, et supprimer les distinctions qui existaient entre les différentes classes sociales, un décret nous apprit qu'il fallait remplacer dorénavant les appellations de monsieur et madame par citoyen et citoyenne. Beaucoup haussèrent les épaules :

— Dans le village, c'est inutile, puisque nous nous appelons tous par notre prénom.

Lorsque j'allai porter le beurre au château, Rosalie, la cuisinière, avec humeur me fit part de son désaccord :

— On n'a jamais vu ça ! Déjà, j'ai dû apprendre à dire madame au lieu de madame la comtesse, maintenant, il faudrait que je lui dise citoyenne. Là, je refuse.

Je hochai la tête en une approbation muette. Moi aussi, je me trouvais bien incapable de nommer la comtesse « citoyenne ». Cela ne servirait qu'à l'humilier inutilement. Je n'oserais pas, et je ne le voulais pas non plus. Elle s'était toujours montrée aimable avec moi, et je n'avais rien à lui reprocher. Ce raisonnement était valable aussi pour le comte. Il était mon parrain et je l'aimais bien, même s'il ne fallait pas le dire pour ne pas être traité d'« aristocrate ».

Le 2 septembre, je me rendis avec ma mère chez ma tante Séraphine à Cambrai, comme nous le faisions de temps à autre. Nous savions y retrouver notre curé, et nous partions nanties de nombreux messages d'amitié. Adèle, surtout, qui semblait dépérir depuis qu'il n'était plus là, nous pressait de recommandations :

— Est-ce qu'il boit toujours sa tisane, le soir, avant de se coucher ? Demandez-lui comment il va, et si ses rhumatismes ne le font pas trop souffrir. Dites-lui que je pense bien à lui. Si mes jambes n'étaient pas si vieilles, j'irais le voir avec vous !

Nous lui avions promis de l'emmener lorsque nous irions avec la carriole, tous ensemble, le jour de mon mariage, afin que notre curé nous bénît, Blaise et moi. Elle ne vivait que dans cette attente.

En allant à Cambrai cet après-midi-là, ma mère et moi nous étions inquiètes. Nous avions appris, quelques jours avant, que les prêtres non assermentés devaient sortir du royaume dans la quinzaine qui suivait. Ceux qui désobéissaient seraient déportés en Guyane. Une exception, néanmoins, était faite pour les sexagénaires et les infirmes. Notre curé, qui avait soixante-dix ans, était dans ce cas. C'est pourquoi nous allions chez ma tante, pour avoir des nouvelles qui, nous l'espérions, nous rassureraient. Ce fut le contraire qui se produisit.

Ma tante nous accueillit, effondrée. Près d'elle, ma cousine Gabrielle pleurait. Notre curé n'était pas là.

— Que se passe-t-il? demanda ma mère, aussitôt affolée.

— Rose, si tu savais! explosa ma tante. Ils sont venus arrêter ce pauvre abbé Souliez.

Je me sentis glacée. Ma mère eut un air hagard, répéta bêtement :

— L'arrêter!

Ma tante eut un geste de désespoir :

— Mon Dieu, quelles heures nous avons vécues! C'est arrivé dans la nuit de mercredi. Carra, l'un des chefs des Jacobins de Paris, est arrivé à Cambrai dans la soirée. Il revenait de Valenciennes où il était allé, paraît-il, abattre la statue de Louis XV. Il a fait battre la générale et a réuni ainsi un grand nombre de patriotes. Ils ont décidé de procéder à l'arrestation de tous les prêtres réfractaires qui – ce sont leurs propres paroles – commettent des actes affreux de fanatisme. Ils ont fait éclairer la ville, sont allés chercher à la municipalité la liste de tous les prêtres, et ont appelé les patriotes à la rescousse. Ça a duré toute la nuit, et toute la journée du lendemain. Ils sont venus ici vers minuit.

Elle porta les mains à son visage, ses yeux s'emplirent de larmes.

— C'était affreux! Nous étions tous couchés, mais nous ne dormions pas ; sans savoir exactement ce qui se passait, nous entendions des cris, des hurlements, des bribes de musique, et nous étions inquiets. Vers minuit, donc, les cris se sont rapprochés. C'étaient des blasphèmes, des insultes, des menaces. « A mort les fanatiques! » « A la lanterne! » J'étais terrorisée. Aimé, près de moi, me faisait signe de ne pas bouger. Mais ils se sont arrêtés devant chez nous, ont donné de grands coups dans la porte, en menaçant de l'enfoncer. Aimé est allé leur ouvrir. Je l'ai suivi en tremblant. Ils sont entrés en vociférant, exigeant qu'on leur remette « le fanatique ». Des gardes nationaux, des hommes armés de piques à l'air menaçant, coiffés d'un bonnet rouge. Il y avait avec eux deux officiers municipaux revêtus de leur écharpe. Aimé connaissait l'un d'eux, qui vient souvent se faire coiffer ici. Il a dit qu'ils allaient conduire l'abbé Souliez à l'hôtel commun, « de la part du peuple-roi et de la municipalité ». J'étais dans un coin de la pièce, n'osant pas bouger, avec Gabrielle serrée contre moi.

Elle eut un regard de pitié envers la fillette :

— Pauvre enfant ! L'abbé Souliez était devenu son grand ami. – Elle soupira, sa voix fléchit. – Un homme si bon ! Comment est-ce possible ? Ils l'ont réclamé à grands cris, et Aimé a demandé pourquoi ils voulaient l'emmener. « Ça ne te regarde pas, a dit un garde national en brandissant un fusil. Dis-lui de venir tout de suite, sinon nous fouillons tout et nous saurons bien le trouver. » A ce moment, l'abbé Souliez, alerté par le bruit, est arrivé. Il avait juste pris le temps de passer une robe de chambre. Il a fait face à cette meute avec un calme que j'ai admiré, et avec ce regard, tu sais, Rose, ce regard limpide et pur qui n'appartient qu'à lui. Il leur a dit : « Si c'est moi que vous cherchez, messieurs, je suis à votre disposition. » Alors ils l'ont emmené comme il était, en robe de chambre, sans même lui permettre de s'habiller, et sans qu'on puisse lui dire adieu. Il s'est retourné vers nous et, avec un sourire que je ne pourrai jamais oublier, il nous a bénis. « Merci à vous, et que Dieu vous protège. » Les vociférations qui avaient repris ont couvert sa voix. Ils sont sortis...

Elle s'arrêta, se mordit les lèvres. Gabrielle, de nouveau, pleurait.

— Je l'aimais bien, bégaya-t-elle. Il était gentil et doux. Il me racontait de belles histoires, il me disait de toujours faire le bien. Pourquoi l'ont-ils arrêté ?

Ma tante reprit sourdement :

— Nous l'avons vu partir dans la rue, entouré d'hommes et de gardes nationaux avec des piques, des sabres, des fusils, comme un malfaiteur dangereux, lui, pauvre vieillard incapable de se défendre. Ils l'ont emmené en le poussant parce qu'il ne marchait pas assez vite, en l'insultant, en criant « A la lanterne », en chantant *Ça ira* et *La Marseillaise*. Il y en avait même quelques-uns qui jouaient du violon et qui dansaient. Et nous, sur le pas de notre porte, nous n'avons pu que les regarder partir sans rien pouvoir faire.

Ma mère réagit enfin :

— Notre pauvre curé ! Qu'ont-ils fait de lui ?

— Nous avons appris le lendemain que tous les prêtres arrêtés avaient été emprisonnés au Carré de Paille, la caserne de la rue des Anglaises. Pour adoucir leur sort, la municipalité – qui à mon avis avait dû s'incliner de mauvaise grâce devant les Jacobins – leur permettait de se faire apporter ce qu'ils désiraient. Alors je suis allée donner à notre pauvre abbé de la nourriture et ses vêtements ; il était toujours en robe de chambre ! Les sentinelles ne m'ont pas laissée entrer ; la plupart m'ont fait des réflexions désobligeantes. Mais l'un des gardes m'a promis de tout remettre à l'abbé Souliez dès qu'il aurait tout fouillé. L'a-t-il fait ? Je l'ignore.

Elle soupira, nous regarda avec une expression d'impuissance et de révolte mêlées.

— Des canons étaient braqués sur la caserne, comme si ces prêtres étaient des criminels dangereux. Le lendemain dans l'après-midi, la municipalité, avec une escorte de gardes nationaux, les a transférés à l'abbaye de Saint-Aubert. Il y a bien eu quelques protestations, plusieurs citoyens ont demandé de les libérer, mais ils se sont fait insulter. Hier, monsieur Caudron, le maire, avec le conseil de la commune, est allé parler aux prêtres. Il leur a dit qu'ils étaient libres de sortir mais que, selon le décret de déportation hors du royaume, ils devaient avoir quitté le pays dans les quinze jours. Exception faite pour les sexagénaires et les infirmes qui seront rassemblés dans une maison spéciale.

— Oui, dis-je d'une voix étranglée, c'est le décret que nous a lu Pierre-Antoine, et qu'il a affiché au mur de la maison commune.

— Alors, où est notre curé ? s'inquiéta ma mère.

Ma tante fit un signe d'ignorance :

— Justement, on n'en sait rien. Je suis allée à l'abbaye de Saint-Aubert. Les hommes qui étaient de garde ont refusé de me répondre. Ils m'ont traitée de fanatique et de contre-révolutionnaire. Ils avaient un air si mauvais que je n'ai pas osé insister. Aimé va essayer de se renseigner parmi ses clients. L'un d'eux a entendu dire que tous les prêtres âgés seraient mis dans un couvent à Douai ou à Arras.

— Autant dire qu'ils seront en prison, bougonna ma mère.

Après la stupeur venait l'indignation, une indignation d'autant plus brûlante que s'y ajoutaient impuissance et chagrin. Nous ne pûmes que commenter le récit de ma tante, sans trouver aucun apaisement. Et, dans notre village, lorsque nous apprîmes aux autres ce qui s'était passé, la réaction fut la même. Les exclamations furent toutes de révolte et d'incompréhension :

— En prison, notre curé !

— Mais ce sont les malfaiteurs qu'on met en prison !

— Lui, il n'a jamais fait que le bien !

— Quel est ce régime qui met en prison des innocents ?

Et des regards lourds de sens se dirigeaient vers Sylvain Busquet qui, pour une fois, ne trouvait rien à dire.

Au cours des jours suivants, nous apprîmes avec horreur que de très nombreux prisonniers – on parlait de plus de mille –, des prêtres surtout, avaient été massacrés dans des prisons parisiennes, à l'abbaye des Prés, aux Cannes, à la Salpêtrière. On disait qu'une amie de la reine, madame de Lamballe, avait été assassinée, et que ses meurtriers avaient promené sa tête au bout d'une pique. La peur s'insinuait de nouveau. Et s'il se produisait la même chose à Douai, à Arras ? Notre curé allait-il être tué, lui aussi ?...

Ce fut à ce moment que l'Assemblée législative décréta une amnistie générale envers les citoyens qui, depuis le 14 juillet 1789, avaient été condamnés pour violation des lois relatives à la libre circulation des grains. La même amnistie était étendue aux crimes et délits relatifs à la propriété. Notre révolte fut encore plus grande ainsi, des émeutiers, des malfaiteurs, des délinquants allaient être relâchés, et à la première occasion ils recommenceraient, tandis que notre curé, lui, qui avait toujours prêché le bien et la vertu, était emprisonné. Mon père, en se grattant la tête une fois de plus, constata :

— Notre roi en prison, notre curé en prison, et des bandits libérés, c'est le monde à l'envers. Dans des conditions pareilles, l'ordre n'est pas près de revenir.

Ma mère, mes frères et moi, nous nous regardions avec crainte, sans rien dire. Nous n'essayions même plus de protester ; ce raisonnement était aussi le nôtre.

8

Ce mois de septembre 1792 fut fertile en événements de toutes sortes, qui contribuèrent à nous désorienter davantage.

Nous ne savions toujours rien au sujet de notre curé, et nous étions inquiets. Adèle, surtout, n'en dormait plus. Jusqu'ici, nous lui donnions de ses nouvelles lorsque nous revenions de Cambrai, et malgré tout, elle savait que chez ma tante Séraphine il était bien nourri et bien logé. Elle qui l'avait toujours soigné ne pouvait accepter que, peut-être, il pût souffrir ou être malade sans recevoir aucun réconfort. Et cette angoisse la minait.

Les nouvelles de la guerre n'étaient pas bonnes. Les Autrichiens avaient pris Longwy et Verdun, ils occupaient Lannoy, Roubaix et Tourcoing. Toujours la même inquiétude nous taraudait : viendraient-ils jusque chez nous ? Des mesures avaient été prises pour la défense de la patrie. L'ordre avait été donné de ne conserver qu'une cloche par église, et de descendre les autres pour les convertir en numéraire. A Douai, de toutes les maisons religieuses avaient été enlevés les cuivres transportés à l'arsenal, les plombs pour en faire des balles, et les fers qui, dans les ateliers d'armuriers, seraient transformés en piques. Lorsqu'une des deux cloches de notre église fut descendue pour être envoyée à l'hôtel des monnaies de Lille, nous eûmes le cœur serré. La guerre, déjà, nous enlevait quelque chose. Et là aussi, ce n'était qu'un début.

Heureusement, j'avais Blaise, Blaise et ses yeux clairs emplis d'amour lorsqu'ils se posaient sur moi, et cela seul suffisait à embellir ma vie. Pourtant, une question venait parfois m'assombrir : qui allait bénir notre mariage, maintenant que notre curé n'était plus à Cambrai ?

— Peu importe, disait Blaise. L'essentiel est que nous soyons mariés.

Ces paroles, qui se voulaient rassurantes, ne parvenaient pas à me convaincre. Pour que notre mariage fût heureux, il fallait qu'il fût béni, et je ne voulais pas d'un prêtre assermenté.

Ce fut un événement imprévu et triste qui, contre toute attente, nous fit entrevoir une solution. Adèle, dont la santé déclinait de plus en plus, avait fini par s'aliter. Dès que je le pouvais, j'allais la voir, lui tenir compagnie, lui porter du lait, qui était la seule nourriture qu'elle pût encore avaler. Dans la chambre qu'elle occupait chez Ambroise, elle m'accueillait avec un sourire pitoyable. Elle me remerciait de lui donner un peu de mon temps, elle geignait doucement :

— Je n'en peux plus, Mathilde. Tout ce qui était ma vie, depuis toujours, n'existe plus. Cette église et ce presbytère vides, ça me tue à petit feu. Et notre curé, enfermé je ne sais où, dans quelles conditions ? L'emprisonner, lui, un saint homme... Ça me dépasse, je ne peux pas comprendre...

Je cherchais des mots pour la consoler, et je n'en trouvais pas. Je regardais son visage émacié, ses cheveux blancs, je l'écoutais me raconter des bribes de souvenirs qui, tous, parlaient de ce curé pour qui elle avait vécu :

— Lorsque je suis entrée à son service, j'étais désespérée. Je venais de perdre mon mari et mon petit enfant. Il m'a pour ainsi dire recueillie, sauvée. Quand il est venu s'installer ici, je l'ai suivi, et je ne l'ai jamais quitté. Il avait réussi à me réconcilier avec Dieu. Un saint homme, vraiment, Mathilde, je n'ai pas peur de le dire...

Parfois, elle pleurait, me faisait part de son désespoir :

— Je ne peux plus vivre ainsi. Quand je pense que dans trois mois ce sera Noël, et qu'il n'y aura pas de messe de minuit ! Je préfère ne pas voir ça, Mathilde. J'espère bien mourir avant.

Et c'était ce qu'elle faisait ; elle se laissait mourir, ne parvenant plus à trouver sa place dans un monde où ce qui avait été l'essence même de sa vie s'écroulait. A Joséphine, qui bien souvent tentait de la secouer, elle répondait par un regard pathétique et poignant, qui faisait comprendre, mieux que des mots, qu'il était inutile d'insister.

Un soir, vers le milieu du mois, alors que je lui apportais un bol de lait pour son souper, je la trouvai encore plus pâle que de coutume. Sa faiblesse m'alarma. Mais ses yeux avaient une gravité, une lucidité qui m'impressionnèrent. Elle me prit la main et déclara nettement :

— Mathilde, mon enfant, je sens que je ne verrai pas se lever un autre jour, et c'est aussi bien ainsi.

Elle parlait avec une certitude si sereine qu'elle me fit partager sa conviction. Je ne pensai même pas à protester. Je la regardai avec tendresse, pauvre vieille femme qui, par fidélité, par amour, se mourait de l'absence de notre curé.

— Mathilde, écoute-moi. Je voudrais un prêtre, mais pas ce jureur du village voisin. Je sais bien qu'il fera mon enterrement, hélas ! on ne peut pas faire autrement. Mais pour m'aider à partir, je veux un vrai curé, un fidèle. J'avais espéré que ce serait le nôtre, tu vois, Mathilde. Avec lui, tout aurait été facile. Ambroise m'a parlé d'un de ses cousins qui habite Hordain, et dont le neveu est prêtre. Il s'est caché pour échapper à ces fameux décrets. Demande à Ambroise s'il peut aller le chercher, dis-lui qu'il fasse vite, il ne reste plus tellement de temps.

Je promis, allai trouver Ambroise. Il discutait avec Joséphine qui venait d'arriver. J'expliquai la demande d'Adèle.

— C'est vrai, approuva Ambroise, Albert a été ordonné prêtre l'an dernier, à Mons, par monseigneur de

Rohan. Il a refusé le fameux serment, et pour échapper à la déportation, il a décidé de se cacher. Si je vais chez mon cousin, je pense qu'il saura où le trouver. Dans ce cas, je le ramènerai.

— C'est ce que j'avais suggéré à notre curé; se dissimuler quelque part le temps de se faire oublier, dit Joséphine. Mais lui, il a voulu obéir et se rendre à Cambrai. Il est bien avancé maintenant!

— Ce prêtre dont je parle est jeune, objecta Ambroise. Et il faut l'être pour mener la vie errante qui va être la sienne; se cacher sans cesse, changer constamment de domicile pour ne pas être repéré, dormir dans des granges, sillonner les chemins pour répondre aux appels des villageois, comme celui d'Adèle aujourd'hui. Notre curé était trop âgé pour tout ça. Je vais partir tout de suite, je serai de retour d'ici une heure ou deux.

Avec Joséphine, je retournai au chevet d'Adèle. La vieille femme, les yeux clos, ne réagit pas à notre présence. Elle était si immobile que, pendant un court instant, j'eus peur qu'elle ne fût morte. Puis je vis que ses lèvres remuaient et que ses doigts égrenaient un vieux chapelet. Joséphine mit un doigt sur ses lèvres et s'assit près du lit. Je chuchotai:

— Je vais aller chercher ma mère. Adèle l'aime beaucoup aussi. Je pense qu'elle sera heureuse de l'avoir près d'elle.

Chez moi, je prévins tout le monde. Ma mère, qui préparait le repas du soir, posa la salade qu'elle lavait:

— J'y vais, dit-elle à mon père et à mes frères. Si nous tardons à revenir et que vous ayez faim, mangez du pain et du fromage.

En traversant le village, nous fûmes arrêtées plus d'une fois:

— Où courez-vous ainsi? Que se passe-t-il?

Nous expliquions qu'Adèle se sentait mourir, que nous nous rendions à son chevet, et qu'Ambroise était allé chercher le prêtre qu'elle réclamait.

— Nous irons la voir, nous promettait-on.

Nous avions rejoint Joséphine et, près d'Adèle, nous attendions. La vieille femme semblait s'être assoupie. De temps à autre, quelqu'un arrivait pour prendre des nouvelles, regardait la malade avec commisération, chuchotait quelques remarques, proposait des remèdes. Pierre-Antoine vint et confirma l'impression d'Adèle : elle ne vivrait sans doute pas jusqu'au lendemain matin. Peu à peu, le soir tombait, et je pensai que l'obscurité serait propice au jeune prêtre qui désirait passer inaperçu.

Lorsque la nuit fut complète, et que les visiteurs furent repartis chez eux, Adèle remua puis ouvrit les yeux. D'une main faible, elle me fit un signe. Je m'approchai. La lueur de la lampe à huile accusait les méplats de son visage, creusait les orbites, en accentuait les ombres. Mais le regard, fixé sur moi, brillait d'une nouvelle énergie.

— Mathilde, mon petit... Ce prêtre, va-t-il venir ?

— Ne craignez rien, Ambroise est allé le chercher.

— Dans cette armoire, là, tu trouveras un christ en argent, une statue de la Vierge et des chandeliers. Place-les sur la commode. Il y a mon missel aussi. Donne-le-moi.

Je trouvai ce qu'elle me demandait. Il y avait encore une nappe blanche que Joséphine installa avant de placer le christ et la statue, puis les flambeaux qu'elle alluma. Adèle regarda cette sorte d'autel avec reconnaissance, et des larmes coulèrent sur son visage ridé :

— Merci, mes amies, merci. Ces objets sacrés me rappellent notre pauvre curé. Il m'avait promis que, si je mourais avant lui, il serait près de moi aux derniers instants. Et je l'avais cru, je comptais sur sa présence. Vous savez comme moi qu'il tenait toujours ses promesses. Je n'aurais jamais pensé que...

Des pas, dehors, l'interrompirent. Ambroise et son compagnon arrivaient. Lorsque le jeune curé entra dans la chambre, je fus surprise de le voir habillé en *mulquinier*[1]. Il portait une culotte et une veste de velours marron, des guêtres de toile bleue, des grosses bottines

1. Un mulquinier était un fabricant de toile de lin très fine, genre batiste, linon et dentelle.

munies de clous. Il avait noué, autour de son cou, un foulard rouge. Il posa le gros bâton qu'il tenait à la main, se débarrassa de son sac à dos, ôta le large chapeau qui lui cachait le visage :

— Je suis l'abbé Lemaire, dit-il avec un doux sourire. Ne faites pas attention à mon accoutrement. Pour échapper aux patriotes, je me fais passer pour un marchand de toile.

Il sortit de son sac ce qui était nécessaire à l'administration des derniers sacrements, disposa le tout sur la commode, près du christ en argent, enleva sa veste, déplia une soutane et une aube qu'il passa au-dessus de ses vêtements. Puis il se pencha vers Adèle :

— Ne craignez rien, lui dit-il avec bonté. Nous allons prier ensemble afin que le Seigneur vous accueille dans Son royaume. Désirez-vous que je vous entende en confession ?

La vieille femme fit un signe affirmatif. Le prêtre se tourna vers nous :

— Laissez-nous seuls, je vous prie.

Dans la grande salle, nous attendîmes en silence, oppressés par l'idée qu'Adèle, qui était parmi nous depuis si longtemps, allait nous quitter à son tour. De temps en temps, Joséphine faisait des réflexions à voix basse : il faudrait prévenir le curé constitutionnel du village voisin. Mais, au moins, Adèle aurait eu un vrai prêtre pour l'aider dans ses derniers instants.

Ce fut à ce moment que l'idée me vint. Je regardai Ambroise :

— Ce jeune prêtre, pourrait-il venir nous bénir, Blaise et moi, lorsque nous nous marierons ?

Ambroise approuva d'un hochement de tête :

— Certainement. Il suffit de le lui demander. Il m'a dit, tout à l'heure, qu'il se rend à tour de rôle dans de nombreux villages, le dimanche, pour faire la messe en secret dans des granges.

— Pourquoi ne viendrait-il pas chez nous ? suggéra Joséphine. La grange de Barthélemy reprendrait ses fonctions.

— Et puis, dit ma mère, il pourrait baptiser le dernier fils de Mathurin, qui est né la semaine dernière.

— Oui, approuva Ambroise, nous allons lui parler de tout ça.

Malgré la tristesse du moment, je ressentais une heureuse satisfaction ; notre mariage, à Blaise et à moi, serait valable puisqu'il serait béni par un prêtre resté fidèle à sa foi, comme le nôtre.

De la chambre, des bribes de paroles nous parvenaient, prononcées par la voix douce et apaisante de l'abbé Lemaire. Après de longues minutes, la porte s'ouvrit. Le jeune prêtre vint vers nous, ému et grave :

— C'est fini, dit-il d'une voix sourde. Elle vient d'aller rejoindre Notre-Seigneur, pieusement, après s'être confessée.

Avec une exclamation, Joséphine se dirigea vers le lit. Nous la suivîmes. Adèle, les yeux clos, les mains jointes, le visage apaisé, avait quitté notre village, qui avait été le sien pendant quarante ans. J'avais conscience qu'une page venait de se tourner définitivement ; le temps où notre curé et sa servante occupaient le presbytère, dans un ordre qui nous paraissait alors immuable, était bien fini. Et il ne reviendrait plus jamais.

L'enterrement eut lieu le lendemain. Le curé constitutionnel vint, du village voisin, dire la messe. C'était un gros homme, au visage coloré, à la voix forte. Nous lui avions dit qu'Adèle s'était éteinte pendant son sommeil, et qu'on s'était aperçu de son décès le matin seulement. Il crut bon de le signaler à l'offertoire, lorsqu'il recommanda l'âme de la défunte à nos prières, en ajoutant qu'elle était morte sans avoir reçu les derniers sacrements. Personne ne réagit, mais les regards entendus que nous échangions étaient clairs ; tout le monde savait que l'abbé Lemaire était venu, et qu'il reviendrait pour dire la messe, baptiser le fils de Mathurin, me marier à Blaise. C'était comme un espoir qui doucement refleurissait.

Le 20 septembre 1792, Dumouriez, qui le mois précédent avait reçu le commandement de l'armée du Nord, battit les Prussiens à Valmy. Cette victoire nous rassura ;

elle arrêta l'invasion prussienne. Néanmoins, nous restions inquiets ; les Autrichiens, eux, étaient toujours dans la région.

A cette époque, une loi fut votée, qui supprimait la distinction entre citoyens actifs et passifs. Toujours le souci d'égalité, le même qui avait fait abolir les différentes classes lors des enterrements : tout le monde devait être enterré de la même façon. Maintenant, chaque citoyen pouvait voter et Louis, notre valet, qui ne disait jamais rien, ne put s'empêcher d'approuver :

— Enfin quelque chose qui me concerne ! Je pourrai participer à la vie du village et donner, moi aussi, mon avis. Grâce à eux, je n'aurai plus l'impression d'être ravalé au rang de nos bêtes. Pour une fois, ils font quelque chose de bien, ça, on ne peut pas dire le contraire.

Une autre loi décida que les registres d'état civil ne seraient plus tenus par les curés mais par des officiers publics, et ne reconnaissait plus que le mariage civil. Lorsque Pierre-Antoine nous l'apprit, en expliquant que ce serait le secrétaire greffier qui tiendrait les registres, je regardai Blaise avec crainte : que signifiait cette loi pour nous, qui allions nous marier le mois prochain ?

— Viens, me dit Blaise. Allons interroger Pierre-Antoine.

Lorsqu'il nous vit arriver, notre maire sourit :

— Vous serez les premiers à inaugurer ce nouveau système.

— Mais ça veut dire quoi, au juste ? demandai-je avec méfiance. Serons-nous vraiment mariés ?

Ceux qui nous entouraient approuvèrent ma question, en ajoutèrent d'autres ; depuis toujours, c'était le curé qui avait noté, dans les registres, les baptêmes, les mariages, les enterrements.

— Les registres seront tenus par la municipalité, dit Pierre-Antoine. A part ça, rien ne sera changé, les actes seront toujours aussi valables. Je suppose que cette loi a été votée pour corriger l'anarchie qui règne dans l'état civil depuis le départ des prêtres réfractaires.

Il s'adressa à Mathurin, qui comme les autres écoutait.

— Toi, tu ne veux pas faire baptiser ton fils par un jureur. Et si c'est un prêtre réfractaire qui le fait, ce sera en cachette et ce ne sera pas noté dans le registre. C'est pour éviter ce genre de choses que l'on donne cette responsabilité aux municipalités.

— Et pour Blaise et moi, alors ? insistai-je avec inquiétude. Que va-t-il se passer ?

— Pour vous deux, c'est très simple, vous viendrez à la maison commune et je vous marierai.

— Mais nous voulons la bénédiction d'un prêtre. L'abbé Lemaire nous a promis de venir.

— Je sais. La bénédiction peut se faire avant ou après, cela ne me gêne en rien. L'important, pour moi, c'est que votre mariage soit inscrit dans le registre. Le reste ne me regarde pas.

— Dans un sens, remarqua Blaise, cette loi tombe bien ; qui aurait noté notre mariage, puisque notre curé n'est plus là ?

— Il aurait fallu faire appel au curé constitutionnel, qui est venu pour l'enterrement d'Adèle.

— Ah non, je ne veux pas de lui ! dis-je spontanément. Je préfère être mariée par vous, Pierre-Antoine.

Il nous sourit avec affection :

— Vous serez mes premiers mariés. Il faudra fixer la date et l'heure exactes. J'afficherai la publication huit jours auparavant. Vous choisirez vos témoins, qui doivent avoir plus de vingt et un ans mais qui, dorénavant, pourront aussi être des femmes. Ne vous inquiétez pas, nous aurons l'occasion de reparler de tout ça.

Je levai les yeux vers Blaise, lui souris. Malgré l'absence de notre curé, nous serions légalement unis, et c'était ce qui importait.

Le 21 septembre, la Convention remplaça l'Assemblée législative. Son premier souci fut de proclamer l'abolition de la royauté et l'avènement de la république. Lorsque, quelques jours plus tard, la nouvelle parvint dans notre village, elle fut accueillie avec incompréhension.

— Alors, nous n'avons plus de roi ?

— Mais c'est impossible, il y a toujours eu un roi !

— De toute façon, il est en prison, ma pauvre Joséphine. Alors il ne sert plus à grand-chose.

— S'il n'est plus là, qui va le remplacer ?

— Vous l'avez pourtant bien entendu, dit Sylvain Busquet d'une voix forte : La république !

— La république ? Qu'est-ce que c'est ?

Sylvain prit un air important :

— C'est un régime basé sur l'égalité. Ce n'est plus un monarque qui gouverne, mais des hommes soucieux d'améliorer le sort de leurs semblables, de les faire participer à la vie du pays. C'est un changement considérable, un réel progrès.

Il reçut en réponse des grognements peu convaincus. Je le vis ouvrir la bouche pour reprendre ses explications, mais il fut arrêté par Ignace :

— Cette république, elle va nous rendre notre curé ?

Sylvain hésita, ne sut que répondre.

— Parce qu'alors, continua Ignace, si elle approuve des abominations pareilles, moi je dis qu'elle ne vaut rien.

Avec la modération qui le caractérisait, Pierre-Antoine conseilla :

— Attendons, mes amis. Nous verrons bien.

— Nous verrons bien, nous verrons bien, grommela Ignace. Tu ne sais dire que ça, toi. Mais ce qu'on voit, jusqu'ici, c'est que tout va de travers.

Sylvain ne put s'empêcher d'intervenir de nouveau :

— Il faut quand même avouer...

Ignace l'interrompit brusquement :

— Oh toi, Sylvain, tais-toi. Tu promets toujours des merveilles. Moi, cette république, je n'y crois pas.

D'un air désabusé, il s'éloigna. Dans nos esprits, maintenant, la crainte l'emportait sur l'espoir.

Cependant, la guerre continuait. Les Autrichiens avançaient. A la fin du mois de septembre, le duc Albert de Saxe et ses troupes étaient arrivés jusqu'aux remparts de Lille. La municipalité, sommée de se rendre, avait refusé. Mon beau-frère, qui se tenait au courant des événements, disait son approbation. La ville était continuellement bombardée, de nombreuses maisons avaient brûlé, les rues étaient devenues impraticables. On entendait dire que les soldats ennemis se répandaient dans la campagne environnante et se livraient au brigandage. De nouveau, nous avions peur.

Lorsque nous allions à Douai vendre nos produits au marché, nous voyions de nombreux soldats partout ; les impasses et les rues secondaires étaient remplies de chevaux attachés aux murs. Le général Marassé se trouvait au camp de Dorignies. Le pont était supprimé, ainsi que celui de Lambres. A sept cents toises des fortifications, les arbres avaient été abattus. La ville de Douai prévoyait sa défense.

Au bout de quatre jours, devant la résistance héroïque de Lille, et inquiets aussi de la défaite des Prussiens à Valmy, les Autrichiens levèrent le siège. Cette décision eut pour conséquence l'abandon de Marchiennes et d'Orchies par les troupes ennemies. La municipalité de Douai arrêta l'inondation des faubourgs et fit afficher un avis : « Les jours d'alarme sont passés. »

Le dernier jour du mois, je fus appelée au château pour des travaux de couture. Amélie m'attendait dans sa chambre. Sur une bergère, de nombreuses robes s'étageaient. D'autres vêtements jonchaient le lit et même le parquet. Plusieurs sacs de cuir, à moitié remplis, étaient posés dans un coin. Amélie m'accueillit dans ce désordre :

— Mathilde, j'ai besoin de toi.

Elle prit les robes qui couvraient la bergère, une à une me les montra :

— Il faut que tu fasses des reprises. Vois, ici, l'ourlet est décousu. Sur celle-ci, la couture a craqué sous le bras. Là, par contre, la dentelle est déchirée...

Je me mis à travailler. Amélie regarda autour d'elle, soupira, se laissa tomber sur le lit. Elle fit un geste circulaire :

— Tu ne te demandes pas pourquoi il y a un tel fouillis ? D'après toi, qu'est-ce qu'il signifie ?

Je levai les yeux de mon ouvrage :

— Je ne sais pas, mademoiselle Amélie. On dirait que vous allez partir en voyage.

Elle mit un doigt sur ses lèvres, se pencha vers moi avec une mine de conspiratrice :

— A toi je peux bien le dire ; je t'aime bien et je sais que je peux te faire confiance. Mais promets-moi de ne pas le répéter, tout au moins jusqu'à demain.

Son air important me fit sourire :

— Je promets.

— Nous nous en allons demain, ma mère et moi, chez ma tante, aux Pays-Bas. Mon père ne veut pas bouger de son château, mais il s'est décidé quand même à nous laisser partir toutes les deux. Depuis que le roi est en prison, il a réfléchi. Comme le dit ma mère : « Pour le moment, c'est le roi, après ce sera nous. » Elle refuse de rester ici plus longtemps, et je la comprends. Le mois dernier, nous sommes allées à Douai essayer des robes chez notre couturière. Lorsque nous sommes sorties de chez elle, des badauds qui observaient notre voiture ont crié : « Les voilà, ces sales aristocrates ! A mort ! A la lanterne ! » et des insultes que je n'oserais pas répéter. Nous avons eu peur. Denis, notre cocher, nous a ouvert la portière, et nous nous sommes dépêchées de monter. A ce moment, un gamin a lancé une pierre. Ça les a déchaînés, ils ont entouré le carrosse, s'agrippant aux portières, hurlant des injures. J'étais là, sur les coussins, à côté de ma mère prête à s'évanouir, et je voyais leurs visages grimaçants à travers les vitres. C'était horrible ! Nous n'avons dû notre salut qu'à Denis, qui du haut de son siège les a menacés de son fouet et a réussi à faire avancer les chevaux. Ils l'ont insulté aussi, bien entendu, le traitant de traître et d'aristocrate. Nous sommes revenues ici en tremblant de frayeur. Ma mère a mis plusieurs jours à s'en remettre, et depuis, nous n'osons plus sortir. Elle a dit à mon père : « Clément, votre obstination vous perdra. Je vais écrire à ma sœur, et je partirai dès que possible. » Alors, je prépare mes bagages et j'ai besoin de toi pour recoudre mes robes. Je ne veux pas arriver là-bas avec des vêtements déchirés. De quoi aurais-je l'air ?

Je cousais en silence, écoutant Amélie bavarder. L'attaque qu'elle venait de me raconter ne me surprenait pas ; les nobles étaient pourchassés par les révolutionnaires, et la plupart d'entre eux avaient déjà émigré, soit dans les Pays-Bas autrichiens, soit en Angleterre.

— Mais, mademoiselle Amélie, votre père n'a-t-il pas peur des représailles ? Les parents d'émigrés sont suspects, il y a eu un décret à ce sujet récemment.

— Oui, nous le savons. Mais mon père et Adrien disent que nous ne serons pas émigrées, nous serons simplement en visite chez une parente. Et puis, nous reviendrons quand la situation s'arrangera.

Elle fit une moue, demeura pensive quelques instants, puis se leva, courut à l'armoire, sortit un coffret à bijoux :

— Puisque tu vas te marier bientôt, j'ai quelque chose pour toi. C'est mon cadeau.

Elle prit des pendants d'oreilles en or, me les tendit.

— Oh non, mademoiselle Amélie, je ne peux pas accepter. C'est trop beau.

Elle tapa impatiemment du pied :

— C'est le cadeau que je t'offre pour ton mariage, avec tous mes vœux de bonheur. Et, en même temps, c'est mon cadeau d'adieu. Qui sait, Mathilde, si nous nous reverrons ?

Elle me regarda avec émotion, les bijoux dans sa main tendue. Je compris que son présent était surtout un geste d'amitié, et je n'osai plus protester.

— Prends-les, insista-t-elle. Tu les mettras le jour de ton mariage, pour être encore plus belle. Ainsi, tu penseras un peu à moi.

Je vis qu'elle était sincère. Alors j'acceptai, rougissante et émue moi aussi.

— Merci, mademoiselle Amélie. C'est un très beau cadeau. Je le garderai toujours précieusement.

En faisant cette promesse, j'étais persuadée de la tenir. Et pourtant, ces bijoux, je ne les ai plus. Les événements dramatiques qui ont suivi ont obligé ceux qui m'aimaient à s'en séparer, dans une tentative désespérée pour me sauver la vie.

Elles partirent dans la nuit du lendemain. Quelques jours plus tard, le comte reçut une lettre : elles étaient bien arrivées, mais le voyage avait été long ; elles avaient dû faire plusieurs détours dus à la présence des soldats aux frontières. Rosalie me l'apprit un lundi où je portais, comme d'habitude, les pots de beurre.

— Maintenant, ils ne sont plus que deux, le comte et monsieur Adrien, toujours enfermés dans leur bureau, sans jamais sortir. Ils devraient partir, eux aussi. Mais le comte ne veut rien entendre. Et Adrien refuse de le quitter. Cette obstination risque de leur coûter cher, j'en ai bien peur. Moi, je dis comme madame la comtesse : puisqu'il n'y a plus de roi, bientôt, il n'y aura plus de nobles non plus. Ils les mettront en prison également. Et alors, que vais-je devenir ?

Je ne savais que répondre. Il était vrai que nous ne savions plus où nous en étions : le presbytère vide, le château à moitié abandonné... L'inquiétude et l'appréhension grandissaient. Je ne trouvais de joie que dans la pensée de mon prochain mariage avec Blaise.

9

Le mois d'octobre s'épanouissait dans une splendeur dorée, avec cette douce lumière particulière à l'automne. Je frémissais d'impatience, attendant la date de mon mariage, fixée au 27. Blaise et moi avions choisi nos frères comme témoins, François pour moi, Germain pour lui. L'abbé Lemaire avait promis de venir dire une messe et nous bénir le matin très tôt. Il continuait sa vie errante, allant de village en village, instruisant les enfants, confessant les paroissiens, visitant les malades, baptisant les nouveau-nés. Il était venu plusieurs fois célébrer la messe le dimanche, à cinq heures du matin, dans la grange de Barthélemy. Prévenus, nous étions tous présents, sauf les irréductibles comme Sylvain Busquet et Eloi qui l'approuvait toujours.

Malgré l'époque troublée, j'étais heureuse. J'allais bientôt vivre avec Blaise. Justin m'avait dit :

— Je vous laisserai la grande chambre qui était la nôtre, à Léontine et à moi. J'irai dormir à la place de Blaise, dans la chambre de Germain.

Il se réjouissait de voir son fils aîné se marier ; ainsi qu'il aimait à le répéter, il se faisait vieux et il voulait connaître ses petits-enfants avant de mourir. Je crois bien que, dans le village, tout le monde était content pour moi. Seule Noémie critiquait :

— C'est insensé ! Se marier en pleine révolution, alors que c'est la guerre, en plus.

Et elle secouait sa tête rousse avec dédain. Pauline me disait :

— Ne l'écoute pas, Mathilde. Elle est jalouse.

— Je ne l'écoute pas non plus, répondais-je avec insouciance.

Et il était vrai que ses réflexions acerbes ne m'atteignaient pas, pas plus que les remarques déplaisantes qu'elle faisait sur la joue meurtrie de Blaise. Il y avait longtemps que je ne voyais plus les traces de brûlures ; quant à lui, depuis qu'il savait que je l'aimais, il n'en souffrait plus. Le lien qui nous unissait était toujours aussi fort, et lorsque nous étions ensemble nous nous sentions invincibles. Je savais que j'avais bien choisi, et qu'avec lui je serais heureuse.

Puis le temps changea. Une pluie froide se mit à tomber pendant plusieurs jours sans discontinuer. Ce fut par ce temps affreux qu'eut lieu, à Cambrai, une journée d'horreur qui, dès qu'elle fut connue, terrorisa toute la région : une vingtaine d'hommes qui se disaient gendarmes nationaux tout en se vantant d'être des coupe-têtes, venus de Paris, entrèrent dans la ville dans le but de la « purger de ses impuretés ». Ma tante Séraphine nous raconta ce qu'elle avait vu.

— C'était encore pire que lors de l'arrestation de l'abbé Souliez. Cette fois, c'étaient des assassins, des vrais bandits, suivis d'une populace en guenilles. Ils criaient qu'ils allaient travailler comme à Paris, et c'est bien ce qu'ils ont fait ! Ce qu'ils entendaient par « impuretés », c'étaient les signes de religion et de noblesse. Alors, ils ont parcouru les rues en brisant les armes de France et les blasons, en démolissant les statues des saints, en renversant les petits calvaires. Ils sont passés dans notre rue, et je vous assure que j'ai eu peur. Dans la maison en face, au-dessus de la porte, il y a une niche qui abrite une statue en bois de saint Joseph. Ils se sont acharnés sur elle avec fureur, en hurlant des menaces contre ceux qui habitaient dans une maison « entachée de fanatisme ». Regardez, on voit encore la trace de leurs balles. J'ai craint un instant qu'ils n'enfoncent la porte, tellement ils m'ont paru furieux. Puis ils se sont éloignés en criant : « A bas les aristocrates ! A bas les calotins ! » Nous avons appris plus tard qu'ils étaient allés piller l'église Saint-Sépulcre. Ils ont enfoncé le tabernacle, jeté les hosties, déchiré les aubes et les chasubles qu'ils ont trouvées dans la sacristie, volé les vases en argent. Et ce n'était qu'un début ! Ce qu'ils ont fait ensuite était bien pire !

Elle s'interrompit, les yeux encore emplis d'horreur. Assise près d'elle, devant un livre qu'elle ne lisait pas, Gabrielle se taisait et écoutait. Elle n'allait plus à l'école, puisque les sœurs qui l'instruisaient avaient été expulsées de leur couvent. Pendant son séjour, l'abbé Souliez les avait quelque peu remplacées en lui faisant faire des exercices d'écriture et en lui inculquant ses connaissances. Maintenant, livrée à elle-même, elle lisait beaucoup. Ma tante l'observa d'un air soucieux :

— Gabrielle les a vus, elle aussi. Ça l'a tellement marquée que, depuis, toutes les nuits elle fait des cauchemars. C'était vraiment épouvantable, surtout quand ils sont revenus en traînant le corps de ce vieillard qu'ils avaient tué...

— Comment ? s'écria ma mère. Ils ont tué quelqu'un ?

— Mais oui, c'était ce procureur, Canonne d'Hezecque. Ils étaient allés le chercher à la prison où il se trouvait depuis plusieurs jours ; il a, paraît-il, ruiné pas mal d'artisans. Il est vrai que c'était une canaille, tout le monde le dit, mais il ne méritait pas une mort aussi affreuse. Ils l'ont tué à coups de sabre et de baïonnette, et puis ils l'ont traîné jusqu'à la porte Saint-Sépulcre. Nous les avons vus passer dans la rue, tirant le cadavre par les pieds ; il était couvert de sang et de boue. Ils chantaient l'hymne des morts, accompagnés par deux ou trois violons. C'était sinistre. J'ai toujours devant les yeux cette scène horrible, avec la pluie qui tombait à torrents... Je ne pourrai jamais l'oublier.

— Ça me fait penser à cette émeute, à Douai, dis-je, au cours de laquelle le pauvre Derbaix a été pendu à la lanterne du Dauphin. J'étais là, avec Marie-Henriette.

— Mais ici, ce n'était pas un moment de colère, ils cherchaient vraiment à tuer. Ils en avaient l'intention déjà en arrivant puisqu'ils l'avaient annoncé. « On vient travailler comme à Paris », disaient-ils. J'ai compris, après, ce qu'ils entendaient par là, car ce n'est pas tout. Ils sont allés à la Citadelle, ont exigé des canons et de la poudre. Le commandant a refusé. Ils l'ont assassiné, et ils ont décapité un officier qui essayait de le défendre. Ils ont promené sa tête au bout d'une pique, comme cela s'était produit à Paris pour madame de Lamballe. Mais Dieu merci, je ne l'ai pas vu ; ils ne sont pas venus par ici.

— C'est vraiment l'anarchie, dit ma mère d'une voix blanche. Laisser agir de tels bandits sans rien dire... Ne pouvait-on pas les arrêter ? Que faisaient les soldats, les gardes nationaux ?

— Justement, ils ne faisaient rien, et c'est peut-être ça le plus terrible. Il paraît que la garde nationale a fait une timide apparition sur la place. Mais c'est tout. Par contre, monsieur Caudron, le maire, a essayé de les raisonner. Il a bien failli y laisser la vie. On raconte que deux des coupe-têtes l'ont menacé de leur sabre ; ils étaient prêts à frapper, lorsque quelques-uns de ceux qui les accompagnaient ont crié : « Vive le citoyen Caudron ! C'est un honnête homme. » Et c'est ce qui l'a sauvé. Si quelqu'un avait crié « A mort ! », il aurait été tué. Dans des cas pareils, une vie humaine ne tient qu'à un fil. Aussi, je vous l'avoue, je n'ose plus sortir. Ils sont partis le lendemain en promettant de revenir pour « civiliser la ville ». Nous avons la terreur de les voir de nouveau. Ils ont pris la route de Douai. Il faut se méfier ; ils sont dans la région.

Cette affirmation n'était pas pour nous rassurer. Nous avons vécu les jours suivants dans la crainte. Lorsque nous allions à Douai pour notre marché, pour faire la route nous nous groupions avec d'autres fermiers. Pierre-Antoine demanda des volontaires pour monter la garde, de peur que ces bandits n'arrivent dans notre village. Quelque temps après, nous apprîmes qu'en effet ils étaient venus à Douai. Ils avaient parcouru les rues, brisé à coups de marteau les statues des comtes de Flandre qui ornaient la façade de l'hôtel de ville, et saccagé les églises. Ils voulurent recommencer un autre jour, mais trouvèrent les portes fermées. Ils furent alors désarmés et conduits sur la grand-place, au milieu du bataillon formé par la garnison. On les enrôla dans l'armée du Nord. Bien plus tard, le bruit courut qu'ils avaient tous été tués par les Autrichiens qui, sans le savoir, avaient ainsi fait acte de justice.

Dans cette période difficile, j'avais néanmoins une source de joie : mon prochain mariage avec Blaise. Lorsque j'étais avec lui, j'oubliais tout ce qui n'était pas nous. Et j'étais bien décidée à construire un foyer heureux en dépit de toutes ces atrocités, me persuadant que les événements ne m'atteindraient pas personnellement ; dans notre petit village, nous nous tenions tranquilles, que pourrait-il nous arriver ?

C'est dans cet état d'euphorie que j'accueillis l'aube du 27 octobre. Au petit matin je me levai, je revêtis la jupe rouge et le tablier bleu que m'avait confectionnés ma sœur, je coiffai soigneusement mes cheveux que j'avais lavés la veille, je mis un bonnet de dentelle, et n'oubliai pas les pendants d'oreilles en or d'Amélie. Je m'admirai dans un miroir qu'elle m'avait donné un jour, fus heureuse de me trouver jolie.

Lorsque je sortis de ma chambre, mes parents et mes frères, déjà prêts, m'attendaient. Jean-Marie me contempla avec des yeux admiratifs :

— Comme tu es belle !

— C'est vrai, dit mon père d'une voix enrouée. Tu es superbe, ma fille !

— Allons-y, dit mon frère Nicolas. Il va être l'heure de la messe. L'abbé Lemaire nous attend.

Dehors, il faisait nuit noire ; il était encore très tôt. Le vent soufflait en bourrasques humides. Au bras de mon frère Nicolas, je marchais dans les rues détrempées, soulevant ma jupe pour qu'elle ne traîne pas dans la boue. A cet instant, j'eus un sentiment de regret : si les circonstances avaient été normales, je me serais rendue à l'église en plein jour, au bras du comte qui était mon parrain. Les cloches m'auraient accueillie en sonnant joyeusement, le village aurait été en fête. Notre curé au bon sourire et au regard d'enfant nous aurait mariés, Blaise et moi, comme il l'avait fait pour ma sœur et Casimir. Au lieu de cela, nous devions nous rendre, en cachette et dans l'obscurité, à une messe clandestine dans une grange, sans sonnerie de cloches, sans acclamations, presque comme si nous faisions une action malhonnête. Pendant quelques secondes, cette pensée rendit mon cœur pesant.

Mais cette tristesse s'évapora d'un seul coup lorsque je pénétrai dans la grange de Barthélemy. Elle était brillamment illuminée, et presque tout le village s'y trouvait. Je fus accueillie par des cris enthousiastes :

— La voilà !

— Blaise, ta femme arrive !

— Vive la mariée !

Puis je vis Blaise qui me regardait, et tout le reste disparut. Les yeux dans les yeux, nous fûmes, pendant un moment magique, seuls au monde. Il était au premier rang, debout devant une table recouverte d'une nappe blanche et de tout ce qui était nécessaire à la célébration d'une messe. Près de lui, un siège vide m'attendait. De l'autre côté de la table, revêtu de ses vêtements de prêtre, l'abbé Lemaire me souriait. Il me fit signe d'avancer et j'allai me placer près de Blaise.

Tout, ensuite, fut à la fois étrange et merveilleux. Dans cette grange éclairée par des bougies et des torches, le jeune prêtre dit sa messe. Dehors, il s'était mis à pleuvoir. Une averse violente cinglait le toit de chaume. Et moi, près de Blaise, je me sentais en sécurité. Le sermon de l'abbé Lemaire nous émut tous; il parla de notre vieux curé, nous incita à prier pour lui, puis offrit à Dieu le nouveau foyer que Blaise et moi allions créer. Lorsqu'à la fin il nous bénit, j'inclinai la tête avec ferveur.

Ensuite, il nous fit signer l'acte de mariage qu'il avait noté sur une feuille volante.

— Je ne peux pas me promener avec un registre, expliqua-t-il, mais je note tout sur des feuilles que je garde précieusement. Il y aura ainsi une trace de votre mariage pour l'église.

Emue, je le remerciai. Grâce à lui, en dépit des événements qui bouleversaient l'ordre établi, je serais régulièrement et vraiment mariée. Je signai, ainsi que Blaise et nos témoins. Puis l'abbé Lemaire nous quitta; il voulait regagner son village avant le lever du jour. Nous l'avons regardé partir avec gratitude. Et nous sommes revenus chez nous, pour attendre la cérémonie qui aurait lieu à la maison commune à dix heures. Dans l'intervalle, ma sœur arriva, avec son mari et ses enfants, puis, un peu après neuf heures, les invités, parmi lesquels ma tante Séraphine, mon oncle Aimé et Gabrielle. Dans notre grande salle préparée pour le repas de noces, des acclamations joyeuses retentissaient, mêlées de réflexions gaillardes. Pour une journée, tout le monde était bien décidé à s'amuser en oubliant les perturbations dues à la révolution.

A dix heures, nous étions devant Pierre-Antoine qui, séparé de nous par un bureau, le torse barré par une écharpe tricolore, se tenait debout avec gravité. Près de lui, Ignace, assis devant le registre qu'il était allé chercher à l'église, attendait d'exercer ses fonctions de secrétaire greffier en notant notre mariage. Pierre-Antoine s'éclaircit la voix et commença:

— Aujourd'hui, 27 octobre 1792, moi, Pierre-Antoine Valin, maire de cette commune, ai l'honneur de célébrer l'union de Blaise Desbourg et Mathilde Bassart, lesquels entendent vivre en légitime mariage et se présentent aujourd'hui à la municipalité pour y être autorisés par les lois de l'Etat.

Il prit un papier et nous lut quelques articles d'une nouvelle « loi du mariage et du divorce », que je n'écoutai pas. Pourquoi parler de divorce, alors que nous étions bien décidés à vivre toujours ensemble, Blaise et moi? J'entendis Pierre-Antoine conclure :

— Tout mariage peut donc être brisé par consentement mutuel, à partir du moment où les époux ne s'entendent plus. Bien évidemment, mes enfants, j'espère de tout cœur que cette clause ne vous concernera jamais. Je vous souhaite d'être très heureux ensemble, et vous déclare mari et femme. Pour confirmer mes paroles, je vais vous demander de signer ce registre, ainsi que vos témoins.

François et Germain s'avancèrent. Blaise signa, me passa la plume. Je la trempai dans l'encre, et j'étais si intimidée que je fis, sur la page, un énorme pâté. Je rougis de confusion mais les autres se mirent à rire.

— Au moins, il est baptisé, ton registre, Pierre-Antoine ! s'esclaffa Ignace.

J'écrivis mon nom avec application, puis Germain et François m'imitèrent. Pierre-Antoine fit le tour du bureau :

— Tous mes vœux de bonheur, mes enfants. Blaise, me permets-tu d'embrasser ta femme?

Blaise eut un sourire d'assentiment. Comme dans un rêve, je laissai Pierre-Antoine déposer deux baisers affectueux sur mes joues. Ta femme, avait-il dit à Blaise. Cette appellation, mieux que tout le reste, me fit comprendre que maintenant j'étais mariée. Cela me fit un effet bizarre, troublant et excitant à la fois.

Ignace voulut m'embrasser aussi, puis mon père, mes frères, et tous les invités. Je souriais à tous, je les remerciais de leurs souhaits de bonheur.

— Tu es radieuse, me dit Pauline. Sois heureuse, Mathilde.

— Merci, mon amie. J'espère que ton tour arrivera bientôt.

— Qui sait? Je le voudrais bien, moi aussi.

Son regard alla chercher, de l'autre côté de la salle, mon frère Nicolas. Le désir que j'y lus me confirma ce que j'avais déjà soupçonné; elle était amoureuse de lui. Mais d'autres vinrent me féliciter et, égoïstement, je ne pensai plus à Pauline. Je me laissai emporter par le tourbillon de gaieté qui faisait de moi la reine de cette journée.

— Venez chez moi, cria Ignace. J'offre à boire. C'est ma tournée.

Tout le monde afflua vers la sortie. Le temps s'était éclairci. Il ne pleuvait plus. Sur la place, des enfants firent éclater des pétards. Des vivats, des cris retentirent:

— Vive la mariée!

Pendant que nous nous rendions au cabaret d'Ignace, les quelques musiciens de notre village nous accompagnèrent au son de leurs violons et de leurs flûtes. Je marchais en tenant le bras de Blaise, le cœur en fête. Dans le cabaret, on s'entassa, on but, on chanta. Noémie, avec Joséphine et Ignace, servait les boissons. La bouche pincée et le visage maussade, elle me lança un regard jaloux. Comme certains me répétaient leurs vœux de bonheur, elle me dit hargneusement:

— Il a plu ce matin, c'est un mauvais présage. Ton mariage ne sera pas heureux.

Interdite, je ne sus que répondre. Blaise passa un bras autour de mes épaules et répliqua calmement:

— Ça, c'est notre affaire, Noémie, pas la tienne.

Elle haussa les épaules avec rage et se détourna. Je décidai qu'elle ne gâcherait pas ma joie et je pris le parti d'oublier sa remarque désagréable.

Le repas eut lieu chez nous. Il fut copieux et très gai. Avec ma mère, la veille, j'avais tué et plumé des poules, j'avais fait des tartes. Les plats se succédèrent, entrecoupés de chants et d'épithalames. Jean-Marie m'émut profondément en récitant un poème qu'il avait fait lui-même, dans lequel il disait qu'il m'aimait et demandait à Blaise de me rendre heureuse. Les larmes aux yeux, je l'embrassai. Puis on dansa, et je n'eus pas un instant de répit. Tous les hommes présents voulurent m'inviter, les uns après les autres. Dès que je commençais une danse avec Blaise, quelqu'un venait nous interrompre :

— Tu l'as pour toute la vie, maintenant, Blaise, alors tu peux bien me la laisser un peu.

Essoufflée, je virevoltais, riais. Malgré les circonstances, mon mariage était réussi. Tout le monde s'amusait.

Les réjouissances se poursuivirent jusqu'à une heure avancée de la nuit. Puis, après avoir embrassé mes parents, mes frères, Louis et Jean-Marie qui courageusement s'efforça de ne pas pleurer, je suivis Blaise chez lui. Justin et Germain nous accompagnèrent et, dans la petite maison, nous souhaitèrent encore une fois beaucoup de bonheur. Ensuite ils se retirèrent et je restai seule avec Blaise, qui m'emmena dans la chambre.

Ma mère était venue la nettoyer la veille, avait mis des draps propres au lit, dont le bois de noyer luisait doucement dans l'ombre. Dans le ciel maintenant dégagé, la lune brillait, et sa lueur diffuse dessinait les contours des meubles, argentait les cheveux de Blaise, dont je voyais briller les yeux. Haletants, nous nous regardions. Mon cœur battait très fort, d'attente et de désir. Blaise tendit les bras, m'attira à lui, murmura d'une voix rauque :

— Comme tu es belle, Mathilde...

Je levai la tête vers lui, et il m'embrassa. Doucement, il me coucha sur le gros édredon de plumes d'oie qui garnissait le lit. Je répondis à son baiser avec passion, caressai sa nuque de mes mains. Mon corps se tendait vers lui avec impatience.

D'abord maladroit et timide, il s'enhardit, encouragé par ma réaction. Les yeux fermés, avec une totale confiance je le laissai me caresser. Il se révéla un amant tendre et ardent, et le lien qui nous unissait déjà se consolida davantage cette nuit-là. Lorsque je m'endormis dans ses bras, apaisée et heureuse, ma tête posée au creux de son épaule, je savais que rien désormais ne pourrait nous séparer.

Une nouvelle vie commença pour moi, ma vie de femme mariée. Je vivais dans la petite maison que je tenais propre, avec « mes trois hommes », comme je les appelai bientôt. Chaque jour, j'allais voir mes parents, j'allais encore aider ma mère à traire les vaches et à nourrir les poules. Puis je revenais, je préparais de bons repas pour mes trois hommes, qui les appréciaient sans restriction. Un jour où j'avais fait une tarte, Germain en reprit plusieurs fois et en ramassa jusqu'aux miettes.

— Fameuse, ta tarte, Mathilde ! approuva-t-il en claquant la langue. Sais-tu que je suis bien content d'avoir une belle-sœur ? Je regrette que Blaise ne t'ait pas épousée plus tôt.

— Si c'est uniquement pour ma cuisine que tu m'apprécies, dis-je malicieusement, une autre ferait aussi bien l'affaire.

Il me lança un regard coquin :

— Qui sait ? Peut-être que je t'aime bien aussi ? Sans vouloir te flatter, je trouve que Blaise a bien choisi. Dommage que tu n'aies pas une jeune sœur. Qui vais-je épouser, moi, maintenant ?

Il prit un air de désolation comique en poussant de gros soupirs. Je me mis à rire. Je m'apercevais que je m'entendais bien avec Germain. Il était mon cadet de quelques mois, et nous nous amusions de tout comme des enfants. Quand il le voulait, il était irrésistible de drôlerie, et bien souvent nous avions des fous rires à n'en plus finir. Blaise considérait notre complicité d'un œil indulgent ; il avait le bon sens de n'être pas jaloux. Il était sûr de moi comme j'étais sûre de lui. A mesure que les jours passaient, notre accord se faisait de plus en plus profond.

Je me passionnais aussi pour son travail. Souvent, j'allais l'observer dans l'atelier, tandis qu'avec Germain il aidait Justin. Je les regardais construire une roue, admirant leur dextérité et leur savoir. J'apprenais qu'il était nécessaire d'utiliser différents bois : l'orme pour le moyeu afin qu'il ne se fende pas, le chêne pour les rais à cause de sa résistance, et le frêne pour les jantes qui devaient être solides et flexibles. Lorsque la roue était terminée, il fallait procéder à l'embattage. C'était une opération qui me fascinait. Blaise et Germain faisaient chauffer au rouge un bandage puis, au moyen de grosses tenailles, ils encerclaient la roue tout en maniant rapidement marteau et levier pour placer régulièrement le métal sur le bois. Justin, ensuite, versait de l'eau sur le fer brûlant qui, en rétrécissant, enserrait bien la roue. Pour chacune de ces différentes phases, il fallait agir avec promptitude et précision. Justin surveillait le travail de ses fils d'un œil critique, en même temps qu'il m'expliquait :

— Vois-tu, Mathilde, il est important que l'embattage soit bien réussi. Si le bandage est trop grand, il ne serrera pas la roue et se déjantera aussitôt ; s'il est trop petit, par contre, il risque de la gauchir ou même de la briser.

J'approuvais avec sérieux. Je découvrais le métier de charron, et je l'admirais. Il demandait force, justesse, compétence. Blaise, qui en plus de ces qualités était patient et calme, s'en tirait à merveille.

Une nouvelle satisfaisante nous parvint ; l'armée du Nord, sous les ordres de Dumouriez, avait remporté le 6 novembre la bataille de Jemmapes. Les jours suivants, les Français s'étaient emparés de Mons, Tournai, Gand, Bruxelles. Les ennemis reculaient devant nos soldats vainqueurs. Pouvait-on espérer de nouveau la paix ?

A l'intérieur de notre pays, la situation n'était guère brillante, mais pour le moment elle n'empirait pas. Une sorte de torpeur semblait engourdir notre village, d'autant plus que l'hiver fut précoce cette année-là. Dès le mois de novembre, il fit très froid, et même il neigea.

Lorsque nous sortions, nous pataugions dans une boue glacée. Le soir, nous avions repris nos veillées. Lorsque nous les passions chez mes parents, comme avant je préparais les quenouilles de lin à filer. Ou bien, je jouais aux cartes avec Germain ; nous faisions d'interminables parties de piquet. Tous ensemble nous parlions, nous discutions de la situation. On disait que le roi allait être jugé, qu'il y aurait un procès. De quoi était-il accusé ? Et puis, comment pouvait-on se permettre de juger notre roi ? Certains sous-entendaient qu'il serait peut-être condamné à mort. Cette idée était tellement impensable que nous la repoussions avec horreur.

Heureusement, pour Blaise et pour moi, il y avait les nuits, où nous nous retrouvions avec ardeur, où nous nous aimions avec passion. Ensuite, blottis sous l'édredon de plumes, nous nous endormions, souffles et membres mêlés. J'éprouvais, pendant ces instants privilégiés, un bonheur si intense qu'il en était presque insoutenable.

Mais lorsque vint Noël, pour la première fois notre village n'eut pas de messe de minuit. L'église resta obscure et silencieuse. Plus de cloches sonnant joyeusement, plus de paroissiens le long des rues pour répondre à leur appel, plus de curé pour fêter avec nous la naissance du Christ. Nous ne fûmes pourtant pas abandonnés complètement ; le lendemain, à quatre heures du matin, l'abbé Lemaire vint clandestinement dire une messe dans la grange de Barthélemy. Il nous avait prévenus, et nous étions tous là, piétinant dans le bâtiment glacial. Mais nous ne sentions pas le froid. Nous chantions des cantiques de Noël, nous retrouvions un peu de la joie et de la douceur des Noëls précédents. En même temps, nous ressentions avec une acuité déchirante l'absence de notre curé, et plus d'une fois, au cours de cette messe, nous fûmes nombreux à avoir les larmes aux yeux.

Alors que nous revenions chez nous, ma mère constata amèrement :

— Etre obligé de se cacher pour fêter Noël, quelle tristesse ! Je me demande comment sera celui de l'an prochain. Si seulement notre curé nous était rendu, si notre roi revenait sur le trône...

Mon père hocha la tête avec désolation :

— Un tel souhait me semble irréalisable, ma pauvre Rose. Je crois que maintenant, il ne faut plus rêver. Ne nous plaignons pas encore trop, grâce à l'abbé Lemaire nous avons eu une messe.

— Moi, je trouve que c'est bien malheureux, rétorqua ma mère avec humeur. Notre curé enlevé, le presbytère vide, l'église inutile... Je me demande comment ça pourrait être pire.

Nous ne le voyions pas, nous non plus. Mais la suite des événements allait se charger de nous le démontrer.

10

L'année 1793 débuta par un temps froid et sombre qui n'était pas pour améliorer nos pensées pessimistes. La situation générale nous inquiétait. Les assignats continuaient à perdre de leur valeur, tandis que les prix montaient sans cesse. Le désordre régnait partout. Depuis que les bois avaient été déclarés biens nationaux, ils étaient littéralement pillés par des citoyens soucieux de se chauffer sans rien dépenser. Beaucoup de châteaux, abandonnés par leur propriétaire, étaient victimes de vols importants et de dilapidations. Peut-être dans le but d'y mettre fin, les biens de tous les émigrés furent mis en vente. Une loi venait de déclarer que les émigrés étaient bannis à perpétuité du territoire français et considérés comme morts civilement. Par contre, leurs père, mère, femme ou enfants restés en France étaient consignés dans leurs municipalités respectives. Lorsque le comte avait appris cette décision, il avait fait répondre qu'il n'était pas dans ses intentions de partir et de laisser son château à la république.

Des mesures nous indignaient, bien que devant elles nous fussions impuissants. Le 6 janvier, jour de l'Epiphanie, les administrateurs du district de Douai envoyèrent des troupes dans les villages environnants, afin d'empêcher les habitants de fêter les Rois. Ces hommes ne vinrent pas jusque chez nous, mais nous eûmes par la suite quelques échos de leurs interventions. Ils avaient sillonné les campagnes, faisant cesser les divertissements d'usage, s'emparant des tartes, tout en injuriant le roi et sa famille. Ainsi, cette fête, qui avait toujours eu lieu et qui était bien innocente, était maintenant interdite. Nous finissions par comprendre que tout ce qui avait un rapport avec la religion ou la royauté serait peu à peu supprimé.

Un jour de la fin du mois, dans l'après-midi, la cloche de l'église nous appela tous sur la place du village. Pierre-Antoine nous y attendait. Tout de suite, en voyant l'expression de son visage, je compris qu'il allait nous annoncer une nouvelle grave et triste. Lorsque nous fûmes tous regroupés, il dit d'une voix sourde :

— Mes amis, j'ai à vous apprendre un événement tragique. Notre roi Louis XVI a été guillotiné avant-hier.

Pendant plusieurs secondes, personne ne réagit. Nous étions tous abasourdis. Nous avions entendu parler de ce nouvel instrument qui remplaçait la potence et qui tranchait les têtes. Qu'il servît pour les assassins ou les voleurs de grand chemin, cela se comprenait. Mais notre roi ! Comment avaient-ils osé le faire monter à l'échafaud, comme un criminel ? Ce fut Sylvain Busquet qui brisa le silence :

— Il fallait s'y attendre. Je trouve que c'est une bonne nouvelle. Le tyran Capet est mort. Place à la liberté !

Pierre-Antoine répliqua tristement :

— Il était trop bon pour qu'on le traite de tyran.

— Oh, lui, c'était un incapable, reprit Sylvain avec mépris. Son régime, par contre, était dur et injuste. Favoriser les nobles, écraser les pauvres...

Devant notre mutisme consterné, il s'énerva, haussa la voix.

— Je sais ce que je dis, et vous le savez aussi. Souvenez-vous, tous, de mon père. Maintenant, de telles choses ne se produiront plus.

Ignace s'ébroua, comme s'il avait reçu un coup sur la tête :

— Ce n'était peut-être pas la peine d'en arriver là. Moi je dis que c'est un crime.

— Pas du tout, s'insurgea Sylvain, il a été légalement jugé. S'il a été condamné à mort, c'est qu'il la méritait.

— Ils ont voulu se débarrasser de lui. Et ils ont trouvé ce moyen-là pour l'assassiner. Je ne crois pas me tromper en disant que ça n'amènera rien de bon pour nous.

— Mais au contraire, s'écria Sylvain, vous ne comprenez jamais rien, vous autres !

Je m'attendais à ce qu'Ignace répliquât vertement, selon son habitude. Mais il ne dit rien. Il se contenta de regarder Sylvain avec un mélange d'irritation et de pitié, puis, en soupirant lourdement, il se détourna et s'en alla à pas lents. Cette fois, il n'y eut pas de discussion animée. L'air abattu, chacun retourna à son travail. Incompréhension, stupeur, indignation se bousculaient dans nos esprits. Et puis, sans le dire, nous partagions l'avis d'Ignace ; cette mort nous laissait entrevoir des lendemains inquiétants.

Elle commença par déclencher, de la part des pays d'Europe, une formidable coalition. La Convention déclara la guerre aux rois – « les autres tyrans » – d'Angleterre et d'Espagne. Nous fûmes à la fois consternés et révoltés ; nous avions déjà contre nous l'Autriche et la Prusse. Nos soldats avaient réussi à repousser l'invasion, et nous ne voulions pas la voir revenir. C'était peut-être ce qui allait se produire maintenant. Une rancune nous venait contre cette Convention qui faisait tout de travers ; comment aurions-nous pu l'approuver alors que, après avoir voté la mort du roi, elle prenait, en déclarant la guerre à l'Europe, une décision qui menaçait notre sécurité ?

Le lundi suivant, j'allai au château, porter à Rosalie les pots de beurre que je continuais à faire avec ma mère. Selon son habitude, Rosalie me noya sous un flot de paroles et de lamentations : qu'allions-nous devenir, maintenant que ces sauvages, là-bas à Paris, avaient assassiné notre roi ? Il avait été trop bon, et voilà comment il était récompensé. Je partageais son inquiétude et je ne savais que dire pour la rassurer.

Alors que je m'en allais, je croisai le comte dans la cour. Son visage, que les soucis marquaient de rides, s'éclaira à ma vue. Il me sourit. Je m'approchai de lui :

— Bonjour, monsieur mon parrain.

— Mathilde, mon enfant, comment vas-tu ? Es-tu heureuse, depuis ton mariage ?

Je sentis une rougeur envahir mon visage :

— Oui, très.

Il m'observa avec tendresse et nostalgie :

— Je suis content pour toi, mon enfant. Les temps sont si durs...

Il soupira. Je m'enquis timidement :

— Madame la comtesse va bien ? Et mademoiselle Amélie ?

— Aux dernières nouvelles, elles allaient bien. Elles nous pressent d'aller les rejoindre, Adrien et moi. Mais je ne peux pas abandonner mon château, il est dans ma famille depuis tant de générations, j'aurais l'impression de trahir mes ancêtres. Mon fils me comprend, et j'en suis heureux. Comme il a changé ! Je ne le reconnais plus. Lui qui passait son temps à folâtrer et ne pensait qu'à son bon plaisir, cette révolution lui aura au moins apporté du plomb dans la cervelle. Mais je crois bien que je le préférerais encore insouciant, et ne pas connaître cette situation qui devient de plus en plus grave. Ils ont fait guillotiner notre roi, c'est la fin d'un monde, je ne me fais pas d'illusions. Jamais plus ce ne sera comme avant.

Il releva la tête, essaya de sourire, me caressa la joue :

— Mais je ne veux pas t'attrister. Sois heureuse, mon enfant, avec ton jeune mari. Adieu.

Il s'éloigna et je revins chez moi à pas lents. Heureuse, oui, je l'étais, avec Blaise. Mais j'avais de plus en plus peur que les événements ne finissent, d'une façon ou d'une autre, par perturber notre bonheur.

Pourtant, lorsque je sus que j'attendais un enfant je fus rassérénée. Je le confiai à Blaise un soir, alors que nous étions couchés. D'abord, il ne réagit pas, et je me demandai si la nouvelle lui avait déplu. Un peu inquiète, je dis :

— N'es-tu pas content ?

Lentement, il se tourna vers moi. Dans l'obscurité, je ne pouvais le voir, mais j'entendis l'émotion qui enrouait sa voix alors qu'il me disait, très bas :

— Mathilde, tu ne peux pas savoir... Un enfant, un fils, c'est un cadeau merveilleux ! Merci, Mathilde.

Il m'entoura de ses bras et enfouit son visage dans mes cheveux. Je sentis son corps trembler. Je demandai avec douceur :

— Blaise, qu'y a-t-il ?

— C'est trop de bonheur, Mathilde. A cause de ma joue brûlée, je m'étais résigné à ne jamais me marier, et encore moins à avoir des enfants, et toi, tu me donnes tout. Je t'en aimerais encore plus, si c'était possible.

Au cours des jours suivants, je l'annonçai autour de moi. On me félicita beaucoup, les femmes me donnèrent des conseils à suivre pour avoir une grossesse et un accouchement faciles. La réaction de Justin m'émut. Ses yeux s'embuèrent, sa moustache trembla :

— C'est une bonne nouvelle, Mathilde, je te remercie, ma fille. J'ai toujours souhaité connaître mes petits-enfants avant de mourir.

— Allons, cessez de dire ça, et ne parlez plus de mourir, dis-je avec une sévérité voulue. Vous n'êtes pas vieux, père Justin, vous connaîtrez tous nos enfants, je l'espère bien, et ceux de Germain aussi.

Mais le plus touchant était Blaise. Il me regardait avec adoration, m'entourait d'attentions, se comportait envers moi comme si j'étais devenue subitement très fragile. Et dans le cocon de gratitude et d'amour qu'il tissait autour de moi, je m'épanouissais pleinement.

Le 24 février, la Convention vota la réquisition de trois cent mille hommes, à prendre parmi les célibataires ou veufs sans enfants de dix-huit à quarante ans. Le général Marassé demanda, pour le Nord, des soldats à raison du quart de la garde nationale de chaque commune. Un avis arriva dans notre village, selon lequel il fallait fournir dix citoyens, soit volontairement, soit par tirage au sort. Personne ne fut volontaire et, lorsque Pierre-Antoine parla d'un prochain tirage pour désigner les dix hommes demandés, il se heurta à une vive opposition :

— Ah, mais non, ça ne va pas recommencer !

— Ils nous embêtent avec leur guerre. Nous, on ne l'a pas voulue.

— On a déjà dû donner des bottes de foin, de paille, de l'avoine, du blé, des pommes de terre, cria Barthélemy de sa voix forte. Et maintenant, il faudrait donner nos garçons ?

— Allons, un effort, dit Pierre-Antoine. Il faut pourtant répondre à cette réquisition.

— Comment, un effort ? C'est facile à dire. Vas-y donc, toi. Après tout, tu es veuf sans enfants.

Pierre-Antoine eut un sourire plein d'amertume :

— Mais j'ai dépassé l'âge de quarante ans depuis longtemps.

— Moi, intervint mon père, je ne veux pas que mes fils partent à la guerre. Je ne tiens pas à ce qu'ils se fassent tuer, et puis j'ai besoin d'eux à la ferme. Je préfère encore payer pour qu'ils soient remplacés, si jamais ils tirent un mauvais numéro.

— Moi aussi, cria Justin. Je ne suis pas riche, mais je préfère payer pour Germain.

— De toute façon, dit Nicolas, nous n'avons qu'à refuser de tirer. Je ne suis pas un soldat, mon métier n'est pas de me battre ni de tuer.

Tous ceux qui étaient concernés l'approuvèrent, même Sylvain Busquet. Pierre-Antoine écarta les bras :

— Puisque c'est ainsi, ne bougeons pas pour l'instant. Mais nous serons certainement rappelés à l'ordre d'ici peu.

Cette réaction ne fut pas particulière à notre village. La demande de réquisition fut, en général, mal accueillie. A Douai, il y eut même une sorte d'émeute, comme je pus m'en rendre compte, un jour où nous étions allés chez ma sœur.

C'était un dimanche de la mi-mars. Ma sœur nous avait invités, Blaise et moi, à partager leur repas et à passer la journée avec eux. Blaise s'entendait bien avec Casimir, et lorsqu'ils étaient ensemble leurs discussions n'en finissaient pas. Mon beau-frère, qui était royaliste, ne parvenait pas à accepter la mort du roi et nous promettait les pires malheurs. Il répétait encore ses sombres prédictions, ce jour-là, après le repas, lorsque ma sœur eut un mouvement d'humeur :

— Tu deviens pénible, mon pauvre mari. Je ne veux plus t'écouter. Discutez tant que vous voulez, moi je vais aller faire un tour. Viens-tu, Mathilde ? Nous emmènerons les enfants.

J'acceptai. Laissant les hommes à leur conversation, je suivis ma sœur et ses enfants dans les rues. J'étais enceinte de cinq mois, et je commençais à m'alourdir.

— Cela te fera du bien de marcher, dit ma sœur en me prenant le bras. Lors de mes grossesses, j'ai toujours fait beaucoup d'exercice. Cela donne un accouchement facile.

Il faisait frais, mais beau. Un soleil déjà printanier brillait, parfois caché par de gros nuages que poussait un vent vivifiant. Devant nous, Philippe et Angélique couraient. Marie-Josèphe, plus calme, me tenait sagement la main et trottinait près de nous.

— Je m'inquiète pour ces enfants, soupira ma sœur. Sais-tu ce qu'ils apprennent à l'école, maintenant ? On leur fait réciter par cœur les articles de la Constitution.

— Qui donc leur fait l'école ?

— Ces instituteurs et ces institutrices nommés par la municipalité, ils inculquent aux enfants des idées révolutionnaires. La semaine dernière, Angélique, en entendant Casimir parler de la reine qui est en prison et qui, paraît-il, est bien à plaindre, a répondu que ce n'était plus la reine, mais la femme Capet, et qu'elle n'avait que ce qu'elle méritait. La première réaction de Casimir a été de sévir. Et puis, il s'est rendu compte que cette enfant répétait simplement ce que lui avait dit son institutrice. Casimir a essayé de lui expliquer son propre point de vue, mais je ne sais pas si elle a compris. Elle n'a pas encore dix ans, elle croit innocemment tout ce qu'elle entend à l'école. – Elle baissa la voix. – Il ne faut pas le dire, de peur de passer pour contre-révolutionnaire, mais moi je le dis ; sur ce plan-là, c'était bien mieux avant. Les sœurs chez qui elle allait en classe lui apprenaient la piété, la bonté, la charité. Maintenant, c'est tout le contraire.

Je hochai la tête avec compréhension, en pensant à Alexandre le clerc qui, dans notre village, continuait d'instruire les enfants alors qu'il n'avait pas prêté le serment imposé aux maîtres d'école. Il était, ne cessait de répéter Sylvain Busquet, en situation irrégulière. Mais si on l'empêchait d'exercer, répliquait Pierre-Antoine, les enfants seraient sans maître. Alors, pour le moment, la situation restait la même.

Comme nous arrivions à la hauteur de l'église Saint-Jacques, des cris nous parvinrent, des applaudissements, des sifflements, des huées :

— A bas ! A bas !

Je m'arrêtai, tout de suite inquiète :

— Que se passe-t-il ?

— C'est dans l'église, dit ma sœur. Il doit y avoir un tirage au sort pour le recrutement. Le fils de notre voisin a reçu une convocation. Il a dit qu'il irait, mais qu'il refuserait de tirer.

Elle s'approcha du portail, m'entraînant avec elle. Je lançai un coup d'œil à l'intérieur. Je vis une tribune, dans laquelle un officier municipal essayait de se faire entendre. Il y avait beaucoup d'hommes et de jeunes gens. Près du dernier pilier, un groupe bruyant protestait, des garçons criaient et sifflaient entre leurs doigts. L'un d'eux s'écria :

— Il n'y a plus de liberté. Si on nous force à tirer, nous ne sommes plus libres !

Près de lui, un autre approuva :

— Dans ce cas, que représente l'arbre de la liberté? Rien du tout, il ne reste plus qu'à l'abattre.

D'autres cris se firent entendre. Le désordre augmenta. Près de l'entrée, un homme leva sa canne:

— Taisez-vous donc, tas de jean-foutre! Au lieu d'aboyer contre les orateurs, laissez-les parler, vous ferez vos observations après.

D'autres jeunes gens vinrent se joindre au groupe contestataire. Ils hurlèrent tous ensemble:

— Nous ne voulons pas tirer! Nous ne tirerons pas!

Je vis un homme, qui se trouvait près de la tribune, traverser l'église et s'avancer vers eux. Il avait revêtu une écharpe tricolore. Il se mit à apostropher les émeutiers. Un autre, en uniforme de garde national, vint à nous:

— Que faites-vous là? Allons, circulez. Le recrutement ne concerne pas les femmes.

— Viens, dis-je à ma sœur. Partons.

Il était inutile de rester davantage. Cette scène m'avait montré que, à Douai comme dans notre village, les hommes étaient réticents à partir faire la guerre. Dans ce cas, pourquoi les obliger? Pourquoi, surtout, déclarer une guerre alors que personne ne voulait la faire? Je pensai naïvement que si cette opposition était la même partout, les responsables seraient peut-être obligés de s'incliner.

Comme si cela ne suffisait pas, les mesures se succédaient, plus menaçantes les unes que les autres. Une loi nous apprit le bannissement à perpétuité des émigrés: ceux qui s'avisaient de rentrer en France seraient arrêtés et punis de mort dans les vingt-quatre heures. Une autre loi prévoyait une peine de six ans de fers contre les personnes qui cacheraient des prêtres réfractaires. Je pensai à l'abbé Lemaire, qui continuait d'exercer le culte en secret, au péril de sa vie. Non seulement lui-même était en danger, mais aussi ceux qui l'aidaient à se cacher. J'étais inquiète. Il m'avait promis de venir baptiser mon enfant dès qu'il serait né. J'avais confiance en lui, je savais qu'il viendrait. Mais ce qui s'était produit pour notre curé m'avait rendue méfiante. D'autant plus qu'une récompense de cent livres était promise à ceux qui feraient arrêter des prêtres en cas de déportation.

— Il ne se fera pas prendre, me dit Blaise lorsque je lui fis part de mes craintes. Il est très prudent, ne reste jamais au même endroit, ne loge que chez des gens en qui il a une entière confiance. Et puis, sous son déguisement, personne ne peut le reconnaître.

Mais il était si facile de l'arrêter ! Il venait, de temps à autre, dire la messe dans notre village. Les jours où il était là, tout le monde le savait. Il nous prévenait toujours quelques jours avant. S'il avait pris la fantaisie à Sylvain Busquet, par exemple, de le dénoncer, rien n'aurait pu le sauver. A chaque messe à laquelle j'assistais, je n'étais pas tranquille.

D'autre part, une surveillance s'exerçait, de plus en plus dure. Il fallait un passeport pour se déplacer, et ce mois-là il fut défendu aux habitants de Douai de sortir de la ville sans permission de la municipalité. Mieux encore, un décret obligea les propriétaires et locataires à apposer une pancarte à l'extérieur de leur maison, sur laquelle devaient être notés les noms, prénoms, âges et professions des habitants. Ma sœur dut obéir, comme les autres. Et puis, il y eut la création d'un comité de surveillance, dont les membres avaient pour but de rechercher les suspects à travers toute la ville, afin de dresser des listes et de procéder à leur arrestation.

— On n'ose plus rien faire, me confia ma sœur. Il faut faire attention à nos propos, à notre attitude. Si, pour une raison ou pour une autre, quelque chose ne plaît pas à ces messieurs du comité, nous risquons de nous retrouver en prison.

C'était d'autant plus inquiétant que ceux qui étaient chargés de déceler les suspects s'acquittaient de leur mission avec un peu trop de zèle. Ainsi, à Cambrai, un cousin de mon oncle Aimé, qui venait d'être malade, fut déclaré suspect : on lui dit que, s'il avait été malade, c'était parce qu'il avait peur, et que, s'il avait peur, c'était qu'il n'était pas patriote. Un tel raisonnement était aberrant et aurait même prêté à rire, mais malheureusement ceux qui tenaient de tels propos ne plaisantaient pas. Alors de nouveau nous nous insurgions; à ce rythme-là, on allait se retrouver en prison sans avoir rien fait. Il ne leur suffisait pas d'avoir arrêté les curés; ils allaient maintenant s'attaquer à de paisibles citoyens.

— Pour ne pas être suspect, déclara ma sœur, c'est très simple, il faut porter une cocarde tricolore, être contre les prêtres, contre les nobles, et pour la révolution. Il faut être d'accord avec leurs décrets et les approuver en tout.

Quelques semaines plus tard, de nombreux habitants de Douai furent arrêtés et emprisonnés aux Ecossais. Beaucoup d'entre eux ne savaient même pas le motif de leur incarcération.

En comparaison, notre petit village nous paraissait reposant. Là, nous nous connaissions tous, personne n'était suspect, personne ne serait dénoncé. Nous pouvions vivre sans être talonnés par la crainte de déplaire et d'être arrêtés sans raison.

Là-dessus, la guerre continuait Les soldats français avaient conquis les Pays-Bas. Mais, le 5 mars, les Autrichiens reprirent Liège, et le 18, Dumouriez fut battu à Neerwinden. Quelques jours après, les Pays-Bas furent évacués, ce qui rendit inutile la levée demandée par le général Marassé. Ceux qui y avaient répondu furent renvoyés dans leurs foyers. Cela rassura ceux qui ne voulaient pas partir, mais c'était inquiétant; puisque les soldats ennemis étaient vainqueurs, peut-être allaient-ils envahir de nouveau notre pays? Nous apprîmes, sans en connaître les raisons, que Dumouriez, qui jusque-là nous avait vaillamment défendus, était passé à l'ennemi. Nous fûmes tous consternés. Cambrai, sa ville natale, qui l'avait accueilli sous les fleurs et les salves d'artillerie quelques mois auparavant, le traita d'infâme scélérat, de traître insigne, de monstre, de criminel. Le conseil général de la commune décida qu'il serait fait une pétition à la Convention, afin que sa maison natale fût rasée. Une cérémonie eut lieu, nous raconta ma tante, au cours de laquelle furent plantés, aux portes de la ville, des poteaux portant cette inscription : « La commune de Cambrai frémit d'avoir vu naître dans son sein l'infâme et le scélérat Dumouriez. Passants, partagez son horreur. Traîtres, tremblez ! » Je vis ce panneau un jour où je me rendais à Cambrai avec Blaise. Je m'arrêtai, lus l'inscription. Je ne ressentis que désarroi ; pourquoi nos généraux nous abandonnaient-ils ? Après La Fayette, qui était passé aux Prussiens l'année précédente, c'était maintenant Dumouriez.

Ainsi que nous le craignions, les Autrichiens bientôt revinrent en France. Douai fut, une nouvelle fois, en état de siège. L'inondation fut rétablie, des troupes en grand nombre logèrent dans les couvents et les collèges non vendus. Les églises Saint-Jacques, Saint-Albin, Saint-Nicolas et Notre-Dame servirent d'écuries. Des boucheries militaires furent installées dans l'abbaye des Prés.

— Nous savons que nous sommes en guerre, fulmina ma sœur, et que cette situation excuse beaucoup de choses. Mais les églises transformées en écuries, c'est un peu fort ! Je suis passée hier devant Notre-Dame, quelle tristesse ! Il n'y a plus rien à l'intérieur, ni tableaux, ni statues ; tout a été enlevé. On a accroché des mangeoires aux murailles, et les chevaux sont parqués là, dans l'église. Ça dépasse l'entendement ! Et on ne peut rien dire, bien entendu. Il faut faire semblant d'être d'accord avec eux qui ne respectent rien, si on ne veut pas se retrouver sur la liste des suspects.

Je n'étais pas loin d'être horrifiée, moi aussi. Je le fus encore plus lorsque, au début du mois de mai, la guillotine fut installée sur la grand-place, pour l'exécution de huit émigrés. Les émigrés, affirmait le Département, étaient les ennemis de la révolution ; ils ne cherchaient qu'à « rétablir les dîmes, les terrages, tous les droits de l'exécrable féodalité, et ils voulaient replonger le peuple dans le plus affreux esclavage ». Avec les prêtres réfractaires, qui « fanatisaient les esprits et prêchaient la discorde », ils étaient les plus à craindre. Cette fois-ci, c'étaient un évêque et des officiers qui avaient été arrêtés à Liège, lorsque les soldats français y étaient arrivés en vainqueurs. Ils avaient été ramenés à Douai, jugés et condamnés. Ils furent guillotinés le dimanche 5 mai à dix heures du matin, en présence de la garde nationale et de Lazare Carnot qui visitait les forteresses défendant le Nord et se trouvait alors à Douai. Il y en eut qui assistèrent à cette exécution en vociférant et applaudissant mais, nous dit ma sœur, la plupart des habitants furent plongés dans la stupeur. Le bourreau lui-même, un jeune homme de vingt ans qui débutait, actionna le couperet si maladroitement qu'il dut s'y reprendre à deux fois pour chaque condamné.

Nous comprîmes, à partir de ce jour, que d'honnêtes citoyens pouvaient être guillotinés au même titre que des criminels. Alors, peu à peu, tout le monde se mit à avoir peur.

Le pays manquait d'argent. En juin, la Convention décida de créer un emprunt forcé, qui s'appliquerait uniquement aux revenus annuels supérieurs à mille livres. Pour une fois, dans notre village, personne ne protesta. En effet, aucun d'entre nous n'était concerné. Nous étions trop pauvres pour gagner une somme pareille en un an.

La naissance de mon enfant approchait, et je me refermai égoïstement sur mon bonheur. Lâchement, je prenais l'excuse de ma grossesse avancée pour ne plus quitter notre village. Je ne me déplaçais plus que lourdement, d'une démarche bancale de canard. Je vivais au ralenti, je regardais mes trois hommes travailler, ou bien je m'installais sur le banc, dans le jardin, à l'ombre d'un tilleul que Justin avait planté. Les oiseaux chantaient, les insectes bourdonnaient, ivres de soleil et de lumière. Engourdie par la chaleur, je tricotais des vêtements pour mon enfant. Je le sentais remuer sans cesse, et la nuit, bien souvent, ses coups de pied me réveillaient. Mon ventre était si énorme que Pierre-Antoine avait cru, à un moment, que j'attendais des jumeaux. Il disait maintenant qu'il n'en était rien ; simplement, j'allais avoir un gros bébé. Blaise m'entourait d'attentions et d'amour. Il avait hâte, répétait-il, de connaître son fils.

— Comment sais-tu que ce sera un garçon ? objectais-je parfois. Ce peut aussi être une fille.

— Non, affirmait-il, têtu. Ce sera un fils.

Il avait raison, ce fut un fils. Il naquit le 14 juillet 1793.

Lorsque ma mère me l'apporta, tout emmailloté, je vis ses yeux clos, son visage pur et lisse comme un pétale, ses mains parfaites et nacrées. Je le pris contre moi, bouleversée, ravie, émerveillée. Il dormait. Je remarquai avec attendrissement qu'il avait une fossette au menton, comme Blaise. Je soupirai avec bonheur.

Une aube radieuse teintait la pièce de rose. Ma mère remettait de l'ordre, tirait les draps, lissait l'édredon. Elle me recoiffa, me lava le visage à l'eau fraîche. Un coup fut frappé à la porte :

— Peut-on venir ? dit la voix de Germain.

Ma mère ouvrit. Mes trois hommes entrèrent, empruntés et rayonnants. Tout de suite, les yeux de Blaise croisèrent les miens. Ce que j'y lus me gonfla le cœur : amour, gratitude, émotion. Il vint à moi, caressa mes cheveux d'un geste maladroit et touchant, se pencha sur son fils :

— Il est beau, n'est-ce pas, Mathilde ?

J'acquiesçai avec orgueil. Germain posa un doigt sur le nez du bébé, qui fit une petite grimace comique.

— C'est mon filleul, il ne peut être que beau. As-tu vu, Mathilde ? Il me connaît déjà. Regarde !

Il mit le doigt au creux de la petite main, qui se referma sur lui. Il la secoua avec douceur :

— Nous serons amis, tous les deux, n'est-ce pas ? Blaise, sais-tu que je t'envie ?

Justin, près du lit, contemplait mon fils et ne disait rien. Je lui souris :

— Vous voilà bien silencieux, père Justin. Etes-vous content ?

Son regard fut une réponse éloquente. Tout bas, il murmura, la voix tremblante :

— Merci, Mathilde... Merci de me donner cette joie.

Mon père, mes frères et Jean-Marie vinrent à leur tour. Le petit garçon m'offrit un bouquet de fleurs des champs. Il observa un instant le bébé au creux de mon bras, demanda timidement :

— Est-ce qu'il pourra être mon petit frère ? Je le voudrais bien, tu sais...

Heureuse, je les laissai s'extasier sur mon enfant. Pierre-Antoine revint dans la pièce, dit d'un ton réprobateur :

— Allons, il faut la laisser reposer maintenant.

Ma mère prit mon fils, le déposa avec précaution dans le berceau fabriqué par Justin, qui avait été celui de Blaise et de Germain. Il ne se réveilla pas.

— Ce petit aura un heureux caractère, affirma Pierre-Antoine. Tu l'as bien réussi, Mathilde.

J'eus un sourire las. Une grande fatigue, subitement, m'envahissait. Je fermai les yeux, les entendis chuchoter, sortir de la chambre. Je m'endormis.

La journée fut belle et chaude. C'était un dimanche, et c'était le 14 juillet. Une fête patriotique était organisée, avec un défilé jusqu'à l'arbre de la liberté. C'était la mode, et ce genre de défilé remplaçait les processions d'antan, qui venaient d'être supprimées par la Convention. De mon lit, j'écoutai la musique et les hymnes républicains que nous commencions à connaître. Je me sentais bien, heureuse, comblée. Je regardais mon enfant dormir près de moi, innocent, fragile, confiant. Pour lui, il fallait préparer un monde meilleur. Et c'était ce qui était en train de se faire, je le comprenais maintenant. Sylvain Busquet avait raison. Il ne fallait pas s'arrêter aux troubles ni aux inconvénients, ils ne dureraient pas. Les changements qui se produisaient étaient tellement importants qu'ils ne pouvaient se faire sans heurts. Mais après, tout serait mieux. Rassurée, je m'endormis de nouveau.

La nouvelle de la naissance fit le tour du village. Tous vinrent me rendre visite et admirer le bébé. Seule Noémie ne vint pas.

— Elle est jalouse, me dit Pauline lorsque je lui en fis la remarque. Je te l'ai déjà dit.

— Mais de quoi peut-elle être jalouse ? Elle a assez critiqué Blaise à cause de sa joue brûlée.

— Tu es aimée et elle ne l'est pas, tu as un fils superbe et elle n'est pas près d'en avoir un. Elle est peu sérieuse, de plus c'est une véritable chipie. Pas un garçon du village ne voudrait l'épouser.

— Elle n'a qu'à faire un effort pour changer. Moi je n'y peux rien.

— Toi, non, mais elle considère ton bonheur comme une insulte. Je la comprends un peu ; il m'arrive parfois de t'envier. Oh, pas méchamment, parce que je t'aime bien. Mais il y a des moments où je voudrais, moi aussi, être mariée, avoir un enfant, être aimée surtout. Sinon, ma vie, c'est quoi ? Trimer, du matin au soir, jour après jour, sans jamais arrêter. Et il y a cette révolution, en plus, qui bouleverse tout, et cette guerre. C'est pour ça que tu as de la chance, Mathilde, d'avoir construit ton bonheur malgré tout. Au moins, tu as quelque chose de stable à quoi te raccrocher dans cette tourmente.

Après son départ, je réfléchis ; Pauline avait raison. Et j'étais bien décidée à continuer d'être heureuse avec mon mari et mon fils.

Au fil des jours qui suivirent, je laissais peu à peu mes forces revenir. Ma mère me dorlotait, m'apportait des bols de lait dans lesquels elle délayait un jaune d'œuf. Je trouvais agréable de me laisser vivre, moi qui avais travaillé depuis mon plus jeune âge. Pauline me remplaçait momentanément à la ferme, pour traire les vaches et donner à manger aux bêtes. Je pouvais me reposer sans remords, et je le faisais. Je nourrissais mon enfant, je le regardais s'éveiller à la vie. Il avait les yeux clairs de Blaise, déjà vifs et intelligents. Il était le centre de notre existence.

L'abbé Lemaire vint le baptiser, un matin très tôt, alors qu'il faisait encore nuit. Il nota l'acte sur une feuille qu'il ajouterait, nous dit-il, à son « registre volant ». J'avais choisi Pauline pour marraine, et Germain était le parrain. Mon enfant fut appelé Bastien.

Et chaque soir, lorsque nous nous retrouvions tous les trois dans la chambre, c'était pour moi le meilleur moment de la journée. Serrés l'un contre l'autre, Blaise et moi nous écoutions la respiration ténue et régulière de notre fils endormi. Nous étions dans un monde à nous, fait de paix, d'amour et de tendresse. Ce qui se passait au-dehors, ailleurs, n'avait plus d'importance. Nous ne nous occupions que de nous-mêmes, nous délirions de bonheur.

TROISIÈME PARTIE

LA PEUR

1

Malgré notre désir de les ignorer, les événements s'imposaient à nous. La guerre continuait, les armées ennemies coalisées se rapprochaient de notre région. Au début du mois d'août, le duc d'York arriva jusqu'à Cambrai, qui fut cernée en grande partie. La ville reçut une sommation de capitulation; le général Declaye, commandant en chef, répondit qu'il n'avait pas appris à se rendre, mais à se battre. La situation devenait inquiétante. Valenciennes, Condé, Landrecies étaient assiégées. La Convention de nouveau donna l'ordre de ne laisser qu'une cloche par église, et de descendre les autres afin de les envoyer à la fonderie de canons. Il fallait des armes, des hommes pour lutter contre nos ennemis: en plus des Autrichiens et des Prussiens, nous avions maintenant les Hollandais et les Anglais.

Une levée avait été ordonnée, en juillet, pour fournir à l'armée trente mille hommes de cavalerie. Dans notre village, cette fois encore, personne n'avait bougé. Pourtant, nous n'étions pas indifférents au sort de notre pays, et cette réaction n'était pas un signe de lâcheté. Simplement, le métier de soldat ne tentait pas des paysans ou des artisans paisibles qui, pour la plupart, ne savaient pas tenir un fusil. Ils ne se sentaient pas concernés.

Le mois d'août s'achevait, avec des journées ensoleillées et luxuriantes. La moisson se terminait. La douceur de l'air annonçait la fin de l'été; déjà, les jours étaient plus courts, la chaleur moins intense. La campagne, indifférente à la folie des hommes, demeurait immuable et sereine.

Ce fut à cette époque que la Convention ordonna la levée en masse. Lorsque Pierre-Antoine nous lut le décret, selon lequel tous les célibataires de dix-huit à vingt-cinq ans devaient partir à la guerre, la consternation fut générale. Nombreux furent ceux qui s'affolèrent et essayèrent de protester :

— C'est obligatoire ?

— Et si on n'obéit pas ?

— Mais je ne suis pas volontaire !

Ma mère se rapprocha de François avec un air farouche.

— Je ne veux pas que mon fils s'en aille !

Pierre-Antoine fit taire les réflexions :

— Comprenez-moi bien, il ne s'agit pas, cette fois-ci, de se porter volontaire ou de tirer au sort. Tous les hommes de dix-huit à vingt-cinq ans non mariés ou veufs sans enfants, devront se présenter devant un conseil de révision et seront enrôlés automatiquement. Il n'y aura pas d'exception. On ne pourra pas payer pour se faire remplacer, comme quand on a tiré un mauvais numéro.

— C'est ça l'égalité, cria Sylvain Busquet. La loi est la même pour tous, les riches comme les pauvres.

— Tu peux crâner, Sylvain, rétorqua François avec amertume. On voit bien que tu n'es pas concerné.

Je commençais à me rendre compte de ce que cette décision signifiait ; les jeunes gens de notre village allaient devoir partir. Parmi eux, Germain qui n'avait que vingt-trois ans, et mon frère François, qui n'aurait vingt-cinq ans que dans six mois. Je regardai Blaise et je pensai, égoïstement mais avec un intense soulagement, que lui me resterait.

— Et si on n'obéit pas ? répéta le jeune fils de Barthélemy, qui venait tout juste d'avoir dix-huit ans.

— Les gendarmes viendront te chercher.

— Ils ne me trouveront pas. Je me cacherai. Je m'en irai ailleurs. Je refuse d'aller à la guerre, pour tuer ou me faire tuer.

Barthélemy intervint, d'une voix mécontente :
— Mes trois fils ont entre dix-huit et vingt-cinq ans. S'ils partent tous, qui va m'aider à la ferme ? La Convention ne prévoit pas de remplaçants, que je sache. Ils savent bien réquisitionner nos récoltes, mais s'il ne reste personne pour semer et moissonner, il n'y aura même plus de récoltes !
Ma mère se tourna vers François.
— Mon garçon, tu vas devoir partir. Ce n'est pas possible...
Mon frère, l'air perdu, ne répondit pas. Germain vint près de lui, sourit à ma mère.
— Allons, ne vous inquiétez pas. Je le surveillerai. On nous demande de voler au secours de la patrie, eh bien, allons-y. Nous serons des héros, tout le monde sera fier de nous. N'est-ce pas, François ?
Il donna un coup de coude à mon frère. De caractère gai et optimiste, il réagissait à sa façon, avec enthousiasme et énergie. Il fronça les sourcils en jetant un coup d'œil au fils de Barthélemy qui, là-bas, discutait avec Sylvain et Pierre-Antoine :
— Nous ne sommes pas des lâches, nous, et si on a besoin de nous, nous répondrons présents.
Les autres furent beaucoup moins enthousiastes, mais durent s'incliner. Dans les jours qui suivirent, ma mère, affolée, prépara des provisions de route et des vêtements pour François. Je fis de même pour Germain. Il était l'un des plus ardents. Il remontait le moral de ceux qui, réticents, obéissaient à contrecœur.
— Nous verrons du pays, leur disait-il. Nous nous battrons comme des lions, et grâce à nous la guerre sera bientôt terminée. Nous serons acclamés partout, et nous reviendrons en vainqueurs.
Ils ne le croyaient qu'à moitié, mais s'efforçaient de sourire. Moi-même, je ne disais rien, pour ne pas refroidir l'optimisme de Germain, mais au fond de moi j'étais très inquiète. La plupart d'entre eux ne savaient pas tirer, et le plus jeune, le dernier fils de Barthélemy, n'était qu'un

enfant effrayé. Germain avait réussi à le faire changer d'avis, et il ne parlait plus de s'enfuir. Mais lorsque je voyais son air malheureux, je ne pouvais m'empêcher d'avoir pitié de lui.

Un arrêté les convoqua à Douai, dans les premiers jours de septembre, ainsi que tous ceux de la région, pour y être groupés en compagnies de cent hommes, sous le commandement d'officiers de leur choix. Ils y recevraient une instruction militaire. Ils devaient emporter des vivres pour deux semaines environ, ainsi qu'une arme offensive : fusil, ou, à défaut, pique, lance, fourche.

Ils s'en allèrent un matin très tôt. Le tocsin nous avait tous rassemblés sur la place. C'était une aube brumeuse, mais le temps était doux. Nous entourions nos futurs soldats, leur faisant de nombreuses recommandations, les embrassant une dernière fois. Ils se laissaient faire, émus, inquiets, tristes de quitter le village et ceux qu'ils aimaient. Je vis le fils de Barthélemy qui, les lèvres tremblantes, s'efforçait de ne pas pleurer. Mon frère François vint vers moi.

— Adieu, ma petite sœur. Occupe-toi de notre mère pendant mon absence. Elle s'accroche à moi comme si j'allais ne jamais revenir.

Près de lui, ma mère, les yeux rouges, renifla lamentablement.

— Allons, dit mon père d'un ton bourru, ce sera vite terminé. Avec une armée aussi nombreuse, nous ne pourrons pas être vaincus.

— Et puis, reprit François, il vous reste Nicolas. Il fera double travail jusqu'à mon retour.

— Et moi aussi, je suis là ! s'exclama Jean-Marie. C'est parce que je ne suis pas assez grand, François, sinon j'irais avec toi.

— Nous nous débrouillerons, affirma Nicolas. La moisson est terminée, et pendant l'hiver ce sera calme. Tâche d'être revenu pour les semailles, au printemps.

Germain s'approcha, un sac sur l'épaule, tenant fièrement un vieux fusil.

— Mais oui, nous serons là au printemps, et même avant.

— Je l'espère, dit Justin d'une voix enrouée. Prends bien soin de toi, mon fils, et comporte-toi en bon soldat. Va, je suis fier de toi.

Il le prit par les épaules, le serra un instant contre lui. Blaise, à son tour, lui donna l'accolade avec fermeté et tendresse. Je sentis mes yeux se mettre à picoter. Je battis plusieurs fois des paupières. Germain me sourit.

— Au revoir, Mathilde. Tu vas me manquer, ainsi que nos fous rires, sans compter tes délicieuses tartes. Je penserai à toi.

— Et surtout, reviens, dis-je en ravalant mes larmes. Ne te fais pas tuer.

Il se pencha sur Bastien qui, au creux de mon bras, ouvrait des yeux étonnés.

— Aucun danger, j'ai bien trop envie de revoir mon filleul. Lui aussi, il va me manquer, ajouta-t-il sourdement.

Selon son habitude, il mit un index dans la menotte du bébé, qui s'empressa de le serrer. Une expression de tendresse et de nostalgie voila son regard.

— Au revoir, fiston. Je reviendrai avant que tu aies le temps de m'oublier.

L'instant du départ arrivait, et ce ne fut plus qu'embrassades, recommandations, promesses, parmi des sourires courageux que démentaient les larmes. Dans le matin humide ils s'en allèrent, se retournant pour nous saluer, nous tous qui, malheureux et impuissants, les regardions partir.

— Adieu !

— Au revoir ! On vous écrira !

— A bientôt !

Ma mère, près de moi, pleurait sans bruit. Mon père ne disait rien, mais je voyais sa pomme d'Adam monter et descendre sans cesse, signe d'un bouleversement intérieur intense. En ce moment dramatique, nous nous posions la même question : reviendraient-ils un jour ? Je retins un soupir ; après notre curé, c'étaient maintenant nos jeunes gens qui s'en allaient. Qu'allait devenir notre village ?

Depuis le mois de juin, à Paris, les Montagnards avaient remplacé les Girondins. Ils se montraient plus sévères, ayant pour objectif principal de traquer les ennemis de la révolution. Ils donnèrent l'ordre de créer des comités de surveillance dans chaque commune, afin de dénoncer les suspects. Les municipalités de nombreux villages furent jugées trop modérées. Ce fut le cas de la nôtre, et les représentants du district décidèrent que Pierre-Antoine ne serait plus maire. Depuis 1790, à chaque élection il avait été réélu ; nous appréciions tous son sens de la justice et sa probité. Mais, cette fois-ci, pour avoir une municipalité conforme à leurs désirs, les représentants la nommèrent eux-mêmes, et ils choisirent, bien entendu, les plus révolutionnaires des habitants. Ce fut ainsi que nous apprîmes, un matin, qu'Eloi était notre nouveau maire, et Sylvain Busquet notre procureur, chargé spécialement d'exercer un rôle de surveillance dans le village. Mon père ne faisait plus partie des notables. Il soupira :

— Ce n'est pas plus mal, après tout. Je préfère rester en dehors. Je ne pouvais que m'insurger contre la plupart des décrets. Maintenant, avec ceux qu'ils ont choisi, il ne risque pas d'y avoir des objections. Et c'est ce qu'ils veulent, pour pouvoir faire admettre n'importe quoi. Je crois que ça sera encore pire qu'avant.

Le nouveau conseil général s'empressa d'obéir aux décrets révolutionnaires que Pierre-Antoine avait choisi d'ignorer. L'un d'eux, au mois de mai précédent, avait ordonné d'enlever les calvaires placés aux carrefours et de les transférer dans les églises. Une recommandation avait été faite, également, de faire disparaître toutes les marques de féodalité subsistant sur le territoire des communes : couronnes, écussons, fleurs de lys, partout où il s'en trouvait. Le calvaire qui se trouvait à la sortie du village fut démonté et enfermé dans l'église. Cela nous révolta, il ne gênait personne. Il était entouré d'arbres et souvent, l'été, les plus vieux des habitants aimaient venir s'asseoir sur le banc placé devant; moi-même, il m'était arrivé bien souvent de me reposer là, à l'ombre des grands arbres, après un travail harassant dans les champs brûlés par le soleil.

Le lendemain, la nouvelle municipalité décida de faire disparaître tous les signes de royauté. Je me rendais à l'épicerie lorsque, sur la place, un attroupement m'attira. Il se composait surtout de femmes, parmi lesquelles Joséphine parlait haut et fort. Je m'approchai.

— Pourquoi faire ça? disait-elle. Pourquoi toucher à notre église? Il ne suffit pas que notre curé soit parti, il faut maintenant démolir l'église? A quoi cela t'avance-t-il, Sylvain?

Sylvain Busquet, appuyé nonchalamment contre le portail, tourna la tête vers nous.

— D'abord, j'obéis aux ordres. Ensuite, je trouve qu'il est tout à fait normal d'enlever les signes de féodalité, puisque ce régime est définitivement supprimé. Il ne reviendra jamais. Il n'y a pas lieu de s'insurger, nous ne démolissons rien du tout.

— Et que fait Florent, dans l'église, alors?

— Que fait-il donc? demandai-je, intriguée.

— Va donc voir, me lança Joséphine avec colère. Je dis que c'est inadmissible.

Je lançai un coup d'œil interrogateur à Sylvain, qui se contenta de hausser les épaules. J'allai jusqu'au portail et m'avançai pour regarder dans l'église. Juché tout en haut d'une échelle, Florent, armé d'un marteau, frappait sur le grand christ en bois qui ornait le mur, dans le fond du chœur. Sans comprendre, je demandai:

— Mais... que fait-il?

— Un sacrilège, s'exclama Joséphine qui m'avait suivie. Sylvain, arrête ça. Il va tout démolir.

Sylvain soupira. D'une voix lente, il se mit à parler comme s'il voulait convaincre des enfants attardés:

— Il ne va rien abîmer. Simplement, il enlève la couronne d'épines qui est sur la tête de ce christ.

— Il enlève la couronne d'épines? répétai-je stupidement. Mais pourquoi?

Joséphine eut un mouvement d'humeur:

— Tu ne devineras jamais la raison. Cette pauvre couronne est un signe de royauté; il faut la faire disparaître, même si elle est faite d'épines.

Tout d'abord, cela me parut si ridicule que je n'y crus pas. Je regardai Sylvain.

— Est-ce vrai, Sylvain?

D'un air mécontent, il haussa de nouveau les épaules.

— Bien sûr, c'est vrai. Et nous allons enlever aussi les fleurs de lys qui ornent les boiseries et les vitraux. Et vous tous, si vous avez des signes de ce genre chez vous, faites-les disparaître également. Plus rien ne doit subsister de ce régime détesté.

Je ne trouvai rien à répondre. Laissant Joséphine vitupérer de nouveau, je rentrai chez moi. A Blaise et à Justin, qui travaillaient dans l'atelier, je racontai ce que je venais de voir. Justin donna d'un air furieux quelques coups de marteau inutiles à un clou déjà bien enfoncé.

— Je me demande où vont s'arrêter leurs inventions, grommela-t-il. Et que faire? Si on montre son désaccord, on se retrouvera bientôt sur la liste des suspects. Sylvain serait bien capable d'y inscrire sa pauvre mère... Ne m'a jamais inspiré confiance, ce garçon-là.

Il se remit à marteler son clou. Je fis un petit signe à Blaise et je m'esquivai. Depuis que Germain était parti, Justin restait sombre, taciturne, avec une mauvaise humeur qui n'était pas dans son caractère. Seul mon petit Bastien parvenait à le dérider. J'allai le voir. Il dormait paisiblement dans son berceau. Je le contemplai avec ravissement. Comme il était beau! Avec Blaise et lui, je me sentais comblée. Pourquoi donc les autres essayaient-ils de gâcher mon bonheur, avec leur stupide révolution?

Le nouveau conseil général de la commune décida qu'Alexandre ne continuerait pas à faire l'école, puisqu'il avait refusé de prêter le serment imposé. La salle où nous avions tous appris à lire et à écrire fut fermée, et Sylvain Busquet parcourut le village à la recherche d'un volontaire qui remplacerait Alexandre. Il fallait quelqu'un, assurait-il pompeusement, qui fût d'un civisme parfait, attaché à la révolution et au nouveau régime. Hippolyte, le fils aîné d'Eloi, se proposa. Satisfait, Sylvain Busquet envoya la candidature au district de Douai. En attendant la date fixée pour une prochaine réouverture, l'école resta fermée. Et je pensai à ce que m'avait dit ma sœur ; avec leur nouvel instituteur, qu'apprendraient donc les enfants de notre village ? Certainement, tout ce dont on nous rebattait les oreilles à présent, la haine de la royauté, de la religion, de la noblesse ; on leur répéterait que le roi avait été un tyran, que désormais les hommes étaient tous libres et égaux. Sans aucun doute le croiraient-ils, les enfants croient tout ce qu'on leur dit. Que donnerait un monde où les futurs citoyens seraient formés de cette façon ? Serait-il mieux que celui où nous avions vécu jusqu'ici ?

De nouveau, la crainte d'une disette revenait. La récolte avait été assez médiocre à cause d'un été trop sec. De plus, les réquisitions considérables imposées pour l'armée avaient raréfié grains et légumes. De leur côté, les assignats continuaient de perdre de leur valeur. On protestait, dans les villes, contre la vie chère. On parlait de façon inquiétante de pillages, d'émeutes. Afin d'éviter une montée des prix trop importante, la Convention décida d'établir, pour toutes les denrées de première nécessité, un maximum à ne pas dépasser. Les nouveaux prix devaient être calculés en prenant comme base ceux de 1790 augmentés d'un tiers. La réglementation était sévère : tout marchand qui vendrait au-delà du maximum serait puni d'une amende égale à dix fois la valeur de l'objet vendu, qui serait aussitôt confisqué au profit du dénonciateur. En cas de récidive, ce serait une peine de deux ans de détention.

Ce système eut peut-être l'avantage de satisfaire les acheteurs, mais mon père, lui, fut effondré :

— Mais ils veulent nous ruiner ! Le prix de 1790 plus un tiers ! Mes produits vont être vendus bien au-dessous de leur valeur. Vois, Mathilde, tu vas comprendre. Un exemple : en 1790, le quintal de froment valait six livres ; maintenant, il en vaut quatorze. Le nouveau prix sera donc celui de 1790, six livres, plus un tiers, ce qui reviendra à huit livres. Huit livres au lieu de quatorze ! Et c'est la même chose pour le blé, les pommes de terre, le beurre...

Joséphine, elle aussi, poussa les hauts cris. Elle avait dû afficher une liste des denrées vendues dans son épicerie, avec leur nouveau prix.

— Je ferais aussi bien de fermer mon magasin, répétait-elle avec colère à toutes ses clientes. S'il me faut vendre mes marchandises à des taux qui n'atteignent pas la moitié, et quelquefois le tiers de leur valeur réelle, à quoi bon ?

Beaucoup lui conseillaient de ne pas crier aussi fort son désaccord. Avec la loi contre les suspects et la création des comités de surveillance, il valait mieux se taire. Mais elle haussait les épaules avec irritation :

— Je n'ai jamais caché ce que je pensais, et ce n'est pas maintenant que je vais commencer. Surtout dans un cas comme celui-ci : tout le monde peut se rendre compte que je dis la vérité.

Même Sylvain Busquet, qui lui aussi devait vendre les produits de sa ferme, fut mécontent. Mais comme les autres il ne put qu'obéir.

Un jour d'octobre, je me rendis chez ma mère, ainsi que je le faisais souvent, avec Bastien. Le temps était doux et ensoleillé, les feuilles des arbres jonchaient le chemin et crissaient sous mes pas. Je traversai la cour de la ferme, ouvris la porte. Dans la grande salle, il n'y avait personne. Les hommes étaient aux champs, probablement, mais où était ma mère ? Je l'appelai. De la chambre, sa voix me parvint :

— C'est toi, Mathilde ? Entre.

J'allai la rejoindre. Penchée sur le lit, elle enveloppait des objets dans une serviette de toile. J'avançai, me penchai.

— Que faites-vous donc, mère ?

Elle écarta le tissu.

— Je vais dissimuler tout ça.

Je posai Bastien sur le lit ; il se mit à gazouiller en regardant le plafond. Inquiète, je fixai ma mère.

— Pourquoi donc ?

Elle prit les objets un à un.

— Regarde. Ceci, c'est une bourse de soie que m'avait donnée la comtesse, il y a bien longtemps ; des fleurs de lys y sont brodées. Interdit, n'est-ce pas ? Ça, c'est une miniature qui représente le roi et la reine. Interdit également. Et ça, ce sont des cuillères à café que nous a offertes le comte, lorsque nous nous sommes mariés ; on ne s'en sert jamais, elles sont si belles ! Mais il faut les faire disparaître, elles aussi. Vois, les armoiries sont gravées dessus.

Je me souvins des recommandations de Sylvain Busquet concernant les traces de féodalité. Je les avais trouvées ridicules et je les avais oubliées tout aussitôt.

— Pourquoi cacher ces choses ? Vous les avez toujours eues. Ce n'est pas un crime de les posséder.

Ma mère replia le linge, fit un nœud serré, se releva, soupira :

— Non, ce n'est pas un crime, et pourtant, c'en est devenu un. Avec cette révolution, de tels objets suffisent pour être taxé d'incivisme et d'aristocratie. Je ne tiens pas à me retrouver sur la liste des suspects. Rappelle-toi ce qu'a dit Marie-Henriette, au sujet de cette tournée d'arrestations qui a eu lieu à Douai en juin.

Oui, je me souvenais. Des gardes nationaux avaient parcouru les rues, avec une liste de citoyens déclarés suspects. Ils les avaient emmenés au couvent des Ecossais, qui servait de prison. Parmi eux, il y avait Deroo, l'apothicaire, que je connaissais, et Desfontaines, l'épicier chez qui ma sœur se ravitaillait habituellement.

— Crois-moi, dit ma mère en prenant le paquet noué, si Justin a des objets de ce genre, fais-les disparaître aussi.

— Est-ce vraiment nécessaire ?

Elle me regarda bien en face.

— Je n'en sais rien, mais je me méfie. Ecoute ceci, et ne le répète à personne : ce matin, Victoire, la femme d'Eloi, est venue me voir. Nos mères étaient cousines, tu le sais. Bien que son mari approuve cette révolution, elle ne partage pas tout à fait ses idées. Elle a voulu me prévenir. Surtout, m'a-t-elle dit, dissimule toutes les marques de royauté que tu pourrais avoir chez toi. Elle n'a pas voulu m'expliquer la raison de sa recommandation. Mais elle a été si pressante qu'elle m'a inquiétée, c'est pourquoi je lui obéis. Eloi a dû lui confier quelque chose, même si elle ne veut pas l'avouer. Je me demande bien ce que c'est. En tout cas, Nicolas ira enterrer ceci derrière la grange, à la nuit.

Je repartis et je parlai à Blaise des conseils de ma mère. Justin grommela qu'il ne possédait rien qui pût être taxé d'aristocratie. Je pensai aux louis d'or que m'avait donnés le comte, à chacun de mes anniversaires, et que j'avais emmenés avec moi lorsque je m'étais mariée. Ils étaient toujours enfermés dans un mouchoir, et je les avais placés tout au fond de l'armoire de notre chambre. Etaient-ils à bannir, eux aussi, parce qu'ils portaient sur une de leurs faces le profil du roi ? Je posai la question.

— Peut-être bien, répondit Blaise en fronçant les sourcils. Par prudence, il vaut mieux les dissimuler. Donne-les-moi, je les enterrerai dans le jardin, sous le tilleul.

— C'est pénible, dis-je, furieuse. Nous voilà obligés de cacher ce qui est à nous, comme si nous étions des voleurs ! Si c'est ça la nouvelle liberté... Je me demande, moi aussi, ce qu'a voulu dire Victoire en donnant un tel conseil à ma mère.

Nous le sûmes bientôt. Deux jours plus tard, un événement survint, qui acheva de détruire ce qu'avait été, depuis toujours, notre village.

Il était très tôt. J'étais venue, comme je continuais à le faire chaque matin, aider ma mère à traire les vaches. Nous avions fini, et nous sortions de l'étable avec nos seaux de lait mousseux, aidées par Jean-Marie, lorsque nous les entendîmes arriver. Des soldats, des gendarmes à cheval. Combien étaient-ils? Dix, vingt peut-être. Ils avançaient sous la pluie qui tombait, se dirigeant vers le château qui les dominait de sa masse puissante. Et ces hommes avaient, dans leur marche lente et sûre, quelque chose d'inéluctable qui me fit frissonner. Ce fut alors que je vis, devant eux, les conduisant, Eloi et Sylvain Busquet.

— Que font-ils? demanda ma mère avec angoisse.

Ils firent le tour pour aller se présenter devant l'entrée et, comme notre ferme était située à l'arrière, nous ne les vîmes plus. Ma mère me regarda, les yeux agrandis.

— C'est au comte qu'ils en veulent.

Mon père, mon frère Nicolas et Louis étaient venus nous rejoindre. Comme nous, ils avaient vu les hommes contourner le château, et comme nous ils s'interrogeaient. Mon père se gratta la tête.

— Si vous voulez mon avis, ils ne sont pas venus pour lui offrir des fleurs. Ne restons pas là. Allons déjeuner.

Avec les autres, je rentrai dans la grande salle. Je pris ma cruche de lait habituelle, mais je n'osai pas m'en aller tout de suite. J'avais peur de me trouver face à ces soldats. Debout près de la porte, j'attendais, guettant leur départ, pendant que les autres, assis à la table, mangeaient leurs tartines qu'ils trempaient dans de grands bols de lait chaud.

— Assieds-toi, Mathilde, dit ma mère. Veux-tu un peu de pain?

Je secouai la tête.

— Non, merci. Je déjeunerai avec Blaise et Justin. Je crois bien que je vais partir. On ne voit plus rien et...

La voix me manqua. Des soldats envahissaient la cour. Je reculai dans la pièce. Affolée, je bégayai :

— Les soldats ! Les voilà !

Ma mère porta une main à ses lèvres, comme pour étouffer un cri. Jean-Marie se leva brusquement. Mon père dit, d'une voix calme :

— Allons, n'ayez pas peur. Nous n'avons rien à nous reprocher. Ne bougez pas. Continuez à manger.

Jean-Marie se rassit, ma mère se pencha sur le feu. Je m'approchai de la table et posai la cruche qui, dans mes mains, tremblait. Des coups retentirent, une voix cria :

— Au nom de la loi, ouvrez !

Mon père se leva et se dirigea posément vers la porte qu'il ouvrit toute grande :

— Entrez donc, ce n'est pas fermé.

Ils pénétrèrent dans la pièce. Ils étaient cinq. L'un d'eux, un sergent, déclara :

— Nous devons fouiller partout, pour nous assurer de votre civisme. Etiez-vous attachés à votre maître ? Attention, ceux qui aiment les aristocrates sont de mauvais citoyens ! Nous venons de les arrêter, lui et son fils. Nous allons les conduire à Douai. La prison, c'est tout ce qu'ils méritent.

Il se mit à rire, et les soldats l'imitèrent servilement. Je les regardai avec un mélange de peur et de mépris. Je vis mon père serrer les poings, mais il ne dit rien.

— Allons, faisons notre travail, reprit le sergent en ouvrant la porte de la chambre de mes parents. Venez, vous autres ! ordonna-t-il à ses hommes.

Ma mère fit un pas vers eux, les poings aux hanches.

— Un instant ! Puisque vous êtes là pour fouiller, et qu'on ne peut que vous laisser faire, agissez au moins sans rien abîmer. Je peux vous le dire tout de suite, vous ne trouverez rien. Nous sommes d'honnêtes citoyens, et c'est bien malheureux de se voir traités de cette façon. C'est une honte !

Interdits, les soldats s'immobilisèrent. Mon père intervint :

— Voyons, Rose, calme-toi. Et vous, citoyens, excusez ma femme, elle se met facilement en colère. Il est vrai que nous ne comprenons pas votre intervention, puisque nous n'avons rien à nous reprocher. Mais enfin, faites ce que vous avez à faire. Je vous demande simplement de respecter nos pauvres biens.

Ils perquisitionnèrent. Ils vidèrent le contenu des armoires, arrachèrent les draps des lits, retournèrent les matelas. Ils laissèrent tout en désordre, mais n'abîmèrent rien. Puis ils sortirent, se penchèrent sur le puits, entrèrent dans la grange, qu'ils fouillèrent également, puis dans l'étable et dans la porcherie, où des grognements furieux les accueillirent. Enfin, ils revinrent nous saluer alors que, sur le seuil de la porte, nous les regardions sans cacher notre mécontentement.

— Rien à signaler, citoyens. Continuez à vous bien conduire. La nation a besoin de bons citoyens comme vous. Nous traquons sans pitié les traîtres, les aristocrates et les renégats. Vous pouvez nous remercier, nous vous débarrassons de votre maître, qui si longtemps vous a écrasés de taxes et de travail. C'est fini, maintenant, vous allez être libres.

Ils traversèrent la cour, s'en allèrent. Je poussai un soupir de soulagement.

— Tout compte fait, dit mon père, ça ne s'est pas trop mal passé.

— Nous devons une fière chandelle à Victoire, murmura ma mère. Je comprends maintenant pourquoi elle m'a prévenue. Sans doute savait-elle ce qui se préparait.

— Regardez ! cria Jean-Marie. Ils emmènent monsieur le comte, et aussi monsieur Adrien.

Je levai les yeux. Sur la route qui menait vers le centre du village, je vis les autres soldats et, au milieu d'eux, les mains liées, attachés l'un à l'autre comme des criminels, le comte et Adrien. Une corde les rattachait aux gendarmes qui, à cheval, les précédaient. Le comte marchait la tête basse, le dos courbé, en traînant les pieds comme un très vieil homme. Adrien, près de lui, gardait son allure fière et désinvolte. Je savais maintenant que ce n'était qu'une attitude. Il n'avait rien fait, et des gendarmes l'emmenaient en prison.

— Vous avez vu? Ça, c'est ma revanche, et quelle revanche!

La voix victorieuse de Sylvain Busquet me fit tressaillir. Debout à l'entrée de la cour, il regardait le cortège s'éloigner, un sourire de triomphe aux lèvres.

— Je suis vengé, mes amis. Jamais je n'aurais imaginé l'être de cette façon! Et mon père l'est aussi. Si seulement il pouvait voir ça! Le comte emmené par des gendarmes! Cette image efface l'autre, que je n'ai jamais pu oublier depuis mon enfance. Ah! Avouez, quand même, que cette révolution a du bon.

Il se tourna vers nous, rayonnant. Mon père hocha la tête d'un air de doute.

— Vois-tu, Sylvain, ce que je te reproche, c'est d'en faire une affaire personnelle. Le comte n'est pas coupable. C'est son père qui avait envoyé le tien aux galères.

— Pour moi, c'est la même chose. Vous ne pouvez pas comprendre, Jean-Baptiste. Je me sens libéré.

— Alors, ça, c'est ton œuvre, et celle d'Eloi?

Sylvain redressa farouchement la tête.

— Nous n'avons fait qu'appliquer la loi, celle que Merlin a fait adopter, et qui ordonne l'arrestation des suspects. C'est tout.

— Et pourquoi sont-ils suspects, eux? demanda mon frère Nicolas.

Sylvain le considéra avec pitié.

— Voyons, Nicolas, ne pose pas une question aussi stupide. D'abord, ce sont des aristocrates. De plus, leurs femme et sœur sont émigrées. Ils entretiennent avec elles une correspondance suivie. Cela seul suffit amplement. Comprenez que cette arrestation vous sera bénéfique, à vous aussi.

— En tout cas, dit ma mère d'une voix acerbe, ce que je n'ai pas apprécié, c'est qu'ils sont venus fouiller ici.

— Ils avaient des ordres. Ils ont fouillé le château de fond en comble, ils ont fait la même chose pour la ferme qui en dépendait.

Ma mère eut une moue incrédule.

— Raconte ça à d'autres, pas à moi. J'espère, Sylvain, que cette décision ne venait pas de toi.

— Je vous assure que non. Jamais je ne vous dénoncerais, je vous considère comme des amis et je vous connais depuis toujours. Mais ce que je déplore chez vous, comme chez la plupart des gens du village, c'est votre attachement à un système révolu et détesté, votre manque d'enthousiasme devant un changement aussi extraordinaire. Car, avouez-le, c'est formidable, ça !

D'un geste large, il montra les soldats et les gendarmes qui, sur la route, là-bas, s'éloignaient en emmenant leurs deux prisonniers. Mon père de nouveau secoua la tête.

— Je ne sais pas. Tu vois, Sylvain, ça me ferait plutôt peur.

Sylvain eut un éclat de rire ironique.

— Peur ? Allons donc ! Et de quoi ? C'est ridicule ! Je vous le dis, moi : c'est formidable !

Riant toujours, il s'en alla d'une démarche joyeuse. Pendant tout ce temps, j'étais restée muette, le cœur lourd. Je pouvais comprendre Sylvain, et son désir de revanche enfin assouvi. Mais je partageais l'avis de mon père, et je ressentais, en revoyant Adrien suivre les gendarmes, une tristesse confuse et inavouée qui me donnait envie de pleurer.

2

Dans le village, les avis furent partagés, mais la réaction générale fut une consternation mêlée de peur. Comment un ordre nouveau pourrait-il être établi dans notre village privé de prêtre et de seigneur, avec la guerre, de surcroît, et les ennemis dans la région? Des camps de soldats français s'étaient installés un peu partout. Cambrai était toujours en état de siège, les ponts étaient détruits, l'inondation s'étendait autour des remparts. L'armée autrichienne cernait tout le côté sud. Les habitants des faubourgs avaient dû quitter leur logis inondé et se réfugier dans la ville, où ils s'étaient installés dans les couvents et les maisons des émigrés, après avoir entassé leurs récoltes dans les églises.

Une fois, j'allai avec ma mère et mon frère Nicolas, tenter de porter un peu de ravitaillement à ma tante Séraphine. La porte de Selles ne s'ouvrait que toutes les deux heures, et la surveillance était sévère. Des officiers municipaux et des membres de la Société populaire nous fouillèrent, examinèrent nos passeports, ouvrirent le panier que ma mère transportait. Ils virent le pain, le beurre, les légumes. Ils inspectèrent le tout soigneusement. L'un d'eux demanda:

— A qui est destiné ceci?

— A ma sœur, répondit brièvement ma mère. Nous allons lui rendre visite.

L'homme repoussa le panier.

— Désolé, citoyenne. Les ordres sont formels, il est interdit d'apporter de la nourriture.

Ma mère s'indigna :

— Mais enfin, pourquoi ? Je vous dis que c'est pour ma sœur. J'ai bien le droit de...

— Inutile d'insister. La défense est la même pour tout le monde.

Ma mère ouvrit la bouche pour répliquer, lorsqu'un membre du club s'approcha, arborant une superbe cocarde tricolore :

— Qu'y a-t-il ? demanda-t-il à l'officier. Ces personnes sont-elles suspectes ?

J'eus un court instant de panique ; j'échangeai avec ma mère un regard affolé. Nicolas répondit calmement :

— Nous ne sommes pas suspects, nous sommes de bons citoyens. Mon frère se bat pour la patrie, et nous venons simplement rendre visite à des parents.

— J'ai confisqué le ravitaillement qu'ils apportaient, expliqua l'officier.

— Tu as bien fait, dit l'autre. – Il se tourna vers nous. – Vous pouvez entrer, mais soyez là dans deux heures, à la prochaine ouverture.

Ma mère voulut protester, mais mon frère l'entraîna. Elle dut laisser là son panier, et ne cessa de maugréer. Dans les rues, il n'y avait que très peu de gens. Un silence lourd régnait, fait de tristesse et de peur. Ma tante Séraphine nous accueillit avec chaleur. Elle avait maigri, ainsi que Gabrielle. Des larmes lui vinrent aux yeux lorsque ma mère parla des aliments confisqués.

— Ils s'en emparent pour eux-mêmes, probablement. Ces Jacobins sont odieux. Il paraît qu'ils prennent leur part sur les provisions prévues pour l'armée. Après ça, on s'étonnera que nos soldats souffrent de la faim ! Tout est de plus en plus cher, le pain surtout. Et ces ennemis, prêts à nous assiéger... Ils ont envahi Valenciennes, et le bruit court qu'ils se sont rendus coupables de cruautés horribles. Nous avons peur, nous ne dormons plus. La municipalité prévoit la défense de la ville, mais la sortie qui a été tentée le mois dernier a été un désastre. Nos soldats ont été attaqués à Avesnes-le-Sec par la cavalerie ennemie, ils ont été décimés, tués, blessés, faits prisonniers. Nous avons faim, nous osons à peine sortir. C'est tout juste si on reconnaît notre ville ; et que dire de ces hussards noirs qui la sillonnent, avec leur tête de mort sur leur coiffure ? Ils sont si peu disciplinés que beaucoup d'habitants se sont plaints de leurs méfaits. De toute façon, on ne respecte plus rien.

» Savez-vous ce qui s'est produit récemment ? Afin de récupérer du plomb pour faire des balles, la municipalité a fait exhumer les cercueils de plomb qui se trouvaient dans les caveaux des églises. Il paraît que les ossements ont été traînés dans les rues, et les restes de Fénelon ont échappé de justesse à cet acte de vandalisme. C'est effrayant, quand on voit comment agissent ceux qui se disent révolutionnaires. Ces églises vendues, pillées ; celle de Sainte-Croix, où Gabrielle a fait sa première communion, a été achetée par un cordonnier qui l'a démolie, elle est maintenant en ruine.

» Elle est devenue le rendez-vous des soldats et des filles de joie la nuit. N'est-ce pas une honte ? Dans la journée, ce sont les gamins qui s'y rendent, pour jouer à l'aristocrate et au patriote, et se battre à coups de pierre. Ou bien, ils remplissent leurs poches de ces pierres et s'amusent à briser les vitres des autres églises. Bien entendu, on ne leur dit rien.

» Et ce Comité de salut public qui vient d'être créé, chargé de recevoir les plaintes et les dénonciations ! Déjà, plusieurs habitants ont été arrêtés, d'autres ont été expulsés avec l'ordre de se rendre à vingt lieues des frontières, d'autres encore sont maintenus sous surveillance. Je n'ose pas le dire parce que je serais traitée de suspecte, mais à vous je peux l'avouer : c'était mieux avant. Au moins, nous n'avions pas ce désordre, cette désorganisation. Les Jacobins ne cessent de répéter qu'il faut de la patience, qu'une révolution ne se fait pas en un jour. Peut-être, mais moi je trouve que ça va de mal en pis.

Nous la laissions parler, déverser sa rancœur, exprimer son indignation. Pour la dérider, je lui racontai les progrès de Bastien. Ma mère donna des nouvelles du village, expliqua ce qui s'était produit depuis que nous avions une nouvelle municipalité, relata l'arrestation du comte et de son fils. Ma tante répliqua qu'elle n'était pas étonnée, et affirma que nous devions nous attendre à des calamités encore plus grandes. Elle semblait si convaincue que je ressentais, en la quittant, une crainte devant les jours à venir. Cette sensation dura jusqu'à notre retour au village. Là, enfin, elle disparut : je retrouvai Blaise et Bastien, et j'oubliai tout ce qui n'était pas nous.

Pourtant, de temps à autre, les paroles de ma tante me revenaient à l'esprit, et je m'inquiétais. N'avait-elle pas raison ? Après les prêtres, les nobles, les émigrés, on s'en prenait aux « suspects ». N'importe qui pouvait l'être, s'il montrait tant soit peu son désaccord. Il était alors accusé de « propos inciviques », d'« attitude contre-révolutionnaire », et arrêté. Les dénonciations étaient également à craindre. Si quelqu'un était dénoncé, à tort ou à raison, il se retrouvait en prison. Cette méthode, encouragée par les Jacobins, prit bientôt une ampleur terrible.

Dans notre village, la vie continuait cahin-caha. En apprenant l'exécution de la reine, qui avait eu lieu le 16 octobre, nous fûmes à peine surpris. Une sorte de fatalisme nous faisait accepter cet événement comme la suite logique des précédents ; il semblait maintenant qu'ils ne s'arrêteraient plus. Et puis, disaient certains, la reine était bien plus coupable que le roi, c'était elle qui, par sa vie de plaisir, par ses folles dépenses, avait mené le pays à la ruine ; elle avait été punie, ce n'était que justice. J'écoutais ces réflexions sans répondre. Sans doute y avait-il en elles un fond de vérité, mais un châtiment aussi dur était-il nécessaire ?

Bientôt, un nouveau décret arriva ; pour illustrer cette égalité qui dorénavant régnerait entre les citoyens, tout le monde devait se tutoyer.

— Eh bien, constata Ignace en riant, dans notre village l'égalité règne depuis longtemps; nous nous tutoyons tous.

Ce n'était pas tout à fait vrai. Les jeunes ne tutoyaient pas les plus âgés, ni leurs parents. Ainsi, Sylvain Busquet lui-même vouvoyait mon père, et moi j'agissais de même avec Justin. Je me voyais dans l'impossibilité d'obéir à ce décret, et je l'avouai à mon beau-père:

— Je ne peux pas vous tutoyer, père Justin. Je trouve que ce serait de ma part un manque de respect.

Il approuva:

— Continue donc à faire comme avant, ma fille. De toute façon, c'est entre nous.

L'égalité fut établie, de même, entre enfants d'une même famille. Une loi décida que le droit d'aînesse serait supprimé; les biens seraient partagés de façon identique entre les héritiers. Justin ne cacha pas sa satisfaction:

— Ça, au moins, c'est bien! Je me souviens de l'avoir demandé, à l'époque où nous avons rédigé le cahier de doléances, il y a maintenant quatre ans. Si toutes leurs décisions étaient aussi valables, on les approuverait sans restriction.

Seulement, à côté de ces mesures satisfaisantes, il y avait les autres, celles que nous ne pouvions ni comprendre ni admettre, qui nous enlevaient notre curé, notre seigneur pourtant rendu inoffensif, et qui envoyaient nos jeunes gens aux armées.

Le château demeurait désert. Polycarpe, le jardinier, avait été promu gardien et en conservait les clefs. Les autres serviteurs étaient retournés chez eux. Rosalie, que j'allai voir, se lamenta longuement:

— Vois, Mathilde, si ce n'est pas malheureux! Ce château devenu inutile... J'ai remis de l'ordre, les soldats avaient tout démoli en perquisitionnant. Pour le moment, je reste là, je n'ai nulle part où aller. Il n'y a plus que Polycarpe et moi, mais ce n'est que provisoire. Qu'allons-nous devenir, et que va devenir ce château abandonné?

Pauvre monsieur le comte ! Quand je pense qu'il ne voulait pas le quitter. Ils ont bien su l'obliger. Je n'oublierai jamais le jour où je les ai vus partir, lui et monsieur Adrien, j'en ai pleuré toute la journée. Je suis inquiète. Et dans le village, ce n'est pas mieux. Notre brave Pierre-Antoine n'est plus maire, ce sont Eloi et Sylvain Busquet qui font la loi. Ce n'est pas ça qui va améliorer la situation.

Je ne parvins pas à la réconforter. En réponse à mes observations, elle secoua la tête avec découragement. Lorsque je m'en allai, je vis Polycarpe qui bêchait un des nombreux massifs qui ornaient la cour. Je le saluai. Il posa son louchet, cracha dans ses mains.

— Je me demande si ça sert encore à quelque chose, ce que je fais là, mais je ne sais faire que ça ; jardinier, c'est mon métier. Il va falloir que je trouve une autre place, sans aucun doute. Mais où ? C'était monsieur le comte qui me payait, mais maintenant qu'il n'est plus là... Quant à savoir s'il reviendra un jour, je n'y crois pas, hélas !

Je remarquais que, petit à petit, en plus du mécontentement, un pessimisme mêlé de peur se faisait jour. Alors je me repliais sur mon petit monde, qui m'apportait la stabilité qui manquait ailleurs : l'amour de Blaise, les rires et les gazouillements de Bastien. Il avait bientôt quatre mois, s'éveillait à la vie, avec une nature paisible et heureuse. Il nous reconnaissait parfaitement, adorait tirer les moustaches de Justin, tendait ses petites mains vers nous. Blaise en était fou. Souvent, il le prenait, le levait très haut et le tenait ainsi au-dessus de lui, au bout de ses bras tendus ; l'enfant gloussait de ravissement. En de tels instants, j'avais conscience de mon bonheur. C'était cela, me répétais-je, le plus important, et non pas ce qui se passait ailleurs et qui ne me concernait pas.

Mais comment faire abstraction des événements, lorsque la présence de Germain et de François nous manquait, lorsque je m'efforçais de rassurer ma mère ou Justin alors que je partageais leur inquiétude quant au sort des soldats dont nous étions sans nouvelles, lorsque je voyais le presbytère vide, l'église fermée, le château déserté ?

La nouvelle municipalité, qui approuvait les idées anticléricales de la révolution, fit savoir que le territoire du village était dorénavant interdit à l'abbé Lemaire ; s'il osait encore venir faire une messe, il serait aussitôt arrêté. Nous fûmes tous indignés, mais Eloi, et surtout Sylvain Busquet restèrent inébranlables. Dans une semblable histoire, affirmèrent-ils, c'étaient nous qui étions en tort, pas eux. Ils obéissaient aux lois, et nous ferions bien d'en faire autant si nous voulions éviter des représailles.

— Des menaces, maintenant ? grommela Joséphine. Mais ça ne se passera pas comme ça ! Si l'abbé Lemaire ne peut plus venir à nous, eh bien, nous irons à lui.

Par Ambroise, elle réussit à connaître les jours où il se rendait dans d'autres villages pour dire la messe, baptiser les nouveau-nés, confesser les habitants, donner quelques instructions de catéchisme aux enfants. Lorsque ce n'était pas loin de chez nous, nous y allions ensemble, en cachette. C'était souvent très tôt, bien avant l'aube, vers quatre ou cinq heures du matin. La messe avait lieu dans une grange, qu'il fallait prévoir vaste ; nous étions parfois plusieurs centaines à y assister. L'abbé Lemaire nous recevait avec un large sourire :

— Combien je suis heureux de vous voir si nombreux ! Grâce à vous, je m'aperçois que la religion n'est pas morte.

Il disait la messe avec ferveur, et nous priions tous avec lui, dans une grange souvent glaciale, à la lueur des torches et des bougies. Je regardais ce jeune prêtre qui nous avait mariés, Blaise et moi, qui avait baptisé notre enfant, et je l'admirais. J'entendais, autour de moi, des conversations.

— Il va où on l'appelle, au mépris du danger, racontait une femme. Il ne craint pas pour sa vie ; elle appartient à Dieu, dit-il. C'est pour ceux qui le logent, qui lui donnent l'hospitalité le temps d'une nuit, qu'il a peur ; une peine de six ans de fers est prévue pour les personnes qui cachent des prêtres réfractaires.

— C'est vrai, disait une autre, mais comment ne pas l'aider, alors qu'il fait tant pour nous ? Il prépare les enfants à leur première communion, porte les derniers sacrements aux mourants, se dépense sans mesurer sa peine. La dernière fois qu'il a confessé mon fils Joseph – c'était en pleine nuit –, il n'avait pratiquement pas dormi depuis deux jours. Il devait faire un effort pour garder les yeux ouverts. « Si je m'endors en vous confessant, a-t-il dit à Joseph, réveillez-moi aussitôt. » Eh bien, pendant la confession, il est tombé cinq fois sur Joseph ! Il n'en pouvait plus. On a eu pitié de lui, on l'a forcé à prendre un peu de repos. Il refusait encore, affirmant que trop de gens l'attendaient et qu'il ne pouvait pas les décevoir. Voilà un homme admirable ! Et s'il y en a qui sont capables de le dénoncer, eh bien, je préfère ne pas dire ce que je pense d'eux !

Nous repartions de ces messes le cœur réchauffé, après avoir remercié l'abbé Lemaire pour le bien qu'il nous faisait. Nous gardions soigneusement le secret, et je n'ai jamais su si Eloi et Sylvain ont ignoré nos déplacements clandestins, ou si, au contraire, ils ont laissé faire, tant que cela ne se passait pas sur le territoire de leur commune.

Bientôt, le culte autorisé et pratiqué par les prêtres constitutionnels fut, lui aussi, supprimé. En novembre, la Convention décida la fermeture de toutes les églises. Les curés qui restaient – ceux qui avaient prêté serment – furent mis en demeure de cesser leurs fonctions. L'ordre fut donné d'enlever les vases sacrés et tous les objets servant au culte.

La municipalité de notre village s'empressa d'obéir. Ils dressèrent l'inventaire des richesses de l'église, ciboires, calices, ostensoir, croix de procession en argent, ainsi que les ornements sacerdotaux, et firent transporter le tout à Douai. A ceux qui s'indignaient, comme Joséphine, Sylvain Busquet répondait que la nation avait besoin de tout le métal disponible pour la fabrication des armes; il était donc normal de prendre ces objets devenus inutiles.

Dans un excès de zèle superflu, ils décidèrent de faire disparaître les signes d'une religion définitivement supprimée. Ils enlevèrent les statues des saints et le grand christ qui ornait le chœur. Sylvain emmena toutes celles qui étaient en bois pour les casser à coups de hache et en faire du bois de chauffage. Le jour où ils dépouillèrent ainsi l'église, nous étions sur la place et nous protestions contre cette profanation qui nous indignait.

— Mais laissez-les là! criait Joséphine, outrée. Ces statues ne font de mal à personne!

— Peut-être, ricana Sylvain Busquet, mais elles ne servent à rien non plus. Moi, je suis d'avis qu'il faut tout enlever. Il ne doit plus rester aucune trace de ce fanatisme ridicule. Je l'ai toujours dit, ce n'étaient que des stupidités, et pour ma part je n'y ai jamais cru. Je ne suis pas fâché de voir disparaître tout ça.

Je me rappelai ce jour d'hiver où, dans l'église, la veille de Noël, Sylvain m'avait avoué que pour lui Dieu n'existait pas, puisqu'il avait permis la condamnation de son père aux galères. Je le regardai emmener les statues avec un air de jubilation victorieux. De ce Dieu auquel il n'avait jamais pardonné, il se vengeait aussi.

— Ah non, celle-là, tu ne la détruiras pas! dit Joséphine en se précipitant.

Elle arracha des mains de Sylvain la statue de l'Enfant Jésus et l'emporta. Elle nous avoua par la suite l'avoir enveloppée de paille et cachée dans un endroit sûr. Ce fut, grâce à elle, la seule statue préservée; elle regagna sa place après les années de tourmente, lorsque enfin l'ordre fut revenu. Les autres furent brûlées ou brisées. Sylvain Busquet se servit même des débris de l'une d'elles pour consolider les marches de sa cave.

— C'est une honte, fulmina ma mère. Comment Marie peut-elle laisser son fils agir ainsi? Il devient fou, ma parole! Il sera puni, c'est moi qui le dis.

Je partageai cet avis, car une superstition se mêlait à

nos croyances. Toute mauvaise action recevait un châtiment, surtout si elle concernait des reliques sacrées qui demandaient respect et adoration. Mais, que nous le voulions ou non, la religion était abolie, et notre église, dépouillée, aux murs entièrement nus, fut définitivement fermée.

Lors d'une de leurs délibérations, le conseil général décida que, puisque dorénavant le presbytère ne serait plus jamais habité, il servirait de maison commune, en remplacement de l'arrière-salle du cabaret d'Ignace. Avec un serrement de cœur, nous dûmes accepter que le logement de notre curé se transformât en mairie.

— Il est vrai que c'est une honte ! approuva ma sœur quand nous lui fîmes le récit de ces changements. Ici, à Douai, les églises Saint-Pierre, Saint-Jacques et Saint-Amé ont été mises sous scellés. Et puis, une fois que les métaux précieux ont été récupérés pour la fonte, le mobilier a été vendu aux enchères : les prie-Dieu, les chapelles, les confessionnaux, les buffets d'orgues. Ce qui n'a pas été vendu a été détruit. J'ai entendu dire que des officiers municipaux, des perruquiers, des fripiers, se sont ainsi meublés à peu de frais. C'est une nouvelle mode ; les prêtres peuvent se marier, et le règne de Dieu est aboli. Il faut détruire les signes de la religion comme ceux de la royauté. Les statues, les crucifix, les ornements d'église, les peintures, les manuscrits, tout a été brûlé dans un feu de joie, pendant que la musique de la garde nationale jouait *La Marseillaise* et le *Ça ira.* Je n'ai pas pu aller voir une infamie pareille !

Elle se laissa tomber sur une chaise, montra ses enfants qui, plus loin, jouaient.

— Et eux, que vont-ils devenir maintenant ? Ils ont été élevés dans la religion catholique et elle est interdite. A l'école, on leur dit que c'était une pratique absurde, immorale, que les prêtres étaient des imposteurs, et que les seuls cultes reconnus sont la vertu, la raison, la liberté et l'égalité. Ces enfants ne savent plus que croire, et je les comprends. Heureusement, il y a l'abbé Ganil. Il a été vicaire ici, à Notre-Dame. Comme d'autres prêtres courageux, il a décidé de ne pas émigrer, et vit chez ses parents qui sont *neutiers* [1] rue des Fripiers. Il s'est aménagé une cachette dans le grenier, et il va partout où il est demandé, pour baptiser les enfants, consacrer les mariages, entendre les confessions, administrer les mourants.

— Comme l'abbé Lemaire, dis-je, ces prêtres risquent leur vie pour défendre la religion et aider leur prochain.

— Jusqu'ici, il a réussi à échapper aux révolutionnaires qui le traquent. Il faut dire qu'il arbore à chaque fois un déguisement différent : un jour il est ouvrier maçon, un autre jour couvreur, brasseur, ou encore jardinier... Il enseigne également le catéchisme aux enfants, et grâce à lui Philippe va pouvoir faire sa première communion. Heureusement qu'il est là pour leur faire comprendre que les valeurs établies par l'Eglise depuis des siècles ne doivent pas être supprimées simplement parce qu'une poignée d'hommes en a décidé ainsi. De quel droit, d'ailleurs ? Ils détruisent tout. Après avoir transformé Notre-Dame en écurie, ils ont installé le marché aux grains à Saint-Jacques. Et l'église Saint-Pierre, l'avez-vous vue ?

Nous fîmes un geste de dénégation. Ma sœur reprit, avec un ricanement amer et douloureux :

— Elle est devenue « Temple de la raison ». Ils ont supprimé l'inscription du portail, et ils ont installé, au centre, un terre-plein, bien haut, au niveau des chapiteaux des colonnes. Ils ont mis des escaliers pour y accéder. Ils ont dressé un autel sur lequel ils ont placé une statue de la liberté, avec des voiles, des drapeaux. C'est la sainte Montagne, paraît-il. Je trouve ça tout à fait ridicule, mais bien sûr, je n'ose pas le dire. Il y a encore eu des arrestations récemment. Figurez-vous que l'avant-garde de l'armée révolutionnaire, avec Dufraisse, est venue annoncer

1. On appelait neutiers des marchands qui vendaient des habits déjà confectionnés et entièrement neufs.

qu'elle allait anéantir les aristocrates. Il y avait des chasseurs à cheval, un bataillon d'infanterie et un régiment de hussards de la mort, sinistres avec cette tête de mort sur leur bonnet. Ils se sont promenés dans les rues, précédés d'une guillotine montée sur roues, pour montrer le châtiment qui attendait les aristocrates et les suspects.

— Tu n'as pas à avoir peur, dis-je pour la rassurer. Tu n'as rien à te reprocher.

Elle me considéra d'un air incertain.

— Sait-on jamais ? Si quelqu'un s'avise de me dénoncer, simplement parce que je ne lui plais pas, je vais me retrouver en prison. C'est très facile, maintenant, de dénoncer. Les Jacobins ont fait savoir qu'ils ont placé, dans la salle où ils se réunissent, une boîte qu'ils appellent « bouche de fer ». Elle est destinée à recevoir les avis des citoyens, et surtout les dénonciations. Qu'ils soient signés ou non n'a pas d'importance. On n'ose plus s'arrêter dans les rues pour parler à quelqu'un, on se méfie de tout le monde, on a presque une attitude de coupable, tellement on a peur. Alors, moi je dis qu'il est temps qu'elle se termine, cette révolution, car je me demande où elle va nous mener.

La petite Marie-Josèphe vint vers sa mère, grimpa sur ses genoux. Ma sœur l'embrassa en soupirant.

— Elle est trop jeune pour se rendre compte, elle n'a que cinq ans. Mais son frère et sa sœur, eux, se posent des questions, déchirés entre ce que je leur ai appris et ce qu'on leur dit à cette nouvelle école républicaine. Même le rôle de parents devient difficile. Toi, Mathilde, tu ne connais pas encore ça, Bastien n'est qu'un bébé. Mais si ça continue, tu comprendras ce que je veux dire.

Ses paroles m'inquiétèrent. Mon Bastien, si pur, si innocent, si tendre, qu'allait-il devenir, dans ce monde de plus en plus dur, où l'on encourageait la délation, où l'on menaçait les honnêtes citoyens ?

Tout ce qui avait trait à la religion était banni. Ainsi, le calendrier lui-même fut proscrit, car nous le devions au pape Grégoire XIII. A sa place, un calendrier républicain fut instauré, annulant complètement le précédent et inaugurant une ère nouvelle. Tout d'abord nous n'y comprîmes rien. L'année civile commençait, dorénavant, le 22 septembre à minuit. Cette date était, d'une part, celle de la proclamation de la république, et, d'autre part, l'équinoxe d'automne, époque où le jour et la nuit étaient d'égale longueur. Une année comprenait douze mois de trente jours, complétée par cinq jours restants baptisés « sans-culottides ». Les mois, eux, portaient des noms poétiques. Pour l'automne : vendémiaire, brumaire, frimaire ; pour l'hiver : nivôse, pluviôse, ventôse ; pour le printemps : germinal, floréal, prairial ; et pour l'été : messidor, thermidor, fructidor. Ces noms poétiques étaient dus à Fabre d'Eglantine, l'auteur de la chanson *Il pleut bergère.* Chacun des mois se divisait en trois décades, et les jours s'appelaient, dans l'ordre : primidi, duodi, tridi, quartidi, et ainsi de suite jusqu'à décadi.

Il n'y avait donc plus de dimanches ; seuls les décadis étaient jours de repos. Ils devaient être annoncés dans chaque commune dès le lever du soleil par le son de cloche. Les citoyens étaient invités, ces jours-là, à arborer un drapeau tricolore sur la façade de leur maison, et à se rendre au moins une fois autour de l'arbre de la liberté pour y chanter l'hymne des Marseillais et autres chants patriotiques.

Lorsque Eloi nous lut le décret, un silence abasourdi suivit.

— Ah ben, ça alors, c'est la meilleure ! s'exclama Ignace en se grattant l'oreille. Si quelqu'un a compris, qu'il m'explique !

Nous étions tous dans le même cas. Eloi, aidé de Sylvain Busquet, essaya de donner des éclaircissements. Mais je le voyais souvent consulter son papier, et il faillit même s'embrouiller dans ses explications. Ceux qui savaient lire se groupaient devant le presbytère devenu maison commune, autour de la grille où était affiché le décret, et répétaient, au milieu des exclamations et des questions, ce qu'avait dit Eloi. Peu à peu, les esprits commencèrent à assimiler et à réagir :

— Alors, il faudra travailler le dimanche? demanda mon père.

— Oui, dit Eloi. Ce sont les décadis qui seront jours de repos, les 10, 20 et 30 de chaque mois.

— Ouais, grogna Ignace, ça ne fait pas mon affaire. Trois décadis au lieu de quatre dimanches par mois, j'y perds au change, et mon cabaret aussi.

— Travailler le dimanche, on n'a jamais vu ça, reprit mon père. Je ne l'ai jamais fait, et je ne vois pas pourquoi je le ferais maintenant, simplement pour plaire à ces messieurs de la Convention. Pourquoi veulent-ils bousculer toutes nos habitudes?

Sylvain Busquet déclara fièrement :

— Ce sont des habitudes liées à l'Ancien Régime et établies par l'Eglise. Il faut les faire disparaître. Nous devons construire un monde neuf, où rien de tout cela ne subsistera. Bien sûr, ça demande un effort d'adaptation, mais ça en vaut la peine, croyez-moi.

— Et ces mois qui ont changé de nom? s'écria Ambroise. On ne va plus s'y retrouver.

— C'est vrai, approuva Barthélemy. Ou alors, devons-nous tout réapprendre, comme lorsque nous étions enfants?

— C'est idiot! Pour qui nous prend-on?

— Moi, je le dis franchement, déclara Ignace d'une voix forte. Ils m'emmerdent, avec leur révolution!

— Tais-toi, Ignace, conseilla Justin. Pense-le si tu veux, mais ne le dis pas trop fort.

— Vous êtes des attardés, cria Sylvain Busquet, en colère. Vous ne comprenez rien!

— Parce que toi, bien entendu, ricana Ignace, tu comprends, et tu approuves?

Ils se mirent à se disputer. Blaise, près de moi, soupira :

— C'est toujours la même chose; à chacun de ces décrets, il y a des discussions à n'en plus finir. Mais le résultat ne change pas : d'accord ou pas, nous sommes bien forcés d'obéir. Et si nous ne le faisons pas, ils savent nous y obliger. Ce sera cette fois-ci comme les autres.

Mais les habitudes étaient si bien ancrées qu'il fut très dur de se plier à ce nouveau calendrier. Certains firent un effort. D'autres, parmi lesquels mon père, se comportèrent résolument comme par le passé. Ainsi, nous voyions une partie du village ne rien faire le dimanche et puis, lors du décadi, c'était l'autre partie qui se reposait pendant que les premiers travaillaient. Cela donnait l'impression d'une complète désorganisation. De plus, nous ne parvenions pas à nous habituer aux nouveaux noms des jours et des mois. Par exemple, le 24 novembre 1793 devenait le 4 frimaire de l'an II. Et il ne s'appelait plus dimanche, mais quartidi. Cela ne voulait rien dire pour nous ; nous nous sentions complètement perdus.

Au début du mois de décembre – ou plutôt en frimaire, ainsi qu'il fallait dire maintenant –, mon père revint de Douai avec une lettre de mon frère François. Chaque fois qu'il allait au marché, il passait au bureau de poste pour voir s'il n'y avait pas de courrier. Ce jour-là, un message était arrivé, qui constitua un véritable événement. Mon père le rapporta, le lut, nous le fit lire. Germain avait ajouté quelques mots, mais c'était surtout François qui racontait.

La lettre avait été écrite le mois précédent, et envoyée de Beaumont, où Jourdan, qui remplaçait Dumouriez, avait installé son quartier général. Germain et lui allaient bien, disait François, mais le village leur manquait. Ils étaient en bonne santé, malgré les conditions déplorables dans lesquelles ils bivouaquaient, dans la boue, sous des branches d'arbres car ils manquaient de tentes. Ils étaient mal protégés de la pluie et de la neige qui tombait déjà, ils avaient froid, mais ils ne se plaignaient pas. Pourtant, certains de leurs camarades n'avaient plus de chaussures, et devaient envelopper leurs pieds avec du foin qu'ils entouraient de chiffons ; leurs vêtements eux-mêmes partaient en lambeaux. Et c'était la même chose pour les officiers, dont on ne distinguait le grade que par des épaulettes de laine orange; eux aussi manquaient d'un uniforme décent. Les généraux, ajoutait-il, ne cessaient de réclamer, surtout des vêtements, mais ils ne recevaient que de la poudre et des projectiles. A cause des réquisitions incessantes, du cours forcé des assignats et du maximum établi sur toutes les denrées, les fermiers et les marchands cachaient ce qu'ils possédaient encore.

« Je comprends maintenant, écrivait François, la raison des réquisitions qu'on nous imposait et contre lesquelles je pestais, moi aussi. Mais je vous assure qu'elles sont plus que nécessaires, à nous qui manquons de tout. Il paraît que les cordonniers vont être obligés de remettre à leur municipalité cinq paires de souliers par décade; au moins, nos compagnons qui marchent pieds nus dans la boue glacée auront de quoi se chausser. »

Il terminait en nous affirmant que l'entente était bonne, l'esprit de camaraderie excellent, et que tout serait bientôt terminé. Encore une ou deux victoires comme celle de Wattignies, et l'ennemi serait repoussé. Alors Germain et lui ne tarderaient pas à revenir, en héros, dans notre village.

Germain avait joint quelques lignes. Avec son caractère enjoué et optimiste, il parlait lui aussi d'un prochain retour, qui lui permettrait enfin de goûter de nouveau à mes tartes, bien meilleures que le pain de munition qu'on leur donnait. Il nous embrassait tous, et plus particulièrement son filleul qui, assurait-il, lui manquait encore plus que les tartes. Il lui tardait de venir le retrouver.

Je lus la lettre, les larmes aux yeux. Justin, à mes côtés, renifla, s'essuya le nez du dos de la main. Blaise murmura, avec un sourire mélancolique :

— Brave Germain, je le reconnais bien là, courageux à travers toutes les épreuves.

Je ne pus m'empêcher de m'interroger sur ces soldats que l'on laissait, d'après François, pieds nus, vêtus de guenilles, sans même une tente pour les protéger du froid et de la pluie, alors qu'ils défendaient notre pays. Cette lettre nous fit découvrir une situation que nous étions loin de soupçonner. Que faisaient donc les dirigeants, ceux qui avaient obligé nos jeunes gens à aller se battre ? A notre indignation venait se mêler l'inquiétude.

— Mon pauvre François, gémissait ma mère. Dormir ainsi dehors, alors qu'il fait si froid ! Il va tomber malade.

Nous leur répondîmes. Il nous fallut trois jours pour écrire notre longue missive, à laquelle toute la famille voulut participer. Mon père et Justin, puisant dans leurs économies, joignirent trente livres en assignats. Nous leur parlions des changements survenus dans notre commune depuis leur départ, et surtout, nous leur disions notre tendresse et notre impatience à les voir revenir.

Leur lettre fit le tour du village, soulevant partout les mêmes réactions. Les fils de Barthélemy, eux aussi, avaient écrit, et leurs dires étaient identiques à ceux de mon frère. Alors nous plaignions nos pauvres soldats, nous les admirions, et nous vitupérions contre ce nouveau régime qui n'était même pas capable, après avoir déclaré la guerre, de prendre soin de son armée.

Il fallait, disaient les révolutionnaires, faire disparaître les signes du fanatisme et de la superstition, et les remplacer par les emblèmes sacrés de la liberté et de l'égalité. Nous reçûmes l'ordre de détruire tout ce qui pouvait rappeler la religion, images saintes, statuettes, livres d'heures, et même l'alphabet qui nous avait permis d'apprendre à lire et qui s'appelait *La Croix de Jésus*. Tout cela était déclaré contre-révolutionnaire.

Dans le village, certains obéirent et brûlèrent ce qu'ils possédaient, mais ils ne furent qu'une minorité. Les autres, malgré leur indignation, durent néanmoins s'incliner devant la menace d'être dénoncés comme mauvais citoyens, donc suspects. Comme pour les louis d'or du comte, je fis un paquet que Blaise enterra dans le jardin. Ma mère se résigna à m'imiter ; les larmes aux yeux, elle décrocha le crucifix qui, depuis toujours, avait orné le mur de la grande salle, au-dessus de la cheminée.

— Que Dieu me pardonne s'Il me voit agir ainsi, soupira-t-elle.

Elle regarda la trace plus claire en forme de croix.

— Cette pièce me semble nue, maintenant, et j'ai mauvaise conscience. Mais avec ce comité de surveillance, il faut se méfier. Je ne tiens pas à me retrouver en prison.

Même les noms des saints devaient être supprimés. Dans le nouveau calendrier, ils étaient remplacés par des noms de légumes, comme rhubarbe ou échalote, ou d'instruments agricoles comme faucille ou râteau. Les rues des villes, également, changèrent d'appellation. Ainsi, à Douai, la rue de Bellain où habitait ma sœur devint rue de la Révolution; la rue du Clocher-Saint-Pierre devint la grande rue du Temple; la rue de la Mairie fut dénommée rue de la Commune, et ainsi de suite pour toutes les autres. Il y avait eu, nous rapporta ma sœur, une marche triomphale en présence de trois représentants du peuple, pour fêter les nouveaux noms révolutionnaires.

— Et en plus, nous dit-elle, certains veulent faire du zèle. Casimir a appris d'un collègue qu'un capitaine nommé Leduc est allé à l'état civil déclarer qu'il désirait maintenant s'appeler Lefranc, parce qu'il ne veut plus porter un nom qui rappelle l'Ancien Régime et la noblesse, et il a été félicité. Ça, au moins, c'est un bon citoyen! S'il faut maintenant changer de nom...

Dans notre village, le conseil général de la commune décida de rebaptiser certaines rues, surtout si elles avaient un rapport avec la religion. Nous apprîmes donc, un matin, que la rue du Calvaire s'appellerait désormais rue de la Liberté; la rue de l'Eglise, rue de l'Egalité; et la place, qui n'avait jamais porté de nom particulier, serait la place de la Nation.

Ignace résuma, une fois encore, l'avis général en haussant les épaules:

— On ne s'y retrouve déjà plus dans les jours, et voilà maintenant qu'on ne va plus s'y reconnaître dans nos rues. Notre pauvre village... Ils vont y constater du changement, quand ils reviendront, nos soldats !

Lorsque arriva Noël, nous n'eûmes même plus le droit de le fêter en famille. C'était une fête religieuse, donc interdite ; de plus, selon le nouveau calendrier, ce jour-là était un quintidi, donc un jour de travail ordinaire. Ma mère fit néanmoins des *quignoles*, déclarant avec humeur qu'il était quand même permis de faire des pâtisseries n'importe quand. Et nous eûmes, dans la nuit, une messe faite par l'abbé Lemaire, dans un village assez éloigné de chez nous. Malgré la distance, nous fûmes nombreux à nous y rendre. Alors que nous revenions dans la nuit glaciale, ma mère constata avec découragement :

— C'est pire chaque année. L'an dernier, nous avions au moins eu la messe dans notre village. Que se passera-t-il si l'abbé Lemaire est arrêté ? Là, nous n'aurons vraiment plus rien.

Blaise avait passé un bras autour de mes épaules et je marchais en silence, serrée contre lui. Depuis qu'il m'avait épousée, il était si heureux qu'il essayait, comme moi, de ne pas donner trop d'importance aux événements qui bouleversaient notre existence. Sa nature placide l'aidait.

— Pourquoi se révolter contre ce qu'on ne peut changer ? disait-il. C'est inutile. Autant s'en accommoder le mieux possible, même si ce n'est pas facile.

A cause de son tempérament plutôt combatif, ma mère ne pouvait admettre un tel raisonnement. Moi, je le trouvais sage sans pourtant parvenir à le suivre. De plus en plus, je m'inquiétais devant ce monde où les plus anciennes traditions étaient supprimées les unes après les autres.

Justin était resté à la maison, avec notre petit Bastien. Lorsque je rentrai, j'allai à son berceau, le regardai dormir un long moment. Je ne pus m'empêcher de penser, le cœur lourd, que le premier Noël de mon enfant était bien triste. Je me demandai s'il en connaîtrait d'autres, tels que je les avais connus, ou bien si, au contraire, il ne saurait jamais ce qu'était cette jolie fête.

Au début du mois de janvier 1794 – nivôse de l'an II –, Eloi annonça l'ouverture d'une école primaire qui, conformément au décret voté par la Convention, serait gratuite et obligatoire. Hippolyte, le fils aîné d'Eloi, nanti des attestations de civisme nécessaires, avait reçu l'autorisation du district. C'était lui qui, dorénavant, instruirait nos enfants. Il devrait, chaque décadi, rendre compte à la municipalité du travail qu'il effectuerait. La fréquentation scolaire était exigée de tous; les parents devaient y envoyer leurs enfants avant l'âge de huit ans, et au moins pendant trois années consécutives. Ceux qui ne le feraient pas se trouvaient menacés du tribunal de police correctionnel. Là, il y eut des objections.

— Doucement, Eloi! cria Mathurin. Si j'ai besoin de mes enfants, ils resteront à la maison pour m'aider.

— Au moment de la moisson, ajouta Florent, ils iront aux champs comme nous.

D'autres encore protestèrent dans le même sens. Finalement, un compromis fut établi: l'après-midi les parents pourraient garder les enfants qui seraient plus utiles chez eux. Les habitudes établies ne pouvaient être balayées du jour au lendemain.

3

La Convention avait décidé la création, dans chaque commune, d'un agent national, qui représenterait l'autorité gouvernementale auprès de la municipalité. Après délibération du conseil général, ce fut Sylvain Busquet qui fut nommé. Il continuerait à exercer son rôle de surveillance sur les citoyens du village, et enverrait chaque décade un rapport au directoire du district. Beaucoup murmurèrent contre cette nomination.

— Il va falloir se méfier de lui, dit Justin. J'ai l'impression qu'il n'hésitera pas à dénoncer ceux qu'il considérera comme suspects.

D'autres, plus nombreux, assuraient que Sylvain nous connaissait depuis toujours, et qu'il ne ferait rien contre nous. J'étais de cet avis. Je pensais, comme l'abbé Souliez, que Sylvain voulait paraître plus dur qu'il ne l'était en réalité. Pourtant, sa façon d'agir et de piétiner toutes les valeurs de notre enfance m'inquiétait.

Nous avions appris que le Comité de salut public avait envoyé en mission dans les départements du Nord et du Pas-de-Calais un représentant du peuple nommé Joseph Le Bon, muni de pouvoirs illimités. Il s'était occupé de transformer le tribunal criminel du département en un tribunal révolutionnaire. Installé à Arras depuis le 1er novembre, il y faisait régner une véritable terreur. Les arrestations étaient si nombreuses que les abbayes et les couvents, transformés en prisons, étaient bondés. Il traquait sans pitié les prêtres, les aristocrates, les parents d'émigrés et les ennemis de la révolution. Cette dernière appellation était très large, puisque ceux qui ne respectaient pas le décadi, par exemple, la méritaient; ou même simplement ceux qui restaient attachés à la religion, comme nous l'étions presque tous.

Les arrêtés de ce nouveau représentant arrivaient jusqu'à nous. Il était obligatoire de porter la cocarde tricolore sous peine d'emprisonnement; tout le monde devait se coiffer d'un bonnet rouge; les bonnets d'une autre couleur étaient interdits. Et notre peur était si grande que, lorsque nous allions à Douai, nous obéissions à ces décrets pour ne pas être traités de contre-révolutionnaires ou de suspects.

Au début du mois de février – en pluviôse, plus exactement, mais nous gardions les anciennes dates, auxquelles nous nous accrochions pour savoir où nous en étions –, le froid sec et les gelées firent place à une pluie persistante, avec des brouillards malsains. Nombreux furent les malades. Justin, mon beau-père, eut un rhume qui dégénéra en bronchite. Il toussait à s'en déchirer la gorge, et je le soignai avec des cataplasmes et des ventouses. Il guérit, mais resta longtemps faible et abattu. Le souci qu'il se faisait pour Germain n'améliorait pas son état. Nous n'avions plus de nouvelles depuis la lettre reçue en décembre. Il nous manquait, et avec lui sa gentillesse, ses rires, son enthousiasme. En souriant à mon enfant, Justin disait :

— Comme il change ! Germain ne le reconnaîtra pas, lorsqu'il reviendra.

Et je sentais, dans le ton de ses paroles, le sous-entendu qu'il avait soin de taire : s'il revient un jour...

Dans cette grisaille du temps comme des événements, mon bébé était notre rayon de soleil. Il avait bientôt six mois, quelques dents, les yeux clairs de Blaise, et un caractère heureux. Il ne pleurait presque jamais. Je venais de le sevrer, et le nourrissais maintenant avec le lait des vaches de mon père. Il l'avait accepté comme il acceptait tout, avec placidité et bonne humeur. Souvent, Blaise, selon son habitude, le prenait dans ses larges mains et le levait très haut, à bout de bras. L'enfant, alors, riait aux éclats. Et moi, je les regardais, le cœur heureux.

Un après-midi où le temps s'était éclairci, j'allai à Douai voir ma sœur qui était, m'avait dit ma mère, très enrhumée. Je laissai Bastien endormi à la garde de Justin, qui ne travaillait pas encore beaucoup. J'embrassai Blaise et partis d'un bon pas. Je m'étais munie d'un panier dans lequel ma mère avait placé du lait, du beurre, des pommes de terre, et des pâtisseries qu'elle avait faites pour les enfants.

Je trouvai ma sœur pâle et languissante. Son rhume se terminait, mais l'avait laissée sans forces. La petite Marie-Josèphe, installée à la table, étalait les cartes d'un jeu devant elle. Les deux autres enfants étaient à l'école.

— Ce ravitaillement sera le bienvenu, dit ma sœur en sortant les denrées du panier. Tu ne peux pas savoir la chance que tu as d'être restée au village, au moins, vous ne risquez pas d'avoir faim. Ici, en ville, les troubles ont recommencé ; récemment, au marché de légumes, des femmes ont pillé un approvisionnement de pommes de terre mises en vente.

Elle plaça les pâtisseries dans une assiette :

— Comme les enfants vont être contents ! Regarde, Marie-Josèphe, veux-tu un gâteau ?

La petite fille leva vers sa mère des yeux ternes, se passa une main sur le front :

— Non, merci, je n'ai pas faim.

— Voilà ce qu'elle me répond depuis deux jours, constata ma sœur, les sourcils froncés. Elle mange à peine, se plaint d'avoir mal à la tête et d'être toujours fatiguée.

Je regardai Marie-Josèphe avec attention. Elle avait les yeux battus, les paupières rouges. Je tâtai son front.

— Il est chaud. As-tu mal, mon enfant ?

— Oui, là, dit-elle en montrant sa tête.

Avec inquiétude, ma sœur soupira :

— Elle n'a pas une nature à se plaindre. Je me demande si elle ne va pas être malade. Il y a de nombreux cas de fièvre en ce moment.

J'observai la petite fille qui s'appliquait à disposer les cartes les unes sur les autres. Ses gestes étaient lents, ses yeux papillotaient souvent. De nouveau, elle passa une main lasse sur son front.

— Elle a peut-être tout simplement attrapé ton rhume, dis-je à ma sœur d'un ton rassurant. Comme elle n'a que cinq ans, il risque d'être plus violent pour elle que pour toi.

Ma sœur haussa les épaules avec incertitude. Elle rangea les provisions, me parla de son mari, de ses autres enfants, me donna les dernières nouvelles

Nous n'avons plus le droit de nous promener dans les rues sans une carte de sûreté, qu'il faut porter de manière visible. En y ajoutant, bien entendu, la cocarde tricolore, et aussi le bonnet rouge. De quoi vont-ils encore nous affubler, si ça continue ? Et il y a toujours cette pancarte, dehors, sur laquelle figurent les habitants de la maison. Le beffroi aussi se retrouve avec une bannière tricolore. L'as-tu vue ?

— Non, je n'ai pas fait attention.

— Même Philippe doit porter une cocarde, maintenant, pour aller à l'école. Ce n'est pas facile pour lui non plus. Il est assez grand pour comprendre, et se pose des questions. Son maître lui dit qu'il faut approuver la révolution et bannir tout ce qu'elle a supprimé, à commencer par la religion. Mais moi, je veux qu'il fasse sa première communion, et il suit des cours de catéchisme avec l'abbé Ganil. Je recommande à Philippe de ne pas en parler. Cela lui apprend à dissimuler, mais comment faire autrement ? Il comprend bien que c'est défendu, et m'a demandé l'autre jour pourquoi il devait le faire quand même. Que puis-je répondre, sans critiquer cette révolution qu'on lui vante sans cesse à l'école ? Cet enfant est partagé entre deux avis contraires, et il est trop jeune pour comprendre lequel est le bon. Casimir, bien souvent, discute avec lui et répond à ses questions. Mais je me demande...

Nous faisant tressaillir, un cri l'arrêta :

— Je saigne !

La petite Marie-Josèphe, les mains plaquées sur son nez, nous regardait d'un air affolé. Entre ses doigts, se répandant sur son menton, tombant goutte à goutte sur la table, un sang rouge vif s'écoulait. Ma sœur se leva d'un bond, courut à sa fille.

— Encore ! s'écria-t-elle. Ça fait la troisième fois depuis ce matin ! Mathilde, donne-moi la clef.

Je pris, dans la serrure, la grosse clef noire. Ma sœur la glissa dans le cou de l'enfant, entre la chemise et la peau. Puis elle lui renversa la tête en arrière.

— Reste ainsi sans bouger. Ça va passer.

Elle mouilla un mouchoir, essuya les traces de sang, tout en observant sa fille d'un œil inquiet.

— Moi aussi, je saignais souvent du nez lorsque j'étais enfant, tu te souviens, Mathilde ? Combien de fois notre mère a-t-elle dû me mettre une clef dans le dos, pour faire cesser l'hémorragie ! Mais quand même, trois fois de suite...

La fillette, la tête renversée sur le dossier de sa chaise, restait immobile, attendant sagement la fin du saignement. Ma sœur la tenait contre elle, lui tamponnant le nez avec le mouchoir.

— Je crois qu'il n'y a plus rien. Redresse-toi doucement, Marie-Josèphe.

L'enfant obéit, se tâtant le nez avec précaution. Rien ne se produisit ; le sang s'était arrêté.

— Tu m'as fait peur, dit ma sœur en l'embrassant. Vois, Mathilde, comme elle est pâle maintenant !

— Cela l'affaiblit. Tu ferais peut-être mieux de la coucher.

— Oui, son front est brûlant. Viens au lit, mon petit.

La petite fille se laissa déshabiller et coucher sans résistance. La tête sur l'oreiller, elle ferma les yeux d'un air épuisé.

— Viens, chuchota ma sœur. Laissons-la dormir.

L'enfant, déjà, s'assoupissait.

— Je vais m'en aller, dis-je. Bastien va être réveillé.

Ma sœur me sourit.

— Il est adorable, ton bébé, Mathilde. Es-tu heureuse, avec Blaise ?

— Oui, très heureuse, dis-je sans hésiter. Le seul point noir, c'est cette révolution.

Ma sœur acquiesça, l'air sombre.

Je l'embrassai et partis. Je fis le trajet du retour rapidement, par les chemins que je connaissais bien. Le vent m'envoyait dans le visage de grandes bourrasques humides. Je respirais profondément l'odeur de terre et d'herbe mouillées. Lorsque j'arrivai chez nous, le soir tombait déjà. Bastien me tendit ses petits bras en souriant, et je le pris contre moi avec joie. Il était tiède et doux. Je pensai avec soulagement qu'il jouissait d'une bonne santé et n'était jamais malade.

Quelques jours passèrent. J'avoue que je ne m'inquiétais pas pour Marie-Josèphe, persuadée qu'il s'agissait d'un simple rhume. Aussi fus-je désagréablement surprise lorsque ma mère, la semaine suivante, en revenant du marché, vint me voir :

— Je suis passée chez Marie-Henriette. La petite ne va pas mieux. Elle est couchée et elle a beaucoup de fièvre. Elle réagit à peine quand on lui parle. Marie-Henriette ne sait plus que faire pour la soigner. Elle l'enveloppe de linges froids, mais la température ne baisse pas.

Je revis le petit visage souffrant de Marie-Josèphe, et mon cœur s'emplit de pitié et de crainte. Des trois enfants de ma sœur, c'était elle que je préférais. Elle était douce, gentille, obéissante ; je la qualifiais souvent de petit ange.

— J'irai la voir demain, dis-je. Marie-Henriette va-t-elle faire venir le médecin ?

— Je crois qu'elle va s'y décider si demain la fièvre n'a pas baissé. Elle ne peut pas laisser sa fille dans cet état.

Blaise m'approuva lorsque je lui fis part de mon intention. Je partis tôt le matin et, comme l'autre fois, je fis la route rapidement. Je trouvai ma sœur en larmes et affolée. L'état de Marie-Josèphe avait encore empiré. Elle ne réagissait plus, n'entendait plus lorsqu'on lui parlait.

— Elle doit être très malade. Je suis folle d'inquiétude, Mathilde.

J'allai dans la chambre. Couchée dans son lit, immobile, le visage rouge, les cheveux moites collés sur son front, la petite fille était complètement prostrée. Je m'approchai d'elle, l'appelai. Elle n'eut pas un mouvement. Je levai vers ma sœur des yeux anxieux :

— Il faut savoir ce qu'elle a, et comment la soigner. Veux-tu que j'aille chercher le médecin ?

— Il va venir. Casimir est passé chez lui en allant à son travail.

— En attendant, donne-moi des linges et une cruche d'eau fraîche. Je vais lui faire des compresses froides.

— Je l'ai déjà fait, mais ça ne sert à rien. La fièvre ne baisse pas.

— Il faut continuer quand même.

Sans interruption, je plaçai des linges mouillés sur le front de l'enfant inconsciente. La température était si forte qu'en très peu de temps la compresse devenait chaude à son tour. Alors je recommençais avec une autre, puis une autre, puis une autre encore. Mais il n'y avait aucune amélioration, et j'avais l'impression d'agir inutilement. Néanmoins, je continuai jusqu'à l'arrivée du médecin.

C'était un homme assez âgé, au visage intelligent, aux gestes doux, à l'air las. Il se pencha sur Marie-Josèphe, tâta son front, lui ouvrit la bouche, observa avec attention sa langue, fronça les sourcils. Il repoussa les couvertures, releva la chemise de nuit. Il hocha la tête en découvrant, sur le ventre de l'enfant, de petites taches roses. Du doigt, il appuya sur l'une d'elles. Elle s'effaça un instant, puis réapparut. Il palpa longuement l'abdomen, se redressa en soupirant, regarda ma sœur qui suivait ses gestes avec inquiétude.

— Il y a en ce moment, depuis un bon mois, une épidémie de fièvre putride et pétéchiale [1]. Votre fille en est atteinte. Elle en présente tous les symptômes, il n'y a aucun doute.

D'une voix étranglée qui ressemblait à un coassement, ma sœur demanda :

— Est-ce grave ?

Le médecin soupira une nouvelle fois :

— Je ne veux pas vous mentir. Oui, c'est grave, mais si vous la soignez bien, elle a toutes les chances de guérir. Continuez les enveloppements froids. Essayez de la faire boire beaucoup, de l'eau, du lait bouilli. Je vais vous donner de la racine d'ipéca et de l'écorce de quinquina. Une diarrhée abondante peut se déclarer, mais ne vous affolez pas, dans le cas de cette maladie c'est normal. Après plusieurs jours, ça doit se calmer, et s'il n'y a pas de complications la fièvre doit baisser. Il faudra alors la réalimenter très lentement. Mais je repasserai demain, et les autres jours.

Il donna deux flacons de poudre, ferma sa trousse, sortit de la chambre. Ma sœur le reconduisit jusqu'à la porte, puis revint. Elle regarda son enfant avec un mélange d'angoisse et de soulagement :

— Cette épidémie... C'est vrai que beaucoup de gens l'ont attrapée, déjà. Il paraît que c'est à cause de l'humidité.

Elle se mordit les lèvres, se retenant pour ne pas pleurer. J'allai à elle, l'entourai de mon bras :

— Nous t'apporterons du lait frais chaque matin. Les jours de marché, notre mère viendra. Les autres jours, ce sera moi.

Je restai jusqu'au retour de Casimir et des deux autres enfants, qui revinrent pour le repas de midi. Puis je m'en allai, pour m'occuper de mes hommes qui m'attendaient.

---

1. Cette épidémie, qui sévit à Douai de décembre 1793 à avril 1794, était en fait la fièvre typhoïde.

Une nouvelle organisation s'instaura. A tour de rôle avec ma mère, un jour sur deux, je me rendais à Douai. J'apportais du lait, de l'infusion d'orge perlé, je mettais de l'ordre et je préparais le repas pendant que ma sœur ne quittait pas le chevet de son enfant. La température semblait toujours aussi élevée, mais il y avait malgré tout des accalmies, pendant lesquelles Marie-Josèphe reprenait conscience. Mais c'était pour se plaindre de maux de tête, de maux de ventre. Elle maigrissait d'une façon spectaculaire; ses petites mains diaphanes et ses membres grêles faisaient pitié. Parfois, elle gémissait, le visage en sueur, les traits crispés. Une diarrhée fétide et de couleur ocre survint après plusieurs jours, comme l'avait prévu le médecin. Il conseilla à ma sœur de jeter les linges souillés, et de se désinfecter soigneusement les mains après chaque nettoyage. Il lui recommanda également d'éloigner les deux autres enfants de la petite malade, pour éviter les risques de contagion.

Un matin, Marie-Josèphe me reconnut, me sourit faiblement. Mais la fièvre ne baissait pas, et le médecin montrait un visage soucieux. Il me prit à part pour me confier qu'il craignait des complications. Il se produisait parfois des hémorragies intestinales, et dans ce cas, assurait-il sombrement, on ne pouvait rien faire. Je ne répétai pas ces paroles à ma sœur. Je préférai croire, comme elle, qu'à force de soins la petite fille guérirait.

Un jour de la semaine suivante, je partis avec du ravitaillement pour Casimir et les deux aînés. Ma mère m'avait donné une poule, qu'elle avait vidée et plumée. Le médecin avait dit que, peut-être, outre le temps humide et malsain, l'épidémie était due au manque de viande et de volaille. Ma sœur s'épuisait à soigner son enfant, au risque de tomber malade à son tour. Elle avait un visage tiré par l'angoisse et l'insomnie, des yeux hagards, un comportement de somnambule. C'était ma mère et moi qui, chacune à notre tour, préparions les repas et faisions le travail à sa place.

Ce matin-là, un pâle soleil brillait entre les nuages gris. Je marchai d'un pas rapide, pressée d'arriver. J'avais tant envie d'apprendre qu'enfin l'amélioration espérée s'était produite! Dans la rue de Bellain, qui s'appelait maintenant rue de la Révolution, une voix d'homme cria, derrière moi :

— Hé, citoyenne! Où cours-tu si vite?

Je fis encore quelques pas avant de me rendre compte que cette exclamation s'adressait à moi. Je ne m'habituais pas à cette nouvelle façon de tutoyer tout le monde, y compris les inconnus. Je m'arrêtai. Un de ceux que ma sœur appelait Jacobins s'approchait d'un air à la fois goguenard et soupçonneux. Il portait une carmagnole, la nouvelle tenue révolutionnaire qui remplaçait l'habit, et un bonnet rouge affublé d'une énorme cocarde tricolore. Il se pencha vers moi :

— Pourquoi es-tu si pressée? Seuls ceux qui n'ont pas la conscience tranquille courent de cette façon! Ton allure me semble bizarre. Où vas-tu?

Il me retardait inutilement et je bouillais d'impatience, mais en même temps j'avais peur. Je ne le connaissais pas. S'il faisait partie du comité de surveillance, et s'il lui prenait la fantaisie de m'arrêter, que pourrais-je faire? J'essayai de me calmer et je décidai d'expliquer la situation :

— Ecoutez... euh, écoute, citoyen...

Il plissa les yeux, me regarda avec l'air d'un chat qui va saisir une souris :

— Hé là! Qu'est-ce que j'entends? Un langage d'aristocrate? On oublie de tutoyer les honnêtes gens? Tu me parais de plus en plus suspecte. Je vois bien ta cocarde tricolore, mais où est ta carte de sûreté? Ne sais-tu pas qu'il est obligatoire d'en avoir une?

Une angoisse sourde montait, me mettait une sueur froide aux tempes. D'une voix blanche, je dis :

— Je... je n'habite pas Douai. Je viens voir ma sœur et...

D'un geste, il m'arrêta :

— Ne te fatigue pas. Tu vas venir avec moi, nous allons vérifier ça.

Je regardai autour de moi avec une véritable panique. S'impatientant, l'homme me saisit par le bras :

— Allez, viens donc !

En un éclair, je me vis arrêtée, emprisonnée, accusée... et puis ? J'eus un sanglot de terreur. L'esprit bloqué, j'entendis, sans la comprendre, une voix qui disait :

— Allons, laisse-la, Denis. Tu vois des ennemis de la révolution partout. Arrête les vrais, d'accord, mais pas elle. C'est ma belle-sœur.

Mon beau-frère venait vers nous, et je chancelai de soulagement. L'homme regarda Casimir, me regarda, répéta :

— Ta belle-sœur ?

— Oui, la sœur de ma femme. Elle vient l'aider à soigner ma petite Marie-Josèphe, tu sais bien, qui est malade.

Le dénommé Denis eut le bon goût de paraître embarrassé. Il me lâcha, recula d'un pas :

— C'est donc pour ça que tu étais si pressée ! Tu ne pouvais pas le dire, non ?

Je tremblais rétrospectivement. Je bégayai lamentablement :

— Je... j'ai essayé... mais vous... euh... tu ne m'as pas écoutée.

Il se tourna vers Casimir :

— Avec son langage, je l'avais prise pour une aristocrate.

— Elle n'en est pas une, affirma Casimir. Simplement, elle n'est pas encore habituée à cette façon de parler. Il faut laisser aux gens le temps de s'adapter aux nouvelles réformes. Toi, Denis, tu soupçonnes trop, et sans discernement.

— Je fais mon travail, maugréa l'homme. Bon, eh bien, à plus tard. Tu as de la chance, citoyenne. Si tu veux un conseil, tâche d'apprendre à tutoyer tout le monde le plus vite possible.

Il s'éloigna à grands pas. Je regardai mon beau-frère avec un faible sourire :

— Merci, Casimir. Je ne sais pas ce qui serait arrivé sans toi. Il voulait m'emmener.

— Je le connais, il n'est pas méchant. Mais il veut s'acquitter au mieux de sa tâche, qui est de traquer les suspects. Et pour lui, est suspect celui qui n'applique pas à la lettre les décrets de la Convention. – Il fit quelques pas. – Je dois aller travailler, je suis déjà en retard. C'est à cause de Marie-Josèphe ; son état m'a alarmé.

J'eus un cri :

— Elle va plus mal ?

— Pendant la nuit, elle s'est plainte de coliques en pleurant bruyamment. Tout à l'heure, elle a vomi l'infusion que lui a donnée Marie-Henriette. Le médecin doit passer dans la matinée.

Il me regarda avec angoisse et s'en alla. Mal remise de la frayeur que je venais d'éprouver, inquiète pour la petite fille malade, je me dirigeai vers le domicile de ma sœur.

Elle était au chevet de l'enfant, lui bassinant le front avec un linge mouillé. Elle leva vers moi un regard plein de désarroi :

— Pourvu que le médecin ne tarde pas trop ! Je ne sais pas ce qu'elle a. Cette nuit, elle n'avait presque plus de température et je me réjouissais déjà. Mais peu de temps après elle s'est mise à pleurer en disant qu'elle avait mal au ventre. Et maintenant, la fièvre est revenue. Tâte son front, il est brûlant.

La petite fille était rouge et paraissait souffrir beaucoup. Yeux clos, sourcils froncés, elle ne semblait pas avoir conscience de notre présence. Ma sœur l'observait avec un regard déchirant, où se mêlaient amour et désespoir. Elle eut une plainte sourde :

— Mathilde... Je suis inquiète. Jamais elle n'a été comme ça. Elle rejette même l'eau que je lui donne à boire.

Je m'efforçai de chasser l'anxiété qui, peu à peu, me gagnait. Je me secouai, dis avec une conviction que je n'éprouvais pas :

— Ce n'est qu'une crise, peut-être salutaire. Tu devrais prendre un peu de repos pendant que je suis là. Tu n'en peux plus.

Elle eut un geste pathétique vers son enfant :

— Je le sais bien, mais je n'arrive pas à m'éloigner d'elle. C'est idiot, Mathilde, mais j'ai l'impression que, si je m'éloigne, la maladie va en profiter pour s'aggraver.

Ses lèvres tremblèrent. Je m'approchai d'elle, lui pris la compresse qu'elle avait entre les mains :

— Laisse-moi te remplacer quelques instants. Ce que tu fais là, je peux le faire. Va te reposer, et ne crains rien. Je vais bien la soigner. Elle m'est très chère aussi, tu sais.

Ma sœur eut un pauvre sourire :

— Oui, je l'ai déjà remarqué. Il me semble même que tu la préfères à Philippe et Angélique. – Elle repoussa avec lassitude les cheveux qui tombaient sur son front. – Je crois que tu as raison, je vais aller m'allonger un peu sur mon lit. Mais surtout appelle-moi s'il y a quoi que ce soit.

Je promis. Elle sortit, d'une démarche lourde de fatigue. J'entendis, dans la pièce voisine, le lit grincer alors qu'elle se couchait. Je pris des linges, que je trempai dans l'eau froide, en enveloppai la tête de la fillette. Elle haletait, se plaignait en se tenant le ventre à deux mains. Avec douceur, j'essayai de l'appeler :

— Marie-Josèphe...

Elle ne réagit pas. Sans interruption, je mis des compresses froides, constatant avec tristesse que la fièvre ne baissait pas. Elle semblait même augmenter. Une heure passa ainsi, peut-être deux. J'attendais avec une impatience grandissante l'arrivée du médecin.

Ma sœur revint, les paupières gonflées de sommeil. Elle s'approcha de Marie-Josèphe qui, inerte, ne bougeait plus, ne gémissait plus. Seuls son petit visage crispé et sa respiration haletante traduisaient sa souffrance.

— Que peut-on faire, Mathilde ? Je deviens folle...

— Le médecin ne va pas tarder. Il nous le dira certainement.

Sans répondre, elle s'assit près du lit, observa son enfant avec passion. La petite fille eut-elle conscience de ce regard qui l'appelait? Elle ouvrit les yeux. Ils exprimaient un mélange de lassitude et d'étonnement. Ils se posèrent sur sa mère. Elle tendit une main, voulut parler, n'y parvint pas. Se faufilant à travers les nuages gris, un pâle rayon de soleil vint éclairer son visage amaigri, le rendant plus émouvant, plus fragile. Ma sœur se pencha, demanda avec tendresse :

— Ma petite fille, qu'y a-t-il ?

Le regard de l'enfant devint profond, intense et grave. Elle émit une sorte de petit soupir, ferma les yeux, inclina la tête et ne bougea plus. Une seconde s'écoula – une éternité. Puis ma sœur eut un hoquet, saisit sa fille, lui tapota les joues, la souleva, la secoua. Marie-Josèphe se laissait ballotter sans réagir, totalement inerte. En voyant son visage détendu et apaisé, je compris.

— Non ! hurla ma sœur. Oh non !

Elle reprit le petit corps contre elle, le serra désespérément, avec des sanglots rauques et déchirants. Inutile et impuissante, je les regardais, les yeux pleins de larmes.

— Ce n'est pas vrai, n'est-ce pas ? Mathilde, dis-moi que ce n'est pas vrai !

La gorge nouée, je ne pus répondre. Elle eut un sursaut de révolte, me cria avec violence :

— Mais fais quelque chose ! Ne reste pas là comme ça...

Sa voix mourut dans un râle. Elle se remit à pleurer bruyamment, le visage enfoui dans le corps de son enfant. Et sa douleur était si profonde, si primitive, que je n'osai pas aller vers elle. Hébétée, malheureuse, je restai immobile, attendant que cesse sa crise de larmes.

Ce fut ainsi que nous trouva le médecin. Ma sœur fixa sur lui des yeux égarés. Il lui prit doucement le corps de l'enfant, l'allongea sur le lit, palpa l'abdomen.

— C'est une hémorragie intestinale qui a dû se déclarer cette nuit, murmura-t-il. Il n'y avait rien à faire. Je suis désolé. C'est le genre de complication qui se produit parfois.

Lorsque Casimir rentra du travail, il me trouva en train de préparer un repas hâtif pour les aînés. Son regard m'interrogea avec inquiétude. Je n'osai pas répondre à sa question informulée, montrai la porte de la chambre. Son visage prit une expression qui me fit mal. Il s'en alla rejoindre ma sœur qui, abrutie de douleur, refusait de bouger et de quitter son enfant. Je le vis s'approcher à pas lents, je vis ses traits se décomposer, ses yeux s'emplir de larmes. D'un geste maladroit, il prit dans sa grande main d'homme la menotte inerte de l'enfant, dit tout bas, d'une voix enrouée de sanglots :

— Ma petite fille...

Ma sœur tourna vers lui un visage crucifié par la souffrance. Il la prit contre lui et je compris, en voyant ses épaules agitées de soubresauts, qu'il pleurait.

Je fermai la porte pour les laisser seuls. Philippe et Angélique revinrent de l'école. Je les fis manger, sans rien pouvoir avaler. Habitués à ne pas se rendre au chevet de leur petite sœur par crainte de la contagion, ils ne posèrent pas de question. Ils réclamèrent leur père, et je leur dis qu'il serait là ce soir. Je ne voulais pas leur apprendre la dramatique nouvelle, un peu par lâcheté, parce que je ne savais pas comment m'y prendre, et surtout parce que c'était le rôle de Casimir, qui le ferait certainement mieux que moi.

Ils repartirent à l'école. Casimir dut, les yeux rougis, se rendre à son travail. Ma sœur, prostrée, ne bougeait pas. La voix tremblante, j'essayai de la raisonner, l'exhortai à réagir, pour ses autres enfants qui avaient besoin d'elle. Mais j'eus l'impression que mes paroles ne l'atteignaient pas. Le regard vide et fixe, elle n'entendait que sa propre douleur.

Je fis la toilette de Marie-Josèphe. Alors que j'habillais son corps sans vie, ses membres mous, les larmes coulaient sur mon visage. La mort d'un enfant est quelque chose d'insupportable, et je plaignais ma sœur. J'eus le soin de jeter toute l'eau qui se trouvait dans la chambre et même dans les autres pièces. Une croyance voulait que l'âme du défunt se lave dans cette eau, et il fallait s'en débarrasser afin que les impuretés ne restent pas dans la maison. Mais je le fis en pensant que Marie-Josèphe était douce et innocente, et que l'eau ne devait pas être bien souillée.

Je n'osai pas laisser ma sœur seule. Elle restait immobile, étrangère à tout, dans une attitude figée que traversaient brutalement de violentes crises de larmes. J'attendis le retour de Casimir, qui revint plus tôt que de coutume. Il m'apprit qu'il était allé prévenir l'abbé Ganil, qui viendrait dans la soirée, en cachette, bénir l'enfant et lui donner les derniers sacrements. L'enterrement aurait lieu le lendemain. Je promis que nous serions tous présents, et je m'en allai afin de prévenir les miens du malheur qu'ils ignoraient encore.

Ma mère pleura. Mon père ne dit rien, mais son visage hâlé de paysan se creusa, devint d'un gris de cendre. Mon frère Nicolas eut des paroles de colère contre la méchanceté du sort, disant que parmi les épreuves qui nous frappaient, celle-ci était la pire de toutes. Blaise, sans un mot, m'ouvrit les bras et me prit contre lui. Le nez enfoui dans son épaule, je sanglotai de nouveau. Seuls les yeux bleus et le sourire de mon petit Bastien parvinrent à me consoler.

Le lendemain, nous suivîmes, jusqu'au cimetière Saint-Pierre, le tombereau des morts que la municipalité, depuis la révolution, utilisait pour tous les défunts, riches ou pauvres. En larmes, ma sœur s'accrochait à son mari. La petite fille fut enterrée sans messe, sans prières et sans prêtre, victime elle aussi de cette révolution qui avait supprimé la religion.

A partir de ce jour-là, ma sœur ne fut plus tout à fait la même. Sur les conseils de Casimir, les deux aînés l'entouraient de tendresse. Ce furent eux, surtout, qui l'aidèrent à dominer ce mal qui parfois, me confiait-elle, lui donnait envie de hurler, comme une louve à qui l'on a pris son petit. Lorsque enfin elle fut parvenue à surmonter sa peine, une blessure demeura toujours, malgré tout, au fond de ses yeux. Quant à moi, cette dure épreuve m'avait tellement marquée que, certains soirs, j'éprouvais le besoin de me rassurer en serrant contre moi le corps chaud et vivant de mon petit Bastien.

4

La situation générale demeurait lamentable. La guerre s'éternisait, l'armée ennemie occupait toujours la région. Malgré la loi du maximum sur les prix, l'économie du pays stagnait dans un marasme prolongé. On entendait dire que le blé, de nouveau, allait manquer. Cette crainte s'ajoutait aux autres. S'y joignait encore la difficulté que nous éprouvions à vivre selon le calendrier républicain, avec les nouveaux mois et les décadis comme jours de repos. Nous avions bien du mal à nous y retrouver. Même Eloi et Sylvain Busquet, lorsqu'ils écrivaient leurs rapports, indiquaient la date en précisant, entre parenthèses, l'autre, celle de l'ancien calendrier, comme point de repère.

Chaque commune fut de nouveau appelée à participer à la défense du pays. Après avoir donné les cloches de l'église et différents métaux pour la fabrication d'armes et de balles, il fallait maintenant fournir de la poudre pour les explosifs. Nos côtes étaient bloquées à cause de la guerre avec l'Angleterre, et nous ne recevions plus le salpêtre qui venait des Indes. La Convention ordonna à chaque ville, à chaque village, d'établir un atelier pour la fabrication du salpêtre, et de choisir un homme pour le diriger en employant plusieurs ouvriers. Le conseil général de notre commune nomma le second fils d'Eloi, qui faisait partie des notables, à ce poste, en lui allouant quatre-vingt-dix livres par mois. Il reçut l'ordre de se rendre à Douai pendant une décade dans un atelier, afin d'apprendre la méthode à suivre, et il revint avec un certificat du directeur. Tous les citoyens furent alors invités à lessiver le sol et les murs de leur cave pour fournir cette poudre nécessaire.

Cela, nous le fîmes sans protester. Il s'agissait de la défense de notre pays, et il était normal que chacun, dans la mesure de ses moyens, y participe. Mais ce qui nous indigna, ce fut le choix du bâtiment qui servirait d'atelier. Comme il fallait quelque chose de vaste, et qu'aucun local n'était disponible, notre municipalité décida d'utiliser l'église. Les protestations furent nombreuses. Joséphine, qui n'avait peur de rien, s'en prit à Sylvain Busquet :

— C'est un véritable sacrilège, Sylvain, tu devrais avoir honte. Fabriquer du salpêtre dans l'église, si notre pauvre curé voyait ça !

Sylvain eut un sourire ironique, un haussement d'épaules dédaigneux :

— C'est bien simple, pourtant ; la religion est finie, terminée, et l'église, maintenant, est un bâtiment comme un autre. De plus, elle est vide et ne sert à rien. Il est donc tout à fait logique et compréhensible d'y placer notre atelier.

Sans répondre, elle lui tourna le dos en fulminant, bouillant de rage impuissante. Ce que je ressentais surtout, moi, c'était de la tristesse ; je revoyais notre église avant, lors des messes de Noël, avec la lueur des bougies et la crèche soigneusement préparée, bruissante de notre présence, retentissante de nos cantiques. Maintenant, dépouillée de tous ses ornements, elle était vide, froide, hostile. Et nous dûmes accepter sa transformation en fabrique de salpêtre, où travaillèrent pendant un an le fils d'Eloi et les quelques ouvriers qu'il avait nommés.

Un jour de la fin de février – nous étions en ventôse –, j'accompagnai ma mère à Cambrai, avec la douloureuse mission d'apprendre à ma tante Séraphine la mort de Marie-Josèphe. Elle eut beaucoup de peine et, comme mon frère Nicolas, blâma l'injustice du sort.

— Vous voyez bien que sur tous les plans tout va de travers ! dit-elle avec un regard à la fois indigné et malheureux. Cette pauvre innocente qui meurt, alors que tous ces révolutionnaires, qui agissent de la pire façon, restent impunis ! Je me demande si Dieu lui-même ne nous a pas abandonnés. Comment peut-il supporter ça sans réagir, ses prêtres traqués, emprisonnés, ses églises bafouées, mutilées... L'abbé Férez l'avait prédit, il avait annoncé que les autels seraient renversés et les prêtres mis à mort. Comme il avait raison ! Ce sont des bandits qui règnent maintenant, en terrorisant les bons citoyens. Ici, à Cambrai, la municipalité a demandé à Robespierre un représentant du peuple plus efficace que Laurent, que nous avions jusqu'ici. Eh bien, savez-vous qui va être envoyé ? Joseph Le Bon, qui depuis plus de trois mois est à Arras ! Il est venu la semaine dernière annoncer son arrivée en floréal [1]. Il a fait un discours tout à fait menaçant, accusant Cambrai d'être une ville d'aristocrates, de prêtres et de fanatiques, et promettant de mettre bien vite tous ses habitants à la raison. J'ai l'impression que nous n'avons pas fini de trembler. Il paraît qu'il arrête les gens pour des peccadilles, pousse les citoyens à la dénonciation. Il a installé à Arras un tribunal révolutionnaire qui ne condamne qu'à mort. Avec cet homme dans nos murs, nous n'oserons même plus respirer.

— N'exagères-tu pas un peu, Séraphine ? demanda ma mère à moitié incrédule.

Ma tante hocha la tête avec conviction :

— Non, Rose. Je suis sûre de ce que je dis.

Elle avait raison, et nous n'allions pas tarder à nous en rendre compte.

Ma mère, à son tour, tomba malade. Déjà ébranlée par la mort de Marie-Josèphe, elle prit froid un jour de pluie,

1. Le mois de floréal allait du 20 avril au 19 mai.

en revenant du marché sous une averse glaciale. Elle s'enrhuma, refusa de se soigner. Son état empira. Elle se mit à tousser, la fièvre se déclara. Malgré ses protestations, mon père finit par appeler Pierre-Antoine. Il vint un matin où, brûlante de fièvre et parcourue de frissons, elle n'avait pu, malgré ses efforts, réussir à se lever. Elle avait, nous dit-il, une bronchite, plus grave que celle dont avait souffert Justin quelque temps auparavant. Pendant plusieurs jours, elle dut rester couchée, et il fallut s'organiser. Je demandai à Pauline de la remplacer pour son travail à la ferme, et je vins la soigner. J'appliquais les sinapismes prescrits par Pierre-Antoine, je lui faisais boire des infusions de thym que je sucrais avec du miel. Les quintes de toux m'alarmaient; interminables, violentes, elles la déchiraient et l'épuisaient.

Après quelques jours, grâce aux soins, la fièvre tomba. Ma mère commença, très lentement, à aller mieux. Mais elle devait encore garder le lit; dès qu'elle essayait de se lever, des vertiges la mettaient au bord de la syncope. Elle maugréait contre sa propre faiblesse, car il n'était pas dans sa nature de se laisser dorloter.

Un matin, lorsque j'arrivai, je vis le cheval dans la cour, attelé à la charrue. Mon père et Nicolas, avec Louis et Jean-Marie, s'en allaient aux champs. Le printemps approchait; bientôt viendrait le temps des semailles. Mon frère François avait promis qu'alors il serait rentré, mais la guerre n'était pas terminée et semblait bien loin de l'être. Le souci que ma mère se faisait pour lui retardait sa guérison. J'allai m'occuper d'elle, lui mis encore un cataplasme, car la toux persistait. Elle but un bol de lait dans lequel j'avais fait fondre du miel, puis se laissa retomber, épuisée, sur l'oreiller. J'observai avec inquiétude son nez pincé, la sueur qui perlait sur son front:

— Reposez-vous. Essayez de dormir un peu. Je vais aller traire les vaches. Ensuite, je viendrai vous aider à vous lever.

Yeux clos, elle acquiesça. Je sortis sans faire de bruit. Dehors, dans l'aube grise et froide, je frissonnai. Je traversai la cour rapidement, poussai la porte de l'étable.

La pièce était tiède et obscure. Les vaches tournèrent vers moi leur tête aux gros yeux inexpressifs. Je leur parlai en les appelant par leur prénom. Elles meuglèrent doucement ; elles me connaissaient bien. Pourtant, je les trouvai plus agitées que de coutume ; elles battaient l'air de leur queue, raclaient le sol avec leurs sabots. Je compris bientôt pourquoi. Alors que, le seau à la main, je me dirigeais vers la Noiraude, une silhouette se détacha du coin le plus sombre et vint vers moi. L'effroi me fit reculer d'un pas. Je lâchai le seau qui roula avec fracas sur le sol.

— N'aie pas peur, Mathilde. C'est moi.

Il était différent du souvenir séduisant que je gardais de lui, mais je le reconnus tout de suite, avant même de le voir clairement. A cause de sa voix, de son attitude, et puis de mon cœur qui, contre toute raison, battait comme un fou.

— Monsieur Adrien ! Mais... Comment ?...

Face à moi, il s'arrêta. Il sourit, de son sourire d'autrefois où venait se greffer une amertume nouvelle :

— Il faut que je t'explique, Mathilde. J'ai besoin de ton aide. Mais avant toute chose, que se passe-t-il au château ? J'y suis allé cette nuit. Tout est fermé. Il n'y a plus personne.

Je soupirai tristement :

— Polycarpe est parti la semaine dernière. Il ne pouvait plus rester, puisque personne ne le payait. Rosalie, elle aussi, s'en est allée. Le patron de Casimir, mon beau-frère, lui a trouvé une place de cuisinière chez un notaire de Douai. Quant au château, c'est le nouveau maire, Eloi, qui a les clefs. A moins que ce ne soit Sylvain Busquet. Il est agent national maintenant, cela lui donne de l'importance.

Je parlais pour cacher mon trouble. Lui, debout devant moi, m'écoutait, appuyé contre le montant de bois. Inconsciemment, je le détaillais, notais les rides précoces sur son front, autour des ailes du nez, remarquais la lassitude de son regard, le pli découragé de sa bouche. Quelques cheveux gris, déjà, argentaient ses tempes.

Pourtant, il était encore jeune! Je fis un rapide calcul, constatai qu'il n'avait que trente ans. Il semblait beaucoup plus vieux. Il n'avait plus cet air désinvolte et frondeur qui faisait partie de son charme. Mais la gravité qui l'avait remplacé et qui se lisait dans ses yeux n'en était pas moins attachante.

— Puis-je prendre un peu de ton temps, Mathilde? Il faut que je te raconte...

Cette nouvelle humilité, non plus, ne lui ressemblait pas. Lui qui, du haut de son cheval, levait sa cravache pour menacer Sylvain Busquet, en éclatant d'un rire ironique et méprisant... Je compris confusément que les circonstances qui l'avaient ainsi transformé lui avaient en même temps apporté souffrance et humiliation. Alors, sans un mot, j'attendis ses confidences.

— Te souviens-tu, Mathilde, du jour où nous avons été emmenés, mon père et moi?

J'eus un hochement de tête désolé:

— Oui, dis-je tout bas. Tout le monde, dans le village, l'a déploré. Nous ne voulions pas cela.

Il ne parut pas m'entendre. Le regard fixé sur le sol, il revivait un passé qui l'avait meurtri, et se parlait à lui-même, avec tristesse et amertume:

— Arrêtés comme des malfaiteurs. On nous a mis en prison, d'abord aux Annonciades, puis aux Ecossais, avant de nous transférer à la citadelle de Doullens, au mois de novembre. Les conditions de détention étaient affreuses. Jamais je n'aurais pu imaginer ça, la saleté, la promiscuité, le froid, l'humidité, la grossièreté des gardiens. Mon père n'y a pas résisté. Il est tombé malade, d'une mauvaise fièvre. Mal soigné, il est mort.

Il releva la tête et je lus dans ses yeux sa détresse. La gorge serrée, je me taisais.

— Oui, Mathilde, il est mort dans mes bras, une nuit. C'est à partir de ce moment que j'ai décidé de réagir. Je refusais de vivre plus longtemps cette existence avilissante. La semaine suivante, je me suis évadé.

— Evadé? Comment avez-vous pu?

— Un de mes compagnons de cellule, un charpentier, travaillait au nettoyage des souterrains. Il avait remarqué plusieurs portes de sortie qui donnaient dans les fossés extérieurs, fermées par un simple verrou. J'ai profité du renseignement, et je me suis enfui avec facilité. Depuis, j'erre, je me cache, je dors la nuit dans des granges ou à la belle étoile. Je sais ce que je risque si je suis repris, alors j'essaie de ne pas me faire repérer. Figure-toi qu'il m'est arrivé de voler pour me nourrir...

Il eut un rire douloureux, son ancien orgueil reparut un instant :

— Etre réduit à de telles extrémités, moi, un de Bryars ! Si mes ancêtres me voyaient !

Il haussa les épaules avec accablement, avec rancune, avec regret :

— Cette révolution a inversé les rôles. Vois, Mathilde, c'est moi maintenant qui ai besoin de toi, qui viens implorer ton aide. Je le fais parce que j'ai confiance en toi. Il faudrait que tu me procures des vêtements. Regarde les miens, ils sont crasseux, en lambeaux, et puis ils me trahissent, ce sont des vêtements d'aristocrate. Peut-être pourrais-tu me fournir quelques provisions également ? Je pensais les demander à Rosalie, mais comme elle n'est plus là...

Il m'observa, hésita, puis dit tout bas :

— Je vais te confier mon projet ; je compte aller rejoindre ma mère et ma sœur. Elles ne savent rien de ce qui nous est arrivé, elles ignorent la mort de mon père. Ne parle de ceci à personne, Mathilde, ne dis pas que tu m'as vu. Je vais vite repartir. Peux-tu me donner ce que je te demande ?

Je fis quelques pas, ouvris la porte :

— Ne bougez pas. Je reviens.

Avant de sortir, je jetai un coup d'œil dehors. La cour était déserte, le chemin également. Dans la maison, ma mère dormait. Je me rendis dans la chambre de mes frères. J'ouvris l'armoire, pris une culotte de drap qui appartenait à François, une chemise, un manteau de bouracan, des bas de laine. Après une hésitation, j'y joignis un bonnet rouge. Les vêtements dans les bras, je traversai la grande salle à pas de loup. Je pris, près de la cheminée, un seau rempli d'eau, une serviette de toile. J'agissais avec des gestes fébriles et impatients. Je retournai dans l'étable, tendis les vêtements à Adrien.

— Tenez. Je vous ai apporté de l'eau, si vous désirez vous laver. Je vous laisse changer de vêtements. Pendant ce temps, je vais vous préparer quelques provisions.

Il regarda l'eau avec gratitude :

— Quelle bonne idée, je me faisais l'effet d'un véritable vagabond. Tu es un ange, Mathilde.

Le cœur battant, je le laissai. Dans la maison, sans faire de bruit je coupai des tranches de pain, les beurrai, ajoutai du fromage, un morceau de lard, enveloppai le tout dans une serviette de lin. Je mis à chauffer du lait, que je versai dans un bol. Puis, chargée de mes victuailles, je repartis vers l'étable.

Adrien avait mis les vêtements de mon frère, et même le bonnet rouge révolutionnaire. Je faillis rire en le voyant dans cet accoutrement qui ne lui allait pas. Une expression d'amusement sur mes traits dut me trahir, car il dit, faussement grondeur :

— Tu te moques de moi, vilaine enfant ! Pourtant, ainsi vêtu, je passerai plus facilement inaperçu.

J'approuvai, lui tendis le bol de lait, qu'il se mit à boire avec reconnaissance.

— Enfin quelque chose de chaud ! Tu penses à tout, Mathilde.

Entre deux gorgées, il m'observait :

— Douce, tendre, prévoyante... et jolie, ce qui ne gâte rien. Tu as tout pour faire le bonheur d'un homme. Tu es heureuse, avec ton mari ?

Sa question me fit reprendre pied dans la réalité, me rappela l'existence de Blaise, de Bastien, que j'avais un instant oubliée.

— Oui, monsieur Adrien. J'ai un fils, savez-vous ?

Mon ton de fierté naïve le fit sourire. Il prit le paquet contenant les provisions, roula ses anciens vêtements sous son bras :

— Je ne vais pas te retenir davantage, Mathilde. Il faut que je parte.

Je fis un pas vers lui, soudain inquiète :

— Soyez prudent, monsieur Adrien. Ne voulez-vous pas me laisser vos vieux habits ? Je les brûlerai.

— Non, je ne veux pas te compromettre. Je m'en débarrasserai en les jetant dans un fossé. C'est déjà bien de m'avoir aidé. Merci, Mathilde.

— Ce n'est que peu de chose, et je l'ai fait avec joie. Prenez bien soin de vous, surtout. Et lorsque vous aurez retrouvé madame la comtesse et mademoiselle Amélie, dites-leur que nous ne les oublions pas.

— Ce sera fait, Mathilde. Compte sur moi. – Une étincelle à la fois amusée et nostalgique brilla fugitivement dans ses yeux. – Ça me surprend de t'entendre me dire vous ! Je n'y suis plus habitué. Maintenant, tout le monde m'appelle citoyen et me tutoie. Fais attention, Mathilde, on va t'accuser d'aristocratie !

Je ne répondis pas, troublée par la douceur de son sourire. Il eut un léger soupir, se pencha vers moi. Il me prit le menton, me contempla longuement avec un regret mêlé de tendresse :

— Si les circonstances avaient été autres, qui sait ?... Tu me plaisais bien, Mathilde, je crois même que j'avais un petit faible pour toi... On me reprochait d'être insouciant, et c'est vrai que je l'étais. Mais j'ai mûri. Les épreuves que j'ai vécues ces derniers mois m'ont fait réfléchir. Quel sera mon avenir, maintenant ? Je n'en sais rien. Je n'ai plus de titre, plus de foyer, plus rien. Et je dois lutter pour ma vie. Toi, Mathilde, sois heureuse, et pense un peu à moi de temps en temps. Je ne t'oublierai pas. Adieu, et encore merci.

Il se pencha davantage, posa sur ma joue un baiser léger, et subitement je me retrouvai seule. Les vaches ruminaient paisiblement, mais la porte grande ouverte me disait qu'il était parti. Je courus à travers la cour, allai jusqu'à l'entrée. Sur le chemin qui menait aux champs, il s'éloignait. Je regardai sa silhouette que brouillaient mes larmes. Il se retourna, m'aperçut, ôta ce ridicule bonnet rouge qui le déguisait, et d'un geste de grand seigneur en balaya le sol en s'inclinant. Je souris à travers mes larmes. Fantasque, séduisant, troublant... et courageux. Je lui fis un petit signe d'adieu et, en essuyant mes yeux, je m'en allai vers les tâches qui m'attendaient.

Je me dépêchai de traire les vaches, l'esprit en ébullition. Je repensai à ce que m'avait raconté Adrien. Ainsi, son père était mort en prison; quelle fin ignominieuse pour le seigneur de notre village! Nul doute que Sylvain Busquet, s'il l'apprenait, ne s'en réjouît comme d'une victoire.

Je me pressais pour rattraper mon retard. Ensuite, j'allai lever ma mère, l'aider à s'habiller. En même temps, je m'interrogeais. Devais-je la mettre dans le secret, ou ne rien dire? Mais ma mère ne tarderait pas à s'apercevoir qu'il manquait des vêtements et un peu de ravitaillement. D'un autre côté, pourquoi l'ennuyer avec ce souci supplémentaire, alors qu'elle se remettait à peine de sa maladie? Je ne savais que faire. Ce fut elle qui me décida:

— Qu'y a-t-il, Mathilde? Tu sembles nerveuse.

Je ne répondis pas, hésitant encore. Elle insista:

— N'essaie pas de nier. Je vois bien que tu me caches quelque chose. Ton expression me rappelle celle que tu avais dans ton enfance, quand tu faisais une bêtise et que tu n'osais pas l'avouer.

Alors je m'assis près d'elle et je racontai tout. Elle m'écouta sans m'interrompre, le visage attristé et inquiet. Lorsque j'eus fini, elle soupira:

— Notre comte est mort... Pauvre Adrien, il ne lui reste rien, en effet. J'espère que personne ne t'a vue, Mathilde?

— Non, je ne crois pas. Aurais-je dû refuser de l'aider? Je n'y ai même pas pensé.

— Non, tu as bien fait, à ta place, j'aurais agi de la même façon. Que cela reste uniquement entre nous, Mathilde. N'en parle à personne d'autre.

— Pas même à Blaise ?

— Je ne sais pas. C'est à toi de voir.

— Je peux lui faire confiance, si c'est ça que vous voulez dire. Et puis, je préférerais qu'il n'y ait pas de secret entre lui et moi.

Je lui en parlai le soir, lorsque nous fûmes couchés. Dans son berceau, Bastien dormait en faisant de petits bruits de succion. Et moi, allongée contre le grand corps chaud de mon mari, je racontai la scène du matin sans rien omettre. La proximité de Blaise faisait qu'elle me paraissait maintenant lointaine et irréelle. Avec sa bonté naturelle, il m'approuva, mais il me conseilla, comme ma mère, de ne pas le répéter. Tout contact avec des émigrés était considéré comme suspect, et aider un aristocrate à s'enfuir du pays était tout aussi dangereux que de cacher un prêtre réfractaire. Je décidai donc de ne plus jamais en parler, comme si la scène vécue le matin même n'avait pas existé.

Peu à peu, à mesure que les jours passèrent, son souvenir s'estompa lentement de mon esprit. Et je n'y pensais presque plus lorsque arriva cet événement qui, brutalement, vint bouleverser mon existence en y apportant la peur, l'horreur et le désespoir.

C'était un matin semblable à tous les autres. Je venais de me réveiller et, les yeux ouverts dans l'obscurité, blottie contre Blaise, j'écoutais le père et le fils, encore endormis, mêler leurs respirations. Silencieuse et immobile, je goûtais le moment de paix et de douceur qui s'offrait à moi avant une nouvelle journée. Dehors, une lueur incertaine annonçait l'aube. De la chambre voisine me parvenaient les ronflements sonores de Justin. Je souris, passai une main sur la poitrine de Blaise. Il remua, prononça quelques mots que je ne compris pas, dans son sommeil se tourna vers moi. Je soupirai, quittai avec regret le refuge chaud et douillet du lit. Je me levai en frissonnant, pensant au travail qui m'attendait, allumer le feu, aller traire les vaches et rapporter le lait, préparer le déjeuner, faire manger Bastien, m'occuper de mes trois générations d'hommes. Je m'habillai rapidement.

Un doux roucoulement m'attira vers le berceau. Mon fils, les yeux grands ouverts, agitait les mains en gazouillant. Il me vit, eut un sourire charmant, me tendit les bras. Je le pris contre moi. C'était un beau bébé de huit mois, au corps tendre et ferme, au caractère vif et enjoué. Je l'embrassai, le chatouillai; il éclata d'un rire cristallin. Blaise ouvrit les yeux, bâilla longuement:

— Que se passe-t-il donc? A quoi jouez-vous, tous les deux?

Je m'assis sur le lit. Bastien gigota pour m'échapper. Blaise le saisit dans ses grandes mains, le posa près de lui:

— Alors, mon grand garçon? Comment vas-tu?

Le petit émit un gloussement heureux. Ils se sourirent. Je les regardai, émue par le bonheur paisible qu'ils me donnaient. C'étaient ces moments privilégiés qui rendaient supportables les autres, ceux qui concernaient la guerre, la révolution, l'absence de Germain et de François, tous les bouleversements qui perturbaient notre vie.

La journée commença comme de coutume. Blaise et Justin, après avoir déjeuné, gagnèrent l'atelier. Je balayai la salle, surveillant du coin de l'œil Bastien qui jouait avec des bouts de bois, lorsque j'entendis des éclats de voix. J'écoutai. Blaise disait, sur un ton assuré:

— Vous devez vous tromper. Il ne peut s'agir de ma femme.

Mon cœur bondit, s'affola. Sans réfléchir, j'avançai, j'allai jusqu'au seuil de l'atelier. Deux gendarmes s'y trouvaient, qu'accompagnait un Sylvain Busquet blême et muet. Ils se tournèrent vers moi. Le plus âgé questionna:

— Mathilde Bassart, femme Desbourg, c'est toi, citoyenne?

— Oui. Qu'y a-t-il?

Ma voix résonnait, claire et étonnée. Je ne comprenais pas encore. L'autre gendarme, qui paraissait beaucoup moins aimable que son compagnon, répondit brièvement :

— Prépare-toi à nous suivre, citoyenne. Nous avons ordre de t'emmener à Douai.

J'éprouvai un tel saisissement que je restai stupide pendant plusieurs secondes. La respiration coupée, je les fixai avec incompréhension. Je parvins à émettre une sorte de coassement inaudible :

— Moi ? Mais pourquoi ?

— Tu dois bien le savoir, grogna le même gendarme. Allez, presse-toi.

Affolée, je me mis à trembler, je lançai un regard désespéré à Blaise. Il vint à moi, m'entoura de son bras, me parla avec douceur :

— Calme-toi. Nous allons nous expliquer. Je suis sûr qu'il s'agit d'une erreur. Sylvain, qu'est-ce que ça signifie ?

Le gendarme, qui commençait à montrer des signes d'impatience, dit avec humeur :

— Ce n'est pas une erreur. Citoyenne, si tu es bien Mathilde Bassart, tu es en état d'arrestation. Tu es accusée de manœuvres aristocrates et de crime contre la nation.

J'eus un sursaut de panique :

— Mais c'est faux ! Je n'ai rien fait ! Sylvain, dis-leur que je n'ai rien fait ! Tu le sais bien, toi !

Sylvain baissa les yeux pour me dérober son regard. Avec froideur, il déclara :

— Ce n'est pas l'avis de la personne qui t'a dénoncée. Tu as mal agi, Mathilde.

— Quelqu'un m'a dénoncée ? C'est impossible ! Qui que ce soit, il a menti ! Je suis innocente, il faut me croire !

Je criais ces protestations d'une voix aiguë qui n'était pas la mienne. Bouleversée, éperdue, je m'insurgeais sans comprendre. Subitement, dans la confusion qui emplissait mon esprit, une étincelle éclata : ce matin où j'avais aidé Adrien en lui fournissant vivres et vêtements... Avais-je été vue ? Qui pouvait me haïr suffisamment pour aller me dénoncer ? J'eus l'impression qu'un piège gigantesque se refermait sur moi. Que faire, sinon nier ?

— Prépare-toi, grommela le gendarme. Nous n'allons pas t'attendre toute la journée. Veux-tu que nous t'emmenions de force ?

Incapable d'en supporter davantage, je me mis à sangloter en m'accrochant à Blaise. Justin, atterré, ne disait rien. A travers mes larmes, j'aperçus Bastien qui, en rampant, était venu jusqu'à moi. Il entoura mes chevilles de ses petits bras, essaya de s'agripper, leva la tête vers moi. Je vis le regard du plus vieux gendarme s'emplir de pitié.

— Il faut obéir, citoyenne, dit-il avec bonté. Tu dois nous suivre. Si tu es innocente, ne crains rien, tu seras relâchée.

Justin se secoua, fit un pas en avant, les yeux étincelants de colère :

— Mais en attendant, vous allez la mettre en prison, simplement parce que quelqu'un a raconté des mensonges. C'est une honte ! Nous sommes de bons citoyens, nous avons toujours agi honnêtement. J'ai un fils qui est parti se battre pour défendre la patrie. Que vous faut-il de plus ?

Le gendarme étendit une main apaisante :

— Je te crois, citoyen. Mais, pour le moment, nous avons reçu un ordre et nous devons l'exécuter. Prépare-toi, citoyenne, conclut-il à mon adresse.

Je jetai un regard interrogateur à Sylvain. Il fit un bref signe d'acquiescement.

— Fais ce qu'il te dit, Mathilde.

Dans un état second, je tendis Bastien à Blaise, j'allai dans la chambre, préparai un ballot de linge. Justin prit l'enfant et Blaise vint me rejoindre. Secouée de sanglots irrépressibles, je me tournai vers lui. Dans son visage tiré, la meurtrissure de sa joue ressortait davantage. Jamais je ne l'avais autant aimé. Je me jetai dans ses bras. Il me serra avec force, avec passion, murmura, la bouche dans mes cheveux :

— Ce ne sera rien, Mathilde. Nous nous arrangerons pour prouver ton innocence. J'irai partout s'il le faut, mais j'y arriverai. Aie confiance. Et n'oublie pas que je t'aime.

Je relevai la tête, plongeai mes yeux dans les siens. Pendant un instant court, intense et poignant, plus rien n'exista que nous deux, et j'eus l'impression angoissante de perdre le bonheur que j'avais possédé jusque-là. Nous fûmes brutalement interrompus par le gendarme hargneux qui, par la porte ouverte, nous observait :

— Les effusions sont terminées ? dit-il avec une ironie qui me blessa. Viens, citoyenne, on s'en va.

Justin s'approcha, m'embrassa, glissa dans ma main quelques assignats. Je sentis sa moustache trembler contre ma joue. Bastien, dans ses bras, tendit ses mains vers moi. Ce fut plus que je n'en pouvais supporter. J'embrassai éperdument mon enfant, sanglotant sans retenue : et lui, effrayé par mon attitude, se mit à pleurer avec moi. Il me sembla que Justin bougonnait quelque chose d'une voix rauque, que Blaise me parlait avec amour, mais je n'entendis rien. J'eus vaguement conscience que l'on me séparait de mon fils, que l'on me poussait dehors. Devant la maison, deux chevaux attendaient. L'un des gendarmes prit une corde et en enroula mes poignets. Malgré le chagrin qui m'écrasait, j'eus un mouvement de révolte, reculai. Je ne voulais pas être ligotée comme une criminelle. Mais l'homme me retint, noua la corde d'un geste sec, l'attacha à la selle de son cheval, qu'il fit avancer. Obligée de suivre, je fis quelques pas. Blaise se mit à marcher près de moi, pour me donner du courage, et pour retarder le plus possible la séparation qui nous était imposée. Je me retins pour ne pas pleurer à nouveau.

— Où l'emmenez-vous, citoyens ? cria-t-il aux gendarmes dont je ne voyais que le dos large et hostile.

Le plus âgé se retourna :

— Nous avons ordre de la conduire à la prison des Ecossais, à Douai.

Toujours aussi hargneux, l'autre jeta par-dessus son épaule :

— Que fais-tu donc là, toi ? Tu n'as pas à venir avec nous. Allez ouste ! Rentre chez toi et laisse-nous faire notre travail en paix.

Il prit son sabre, fit un large moulinet. Effrayée, je dis d'une voix tremblante :

— Obéis, Blaise, laisse-moi. C'est encore pire.

Il me regarda avec détresse. Très vite, il s'approcha de moi, prit mon visage entre ses mains, m'embrassa avec une fureur désespérée. Il dut me lâcher, car la corde m'entraînait. Et il resta là, sur le bord du chemin, tandis que je me retournais pour le voir une dernière fois. J'eus une ultime recommandation :

— Prends bien soin de Bastien.

Il hocha la tête affirmativement, et au détour du chemin je ne le vis plus. Derrière mes guides à cheval, je dus traverser le village, et je sentis mes joues brûler de honte et d'humiliation. Je marchais en gardant mes yeux obstinément fixés sur le sol. Heureusement l'heure était matinale, il faisait froid, et les rues étaient désertes. Mais ceux qui, de leur maison, me voyaient passer ainsi enchaînée, que devaient-ils penser ? Après notre curé, après le comte et Adrien, c'était à mon tour maintenant. Comment était-ce possible ?

Une exclamation retentit subitement, se faisant l'écho de mes pensées :

— Mais ce n'est pas possible, Mathilde ! Que se passe-t-il ?

Joséphine sortait de son magasin, venait vers moi, les mains sur les hanches. Elle apostropha mes gardiens, se plaçant devant eux avec détermination :

— De quel droit l'emmenez-vous ? Elle n'a jamais rien fait pour ça, que je sache ! C'est la plus douce et la plus sage de nous toutes. Avez-vous perdu la raison ?

Le plus jeune des gendarmes la repoussa du plat de son sabre.

— Allons, laisse-nous. Cela ne te regarde pas.

Elle recula de mauvais gré, se tourna vers moi avec compassion :

— Si je peux t'aider, Mathilde, je le ferai. Je vais me renseigner. Compte sur moi.

Sa sollicitude me fit du bien. Je la vis repartir vers l'épicerie où, sur le seuil, Noémie m'observait. Un peu plus loin, venant vers nous, Marie Busquet trottinait sur le chemin. Elle s'écarta pour laisser passer les chevaux. En m'apercevant, son visage exprima une surprise presque comique. En silence, elle me suivit d'un regard consterné et abasourdi. J'eus envie de lui crier, avec rancune, d'aller interroger son fils. Quel rôle avait-il joué dans mon arrestation ? D'après lui, quelqu'un m'avait dénoncée. Savait-il de qui il s'agissait ?

Nous sortîmes du village. A l'horizon, dans un ciel strié d'or et de rose, le soleil se levait, chassant la brume qui s'attardait sur les champs et s'accrochait aux branches des arbres. Je pensai à ma mère, encore convalescente. Comment allait-elle réagir à ce nouveau coup du sort ? Le départ de son fils à l'armée, la mort de sa petite-fille, et maintenant sa fille en prison... Les épreuves se succédaient. S'arrêteraient-elles un jour ? Reviendrions-nous dans notre village, mon frère François et moi ?

Les gendarmes prirent la direction de Douai, empruntant des chemins de traverse. De temps en temps, nous croisions des paysans, ou bien des marchands nous dépassaient, se rendant au marché. Ils me lançaient un regard curieux, souvent apitoyé, quelquefois malveillant. Je finis par garder la tête continuellement baissée, pour ne plus les voir. La pensée qu'on pût me croire coupable me faisait mal.

Je mettais un pied devant l'autre, essayant de faire le vide dans mon esprit. J'apercevais, devant moi, les croupes larges des chevaux. J'entendais, dans un autre monde, le monde de liberté qui avait été le mien, des oiseaux gazouiller, des coqs chanter. Des maisons, bientôt, apparurent. Nous étions dans un village que je ne connaissais pas. Je ne tardai pas à comprendre que nous avions fait un détour pour procéder à une seconde arrestation.

Mes gardiens s'arrêtèrent sur la place, devant un bâtiment que je devinai être la maison commune. Ils entrèrent, palabrèrent un instant. Ils revinrent avec un jeune homme, coiffé d'un bonnet rouge qu'ornait une cocarde tricolore. Il me lança un regard peu amène. Tous trois traversèrent la place, prirent la rue située juste en face, frappèrent à l'une des premières maisons. Mon cœur se serra : ils allaient arrêter quelqu'un, provoquer un autre drame. Cela les laissait-il indifférents ?

Je regardai autour de moi. Tout était calme. Le soleil brillait à travers les branches des platanes. Quelques poules, sorties de la cour d'une ferme, venaient vers moi en picorant. Une femme passa, portant une cruche de lait. Elle m'observa avec curiosité. J'eus conscience de l'image que je devais offrir, prisonnière, ligotée, poussiéreuse... Je luttai contre le désir de me dissimuler entre les chevaux et le mur. Je pensai que je ne devais pas me conduire comme une coupable, puisque je n'avais rien fait. Alors je redressai fièrement la tête, essayant de paraître indifférente, regardant l'église qui, de l'autre côté de la place, avait dû certainement, elle aussi, être dépouillée.

Une autre femme vint rejoindre la première. Elles se mirent à chuchoter. Une troisième arriva, une quatrième. Puis un vieil homme, appuyé sur une canne, et plusieurs enfants. Du cabaret situé en face, d'autres hommes sortirent, s'approchèrent. Tous ces regards intrigués, indiscrets ou soupçonneux m'humiliaient. Je sentis mes joues brûler de honte.

C'est une femme qui, la première, a posé une question. Avec un mélange de méfiance et de pitié, elle dit :

— Qu'as-tu fait ? Pourquoi t'emmènent-ils ?

Les autres l'imitèrent aussitôt :

— D'où viens-tu ?

— Pourquoi as-tu été arrêtée ?
— Es-tu une aristocrate ?
— Moi, je trouve qu'elle en a bien l'air.
J'étais décidée à ne pas leur répondre, mais ils m'énervèrent. Je les fixai avec reproche, criai presque :
— Si je vous dis que je n'ai rien fait, vous ne me croirez pas. Et pourtant, c'est la vérité !
Ma voix s'affolait, dans un désir éperdu de les convaincre. Quelques ricanements me répondirent. L'une des femmes haussa les épaules d'un air incertain, se tourna vers sa voisine :
— Ils disent tous ça quand on les arrête. Mais peut-on les croire ?
L'un des hommes, qui, placidement, fumait une longue pipe, remarqua :
— Peut-être dit-elle la vérité. Pourquoi pas ? Rappelez-vous Gaston, qui avait été arrêté à cause de cette histoire de faux assignats, il était innocent. Finalement, on l'a relâché.
Un autre approuva :
— C'est vrai. Par les temps qui courent, on met tout le monde en prison, innocents comme coupables. Comment s'y retrouver ? Moi je dis qu'il y a de l'abus. Cette jeune personne n'a pas la tête d'une criminelle.
Il me regarda avec une compassion et une bienveillance qui m'émurent. Une femme, plus loin, dit d'une voix aigre :
— Il ne faut pas toujours se fier aux apparences ! J'en sais quelque chose. Vous les hommes, vous êtes tous pareils. Dès que vous voyez un joli minois... peuh !
Elle renifla avec mépris. Un enfant, qui s'était mis à tourner autour des chevaux, releva la tête et me fit une grimace. Des larmes me vinrent aux yeux. Que pouvais-je faire, seule contre eux tous ?
— Que se passe-t-il, ici ? Circulez ! Allons, circulez !
Mes deux gardiens revenaient, et pour une fois je fus soulagée de les voir. Ils amenaient avec eux une femme d'une ouarantaine d'années. Elle marchait visage fermé,

lèvres serrées, dans une attitude de réprobation muette. Ils la placèrent à mes côtés. Avec la même corde qui enroulait mes poignets, ils lièrent les siens. Elle se laissa faire, non sans leur lancer un regard hargneux qu'ils ignorèrent. Ils attachèrent l'extrémité de la corde à la selle des chevaux, et nous partîmes.

Jusqu'à la sortie du village, les habitants que nous croisions l'apostrophèrent :

— Que se passe-t-il, Célestine ?

— Où vas-tu comme ça ?

— Que t'arrive-t-il ?

A tous, elle répondait avec colère :

— C'est à cause d'Honoré. Il a émigré, vous savez bien. Et c'est moi qu'on arrête, comme si j'en étais responsable ! Mais je n'y suis pour rien, je le leur ai dit !

Lorsque nous fûmes de nouveau dans la campagne, elle laissa éclater sa rancœur en un flot de paroles précipitées.

— Il paraît que j'ai été dénoncée, m'expliqua-t-elle. Par qui, je me le demande ! Et pourquoi ? Honoré, c'est mon frère. Il est parti en septembre dernier, avec sa femme et ses enfants. Il en avait marre des réquisitions, de cette révolution qu'il réprouvait à cause de ses excès, bien qu'au début il l'ait accueillie avec enthousiasme. Il voulait aussi soustraire ses fils à cet enrôlement obligatoire pour l'armée. Alors il a décidé de s'en aller. Il est arrivé aux Pays-Bas et il m'a écrit. Moi, je l'ai innocemment raconté dans le village. Je n'aurais jamais pensé que quelqu'un irait me dénoncer. Depuis quand est-ce interdit de recevoir des nouvelles de son frère ?

Elle fit un signe de tête en direction des gendarmes qui, devant nous, chevauchaient en silence.

— Ils ont fouillé chez moi, et ont trouvé la lettre qu'il m'a envoyée. J'aurais dû la cacher ou la détruire, mais je n'y ai pas pensé, tellement je n'avais pas conscience de mal faire. Il paraît qu'il y a eu une loi, selon laquelle les parents d'émigrés sont suspects.

Elle s'arrêta un instant, reprit son souffle. Avec un regard inquisiteur, elle demanda :

— Et toi ? Qu'as-tu fait ?

Une méfiance instinctive me fit répondre ce que j'avais décidé de dire, quoi qu'il arrive :

— Je ne sais pas. Sincèrement, je ne sais pas. J'ai été dénoncée, moi aussi, mais je n'ai rien fait. Je me contente de vivre tranquillement, entre mon mari et mon fils. Je me mêle le moins possible à tout ce qui concerne la révolution.

J'ignore si elle me crut. Elle baissa la tête, donna rageusement un coup de pied dans un caillou :

— En tout cas, nous voilà bien, maintenant ! On nous emmène en prison. Et après ? Va-t-on nous juger ? C'est qu'il y a de quoi avoir peur, avec leur guillotine ; on se retrouvera la tête tranchée avant d'avoir compris ce qui nous arrive !

— Oh non, dis-je, quand même pas !

Mais, alors même que je protestais, je me rappelai l'exécution, un an auparavant, de huit émigrés à Douai. Ce n'étaient pas, non plus, des criminels. C'étaient, si je me souvenais bien, un évêque et plusieurs officiers. Et j'avais entendu dire qu'à Arras, le tribunal révolutionnaire de Joseph Le Bon condamnait à mort presque tous les accusés. Jusqu'ici, je n'avais pensé qu'à l'injustice de mon arrestation, à la douleur d'être séparée de Blaise et de Bastien. Les propos de ma compagne d'infortune venaient de me faire entrevoir une réalité bien pire... Ce fut à ce moment que je commençai à avoir peur. Une peur insidieuse, tenace, qui s'installa dans un coin de mon esprit et ne le quitta plus.

5

Nous avons traversé Douai. Nous sommes passés rue de Bellain – ou plutôt rue de la Révolution – et j'ai levé les yeux vers les fenêtres du logement de ma sœur. Que penserait-elle, si elle me voyait passer? Je n'osais pas regarder les gens que nous croisions. Ma timidité et mon humiliation, de nouveau, étaient les plus fortes. Ma compagne elle-même se taisait.

Devant le collège des Ecossais, qui avant la révolution servait de maison d'études à des jeunes gens de nationalité écossaise se destinant au sacerdoce, nos deux gardes s'arrêtèrent. Ils délièrent nos mains, nous poussèrent à l'intérieur, dans un couloir sombre et humide où je frissonnai. L'homme qui nous avait ouvert grommela:

— Encore de nouvelles prisonnières? C'est que je n'ai plus de place, moi. Où vais-je les mettre? Qu'ils viennent un peu, les administrateurs du district, ils verront l'état de ceux qu'ils m'envoient, entassés comme des bêtes sur de la paille pourrie. Je n'ai pas peur de le dire, c'est inadmissible. Je ne laisserais pas vivre mon chien dans des conditions pareilles.

Le plus jeune des gendarmes poussa un soupir impatienté:

— Tais-toi donc, citoyen Trochy, tu répètes toujours la même chose. Ces scélérats ne font que purger leur peine. Prends plutôt possession des deux pensionnaires que nous t'amenons.

Ledit Trochy prit un long cahier noir, dans lequel il inscrivit, avec application, nos nom, prénom, âge, adresse, ainsi que la date et l'heure de notre entrée. Je remarquai qu'il nous interrogeait sans acrimonie, et même avec une certaine bonté. Comme je lui répondais d'une voix tremblante, il leva les yeux vers moi. Son visage s'adoucit un peu :

— Qu'as-tu donc fait, toi, pour être ici ? Tu ne me sembles pas bien dangereuse.

Il referma son registre d'un coup sec :

— C'est ça que je leur reproche, arrêter tout le monde sans distinction, confondre les innocents et les criminels. Emprisonnons d'abord, vérifions après ! Oui, mais en attendant, les prisons débordent. Allons, venez avec moi.

Nous le suivîmes. Il nous fit monter un escalier, suivre un couloir. Il ouvrit une porte, y poussa ma compagne, en ouvrit une autre, me fit un signe :

— Allez, entre là.

Je pénétrai dans une cellule exiguë, et il referma la porte derrière moi. Je restai interdite un instant, regardant avec effroi autour de moi. Je comprenais subitement ce qu'il avait voulu dire. Allais-je vraiment devoir vivre dans cette pièce, comme les deux malheureuses que j'y voyais et qui m'observaient en silence ? Les murs nus suintaient d'humidité. Une fenêtre étroite, que barrait jusqu'à mi-hauteur une épaisse planche de chêne, dispensait une lumière terne et grise. Pas de meubles, pas même un lit. Sur le sol qui n'avait plus de plancher, de la paille servait de litière, comme pour des animaux. Un baquet d'aisances, placé dans un coin, répandait une odeur répugnante. L'une des deux détenues, qui me parut très âgée, s'approcha de moi en boitillant :

— Viens, mon enfant. Ne crains rien.

L'autre ricana :

— Notre palais ne te plaît-il pas ? J'avoue qu'il a de quoi surprendre au premier abord, mais tu t'y feras comme nous.

Encore ahurie, je posai mon ballot de linge par terre, me laissai tomber dessus. Je demandai avec horreur :

— Etes-vous ici depuis longtemps?

Celle qui me faisait face, assise sur la paille, eut un geste vague :

— Je ne sais pas. J'avoue que je ne compte plus. Quelques semaines, ça c'est sûr, mais combien?

Le fatalisme avec lequel elle considérait sa situation m'affola. Je bégayai :

— Mais... mais... je ne vais pas... ce n'est pas possible!

La plus âgée intervint :

— Allons, Victorine, cesse donc. Tu vois bien que tu l'effraies.

— Eh bien, qu'ai-je fait? Je n'ai dit que la vérité. Il faut bien qu'elle sache ce qui l'attend.

La vieille femme ne répondit pas, s'assit sur un paquet de linge disposé dans un coin, me sourit :

— Faisons connaissance, d'abord. Qui es-tu?

Je la regardai mieux. Petite, frêle, elle portait des vêtements riches et beaux, bien qu'ils fussent froissés et salis. La peau fripée et jaunâtre de son visage la faisait ressembler à une pomme toute ridée. Mais ses petits yeux noirs exprimaient une grande bonté, et l'intérêt bienveillant que j'y lus me donna envie de pleurer. J'ouvris la bouche pour répondre, la refermai sans pouvoir proférer un seul mot. Elle me tapota gentiment la main :

— Allons, remets-toi. Je comprends que cette situation te bouleverse. Si tu le préfères, nous allons te parler de nous d'abord, et tu nous raconteras ensuite. Tu le verras bientôt, les conversations sont le seul moyen de tuer le temps, et elles nous font prendre notre mal en patience. Surtout, elles nous permettent de ne pas penser au sort qui nous attend et dont nous parlons le moins possible. Bien que, pour ma part, je ne me fasse pas d'illusions. Je suis marquise, donc aristocrate, donc ennemie de la révolution. Mon défunt mari était lieutenant du roi. Ce sont des choses impardonnables de nos jours. De plus, mes filles sont émigrées, et j'entretenais avec elles une correspondance « suspecte ». Pour terminer, on a trouvé sur moi un « objet de fanatisme », une croix en or que mon mari m'avait offerte pour mes vingt ans, et qui ne m'avait jamais quittée. Alors...

Elle resta pensive quelques secondes, eut un sourire ironique et désabusé, reprit :

— Alors, vois-tu, je mérite plusieurs fois la mort. Pour moi, cela n'est rien. Je suis vieille, j'ai plus de quatre-vingts ans. Et puis, je crois bien que je préfère mourir plutôt que de continuer à vivre dans le monde actuel. Ce qui me rend triste, c'est de voir que l'on emprisonne des jeunes femmes comme vous deux, en pleine santé, pour des motifs ridicules, alors que bien souvent elles sont innocentes. N'est-ce pas, Victorine ?

L'autre haussa les épaules avec humeur :

— Moi, je suis accusée d'avoir distribué de faux assignats de cinquante sols. Les billets étaient en ma possession, d'accord, mais ce n'est pas moi qui les ai fabriqués. Impossible de faire admettre ça à ceux du comité révolutionnaire. Pourtant, c'est facile à comprendre ; je suis marchande, et un client a dû me payer avec ces assignats, sans qu'il soit forcément coupable lui non plus. Il y a beaucoup de faux billets qui, paraît-il, circulent tout le temps. On dit même qu'ils proviendraient de l'étranger. C'est leur faute aussi, à ceux de l'Assemblée ; ils n'avaient qu'à prévoir, et ne pas créer un papier-monnaie si facile à reproduire. De là viennent toutes ces contrefaçons. En tout cas, moi, je me retrouve en prison. – Elle eut un geste circulaire. – Admire dans quelles conditions, en plus ! Et comme je sais que la loi punit de mort les contrefaçons, je peux t'assurer que mes idées ne sont pas gaies. Aussi, qu'on ne me parle plus de révolution ! La liberté, qu'ils disent ! Ah oui, elle est jolie, leur liberté ; arrêter des innocents... C'est tout simplement révoltant !

La vieille marquise hocha la tête en soupirant, me considéra avec sympathie :

— Et toi, mon enfant ? Pourquoi es-tu ici ?

Sa question fut un baume pour l'humiliation cuisante que je ressentais depuis le matin. Elle n'avait pas dit « Qu'as-tu fait ? » mais « Pourquoi es-tu ici ? ». Et je décidai de continuer à affirmer que, justement, je n'avais rien fait. Je ne considérais pas comme un crime le fait d'avoir donné à Adrien quelques vêtements et quelques vivres. J'avais obéi à un réflexe de charité et d'entraide normal. Il ne me serait jamais venu à l'idée de refuser, et encore moins de le dénoncer. Ce fut d'une voix à la fois assurée et indignée que je répondis :

— Je ne sais pas. Ils sont venus m'arrêter ce matin, m'accusant d'aristocratie et de crime contre la nation. Je ne vois pas ce que j'ai pu faire pour mériter une telle inculpation. Mes parents sont des paysans, mon mari est charron. Tout ça n'a rien d'aristocrate ! Il paraît que j'ai été dénoncée au comité de surveillance. Par qui ? Pourquoi ? Je l'ignore. Celui qui m'a dénoncée a menti, et je trouve, moi aussi, inadmissible que l'on arrête quelqu'un sur de simples calomnies. Ne pourraient-ils vérifier avant ? Maintenant, me voilà ici, privée de mon petit Bastien...

Un sanglot brisa ma voix. De nouveau, la révolte et le désespoir m'étouffèrent. Je me retins pour ne pas pleurer. Victorine m'observait avec une curiosité apitoyée. Avec tact, la vieille marquise parla d'autre chose :

— Eh bien, maintenant, nous allons t'expliquer comment nous passons nos journées ici. Tu as déjà vu en quoi consiste notre domaine. Nous sommes à l'étroit, et nous devons dormir sur cette paille. Ce ne serait encore rien si elle était propre, et changée souvent, mais tu verras vite que ce n'est pas le cas. Trochy, le concierge, fait ce qu'il peut, et réclame bien souvent pour nous auprès du district. Mais on lui répond que la paille est précieuse et rare, et nécessaire aux autres besoins de la république.

Victorine l'interrompit, avec ce ricanement que je commençais à connaître :

— Bien entendu, les prisonniers, qui sont les ennemis de la république, n'ont de la paille qu'en dernier recours, autant dire jamais. Et ce n'est pas tout ! L'eau qu'on nous donne est boueuse, beaucoup sont malades à cause de sa mauvaise qualité. Le médecin Foulon passe régulièrement et fait ce qu'il peut, mais ses recommandations ne sont pas suivies, et il n'y a rien pour nous soigner. Quant au pain, il est pratiquement immangeable. Et la soupe!... D'ailleurs, tu découvriras tout ça par toi-même. Nous avons une nourriture que, j'en suis sûre, ton père ne donnerait pas à ses cochons.

La marquise posa une main sur son bras, en un doux geste d'apaisement:

— Tout ce que tu dis est vrai, Victorine, mais tu n'arrangeras rien en maugréant sans cesse!

D'un mouvement hargneux, Victorine retira son bras, dit d'une voix rude:

— Ah, taisez-vous! Comment pouvez-vous supporter ça, une couche de paille et des repas infects, après votre cuisine de riche et votre lit à baldaquin? Je ne vous comprends pas. A votre place, je me plaindrais doublement.

— Et à quoi cela servirait-il, je te le demande?

Je les écoutais sans rien dire, n'arrivant pas encore à m'intégrer à cet univers qu'instinctivement je refusais. J'admirais la marquise qui, malgré son âge, subissait une telle situation avec philosophie. Comme Victorine, une révolte me saisissait, qui rendait impossible toute acceptation.

Je dus apprendre à vivre au rythme de la prison, dans notre cellule confinée et nauséabonde. Je ne peux pas dire à quel point j'en ai souffert, moi qui, dès mon plus jeune âge, avais été habituée à l'immensité des champs, à l'odeur d'herbe et de grand vent. L'immobilité, aussi, était pénible. Serrées dans notre pièce étroite, nous pouvions à peine nous déplacer, et l'inaction me mettait des fourmillements dans les jambes. Nous ne sortions que deux fois par jour dans la cour, pour une courte promenade. J'en faisais lentement le tour, profitant des rayons d'un soleil printanier. La vieille marquise s'appuyait à mon bras. Une amitié était née entre nous. J'aimais sa sagesse, sa façon de raisonner, son état d'esprit attaché aux anciennes valeurs – comme la religion – que maintenant l'on piétinait. Elle me racontait sa vie, je lui parlais de la mienne. Bien souvent, elle me consolait lors de mes moments de cafard, et sa présence m'aidait à accepter la dure transition entre la liberté et la réclusion.

Car, au début, ce fut très dur. Blaise et Bastien me manquaient d'une manière intolérable. La nuit, recroquevillée sur cette mauvaise paille, je pleurais d'un désir inassouvi, celui de serrer contre moi mon enfant. Nous n'avions pas de couverture pour nous protéger du froid, et je grelottais, complètement transie. Parfois, dans mon sommeil, je cherchais instinctivement le grand corps de Blaise, pour me blottir contre lui et me réchauffer. Je ne rencontrais que celui de ma vieille amie, et je reprenais brutalement conscience de la réalité. Alors, de nouveau, je pleurais.

Lors des premiers repas, que nous prenions dans le réfectoire de la prison, après celui des hommes, je ne mangeai rien. Victorine avait dit la vérité, l'eau était boueuse et saumâtre, la soupe grasse et infecte, le pain mauvais et dur. Le peu d'eau que je bus me donna des coliques qui me rendirent malade toute la nuit, et qui ajoutèrent à mon humiliation en me forçant à utiliser souvent le seau d'aisances placé dans la cellule.

Ce problème était pour moi une souffrance supplémentaire. La présence de mes compagnes me gênait horriblement. Je détournais la tête avec embarras lorsque l'une d'elles se posait sur le seau. Pourtant, comment faire autrement ? Nous ne pouvions nous isoler, et, sauf pour les promenades et les repas, nous n'avions pas le droit de sortir. Au début, je me retenais jusqu'à l'extrême limite, ou encore j'attendais la nuit, afin qu'elles fussent endormies. Je me levais alors sans bruit, cherchais le seau à tâtons afin de pouvoir enfin m'y soulager. Puis, peu à peu, je réussis à m'y habituer. Nous avions établi un accord tacite : lorsque l'une de nous avait besoin, les deux autres tournaient le dos discrètement.

Ce baquet d'aisances avait un autre inconvénient : son odeur, qui finissait par emplir la petite pièce. Nous ne pouvions pas ouvrir notre fenêtre, à cause de la planche qui la barrait à mi-hauteur. Pour aérer notre cellule, lorsque nous sortions pour les promenades ou les repas, nous en laissions la porte grande ouverte. Cela renouvelait un peu l'air, mais lors de nos retours, dans la pièce de nouveau fermée, l'atmosphère redevenait vite irrespirable.

Alors, comme l'avait dit la marquise, nous essayions d'oublier notre triste condition en bavardant. Nous parlions de notre vie avant la prison, et, malgré les ennuis qu'y avait apportés la révolution, en comparaison de ce que nous connaissions maintenant elle nous paraissait heureuse et belle. Nous essayions de nous rassurer, aussi, sur notre sort ; mais nous n'y parvenions pas. La peur, parfois, nous tordait le ventre. Si nous étions reconnues coupables, que nous arriverait-il ? Serait-ce possible que nous fussions guillotinées comme des criminelles ? Victorine affirmait qu'à l'heure actuelle on guillotinait n'importe qui, les honnêtes gens comme les autres. Elle soutenait que si notre tête ne plaisait pas aux membres du tribunal, ils décideraient de la faire trancher. Et elle ricanait d'un air entendu. Ses propos me faisaient froid dans le dos.

La vieille marquise, elle, était beaucoup plus douce. Elle me réconfortait, et vivait dans une sérénité que j'enviais. Pour elle, une chose était sûre : elle serait condamnée à mort. Elle répétait que c'était aussi bien ; elle ne tenait pas à voir davantage l'effondrement de tout ce qui avait fait sa vie. Mais moi je m'insurgeais. Je ne voulais pas mourir, je voulais vivre, pour Blaise, et pour Bastien. Des sanglots amers me déchiraient, qui étaient l'expression de ma frustration et de ma révolte.

Quelques jours après mon arrivée, Trochy entra un matin dans notre cellule. Il portait un colis qu'il me tendit.

— Tiens, citoyenne, c'est pour toi. Ta mère vient de l'apporter. Il y a aussi une lettre.

Il mit le tout sur mes genoux, s'en alla avant que j'aie le temps de remercier. Ahurie, je regardais le paquet, sentant déferler en moi une grande joie. Je pris la lettre avec des mains tremblantes, mais ne pus la lire; les larmes brouillaient ma vue. Je levai les yeux vers mes compagnes. La marquise me sourit avec indulgence. L'air intéressé, Victorine remarqua:

— Qu'y a-t-il dans ce colis? Crois-tu que ce soit des vêtements, ou bien des vivres?

— Ouvre-le, mon enfant, conseilla la marquise.

J'obéis. Avec émerveillement, je découvris du pain, du beurre, des tranches de lard fumé, des cuisses de poulet froid, et des petits gâteaux secs. Une bouffée de gratitude monta en moi, pour ma mère qui avait pensé à m'envoyer ces bonnes choses. Elle ne pouvait pas savoir à quel point elles étaient les bienvenues!

Victorine fit entendre un sifflement:

— Ça alors! Tu en as de la chance!

Je repris la lettre, me mis à lire. Les lignes dansaient devant mes yeux, mais je parvins à déchiffrer l'essentiel. Ma mère me disait son indignation et sa tristesse, affirmait que mon père, Nicolas et Blaise se démenaient pour obtenir ma libération. Jean-Marie avait ajouté quelques mots. Même Louis, qui ne savait pas écrire, avait tracé une croix dans un coin. Au dos, Blaise avait noirci la page. Il s'inquiétait pour moi, disait que je lui manquais ainsi qu'à Bastien dont ma mère s'occupait avec dévouement. Il m'assurait de son amour, et espérait que mon retour parmi eux ne tarderait pas. Justin avait ajouté, tout en bas: « Courage, ma fille. Je t'embrasse. »

Lorsque j'eus fini de lire, je pleurais à chaudes larmes. La marquise m'attira contre elle.

— Allons, mon enfant, calme-toi. Ce ne sont pas de mauvaises nouvelles, au moins?

Je secouai la tête tout en continuant de pleurer. Cette lettre avait ravivé en moi la douleur de la séparation. Ce qui m'avait le plus bouleversée, c'était de savoir que je manquais à Bastien. Mon petit enfant, jusqu'à quel point souffrirait-il de mon absence?

— Bon, alors, ces bonnes choses? On ne va quand même pas se contenter de les regarder? C'est qu'elles m'ont mis l'eau à la bouche, moi!

Je ne pus m'empêcher de sourire. Je relevai la tête. Victorine, penchée sur le colis, ouvrait des yeux brillants de convoitise. Je mis la précieuse lettre dans ma poche, me réservant le plaisir doux et amer de la relire par la suite.

Je partageai les victuailles avec mes compagnes. Quel régal! Nous avions oublié le goût du bon pain, la délicieuse onctuosité du beurre, la saveur croustillante des petits biscuits. Malgré notre cellule sordide, ce repas inhabituel et délicieux prenait des allures de fête. Ce soir-là, je m'endormis un peu moins malheureuse.

Le surlendemain, un autre colis arriva, contenant à peu près les mêmes choses. Trochy m'apprit que ma mère, en venant au marché de Douai tous les deux jours, déposerait chaque fois, à la prison, un paquet pour moi, avec quelques mots de toute la famille. Il me donna également la permission d'écrire une lettre, qu'il lui remettrait dès que le comité de surveillance, selon l'usage, en aurait pris connaissance. Je le remerciai avec effusion.

— Il n'est pas méchant, constata la marquise après son départ. Il essaie dans la mesure de ses moyens d'adoucir notre sort. Mais il ne peut pas grand-chose, malheureusement.

Je ne répondis pas. J'échafaudais déjà dans ma tête les phrases de ma lettre. Parlerais-je de ma cellule, de la paille, des repas infects? Pour ne pas les attrister, je décidai que non. A quoi bon me plaindre? Cela ne changerait rien. Peut-être pourrais-je quand même demander à ma mère qu'elle-même, ou ma sœur, apporte une couverture? Je poserais la question à Trochy.

Je me mis à vivre, dorénavant, pour le colis qui me parvenait toujours fidèlement. Les nouvelles qui y étaient jointes, accompagnées d'encouragements et de mots de tendresse, me soutenaient moralement et chassaient ma tristesse. Je les lisais et les relisais, souffrant d'être loin d'eux tous. Et la nourriture, aussi, faisait du bien. Je me sentais plus en forme, je ne souffrais plus de coliques. Mes compagnes, avec qui je partageais les provisions, m'en étaient profondément reconnaissantes. Une sincère amitié nous unissait, qui nous permettait de supporter plus aisément les conditions pénibles dans lesquelles nous vivions.

Deux semaines passèrent ainsi, longues, interminables, avec des alternatives d'espoir et de découragement. Au début de la troisième semaine, Trochy vint me chercher en début d'après-midi :

— Suis-moi, citoyenne. On te demande.

J'étais occupée à recoudre la jupe de la marquise, qui était déchirée. Petit à petit, grâce aux colis de ma mère et aux demandes que je lui faisais par l'intermédiaire du concierge, nous parvenions à avoir certaines choses utiles, comme une aiguille et du fil. Nous possédions maintenant une couverture que ma sœur avait apportée, suffisamment large pour nous recouvrir toutes les trois lorsque nous étions couchées.

— On me demande ? Qui ça ?

— Allons, vite, presse-toi. C'est le juge de paix qui désire t'interroger.

Je me levai, le cœur battant de crainte. Le juge de paix ! Cela évoquait la justice, le tribunal, la condamnation. Une angoisse subite me prit à la gorge. La marquise arrangea mon bonnet, lissa inutilement mes vêtements chiffonnés.

— Courage, mon enfant, souffla-t-elle. Fais des réponses brèves. Moins tu en diras, mieux ce sera.

Je suivis Trochy dans le couloir, dans l'escalier. Je me décidai à l'interroger d'une voix que l'appréhension voilait :

— Je... euh... Que va-t-il se passer ?

Il vit mon affolement, se fit rassurant :

— Ne t'inquiète pas. C'est une opération de routine. Tous les prisonniers la subissent. On va t'interroger et ensuite le comité révolutionnaire décidera si tu peux être libérée.

— Et sinon?

Il écarta les bras avec embarras:

— Sinon, tu seras renvoyée à Ranson, l'accusateur public du tribunal criminel du département, afin d'être jugée.

— Jugée... et condamnée?

— Pas forcément. Tu peux aussi être acquittée. Les acquittements ne sont pas nombreux, mais il y en a. Si tu es innocente...

— Victorine prétend que bien des innocents se retrouvent avec la tête tranchée.

Nous étions arrivés devant une porte, près de laquelle veillait un garde national. Sans répondre, Trochy l'ouvrit, me fit entrer. Je fis quelques pas, m'arrêtai. Derrière une large table était assis un homme au visage sévère sillonné de rides et barré d'une énorme moustache. Il était coiffé d'un chapeau qu'ornait un volumineux panache bleu blanc rouge. Sans raison précise, il m'inspira une méfiance immédiate. Près de lui, un autre homme, plus jeune, taillait une plume d'un air las et indifférent. Crispée, je ne bougeai pas.

— Avance, citoyenne, dit le premier d'une voix caverneuse. Le comité révolutionnaire de cette commune m'a chargé de t'interroger. Donne-moi tes nom, prénom, âge, qualité et demeure.

Je répondis d'une voix étranglée par la peur. Le greffier écrivait chacune de mes réponses, et le crissement de la plume sur le papier agaçait mes nerfs tendus.

— Pourquoi es-tu détenue? continua le juge.

Il avait posé cette question d'un ton froid, m'observant avec une expression de mépris hautain sous laquelle je me sentis insignifiante et stupide. Je serrai les poings, enfonçai mes ongles dans mes paumes, redressai la tête, dis avec effort:

— Je l'ignore.

Il me lança un regard glacial.

— Tu es accusée de manœuvres antipatriotiques et de relations avec les émigrés. As-tu aidé le ci-devant Adrien de Bryars à rejoindre les Pays-Bas autrichiens ?

Ainsi, c'était bien ça ! Qui avait pu me voir, et surtout me dénoncer ? J'avalai ma salive avec difficulté.

— Je ne comprends pas ce que vous voulez dire.

Il fronça les sourcils.

— Ton langage est celui d'une aristocrate. Ne sais-tu pas qu'entre patriotes on se tutoie ?

Avais-je encore oublié ce maudit tutoiement ? Je n'avais pas fait attention. Décidément, je ne parvenais pas à m'y habituer. Mes propos avaient-ils aggravé mon cas ? Je m'affolai. Mes paumes devinrent moites.

— As-tu eu des relations avec la famille de ce ci-devant depuis leur départ ?

— Non, pas du tout.

— N'as-tu pas reçu ni écrit de lettre ?

— Non.

— As-tu revu le citoyen Adrien de Bryars depuis son évasion de Doullens ?

— Non. J'ignorais même qu'il s'était évadé.

Je fis ce mensonge avec aplomb, persuadée de n'être pas en faute et révoltée devant l'injustice de cet interrogatoire. Le juge resta impassible.

— Savais-tu que sa mère et sa sœur allaient émigrer ?

— Non.

Il soupira, secoua la tête. Son plumet tricolore remua d'une manière ridicule.

— Qui nommes-tu pour ton défenseur ?

Prise de court, je ne sus que répondre. Je balbutiai :

— Je ne sais pas.

— La loi veut que tu en aies un. Dans ce cas, je le nommerai d'office. As-tu autre chose à déclarer ?

— Non.

Cette dernière réponse était à peine audible. Tout semblait s'effondrer autour de moi. Je venais de comprendre que, si l'on me donnait un défenseur, c'est qu'il y aurait un procès. Cela signifiait que je n'allais pas être libérée, mais au contraire, comme me l'avait expliqué Trochy, renvoyée devant le tribunal et jugée.

— Citoyen greffier, relis les réponses.

D'une voix monocorde, l'autre répéta tout ce que j'avais déjà dit. Lorsqu'il s'arrêta, le juge de nouveau me regarda :

— Persistes-tu dans tes déclarations ?

La gorge nouée, je hochai la tête affirmativement.

— Alors, si tu sais écrire, signe ici.

Je pris la plume que le greffier me tendait. Ma main tremblait si fort qu'en écrivant mon nom je fis une tache. Un souvenir passa dans mon esprit : la dernière fois que j'avais signé, c'était lors de mon mariage avec Blaise. Là aussi, j'avais fait une tache, tellement j'étais émue. Comme j'étais heureuse alors ! Tandis que maintenant... Une douleur aiguë me comprima la poitrine. J'essayai de refouler mes larmes, mais elles emplirent mes yeux, roulèrent sur mes joues. Je me retrouvai dans le couloir, et le garde national m'accompagna jusqu'à ma cellule. Pour la première fois, cette pièce malodorante et crasseuse, où m'attendaient mes deux compagnes, m'apparut comme un refuge. Là, j'étais à l'abri des nuées menaçantes qui s'amoncelaient à l'horizon et qui, je le pressentais, n'allaient pas tarder à se rapprocher.

La réalité dépassa nos prévisions les plus pessimistes. Un matin, après l'appel, un commissaire, une liste à la main, arriva alors que nous étions dans la cour. Ma vieille amie me serra le bras avec appréhension. Victorine s'exclama :

— Que veut-il, celui-ci ?

Après un regard circulaire, le commissaire déclara d'une voix forte :

— Par ordre du représentant du peuple Joseph Le Bon, les personnes dont les noms suivent, entachées d'aristocratie, doivent se rendre immédiatement à Arras afin d'y être jugées par le tribunal révolutionnaire.

Il se mit à lire lentement. Figée, je l'écoutais. Lorsque mon nom retentit dans le silence, je demeurai anéantie pendant quelques secondes, ne voyant et n'entendant plus rien. Une secousse me fit sortir de mon hébétude: Victorine me tapotait l'épaule en maugréant.

— Ah ben ça alors! Ça alors! Et toutes les deux encore! Qu'est-ce que je vais devenir, moi?

Je me secouai, essayai de comprendre. La marquise, appuyée à mon bras, soupira:

— Courage, mon enfant. Il nous faut obéir. Nous partagerons encore cette épreuve. Pour moi, j'espère qu'elle sera la dernière. Mais pour toi... Que Dieu nous protège!

Nous reçûmes l'ordre de préparer notre paquet. Lentement, je commençai à réaliser; avec ma vieille amie, j'étais transférée à Arras, là où on jugeait les prisonniers, là où on les guillotinait. Comme dans un cauchemar, je rassemblai mes affaires. Pour la première fois depuis que je la connaissais, Victorine pleurait. En reniflant, elle aidait la marquise à envelopper nos minces richesses.

— N'oubliez pas votre argent, surtout. Et la couverture, vous la prenez?

Je fis un geste vague.

— Garde-la, dit la marquise. On ne nous permettra certainement pas de l'emmener.

Des gardes nationaux parcouraient les couloirs, tapant dans les portes. L'un d'eux nous interpella:

— Citoyennes, il faut y aller.

Je regardai Victorine avec impuissance. Elle me prit aux épaules, m'embrassa:

— Courage, murmura-t-elle, je penserai à toi.

Elle embrassa également la marquise. Je n'écoutai pas ses paroles de réconfort. Je me surprenais à l'envier, elle qui ne s'en allait pas, comme nous, vers un inconnu angoissant... Les larmes aux yeux, elle nous regarda partir, appuyées l'une sur l'autre, poussées par des gardes nationaux impatients ou indifférents.

Dehors, des dragons et des gendarmes attendaient, entourant deux charrettes attelées à des chevaux. On nous y fit monter, les femmes dans l'une, les hommes dans l'autre. Nous étions peut-être une quinzaine en tout, hagards, ahuris, avec la peur au fond des yeux. Ma vieille amie, que l'âge rendait malhabile, se hissa péniblement. Un jeune soldat l'aida d'une poussée, en l'apostrophant avec irrespect :

— Allez, la vieille ! Hop là !

Elle se retourna, l'air outré :

— Dites donc, vous pourriez au moins être poli ! De mon temps...

L'autre l'interrompit en ricanant :

— Ton temps, il est fini, terminé. C'est l'égalité maintenant. Ne sais-tu pas qu'il faut se tutoyer, en bons citoyens ?

— Et depuis quand l'égalité permet-elle l'impolitesse ?

Le soldat fit un mouvement d'humeur :

— Oh, ça va ! On n'a que faire de tes leçons de morale.

Un sergent s'approcha :

— Allons, pressons ! Baudry, tais-toi, cela suffit. Et tout le monde dans les charrettes, vite !

Je me retrouvai contre le fond, ma vieille amie bouillant d'indignation près de moi. Dans un coin de la voiture, deux sacs contenaient de l'avoine et du foin pour les chevaux.

— Tenez, asseyez-vous là, dis-je. Vous serez plus à l'aise. Le voyage jusqu'à Arras risque d'être long et inconfortable.

Elle obéit, encore furieuse. Je regardai autour de moi. Derrière la haie de gendarmes et de dragons qui formaient notre escorte, de nombreuses personnes s'étaient groupées pour nous voir partir. Un soldat, plus loin, les renseignait. Je vis sur leur visage la curiosité et la pitié.

Lorsque les charrettes s'ébranlèrent, je m'accrochai au rebord. Les grandes roues cahotaient sur les pavés inégaux, et nous étions ballottés de côté et d'autre. Nos autres compagnes se taisaient. Je comptai, nous étions six. Serions-nous toutes les six condamnées à mort?

Lentement, nous traversions la ville. Les habitants nous regardaient passer sans rien dire; beaucoup hochaient la tête avec tristesse. Ils n'étaient pas dupes, et savaient bien que les arrestations étaient trop souvent arbitraires. Deux hommes seulement, dans la rue Saint-Samson qui s'appelait maintenant rue de la Force, nous lancèrent des réflexions désagréables. Habillés en patriotes, avec un chapeau au large panache tricolore, ils s'esclaffèrent en nous voyant:

— Ha, ha! Voilà du gibier de guillotine!

— A bas les traîtres!

Nos gardes restèrent impassibles. Je baissai la tête, de nouveau humiliée d'être prise pour une criminelle. Je regardais les rues familières, dans lesquelles bien souvent je m'étais promenée avec ma sœur. Y reviendrais-je un jour?

Nous sortîmes de la ville par la porte d'Arras. Bientôt, ce fut la campagne, avec ses champs déjà ensemencés, ses arbres qui, à l'approche du printemps, commençaient à se poudrer de vert. Au loin, les toits d'un village apparaissaient, dominés par le clocher d'une église désormais inutile. Je respirai profondément, retrouvant avec bien-être l'odeur de terre et d'humus qui m'avait tant manqué en prison. Je levai les yeux, regardai le ciel. Il était gris et couvert. Mais, même ainsi, combien j'étais heureuse de le voir!

Nous avions peut-être parcouru une lieue lorsque notre escorte nous donna la permission de descendre des charrettes et de marcher si nous le désirions. Presque tout le monde obéit; les secousses étaient pénibles. J'avais envie, moi aussi, de remuer après l'immobilité forcée des jours de prison mais je ne voulus pas laisser seule ma vieille amie qui, assise sur les sacs, s'accrochait à moi, le visage blême. Depuis son éclat de colère, elle se taisait, et je pensai que ce voyage, dans un chariot inconfortable, la fatiguait beaucoup. Je retins un sourire amer en imaginant les réflexions qu'aurait faites Sylvain Busquet sur les carrosses que la marquise ne possédait plus.

Un peu avant le village que j'avais aperçu, une femme, sur la route, venait vers nous. Elle se mit sur le côté pour nous laisser passer. Je vis qu'elle tenait contre elle un bébé de l'âge de Bastien. Je le dévorai des yeux. Je ressentis une frustration si intense que je crus avoir mal. Je détournai mon regard, profondément malheureuse.

Bientôt, il se mit à pleuvoir. Une pluie fine, persistante, froide et tenace. Recroquevillée sur les sacs, la marquise éternua plusieurs fois. Je cherchai quelque chose pour la protéger. Mais il aurait fallu un parapluie, et je n'en avais pas. Les autres prisonniers marchaient derrière les charrettes, la tête baissée, l'air morne. De chaque côté de la route, devant et derrière nous, les soldats et les gendarmes restaient silencieux, la tête rentrée dans les épaules.

Lorsque la pluie cessa, nous étions tous complètement trempés. Il était presque midi, et notre convoi fit halte à l'entrée d'un village pour abreuver et nourrir les chevaux. Quelques gendarmes nous surveillèrent, pendant que le reste de l'escorte entrait dans une auberge pour se restaurer. Le sergent vint nous dire que, si nous pouvions payer, on nous apporterait de quoi manger. Ceux qui avaient de l'argent payèrent pour les autres, et nous pûmes faire un repas rapide composé de pain, de fromage et d'une épaisse soupe aux légumes. Combien il nous parut délicieux, après la nourriture de la prison ! Deux de nos gardiens, ensuite, conduisirent ceux qui le désiraient aux lieux de commodité de l'auberge. Je soutins ma vieille amie jusque-là, furieuse d'être surveillée même dans ces conditions. Mais nos gardiens furent discrets, et pas un d'entre eux ne fit preuve de méchanceté.

On nous rassembla dans les charrettes en attendant le départ, pendant que les soldats buvaient un dernier verre dans l'auberge. J'avais déjà remarqué que des habitants du village venaient de temps à autre jusqu'à nous pour nous observer. Comme mes compagnons d'infortune, j'essayais de les ignorer. Eux se contentaient de nous regarder avec insistance, puis passaient et s'en allaient. La présence des gendarmes les retenaient de nous interroger. Tout resta calme jusqu'à l'arrivée bruyante d'un groupe de patriotes, qui s'approchèrent avec des visages hilares et curieux. Un homme d'une trentaine d'années les précédait, qui criait :

— Venez, mes amis, venez donc voir ces traîtres à la patrie ! Ils sont la honte de notre nation, une insulte aux bons citoyens comme nous ! Regardez-les, ces futurs raccourcis !

Ils dédaignèrent la charrette des hommes, vinrent se grouper autour de la nôtre. Ils commencèrent à nous insulter grossièrement. Penchée sur ma vieille amie, je leur tournais le dos, essayant de ne pas entendre leurs injures. La marquise se mit à tousser, attirant l'attention du meneur, qui fit le tour de la charrette et se posta face à moi. Je baissai la tête, me crispant instinctivement.

— Et celle-là, qu'a-t-elle fait ? Encore une aristocrate ?

Il vint plus près, m'attrapa par les cheveux – j'avais ôté mon bonnet trempé – et tira brutalement ma tête en arrière. Je croisai ses petits yeux, sournois et méchants.

— Mais c'est qu'elle est jolie, la gueuse !

Je le regardai avec un tel mépris qu'il me lâcha et recula d'un pas, un instant décontenancé :

— Bigre ! Elle n'a pas l'air commode !

Il se reprit, haussa les épaules, bomba le torse, lança à mon adresse d'un ton à la fois haineux et moqueur :

— Mais ne t'inquiète pas, tu ne regarderas plus longtemps les bons citoyens du haut de ta grandeur. C'est moi qui te le dis, tu seras moins fière quand tu éternueras dans le sac [1] !

---

1. « Eternuer dans le sac » signifiait être guillotiné. On disait aussi : mettre la tête à la petite fenêtre, regarder par la petite lucarne, faire la bascule, demander l'heure au vasistas, jouer à la main chaude... et après janvier 1793, essuyer la cravate à Capet.

Des rires gras saluèrent sa plaisanterie. Je me détournai, les larmes aux yeux. Une main tremblante se posa sur la mienne, une voix chevrotante murmura :

— Ne l'écoute pas, mon enfant. Ne fais pas attention.

L'homme se pencha sur la marquise, un rictus mauvais aux lèvres :

— Qu'est-ce donc que cette ruine ? La république n'a que faire de vestiges comme toi. A la guillotine, et vite !

— Allons, circulez. Circulez, vous dis-je !

Les gendarmes arrivaient, avec les dragons qui étaient sortis de l'auberge. Ils repoussaient nos tourmenteurs qui résistaient et grommelaient. Un des gendarmes sortit son sabre, et les hommes finirent par reculer de mauvaise grâce. Nos gardiens nous entourèrent, et ce fut avec soulagement que je les entendis donner l'ordre du départ.

Au fur et à mesure que nous approchions d'Arras, notre angoisse grandissait. Dans la charrette, nos autres compagnes bavardaient, et je les écoutais. Leurs propos étaient inquiétants.

— Avec le tribunal de Joseph Le Bon, nous n'avons aucune chance. Cet homme est un fou dangereux. Il n'est content que lorsque les jurés votent la mort.

— S'il est fou, il a de qui tenir. Il paraît que sa mère est à l'asile. Elle a perdu la raison quand elle a appris qu'il avait accepté de prêter le serment imposé aux prêtres.

— Pourquoi ? C'était un prêtre ?

Mais oui ! Il était curé constitutionnel à Neuville-Vitasse, près d'Arras. Et il a été l'un des premiers prêtres à se marier. Il a épousé sa cousine qui, d'après ce qu'on m'a dit, n'est pas mieux que lui. Elle est responsable d'un grand nombre d'arrestations. Elle adore assister aux exécutions du haut du balcon de la Comédie, avec son mari et leurs amis, hélas semblables à eux. C'est un véritable spectacle, il y a des musiciens qui jouent le *Ça ira*. Une buvette a même été installée au pied de la guillotine pour les spectateurs.

— Ce n'est pas possible ! Ce n'est pas vrai !

— Mais si, c'est la vérité. J'ai des cousins qui habitent Arras, ils m'ont raconté ce qui se passe. Ils n'osent plus sortir de chez eux de peur d'être arrêtés. Et même ainsi, ils ne sont pas à l'abri, parce que Joseph Le Bon encourage les dénonciations. Il promet, à ceux qui dénoncent, les biens de leur victime.

— Mais il faut des preuves, quand même ?

— Des preuves, on peut toujours en trouver, à une époque où des paroles insignifiantes sont transformées en crime contre la nation. Ainsi, moi, savez-vous pourquoi on m'a arrêtée ? Parce que j'ai dit que les assignats étaient des loques sans valeur. Mes paroles ont été répétées au comité de surveillance, qui m'a dénoncée comme suspecte, m'accusant d'avoir tenu des propos inciviques et d'avoir cherché à discréditer les assignats. Avouez que c'est à la fois ridicule et révoltant. Je n'arrive pas à croire qu'ils me couperaient la tête pour une stupidité pareille !

Une jeune femme, qui jusque-là n'avait encore rien dit, approuva :

— Il est vrai que les motifs d'arrestation sont parfois bien innocents. Dans un village voisin du mien, quatre jeunes gens ont été arrêtés parce qu'ils avaient promené partout un âne, à l'oreille duquel ils avaient attaché une cocarde tricolore. Eh bien, ils ont été accusés de ridiculiser l'emblème national.

— Moi, dit une autre avec amertume, je trouve que c'est malheureux, ces histoires de dénonciations. Si on souhaite se débarrasser de quelqu'un que l'on n'aime pas, on court le dénoncer, et ça suffit. C'est ce qui s'est passé pour moi. On m'a accusée de ne pas avoir voulu assister à la messe du curé constitutionnel qui est venu remplacer le nôtre. Mais je ne suis pas la seule à avoir agi ainsi. Alors, pourquoi moi ?

Je ne pouvais m'empêcher de penser que ces pauvres femmes étaient bien peu coupables, moins que moi qui avais fait quelque chose de défendu en aidant Adrien. De plus, s'il avait fallu, dans notre village, arrêter ceux qui n'avaient pas assisté aux messes de l'abbé Daubère, tout le monde ou presque se serait retrouvé en prison. Et les propos d'Ignace et de Joséphine, qui ne mâchaient pas leurs mots, me paraissaient bien plus contre-révolutionnaires que ceux de ma pauvre voisine, qui avait seulement traité les assignats de loques. Je me rendais compte qu'elles étaient pratiquement innocentes, et pourtant elles allaient être jugées par un tribunal qui, disait-on, ne pardonnait pas. Alors, qu'adviendrait-il de moi? Je compris avec une nouvelle lucidité que je risquais de perdre la vie, et une terreur animale m'envahit.

Notre arrivée à Arras ne fit rien pour chasser cette impression. Dans les rues, des hommes au visage brutal, habillés d'un pantalon et d'une carmagnole, des mégères affublées d'une énorme cocarde tricolore, huèrent notre passage, nous montrant le poing et criant des obscénités. Je sentis mes joues brûler d'une rougeur faite de honte et d'indignation.

Il était tard. Un brouillard humide et pénétrant s'était levé. Notre escorte nous amena sur la place, où nous fîmes halte. Nous restions là, tremblant de froid et d'appréhension. A quelques pas de nous, sur un échafaud, la guillotine dressait sa charpente sinistre. Je regardai le couperet avec effroi. Dans le soir qui tombait, des lambeaux de brume s'y accrochaient et lui donnaient un aspect fantasmagorique et irréel. C'était un spectacle lugubre. Je frissonnai. Comme notre halte se prolongeait, un des prisonniers finit par interroger nos gardiens:

— Pourquoi restons-nous ici? Qu'attend-on?

Le sergent expliqua brièvement, d'un ton neutre:

— Ce sont les ordres.

Sur le moment, nous ne comprîmes pas. Par la suite, j'appris que les charrettes transportant des prisonniers devaient toujours passer à proximité de la guillotine, afin de leur montrer le sort qui les attendait. Le résultat était marquant, je puis l'assurer. Longtemps, j'ai revu ce sinistre couperet; il m'a donné d'horribles cauchemars, dans lesquels régulièrement il tombait sur mon cou, me faisant sursauter et hurler de terreur.

L'obscurité s'épaississait, les rues étaient désertes. Seuls quelques patriotes acharnés osaient se promener. De l'autre côté de la place, d'un cabaret illuminé nous parvenaient des éclats de voix et des rires. Transie par l'humidité, je m'appuyais au rebord de la charrette avec lassitude. Tout mon corps était douloureux des cahots de la route. La marquise, affalée sur les sacs, appuyée contre nos ballots de linge, paraissait mal en point. A la faible lueur des réverbères, je pus voir que son visage était livide. Elle semblait épuisée, et grelottait dans ses vêtements encore mouillés depuis l'averse du matin.

Enfin, les charrettes de nouveau s'ébranlèrent. Elles traversèrent des rues obscures, puis s'arrêtèrent. Nous étions devant le monastère des Dames de la Providence, que Joseph Le Bon avait transformé en prison pour les femmes accusées d'être suspectes. On nous fit descendre, on nous poussa dans un couloir sombre, puis dans une pièce où l'on nous enferma. C'était un réduit humide et malpropre, plongé dans une obscurité presque totale. Seule une petite lucarne, placée très haut, diffusait une vague lueur. Abruties de fatigue et de peur, nous attendions en silence. Les minutes s'étiraient, interminables. Dans un coin, la marquise s'était assise sur notre baluchon et fermait les yeux. Elle respirait avec difficulté, éternuait souvent. Je pensai que, dans ses vêtements trempés, elle avait dû s'enrhumer.

A la longue, comme la nuit s'avançait, je décidai de m'installer du mieux que je pouvais, afin de prendre un peu de repos. Mes compagnes m'imitèrent. Certaines s'allongèrent, mais je préférai rester assise, dos au mur, jambes repliées, la tête appuyée contre mes genoux. Je passai la nuit ainsi, dormant par intermittence, me réveillant souvent. Ma position inconfortable ankylosait mes membres. J'essayai de me coucher sur le dos, mais le sol dur et froid m'obligea à me relever. La marquise, près de moi, gémissait dans son sommeil. Je pensais à Blaise, à Bastien, à tous ceux que j'aimais. Ils me paraissaient très loin, dans un autre monde où je ne retournerais peut-être jamais. Que sauraient-ils de moi, maintenant? Sans doute Trochy préviendrait-il ma mère, lorsqu'elle apporterait le prochain colis, mais pourraient-ils me joindre? Aurions-nous le droit de nous écrire? Sans lettres, la séparation serait encore plus insupportable. Je me torturai longtemps avec ces questions angoissantes, puis je finis par m'endormir.

Des bruits de voix, des exclamations me réveillèrent. J'ouvris les yeux, et aussitôt l'appréhension fondit sur moi. Mes compagnes, autour de moi, émergeaient de leur sommeil. Personne ne parlait. Avec peine, courbatues par notre mauvaise nuit, nous nous mettions debout, faisant face, instinctivement, à la porte.

Un commissaire entra. Sans nous regarder, il fit l'appel de nos noms, emmena la première d'entre nous. Elle ne revint pas. Plusieurs minutes après, il vint en appeler une autre, qui ne revint pas non plus. Nous nous regardions avec inquiétude, ne sachant que penser. Où les emmenait-il? Etait-il possible que ce fût, déjà, au tribunal révolutionnaire, et de là à la guillotine? La crainte me desséchait la gorge.

Le commissaire ouvrit de nouveau la porte, aboya mon nom. Mon estomac se tordit dans un spasme. En état second, je suivis l'homme qui me conduisit dans une autre pièce. Il y entra avec moi, s'écriant de sa voix forte:

— Voilà la suivante! Au travail!

Deux officiers publics étaient là, et me regardèrent avec un sourire que je jugeai déplaisant. L'un d'eux émit un sifflement vulgaire:

— Fichtre! Quand elles sont aussi agréables que celle-ci, ce n'est plus un travail, c'est un plaisir!

Il s'approcha, une étincelle lubrique dans le regard. Je crispai mes mains sur mon baluchon. A cet instant, une femme entra. Elle avait une allure de mégère, un visage aux traits empâtés, des yeux perçants et durs. Elle me toisa, ordonna d'un ton sans réplique:

— Déshabille-toi.

Je demeurai stupide, lançai un regard aux hommes qui, en ricanant, m'observaient. Me déshabiller, devant eux? Avec violence, la mégère m'arracha mon baluchon :

— Obéis quand je te parle. Apprends tout de suite que c'est moi la directrice, ici, et que je sais mater les fortes têtes. Commence par enlever tes vêtements.

Comme je ne bougeais toujours pas, elle s'impatienta.

— Allons, vite ! Veux-tu que je te les enlève moi-même ?

— Je peux t'aider, citoyenne, proposa l'un des hommes avec un rire grossier.

Je répondis par un regard de dégoût. Les mains tremblantes, je commençai de déboutonner mon corsage. La femme, pendant ce temps, avait ouvert mon ballot de linge, qu'elle inspectait pièce par pièce. Lorsque j'ôtai ma jupe, elle en vida les poches, s'empara des assignats qui me restaient.

— Confisqué, tout ça. Ordre du représentant du peuple. Ne laisser aucune somme aux détenus, et, comme linge, le strict nécessaire.

Elle se tourna vers moi.

— Enlève ton jupon et tes bas.

Eperdue de honte, j'obéis. Elle me les prit, en fouilla toutes les coutures. En chemise, j'attendais. Les deux hommes s'approchèrent. Le premier m'emprisonna les mains derrière le dos, tandis que l'autre se mettait à me palper partout. J'eus un violent sursaut, me tordis pour leur échapper.

— Hé là ! Reste tranquille ! Il faut que je regarde dans les moindres recoins. Tu serais bien capable d'y avoir fourré des papiers !

Immobilisée par son camarade qui, derrière moi, me pressait contre lui, je dus subir ses attouchements odieux. Je me mordis les lèvres, sentant monter des larmes d'humiliation et de rage impuissante. La directrice s'en aperçut, me dit avec ironie :

— Ne sois donc pas si bégueule ! Tiens, rhabille-toi.

Elle me lança mes vêtements, que je m'empressai de

remettre, les yeux baissés. Ma chair brutalisée brûlait. Je me retenais pour ne pas fondre en larmes.

— Je garde tout le reste. Ici, tu n'en auras pas besoin. Cela te sera remis si tu es libérée. Sinon, ce sera pour la nation. Viens maintenant, suis-moi.

Elle me fit monter des escaliers, m'emmena le long de couloirs étroits.

— Tu le verras, ici c'est autre chose qu'à Douai. Pas de faiblesse envers les ennemis de la révolution. Autant que tu le saches tout de suite, les personnes suspectes comme toi n'ont pas le droit d'écrire ni de recevoir de lettres. Même chose pour les colis. C'est la république qui vous nourrit, et elle est encore bien bonne de s'occuper de scélérats comme vous. Heureusement, la guillotine est là pour y mettre fin ! Ah, ah, ah !

Atterrée, je suivais l'horrible matrone en silence. Ainsi, comme je l'avais craint, je n'aurais plus de nouvelles des miens. Je courbai les épaules, accablée.

— Tiens, entre là. Défense de sortir, sauf pour les promenades. Défense aussi de communiquer avec les détenues des autres chambres. A la moindre désobéissance, c'est le cachot.

Sur ces paroles menaçantes, elle ouvrit une porte. Je pénétrai dans une petite pièce si encombrée de lits que je trébuchai contre l'un d'eux. En même temps, l'odeur me prit à la gorge, la même que dans notre cellule aux Ecossais, faite de sueur, d'urine et d'excréments. Tout allait donc recommencer !

— Voici une nouvelle pensionnaire ! Bienvenue parmi nous, mon enfant, quoique je préférerais de beaucoup t'accueillir dans d'autres conditions.

Assises sur l'un des lits, quatre femmes me regardaient. A leurs vêtements, je compris qu'elles étaient religieuses. La plus âgée, qui venait de parler, se leva, vint à moi. J'aimai immédiatement la bonté de son sourire et le bleu de son regard, dont la candeur me rappela celui de l'abbé Souliez.

— Je suis sœur Madeleine, et voici mes trois compagnes, Jeanne, Marie et Thérèse. Nous sommes filles de la Charité d'Arras, une maison fondée jadis par saint Vincent de Paul, et malheureusement fermée par la révolution. Nous avons refusé le serment prescrit aux ecclésiastiques, c'est pourquoi nous sommes ici. Viens, mon enfant, prends place près de nous.

Après la scène que je venais de subir, la sollicitude et la gentillesse avec laquelle elles m'accueillirent me touchèrent profondément. Avec gratitude, je leur adressai un pauvre sourire tremblant. Je m'assis face à elles, sur l'un des lits. En même temps, je regardais autour de moi. Toute la surface de la pièce était occupée par des lits de camp en bois, placés face à face, trois d'un côté et trois de l'autre, et si rapprochés qu'on pouvait à peine passer entre eux. La seule source de lumière était une lucarne à la vitre épaisse et sale, qu'il était défendu d'ouvrir, ainsi que me l'apprirent mes nouvelles compagnes.

— Le régime ici est dur, et seule la force de la prière nous permet de résister. Les femmes qui dirigent cet établissement sont – Dieu leur pardonne – inaccessibles à la pitié.

Je frissonnai en repensant aux petits yeux méchants et aux menaces de celle qui m'avait conduite jusqu'ici.

— J'ai vu la directrice, en effet.

Sœur Madeleine hocha la tête :

— C'est la femme Lemaire, une veuve qui tenait à Arras une petite boutique. Elle a été choisie pour son attachement à la révolution. Il y a aussi Catherine Allard, la sous-directrice, qui ne vaut guère mieux. Joseph Le Bon les a nommées et a toute confiance en elles. Il les appelle ses toupies. Elles respectent à la lettre le règlement, qui est draconien.

— Je sais, elle m'a fait part des interdictions. A Douai, j'avais au moins des nouvelles de ma famille. Ici, je n'aurai plus rien.

Sœur Thérèse vit ma tristesse. Elle posa une main douce sur la mienne :

— Tu prieras avec nous. Nous demanderons à Dieu de te rendre à ceux que tu as dû quitter. Est-ce un mari, des enfants ?

Elles me considéraient avec un intérêt si amical que je racontai tout. Mise en confiance, je parlai d'Adrien, des vêtements et des vivres que je lui avais fournis. Sœur Madeleine m'approuva :

— Si tu es coupable aux yeux du régime actuel, tu ne l'es pas aux yeux de Dieu, puisque tu as aidé ton prochain. Prends patience, mon enfant. Un jour viendra où tu retrouveras ceux que tu aimes.

Je pris ces paroles pour un simple encouragement, et, malgré mon désir de les croire, je restai sceptique. Pourtant, la calme certitude de sœur Madeleine me rassura.

— Dans la journée, nous prions beaucoup, et nous bavardons. Nous organiserons cela avec toi, si tu le veux. Chacune de nous doit égayer la conversation, en évitant tout sujet de tristesse, en essayant de trouver des motifs de confiance, en rappelant des souvenirs heureux ou amusants. Tu verras comme cela fait du bien.

J'acquiesçai. Déjà, je subissais leur influence, j'admirais la sérénité avec laquelle elles acceptaient leur sort. Elles me parlèrent des deux femmes qui avaient partagé leur cellule plusieurs jours et qui venaient d'être transférées à la prison des Baudets. Cette prison, m'expliquèrent-elles, était considérée comme l'antichambre de la guillotine ; on n'en sortait que pour aller au tribunal.

— Tu prendras l'un des lits vacants. Je suppose que l'autre ne tardera pas à être occupé, lui non plus. Les arrestations sont si nombreuses qu'il n'y a plus de place.

Comme en réponse à cette constatation, la porte s'ouvrit, et la redoutable directrice poussa dans la chambre ma vieille amie la marquise. La pauvre femme trébucha, comme je l'avais fait, contre le premier des six lits. Elle chancela, faillit tomber. Je la retins, l'aidai à s'asseoir. Elle s'agrippa à moi, regarda autour d'elle avec des yeux brillants de fièvre. Avec un geste de grande dame, elle salua les religieuses :

— Bonjour, mes sœurs. Veuillez excuser mon intrusion subite et forcée, mais je...

Une quinte de toux l'interrompit. Deux taches rouges

marquèrent ses pommettes. Elle s'excusa avec un sourire navré :

— Je suis désolée. J'ai dû prendre froid, je me suis enrhumée.

Elle me regarda.

— Ainsi donc, nous nous retrouvons, ma jeune amie. Présente-moi à nos nouvelles compagnes, veux-tu ?

Je donnai le nom des sœurs, qui l'interrogèrent avec la sollicitude qu'elles avaient déjà eue envers moi. La journée se passa en conversations, coupées par le repas qu'on nous apporta, composé de haricots figés et d'un mauvais pain noir que mon estomac eut bien du mal à accepter. Il y eut aussi la promenade dans le jardin. Alors que nous en faisions le tour, je remarquai qu'un bâtiment se dressait de l'autre côté ; de nombreuses têtes se montraient aux fenêtres, nous regardant avec avidité.

— C'est l'Hôtel-Dieu, expliqua sœur Madeleine. C'est là que sont enfermés les hommes suspects. Certains cherchent à voir leur femme, ou leur fille, qui sont emprisonnées ici et dont ils sont sans nouvelles. Combien est dure la séparation, dans ces conditions !

Ce soir-là, exténuée, je me couchai après une longue prière faite avec les sœurs. Lorsque je fus dans mon lit, sœur Madeleine vint à moi, se pencha et, tendrement, m'embrassa sur le front.

— Dors bien, mon enfant, et que Dieu te protège.

Son geste me bouleversa. Il me rappela ces soirs de mon enfance, où ma mère venait me souhaiter une bonne nuit alors que, pelotonnée sous les couvertures, je dormais déjà à moitié. Profondément émue, à mon tour j'embrassai cette femme qui avait l'âge d'être ma grand-mère et qui, d'instinct, dans sa grande bonté, trouvait les mots qui réconfortaient. Recroquevillée sur le lit dur et étroit, si court qu'il m'était impossible de m'allonger, je fermai les yeux sur mes larmes. Pour la première fois depuis mon arrestation, je m'endormis le cœur un peu moins lourd.

6

Le lendemain, la marquise était si malade qu'elle ne put se lever. Dévorée de fièvre, elle toussait sans discontinuer, et de ses mains comprimait le côté gauche de sa poitrine en se plaignant:

— J'ai mal, là...

Je ne savais que faire pour la soulager. Je trempai un mouchoir dans la cruche d'eau que l'on nous donnait, en humectai son front. Les sœurs, près de moi, priaient.

— Cette toux est mauvaise, dit sœur Madeleine. Il faudrait la faire cesser, et faire tomber la fièvre. Je connais une recette que nous avons souvent expérimentée à la maison de la Charité, lorsque nous soignions les pauvres et les malades. Mais il me faudrait les plantes nécessaires pour préparer les tisanes. Et, malheureusement, je doute fort de pouvoir les obtenir.

— Mais n'y a-t-il pas un médecin, ou une infirmerie où elle pourrait être soignée?

Sœur Jeanne fit une moue:

— Il vaut mieux qu'elle reste ici. L'infirmerie, je l'ai vue. C'est une pièce pleine de courants d'air, avec une cheminée si petite qu'elle ne sert à rien. Et il y a tellement de malades que les lits ne sont pas suffisants. Ce qui fait que la plupart sont couchés à même le sol, sur la terre humide. En plus, ils sont si mal soignés que leur état ne peut que s'aggraver. Non, gardons-la ici, et faisons de notre mieux.

Mais notre mieux était loin d'être suffisant. Nous ne pouvions que mettre des compresses froides, ne possédant rien d'autre qui pût soulager notre amie. Par moments, elle sommeillait. Lorsqu'elle reprenait conscience, pliée en deux par les quintes de toux, elle haletait en s'accrochant à moi. Je restais près d'elle, je l'aidais à se lever lorsqu'elle demandait à aller au seau d'aisance placé dans un coin de la pièce et que les sœurs isolaient, dans la journée, à l'aide d'un drap tendu. Je la reconduisais ensuite jusqu'à son lit, sur lequel elle se laissait tomber avec épuisement. Elle ne mangea rien, fut incapable de descendre pour la promenade. Sœur Madeleine se décida à avertir la directrice lorsqu'elle l'aperçut dans le jardin. Elle se dirigea vers elle et exposa sa requête. De loin, je vis l'affreuse mégère secouer la tête avec énergie et répondre furieusement quelque chose.

— Elle ne veut rien savoir, nous apprit tristement sœur Madeleine. Elle refuse de fournir ce qu'il faut pour la soigner. Nous ne pouvons plus que prier. Dieu seul peut la sauver, maintenant.

Mais les prières furent inutiles. Toute la nuit, la marquise toussa, et le lendemain son état avait empiré. Lorsque la directrice passa pour ouvrir les portes, sœur Madeleine, une fois encore, essaya de la fléchir :

— Regarde-la, aie pitié. Elle est vraiment malade. Ne peux-tu faire quelque chose pour elle ?

Les petits yeux durs se posèrent sur la vieille femme brûlante de fièvre :

— Cette aristocrate ? C'est de la mauvaise graine, ça résiste à tout. Si tu savais ce qui l'attend, tu ne prendrais pas tant de soin de sa santé. Ah, ah, ah !

Avec un rire déplaisant, elle referma la porte. Je tremblais d'indignation, outrée devant une telle méchanceté.

— C'est honteux, grondai-je. Comment peut-elle agir ainsi ?

Sœur Madeleine appuya une main sur mon épaule, dans une pression apaisante :

— Ne laisse pas de mauvais sentiments emplir ton

cœur. Essaie de ne pas lui en vouloir. Rappelle-toi que Notre-Seigneur Jésus-Christ a dit : « Père, pardonne-leur, car ils ne savent pas ce qu'ils font. »

Je la regardai avec désarroi :

— Je ne peux pas raisonner de cette façon ; si notre pauvre amie meurt, elle en sera responsable !

— Alors, elle en rendra compte à Dieu.

— Mais elle, criai-je en montrant la marquise à moitié inconsciente, que va-t-elle devenir ?

Sœur Madeleine traça un signe de croix sur le front qu'un linge mouillé tentait de rafraîchir.

— Elle est dans la main de Dieu, comme nous tous.

Ses paroles étaient les mêmes que celle de l'abbé Souliez, lorsqu'il avait accepté d'être expulsé de son presbytère. Mais moi, je m'insurgeais avec violence.

Pourtant, je ne pus rien faire. Une nuit passa, puis une autre journée, à la fin de laquelle la marquise elle-même comprit qu'elle allait mourir. Vers le soir, elle ouvrit les yeux et déclara calmement, comme une évidence :

— Voilà, le moment est venu. Adieu, mes sœurs. Priez pour moi. Et toi, mon enfant, ne sois pas triste. Je suis soulagée de quitter ce monde. Et je préfère mourir ainsi plutôt que d'être guillotinée. Je ne l'ai jamais dit, mais cette terrible machine me faisait peur. Dieu est bon, qui me permet d'y échapper.

Indignée et malheureuse, je la regardais. Malgré la fièvre qui colorait ses joues, son visage exprimait une profonde sérénité. Les sœurs l'entourèrent, se mirent à prier, afin de l'aider dans ses derniers instants, de lui donner le secours d'une religion qui continuait à vivre malgré l'acharnement mis à la détruire. Seule, à l'écart, je retenais mes pleurs. Pauvre vieille femme, coupable uniquement d'être née noble et riche... Pourtant, elle avait fait le bien autour d'elle, soulagé bien des misères. Elle m'avait raconté que, hiver comme été, elle allait visiter les pauvres et les malades, leur portant du linge, des vêtements, de la nourriture. Elle n'avait été emprisonnée qu'en février, lorsque Joseph Le Bon avait ordonné l'arrestation de tous les nobles encore en liberté. Et maintenant, elle allait mourir, dans une geôle sordide, loin de ses filles émigrées en Autriche...

Elle s'éteignit doucement pendant la nuit. Couchée près d'elle, je pris subitement conscience d'un silence insolite, et je me rendis compte qu'elle ne respirait plus. J'ouvris les yeux. Dans la pénombre, je vis que sœur Madeleine, assise sur son lit, priait tout bas en égrenant son chapelet. Je me levai, pleine de révolte et de chagrin. Sœur Madeleine chuchota :

— Elle est heureuse maintenant, auprès de Notre-Seigneur qui l'a accueillie dans Son royaume.

Les autres sœurs vinrent près de nous et ce fut une longue veillée qui dura jusqu'à l'aube, tout occupée de prières. Lorsque la directrice ouvrit la porte de la cellule, il fallut bien lui apprendre le décès. La femme accueillit la nouvelle avec indifférence, jeta sur la marquise un regard dédaigneux :

— Ainsi, elle est morte. Bah, après tout, c'était le sort qui l'attendait.

Deux hommes vinrent la chercher, l'emmenèrent sans ménagement, cognant le frêle vieux corps aux parois de l'étroite cellule. Où allait-on l'enterrer, et dans quelles conditions ? Je me le demandai.

Toute la journée, je demeurai triste, malheureuse, perdue. Ma vieille amie me manquait. Les sœurs prièrent beaucoup. Elles puisaient là leur courage et leur force. Entraînée par leur exemple, j'essayais de les imiter. Mais je ne possédais pas leur foi immense et inconditionnelle, et il m'était dur de tout accepter avec résignation, d'offrir mes souffrances à Dieu, ainsi qu'elles le disaient. Ma jeunesse se révoltait, et le souvenir de Blaise, de Bastien, m'empêchait de raisonner comme elles, qui feraient volontiers le sacrifice de leur vie si Dieu l'avait décidé ainsi.

Cette nuit-là, je fis un cauchemar. Je voyais devant moi la guillotine, et je levais les yeux vers elle avec effroi. Je savais que j'allais avoir la tête tranchée. J'attendais, éperdue et terrorisée. Puis je me trouvais sur l'échafaud, autour duquel une foule grondante hurlait : « A mort ! A mort ! » A quelques pas de moi, la marquise gisait, sans vie. Alors, parmi les visages menaçants, j'aperçus Sylvain Busquet. Il me cria, avec une hargne mauvaise que je ne compris pas, en me montrant la marquise immobile : « Tu n'auras pas sa chance. Elle a échappé à la guillotine, mais toi, tu n'y échapperas pas. » Effrondrée, je pensai : « Pas Sylvain, oh non, pas lui ! » et je me réveillai. Je fus heureuse et soulagée de revoir la cellule et, dans l'obscurité, les silhouettes endormies des sœurs qui reposaient calmement. Mais mon rêve m'avait laissé une impression d'horreur, qui mit longtemps à se dissiper. Il fut le premier de nombreux autres, qui tous me rappelaient le sort affreux qui sans aucun doute m'attendait.

Dans la journée, une nouvelle prisonnière fut introduite dans notre cellule. C'était une jeune fille à l'air timide, qui arriva en pleurs. L'horrible directrice claqua la porte derrière elle en la traitant de bégueule et de mijaurée. Sœur Madeleine, immédiatement, se leva, accueillit la pauvre enfant avec tendresse, lui prodiguant des paroles de consolation. Lorsque les sanglots s'espacèrent, nous pûmes comprendre, à travers ses explications décousues, qu'elle avait été interrogée par deux commissaires, puis déshabillée et soumise à la fouille. La patience et la douceur de sœur Madeleine finirent par l'aider à se calmer. Peu à peu, elle se confia. Elle se nommait Dorothée Vannier, était servante chez un important cultivateur des environs. Son maître avait émigré ; des hommes étaient venus perquisitionner, et elle avait été arrêtée. Agée de dix-huit ans, dotée d'un esprit simple, elle ne connaissait rien à la politique et ne comprenait pas pourquoi elle se retrouvait en prison. Je l'observai avec pitié. Combien étions-nous ainsi, à craindre pour notre vie, et pourtant innocentes ?

Les jours s'écoulaient, lents, pénibles, lourds d'anxiété. Chaque matin, l'huissier du tribunal révolutionnaire venait à la prison, une liste à la main. On appelait celles qui y étaient inscrites. Immobilisées par l'appréhension, nous écoutions la directrice passer dans les couloirs, ouvrir les portes des cellules, crier des noms. Pendant ces moments angoissants, les sœurs égrenaient leur chapelet. Dorothée et moi, serrées l'une contre l'autre, osions à peine respirer. J'entendais les pas des malheureuses qu'on emmenait, je souffrais pour elles. Nous savions qu'elles s'en allaient pour être jugées, et bien souvent guillotinées. La directrice, elle aussi, le savait, et sa nature mauvaise s'en réjouissait. Combien de fois l'ai-je entendue dire, ces jours-là, en parlant des prochaines exécutions : « Ah, ah ! Aujourd'hui encore, je crache du sang ! » Son ricanement sinistre demeurait longtemps dans nos oreilles.

Lorsque les prisonnières étaient guillotinées, elle s'emparait de leurs biens, confisqués en faveur de la nation. Comme elle ajoutait à ses nombreux défauts la vénalité, elle acceptait parfois, en se faisant grassement payer, que des parents apportent des provisions aux détenues. Dès qu'elle apprenait que ces malheureuses avaient été condamnées à mort, elle faisait main basse sur le vin et les liqueurs que certaines avaient reçus. Et, avec les commissaires affectés à la prison, elle buvait et faisait la fête toute la nuit.

Je me souviens d'une fois, en particulier, où il y avait eu, le même jour, vingt condamnations dont dix-sept femmes de notre prison. Directrice et sous-directrice, avec les commissaires et les employés de la prison, s'enivrèrent et parcoururent les couloirs en braillant des chansons révolutionnaires. Vers deux heures du matin, réveillées en sursaut, assises sur nos lits, nous nous regardions avec crainte, n'osant pas bouger. Ils donnaient des grands coups dans les portes en criant d'un ton haineux :

— Sales aristocrates !

— Gibier de guillotine !

La voix perçante de la directrice venait y ajouter des menaces :

— Après celles de ce matin, bientôt ce sera votre tour ! Vous y passerez toutes, je vous dis, toutes !

Je sursautai violemment lorsque, de l'autre côté de la porte, une bouteille s'écrasa avec force contre le bois. Ils en lancèrent plusieurs autres contre les murs en s'esclaffant. Je mis mes mains sur mes oreilles, essayant de ne plus entendre leur vacarme infernal. Mais cela ne servait à rien. Les sœurs, selon leur habitude, priaient. Je voyais, dans la pénombre, le visage de sœur Madeleine levé vers le ciel avec ferveur. Dehors, une voix sévère couvrit les autres :

— Arrêtez maintenant, cela suffit. Il y a des malades que vous empêchez de dormir.

Celui qui venait de parler ainsi se fit huer.

— On ne va quand même pas se gêner pour ces aristocrates !

— Bientôt, ils auront tout le temps de dormir.

Et le chahut recommença. Il dura jusqu'à ce que, fatigués de leurs propres excès, ils s'en allassent enfin. Encore tremblantes, nous pûmes nous recoucher. Mais je restai longtemps éveillée, écoutant avec inquiétude s'ils ne revenaient pas.

Ces scènes se renouvelèrent de temps à autre, principalement les jours de décadi. Elles ajoutèrent une nouvelle souffrance à nos privations physiques, à l'anxiété où nous étions de notre sort, et à la douleur d'être sans nouvelles de ceux que nous aimions. Ce fut à cause d'elles que mon état nerveux, lentement, commença de se détériorer.

Le départ des sœurs me porta un coup supplémentaire. Un matin du mois d'avril, on vint les chercher pour un interrogatoire devant le comité de surveillance, suite à une dénonciation du citoyen Mury, le nouveau directeur de la maison de la Charité. Il affirmait avoir trouvé dans un réduit, cachés sous de la paille, des journaux appartenant aux sœurs, respirant « le plus odieux fanatisme et le royalisme le plus effréné, tendant à exciter à la révolte et allumer la guerre civile dans le département ».

L'accusation, répondirent les sœurs, était fausse. Elles firent valoir aux deux membres du comité qui les interrogèrent qu'elles étaient trop pauvres pour acheter des journaux, préférant dépenser le peu d'argent qu'elles possédaient à aider les malheureux qui étaient dans le besoin. Elles ne furent pas crues. Leur transfert fut ordonné pour la prison des Baudets et, le lendemain matin, la directrice vint les chercher.

Avec calme, avec résignation, fidèles à leur résolution d'accepter avec patience les plus grandes persécutions, elles prirent leur chapelet et dignement se levèrent. Elles nous embrassèrent, Dorothée et moi, avec affection, ignorant les moqueries et les réflexions méchantes de la directrice qui, sur le seuil, les observait d'un air narquois. Je ne parvenais pas à réaliser qu'elles allaient partir. Que deviendrais-je sans elles? Elles étaient pour moi un réel soutien, un réconfort de tous les instants. Je levai vers sœur Madeleine un regard éperdu. D'un geste rassurant, avec une grande douceur elle traça un signe de croix sur mon front:

— Ne t'inquiète pas, mon enfant. Garde confiance. Tu ne mourras pas, tu retrouveras ceux que tu aimes et qui t'attendent. Bientôt, tout ceci sera terminé. Le sang cessera de couler, les autels se relèveront glorieux. Toutes les quatre, nous serons heureuses d'offrir notre vie à Dieu dans ce seul but.

Je ravalai mes larmes, l'écoutant à peine. Elles s'en allèrent, poussées avec brutalité par la directrice qui s'impatientait. La porte claqua. Je me retrouvai seule avec Dorothée qui sanglotait. La cellule parut subitement vide, froide, sans vie. Et moi, je me sentis malheureuse, vulnérable, sans protection.

Elles me manquèrent terriblement, surtout sœur Madeleine. Après leur départ, il n'y eut plus personne pour remonter mon moral défaillant, me prodiguer des encouragements, apaiser mes angoisses. La compagnie de Dorothée, bien au contraire, ne pouvait que m'attrister. La pauvre enfant passait son temps à gémir et à pleurer.

Incapable de l'aider, je subissais ses lamentations sans pouvoir réagir.

Quatre autres prisonnières vinrent occuper la cellule et partager nos tourments. L'une d'elles avait été arrêtée parce qu'elle n'avait pas respecté le décadi en travaillant ce jour-là. La seconde, qui se prénommait Agathe, avait écrit à son frère une lettre dans laquelle elle dénonçait le régime de terreur actuel, se plaignant de la disette qui ne cessait de s'accroître alors que Joseph Le Bon et tous ceux qui l'entouraient faisaient bombance tous les soirs. Elle avait été emmenée à l'Abbatiale, puis à la Providence, et son frère était emprisonné à l'Hôtel-Dieu. Les deux dernières, Louise et sa sœur cadette Béatrice, avaient été accusées d'espionnage pour l'ennemi, alors qu'elles revenaient d'un voyage à Valenciennes toujours occupée par les Autrichiens.

Agathe était la plus violente. Elle vitupérait avec ardeur contre la révolution, faisait montre d'une humeur exécrable, se considérait victime d'une monstrueuse injustice car, affirmait-elle, sa lettre ne faisait que refléter la triste réalité. Elle ne supportait rien, ni la promiscuité, ni l'étroitesse de notre prison, ni la nourriture mauvaise et insuffisante, ni le règlement auquel nous devions nous soumettre. Elle fulminait sans cesse, nous rendant la vie impossible. Où étaient les calmes conversations des sœurs, leurs silencieuses prières, leur courage jamais en défaut ?

Un matin, pendant la promenade, cette éternelle révoltée se glissa dans les couloirs, monta jusqu'aux greniers, dont les fenêtres faisaient face à celles de l'Hôtel-Dieu. De là, elle espérait apercevoir son frère. Elle savait que c'était interdit, mais n'en avait cure. Elle y fut surprise par l'une des gardiennes, amenée à la directrice qui, pour la punir, l'enferma toute une nuit au cachot. Lorsqu'elle revint le lendemain matin, elle était hagarde, échevelée, livide. Elle s'assit sur son lit en tremblant.

— C'était affreux, gémit-elle en se prenant la tête dans les mains. Une nuit entière dans des conditions pareilles, il y a de quoi perdre la raison. Ce réduit infect, sans air, grouillant de vermine et d'araignées... J'ai une peur panique des araignées, je... Ah, quelle horreur ! En plus, il y avait un cadavre, quelqu'un qui est mort hier et qu'on avait enfermé là en attendant de l'enterrer... Quelle nuit horrible ! Et tout ça parce que j'ai voulu voir mon frère ! Ce n'est pas un crime, quand même !

Elle se mit à sangloter. Nous la regardions sans oser la réconforter, car habituellement, dès que nous tentions un geste vers elle, elle nous rabrouait sans ménagement. Malgré tout, elle me fit pitié. Ce fut la seule fois où je la vis blessée et vaincue. Bien vite, elle reprit son attitude violente et belliqueuse avec, au fond des yeux, un éclat dur qui n'y était pas auparavant. Mais elle ne transgressa plus les interdits.

Quant à moi, je m'engluais de plus en plus dans un découragement insurmontable. Entre les pleurs de Dorothée, les crises de colère d'Agathe, les chuchotements de Louise et de Béatrice qui ne s'occupaient que d'elles-mêmes, et la claustration qui devenait une véritable souffrance, je me sentais devenir folle. Les journées étaient interminables, épuisantes, à la limite du supportable. Venait s'y ajouter, chaque matin, l'appel de celles qui devaient se présenter devant le tribunal. Parfois, uniquement pour se repaître de notre angoisse, la directrice ouvrait la porte de notre cellule, consultait sa liste. Notre cœur cessait de battre, nous la fixions avec une terreur qui devait se lire dans nos regards. Elle nous observait avec un sourire horrible et sardonique. Puis elle examinait de nouveau sa feuille de papier, finissait par déclarer :

— Eh bien non, je ne vois pas vos noms aujourd'hui. Mais ce sera pour une autre fois, ça, je peux vous l'assurer !

Elle s'en allait, et son rire odieux planait dans la petite pièce. Son départ me laissait à chaque fois anéantie, la sueur au front, le cœur battant à grands coups sourds. Au fil des jours, je devenais la proie d'un nervosisme insidieux qui sapait ma résistance. Ma santé, mon équilibre me fuyaient. Moi qui avais toujours été pondérée, stable, je ne me reconnaissais plus. Je sursautais dès que j'entendais des claquements de portes, des appels, des bruits de voix. J'avais parfois des instants de panique incontrôlable, qui me donnaient envie de pleurer, de hurler, de fuir. L'insomnie occupait mes nuits, me gardait tendue, haletante, contractée. Lorsque, pour quelques instants, je m'endormais, le même cauchemar fondait sur moi, et je me réveillais alors que le couperet de la guillotine me frappait le cou. Je me dressais sur ma couche, affolée, et je recevais les injures d'Agathe qui dormait près de moi et que mes cris avaient tirée du sommeil.

Alors, je me recroquevillais et laissais couler mes larmes. Seule sur ce lit inconfortable, j'appelais de toutes mes forces Blaise, et son grand corps tendre et doux, et son regard de source vive, et la façon à la fois timide et passionnée dont il m'aimait. Je me disais que, peut-être, je ne le reverrais plus, ni lui ni Bastien, et le désespoir m'annihilait.

Un matin, au cours de ces jours de détresse, nous parvinrent subitement, venant de l'extérieur, des sonneries de clairons, des battements de tambours, des cris, des bruits de pas qui martelaient les couloirs. Je me dressai sur mon lit, tout de suite inquiète. Dorothée pressa ses mains l'une contre l'autre, prête à pleurer. Agathe jeta avec colère :

— Que se passe-t-il encore ? Ils ne savent que faire pour nous empoisonner l'existence !

Notre porte s'ouvrit à toute volée. Une voix hurla :

— Dehors tout le monde, et vite !

Ahurie, je me retrouvai dans le couloir avec les autres. De toutes les cellules, les prisonnières sortaient, se regardaient sans comprendre. Effarées, bousculées par des soldats armés de baïonnettes, nous fûmes entraînées au rez-de-chaussée. Devant le portail, alignés en une double rangée, des chasseurs et des gardes nationaux attendaient. L'un des chefs vint vers nous, fit l'appel des prisonnières. Une à une, elles s'avançaient. Bientôt, moi aussi je fus parmi elles, m'interrogeant avec effroi. Où allait-on nous emmener?

Un ordre fut donné, et nous nous mîmes en route. Sur notre passage, le long des rues, des badauds s'approchaient, des poings se tendaient, des menaces retentissaient. Je suivais mes compagnes en silence, n'osant pas penser, sentant une panique animale me tordre le ventre. Je m'appliquais à ne pas lever les yeux, craignant pardessus tout d'apercevoir la guillotine vers laquelle, peut-être, on nous menait. Quelques prisonnières, plus courageuses ou plus curieuses, interrogeaient les gardes qui nous encadraient, essayaient de connaître notre destination. Bientôt, un renseignement courut de bouche à oreille: le club de la Société populaire. C'était là que nous allions.

Nous y fûmes très vite. On nous fit entrer dans une grande salle, où l'on nous enferma. Appuyée contre le mur, avec Dorothée qui s'accrochait à moi, j'attendais, tremblante et éperdue. A intervalles réguliers, la porte s'ouvrait, un garde jetait un nom, et celle qui était ainsi appelée sortait, le visage crispé de peur. Lorsque j'entendis le mien, mon esprit se bloqua, tout se confondit dans une sorte de brume obscure. Sans avoir conscience de bouger, obéissant à une volonté qui n'était pas la mienne, je sentis que je me détachais de Dorothée, que j'avançais vers la porte. Derrière le gardien, je pénétrai dans une grande salle bruyante. J'eus l'impression qu'une foule d'hommes la remplissait, et avec égarement je regardai autour de moi. Je vis, au centre de la pièce, une sorte d'échafaudage sur lequel trônait un immense fauteuil, à une hauteur d'environ dix pieds. A côté, assis devant une table, des hommes présidaient. Tout autour, remplissant la salle, d'autres attendaient en bavardant. Ils étaient vêtus, pour la plupart, de pantalons et de carmagnoles, de gilets ouverts sur leur poitrine sale et velue, de bonnets rouges posés sur des cheveux hirsutes et gras. Quant à ceux qui occupaient la table, ils affichaient une allure qui se voulait altière, posant sur moi des yeux effrontés. Ils étaient coiffés de chapeaux qu'ornaient de grands plumets tricolores, et que surmontait parfois, d'une manière grotesque, l'inévitable bonnet rouge. Au centre, l'un d'eux me fixait avec une intensité féroce. Je ne tardai pas à comprendre que j'étais face à Joseph Le Bon.

Je ne pus m'empêcher de le détailler. Il était pâle et maigre, et d'une jeunesse qui me surprit. Il ne devait pas avoir plus de trente ans. Ses abondants cheveux en désordre étaient réunis sur la nuque en une énorme queue. Il avait posé devant lui son chapeau et jouait avec l'imposant panache fixé par une cocarde tricolore. Contrairement à ses acolytes, il était habillé avec recherche, et sa chemise éclatait de blancheur. Sous les sourcils très marqués, les yeux surtout me frappèrent : brillants, nerveux, ils avaient un regard inquisiteur, perçant, sauvage. Mal à l'aise, je détournai la tête.

L'homme qui m'avait amenée me poussa sans ménagement :

— Vas-y, citoyenne, grimpe là-haut.

— Là-haut ? Moi ?

Ahurie, je ne bougeai pas. Il m'attrapa par le bras, pendant qu'un autre me saisissait de l'autre côté. Ils me firent grimper les quelques marches qui conduisaient au sommet de l'échafaudage, me hissèrent dans le fauteuil, et me laissèrent là, point de mire de toute la salle. Je me cramponnai au siège, morte de honte. Des réflexions fusaient de partout, certaines obscènes, d'autres sarcastiques, la plupart menaçantes. Je me forçai à ne pas les écouter, mais elles frappaient mes oreilles avec violence ; je ne pouvais pas leur échapper. Lorsque Joseph Le Bon prit la parole, elles cessèrent, mais un murmure continua de gronder sourdement.

D'une voix forte, le représentant du peuple demanda mon nom, mon âge, la cause de mon arrestation, précisant que si j'étais innocente on me libérerait sans tarder.

Je n'eus ni le temps ni le loisir de répondre. Un de ses acolytes le fit pour moi, lisant un papier qu'il avait sous les yeux, répétant ce que m'avait dit le juge à Douai: j'étais accusée de relations avec les émigrés, d'aristocratie, de crime contre la nation.

Des sifflements, des huées s'élevèrent. J'entendis plusieurs fois les cris « A mort! », « A la guillotine! ». Sous les sarcasmes, j'essayai désespérément de faire face. Je m'obligeai à regarder ces hommes qui hurlaient des insultes, des grossièretés, des menaces. C'était, à travers le brouillard où je les distinguais, une mer de visages hilares, grimaçants, animés d'une joie mauvaise. J'étais sans défense face à une meute déchaînée. Je baissai les yeux pour ne plus les voir, mais je continuais à les entendre. Je ne pus m'empêcher de penser à cette pauvre fille que j'avais vue un jour, sur la grand-place de Douai, exposée au carcan pour avoir volé un mouchoir brodé. Je l'avais plainte, et je m'étais dit, alors, qu'en ne faisant rien de mal je ne connaîtrais jamais une telle situation. Je m'étais trompée. Je vivais une scène semblable, pire même, car se profilait à l'horizon le spectre de la guillotine. Et pourtant, je me jugeais innocente. C'était si injuste que, subitement, à ma peur, à mon humiliation, vint se mêler une indignation brûlante qui chassa ma honte et me fit relever la tête.

— A la prison! ordonna Joseph Le Bon.

Je le toisai. Il soutint mon regard avec arrogance. Deux hommes me firent descendre, me firent sortir de la salle, pendant que les autres s'agitaient et criaient leur satisfaction. Vaincue, je me laissai mener sans résistance. Je tremblais d'une fureur et d'une haine que je n'avais jamais éprouvées.

Cette scène pénible aggrava le déséquilibre dont je souffrais. Dorothée, elle aussi, en restait marquée. De retour dans la cellule, elle avait passé des heures à sangloter, répétant sans cesse qu'un des hommes, assis près de Le Bon, lui avait dit, en la détaillant d'une manière lubrique: « Tu es bonne à baiser, toi ! Si tu es d'accord, je te ferai sortir. Sinon, je te ferai mettre à la petite fenêtre. » Cela ne me surprenait pas. J'avais entendu, moi aussi, leurs obscénités, mais pas un ne m'avait fait une proposition aussi odieuse. La pauvre fille hoquetait, pleine d'horreur, sanglotait sur mon épaule :

— Je ne veux pas, Mathilde, il est trop affreux. Mais je ne veux pas non plus être guillotinée !...

Péniblement, nous étions arrivées au mois de mai – floréal, au si joli nom. Le printemps était éclatant, glorieux, splendide, mais nous pouvions à peine nous en apercevoir. Nous constations, pourtant, que les arbres du jardin de la prison étaient en fleurs, remplis de chants d'oiseaux, que le soleil brillait dans un ciel d'un bleu intense et soutenu. Cela rendait notre confinement plus douloureux. Je supportais de plus en plus difficilement le manque d'air, l'immobilité forcée, notre étroite cellule à l'atmosphère viciée, et la présence de mes cinq compagnes. La mauvaise nourriture, le pain noir que mon estomac ne supportait pas n'arrangeaient rien. De plus, je perdais l'espoir de revoir un jour les miens. Je m'enfonçais dans une dépression accablante. Je demeurais des journées entières sur mon lit, complètement prostrée. Et pourtant, j'avais sans cesse les nerfs à fleur de peau.

Vers la fin du mois, un matin la directrice ouvrit la porte, son inévitable liste à la main. Nous connaissions sa comédie habituelle, et notre peur à la longue s'émoussait. Pourtant, cette fois, elle brandit son papier, balaya la cellule d'un regard circulaire, et annonça avec une satisfaction qu'elle ne cherchait pas à cacher :

— Citoyenne Vannier.

Dorothée se leva, la bouche ouverte, les yeux agrandis, le visage empreint d'une véritable terreur.

— Non, non... bégaya-t-elle d'une voix implorante.

Consternées, nous nous taisions. Elle s'accrocha à moi en sanglotant :

— Mathilde, fais quelque chose ! Je ne veux pas ! Je ne veux pas y aller ! Ils vont me guillotiner !

Elle regarda la directrice qui, les poings sur les hanches, observait la scène, un mauvais sourire aux lèvres. Dans son affolement, elle se mit à la supplier :

— Je t'en prie, citoyenne, je t'en prie... laisse-moi ici.

La mégère fit un pas dans la pièce, attrapa la pauvre enfant par l'épaule :

— Dehors ! Au tribunal, et plus vite que ça !

Elle la poussa dans le couloir avec une telle violence que Dorothée, perdant l'équilibre, alla se cogner le front contre le mur d'en face. Etourdie, elle chancela un instant, puis se mit à pleurer. J'eus envie d'aller vers elle, d'essayer de la rassurer : peut-être ne serait-elle pas condamnée à mort. C'était son maître qui avait émigré, pas elle ; elle n'était pas responsable. Mais la directrice, déjà, fermait la porte. Avant de la claquer avec sa brutalité coutumière, elle prit le temps de nous lancer :

— Bientôt, ce sera votre tour. Il viendra très vite maintenant, car le représentant du peuple s'est installé à Cambrai. Il y a créé un second tribunal. C'est que celui d'Arras ne suffit plus à la tâche. Ainsi, nous pourrons guillotiner deux fois plus de traîtres !

Durant un long moment, personne ne parla. Le départ de notre amie d'abord, cette nouvelle ensuite nous avaient anéanties. Toute la journée, une crainte pesante nous paralysa. Chacune de nous voyait, dans le regard des autres, le reflet de sa propre peur.

Des convois partaient, presque chaque jour, pour transférer à Cambrai de nombreux prisonniers d'Arras. Le surlendemain du départ de Dorothée, ce fut moi qu'on appela. La directrice m'annonça, comme s'il s'agissait d'une bonne nouvelle, que je figurais sur une liste de plusieurs personnes que Joseph Le Bon avait réclamées. Une charrette nous attendait afin de nous mener rapidement à Cambrai, où nous serions jugées et, assura-t-elle en s'esclaffant, guillotinées.

Je vécus de nouveau le voyage éreintant, avec cinq autres détenues, secouées dans une mauvaise charrette. Les gendarmes pressaient les chevaux, et l'allure était vive. Ils s'arrêtèrent à peine pour se restaurer, firent boire les bêtes, reprirent immédiatement la route. Une de nos compagnes nous affirma qu'ils craignaient une nouvelle évasion. Elle avait su que la semaine précédente, lors d'une halte dans un village, un prisonnier avait réussi à prendre la fuite et à se cacher dans les blés. La municipalité, avertie, avait fait sonner le tocsin. Aussitôt, volontaires et gardes nationaux avaient fouillé les environs et retrouvé le fuyard. Depuis, les voyages se faisaient avec la plus grande rapidité.

Appuyée contre le dur rebord de la charrette, je me laissais ballotter avec indifférence. Je voyais à peine la campagne qui se parait de vert tendre, dans laquelle des arbres en fleurs mettaient d'immenses bouquets blancs. Je ne sentais pas la caresse du soleil sur mon visage, sur mes mains. Sa clarté m'éblouissait, me blessait les yeux. Une invincible torpeur plombait mes membres, rendait ma tête pesante et douloureuse. Un dégoût me prenait de cette vie qui m'épuisait, sans autre perspective qu'un jugement qui, sûrement, serait la mort.

A la fin de l'après-midi, notre convoi pénétra dans Cambrai par la porte Cantimpré. Alors qu'il parcourait les rues, se dirigeant vers le centre, des femmes sortirent des maisons, des hommes nous insultèrent. L'un d'eux s'approcha de la charrette, avec hargne lança un crachat qui vint s'écraser sur le bois, tout près de ma main. Je me détournai, saturée de cette violence, de ce mépris gratuits, de ces scènes toujours renouvelées.

Sur la grand-place, la guillotine se dressait, terrifiante. Je vis l'échafaud, et l'échelle qui y menait; je vis les deux énormes poutres de bois avec, tout en haut, l'affreux couperet qui en occupait toute la largeur; je vis, le long de la plate-forme, une mare de sang qui s'agglutinait. Des jeunes gens, presque des enfants, armés de piques et coiffés d'un bonnet rouge, semblaient monter la garde près de plusieurs tentes décorées d'un drapeau où je pus lire: « Espoir de la patrie ». Ils nous aperçurent et de loin nous injurièrent, avec une férocité inquiétante pour leur jeune âge.

L'affreuse machine à trancher les têtes avait réveillé la terreur qui restait tapie dans un coin de mon esprit, et un tremblement incoercible me parcourait. Je serrais le bord de la charrette avec tant de force que mes articulations me faisaient mal. Je reconnaissais les rues que bien souvent j'avais parcourues lorsque je venais rendre visite à ma tante, au temps où j'étais libre et heureuse. Maintenant, c'était terminé. Je venais de voir le couperet qui, je n'en doutais plus, mettrait bientôt fin à ma vie, me séparant à jamais de Blaise, de Bastien. Des larmes brûlèrent mes yeux.

Nos gardes s'arrêtèrent devant un bâtiment austère. C'était le couvent des Bénédictines Anglaises, dont les occupantes avaient été expulsées, et qui servait maintenant, lui aussi, de prison. Il était, disait-on, l'antichambre de la guillotine. Avec un fatalisme mêlé d'un étrange détachement, je pensai qu'il serait ma dernière demeure.

Les gardes nous firent descendre. Exténuée, à bout de forces, je chancelai. La porte de la prison s'ouvrit, plusieurs hommes en sortirent. Coiffés d'un chapeau à grand panache tricolore, armés d'énormes sabres traînants, ils nous regardèrent avec insolence. L'un d'eux, vêtu d'un habit jaune et d'un pantalon de nankin, vint jusqu'à nous en sautillant d'un air jovial.

— Voici du nouveau gibier pour la sainte Guillotine! s'exclama-t-il. C'est très bien!

Un de ses compagnons l'écarta:

— Laisse-moi voir ça, Rémy, ordonna-t-il.

Il s'approcha. De petite taille, il paraissait pourtant menaçant. Il posa sur nous des yeux mauvais. Il prit son sabre, le leva d'un air furieux au-dessus de nos têtes:

— Foutus aristocrates! grommela-t-il. Je vais leur apprendre, moi...

La suite se perdit dans un grognement indistinct. Pendant ce temps, un troisième observait tour à tour chacune d'entre nous, allant de l'une à l'autre avec des contorsions et des grimaces ridicules. Lorsqu'il fut devant moi, je soutins son regard avec dédain. Il haussa les épaules, un sourire moqueur aux lèvres, fit une pirouette, s'éloigna. Je me demandai avec stupeur qui pouvait être ce personnage à l'allure de pitre. Je ne devais pas tarder à apprendre qu'il se nommait Caubrières. Il était accusateur public au tribunal, et je devais bientôt me retrouver face à lui.

Un autre homme sortit à ce moment, invectivant quelqu'un qui était resté à l'intérieur de la prison. Je le reconnus tout de suite. Ce regard fou, cette arrogance, ce port de tête plein d'orgueil et d'insolence... Joseph Le Bon.

— Je ne veux pas de ça, criait-il avec colère. Pour qui me prennent-ils? Ils se trompent s'ils croient me soudoyer avec quelques volailles. Vends-les donc, tu distribueras l'argent aux pauvres.

Il refit un pas vers l'intérieur, répondit à une question que je n'entendis pas, hocha la tête avec vigueur:

— C'est ça, c'est tout à fait ça. De toute façon, ces scélérats n'ont besoin de rien. Ils ne tarderont pas à éternuer dans le sac, eux aussi. A plus tard, citoyen. Salut et fraternité.

A grands pas, il passa près de nous. Pendant une fraction de seconde, son regard m'effleura. Je frissonnai. Les autres le suivirent. Pétrifiées, nous ne disions rien. Les gardes eux-mêmes semblaient désagréablement impressionnés. Silencieusement, ils nous firent entrer.

Je pensais à Joseph Le Bon, à ses paroles qui résonnaient encore dans mes oreilles, et je ne pouvais m'empêcher de m'interroger: qu'était donc cet homme, que l'on disait assoiffé de sang, traquant impitoyablement les suspects, responsable d'arrestations et d'exécutions sans nombre, et pourtant assez intègre pour ne pas se laisser circonvenir, et assez pitoyable pour penser aux pauvres?

A l'intérieur, un geôlier inscrivit nos noms sur un registre. Un autre gardien, tout en protestant contre le manque de place, m'emmena au dernier étage, dans un réduit minuscule, dont le toit en pente m'obligea à me pencher lorsque j'y pénétrai. Il referma la porte, et je me retrouvai seule.

Je détaillai d'un œil froid mon nouveau logement. Une couche de paille en occupait presque toute la place. Il y avait encore un seau d'aisances et une cruche d'eau. La lucarne n'avait plus de vitre, ce qui avait au moins l'avantage d'aérer la pièce. Mais s'il se mettait à pleuvoir, pensai-je, je serais trempée.

La fatigue m'abrutissait. J'avais soif. Je bus un peu d'eau, mais elle avait un goût si infect que je faillis la recracher. Brisée, anéantie, je me recroquevillai sur la rude couche de paille, sentant encore dans tout mon corps les cahots de la route, revoyant sans cesse l'immense charpente de la guillotine et la mare de sang au pied de l'échafaud. Je finis par m'endormir, d'un sommeil peuplé de cauchemars.

Je fus malade. L'eau que j'avais bue me donna d'atroces coliques. Pliée en deux, les mains crispées sur le ventre, je gémissais de douleur. Seule dans ce petit réduit, sans aide, sans soins, je crus bien cette nuit-là que j'allais mourir. Lorsque le jour se leva, j'allais un peu mieux, mais je me sentais vidée, à bout de forces.

Cela acheva de détruire ma santé déjà chancelante. Si je n'ai pas laissé là ma vie, je le dois d'abord au médecin Delloye, qui courageusement avait décidé de secourir les détenus malades. Comme il n'y avait, dans la prison, aucun remède, il m'apporta lui-même une poudre qu'il me fit avaler et qui calma mes maux de ventre. Je le dois aussi à madame Leroy, une femme de Cambrai qui avait été arrêtée sous prétexte qu'elle s'était réjouie des revers essuyés par la garnison, en faisant ce jour-là de la musique. Avec énergie, elle se démenait, envoyait des missives au conseil général de la commune, au district, afin de dénoncer l'état lamentable des prisonniers. Après avoir reçu comme réponse qu'il était « inutile de donner à manger à des gens qui allaient être guillotinés », elle finit néanmoins par obtenir satisfaction. De la soupe fut apportée à la prison aux heures des repas, et c'était elle-même qui la distribuait. C'est grâce à ses bols de soupe, à ses encouragements et à sa douceur, que j'ai pu résister.

— Ne buvez plus de cette eau, me conseilla-t-elle. Je vais essayer d'obtenir celle du puits qui se trouve dans le jardin. Je sais qu'elle est saine. Mais ce ne sera pas facile. Les gardiens n'ont pas le droit d'y puiser. Ils m'ont dit qu'André, l'huissier du tribunal chargé de la surveillance des prisons, en a fait enlever la corde. Cela tout simplement pour nous forcer à prendre l'eau de la cour, qui est fétide parce que les latrines dégorgent. Ce fait aussi, je l'ai dénoncé dans mes lettres. Mais ces bandits ont tous les pouvoirs, hélas !

Ses visites étaient mes seuls moments de réconfort. Le reste du temps, je demeurais assise ou couchée, inerte, apathique, lasse d'une existence qui ne m'apportait que souffrances. Une immense fatigue paralysait mon esprit, allant même jusqu'à endormir ma peur. Les jours s'écoulaient dans un engourdissement monotone. J'essayais de les compter, de marquer chacun d'eux d'un trait sur le mur, comme je l'avais fait dans les prisons précédentes. Mais certains matins je l'oubliais, et je ne savais plus où j'en étais. Je finissais par perdre la notion du temps.

Je m'apercevais que je devenais d'une maigreur effrayante. Cela m'indifférait. Je n'avais plus le courage, non plus, lors des promenades dans la cour, de me débarbouiller avec l'eau du puits. Je me prenais à raisonner comme nos gardiens, faisant mienne leur réflexion : à quoi bon, puisque j'allais être guillotinée... Toute résistance, tout espoir m'avait abandonnée.

Une nuit, des cris, des vociférations, des bruits de pas dans les couloirs me tirèrent de la torpeur où je m'enlisais. Ma porte s'ouvrit. Un garde national muni d'une torche me donna l'ordre de sortir. Hébétée, j'obéis. Dans l'escalier, d'autres gardes poussaient devant eux des prisonniers ahuris et ensommeillés. Bientôt, nous fûmes tous dans la cour, où l'on nous rangea en longues files. Un homme alors s'avança, et je reconnus celui qui, lors de mon arrivée à la prison, nous avait traitées de « foutues aristocrates » en nous menaçant de son sabre. Quelqu'un, derrière moi, murmura :

— C'est André qui recommence comme l'autre fois ! Pauvres de nous !

Levant la tête pour tenter de hausser sa petite taille, il passait les rangs en revue, le sabre à la main. Ses yeux luisants de méchanceté détaillaient chacun des prisonniers ; parfois, il s'arrêtait devant l'un d'eux, l'interrogeait, notait son nom sur un papier qu'il sortait de la poche de son habit. Des femmes éclataient en sanglots, quelques-unes le suppliaient. Il les regardait avec un sourire sarcastique, savourant sa puissance et sa supériorité. Debout dans la fraîcheur de la nuit, l'esprit vide, je vacillais d'épuisement. Cette scène prenait des allures de cauchemar.

Soudain, il fut devant moi. Il brandit son sabre, le fit tournoyer autour de ma tête, s'exclama :

— Ah, ah ! Et toi, comment te nommes-tu ?

Je répondis d'une voix blanche, détimbrée, qui ne m'appartenait pas. Il vint plus près, m'observa sous le nez. Sur un ton de confidence, il susurra :

— Tu me plais bien. Si tu veux échapper au vasistas [1], tu n'as qu'un mot à dire. Je te baise cette nuit, et demain je te fais libérer.

Il m'envoyait dans le visage une haleine épaisse qui sentait l'alcool. Sur le moment, je n'eus même pas la force de m'indigner. Je n'éprouvai qu'un profond dégoût. Je reculai avec une répulsion dont il fut conscient, et qu'il considéra comme une offense. Son regard se fit dur, cruel. D'une voix basse et haineuse, il lança :

— Ah, tu fais la fière ! Eh bien, puisque tu veux jouer à l'aristocrate, je vais t'aider. Je t'inscris sur ma liste, afin qu'on vienne te chercher pour le tribunal sans tarder. Tu penseras à moi, quand tu regarderas par la petite lucarne !

1. La guillotine. On l'appelait aussi le rasoir national, la planche à assignats, la chatière, le raccourcisseur national...

Il s'éloigna en s'esclaffant bruyamment. Pétrifiée, je restai immobile, laissant ses paroles se créer insidieusement un chemin jusqu'à mon esprit. Le tribunal... Au fond de moi, un sursaut de peur s'agita, et pendant un court instant une intense détresse m'étouffa ; ainsi, je ne reverrais pas Blaise, ni mon adorable petit Bastien... Mais lentement, un nouveau sentiment submergea tous les autres, une sorte de lâche soulagement à l'idée que, bientôt, tout ceci serait terminé.

Joseph Le Bon avait installé le tribunal révolutionnaire dans les locaux du grand séminaire. Les séances avaient lieu au premier étage, dans une vaste pièce rectangulaire. Lorsque j'entrai dans cette immense salle longue de quatre-vingts pieds[1], j'eus un recul. Des cris féroces retentissaient :

— Les voilà !

— A mort !

— A la guillotine !

De chaque côté de la salle, défendus par des rangées de soldats, des gradins s'étageaient. Je les regardai à peine, mais il me sembla qu'ils étaient remplis de monde. J'eus la vision rapide de visages curieux, avides, qui s'agitaient avec impatience. Nos gardes nous poussèrent. Forcée de suivre les autres, j'empruntai une sorte de couloir qui longeait le mur, passai devant les gradins sans lever les yeux, refusant d'écouter les réflexions grossières qui cherchaient à nous avilir. Je dus gravir un escalier étroit et escarpé comme une échelle, et je me retrouvai, avec les autres prisonniers, sur une estrade d'où nous dominions toute la salle et d'où, surtout, nous étions visibles par tout le monde. Une autre estrade, qu'occupaient des tables et des sièges vides, lui faisait face. J'enregistrais tout cela froidement, avec une étrange sensation de dédoublement, comme si j'avais été une autre. Je ne pensais même pas qu'il ne me restait que quelques heures à vivre, ce dont

1. Environ vingt-cinq mètres.

pourtant je ne doutais pas; les condamnés étaient guillotinés le jour du jugement, au plus tard le lendemain.

Autour de moi, les autres prévenus attendaient, certains avec un calme résigné, d'autres avec une peur qui hantait leur regard. Il y avait trois hommes obstinément silencieux, une femme qui priait tout bas, deux autres qui chuchotaient entre elles, la plus vieille s'efforçant visiblement de réconforter la plus jeune qui, les larmes aux yeux, semblait prête à s'effondrer.

Un mouvement se fit dans la foule, toutes les têtes se tournèrent vers la porte. Les membres du tribunal arrivaient. Chemise décolletée, tenue débraillée, ils affichaient une allure pleine de prétention. Quelques-uns nous balayèrent d'un regard dédaigneux, conscients de leur pouvoir: n'avaient-ils pas droit de vie et de mort sur nous? Je reconnus André, dont les yeux sournois et lubriques se posèrent sur moi, me déshabillèrent, me jaugèrent; je me sentis salie comme par quelque chose de gluant. Il vint vers l'estrade, monta l'échelle, nous fit face. En consultant sa liste, il appela nos noms, afin de vérifier si nous étions tous présents. Il hocha la tête avec satisfaction, adressa à la jeune femme qui pleurait un sourire sardonique:

— Inutile de te mettre dans des états pareils, ce sera vite terminé. Les procès sont rapides maintenant. Il y a eu un décret, voici quelques jours, qui supprime l'audition des témoins et des défenseurs officieux[1]. Ce qui fait qu'on peut condamner beaucoup plus facilement!

En se frottant les mains avec contentement, il s'en alla

1. La loi Le Chapelier (14 et 17 juin 1791) avait supprimé les corporations. L'ordre des avocats n'existait plus, et la défense des accusés était assurée par des avoués et des défenseurs officieux – recrutés le plus souvent parmi les anciens magistrats, procureurs et avocats. Ces défenseurs eux-mêmes furent supprimés par la loi du 22 prairial an II (10 juin 1794). C'est à cette loi que fait allusion André. Le tribunal pouvait donc condamner sans instruction, sans défenseur et sans témoins. Joseph Le Bon s'empressa d'appliquer cette loi à Cambrai dès les procès du 25 prairial.

rejoindre ses complices qui, sur l'autre estrade, s'installaient confortablement devant les tables chargées de carafes de limonade. Je me sentis la gorge sèche, et j'éprouvai le désir puéril d'en boire un verre.

Ils étaient tous là maintenant : les juges, le greffier, les jurés, et même, accroupis dans un coin, le bourreau et ses aides qui, par leur présence, rappelaient quelle serait l'issue du procès. Trois personnages, pourtant, entrèrent encore : un homme à l'allure altière, la main posée sur un sabre qu'il avait à la ceinture et qui traînait par terre, une femme rousse aux traits empâtés, et un autre homme qui tournait autour d'eux en roulant des yeux et en faisant d'affreuses grimaces qui se voulaient amusantes. Penché sur la femme, il lui parlait avec de grands gestes, et elle riait à gorge déployée, d'un rire appuyé et vulgaire.

— Joseph Le Bon et sa femme vont assister au procès, dit celle qui, près de moi, ne cessait de prier. Pas un de nous n'en sortira vivant.

Je ne répondis pas. Ces paroles ne faisaient que confirmer l'opinion que j'avais déjà. Ma compagne reprit d'une voix sourde :

— Regarde-la. Elle est heureuse de venir ici. Pour elle, c'est un spectacle. J'ai entendu dire que, lorsque les jurés hésitent à condamner quelqu'un, elle leur fait un signe, comme ça – elle se passa transversalement la main sur le cou –, alors ils votent la peine de mort. Et tu as vu ? Elle a amené ses amies, les « tricoteuses ».

Quelques femmes, en effet, la suivaient, un tricot à la main. Avec Joseph Le Bon, elles prirent place en face des jurés. Alors, le président du tribunal ordonna à André d'appeler le premier accusé.

Un homme s'avança. Ils l'interrogèrent. Je crus comprendre qu'il avait déclaré que « les décrets de la Convention étaient tout juste bons à se torcher le cul », et que là était la cause de son arrestation. Ils lui demandèrent s'il persistait dans ses déclarations. Je détournai les yeux, indignée par cette parodie qu'ils jouaient avec un grand sérieux. Dans ce cas, pensai-je, Ignace aussi méritait la guillotine, car bien souvent il avait fait des réflexions de ce genre. Envoyer un homme à la mort pour ces simples paroles était à la fois atroce et ridicule. Une lassitude invincible de nouveau m'envahit.

Dans les gradins, la foule écoutait. Je laissai mes yeux errer sur les visages, sans but précis. Et soudain, mon cœur bondit, cogna ma poitrine avec tant de violence que je faillis crier. Là, en face, assis au dernier rang, tout contre le mur... non, je ne rêvais pas ! Je battis des paupières plusieurs fois, regardai à nouveau. C'était bien eux : Blaise, ma mère, ma tante Séraphine. Depuis combien de temps étaient-ils là ? Blaise et ses yeux clairs de source vive, posés sur moi à travers toute la salle, et dans lesquels je retrouvais l'amour qui m'avait tant manqué pendant ces semaines de prison. Ce fut comme un torrent qui, subitement, jaillissait en moi, chassant le découragement, la résignation, l'acceptation d'un sort qui me paraissait inévitable. Je me redressai. J'avais eu tort de me laisser abattre. La vue de Blaise réveillait mon envie de vivre, de retrouver Bastien, d'être heureuse encore de longues années avec eux. Mais... ces hommes du tribunal, le permettraient-ils ? Instinctivement, je joignis les mains, essayai de prier. Comme un écho, j'entendis la voix de sœur Madeleine qui assurait : « Ne crains rien, tu ne mourras pas... » Puisse-t-elle avoir raison, pensai-je avec ferveur.

A partir de ce moment, je ne vis plus rien. Je ne cessai de regarder Blaise et, mes yeux dans les siens, je tentai d'y puiser l'énergie qui me manquait. J'avais envie de courir à lui, de me blottir dans ses bras et d'y rester, enfin à l'abri. Ma mère me faisait des signes que je ne comprenais pas. Sur son visage tendu et inquiet, je lisais une immense tendresse, qui me réchauffa le cœur. J'avais été confrontée à tant de malveillance, ces derniers temps, qu'il m'était doux de me sentir de nouveau aimée.

Je n'écoutais plus ce qui se passait autour de moi. Lorsque André appela mon nom, il dut crier une seconde fois.

Je sursautai. Derrière moi, quelqu'un me poussa. Après un dernier regard éperdu à Blaise, je m'avançai. Je n'avais pas peur ; la présence de Blaise dans la salle me soutenait. Et pourtant, je tremblais. Je savais que j'étais là pour défendre ma vie, mais trois mois d'emprisonnement, de privations, de mauvais traitements, d'anxiété et de souffrance m'avaient vaincue. Et je restai immobile, face à eux, avec la sensation de vivre un de ces cauchemars dans lesquels, étrangement, on ne peut ni parler ni bouger.

Pourtant, je répondis à leurs questions. Le président Daillet m'interrogea. Il le fit sans hostilité, d'un ton froid et posé. Les yeux fixés sur lui, je m'appliquais à ne pas tourner la tête, afin de ne pas voir Joseph Le Bon et sa femme, que je sentais attentifs à mes paroles. Je réussis à répliquer posément, bandant les forces qui me restaient pour cette épreuve que je savais décisive.

— Citoyenne, dit Daillet, tu es accusée d'aristocratie et de complot contre la nation. Tu as aidé le ci-devant Adrien de Bryars à gagner la frontière dans le but d'émigrer. Qu'as-tu à répondre ?

Je serrai les poings, relevai la tête, m'efforçai de parler avec assurance, sans oublier le tutoiement de rigueur :

— Pardonne-moi, citoyen président, mais je n'ai pas fait ce que tu viens de dire. Je n'ai pas pu aider ce ci-devant, puisque je ne l'ai pas revu depuis son arrestation.

— Pourtant, la personne qui t'a dénoncée affirme t'avoir vue alors que, en cachette, tu lui fournissais des vivres et des vêtements, et peut-être de l'argent.

Je parvins à faire passer dans ma voix l'indignation voulue :

— Cette personne ment. Tu sais comme moi, citoyen président, que certains n'hésitent pas à accuser n'importe qui de n'importe quoi. Mais je fais confiance au tribunal, je sais qu'il rend justice aux innocents.

C'était comme si quelqu'un me dictait mes réponses. Je parlais sans crainte, espérant trouver les mots justes pour les convaincre. Je devais reconnaître qu'ils m'écoutaient avec une attention qui me surprenait et qui m'encourageait.

— Nous aurions tendance à te croire, citoyenne; tes propos ont été confirmés par le ci-devant de Bryars. Il a été arrêté par des soldats français alors qu'il allait franchir la frontière, et nous l'avons interrogé. Il a affirmé ne pas t'avoir revue. De plus, la personne qui t'a dénoncée a émigré entre-temps, ce qui prouve qu'elle n'est pas digne de confiance. Quant à cet aristocrate, il a été jugé, et a éternué dans le sac avant-hier.

Il me scruta avec intensité, guettant ma réaction. Je me raidis, tâchai de paraître indifférente, malgré la bouffée d'horreur que je sentais monter. Adrien, repris, jugé, guillotiné! La même image me revint: sur son grand cheval noir, il riait d'un rire victorieux, insolent, sûr de lui... Et pourtant, avant d'aller à la mort, il m'avait innocentée. J'eus envers lui une pensée de gratitude.

Caubrière se leva et fit son métier d'accusateur public. Luttant contre un vertige grandissant, j'écoutai ses paroles, sûre de l'entendre demander la mort. Pourtant, il ne le fit pas. Il assura même que, dans un cas comme le mien, il n'y avait aucune preuve, et qu'un tribunal digne de ce nom ne pouvait condamner sans preuve. J'éprouvais une profonde stupeur. Allaient-ils m'acquitter? Etait-ce possible? En moi, un espoir se levait, timide et tremblant, que j'essayais de repousser; s'il se révélait faux, ce serait encore plus dur d'y avoir cru. Revenue sur l'estrade, je tentai de faire le vide dans mon esprit, de ne plus penser à mon sort. Maintenant, je ne pouvais plus rien changer, je n'avais plus qu'à attendre. Je m'appliquai à écouter l'interrogatoire des autres prévenus.

C'était le tour d'un des trois hommes. Debout face à eux, il ouvrait et refermait les mains avec impuissance. J'entendis l'accusation de Caubrière:

— ... d'avoir colporté des écrits contre-révolutionnaires et fanatiques, d'avoir insulté le curé constitutionnel, d'avoir fait tous ses efforts pour entraver la marche de la révolution, d'avoir correspondu avec des émigrés, d'avoir cherché à propager des sentiments anticiviques... Par ses propos et ses actes, le citoyen Farreau mérite la peine de mort.

Comme pour se venger de la modération dont il avait usé envers moi, il s'attaquait au dénommé Farreau avec virulence, jetant ses mots d'un ton mordant et agressif. L'accusé, la tête penchée, les épaules courbées, ne cherchait même pas à se défendre devant ce flot de paroles. Son attitude de vaincu était si douloureuse que je détournai la tête, cherchant, de l'autre côté de la salle, le regard de Blaise. Penché sur ma mère qui lui parlait, il l'écoutait en faisant des signes d'assentiment. Je voyais les cicatrices sur sa joue brûlée, et j'éprouvai l'envie de les caresser du bout des doigts.

Tous les prisonniers avaient été entendus, et le jury passa dans la pièce voisine pour délibérer. Il fallut attendre. Les minutes s'étiraient avec une lenteur insupportable, et chacune d'elles augmentait l'angoisse que nous ressentions. Les yeux fixés sur la porte au-delà de laquelle des hommes jouaient avec ma vie, l'esprit obnubilé par la peur, je n'étais même plus capable de penser. Lorsqu'ils furent de retour dans la salle, je les observai avec crainte.

Ils se réinstallèrent. Machinalement, je notai, sans les enregistrer, certains détails qui ne me revinrent que par la suite : madame Le Bon, qui riait en parlant à son mari ; Caubrière, qui observait son papier avec un rictus satisfait ; et André, près de la porte, les bras croisés, une mauvaise lueur de joie dans ses petits yeux de fouine.

Ils nous appelèrent dans le même ordre que précédemment. Pour le premier des hommes, le verdict tomba : condamné à avoir la tête tranchée. J'ouvris la bouche sur un cri d'horreur silencieux. Dans la salle, des applaudissements éclatèrent, des cris d'enthousiasme, des exclamations :

— A mort ! A la guillotine !

J'entendis Caubrière énoncer avec satisfaction :

— Encore un tyran en moins. Vive la république! cria-t-il.

— Vive la république! répéta la foule.

Je n'osai pas me tourner vers les gradins. Je vis, face aux jurés, les tricoteuses rire et s'agiter avec un contentement féroce. Je les regardai avec une stupéfaction mêlée d'effroi; comment la perspective de la mort d'un homme pouvait-elle les réjouir?

La même scène se reproduisit pour les deux accusées suivantes, la mère et la fille. Cette dernière s'effondra en pleurs; ce fut l'autre qui la soutint, le visage déchiré. Et, autour d'elles, les cris d'approbation, les hurlements de joie, où se mêlaient, parfois, des insultes et des réflexions grossières. C'était horrible.

Puis ce fut à moi. Je lançai un regard désespéré à Blaise, que je vis tendu vers moi. Je réussis à faire quelques pas. Un bruissement emplissait ma tête, des taches noires dansaient devant mes yeux, j'éprouvais une immense difficulté à respirer. Je vis les visages des jurés s'estomper, devenir flous. Je luttai pour ne pas m'évanouir.

— Citoyen Jouy, à toi la parole.

Au moment d'entendre les mots qui allaient m'apprendre si, oui ou non, je pourrais continuer à vivre, j'eus un étourdissement. Quelques bribes de phrases arrivèrent péniblement jusqu'à mon esprit:

— ... accusée d'avoir aidé un aristocrate à émigrer... je n'en suis pas convaincu.

Je pris une profonde inspiration. J'eus conscience de fixer sur eux des yeux égarés. A travers le bourdonnement de mes oreilles, j'entendis la voix du président qui s'adressait à moi tandis que, près de lui, le greffier écrivait. Que disait-il?

— ... En conséquence, le tribunal déclare l'accusée non coupable et ordonne qu'elle soit libérée sur-le-champ.

Je ne réagis pas tout de suite. Pendant plusieurs secondes, je demeurai immobile. Autour de moi, la salle murmurait. Une sorte de grondement étouffé et mécontent. Pas d'applaudissements, pas de menaces de mort. Paradoxalement, ce fut cette absence de cris qui m'aida à comprendre. Acquittée, j'étais acquittée ! Je n'allais pas être guillotinée ! J'allais être libérée ! Un éblouissement me fit chanceler.

— Viens par ici, citoyenne.

J'avais l'impression de marcher dans du coton en suivant André, que dans mon euphorie je trouvai moins antipathique. A la porte, il me confia à deux gendarmes :

— Conduisez-la à la prison. On lui rendra ses affaires. Ensuite, elle sera libre.

Sans un regard en arrière, je sortis de la salle. Encadrée par les gendarmes, je descendis l'escalier, me retrouvai dans la cour. Eblouie par le soleil, je clignai des yeux. Je me sentais étrange, une sorte d'ivresse rendait ma tête légère. Une excitation, une joie oubliées depuis longtemps me soulevaient.

A la porte, Blaise, ma mère, ma tante attendaient. Un élan irrésistible me jeta dans les bras de Blaise, qui me serrèrent aussitôt étroitement. Je m'accrochai à ses épaules, et ce fut comme si un tourbillon m'emportait. Je relevai la tête, vis scintiller des étoiles dans ses yeux. Je demandai doucement :

— Et Bastien ? Il va bien ?

— Oui, affirma ma mère, j'ai pris soin de lui. Mais je crois que tu lui as manqué.

Elle m'embrassa, me regarda avec tendresse :

— Comme tu as maigri, ma pauvre enfant, et comme tu es pâle ! Nous allons te dorloter, maintenant que tu nous es rendue. Tu retrouveras vite tes couleurs.

J'eus conscience de mon état lamentable, baissai les yeux, considérai mes vêtements chiffonnés et informes.

— Allons chez moi, dit ma tante. Tu pourras te laver et te changer.

J'acquiesçai avec gratitude. Je me sentais sale, avilie, souillée. Ces derniers jours, je n'avais même plus eu le courage de prendre soin de mon aspect.

— Nous devons nous rendre à la prison, déclara l'un des gendarmes. Après, citoyenne, tu pourras retourner chez toi.

Les rues étaient animées. En arrivant sur la place, je vis que c'était le jour du marché. Des gens allaient et venaient, affairés, sans paraître se préoccuper de la guillotine qui, toujours aussi menaçante, attendait ses futures proies. Autour de l'échafaud, les jeunes gens que j'avais aperçus lors de mon arrivée, armés de piques, portant leur étendard « espoir de la patrie », montaient la garde. Je levai les yeux vers le couperet, ne pus réprimer un frisson.

— Tu as de la chance, citoyenne, me dit le gendarme. Il n'est pas courant d'être acquitté. Ceux qui étaient avec toi, et qui ont été condamnés, seront guillotinés tout à l'heure.

Je serrai plus fort le bras de Blaise. Parviendrais-je un jour à oublier?...

A la prison, le geôlier me rendit mon linge et mon argent. Lui aussi eut les mêmes mots:

— Ce n'est pas tous les jours que je libère un prisonnier. Il m'arrive bien plus souvent de faire ce signe devant leur nom. Regarde, citoyenne.

Il me montra, sur la page précédente, tracé devant chacun des noms, un rond barré d'un trait horizontal.

— Cela signifie qu'ils ont tous fait la bascule. Toi, on peut dire que tu as de la chance.

Moi-même, je n'y croyais pas encore. Lorsque je sortis et que la lourde porte de la prison se referma derrière moi avec un bruit mat, à ce moment-là seulement je compris qu'enfin c'était terminé. Je pouvais recommencer à vivre.

7

La première chose que je fis, chez ma tante, fut de me laver. Elle versa de l'eau chaude dans un grand chaudron à lessive, me donna du savon, des serviettes, et me laissa seule dans le réduit qui servait de cabinet de toilette. Je me déshabillai entièrement, rejetant avec dégoût mes vêtements sales, imprégnés de l'odeur fétide de la prison. Avec volupté, j'entrai dans l'eau, me savonnai, lavai et peignai mes longs cheveux emmêlés, dans lesquels je retrouvai des brins de paille flétris. Je me séchai, mis les vêtements propres que ma tante m'avait préparés. Je soupirai de bien-être. Je me regardai dans le miroir, et j'eus de la peine à me reconnaître dans ce visage aux joues creuses, aux yeux agrandis. Comme j'étais pâle, en effet ! Je pinçai mes pommettes pour les faire rougir.

— Ah, tu ressembles un peu plus à toi-même, dit ma mère en me voyant réapparaître. Ce matin, quand je t'ai vue arriver dans cette grande salle, j'en aurais pleuré. J'ai pensé : mon Dieu, qu'ont-ils fait de ma fille ?

Je m'assis, encore étourdie de retrouver les lieux, les gestes d'une vie que je croyais perdue. Ma mère me tendit une épaisse tartine beurrée :

— Mange. Tu as besoin de reprendre du poids.

J'obéis sans me faire prier, tout en demandant :

— Racontez-moi. Comment étiez-vous là, tous les trois ? Comment avez-vous su ?

Ma cousine Gabrielle, qui me regardait avec un mélange d'admiration et de pitié, s'interposa :

— Raconte d'abord, toi, Mathilde. Comment était-ce ?

J'hésitai un instant. Par où commencer ? Tout se bousculait dans mon esprit. Je revoyais, pêle-mêle, la scène de la nuit avec André devant nous, les faces grimaçantes des hommes qui m'entouraient lors de l'épisode du fauteuil, la jubilation horrible de la veuve Lemaire quand elle annonçait : « Aujourd'hui, je crache le sang », et, face à tant de laideur, le doux visage de sœur Madeleine qui me bénissait avec tendresse en affirmant : « Rassure-toi, tu ne mourras pas »...

— Laisse-la, Gabrielle, dit ma tante. Peut-être n'a-t-elle pas envie d'en parler.

Je fis un geste de dénégation. Au contraire, ce serait une façon de me libérer de ces souvenirs qui, je le craignais, me hanteraient encore longtemps. Alors je racontai tout, depuis le jour de mon arrestation. Et, au fur et à mesure que j'avançais dans mon récit, je voyais sur leur visage l'effroi, l'horreur, la consternation. Lorsque je m'arrêtai, Blaise posa une main sur la mienne, en un signe muet de réconfort et d'apaisement. Je vis l'immense amour de son regard, et je sus que grâce à lui je pourrais oublier.

Ma tante poussa un long soupir, avec indignation constata :

— Cette révolution, qui au début n'était dirigée que contre les nobles et les prêtres, voyez maintenant comment elle traite les enfants du peuple ! Elle s'en prend aux honnêtes gens, et elle a pour chefs des bandits. Ce Joseph Le Bon, comment le définir autrement ? Il terrorise toute la ville. Et sa femme ! Leur distraction préférée est d'assister aux exécutions. Ils obligent ceux qui habitent autour de la place à sortir de chez eux, pour applaudir lorsque « tombent les abricots », selon une expression de madame Le Bon. Et malheur à ceux qui montrent leur désaccord! Personne ne l'oserait, d'ailleurs. Bien nombreux sont ceux qui se taisent, laissant ces fauves faire la loi.

— Pourtant, dis-je en frissonnant à ce souvenir, ce matin, dans la salle, tous ces gens qui criaient « A mort! » et qui se réjouissaient à chaque condamnation...

— Ça, ce sont les claqueurs à gages de Joseph Le Bon. On les appelle les fainéants à vingt-deux sous. C'est la somme qu'ils reçoivent chaque jour pour assister aux séances du tribunal. Ils sont payés pour crier et réclamer la mort de leurs concitoyens.

— Est-ce possible? interrogea ma mère avec incrédulité.

— Mais oui! C'est un des membres du club qui l'a dit à Aimé en se faisant coiffer. Oh, rien ne nous surprend plus, mais nous ne pouvons rien dire, trop contents encore quand on ne nous traite pas de suspects. Il faut se méfier de tout le monde, sans exception. Ce Joseph Le Bon et sa femme emploient des jeunes garçons comme espions, qui leur rapportent tout ce qui se passe. Certains vont jusqu'à menacer leurs parents de les dénoncer s'ils désapprouvent tel ou tel événement, et les traitent de « sales aristocrates ».

Un autre souvenir me revint en mémoire:

— Et ces jeunes gens que j'ai vus, près de la guillotine, avec un drapeau « espoir de la patrie », que faisaient-ils là?

Ma tante leva les yeux au ciel:

— Là, ce n'est pas mieux. C'est le bataillon de Barra, en honneur à ce jeune Vendéen qui est mort assassiné en criant : « Vive la république! » Tous les garçons de treize à dix-sept ans ont été « invités » à en faire partie. Un jeune cousin d'Aimé a dû s'enrôler, contre son gré, mais comment refuser? Une telle invitation équivaut à un ordre, et si on n'y répond pas, on est un mauvais citoyen, donc suspect, donc guillotinable. On oblige ces enfants à assister aux exécutions, afin de les habituer à voir couler « le sang impur des aristocrates »!

— Quels aristocrates ? constatai-je amèrement. En prison, à part la vieille marquise, je n'en ai pas vu un seul.

— Je le sais bien, et ces garçons le savent aussi. Le plus désolant, c'est que certains deviennent durs et féroces, répondant ainsi aux vœux de Joseph Le Bon et de son entourage. Ils ont la garde de la guillotine, la nuit, et s'amusent à guillotiner des chats. Et on les appelle « espoir de la patrie », quelle ironie !

— Moi aussi, dit Gabrielle d'une voix tremblante, j'ai reçu une invitation et j'ai dû obéir.

— Ah oui, parlons-en ! s'exclama ma tante avec humeur. C'était pour une de leurs fêtes ; à chaque décadi, il y a une fête, avec des chars, des défilés, des chants patriotiques. Gabrielle a dû accepter de monter sur un char, près d'un soldat blessé qui représentait les défenseurs de la patrie et qui n'a pas cessé, tout au long du trajet, de lui faire des réflexions obscènes. Pauvre enfant ! Elle est descendue de là en larmes, jurant qu'elle n'accepterait plus une telle épreuve.

Gabrielle, qui n'avait pas encore quinze ans, rougit à la fois de colère et de honte :

— C'était horrible. Je crois que, s'il fallait recommencer, je préférerais encore la prison.

— Oh non, ne dis pas ça !

J'avais crié, sans pouvoir me retenir. Ma cousine eut un sourire d'excuse :

— Pardonne-moi, Mathilde, mais c'était tellement affreux !

— Ça ne peut pas l'être autant que la prison. Là aussi, tu recevrais des réflexions obscènes, tu serais même déshabillée et fouillée comme je l'ai été, et, je t'assure, c'est bien pire...

Ebranlée, Gabrielle hésita :

— Oui... oui, tu as sans doute raison.

— Et il y a eu aussi cette soirée au théâtre, reprit ma tante. On n'a pas pu y échapper. Des cartes sont envoyées à tour de rôle à tous les citoyens, sans exception. Cela leur est facile, avec cette pancarte qu'ils nous obligent à mettre à la porte, où sont écrits nos noms ; nous n'avons pas osé refuser. Heureusement, nous avons pris la précaution de ne pas mettre de beaux vêtements, une voisine nous avait prévenus. Invitée la semaine précédente, elle s'était habillée avec recherche, pensant faire bon effet. Joseph Le Bon se tenait près du contrôle et l'a renvoyée. « Quelle est cette tenue d'aristocrate ? lui a-t-il dit. Ici, nous ne voulons que des patriotes. »

— Eux-mêmes montrent l'exemple, dis-je en songeant à leur tenue débraillée.

— Si encore ce n'était que cela ! renchérit ma tante. Mais ce Joseph Le Bon est un fou, nous l'avons bien vu ce soir-là. Pendant le spectacle, il est subitement venu sur scène, parmi les acteurs, avec ses pistolets et son grand sabre qui traînait jusqu'à terre. Il s'est avancé et a apostrophé quelques femmes qui occupaient le devant d'une loge, en les insultant avec des mots que je n'oserais pas répéter. « Ces muscadines, criait-il, n'ont même pas eu l'honnêteté de se lever pour moi quand je suis venu dans leur loge. Jadis, quand il se présentait un roi dans un spectacle, tout le monde se levait. Et ne suis-je pas plus qu'un roi, moi, Joseph Le Bon, représentant du peuple ? » Il avait tiré son grand sabre, faisait des bonds et des sauts en écumant de rage. Les comédiens n'osaient plus bouger. Nous-mêmes, nous n'en menions pas large. Une vieille femme, assise près de moi, faillit se trouver mal. Il s'en est allé mais, à la fin de la séance, il est revenu pour chanter un hymne patriotique que nous avons dû tous reprendre en chœur. Nous sommes rentrés en tremblant encore. C'est un fou, vous dis-je, et dangereux en plus. Qu'allons-nous devenir, avec lui dans notre ville ?

Oppressée par ce récit, j'éprouvai un sourd malaise. Je ressentis le désir pressant de me retrouver dans notre petit village, loin de ce Joseph Le Bon terrifiant. Comme s'il avait compris, Blaise se leva :

— Nous allons partir maintenant. Mathilde doit avoir envie de revoir notre Bastien.

J'embrassai ma tante, ma cousine, et mon oncle Aimé qui était monté un instant entre deux clients. Il me regardait avec compassion et répétait :

— Eh bien, ma fille... ma pauvre fille...

Je fus incapable de leur promettre de revenir bientôt, comme je le faisais auparavant. J'avais besoin d'oublier, et je savais que les rues de Cambrai me rappelleraient longtemps les moments angoissants que j'avais vécus.

Blaise amena la carriole, qu'il avait remisée dans la cour. Je grimpai sur le banc de bois, d'un ton de prière chuchotai :

— S'il te plaît, ne passe pas par la place.

Il eut un regard plein de compréhension et de tendresse.

— Je sais, dit-il simplement.

Ma mère s'installa près de moi, et nous partîmes. Blaise évita soigneusement la place mais, alors que nous arrivions à proximité, je ne pus m'empêcher d'entendre les roulements de tambour, les vociférations de la foule, et les nombreuses acclamations :

— Vive la république !

— Mort aux tyrans !

Je devinai trop bien ce que cela signifiait, et je refusai de penser à mes compagnons de ce matin. Le sort terrible qu'ils connaissaient maintenant, j'avais bien cru le partager moi aussi.

Je ne fus rassurée que lorsque nous fûmes sortis de la ville, après avoir franchi la porte de Selles. Alors seulement, j'eus l'impression que quelque chose en moi se dénouait. Je relevai la tête, regardai le ciel, remarquai les envolées gracieuses des hirondelles, contemplai les champs, me rendant compte combien tout cela m'avait manqué. Je fermai les yeux, offris mon visage au soleil. Je constatai avec un étonnement émerveillé :

— J'ose à peine y croire, j'ai l'impression de rêver. Je m'étais résignée à mourir, j'étais tellement sûre que je serais guillotinée. Je n'arrive pas encore à comprendre comment ils m'ont acquittée.

Ma mère échangea avec Blaise un regard complice.

— Nous en avons une petite idée, nous. N'est-ce pas, Blaise?

Pour toute réponse, il sourit. Intriguée, je demandai:

— Qu'est-ce que cela signifie?

Ma mère me serra le bras avec affection:

— Dès ton arrestation, nous avons essayé de t'aider. Nous nous sommes heurtés à bien des obstacles, mais Sylvain nous a aidés.

J'eus un cri de surprise:

— Sylvain?... Mais... pourtant...

— Oui, je sais, soupira ma mère, il a sa responsabilité dans ce qui t'est arrivé. Mais il a bien regretté son zèle, et il a multiplié les démarches pour obtenir ta libération. Ce qui nous faisait peur, surtout, c'était que tu serais jugée par le tribunal de Joseph Le Bon. Il a une réputation tellement horrible!

— Sur le conseil de Sylvain, dit Blaise, je suis allé le voir.

Je ne pus réprimer un sursaut:

— Voir qui? Joseph Le Bon?

Il me sourit de nouveau, les yeux emplis d'une immense tendresse:

— Lui-même, oui.

Je demeurai muette. Blaise eut une expression amusée:

— Ne prends pas cet air stupéfait. Je suis allé le trouver lorsque nous avons appris que tu étais transférée à Cambrai. Par Aimé, nous savions certaines choses, et notamment que beaucoup de gens s'adressaient à lui pour demander la libération de prisonniers arrêtés injustement. Cela avait fini par le lasser, à tel point qu'il avait fait mettre, au-dessus de sa porte, une pancarte avec une inscription: « Ceux qui entreront ici pour solliciter l'élargissement des détenus n'en sortiront que pour être mis en arrestation. »

Je retrouvai ma voix:

— Oh, Blaise! Et malgré cela, tu...

Il garda les rênes dans une seule main, passa son bras libre autour de mes épaules, avec amour me serra contre lui:

— Oui, malgré cela. Comment te décrire ce qu'a été ma vie, sans toi, sans nouvelles, en imaginant dans quelles conditions tu devais vivre ? C'était un véritable supplice, Mathilde. Il fallait que je tente tout ce qui était en mon pouvoir pour te faire revenir.

— Et comment Joseph Le Bon a-t-il réagi ?

— D'abord, à mon grand étonnement il m'a fait entrer dans son bureau. « Viens-tu pour dénoncer quelqu'un ? » a-t-il demandé. Comme je répondais non, il s'est mis en colère. « Pourquoi viens-tu, alors ? » J'ai dit que c'était pour lui signaler une arrestation injuste, et le prier d'élargir une personne innocente, incarcérée à la prison des Anglaises. Il est devenu encore plus furieux, m'a attrapé le bras, l'a secoué en criant : « Elargir ! Tu oses me demander d'élargir quelqu'un ! Sache que je n'élargis pas, je raccourcis ! Et tu vas y passer, toi aussi. N'as-tu pas lu ceci ? » Il me montrait, dans le vestibule, le placard avec la terrible inscription.

— Blaise, tu risquais de te faire arrêter !

— A cet instant-là, je l'ai cru, en effet. Je voulais parler, mais il ne m'écoutait pas. Je ne savais plus que faire. C'est alors qu'une femme est entrée dans le bureau. Elle tenait dans les bras un enfant de l'âge de Bastien, une petite fille. Leur apparition a suffi à calmer Joseph Le Bon. « Que veux-tu, Mimie ? » a-t-il demandé. La femme n'a pas répondu. Elle me détaillait avec insolence et curiosité. Alors, je n'ai plus hésité. Je me suis adressé à Joseph Le Bon qui – si je ne l'avais pas vu, je ne le croirais pas – souriait avec tendresse à son enfant. « Vois, citoyen, lui ai-je dit, si ta femme était arrêtée injustement et si tu te retrouvais seul avec ton enfant, tu essaierais de la sauver. Eh bien, c'est ce que je fais, et tu ne peux pas m'en vouloir. » Je crois que mon raisonnement a réussi à l'ébranler. Il m'a laissé exposer les faits, et m'a promis de faire une enquête à ton sujet. Ce serait finalement le tribunal qui jugerait car, a-t-il déclaré avec importance, « si nous traquons impitoyablement les ennemis de la révolution, nous ne sommes pourtant pas des assassins, et nous nous efforçons de ne pas guillotiner des innocents ». Je l'ai remercié, et je suis reparti avec cette promesse. Mais, alors que je sortais, j'ai entendu sa femme lui dire : « Joseph, tu es trop bon. Tu vas encore te laisser avoir. Qui est-il, celui-là, avec son affreux visage brûlé ? »

— Quelle horrible femme ! En prison, j'ai entendu de nombreux racontars à son sujet. C'est elle qui, bien souvent, envoie les gens à la guillotine.

— Elle est responsable de beaucoup d'arrestations, dit ma mère. Séraphine raconte qu'elle se promène dans les rues, au bras de son mari, et lui signale les femmes qui ne lui plaisent pas : « Regarde celle-là, elle a une mine d'aristocrate. » Et Le Bon l'approuve : « Oui, Mimie, tu as raison. Je vais arranger ça. »

— Alors, reprit Blaise, quand j'ai entendu ses paroles, j'ai pris peur. J'ai pensé qu'elle allait influencer défavorablement son mari, et que ma visite avait été inutile. Pire, elle obtiendrait l'effet contraire.

— C'est pourquoi, continua ma mère, après avoir bien réfléchi, je suis allée la voir.

De nouveau, j'eus un mouvement de surprise. Je me tournai vers ma mère, vis son regard déterminé, ne pus m'empêcher de sourire :

— Oh, mère... vous êtes terrible ! Qu'avez-vous fait, exactement ?

— Eh bien... Séraphine m'a rapporté ce qu'on dit de madame Le Bon : elle a beaucoup de pouvoir, elle est cupide et intéressée. Par exemple, elle accapare les bijoux des victimes, qu'elle porte lors des exécutions. Alors – pardonne-moi, Mathilde –, je lui ai offert les boucles d'oreilles en or que t'avait données Amélie avant d'émigrer. Je sais bien que ce cadeau t'appartenait, mais je n'avais rien d'autre à lui donner. Nous ne sommes pas riches ; quant aux louis d'or que tu possèdes, j'ai eu peur qu'ils ne soient taxés d'aristocratie. Et puis, c'est la même chose, ils sont à toi. Mais il s'agissait de ta vie, et pour nous elle est bien plus précieuse qu'un bijou.

Emue, je lui serrai la main.

— Vous avez très bien fait, approuvai-je d'une voix enrouée. Quand Amélie m'a donné ces pendants d'oreilles, elle n'a jamais pensé qu'un jour ils me sauveraient la vie. Qu'a-t-elle dit, cette madame Le Bon ?

— Je me suis présentée chez elle en lui expliquant que, comme elle, j'étais une mère, et je lui demandais de m'aider à sauver mon enfant, qui était innocente. « Je sais, ai-je dit, que ton mari est intègre, et qu'il ne te donne pas l'argent dont tu as besoin pour ta toilette. Si je peux t'aider, en échange de l'immense service que je te demande, permets-moi de t'offrir ceci. » En voyant les boucles d'oreilles, ses yeux se sont mis à briller. Elle a tendu la main, les a prises, les a essayées tout de suite. « Je te remercie, citoyenne. Je parlerai à Joseph. Si, comme tu le dis, ta fille est innocente, elle sera libérée. » Eh bien, quoi qu'on puisse dire, elle a tenu parole, n'est-ce pas ?

— C'était sans doute pour ça, dis-je pensivement, qu'elle était au procès avec son mari. Et moi qui croyais, au contraire...

Dans un élan de tendresse, j'embrassai ma mère, puis Blaise :

— Merci ! Merci à vous deux. Si je suis ici, c'est à vous que je le dois !

— Et surtout, dit Blaise, je voulais retrouver ma femme, et rendre sa maman à Bastien. Il va être heureux de te revoir. Vois, ajouta-t-il, nous y sommes presque.

Au-delà des arbres, les premiers toits de chaume apparaissaient. Une impatience soudain me mettait des picotements dans les mains, et instinctivement je me tendais vers l'avant. Comme j'avais hâte d'arriver !

— Que s'est-il passé au village en mon absence ? demandai-je. Tout le monde va bien ?

Ma mère hocha la tête.

— Oui, tout le monde va bien. Surtout, ils attendent ton retour. Je n'ai pas encore eu le temps de te dire, Nicolas et Pauline ont prévu de se marier. Il y a longtemps qu'elle l'aime, paraît-il, et je n'avais rien vu.

— Nicolas et Pauline ! dis-je avec une joie sincère.

Comme elle doit être heureuse! J'avais deviné, moi, qu'elle était amoureuse de lui. Mais je ne savais pas si Nicolas...

— Elle est beaucoup venue pendant ton absence. Elle te remplaçait pour traire les vaches le matin. Nicolas a dû être sensible à sa présence douce, silencieuse et efficace. Et puis, aussi, nous avons eu une autre lettre de François.

— François! Que dit-il? Et Germain?

— C'est une lettre très courte. Ils disent juste qu'ils se portent bien. Ils sont maintenant sous les ordres du général Pichegru, qui a remplacé Jourdan à la tête de l'armée du Nord. Leur lettre date du mois de mars – le 6 germinal. Depuis, nous ne savons rien de plus.

Lentement, nous approchions. Je revoyais avec émotion les premières maisons, le moulin sur la colline, le clocher de l'église.

— Qu'y a-t-il, en haut du clocher?

Blaise leva la tête, répondit avec un haussement d'épaules:

— La croix a été enlevée. A la place, il y a un bonnet de la liberté peint aux trois couleurs.

— La même chose a été faite à Douai, ajouta ma mère. On continue à faire disparaître tout ce qui a rapport à la religion. Et en parlant de religion, Casimir a appris que notre curé était emprisonné au couvent Sainte-Catherine-de-Sienne, à Douai, avec d'autres prêtres réfractaires et âgés. Nous y sommes allés pour essayer de le voir, ou, tout au moins, lui apporter quelques vivres, mais il était trop tard. Le gardien nous a annoncé qu'il était mort et enterré.

— Mort, notre curé! Mort en prison!

— Sans doute d'une maladie due aux mauvais traitements et aux privations, constata ma mère avec rancune. Lui si bon! Il ne méritait pas de finir ainsi.

Avec tristesse, je revoyais le vieil homme aux cheveux blancs, debout à l'arrière du chariot, lorsqu'il avait quitté notre village pour ne plus y revenir. J'eus envie de pleurer.

— Quant à Sylvain Busquet, reprit Blaise, il a l'intention d'acheter le château. Il dit que c'est sa revanche.

— Acheter le château! Mais... comment?...

— Le comte est mort, son fils a été guillotiné. La comtesse et Amélie sont émigrées. Confisqués, leurs biens sont déclarés biens nationaux. S'ils sont mis en vente, ils ne coûteront pas cher, et Sylvain a déjà annoncé à tout le monde que le château serait pour lui.

Ma mère s'agita:

— Peut-être pourrons-nous devenir propriétaires de notre ferme, Mathilde. Elle fait partie des biens, elle aussi. Si le prix n'est pas trop élevé, nous l'achèterons. Elle sera à nous. Tu te rends compte, Mathilde? Enfin, nous posséderons notre maison!

Blaise eut un sourire mi-triste, mi-ironique.

— C'est un des avantages de la révolution. Comme dit Sylvain, elle apporte des changements favorables même si elle guillotine la plupart des gens.

Je posai enfin la question que je retenais inconsciemment:

— Est-ce Sylvain qui m'a dénoncée?

Ma mère baissa la tête:

— Non, ce n'est pas lui, dit-elle d'une voix sourde. Enfin, pas entièrement. La vraie coupable, c'est Noémie, qui est allée te dénoncer au comité de surveillance.

Noémie! Pas un instant je n'avais pensé à elle. J'eus la vision du regard venimeux que, parfois, elle me lançait, et que j'avais toujours ignoré. « Prends garde, m'avait dit Pauline, elle est jalouse et cherche à te faire du mal. » Je ne l'avais pas crue; j'avais eu tort.

— Comment a-t-elle pu?... balbutiai-je, blessée par une telle méchanceté.

— Je n'ai jamais vu Ignace aussi furieux, déclara ma mère. Il a battu Noémie si fort que Joséphine a pensé qu'il allait la tuer. Ensuite il l'a enfermée dans sa chambre pendant des jours, en lui interdisant de sortir. Joséphine, effondrée, passait son temps à pleurer. Et tout le monde, dans le village, était outré.

Un souvenir me revint :

— Mais, au tribunal, le président m'a dit : « La personne qui t'a dénoncée a émigré. »

Ma mère eut un long soupir :

— Ils sont partis, peut-être un mois après ton arrestation. D'abord, je crois qu'ils avaient honte, ensuite, Ignace commençait à prendre peur pour lui. Il avait bien souvent tenu des propos contre-révolutionnaires, et il craignait d'être dénoncé à son tour. Joséphine, de son côté, se plaignait que son magasin ne marchait plus, depuis la loi du maximum. Pour finir, ils ont été volés plusieurs fois.

— Volés ? dis-je avec surprise.

— Oui, ça n'était jamais arrivé auparavant. La première fois, on ne leur a pris que des marchandises, du sucre, du tabac, du vin. Ignace a un instant soupçonné Romain, le marchand d'allumettes qui vient de Raimbeaucourt et qui passe régulièrement. Cette nuit-là, il lui avait offert l'hospitalité. Mais, outre que ces marchands sont réputés pour leur conduite irréprochable, il y avait un trou dans le mur du jardin, et dans la paroi de la cave. Donc le voleur venait de l'extérieur.

— On ne l'a pas retrouvé ?

— Non, on n'a jamais su qui il était. Est-ce quelqu'un du village ? Est-ce, au contraire, un vagabond ? Ce serait plus probable. Il y en a de plus en plus, et ce sont quelquefois de véritables brigands. Deux autres vols ont suivi ; la seconde fois, c'était des pièces de tissu, et ensuite, de l'argent – des écus que Joséphine gardait précieusement dans un pot en terre. De plus, depuis la vilaine conduite de Noémie, tout le monde les regardait de travers. Certains, même, ne se gênaient pas pour les menacer de la prison et de la guillotine. Alors ils ont décidé de s'en aller. Un matin, on a vu leur maison fermée et ils n'étaient plus là. Ils étaient partis pendant la nuit.

Combien de changements, durant mon absence ! Pourtant, alors que nous arrivions à l'entrée du village, je regardais autour de moi. Tout était semblable. Je retrouvais les rues bordées d'arbres et de fossés profonds, les maisons basses au toit de chaume, l'église toujours transformée en atelier de salpêtre, et, là-bas, à l'écart, dominant tout, le château fermé et inhabité, tout ce que j'avais bien cru ne jamais revoir... Une profonde émotion nouait ma gorge.

L'accueil qui me fut fait me donna l'impression d'être l'héroïne d'une fête. Les premiers habitants qui m'aperçurent crièrent aux autres :

— Mathilde est là ! Elle est revenue ! Venez, c'est Mathilde !

Ce fut une véritable ruée. Tout le monde sortait des maisons. Des hommes, des femmes, des enfants. Ils entouraient la charrette, avec une expression où se mêlaient joie et curiosité. Ils m'interpellaient, me posaient des questions, s'exclamaient :

— Comme elle a maigri !

— As-tu beaucoup souffert, Mathilde ?

— Ça fait plaisir de te revoir !

Les larmes aux yeux, je ne pouvais pas répondre. Je voyais, pêle-mêle, les visages de ceux que je connaissais depuis toujours. A un moment, je remarquai, derrière eux, à la porte de sa ferme, Sylvain Busquet qui me regardait. Nos yeux se croisèrent. Il détourna la tête avec gêne. Je n'y fis pas davantage attention ; nous arrivions chez nous. Mon père, mon frère Nicolas, Louis et Jean-Marie s'avançaient. Le petit garçon tenait un bouquet de fleurs qu'il m'offrit. Mon père vint tout près, me reçut contre lui alors que je descendais de la carriole. Je le sentis trembler :

— Mathilde... dit-il tout bas. Ma petite...

Il renifla, retint ses larmes. Nicolas m'embrassa avec une fraternelle affection, Louis murmura :

— Je suis bien content, Mathilde, bien content...

— Moi aussi, tu sais, Mathilde ! claironna Jean-Marie qui tournait autour de nous.

Etourdie, heureuse, je leur souriais. Je vis arriver Justin. Avec un regard lumineux, il me caressa le visage de ses mains :

— Mathilde, mon enfant... Enfin ! Comme tu nous as manqué !

Lorsque la boule qui m'obstruait la gorge me permit de parler, je demandai :

— Et Bastien ? Où est-il ?

— Dans la chambre, me dit Justin. Il fait sa sieste.

Rien n'aurait pu me retenir. Je bondis, j'entrai dans la maison, je courus en traversant la grande salle, et je m'arrêtai enfin dans la chambre, haletante. Dans le berceau, mon enfant dormait. Je le contemplai passionnément. Comme il était beau ! En trois mois il avait grandi, grossi ; ses cheveux étaient plus longs et bouclaient sur sa nuque. Au rythme de sa respiration, ses cils tremblaient. Une moue gonflait sa lèvre, et dans son sommeil il souriait. Mon cœur fondit.

Un long moment passa ainsi puis, sous mon regard, il se réveilla. Il ne fut pas surpris de me voir penchée sur lui. Il me considéra longuement, les yeux graves, l'air interrogateur. Puis, d'un seul coup, son visage s'illumina. Il poussa un petit cri joyeux, tenta de se redresser, me tendit les mains. Alors je le pris contre moi et le serrai à l'étouffer. Je le couvris de baisers, lui murmurai des paroles d'amour et de tendresse. Et dans mes bras, tout en m'écoutant, il roucoulait de ravissement.

Je repris lentement des forces. Pendant les premiers jours qui suivirent mon retour, je me laissai vivre. Je ne quittais pas mon enfant, comme pour compenser ces longues semaines où nous avions été séparés. Je profitais du soleil, sur le banc du jardin, avec Bastien sur mes genoux ou à mes pieds. Je sentais, petit à petit, s'éloigner cette lassitude, ce dégoût de vivre qui, en prison, avaient fini par me rendre indifférente à tout. Les progrès de Bastien m'étaient un continuel émerveillement. Il avait bientôt un an et commençait à se tenir sur ses petites jambes, d'une manière malhabile qui m'attendrissait. Grâce à lui, grâce aussi à l'amour patient et calme de Blaise, je retrouvai peu à peu mon équilibre.

A Justin aussi, j'avais tout raconté, mais, depuis, je ne voulais plus en parler. Les gens du village, parfois, m'interrogeaient; j'éludais leurs questions. Je ne parvenais pas à supporter leur sympathie apitoyée derrière laquelle je décelais une curiosité qui me blessait.

— Laissez-la, conseillait Blaise, elle préfère oublier.

Alors ils interrogeaient ma mère, qui leur racontait ce qu'elle savait. Ils répétaient ses propos à d'autres, et leurs paroles me revenaient déformées. Je m'indignais, au bord des larmes: ne pouvaient-ils me laisser tranquille? J'avais encore, parfois, les nerfs à vif. Il m'arrivait de me demander si je finirais par guérir complètement.

Pauline vint me voir. Elle me parla de Nicolas, qu'elle allait épouser bientôt. Son enthousiasme, son impatience me firent sourire.

— Je suis heureuse, Mathilde! Cela faisait des années que j'attendais, et c'était si long... Je t'ai enviée, lorsque tu as épousé Blaise. Maintenant, ça va être mon tour. Je vais vivre avec Nicolas, nous occuperons ton ancienne chambre. Tes parents sont ravis. Mes bras seront utiles à la ferme, disent-ils, et il est vrai que le travail ne me fait pas peur. Ils sont soulagés depuis que tu es revenue, ils ont eu si peur de te perdre! C'est François, maintenant, qui les inquiète. Où est-il? Que devient-il? Avec ces combats qui ont lieu sans cesse, comment ne pas craindre pour sa vie?

Et pour celle de Germain, pensais-je souvent. Mon jeune beau-frère me manquait. Je me disais qu'avec lui j'aurais retrouvé plus vite ma joie de vivre. Je me souvenais de ses taquineries, de notre complicité, de nos fous rires, et une nostalgie me venait de ces bouffées de jeunesse que sa présence mettait dans la maison.

Ma mère, après un voyage à Cambrai, m'apporta des nouvelles. La guillotine avait été démontée, en vue des fêtes du 14 juillet; de plus, le Comité de salut public avait décidé de supprimer les tribunaux révolutionnaires de Cambrai et d'Arras. D'après un discours de Joseph Le Bon au Temple de la raison, les traîtres seraient dorénavant jugés à Paris, et la guillotine ne fonctionnerait plus que dans la capitale.

— Il n'y a plus eu d'exécution depuis le 26 juin, annonça ma mère. Ce jour-là, on a guillotiné quatre sœurs de la Charité d'Arras, et beaucoup de gens ont été révoltés en les voyant dans la charrette qui les menait à la mort. La plus âgée des sœurs, m'a dit Séraphine, ne cessait de bénir la foule et de répéter : « Ne craignez rien, nous serons les dernières victimes. Demain, la persécution aura cessé. »

Je n'eus pas un instant de doute : sœur Madeleine ! C'était elle, j'en étais persuadée. Elle qui m'avait dit, tant de fois : « Tu ne mourras pas, tu retrouveras les tiens... » Ainsi, elle avait été guillotinée, avec ses compagnes ! Ses paroles, sa douceur, son courage me revinrent en mémoire, et je versai des larmes amères.

Un jour où je me sentis mieux, j'allai rendre visite à ma sœur, à Douai. Je retrouvai la petite ville avec plaisir, essayant de ne pas penser à ce jour où je l'avais traversée entre deux gendarmes, les mains liées comme une criminelle. Alors que j'arrivais rue de la Révolution, je vis venir vers moi, en courant, ma nièce Angélique :

— Tante Mathilde ! Venez voir ce qu'ils font ! Il faut les arrêter !

Elle tremblait et semblait prête à pleurer. Elle me prit la main, m'entraîna rapidement. Dans une encoignure de porte, deux garçons d'environ douze ans nous tournaient le dos. Penchés sur un objet que je ne voyais pas, ils étaient si occupés qu'ils ne m'entendirent pas arriver.

— Regardez ce qu'ils font, souffla Angélique. C'est affreux !

Je m'approchai. L'un des garçons était Philippe, le fils de ma sœur. Il observait, fasciné, les gestes de son compagnon qui, visiblement, s'appliquait à une entreprise délicate. Je regardai mieux, ne pus réprimer un sursaut d'horreur. L'enfant tenait, dans ses mains, une petite guillotine en bois, réplique exacte de celle que j'avais vue à Cambrai, et qui me donnait encore des cauchemars. Il essayait d'y placer une souris vivante. La pauvre bête, terrorisée, couinait désespérément. Il parvint à la fixer, fit basculer la petite planche, d'un coup sec abattit le couperet. Tranchée net, la tête se détacha du corps et tomba sur le sol, tandis que le sang giclait. Je ne pus me retenir. Horrifiée, je criai :

— N'avez-vous pas d'autres jeux ? C'est honteux, ce que vous faites là !

Les deux garçons relevèrent la tête. Philippe parut confus, mais l'autre haussa les épaules avec une grossièreté qui me donna envie de le gifler, et s'en alla calmement. Je m'en pris à Philippe :

— Comment peux-tu fréquenter un tel garnement ?

Angélique bégaya :

— C'est Martin, il passe son temps à guillotiner des souris et des oiseaux.

Je regardai Philippe avec sévérité :

— Qui est ce Martin ?

Il baissa la tête :

— C'est un garçon qui va à l'école avec moi. Son père est pour la révolution, il lui a acheté ce jouet. Il m'a dit : « Viens, nous allons jouer aux patriotes. » Mais je ne savais pas ce qu'il allait faire, je vous l'assure, tante Mathilde.

En voyant sa pâleur, je le crus. Je le savais sensible, et je le soupçonnais de n'avoir pas apprécié cette scène. Moi-même, je me sentais mal à l'aise, et en même temps outrée. Des enfants qui guillotinaient des animaux, en attendant de faire comme leurs pères, pouvoir guillotiner les gens. C'était atroce.

Je tançai vertement Philippe, je lui enjoignis de ne pas recommencer. Lorsque j'arrivai chez ma sœur, je tremblais encore. Je ne pus m'empêcher de lui raconter l'incident. Elle ne parut pas surprise. Elle soupira :

— Je sais bien, c'est la nouvelle mode. La plupart des enfants s'amusent à ce jeu-là, maintenant. La guillotine est partout : en jouet, en bijou, en ornement. Un collègue de Casimir en a fait graver une sur sa tabatière. Les gens sont fous, Mathilde, ils ne se rendent pas compte.

Je commençais lentement à me remettre :

— Je n'aurais peut-être pas dû être aussi violente avec Philippe, mais je n'ai pas réfléchi. Quand je vois cet affreux couperet, ça me rappelle que j'ai bien cru, à un certain moment...

Je m'arrêtai, ravalai un sanglot. Ma sœur me regarda avec sollicitude :

— Je comprends, Mathilde. Moi-même, je suis passée sur la place, un jour où il y avait une exécution. Je n'oublierai jamais... ces cris de la foule, et la tête dégoulinante de sang, que le bourreau promenait par les cheveux aux quatre coins de l'échafaud, en criant : « Vive la république. » Je ne peux pas comprendre comment certains supportent ça, ils paraissent même y prendre plaisir...

— Peut-être allons-nous être libérés de ce genre de spectacle. Il paraît qu'il n'y aura plus qu'une seule guillotine à Paris.

— Ce sera toujours ça, dit ma sœur en frissonnant. Mais y aura-t-il moins d'arrestations ? Tant que Joseph Le Bon sera dans la région... Et ils organisent des fêtes, fête de l'Etre Suprême, fête du 14 juillet, et nous recevons des invitations, et nous devons y aller, et applaudir, et chanter, et crier « Vive la liberté ! », comme si nous étions heureux et satisfaits. Quelle comédie ! Personne n'oserait refuser, de peur de paraître suspect. Vois-tu, Mathilde, je me demande de plus en plus où tout cela va nous mener.

Moi, je ne me le demandais plus. J'étais bien trop heureuse d'être rentrée chez moi, après avoir craint pour ma propre existence. Alors je me contentais de vivre sans plus me poser de questions.

L'été passait lentement. La chaleur devint accablante. Mon père fulminait contre la sécheresse qui, disait-il, ne valait rien pour la prochaine récolte. Le souvenir de mes semaines de prison peu à peu s'estompait. Entre Blaise et

Bastien, avec l'affection paternelle de Justin, de nouveau je m'épanouissais.

Subitement, le cours des événements changea. Le 9 thermidor – 27 juillet 1794 – Robespierre, victime d'une coalition, succomba. Il fut guillotiné le lendemain. Le 2 août, Joseph Le Bon, à son tour, fut arrêté. On disait que, dès la mort de Robespierre, il avait quitté immédiatement Cambrai et s'était rendu à Paris, où il avait été incarcéré au Luxembourg. Sa femme, affolée, s'était réfugiée avec leur enfant chez sa mère, à Saint-Pol. Je ressentis une satisfaction que je ne cachai pas ; ainsi, le bourreau connaissait maintenant le sort de ses victimes. Après avoir tant joué avec la vie des autres, il allait craindre pour la sienne. Ce n'était que justice.

Chacun donnait son avis : Joseph Le Bon hors d'état de nuire, la guillotine enlevée, peut-être la Terreur allait-elle s'éloigner ? Ceux qui avaient un parent ou un ami en prison se reprenaient à espérer. Et puis, peut-être pourrions-nous, dorénavant, vivre sans la peur continuelle de mal agir, de déplaire, sans la hantise d'être dénoncé, d'être arrêté, sans le besoin de se méfier de tout le monde. Une décision de la Convention vint appuyer cet espoir : les fameux comités de surveillance n'étaient maintenus que dans les chefs-lieux de district et les villes de plus de huit mille habitants. Dans des villages comme le nôtre, ils n'existaient plus. Ce fut, pour tous, un réel soulagement ; nous eûmes l'impression de respirer plus aisément.

Un autre espoir se fit jour. La guerre, peut-être, allait se terminer. Les soldats ennemis avaient été repoussés. Les victoires de Tourcoing et de Fleurus avaient amené l'évacuation d'Orchies, Le Cateau, Saint-Amand. Lorsque arriva le 1er septembre, les villes de Condé, Valenciennes, Landrecies, Le Quesnoy avaient été reprises par les Français[1]. Notre région, enfin, était libérée. Mes

1. C'est à cette occasion que fut inaugurée la première ligne télégraphique Paris-Lille, qui apporta à la Convention l'annonce de ces victoires.

parents, Justin, et tous ceux du village qui avaient un fils aux armées se posaient la question : allaient-ils revenir, maintenant ?...

La guillotine fut démontée à Douai. Les prisons, peu à peu, ouvrirent leurs portes, et beaucoup de détenus arrêtés arbitrairement furent élargis. Mais ce fut tout. La répression concernant les prêtres resta toujours aussi sévère. Notre église, qui ne servait plus d'atelier de salpêtre, puisque la guerre s'éloignait, fut de nouveau fermée. Et les jours passèrent sans voir le retour de nos jeunes gens.

A l'automne, les biens du comte de Bryars furent mis en vente. Comme l'avait dit Sylvain Busquet, il acheta le château. Propriétaire de cette imposante construction qui, pendant tant d'années, avait représenté le symbole de sa haine, il laissait éclater sa satisfaction. A ceux qui, comme sa mère, risquaient une observation, disant qu'il s'encombrait d'une bâtisse qui ne lui servait à rien, il répondait :

— Vous ne pouvez pas comprendre. C'est ma revanche, la dernière, la plus belle, telle que je n'aurais jamais osé l'espérer. Chaque soir, après ma journée de travail, je vais m'y promener, je parcours chaque pièce, l'une après l'autre. Je me dis que tout ça est à moi, moi le fils de l'homme qu'ils ont envoyé aux galères – et à la mort. Et je suis heureux.

Quant à mon père, il put acquérir, à un prix abordable, la ferme ainsi que les terres qui en dépendaient. Lors de la vente, personne ne vint faire monter les enchères ; tout le monde dans le village savait combien il était désireux d'être enfin propriétaire de la maison où il avait toujours vécu. Ce jour-là, lui aussi rayonnait. Et ce n'était pas un plaisir basé sur une revanche enfin assouvie, c'était une joie nouvelle, pure, sincère. Il me montra les papiers avec une fierté d'enfant :

— Vois, Mathilde, c'est écrit là : maintenant, la ferme m'appartient, et les champs. Je ne dois plus rien à personne, tout est à moi.

Ma mère sourit un peu tristement :

— Au moins, en dépit de toutes nos épreuves, nous aurons obtenu ça. Mais est-ce que ça compense tout le reste ?

— Hé ! reprit mon père. On aurait très bien pu ne rien avoir du tout. C'est important, ça : nous avons un toit qui est à nous, et la sécurité. Nous sommes libres, nous ne dépendons plus du bon vouloir d'un maître qui pouvait nous mettre dehors s'il en avait envie. Il faut admettre quand même que, là-bas à Paris, malgré leurs erreurs, ils font un effort pour établir plus de justice et d'égalité entre les citoyens.

Ma mère s'insurgea :

— Et ta fille qui a failli être guillotinée ? Et ton fils à la guerre ? Tu l'oublies, peut-être ?

Mon père baissa la tête, sa joie un instant gâchée :

— Non, je ne l'oublie pas. Mais c'est terminé, ça. Tout va aller mieux, maintenant.

Cette affirmation s'avéra trop optimiste. La récolte fut mauvaise. De plus, l'inflation s'aggrava brutalement, provoquée surtout par la circulation des faux assignats contre lesquels le tribunal révolutionnaire avait été si sévère. De plus, au début de l'hiver, un décret supprima le maximum des prix, ce qui entraîna immédiatement la hausse de toutes les marchandises. Ma sœur se plaignait : à Douai, à cause du manque de subsistances, les habitants n'avaient droit qu'à une livre de pain par jour. Le grain manquait sur les marchés. Les désordres y devenaient quotidiens. Des femmes pillaient les approvisionnements de pommes de terre, et de nouveau la force armée fut nécessaire pour maintenir l'ordre.

Des réquisitions furent ordonnées dans les villages. Il fallut fournir, à plusieurs reprises, des rasières de blé, que des chasseurs à cheval emmenaient à Douai. Ces convois eux-mêmes étaient quelquefois pillés. L'un d'eux fut arrêté, un jour, par un groupe d'environ vingt femmes, qui déchargèrent les sacs de blé et s'en emparèrent, malgré la présence des deux chasseurs qui, sabre au clair, tentèrent de les en empêcher. A Douai, nous racontait ma sœur, les rues la nuit n'étaient pas sûres ; brigands et voleurs cherchaient à s'accaparer le bien d'autrui. Faute d'huile, la municipalité ne pouvait pas éclairer la ville. Les actes de malveillance devinrent si nombreux que cinq guetteurs furent placés en haut du beffroi, annonçant aux habitants leur surveillance au moyen d'une trompe qu'ils faisaient sonner, au lieu du carillon de la demi-heure, le jour comme la nuit.

L'incertitude revenait. On craignait de nouvelles émeutes. Je me souvenais de celles auxquelles j'avais été mêlée : à Cambrai, avec ma mère, en mai 1789 ; à Douai, avec ma sœur, en mars 1791, lorsque nous avions assisté, impuissantes, à la pendaison de ce pauvre Derbaix, victime d'une foule en furie. Je ne me sentais plus capable de supporter de nouveau une telle violence. Le fragile équilibre que j'avais réussi à retrouver, depuis ma sortie de prison, était trop précaire. J'avais besoin de calme, de sécurité. Je ne sortais plus de notre petit village, et même là, je ne m'intéressais plus à ce qui s'y passait. Je me calfeutrais chez moi, je vivais en vase clos, avec mon mari et mon enfant. Pour le moment, cela me convenait parfaitement.

Cet état d'esprit fit que je n'assistai pas, cette année-là, à la messe de Noël clandestine. L'abbé Lemaire n'était plus dans la région. Il avait décidé d'émigrer lorsque Joseph Le Bon s'était installé à Cambrai, afin de ne pas compromettre davantage ceux qui le cachaient ; il savait que, pour lui, ils risquaient la mort. Ce fut l'abbé Dubrulle qui fit la messe dans un village éloigné. Un autre de ces prêtres qui, comme l'abbé Lemaire, en se cachant continuellement, allaient partout où on les demandait, pour secourir les malades et baptiser les nouveau-nés.

Mes parents s'y rendirent, ainsi que Nicolas et Pauline. En prévision de leur futur mariage, ils voulaient demander à l'abbé Dubrulle de faire pour eux une messe et de les bénir, afin d'être unis religieusement. Pour ma part, je demeurai chez moi, avec Blaise et Bastien, et Justin qui, enrhumé et fiévreux, ne tenait pas à affronter le froid. En regardant Bastien dormir, je me posais la question que, déjà, je m'étais posée l'année précédente: que seraient les Noëls de mon enfant? Des messes faites en cachette, où l'on se rendait furtivement? Ou bien rien du tout, puisque dans le nouveau calendrier, cette fête n'existait plus? J'en parlai à Blaise qui, selon son habitude, me conseilla de ne pas me torturer l'esprit avec un état de choses devant lequel j'étais impuissante. Mais je ne parvins pas à l'écouter. Je ne pouvais pas m'empêcher de m'inquiéter. D'autant plus que mon fils devenait un vrai petit homme. Il marchait, commençait à parler. Blaise l'élevait avec sévérité et amour. Justin l'adorait. Il existait entre eux une entente complice et tendre. Souvent, le grand-père prenait son petit-fils sur ses genoux, et, avec un air mystérieux, lui racontait une histoire ou une légende. L'enfant, un doigt dans la bouche, écoutait avec de grands yeux attentifs et graves. Pendant ce temps, j'allais et venais dans la pièce, préparais le repas, tout en les observant avec affection. Je demandais:

— Croyez-vous qu'il comprend ce que vous lui dites, père Justin?

Justin se tournait vers moi, offusqué:

— Mais bien sûr qu'il comprend! Regarde comme il écoute.

Je souriais à mon fils; immobile, il se laissait bercer par le son de la voix rude qui, pour lui, se faisait douce. Il contemplait, fasciné, la moustache de Justin qui tremblait et bougeait au gré de ses paroles. Je me disais que là était, plutôt, l'objet de son attention. Parfois, il ne pouvait résister, tendait sa petite main, tirait les poils gris et rêches. Justin sursautait:

— Attends un peu, coquin! grondait-il.

Il renversait l'enfant sur son bras, le chatouillait. Le petit riait aux éclats, d'un rire cristallin, pur, et heureux. Je croisais le regard de Blaise, et une onde de tendresse nous unissait. A ces moments-là, je savais que le passé encore douloureux finirait par s'estomper complètement.

8

Au printemps 1795, mon frère Nicolas épousa Pauline. Le matin très tôt, l'abbé Dubrulle vint les bénir en secret. Il nota sur un registre, dont il gardait précieusement les pages, la date ainsi que les noms des époux et ceux des témoins. Puis, après le mariage à la maison commune, le repas de noces se fit chez mes parents. On but, on chanta, on dansa, malgré l'absence de François et de Germain. Nous savions que, tôt ou tard, ils reviendraient. Puisque maintenant il n'était plus nécessaire de défendre la patrie contre l'envahisseur, sans doute seraient-ils bientôt libérés. Lors du repas, ma mère me dit, en me montrant les nouveaux époux:

— François sera surpris de retrouver une belle-sœur à son retour.

J'approuvai en souriant. De plus en plus, j'avais hâte de voir revenir mon jeune frère, ainsi que Germain qui, me disais-je parfois, ne reconnaîtrait plus son petit filleul.

Mais la réalité, hélas, ne fut pas conforme à nos désirs. Un jour du mois d'avril, ma mère vint me trouver, fort agitée:

— Ecoute-moi, Mathilde. D'abord, assieds-toi. Cette nouvelle est tellement... Si je m'attendais... J'en suis encore toute retournée!

D'un geste spasmodique, elle pressait ses mains sur sa poitrine. Inquiète, je me laissai tomber sur le banc, tout en l'interrogeant du regard. Blaise apparut:

— Que se passe-t-il?

Ma mère respira un grand coup:

— C'est François. Eloi vient de venir nous avertir. François a été blessé et vient d'être transféré à l'hôpital militaire de l'Humanité, à Douai.

— François... dis-je d'une voix étranglée. Est-ce grave?

— On ne sait pas, justement. Eloi a reçu un avis, mais il n'y a aucun détail. Depuis quand est-il blessé? On l'ignore.

Justin sortit de l'atelier, vint vers nous d'un pas lourd, suivi de Bastien:

— J'ai entendu, dit-il. Ainsi, c'est François... Et Germain?

Ma mère leva vers lui des yeux torturés:

— Je n'en sais rien. Eloi n'a pas parlé de lui. Je pense que, s'il y avait quelque chose, il serait venu vous le dire.

Elle sourit distraitement à Bastien, qui tirait sur sa jupe pour grimper sur ses genoux.

— Il faut aller le voir, savoir ce qu'il a. C'est atroce d'être ainsi dans l'ignorance. Accompagne-moi demain, Mathilde. Au moins, nous serons fixées.

J'acceptai. Toute la soirée se passa en conjectures; les blessures de François étaient-elles graves? Allait-il pouvoir rentrer chez nous? Ou bien, après avoir été soigné, serait-il renvoyé à l'armée? Nous ne savions que penser. Quant à Germain, que devenait-il? Peut-être François pourrait-il nous renseigner? Si toutefois il avait toute sa connaissance et était capable de parler.

Le lendemain, je confiai Bastien à Blaise et Justin, puis je partis avec ma mère. Autant crispées l'une que l'autre, nous marchions en silence et rapidement, insensibles au soleil printanier qui jouait gaiement dans les arbres. Nous avions peur mais, malgré tout, nous préférions savoir.

L'hôpital militaire se trouvait près de l'Hôtel-Dieu. Au concierge, ma mère expliqua d'une voix rauque le but de notre visite. L'homme se gratta l'oreille, consulta une longue liste, hocha la tête:

— Je vois. Venez avec moi.

Nous le suivîmes. Il nous fit monter un escalier. Au premier étage, dans le couloir, un autre homme venait vers nous, une pile de linges dans les bras. Notre guide l'appela :

— Ursule, conduis ces deux citoyennes à Bassart François.

L'autre acquiesça d'un air entendu :

— C'est le nouveau qui vient d'arriver. Il est ici.

Il ouvrit une porte, nous fit entrer. Dès le seuil, la puanteur me suffoqua. Elle me rappela celle de la prison, ce mélange d'urine, de sueur et d'excréments, avec en plus l'odeur fade et écœurante du sang. Je vis, dans les lits, des malades, des blessés couchés sous une couverture, avec des bandages souillés, des visages hagards, des yeux caverneux. Certains semblaient sans connaissance ; d'autres râlaient ; deux ou trois gémissaient d'une manière ininterrompue et insupportable. Comme insensible à cette horreur, l'infirmier traversait la salle sans un regard pour tous ces malheureux. Derrière lui, avec ma mère, je marchais comme dans un cauchemar. J'essayais de ne plus poser mes yeux sur eux, choquée par leur aspect, emplie à la fois de répulsion et de pitié.

L'homme s'arrêta devant un lit, tout au bout de la salle.

— Voilà, c'est ici. Ne le fatiguez pas trop, il est encore faible.

Je ne vis qu'un corps recouvert d'un drap, une tête aux yeux clos qu'un pansement entourait. Ma mère chuchota :

— Est-il ?... Qu'a-t-il exactement ?

L'infirmier fit, de la main, un geste d'ignorance et d'indifférence :

— Il a été blessé à la tête et au bras. Si vous désirez plus de détails, il faut voir le médecin.

Sur ces mots, il nous laissa. Je n'osai pas bouger. Je regardai le blessé couché dans le lit, et j'essayai de reconnaître mon frère dans cet homme maigre, aux joues creuses et mal rasées, aux lèvres décolorées. Ma mère, à petits pas temblants, s'approcha, se pencha sur lui. Il dormait, ou peut-être était-il inconscient ? Elle se pencha davantage, posa une main sur son épaule, la secoua doucement :

— François, appela-t-elle tout bas. François, mon petit...

Pendant un long moment, rien ne se produisit. Ma mère répéta son appel. Alors, le blessé poussa un profond soupir, ouvrit les yeux. A cet instant seulement, je le reconnus. C'était bien mon frère, mais si changé, si vieilli, que je crus voir mon père. Son regard, que j'avais toujours connu pétillant de gaieté, était terne, sans vie, sans expression. Il s'anima un peu, néanmoins, en voyant ma mère. Une étincelle y brilla très fugitivement, s'éteignit aussitôt.

— Mère, dit-il dans un souffle.

Il ferma les yeux de nouveau, comme épuisé. Je vis, sous ses paupières, sourdre des larmes, qui coulèrent et se perdirent dans les pansements qui entouraient son front. Ma mère s'agenouilla, prit une de ses mains entre les siennes :

— Je suis là, mon petit. Tout va aller bien maintenant. Tu vas pouvoir rentrer chez nous. Mathilde est là aussi. Viens plus près, Mathilde.

J'approchai, lui pris l'autre main. Je ne voyais plus le reste de la salle, je n'entendais plus les râles des blessés, je ne m'occupais plus que de lui, mon frère que je retrouvais. Le voir ainsi allongé, inerte, brisé, m'était une véritable souffrance. Des souvenirs d'enfance se bousculaient dans ma mémoire : François courant avec moi dans les champs, après la moisson ; François qui trônait tout en haut du char, sur les gerbes de blé ; François qui m'entraînait dans des rondes folles autour des javelles ; François qui, toujours, avait été pour moi un compagnon de jeux de tous les instants. Je retins mes larmes.

— Mathilde, dit-il très bas.

Et j'eus l'impression qu'un faible sourire renaissait sur son visage.

Nous sommes restées un long moment près de lui. Apaisé, il s'était endormi. Je le regardais avec tristesse, je voyais la peau tirée sur les os, le teint blafard, le nez pincé, les rides autour de la bouche. Comme il a dû souffrir! pensai-je. Et je m'insurgeais contre cette révolution qui nous avait meurtris tous les deux, en nous envoyant, lui à la guerre, moi en prison. Je serrai davantage sa main dans la mienne. Il lui faudrait, à lui aussi, essayer d'oublier. Je l'aiderais. Nous étions vivants, c'était ça le plus important.

De retour dans le village, nous fûmes assaillis de questions. Tout le monde demanda des nouvelles. Ceux qui avaient leur fils aux armées essayèrent de savoir si, peut-être, François avait parlé de lui. Nous dûmes expliquer que notre pauvre François semblait bien mal en point, et qu'il n'avait prononcé que quelques mots.

Ma mère y retourna le lendemain et les jours suivants, accompagnée soit de mon père, soit de Nicolas ou de ma sœur.

— François va mieux, nous annonça-t-elle, il nous a parlé. Après sa blessure, il est resté longtemps inconscient et, lorsqu'il a repris connaissance, il ne savait plus qui il était. La mémoire lui est revenue lentement, par à-coups. Il a été soigné de longs mois dans un hôpital des Pays-Bas avant d'être envoyé à Douai. Le médecin, que nous avons vu, dit qu'il a reçu une balle à la tempe, une autre au bras. Il souffre encore de maux de tête et de vertiges. De plus, il ne peut plus se servir de son bras complètement; la balle a atteint l'articulation. Cela, au moins, l'empêchera d'être de nouveau soldat. Ils vont nous le rendre. Je suis soulagée de savoir qu'il ne retournera pas à cette maudite guerre.

— Et Germain? demandait Justin. A-t-il parlé de Germain?

— Non. Je l'interrogerai demain.

— J'irai avec vous, dis-je. Je veux le voir.

Je retrouvai, le lendemain, la même puanteur suffocante, la même vision cauchemardesque de corps brisés, de blessés geignants. Je revis mon frère, et je pus constater qu'en effet il allait mieux. Ses yeux n'étaient plus vides, son visage semblait moins tendu, et un léger sourire flotta sur ses lèvres lorsqu'il nous vit arriver.

— Vous voilà ! Je suis bien content. Bonjour, Mathilde.

Le pansement autour de sa tête avait été enlevé. Je regardai, fascinée, la cicatrice violacée qui courait le long de la tempe, entourée de chair boursouflée et rosâtre. Mon frère y porta la main :

— Il paraît qu'elle s'atténuera avec le temps. Le médecin dit que j'ai de la chance d'avoir survécu à une telle blessure. Mais j'ai encore des maux de tête épouvantables. Et je n'entends plus rien de l'oreille droite.

— Mais tu es là, dit ma mère, et bientôt tu seras parmi nous. Je vais demander au médecin s'il peut te laisser sortir. Tu seras mieux à la maison qu'ici, ajouta-t-elle en promenant autour d'elle un regard de dégoût, mieux soigné et mieux nourri, surtout.

Il était vrai que la disette qui sévissait toujours à Douai atteignait même les malades des hôpitaux, malgré les réclamations incessantes des médecins. C'est pourquoi celui-ci ne fit aucune difficulté lorsque ma mère lui posa la question.

— Il peut sortir demain, à condition de le garder sous surveillance médicale chez vous.

— Pierre-Antoine est très capable. Il fera ça très bien.

— Je vais rédiger un certificat attestant son invalidité, due à sa surdité, à ses vertiges, et à son bras presque paralysé. Il sera congédié de l'armée, cela ne fait aucun doute.

Je répétai ces paroles à mon frère. Il ferma les yeux, soupira avec lassitude :

— C'est aussi bien, je ne serais pas capable d'y retourner. Surtout maintenant, et sans Germain... C'était lui qui me soutenait.

Une fêlure dans sa voix m'avertit. Prise d'un pressentiment, je demandai fébrilement :

— Que veux-tu dire ? Germain... ?

Il ouvrit les yeux. Nos regards se croisèrent. Il détourna le sien très vite – trop vite.

— Parle, dit ma mère. A-t-il été blessé, lui aussi?

Une expression de souffrance crispa le visage de François. D'une voix sourde, il avoua:

— C'est pire, bien pire... Ça fait si longtemps que je garde ça en moi... C'est arrivé l'année dernière, le jour où nous avons repris Ypres. A quel prix! Je revis toujours cette scène, le canon qui tonnait, les coups de feu, l'odeur de la poudre, les hommes qui se battaient. Germain, qui avançait près de moi, est tombé d'un seul coup. Je n'ai pas compris tout de suite. Lorsque je l'ai vu, couché sur le dos, les yeux grands ouverts fixant le ciel, j'ai crié son nom, je me suis agenouillé, je l'ai appelé, secoué. Il ne bougeait plus. Il était mort, je le savais mais je ne voulais pas l'admettre. Je suis resté là, avec la bataille qui faisait rage autour de moi, jusqu'au moment où j'ai eu l'impression que quelqu'un me frappait à la tempe, et ma tête a explosé. Je me suis réveillé à l'hôpital, parmi d'autres blessés, et pendant des semaines je ne me suis souvenu de rien. Puis, petit à petit, ma mémoire s'est remise à fonctionner, et avec elle le chagrin insupportable de savoir que je ne reverrais jamais Germain, mon ami Germain, qui était devenu pour moi un frère.

Je sentais les larmes emplir mes yeux, couler sur mes joues. Ainsi, il ne reviendrait pas. Adieu, notre complicité, nos fous rires, nos taquineries... Quelque chose de pesant, dans ma poitrine, rendit soudain ma respiration difficile.

Ce poids ne me quitta pas. Il était encore là lorsque je rentrai, et même la vue de mon petit Bastien, qui courait vers moi pour m'accueillir, ne parvint pas à le chasser. Blaise m'observa de ses yeux clairs, s'aperçut tout de suite que quelque chose n'allait pas. Une ombre passa sur son visage:

— François? demanda-t-il. Il va plus mal?

Je secouai la tête. Comment le lui annoncer? A la façon dont je le regardais, il comprit:

— Germain?

A Blaise, je pouvais en parler. Mais pas à Justin, pas encore. Je jetai un coup d'œil vers l'atelier.

— Il n'est pas là, dit Blaise. Il est allé chez Barthélemy, lui rendre la brouette qu'il a réparée. Tu peux me dire...

Je m'assis, serrant Bastien contre moi. D'une voix étranglée, j'avouai ce que je savais.

— Germain a été tué, le jour où François a reçu ses blessures. Il nous a raconté, aujourd'hui...

Je me tus, incapable de continuer. Blaise devint très pâle. Le sang se retira de son visage, rendant plus visible la trace des brûlures.

— Mon frère... souffla-t-il, dans une plainte sourde.

J'allai à lui, posai ma tête contre son épaule, en un geste de consolation muette. Bastien, intrigué, s'accrochait à ma jupe, essayant d'attirer mon attention. La porte de l'atelier claqua. Blaise eut un long soupir malheureux :

— Le voilà. Il va falloir le lui dire.

— Je préfère que ce soit toi, déclarai-je faiblement. Moi, je ne saurais pas.

Il redressa la tête. Avec une expression à la fois torturée et résolue, il se dirigea vers l'atelier. Je pris Bastien par la main et, lâchement, je décidai d'aller chercher des œufs chez ma mère.

Avec Pauline, elle préparait la chambre de mon frère, refaisait le lit, mettait des draps propres, balayait le sol. Elle s'interrompit un instant, essoufflée :

— Demain, il sera ici, Mathilde ! J'irai le chercher, avec Nicolas. Comme je vais le dorloter, mon grand garçon ! Avec moi, il retrouvera vite ses forces !

Son excitation chassa un peu le chagrin qui m'oppressait. Je bavardai un instant avec elle, passai un chiffon sur l'armoire, pendant que Pauline jouait avec Bastien. Puis je repris le chemin de ma maison. Dès l'entrée, j'interrogeai Blaise du regard. A voix basse, il avoua :

— Je viens de lui apprendre, Mathilde. Il n'a pas proféré une parole. Simplement, il m'a demandé de le laisser seul. Va le voir, toi. Je suis inquiet.

— Reste là, dis-je à Bastien.

Avec précaution, j'ouvris la porte de l'atelier, cherchant mon beau-père. Le soir tombait et, dans la pénombre, tout d'abord je ne le vis pas. Puis je l'aperçus, assis sur une pile de jantes entassées sur le sol. Je m'approchai doucement. Effondré, le dos courbé, la tête sur la poitrine, il ne bougeait pas. Il semblait si abîmé dans sa douleur que je me demandai s'il m'avait entendue. Je m'arrêtai près de lui, posai sur son épaule une main tremblante :

— Père Justin... chuchotai-je.

Plusieurs secondes s'écoulèrent sans qu'il fît un mouvement. Puis, avec effort, il se redressa, leva vers moi un visage ravagé, où la souffrance creusait des rides profondes :

— Mathilde... dit-il d'une voix pitoyable.

— Je sais, père Justin.

Il baissa de nouveau la tête, observa longuement ses mains, posées sur ses genoux dans une attitude d'abandon et de défaite.

— J'espérais toujours qu'il reviendrait, murmura-t-il. Cette pensée m'aidait à vivre. Je me disais qu'il ne pouvait pas mourir, lui si gai, si enthousiaste, si optimiste. Et puis, tu vois... Je n'arrive pas à le croire. Si encore je l'avais vu... Mais là, je garde de lui l'image du jeune homme qui s'en allait en promettant de revenir bientôt, et pour moi il est toujours vivant.

Immobile, je le laissais parler. Je devinais que c'était sa façon de raconter sa peine, pour lui qui voulait cacher ses larmes.

— Et pourtant il est mort, continua-t-il d'un ton étonné. Comment cela est-il possible ? Avec Blaise, je n'avais que lui. Je les ai élevés seul, tous les deux, depuis la mort de ma femme, et j'ai fait de mon mieux. Mais ce n'était pas pour voir l'un d'eux partir avant moi. L'homme n'est pas fait pour survivre à ses enfants. C'est très dur, Mathilde, trop dur. C'est insupportable.

Je l'écoutais se plaindre doucement, et je ne savais pas comment le consoler. Du coin de l'œil, je vis la porte de l'atelier s'entrouvrir, la petite frimousse de Bastien apparaître. Je lui souris et lui fis signe d'avancer. Il trottina jusqu'à nous, avec un instinct sûr se planta devant Justin, repoussa les vieilles mains inertes, grimpa sur les genoux ainsi libérés :

— Pé-père, bégaya-t-il de sa voix cristalline.

Il allongea une petite main, qu'il passa en une caresse malhabile le long des joues. Justin eut un semblant de sourire. Il se leva pesamment, avec mon fils dans les bras :

— Oui, mon petit. Je viens, je suis là.

Il sortit de l'atelier en traînant les pieds comme un très vieil homme. Il serrait contre lui Bastien qui babillait et lui tirait les cheveux. Je compris que le petit, sans le chercher, pourrait adoucir sa peine. Et je décidai, sagement, de laisser agir mon fils.

Dans son innocence, il y parvint. Il passait de longs moments auprès de son grand-père, le tirait par la main, s'agrippait à ses jambes, l'obligeait à jouer avec lui, désireux de garder l'entente complice qui les unissait. Et Justin, pour un instant, chassait son chagrin et répondait à l'appel de l'enfant.

Ce fut lui qui l'empêcha de sombrer dans l'apathie et le désespoir. Peu à peu, avec Blaise, avec moi, Justin se mit à parler, racontant des souvenirs qui, tous, concernaient Germain. Et ces souvenirs le faisaient revivre, nous donnaient l'illusion douce-amère que, malgré tout, il était encore parmi nous.

Mon frère François rentra chez mes parents et se rétablit lentement. J'allais souvent le voir, ou bien c'était lui qui venait me tenir compagnie et jouer avec Bastien. Lorsqu'il était là, Justin l'interrogeait sur tout ce qu'il avait fait avec Germain, jusqu'au jour fatidique où la mort avait frappé. Et François racontait : les marches dans la boue, les bivouacs sous la tente – lorsqu'il y en avait –, la faim, le froid, mais, par-dessus tout, la camaraderie et l'amitié. Germain ne le quittait jamais, et jusqu'au bout il avait gardé son optimisme et répété qu'ils reviendraient au village.

Au fur et à mesure qu'il retrouvait ses forces, mon frère s'impatientait. Lorsqu'il voyait mon père partir aux champs, avec Nicolas, Louis et Jean-Marie, il lui venait l'envie de les accompagner. Mais le soleil lui donnait des maux de tête et des vertiges, et l'idée d'être devenu un bon à rien, comme il le disait, l'affolait.

— Refais-toi une santé d'abord, conseillait mon père. Nous nous sommes privés de toi tout ce temps, nous pouvons bien patienter encore un peu.

Mon frère regardait son bras avec désespoir :

— Il ne fonctionne plus, constatait-il sombrement. Je ne pourrai plus faucher.

— Eh bien, tu feras autre chose, rétorquait mon père. Ce n'est pas le travail qui manque.

François ne disait rien, mais je comprenais, à son regard douloureux, combien il était inquiet. Il avait changé. Son insouciance, sa gaieté avaient disparu. Il était maintenant renfermé, taciturne, avec parfois des absences qui l'isolaient de nous. Ma mère en parlait à Pierre-Antoine, qui répondait invariablement :

— Il faut laisser faire le temps. Petit à petit, les séquelles de sa blessure s'estomperont.

Et, de toutes nos forces, nous nous accrochions à ces paroles d'espoir.

Après l'exagération des mois précédents, une détente se faisait. Des émigrés commençaient à réapparaître, des citoyens se promenaient sans cocarde, des bruits couraient sur la suppression prochaine du calendrier républicain. Les rues de Douai reprirent leur ancien nom. Des prêtres âgés ou infirmes, jusque-là emprisonnés, furent autorisés à rentrer chez eux. Je pensai que, s'il n'était pas mort au cours de sa détention, notre curé aurait pu revenir parmi nous. Une loi déclara que tous les cultes étaient de nouveau autorisés. A Douai, la pyramide élevée dans l'église Saint-Pierre en l'honneur de l'Etre Suprême fut démolie, et les églises Saint-Pierre et Saint-Jacques furent rouvertes au culte constitutionnel. La religion, timidement, semblait revenir.

Une autre loi supprima les appellations « livres » et « louis », et créa une unité monétaire : le franc. De même, les anciennes mesures n'existèrent plus : la Convention avait décidé l'adoption du système métrique et décimal. Ce qui, une fois de plus, amena des protestations.

— Je n'ai encore rien compris à leur calendrier, dit mon père, et maintenant il faudrait que je me fasse à leurs nouvelles mesures. Pourquoi ne pas garder celles que nous avons ? Elles sont très bien, et puis nous y sommes habitués.

— Il faudrait tout réapprendre, ajoutait Justin, comme si nous étions des enfants. Moi, je suis trop vieux pour ça. Ce sera pour Bastien.

Pourtant, à la longue, il fallut bien constater que ces nouvelles mesures nous simplifiaient la vie. Les achats, par exemple, se firent partout avec la même monnaie, alors qu'auparavant, d'un village à l'autre, les prix étaient différents selon qu'ils étaient fixés en sols, en patars, en deniers, en florins... Cela nous évitait des changements parfois compliqués.

Souvent, je m'inquiétais en pensant à l'instruction qui serait donnée à mon enfant. Une loi avait supprimé l'école obligatoire, mais une autre avait décidé qu'il y aurait un instituteur pour mille habitants. Nanti de son certificat de civisme, le fils d'Eloi fut autorisé à continuer ses fonctions. Son enseignement, basé sur les vertus républicaines, la liberté, l'égalité, faisait abstraction de la morale et de la religion. Je ne voulais pas que Bastien fût élevé en athée. J'avais bien l'intention, grâce à l'abbé Dubrulle, de lui faire connaître la religion qui avait toujours été la mienne.

En attendant la prochaine récolte, le blé manquait toujours. Les villes et les villages occupés par les Autrichiens et libérés l'automne précédent avaient beaucoup souffert. Certains avaient été incendiés, les fontaines détruites, les eaux corrompues ; les abords des villes avaient été inondés, les arbres rasés; partout où les ennemis avaient séjourné, les terres n'avaient pas été ensemencées, et il n'y avait pas eu de récolte. Le pain se faisait rare. A Douai, au lieu d'une livre par jour, les citoyens en étaient réduits à trois quarts de livre. A Cambrai, nous racontait ma tante, les habitants faisaient la queue aux portes des boulangeries, leur numéro d'ordre et leur carte de civisme à la main, pour recevoir un mauvais pain de son. Des émeutes se produisaient. Des femmes envahirent même l'hôtel de ville, réclamant du blé, exigeant d'obtenir satisfaction.

Le désordre grandissait. Des vagabonds parcouraient les campagnes, assaillaient les voyageurs, se comportant comme les coureurs de grand chemin dont me parlait mon père dans mon enfance. Des échos nous parvenaient, qui nous terrorisaient: il était question de « chauffeurs », de brigands qui s'attaquaient de préférence à des fermes isolées, et brûlaient les pieds de leurs propriétaires afin de leur faire dire où ils cachaient leur argent. A la peur que nous éprouvions se mêlaient lassitude et découragement: alors que nous étions débarrassés de la guillotine, de la guerre, c'était une autre calamité qui, maintenant, nous menaçait.

— Nous ne craignons rien, disait mon père pour nous rassurer. Toutes nos maisons sont groupées. Ils ne s'attaqueront pas à notre village.

Pourtant, le drame survint, brutal et imprévu, par un lumineux matin d'été. Je m'étais réveillée dès l'aube et, pendant que Bastien dormait encore, j'avais décidé d'aller cueillir de l'herbe pour nos lapins. C'étaient cinq lapereaux tout jeunes, que nous avait donnés mon père, et que nous élevions à la grande joie de Bastien. Je pris un sac de toile, une faucille, et je m'en allai d'un bon pas.

Je marchai longtemps, le long des sentiers que je connaissais bien. L'herbe haute se balançait, les champs frémissaient sous la brise, les peupliers chuchotaient. Je laissais la nature exercer sur moi son effet bienfaisant. J'aimais ces aurores nacrées, irisées par la lumière blonde du soleil levant, imprégnées de l'odeur puissante de la terre encore humide de rosée, bruissantes de pépiements, d'ailes et de chants d'oiseaux. J'en profitais davantage encore depuis que j'en avais été privée. J'ouvris mon sac, je m'agenouillai et je commençai à couper les herbes qui garnissaient les talus. Sous ma faucille, des grillons s'enfuyaient, apeurés. Le soleil chauffait ma nuque et mon dos. Je me sentais bien.

Lorsque mon sac fut plein, je repris le chemin du village. Je fus surprise de voir à quel point j'en étais éloignée. J'avais marché sans me rendre compte de la distance parcourue. Je pensai que Bastien serait peut-être réveillé, qu'il fallait que j'aille chercher le lait et que je prépare le déjeuner. Je pressai le pas.

D'un bosquet, un merle s'envola. Je le suivis des yeux. Ce fut à ce moment-là que tout arriva, si subitement que je ne compris pas, tout d'abord, ce qui se passait. Je fus happée, saisie par-derrière, immobilisée brutalement. Je lâchai mon sac et ma faucille. Je tournai la tête, et je les vis. La peur me coupa la respiration.

Ils étaient effrayants. Deux hommes, vêtus de guenilles, le visage mangé de barbe, les yeux fous, l'expression féroce. J'essayai de me débattre. Je leur donnai des coups de genou, des coups de pied, je me tordis, je tentai de libérer mes bras des poignes qui les enserraient. Ce fut en vain.

— Tiens-la bien, dit l'un d'eux à son compagnon.

Il me palpa de ses grosses mains sales. Je lui crachai au visage.

— La garce ! cria-t-il, furieux. Et en plus, elle n'a rien sur elle. Alors que nous mourons de faim !

— Elle peut nous contenter d'une autre façon, dit le second avec un ricanement déplaisant. Qu'en penses-tu ?

Le premier m'observa du haut en bas, et une étincelle lubrique s'alluma dans son regard :

— Hé oui ! Pourquoi pas ? Viens par ici, ma petite.

Horrifiée, je me débattis de plus belle. Ils resserrèrent leur prise, et leur odeur âcre, faite de sueur et de crasse, me prit à la gorge. Je détournai la tête avec répulsion. Une scène semblable me revint à l'esprit : les deux soldats qui, un jour, dans le village, m'avaient arrêtée en exigeant un baiser. Mais cette fois-ci, c'était pis, encore plus odieux que ce que j'avais subi en prison lorsque j'avais été fouillée. Malgré ma résistance, ils m'entraînaient sous le couvert des arbres. Je savais ce qu'ils allaient me faire, et tout mon être se révulsait. Et peut-être, après, me tueraient-ils ? Je me mis à hurler.

— Tais-toi, charogne ! grogna l'un des deux hommes.

De sa main sale, il voulut me bâillonner. De toutes mes forces, je le mordis. Il retira sa main en jurant, me donna un coup violent sur la pommette. Je hurlai de nouveau.

— Après tout, crie si ça te chante ! Il n'y a personne. On ne risque pas de t'entendre.

Il coinça mes bras derrière mon dos et me maintint solidement. L'autre s'approcha de moi avec un sourire horrible qui dévoilait des chicots noirâtres. D'un geste sec, il déchira mon fichu. Immobilisée, incapable de me défendre, je continuais à hurler.

— Tais-toi donc, à la fin ! dit-il d'un ton menaçant.

Comme je ne lui obéissais pas, d'un revers de main il me frappa durement sur la bouche. J'eus l'impression que mes lèvres éclataient, sentis le sang couler. La douleur me mit les larmes aux yeux.

— Ah, enfin un peu de silence ! Je n'aime pas faire ça en ayant les oreilles cassées.

Il prit mes seins à pleines mains, à travers ma chemise les pétrit brutalement. J'eus un violent recul qui ne fit que me rapprocher de celui qui, dans mon dos, me maintenait ; avec un ricanement obscène, il en profita pour se frotter contre moi.

C'était insupportable. La bouche meurtrie, prête à m'effondrer, dans un dernier sursaut je me démenai furieusement, criai de nouveau.

— Blaise, Blaise ! Au secours !

Il y eut un bruit de course, un froissement de feuilles. Des branches s'écartèrent, et Sylvain Busquet apparut, une houe sur l'épaule. Un regard lui suffit pour comprendre.

— Mathilde! s'exclama-t-il. J'arrive!

Devant moi, le brigand qui s'apprêtait à arracher ma chemise se retourna. Sylvain s'avança vers lui, brandit sa houe, la laissa retomber en visant la tête. L'homme fit un pas de côté pour l'esquiver. La lame lui frappa l'épaule, et il poussa un grognement furieux. Il voulut s'élancer mais Sylvain, de nouveau, leva son arme. Alors il se mit à tourner, en grondant comme un fauve. Puis, d'un seul coup, il plongea, ceinturant Sylvain qui perdit l'équilibre et tomba à la renverse.

Ils se mirent à se battre sauvagement. Statufiée d'horreur, je les regardais. Le bandit cognait sur Sylvain avec rage, et je sentais les coups résonner dans mon corps. Sylvain, pourtant, parvint à reprendre le dessus, roula sur son adversaire, le terrassa. A son tour, il se mit à le marteler de coups de poing.

Je pris subitement conscience que l'autre, derrière moi, m'avait lâchée. J'en compris immédiatement la raison. Avec un rictus hideux, il s'approchait des deux combattants à pas de loup. Il tenait dans la main un long couteau et fixait le dos de Sylvain. Je le vis trop tard. Je me précipitai, voulus l'arrêter, criai:

— Sylvain, attention!

Tout se passa très vite. L'homme me repoussa, abattit son bras et planta son arme dans le dos offert, entre les deux omoplates. Sans un bruit, Sylvain s'affaissa. Le bandit le repoussa, releva son compagnon qui, abruti de coups, titubait. Avec impatience, il l'entraîna:

— Vite, filons. Il ne va pas faire bon par ici pour nous.

Ils disparurent, et je demeurai seule sous les arbres, seule avec Sylvain qui, dans l'herbe, ne bougeait plus. Avec l'étrange sensation d'être hors de cette scène atroce, je m'approchai avec précaution, me penchai. Il avait roulé sur le dos et gisait les yeux fermés. Je m'agenouillai doucement, posai une main sur sa poitrine. Son cœur battait. Je poussai un soupir de soulagement.

— Sylvain, appelai-je d'une voix tremblante. Sylvain...

Ses cils remuèrent, mais ce fut tout. Je ne savais que faire. En état de choc, je n'étais pas capable de prendre une décision. J'écartai les cheveux qui tombaient sur mon front et, près de Sylvain allongé, j'attendis.

Après un long moment, il ouvrit les yeux. Son regard étonné se posa sur moi :

— Mathilde, dit-il. Que... ?

Une crispation de douleur l'arrêta. Il voulut se lever, n'y parvint pas.

— Ne bouge pas, Sylvain. Tu es blessé. L'un des bandits t'a enfoncé un couteau dans le dos. Je vais aller chercher de l'aide et prévenir Pierre-Antoine.

— Mais non, je peux marcher. Aide-moi à me mettre debout.

Il prit appui sur moi pour se redresser, mais l'effort le fit haleter. Une écume rosâtre emplit sa bouche, coula sur son menton. Il se laissa retomber sur le dos, ferma les yeux, épuisé.

— Tu vois bien, insistai-je. Il est plus sage que tu restes ici. Je te promets de revenir vite. On te ramènera au village et on te soignera.

Il fit un imperceptible signe d'assentiment. Désorientée, j'attendis un peu, inquiète de le voir aussi faible. A tâtons, il chercha ma main, la serra dans la sienne :

— Le salaud, murmura-t-il. Il m'a eu.

— C'est à cause de moi, dis-je avec désespoir. C'est parce que tu es venu à mon secours.

Il rouvrit les yeux, les posa sur moi, déclara avec conviction :

— Je ne le regrette pas.

Frappée par son ton sérieux, je demeurai muette. Il continua pensivement :

— Non, je ne le regrette pas. J'ai ainsi racheté ma faute. J'ai été coupable envers toi, Mathilde. Lorsque Noémie est allée te dénoncer au comité de surveillance, je n'ai pas essayé de te défendre. Au contraire, c'est moi qui ai envoyé le rapport à Douai.

Il se tut, essoufflé. Je demandai, et dans ma voix se mêlaient incompréhension et reproche :

— Sylvain, comment as-tu pu faire ça ?

— Je ne sais pas. Adrien de Bryars était impliqué dans l'affaire, et je crois que c'était, d'abord, à cause de lui. Dès qu'il s'agit de cette famille, je vois rouge. Et puis, je n'ai pas pu supporter que toi, tu agisses ainsi vis-à-vis de lui.

— Mais pourquoi, Sylvain ? Pourquoi ?

Il me regarda longuement, eut un sourire plein d'amertume :

— Après tout, je peux bien te le dire... Ça n'a plus d'importance maintenant. Vois-tu, Mathilde, je t'aimais, et je ne...

Je l'interrompis dans un cri :

— Tu m'aimais ?

— Ne sois pas si surprise. Oui, je t'aimais depuis longtemps, mais je ne le comprenais pas. J'ai commencé à comprendre lorsque tu t'es mariée ; j'étais jaloux, j'en voulais à Blaise. Et puis, là, quand Noémie nous a raconté... Adrien que tu as aidé... Je me suis souvenu qu'il te tournait autour, autrefois... Ce jour où je l'ai arrêté, alors qu'il t'emmenait sur son cheval, tu te rappelles ? Tout ça m'est revenu d'un coup. Là aussi, j'étais jaloux, mais je ne m'en rendais pas compte.

Il s'interrompit, la respiration oppressée. Emue par sa confession, je ne savais que dire. Il reprit, sur un ton suppliant :

— Dis-moi que tu me pardonnes. Je n'ai compris la portée de cet acte qu'après, lorsque tu étais en prison et que l'on craignait pour ta vie. J'ai été soulagé lorsque je t'ai vue revenir. Soulagé et honteux. Dis-moi que tu me pardonnes, Mathilde.

— Ton intervention mérite bien ça, tu ne crois pas ? Sans toi, ils...

Ma voix s'enroua. Sylvain s'agita, grommela :

— Les lâches ! S'attaquer ainsi à toi ! Si seulement...

Une quinte de toux le secoua; de nouveau une mousse sanglante apparut sur ses lèvres. Je pris peur:

— Ne parle plus, Sylvain, et ne bouge surtout pas. Je cours jusqu'au village.

Les yeux clos, il ne répondit pas. Sa respiration n'était plus qu'un râle, auquel se mêlait une sorte de gargouillement horrible. L'aspect de son visage m'effraya; le teint était devenu gris, le nez se pinçait, le sang qui maculait sa bouche et son menton lui donnait un aspect sinistre. Je bondis jusqu'au chemin, courus à perdre haleine vers le village, affolée et malheureuse. Je me tordais les pieds dans les nombreuses ornières, un point de côté brûlait ma poitrine, les larmes m'aveuglaient. Je ne voyais plus la campagne autour de moi, je n'entendais plus les chants des oiseaux, je ne sentais plus la chaleur du soleil. Je frissonnais, j'étais glacée.

A l'entrée du village, je me heurtai à mon frère François. Lorsqu'il eut enfin compris mes explications incohérentes, il prit tout en main, me renvoya chez moi, alla chercher mon père et Nicolas, chargea Pauline de prévenir Pierre-Antoine. Dans mon désarroi, je ne pus m'empêcher d'admirer son esprit de décision.

— A la guerre, j'en ai vu d'autres, Mathilde. Laisse-nous faire, nous allons le chercher. Toi, va demander à Blaise un verre d'alcool. Tu es livide.

Je rentrai chez moi, je racontai tout à Blaise qui me serra très fort contre lui. D'une voix rauque, il dit:

— Tu lui dois une fière chandelle, Mathilde.

— Oui, je sais. S'il n'avait pas été là...

Je me mis à trembler. Blaise me frictionna le dos avec énergie, me fit boire de l'alcool. La chaleur qui se répandit dans mes veines me détendit.

— Je vais chez Sylvain, dis-je au bout d'un moment. Je veux savoir si sa blessure n'est pas trop grave. Et demander à Marie si je peux l'aider.

Pauvre Marie! Ratatinée devant cette nouvelle épreuve, elle observait avec désespoir son fils qu'on venait de lui ramener. Pierre-Antoine, penché sur lui, finissait de le panser. Il se releva :

— Je ne sais pas s'il s'en remettra. La lame a atteint un poumon. J'ai peur que...

Il vit le regard douloureux et suppliant de Marie Busquet et se tut. La petite femme, courageusement, s'installa auprès de son fils.

— Laissez-moi, pria-t-elle tout bas. Laissez-moi seule avec lui. Je saurai bien le sauver, moi.

Mais elle ne put rien faire. Dans la nuit, la fièvre se déclara. Le lendemain, Sylvain ne reconnaissait plus personne. Il haletait sur son lit, se tenait la poitrine à deux mains, gémissait :

— Je brûle... Je brûle !

L'un après l'autre, les habitants du village allaient le voir et repartaient, conscients de ne pas pouvoir l'aider. Les commentaires étaient nombreux. Tout le monde admirait le courage dont il avait fait preuve face aux brigands. Quelques femmes, pourtant, sous-entendirent que ses souffrances n'étaient que le châtiment de ses mauvaises actions. N'avait-il pas, entre autres, brûlé les statues de bois de l'église ? Tôt ou tard, la vengeance devait arriver. J'entendis ces propos, et je faillis les réfuter. Puis je laissai dire. A quoi bon ? Etaient-ils vrais, étaient-ils faux ? Pour moi, Sylvain s'était racheté en me sauvant.

Il mourut le lendemain, alors que le soleil se couchait. Marie Busquet avait envoyé un de ses valets chercher l'abbé Dubrulle qui vint, en cachette, donner les derniers sacrements. L'enterrement se fit le jour suivant, sans messe et sans prières, mais Sylvain n'en aurait pas voulu. Je me souvenais de cette veille de Noël où, dans l'église, alors que je préparais la crèche, il m'avait avoué ne plus croire en Dieu.

Privé de son plus ardent patriote, le village s'engourdit davantage. Marie Busquet demeura seule, avec ses valets, pour faire marcher sa ferme. La dignité de son chagrin forçait l'admiration de tous. J'allai souvent la voir avec Bastien, pour tenter de l'égayer un peu. Dans sa bonté, elle ne me rendait pas responsable du drame, même indirectement. Elle me racontait Sylvain tel qu'il avait été, me parlait du petit garçon qui aimait son père, de l'enfant révolté, de l'adolescent avide de vengeance, de l'homme enfin satisfait d'avoir atteint son but :

— Et tout ça pour quoi, Mathilde ? Pourrais-tu me le dire ? La vie est absurde.

Elle hochait la tête avec désolation, et je ne me sentais pas le courage de la contredire.

L'attaque des brigands avait réveillé le sentiment d'insécurité qui couvait en moi depuis mon séjour en prison. De nouveau, j'avais des cauchemars. Je réveillais Blaise par mes cris, par mes mouvements désordonnés. Avec patience, il me calmait, m'assurait que ce n'était rien, que ces mauvais rêves finiraient par disparaître tout à fait. Tranquillisée, je me rendormais contre lui. Et deux ou trois nuits plus tard, tout recommençait.

Je pensais souvent, aussi, à Sylvain, et à son aveu. Il m'aimait, avait-il dit. C'étaient les dernières paroles qu'il m'avait adressées. Je ne croyais pas qu'il eût menti. Mais je ne pouvais m'empêcher d'éprouver une sorte d'étonnement ; Sylvain le farouche, Sylvain le révolutionnaire... Comment aurais-je pu deviner son secret ? Ainsi, il n'y avait pas que de la haine en lui. D'ailleurs, il avait donné sa vie pour me sauver. N'était-ce pas une preuve d'amour ?

La moisson avait commencé. Mon père, heureux, répétait à qui voulait l'entendre que, maintenant, tout ce qu'il récoltait était pour lui, puisqu'il s'agissait de ses propres terres. Justin, depuis la mort de Germain, ne vivait que pour Bastien, qui était pour tous un véritable rayon de soleil. Quant à Pauline, son bonheur, depuis qu'elle était la femme de Nicolas, faisait plaisir à voir. Elle s'acquittait de toutes ses tâches en fredonnant, et bien souvent remontait le moral de mon frère François qui se désolait à cause de sa surdité et de son bras paralysé.

Au mois de septembre, nous apprîmes que le procès de Joseph Le Bon venait enfin de s'ouvrir à Amiens. Pendant plus d'un an, avaient été recueillies les dépositions de tous ceux qui désiraient se faire entendre : gardiens de prison, victimes, parents de guillotinés. Quatre-vingt-quatorze témoins se rendirent dans la salle du Bailliage où se déroulait le procès, pour charger l'homme dont ils avaient eu à souffrir. Il fallut vingt audiences, à l'issue desquelles le tribunal vota la peine de mort.

L'exécution eut lieu le 16 octobre 1795, sur la place du Marché, à Amiens, devant une foule immense. De toute la région, les gens étaient venus assister à la fin de l'homme qui, pendant de longs mois, les avait terrorisés. La place était noire de monde, les curieux se pressaient aux fenêtres et jusque sur les toits. Ma tante nous raconta qu'une de ses amies, dont le mari avait été guillotiné à Cambrai, et qui se retrouvait veuve avec neuf enfants, n'aurait voulu pour rien au monde manquer ce spectacle.

— Il paraît qu'il était ivre, nous dit-elle, il avait bu une pinte d'eau-de-vie avant de se rendre à l'échafaud. Ma pauvre amie dit que, lorsqu'elle a vu la tête de ce monstre bondir jusque sur le pavé, elle s'est sentie vengée. Il y avait, près d'elle, un homme qui pleurait. « Cette mort vous fait-elle donc de la peine ? » a-t-elle demandé. « Ce n'est pas pour cela que je pleure, lui fut-il répondu, c'est parce que je pense aux dix-sept membres de ma famille qu'il a fait exécuter. » Dix-sept personnes pour une seule famille ! Lorsque les aides du bourreau ont emmené le cadavre, la foule a suivi jusqu'au cimetière. Là, des gens se sont mis à lancer des pierres sur la tombe en criant des insultes. Mais ce n'est pas ça qui fera revenir ces pauvres victimes qui ont été guillotinées à tort et à travers.

— Non, bien sûr, dis-je. Mais je comprends leur réaction.

Oui, je la comprenais. C'était le seul moyen qu'ils avaient pour se libérer enfin de leur haine, de leur rancune. Dans leur cas, j'aurais éprouvé des sentiments encore plus meurtriers. Ce Joseph Le Bon n'avait que ce qu'il méritait. Je le revoyais, prétentieux, arrogant, avec son regard fou... Et ceux qui l'entouraient, qu'étaient-ils devenus? Caubrière, Rémy, André et les autres, comme ces directrices de la Providence, à Arras, tout aussi cruelles. Ceux-là aussi méritaient d'être punis. Pourquoi échapperaient-ils à un juste châtiment?

La plupart, après avoir été arrêtés, avaient été libérés. Ils étaient revenus à Cambrai. Ils en furent chassés par les habitants, leurs maisons furent envahies et mises à sac. On y retrouva un grand nombre d'objets volés aux émigrés et aux guillotinés. A Arras, certains s'enfuirent; le peuple coupa les oreilles à ceux qui étaient restés, afin de leur faire porter, toute la vie, le signe de leur infamie. De telles nouvelles éveillaient en nous une profonde satisfaction; enfin, ils payaient leurs crimes. Justice était faite.

La femme de Le Bon, Elisabeth, avait été emprisonnée à la Providence avec sa fille Pauline, peu de temps après l'arrestation de son mari. Elle avait donné naissance, en prison, à un fils que Le Bon ne vit jamais. Le 17 octobre, lendemain de l'exécution, elle fut libérée et s'en alla, avec ses deux enfants, chez sa mère à Saint-Pol. On n'entendit plus jamais parler d'elle.

Mes cauchemars s'espaçaient. L'amour de Blaise, son équilibre, la gaieté de Bastien m'aidaient beaucoup. Toutefois, je n'osais plus m'aventurer seule hors du village. Des brigands infestaient toujours la région.

Un matin d'automne, Pauline vint m'annoncer qu'elle attendait un enfant. Dans ses yeux, une clarté rayonnait:

— Je suis heureuse, Mathilde!

Je lui souris:

— Je suis contente pour toi. D'autant plus que, moi aussi...

— C'est vrai? Un petit frère ou une petite sœur pour Bastien?

— Je crois bien, oui. Il est temps, tu ne crois pas? Il a déjà deux ans.

— Nos bébés naîtront à la même époque. Ils grandiront ensemble.

Nous échangeâmes un regard complice. Pour la première fois depuis longtemps, je me sentais en paix avec moi-même. La pensée de donner un autre enfant à Blaise m'était douce.

La semaine suivante, ma sœur me fit le même aveu.

— Un autre enfant, toi aussi?

— C'est moi qui l'ai voulu, Mathilde. Je ressentais un tel vide depuis que Marie-Josèphe n'est plus là... Je sais bien que cet enfant ne la remplacera pas, mais je le désire, j'ai tant d'amour à lui donner...

Je l'embrassai tendrement, affirmai que je la comprenais. Par sa présence, ce petit être arriverait sans doute à chasser les ombres qui, par instants, obscurcissaient encore son regard. Elle ne disait jamais rien, mais je voyais bien qu'elle n'oubliait pas, et qu'elle portait en elle une blessure toujours vive.

Mon père ne cacha pas sa joie:

— Ça alors! Je vais être grand-père trois fois en même temps! L'auriez-vous fait exprès?

Justin, lorsque je lui appris la nouvelle, dit d'une voix sourde:

— C'est bien, Mathilde. La vie continue, bien que Germain ne soit plus là. Il faut que ce soit ainsi. Mais il aurait été si content, lui qui aimait tant Bastien!

Parfois, le soir, lorsque nous étions tous ensemble, je m'interrogeais avec espoir; pourrions-nous de nouveau avoir une vie normale, être heureux? La tourmente semblait passée. Peu à peu, les églises se rouvraient. Je me disais que, peut-être, la religion reviendrait. Je rêvais de notre village de nouveau vivant, avec ses fêtes au son des cloches. Etait-ce trop demander?

ÉPILOGUE

1803

Il fallut attendre encore de longues années. La répression contre les signes de royauté continuait, à tel point que des patriotes acharnés piétinaient, sur les marchés, les bouquets de lys que des jeunes filles vendaient. Il y eut, en 1797, une nouvelle Terreur, dirigée contre les prêtres et les émigrés. Il fut interdit aux émigrés de rentrer en France sous peine de mort, interdit également d'y rester ; ils durent quitter le pays dans les quinze jours. Quant à ceux qui se trouvaient en prison, ils furent condamnés à la déportation. Les prêtres insermentés, infirmes ou âgés, qui avaient été libérés, furent de nouveau arrêtés et enfermés aux Ecossais, à Douai.

En même temps, fut instauré un culte décadaire ; ces jours-là, il était défendu de travailler. Les marchés étaient interdits, les écoles et les boutiques fermées. En revanche, les maisons devaient arborer le drapeau tricolore.

Dans notre village, de nouveau beaucoup protestèrent. Ce fut pis encore lorsque, en septembre 1798, le Directoire établit la conscription pour les jeunes gens de vingt à vingt-trois ans :

— Non seulement les premiers, depuis 1793, ne sont toujours pas revenus alors qu'on nous avait promis qu'ils ne seraient pas longtemps partis, mais maintenant on veut nous en prendre d'autres !

Mon père constata, mi-triste, mi-soulagé :

— Cette fois-ci, nous ne sommes plus concernés. La dernière fois nous a amplement suffi !

Pourtant, l'année suivante, Jean-Marie dut partir. Il nous écrit de temps à autre, mais les mois passent et il ne revient pas. Je pense souvent à lui avec nostalgie : Jean-Marie, le petit garçon qui m'offrait des fleurs des champs... C'est Philibert, le jeune frère de Pauline que Blaise sauva jadis de la noyade, qui le remplace à la ferme.

Il y a eu, à cette époque, beaucoup d'insoumis, qui refusèrent le tirage au sort et se cachèrent pour y échapper, allant même jusqu'à franchir la frontière. Des colonnes mobiles de gendarmes parcouraient villes et villages, essayant de retrouver les conscrits rebelles, arrêtant tout individu suspect ou voyageant sans passeport. Nous les craignions beaucoup.

Pendant des années, les chauffeurs de pieds ont continué leurs crimes. Certains furent arrêtés et guillotinés en chemise rouge, pour vols et meurtres, à Douai. Parmi ceux-là, y avait-il les assassins de Sylvain ? Je ne l'ai jamais su.

Il y eut tant de brigandage qu'il était devenu infiniment dangereux de sortir dès que le soir tombait. A Douai, dans chaque rue, des habitants organisaient à tour de rôle des patrouilles pendant la nuit. L'affaire du courrier de Lyon, en 1796, mit en émoi toute la région. La diligence qui faisait le service entre Paris et Lyon fut attaquée avant Melun, les neuf millions de livres qu'elle transportait pillées ; le postillon et le courrier furent sauvagement assassinés. Un Douaisien, Joseph Lesurques, fut impliqué dans l'affaire et accusé de complicité. Jusqu'au bout, il protesta de son innocence. Mais il fut condamné à mort et guillotiné. Le vrai coupable, arrêté par la suite, confirma ses déclarations. Pour la majeure partie des habitants de Douai, Lesurques a été victime d'une erreur judiciaire.

Le 9 novembre 1799 – par le coup d'Etat du 18 brumaire –, Napoléon Bonaparte fut proclamé premier consul. A partir de là, peu à peu, tout changea, tout se rétablit. Les portes des prisons s'ouvrirent pour les victimes de la persécution religieuse. La signature du Concordat, en juillet 1801, rendit les prêtres à leurs églises, permettant ainsi « un retour aux principes d'ordre, de justice et de vraie liberté ».

Le 27 avril 1802, le maire de Douai fit publier la loi sur le rétablissement du culte, et le 30 mai, l'évêque de Cambrai, monseigneur de Belmas, officia à Saint-Pierre – la seule église qui, avec Notre-Dame, était encore debout ; les autres étaient tombées sous les pioches des démolisseurs. Ma sœur me raconta que les gens, heureux de retrouver leur religion, s'y étaient rendus en foule.

— Nous le devons à Bonaparte, me dit-elle. Béni soit-il ! Je n'aurais jamais pensé ça, autrefois, lorsqu'il m'arrivait de le croiser. Il a habité pas loin de chez nous, dans la rue du Clocher-Saint-Pierre. Il était alors lieutenant d'artillerie. On peut dire qu'il a fait son chemin depuis !

Ainsi, tout est rentré dans l'ordre, malgré les ruines, les souvenirs douloureux, les vides causés par les absents qui ne reviendront plus. Meurtris mais pleins d'espoir, nous nous redressons. Mes parents ont la satisfaction d'être enfin propriétaires de leur ferme et de leurs champs, qu'ils exploitent avec mes deux frères. François, malgré son bras paralysé et les maux de tête dont il souffre périodiquement, a repris goût à la vie et se montre dur à l'ouvrage. Louis est toujours là. Mais il devient vieux et ne fait plus que les petits travaux. La ferme retentit sans cesse de cris et de rires, car Nicolas et Pauline ont déjà quatre enfants, deux filles et deux garçons.

L'aînée de leurs filles a le même âge que mon second fils, prénommé Germain. A la même époque est née également Madeleine, le dernier enfant de ma sœur, que les plus grands adorent et gâtent outrageusement.

Après mes deux garçons, j'ai eu une fille, moi aussi, dont Blaise est fou. « Comme elle te ressemble ! me dit-il souvent. J'ai l'impression de te revoir lorsque tu étais petite ! » Tous ces enfants ont pu être baptisés grâce aux prêtres qui, toujours cachés, n'ont cessé de nous offrir leurs services: l'abbé Ganil, l'abbé Dubrulle, l'abbé Lemaire revenu d'exil en 1795, malgré le risque encouru. Nous n'oublierons jamais ce que nous leur devons.

Justin, mon beau-père, finit paisiblement sa vie parmi nous. Agé maintenant, il ne travaille plus beaucoup. C'est Bastien qui, déjà, le remplace auprès de Blaise. A dix ans, mon fils aîné tient à se comporter en homme. Comme son père, il est calme et doux. Je suis fière de lui.

Je suis heureuse avec eux tous. Sous des dehors réservés, Blaise possède des trésors de bonté, de patience, d'indulgence. Je n'ai jamais regretté de l'avoir épousé. Une profonde tendresse nous lie l'un à l'autre, un amour fort, paisible et sûr.

Pourtant, de temps à autre, il m'arrive encore de me réveiller subitement, la nuit. Alors je repense à ces jours sombres, à ces semaines passées en prison, à tous ces innocents qui ont laissé leur vie... Je retrouve, pour un instant, mes anciennes frayeurs. Instinctivement, je me rapproche de Blaise; dans son sommeil, il tend le bras, m'attire à lui. Je me blottis contre son grand corps rassurant, et les fantômes s'éloignent.

Dans le village, le cabaret sur la place est de nouveau ouvert, ainsi que l'épicerie; Ignace et Joséphine sont revenus. Sans Noémie, ce dont je me suis sentie soulagée. Il m'aurait été pénible de la revoir.

— Elle est restée là-bas, m'a expliqué Ignace. Ça n'a pas été facile pour nous, surtout au début. Nous n'avions rien pour vivre. Moi, j'ai travaillé dans une taverne, et Noémie a réussi à se faire engager comme servante chez un notaire, un vieux garçon tatillon. Quand il lui a demandé de l'épouser, elle n'a pas hésité. Je crois surtout qu'elle craignait de revenir ici, où tout le monde savait qu'elle avait mal agi en te dénonçant, Mathilde. Elle a regretté son acte et, pour elle, je te demande pardon.

J'ai assuré à ce brave homme que je ne lui en voulais pas. Tout n'est-il pas terminé, maintenant? Il a hoché la tête avec sévérité.

— Quand même! Si tu avais été guillotinée...

Nous n'en parlons plus, nous essayons de l'oublier. Marie Busquet, de son côté, attend le retour de la comtesse et d'Amélie. Elle garde les clefs du château, qu'elle leur remettra.

— Pour moi, il leur appartient toujours, répète-t-elle. Je ne ferai que leur rendre leur bien. Pourquoi m'encombrer de ce grand bâtiment?

Un nouveau savetier est venu s'installer dans la maison voisine, longtemps fermée. Sa femme est mon amie, nos enfants jouent ensemble. Pendant l'hiver, nous nous retrouvons tous pour les veillées, chez mes parents, chez eux ou chez nous, à tour de rôle. Le charme ancien renaît, la vie continue. Est-elle plus belle, ainsi que nous le promettait Sylvain? Mes parents ont une sécurité qu'ils n'avaient pas auparavant, c'est vrai, et nous nous sentons plus libres. Peut-être est-ce réellement le début d'un monde nouveau? L'avenir nous le dira.

Aujourd'hui dimanche, c'est jour de repos. Le respect du décadi est terminé. Le calendrier républicain est toujours en vigueur[1], mais nous l'ignorons résolument. A vrai dire, je crois qu'il ne sert plus que pour les actes administratifs. Tous, nous sommes revenus aux anciens jours avec soulagement.

La matinée s'avance, et un son de cloche arrive jusqu'à nous, joyeux et grave. La seule cloche que nous a laissée la révolution nous annonce l'heure de la messe. Enfin, notre église est rouverte. Elle a été nettoyée et remise à neuf; sur le toit du clocher, la croix a été replacée. Un nouveau curé est arrivé l'an dernier, jeune et plein de zèle, comme s'il voulait, par son énergie, faire revivre davantage la religion longtemps brimée. Personne ne résiste à cet appel qui, pendant de longues

1. Il sera supprimé définitivement par Napoléon le 9 septembre 1805 (décret du 22 fructidor an XIII) qui rétablit le calendrier grégorien à partir du 1er janvier 1806.

années, nous a manqué. Comme autrefois, tous les habitants se hâtent vers la place. Précédée de mes deux garçons et de Justin, je prends le bras de Blaise et, tenant ma petite fille par la main, moi aussi je me dirige vers l'église dont les vitraux brillent gaiement dans le soleil.

Index des personnages qui ont réellement existé et qui jouent un rôle dans ce roman

DERBAIX, Jean-Pierre. – Né le 2 avril 1753. Avocat, imprimeur à Douai, rue des Ecoles, *Au missel d'or,* et capitaine de la garde nationale. Il fut pendu par une foule en furie à la lanterne du Dauphin, sur la grand-place de Douai, le 15 mars 1791. Il avait trente-huit ans.

DOMIS, Noël. – Surnommé « le beau Noël ». Ouvrier tapissier à Cambrai. Paresseux et beau parleur, il incitait les ouvriers à la révolte. Lors de l'émeute du 15 mars 1789 à Cambrai, il fut arrêté, puis délivré par ses camarades. Voulant s'enfuir de la ville le lendemain, il se noya accidentellement dans les fossés qui entouraient les remparts.

DUBRULLE, Antoine (abbé). – Né à Rouvroy en 1755. Prêtre réfractaire, ancien curé d'Eterpigny, près de Vitry-en-Artois. Après un court séjour à Tournai, il revint exercer secrètement son ministère dans la région de Douai. Mort à Vitry le 3 février 1803, à l'âge de quarante-huit ans.

FÉREZ, Antoine-Joseph (abbé). – Né en 1724 à Cambrai. Nommé curé de Sainte-Croix en juin 1761. L'émeute qui y eut lieu en 1791 est authentique. Refuse de prêter serment et prend le chemin de l'exil le 22 mai 1791. Revient à Cambrai en 1801. Meurt le 22 mai 1802, à l'âge de soixante-dix-huit ans.

GANIL, Pierre-Joseph (abbé). – Né à Douai le 10 octobre 1751, rue des Fripiers. Nommé vicaire de la paroisse Notre-Dame. Ne quitte pas Douai pendant les années révolutionnaires, y assure secrètement le culte, en se cachant sans cesse. Après le Concordat, est de nouveau attaché à la paroisse Notre-Dame. En 1825, il accepte la place d'aumônier à l'hôpital général, où il décède le 26 septembre 1842, âgé de quatre-vingt-onze ans.

Le Bon, Guislain-François-Joseph. – Né à Arras, le 25 septembre 1765. Elève chez les oratoriens, pensionnaire à Juilly, professeur de rhétorique à Beaune. Accepte de prêter serment, est nommé successivement curé constitutionnel du Vernoi, près de Beaune, puis de Neuville-Vitasse, près d'Arras. Epouse sa cousine Elisabeth Régniez à Saint-Pol le 5 novembre 1792. Appelé à siéger à la Convention, il est envoyé dans le Nord avec les « pleins pouvoirs ». Pendant huit mois, à Arras d'abord, où il arrive le 30 octobre 1793, puis à Cambrai, où il s'installe le 5 mai 1794, il fait régner une véritable terreur. Arrêté à Paris le 2 août 1794, il est emprisonné, jugé à Amiens et guillotiné le 16 octobre 1795, à l'âge de trente ans.

Tout ce qui concerne Joseph Le Bon dans ce roman – depuis l'épisode du « redoutable fauteuil » jusqu'aux pierres qui furent lancées sur sa tombe, en passant par les membres du tribunal qu'il appelait ses « bougres à poil » et sa femme Elisabeth qu'il appelait « Mimie » – est rigoureusement historique.

Lemaire, Albert (abbé). – Né le 28 mai 1765 à Fontaine-au-Pire, près de Cambrai. Après des études au collège de Cambrai, se fait ordonner prêtre par l'archevêque de Cambrai retiré à l'abbaye de Saint-Ghislain près de Mons, en juin 1791. Prêtre réfractaire, exerce le culte caché. Prend le chemin de l'exil en juin 1794, revient en France début 1795, où il se cache de nouveau. Deviendra, après le Concordat, vicaire de Saint-Géry à Cambrai. Meurt le 20 février 1821 à cinquante-six ans, doyen de Solesmes. Une épitaphe, au mur de l'église de Solesmes, en fait mention.

Milord, Amand-Fidèle Lefebvre. – Se distingue, avec Caroline Beaumé, lors de l'émeute qui a lieu à Cambrai en mars 1789. Arrêté et enfermé à la prison de la Force, il s'évade le 24 juillet de la même année, avec sa complice Caroline, à la faveur d'une nouvelle émeute qui a forcé les portes de la prison. Cambrai les retrouvera dans ses murs lors du séjour de Joseph Le Bon.

Nicollon, Louis-François-Joseph. – Négociant en grains à Douai. Assailli lors de l'affaire des goulottes, battu et traîné en prison, il fut arraché à sa cellule le lendemain et pendu à la lanterne du Dauphin le 17 mars 1791. Il était âgé de cinquante-deux ans.

Les gardiens de prison, TROCHY à Douai, la veuve LEMAIRE à Arras – dont l'expression favorite, les jours d'exécution, était « Je crache le sang » – ainsi que le médecin DELLOYE et madame LEROY à Cambrai, ont également existé. De même, les quatre sœurs de la Charité d'Arras : Madeleine FONTAINE, soixante et onze ans ; Jeanne GÉRARD, quarante et un ans ; Marie LANEL, quarante-huit ans ; Thérèse FANTOU, quarante-six ans, ont été guillotinées le 26 juin 1794. Comme l'annonçait sœur Madeleine dans la charrette qui les menait à l'échafaud, elles furent les dernières victimes de Joseph Le Bon à Cambrai.

En revanche, Mathilde, l'héroïne, ses parents, ses amis et les habitants du village sont des personnages imaginaires.

Il n'existe aucune preuve formelle du séjour de Napoléon Bonaparte dans la ville de Douai, alors qu'il était lieutenant d'artillerie. Le seul témoignage en est le récit de certains historiens douaisiens, assez précis pour être crédible. Selon leurs dires, Bonaparte logea au 28 de la rue du Clocher-Saint-Pierre. Néanmoins la question reste très controversée. L'éminent historien André Castelot, que j'ai interrogé à ce sujet, m'a affirmé que, si Napoléon Bonaparte a pu éventuellement passer quelque temps à Douai, son régiment d'artillerie, par contre, n'y fut jamais caserné. Selon mademoiselle Métayer, archiviste municipale, lors du séjour de Napoléon dans cette ville, son régiment était, semble-t-il, en congé.

TABLE

PRODUCTION JEANNINE BALLAND

Romans « Terres de France »

Jean Anglade
Un parrain de cendre
Le Jardin de Mercure
Y a pas d'bon Dieu
La Soupe à la fourchette
Un lit d'aubépine
La Maîtresse au piquet
Le Saintier
Le Grillon vert
La Fille aux orages
Un souper de neige
Les Puysatiers
Dans le secret des roseaux
La Rose et le Lilas
Avec le temps...
L'Ecureuil des vignes
Une étrange entreprise
Le Temps et la Paille
Sylvie Anne
Mélie de Sept-Vents
Le Secret des chênes
La Couze
Ciel d'orage sur Donzenac
La Maîtresse du corroyeur
Un horloger bien tranquille
Un été à Vignols
Jean-Jacques Antier
Autant en apporte la mer
Marie-Paul Armand
La Poussière des corons
Le Vent de la haine
Le Pain rouge
La Courée
tome I *La Courée*
tome II *Louise*
tome III *Benoît*
La Maîtresse d'école
La Cense aux alouettes
Nouvelles du Nord
L'Enfance perdue
Un bouquet de dentelle
Au bonheur du matin
Le Cri du héron
Victor Bastien
Retour au Letsing
Henriette Bernier
L'Enfant de l'autre
L'Or blanc des pâturages
L'Enfant de la dernière chance
Françoise Bourdon
La Forge au Loup
La Cour aux paons
Le Bois de lune
Le Maître ardoisier
Les Tisserands de la Licorne
Le Vent de l'aube

Patrick Breuzé
Le Silence des glaces
La Grande Avalanche
Nathalie de Broc
Le Patriarche du Bélon
La Dame des Forges
Annie Bruel
La Colline des contrebandiers
Le Mas des oliviers
Les Géants de pierre
Marie-Marseille
Jean du Casteloun
Les Amants de Malpasset
Michel Caffier
Le Hameau des mirabelliers
La Péniche Saint-Nicolas
Les Enfants du Flot
La Berline du roi Stanislas
La Plume d'or du drapier
L'Héritage du mirabellier
Jean-Pierre Chabrol
La Banquise
Claire Chazal
L'Institutrice
Alice Collignon
Un parfum de cuir
Didier Cornaille
Les Labours d'hiver
Les Terres abandonnées
La Croix de Fourche
Etrangers à la terre
L'Héritage de Ludovic Grollier
L'Alambic
Georges Coulonges
Les Terres gelées
La Fête des écoles
La Madelon de l'an 40
L'Enfant sous les étoiles
Les Flammes de la Liberté
Ma communale avait raison
Les blés deviennent paille
L'Eté du grand bonheur
Des amants de porcelaine
Le Pays des tomates plates
La Terre et le Moulin
Les Sabots de Paris
Les Sabots d'Angèle
La Liberté sur la montagne
Les Boulets rouges de la Commune
Yves Courrière
Les Aubarède
Anne Courtillé
Les Dames de Clermont
Florine
Dieu le veult
Les Messieurs de Clermont
L'Arbre des dames
Le Secret du chat-huant
L'Orfèvre de Saint-Séverin
Paul Couturiau
En passant par la Lorraine
Annie Degroote
La Kermesse du diable
Le Cœur en Flandre
L'Oubliée de Salperwick
Les Filles du Houtland
Le Moulin de la Dérobade
Les Silences du maître drapier
Le Colporteur d'étoiles
La Splendeur des Vaneyck
Les Amants de la petite reine
Alain Dubos
Les Seigneurs de la haute lande
La Palombe noire
La Sève et la Cendre
Le Secret du docteur Lescat
Marie-Bernadette Dupuy
L'Orpheline du bois des Loups
Les Enfants du Pas du Loup
La Demoiselle des Bories
Elise Fischer
Trois Reines pour une couronne
Les Alliances de cristal
Mystérieuse Manon
Le Soleil des mineurs
Laurence Fritsch
La Faïencière de Saint-Jean

Alain Gandy
Adieu capitaine
Un sombre été à Chaluzac
L'Enigme de Ravejouls
Les Frères Delgayroux
Les Corneilles de Toulonjac
L'Affaire Combes
Les Polonaises de Cransac
Le Nœud d'anguilles
L'Agence Combes et Cie
Suicide sans préméditation
Fatale Randonnée
Gérard Georges
La Promesse d'un jour d'été
Les Bœufs de la Saint-Jean
L'Ecole en héritage
Le Piocheur des terres gelées
Michel Hérubel
La Maison Gelder
La Falaise bleue
Tempête sur Ouessant
Le Démon des brumes
Denis Humbert
La Malvialle
Un si joli village
La Rouvraie
La Dent du loup
L'Arbre à poules
Les Demi-Frères
La Dernière Vague
Yves Jacob
Marie sans terre
Les Anges maudits de Tourlaville
Les blés seront coupés
Une mère en partage
Hervé Jaouen
Que ma terre demeure
Au-dessous du calvaire
Les Ciels de la baie d'Audierne
Guillemette de La Borie
Les Dames de Tarnhac
Jean-Pierre Leclerc
Les Années de pierre
La Rouge Batelière
L'Eau et les jours
Les Sentinelles du printemps
Un amour naguère
Julien ou l'Impossible Rêve
Hélène Legrais
Le Destin des jumeaux Fabrègues
La Transbordeuse d'oranges
Les Herbes de la Saint-Jean
Louis-Jacques Liandier
Les Gens de Bois-sur-Lyre
Les Racines de l'espérance
Jean-Paul Malaval
Le Domaine de Rocheveyre
Les Vignerons de Chantegrêle
Jours de colère à Malpertuis
Quai des Chartrons
Les Compagnons de Maletaverne
Le Carnaval des loups
Les Césarines
Grand-mère Antonia
Une maison dans les arbres
Une reine de trop
Dominique Marny
A l'ombre des amandiers
La Rose des Vents
Et tout me parle de vous
Jouez cœur et gagnez
Pascal Martin
Le Trésor du Magounia
Le Bonsaï de Brocéliande
Les Fantômes du mur païen
Louis Muron
Le Chant des canuts
Henry Noullet
La Falourde
La Destalounade
Bonencontre
Le Destin de Bérengère Fayol
Le Mensonge d'Adeline
L'Evadé de Salvetat
Les Sortilèges d'Agnès d'Ayrac
Le Dernier Train de Salignac

Michel Peyramaure
Un château rose en Corrèze
Les Grandes Falaises
Frédéric Pons
Les Troupeaux du diable
Les Soleils de l'Adour
Passeurs de nuit
Jean Siccardi
Le Bois des Malines
Les Roses rouges de décembre
Le Bâtisseur de chapelles
Le Moulin de Siagne
Un parfum de rose
La Symphonie des loups
La Cour de récré
Bernard Simonay
La Fille de la pierre
Jean-Michel Thibaux
La Bastide blanche
Le Secret de Magali
La Fille de la garrigue
La Colère du mistral
L'Homme qui habillait les mariées
La Gasparine
L'Or des collines
Le Chanteur de sérénades
La Pénitente
L'Enfant du mistral
Jean-Max Tixier
Le Crime des Hautes Terres
La Fiancée du santonnier
Le Maître des roseaux
Marion des salins
Le Mas des terres rouges
Brigitte Varel
Un village pourtant si tranquille
Les Yeux de Manon
Emma
L'Enfant traqué
Le Chemin de Jean
L'Enfant du Trièves
Le Déshonneur d'un père
Blessure d'enfance
Louis-Olivier Vitté
La Rivière engloutie
Colette Vlérick
La Fille du goémonier
Le Brodeur de Pont-l'Abbé
La Marée du soir
Le Blé noir

Récit « Terres de France »

Albine Novarino
George Sand ou l'Amour du Berry

Collection « Sud Lointain »

Sylvie Anne
L'Appel de la pampa
Jean-Jacques Antier
Le Rendez-vous de Marie-Galante
Marie-Galante, La Liberté ou la Mort
La Dame du Grand-Mât
Le Sixième Condamné de l'Espérance
Erwan Bergot
Les Marches vers la gloire
Sud lointain
tome I *Le Courrier de Saïgon*
tome II *La Rivière des parfums*
tome III *Le Maître de Bao-Tan*
Rendez-vous à Vera-Cruz
Mourir au Laos
Jean Bertolino
Chaman
Fura-Tena
Anne Courtillé
Le Mosaïste de Constantinople

Paul Couturiau
Le Paravent de soie rouge
Le Paravent déchiré
L'Inconnue de Saigon
Les Amants du fleuve Rouge
Le Pianiste de La Nouvelle-Orléans
Les Brumes de San Francisco
Alain Dubos
Acadie, terre promise
Retour en Acadie
La Plantation de Bois-Joli
La Baie des maudits
Elise Fischer
L'Enfant perdu des Philippines
Hubert Huertas
L'Orque de Magellan
Hervé Jaouen
L'Adieu au Connemara
Le Testament des McGovern
Eric Le Nabour
Orages sur Calcutta
Les Démons de Shanghai
Sonia Marmen
La Vallée des larmes
La Saison des corbeaux
La Terre des conquêtes
Dominique Marny
Du côté de Pondichéry
Les Nuits du Caire
Cap Malabata
Juliette Morillot
Les Orchidées rouges de Shanghai
Michel Peyramaure
Le Pays du Bel Espoir
Les Fleuves de Babylone
Les Tambours sauvages
Le Temps des moussons
Bernard Simonay
Les Tigres de Tasmanie
La Dame d'Australie
Princesse maorie
Jean-Michel Thibaux
La Fille de Panamá
Tempête sur Panamá
La Pyramide perdue
Colette Vlérick
Le Domaine du belvédère

Romans

Alain Gandy
Quand la Légion écrivait sa légende
Hubert Huertas
Nous jouerons quand même ensemble
La Passagère de la « Struma »
Terminus Pondichéry
Denis Humbert
Un été d'illusions
Dominique Marny
Mes nuits ne sont pas les vôtres
Michel Peyramaure
Pacifique Sud
Louisiana
Le Roman de Catherine de Médicis
Jean-Michel Thibaux
Le Roman de Cléopâtre

Achevé d'imprimer sur les presses de

BUSSIÈRE

GROUPE CPI

à Saint-Amand-Montrond (Cher)
en octobre 2006
pour les Presses de la Cité

N° d'édition : C07255. — N° d'impression : 063543/1.
Dépôt légal : novembre 2006.

Imprimé en France